U0734819

本書出版得到國家古籍整理出版專項經費資助

後村先生大全集

第八册

宋·劉克莊 撰
王蓉貴 向以鮮 校點
刁忠民 審訂

四川大學出版社

後村先生大全集卷之一百七十

行狀

丞相忠定鄭公

公諱清之，字德源，世爲慶元府之鄞人，居邑治之東。齊公未葬，鄰焚，秦公與兄通議繞柩慟哭，火爲退飛。門有大槐，鄉評稱孝悌，必曰「槐木鄭氏」。秦公建炎己酉貢於鄉，會兀朮犯東浙，與董夫人皆臨難不屈，罵賊而死。嘗詔有司定謚立傳，公方當國，謙巽未皇，事見史定公所作通議公石章及先儒史公涓壙銘。魯公始居邑之嘉慶橋〔一〕。慶國方娠，甑鳴三日不止，已而生公。時家婦邊令人亦免乳，承舅姑意，拊育公同己子。公貴，令人尚亡恙，事之如母。其没也，爲服期。

公少以文爲宣獻樓公稱賞，初名燮〔二〕，而字文叔，以字行。年十九薦於鄉，嘉泰二年入太學，嘉定八年升上舍〔三〕，十年進士及第，如《豐芑數世之仁》、《大明生於東》等賦，識者以方《金在鎔有物混成》之作。後隨群從改今名。教授峽州，總領何公炳羅致之幕。一日軍將將領衣，疑絹紕惡，離立誶語，總領委公諭之。公語軍士曰：「坐者得好絹。」衆皆坐。以次分授〔四〕，無敢譁者。制帥趙公方嚴重靳許可，公往白事，爲置醴，命二子出拜，掖公無答拜。公不敢當，趙公曰：「公它日未易量，願以二子相累。」蓋尚書范、丞相葵也〔五〕。湖北茶商群聚暴横，公白總曰：「此輩皆精悍，宜藉爲兵，可彌變，亦可禦敵。」總行其策，招刺令下，趍者雲集，號曰茶商軍，至今賴其用。

十四年，差湖廣總所準備差遣，除國子監書庫官。十六年，除國子録。史丞相彌遠以私忌飯僧净（普）〔慈〕，鄞人畢至，獨與公登慧日閣，屏人語曰：「上與中殿爲社稷計，雖有濟國公，然五六年未正儲號。聞沂邸皇姪事兩國恭順〔六〕，容止端重〔七〕，朝謁上常目送。今欲擇一講官，君忠實，可任此責。」公遜避不敢當，史公曰：「此先公事業。」先公，謂太師浩也。俄兼魏惠憲王府教授。癸未進士唱名，上御集英，中殿御看閣，使内侍引皇姪對簾正立，兩宫意有所屬矣。除宗學諭。十七年，除太學博士，皆仍兼。每講堂退，相必邀至東閣，訪上舉動言語甚悉。公對事事皆好〔八〕，蔽以一言曰「不凡」〔九〕。相大喜。

寧宗升遐，遺詔上承大統。是夜惟召丞相入定策，時政府、翰苑未及知，詔旨皆定公手。太后趣上入宫，公命子士昌易衣，道緑蓋車至沂邸進發，公留相府之眉壽堂處分諸事。明旦，丞相退朝，輦下纖塵不驚，六軍兆民仰瞻日出咸池矣。上龍飛，除諸王宫大小學教授〔一〇〕，除宗正丞，兼權工部郎官，兼崇政殿説書。公自横經朱邸〔一一〕，至開卷丹地，每以二帝三王之行事、六經四書之格言反覆開陳，上必敬聽。一日上問外人因閣子庫進絲鞋有謗議，公奏：「有言禁中服用頗事新潔者。」上曰：「舊例月進鞋數兩，朕非弊不易，何由致謗？」公奏：「孝宗繼高宗，故儉德易彰；陛下繼寧考，故儉德難著。寧考受用如寒士，衣領重澣，革舃屢補，今欲儉德著聞，須過於寧考方可。」上欣受。其防微如此。

寶慶元年，改兼兵部，兼國史院編修官、實録院檢討官，除起居郎，仍兼史官、説書〔一二〕，兼樞密院編修官。二年，除權工部侍郎，暫權給事中。除給事中，陞兼同修國史、實録院同修撰。紹定元年，除翰林院學士、知制誥，兼侍讀，陞兼修國史、實録院修撰，授端明殿學士、僉書樞密院事。三年，除參知政事，兼僉書樞密院事。四年，兼同知樞密院事。

公在樞筦，李全以山陽畔，陷泰圍揚〔一三〕，國論猶爲揜覆，又欲易置江上制總全所不樂者以慰其心。公手書白相：「因全一申，去岳逐趙，是朝廷之王人、國家之帥守悉聽命於全矣。全以盗賊藍縷奔竄之餘，陸梁跋扈如此，曾無一人正色以議其罪，國無人矣。」初，海陵失守，公早朝見薛、葛、袁三人，皆愕然未知所出。公曰：「平時與全爲敵者不過三趙，若以趙沿江爲江淮制使，以二趙分帥兩路，必能合力捐身以當之。須即日處分，稍遲賊入維揚，大事去矣。」三人者唯唯，同至上前奏之〔一四〕。上深以爲然，云當即批與丞相。公奏〔一五〕：「御批須是以『社稷存亡在此一舉，苟不用此三人，或有疏失，過不在朕』。」上頷之。既退，知御批已至相府，然至晚無所施行，公轉扣相子宅之慫慂〔一六〕，憂懼待旦，四鼓後知繳入，黎明出命，朝野歡呼，知賊不足平矣。既而三趙受命，善湘移司金山，與范、葵聲勢聯屬〔一七〕，全果授首。當是時，此賊挾精卒十萬，氣吞江表，相老於謀國，工於應變，無如之何。公以一書生，獨謂全反形已露，當聲罪致討，爲誓不與賊俱生以諷〔一八〕。及討叛詔下，出公之筆，讀者咸奮。六年，史丞相薨。十月，制授公右丞相，兼樞密使，提舉玉牒、國史、實録院、會要、勅令。端平元年，提舉《經武要略》。上始踐祚，東朝垂箔，一相總職，垂拱仰成而已，天下事皆上尚書裁決而後奏御畫旨，謂之尚先行，習以爲常。久之，上益明習國家事而宰府終未稽首還政。既相，舉太阿倒持之柄歸之於上，一二大黜陟、大因革，獨斷赫然，咸曰英主出矣。上方欲洗濯三十年積弊，公亦慨然以天下爲己任〔一九〕，推忱布公，知無不爲，贊上召老成，拔滯淹，真公德秀、魏公了翁、崔公與之、李公𡌴、徐公僑、趙公汝談、尤公焴、游公侣、洪公咨夔、王公遂、李公宗勉、杜公範、徐公清叟〔二〇〕、袁公甫、李公韶，或奮閑散，或起遷謫〔二一〕，或由常調，莫不比肩接踵於朝。衆芳翕集，時號小元祐。大者相繼爲宰輔，餘亦爲名公卿，惟崔公終始辭不至，遺逸如劉公宰、趙公蕃亦見旌異。用一人，行一事，朝野忻忭〔二二〕，以爲快活條貫。先是言者率觀望廟堂風旨，公首革副封，由是臺簡始有攻時政闕失者。時金亡韃興，襄閫首圖上八陵，上下其議，廷紳多主王羲之、孫綽之論，然邊臣鋒鋭不可遏，偏師出境，捷書系道，而三京已返旆矣。舊法，三衙禁旅歲一揀汰，癸巳以史相薨失舉行，甲午併兩歲一揀，被汰稍衆。又承旨司拘等仗法太嚴，卒有失伍者，隨已帖息，而不樂端平者有開邊激變之謗。二年五月，六疏乞罷機政，御札勉留。六月，制授特進、左丞相，兼樞密院使，提舉《國史》、《日曆》、《玉牒》、《勅令》、《經武要略》。三年八月，以霖雨四疏丐去〔二三〕。九月，以禋祀雷變請益力，授觀文殿大學士、醴泉觀使，兼侍讀。四疏控辭，依舊大學士提舉洞霄宮。

公自初爰立，首以清苦變貪濁，痛却餽遺，雖族戚杯羹壺酒不許入〔二四〕。薦廉吏徐澄、趙筱夫於朝，聞者興起。諸郡多於節序饋朝士酒，公奏遇節序視品秩高下賜酒有差，至今行之。閩及江浙多士之郡，各增解額，由是士安里選〔二五〕。創新進士覆試之法，真才有以自見，售僞者時斥一二以風勵其餘。中間欲廢不行，後卒如舊〔二六〕。大節細行有陸贄、楊綰之風，卷懷而去，未嘗一語辨誣。退居聞邊聲復動，恐上顧憂，密疏上曰：「辛巳金陷蘄、黄，寧宗非啓敵之主；辛卯韃犯襄、蜀，彌遠豈開邊之相。不制患於方來，但尤追於既往，則蘄、黄、襄、蜀之擾，開之者誰乎？爲此者蓋疑閑冷或簡眷懷〔二七〕，每因事以提撕，蓋迎前而沮抑；以羅織使令、廢錮子姪、貶斥賓友爲未快，必加以誤國之罪。臣非敢以此自辨，恐陛下憂悔太過，以汩清明之躬〔二八〕，累剛大之志爾。」

嘉熙三年，封申國公。四年，遣中使賜御書「輔德明謨之閣」，賜楮十萬緡爲經始費。槐木舊居，兵燼蕪廢〔二九〕，公捐賜金貿故趾〔三〇〕，加葺治。於里第北營小圃，曰「安晚」，取「安步當車，晚食當肉」之義，上書其扁。蒔花移竹，疊石引泉，與朋友嘯咏其中者九年。尤愛山行，輕車小艇，名山古刹如雪竇、如太白、如翠山，雖在萬山中亦至焉，率留信宿。上遇群臣，於公特厚，每初度必親御翰墨，或聖製，或古作真草〔三一〕，間出精金重錦，奇薰佳茗，間以老人星、大士像爲壽，歲以爲常，雖在外亦遣黄門就賜。

淳祐四年御筆，依前觀文殿大學士、醴泉觀使，兼侍讀，屢辭不允。拜少保、觀文殿大學士、醴泉觀使，兼侍讀，進封衛國公，令赴天基聖節上壽班，命守臣以禮趣赴闕。帥守趙綸致君命，乃就道。抵江滸，有旨宣問，庖廪酒果，〔使〕〔便〕蕃雜遝。内引，玉音委曲，不啻家人唯諾。奏乞憇傳法寺以待稱觴，先已得旨賜第，退至傳法拜御筆，曰：「卿去國許時，精神氣宇勝前，奏對詳明，良用忻懌，政賴啓沃，以助緝熙。」中使押入賜第。五年正月上壽畢，六丐歸不允〔三二〕。以《春秋》徹章拜少傅，依前觀文殿大學士、醴泉觀使，兼侍讀，進封越國公。居無何，哭子士昌，出館江滸，決意東歸，上不允。十二月，拜少師、奉國軍節度使，依前醴泉觀使、兼侍讀、越國公，特賜玉帶及更賜第於西湖之魚莊。公雖勉爲上留，然歸夢栩栩，見於篇詠。進讀仁皇訓典，謂：「仁祖之仁厚發爲英明，故能修明紀綱而無寛弛不振之患；孝宗之英明本於仁厚，故能涵養士氣而無矯勵峭刻之習。蓋仁厚英明，二者相須，此仁祖、孝宗所以爲盛也〔三三〕。」御札褒諭。

六年，四疏丐歸，不允。八月，進讀畢，賜晏内苑，上御黄繖，命公御青繖，同行苑中。謂公曰：「忠孝嘗晏史浩於此〔三四〕，然浩未嘗侍天步游覽。」故事，上醻玉龍杯，賜大臣則易杯，上命毋易杯，其尊寵如此。是日御前有金瓶貯丹桂，上以公老夫婦失冢子，慰勞甚至，賜瓶花以解憂。公進感恩詩八十韻，上俯用其韻。七年三月，以《禮記》徹章，拜太保，力辭。舊比許回授〔三五〕，上從公請，追封高祖詒太保，異恩也。四月，拜太傅、右丞相，兼樞密使、越國公，提舉《國史》、

《實録》、《會要》、《玉牒》、《敕令》、《經武要略》。公方與賓客放浪湖山，寓僧刹，竟夕不歸，貂璫及門〔三六〕，家人莫能以所之告〔三七〕。詰旦内引，叩頭辭曰：「端平初，陛下親政〔三八〕，臣齒未衰，尚堪努力仰贊聖謨〔三九〕，然猶有智慮所不及者，仰費保全〔四〇〕。今迫桑榆，久在田里，於人物國事皆不諳悉，若冒昧承命，必誤委寄。」玉音勉諭，蓋有外間所不及知者。甫退則中使已接踵矣。嘆曰：「上眷如此，將何所逃〔四一〕！」乃入治事。或謂更化改元爲再相第一義，公曰：「改元天子之始事，政化朝廷之大端。漢事已非古，然亦不因易相而爲之。」其老成定慮如此。

上以邊遽憂形玉色，詔趙公葵以樞密使視師，陳公韡以元樞帥湖廣，二公謙巽未敢當。會公再相，力主其事，科降辟置，答敏於響，二公欣然勇往，泗水之捷〔四二〕、渦口之捷、木庫之捷，皆處置得宜之效。諸閫申請，劃時奏啓，時謂張仲孝友惟公足以繼之。

公九年於外，納污藏垢，人意其有磊隗不平之氣見之施爲。公殊不然，不立異，不私己，除授進擬必咨同列，必參公論，朝士有累遷而未見面者。或曰恐非吐握之義〔四三〕，公曰：「某人同列所敬，某人同列所譽，豈欺我哉。吾惟得人以布周行足矣，何必攬爲己恩。先正問東廳，問西廳，吾所師也。」篤太學燈窗之舊，分賜金□齋金。以前相侍經幄，還齋亦束帶序齒。學厨曰給□錢及楮折□，有司固執元數〔四四〕，齏鹽不給，公命增□□監學歲久頽圮，□□成請修廢，舊取辨尹漕，公爲請給錢於朝〔四五〕，命尹漕董其役，丹雘一新。

九年□□，拜太師〔四六〕、左丞相，兼樞密使，提舉《國史》、《日曆》、《玉牒》、《敕令》〔四七〕、

《經武要略》〔四八〕，辭太師不拜，仍前太傅〔四九〕。每謂天下之患在於養兵〔五〇〕，兵費困於生券，思所以變通之。遇調戍防邊〔五一〕，命樞屬量遠近以便其道涂〔五二〕，時緩急以次其遣發〔五三〕，□□□費省三分之一。又議移歲調兵屯以戍淮面〔五四〕，併軍分頭目以節廩稍〔五五〕，先移鎮江策勝一軍屯泗水〔五六〕，□□□於彼，公私便之，惜乎去位而未盡行也。諸□□□□壓兩浙尤多丁稍，吏卒往往破家以償。公惟於作姦犯科者追理〔五七〕，稍詿誤者一筆勾去之，全活甚衆。沿江算舟之賦素重〔五八〕，空無一物，猶以力勝計，公次第停罷。如池之雁汊有大法場之目〔五九〕，其錢分隸諸司，公奏罷其並緣魚取者，蓋數倍公家之入，合分隸者從朝庭償之。報下，公方與客飲〔六〇〕，舉杯曰：「今日飲此，自覺快活。」其軫求民瘼，如己疾痛。督府先取江東西、湖南北利源不在官者以佐軍費，及結局〔六一〕，詔歸之大農。公擇才使之提領於外，歲入不啻鉅萬，住印會子者三年，京尹焚毀舊會七千萬，版曹亦豐衍，三數年間，邊閫科降未嘗匱乏。四疏乞謝事。十年，進《十龜元吉箴》：一持敬〔六二〕，二典學〔六三〕，三崇儉〔六四〕，四力行〔六五〕，五能定，六明善，七謹微，八察言，九惜時，十務實。蓋取《益卦》六五爻「十朋之龜弗克違〔六六〕，元吉」。釋者謂以柔居尊而不自任，故可以收衆材之助，所以爲元吉也。奏札略曰：「《詩》曰『敬天之怒』，《書》曰『敬天之休』，臣謂敬天之怒易，敬天之休難。木飢火旱〔六七〕，天之怒也；時和歲豐，天之休也。天怒可憂而以爲易，天休可喜而以爲難，何哉？蓋憂則懼心生，懼則天之怒可轉而爲休；喜則玩心生，玩則天之休可轉而爲怒〔六八〕。」既奏，甚稱上旨，宣付史館，又賜詔獎諭。

十一年，十疏乞罷政，皆不許。進讀光、寧兩朝《寶訓》，今上《日曆》、《會要》、《玉牒》、《淳祐條法事類》，俱拜太師，皆力辭。九月，明禋相禮，有旨閤門給扶掖二人。是夕三上奏辭，不允。禮成，御筆褒諭，再賜玉帶，令服以朝。十一月丁酉，公奏事退，感寒疾，前一日尚賦梅花詩與同列倡和，及是絶食屏藥〔六九〕，猶以未得雪爲憂。俄大雪，公作而曰：「百官賀雪〔七〇〕，上必甚喜。」命掬雪牀前觀之。累奏乞罷，不允，奏不已，拜太傅、保寧軍節度使，充醴泉觀使，進封齊國公，提舉史館。疾革，乞致仕，拜太師、保寧軍昭慶軍節度使，依前齊國公致仕。□□甲辰，薨於丞相府。公生於淳熙三年九月辛未，享年七十有六。遺表聞，上震悼〔七一〕，輟朝三日，御筆贈尚書令，追封魏郡王，賜謚「忠定」。娶謝氏，特封魏衛國夫人。男子一人，士昌，朝散大夫、寶謨閣待制〔七二〕，先公六年卒。女一人，特封碩人，適故朝散郎、大理少卿史望之。孫男三人：大有，某官；大節，某官；大節某官〔七三〕。大有等以寶祐元年十一月壬寅，奉公柩窆於鄞之豐樂鄉東山之原。

公四登宰席，先後八年，啓沃帝心、謨畫國事關於安危理亂大計者不可勝書〔七四〕，然奏藁無片紙存者。每曰：「陛下神聖，羣臣莫及，事有當言，轉移於造膝附耳之際足矣。陸敬輿奏議雖膾炙人口，吾不忍爲也。」昔藝祖有「宰相須用讀書人」之訓，及公宅揆，朝野皆曰上用真儒矣。自場屋之作至宗廟朝廷典冊之文莫不精妙，傳者紙貴，然散落未嘗收拾，雖玉堂制草，家無副墨，所存惟録潛邸聖語及表奏、啓劄、詩賦、箴銘、贊偈、記、序跋、策問、疏、致語、醮詞、謚冊、墓碑、祭文等共六十卷，藏於家。

公之初相也，真、趙掌制也，世以爲真學士；洪、王入臺，世以爲真御史。天下所謂端人正士，不在經筵則在從橐，不在西掖則在東省。上嘗語公〔七五〕：「上書者比卿司馬光。」公曰：「毀譽何常之有？今日聖意嚮臣故譽臣，他日聖意厭臣則必毀臣矣〔七六〕。」上爲一笑。其再相也，端平遺老凋謝，十無一二，新貴各立門庭，分黨與，公雖素有主眷，尚操化權，然人情固已陰懷向背，無同舟共濟之意矣。公拔士滿朝〔七七〕，施惠於人無德色，士或先從後畔，亦待之如故。然天下至廣，豈無偶遺之賢、未烝之髦？自昔人物會通之盛莫如元祐，而鄭俠老死田里，陳師道晚方入館，未聞二賢觖望於馬、吕也。彼以躁心而致宰物者之憾，可以觀世道矣，公何慊焉！湯中仲能論事侵公，不自安，求去，公曰己欲作君子，使誰爲小人，力勉留之。徐公清叟嘗論公〔七八〕，引之共政。趙公葵視師年餘乞結局，上欲允之而未有以處，公曰：「非使作相不足以酬勞，陛下豈以臣故耶？臣必不因葵來便引退，臣願爲左，使葵居右。」上汔從之。其茹納如此，然趙公竟不果來。又奏：「今内外之臣俱天下之選，前後昆命皆聖斷之公。非成則璜，不疑何卜；有丙與魏，請擇於斯。惟能共起於治功，奚必皆從於己出。」其不吝權寵如此。

公雖貴，自奉蕭然，非以位爲樂者。直以事上潛邸，君臣義重，上既苛留，不忍決去耳。對客每歎甘盤遯野、疏傅還鄉之不可及，其意深矣。蓋丙申代公者喬也，辛亥代公者吳、謝也。公去矣，薨矣，喬與吳、謝行乎國政〔七九〕，宜有以愈於端平者，而皆不然，何哉？世之愛公者往往惜公再出，然公庚戌乞身之疏固嘗云〔八〇〕：「稟性拙直，無委曲籠罩之術；事力儉薄，無納交要譽之資。施恩而不市恩，故背之者以爲常；任怨而不報怨，故仇之者無所忌。」又曰：「召謗納悔，一己之利害輕；梗事敗謀，國家之關係大。昔謝安矯情，姚崇權譎，吕夷簡操術，居是職者可專任拙直哉！」凡數十疏皆然，寫心事之精微，拯筆力之高妙，不辨流言於一時而付公議於千載，後之攬者必有感於斯文矣。

公奮身儒素，族多隱約，公爲侍從，月分俸均給，或值乏絶，稱貸以繼。覺際庵舊約諸位輪祀，至公身任其責，即庵別創大堂，可容百人，几席器皿悉具，率於禁煙行之，酒肴蔬果必精潔。居官或疾病，則飭子姪主祭。初，魯公規壽藏於塔嶺，夢嶺對岸百堂，扁以金書「常充達」三字，擁以蟠龍，作《紀夢》長句，筆之於冊。既卜穴，宛然夢境。時公猶未生，及稍長，魯公語公曰：「蟠龍金字，豈非御書之兆，勉之。」越三十年，上訪家世，公以夢告，果賜奎墨，輝映山谷，與手澤所書如合左契。公久秉鈞軸，高下在手，然不以名器私親昵。莫愛於子，而士昌生前止通直奉佑神祠，非但公不私其子，□恩亦恥爲恩澤侯〔八一〕。莫親於婿，而史倩生前止倅貳需次徽守，公不欲使倩領郡，改奉祠鼇。

公少學於迂齋樓公昉，以端平初褒崇爲未至，再相，奏：「國史浩繁難披閲，臣之師臣昉嘗纂《十朝撮要》，頗精覈。」上令寫送官。又奏：「房、魏遇主，無一語及河汾，殊爲忘本。」及《撮要》進御，樓公追贈龍圖閣待制。其於在三之義如此。

公葬十年，魏衛國謝夫人年八十八，貽書莆田劉克莊曰〔八二〕：「先忠定宰木已拱而未有狀其行者，今以此筆屬子。」克莊仲弟克遜、從弟希道少肄業持志，侍公筆研，克莊宰建陽，烏臺方吹洗詩案，懼不免禍，公在瑣闥，獨於史丞相爲解紛〔八三〕。克莊獲爲聖世全人，公之賜也。既嘗□□□張洽、陳振孫、范炎、陳祐，俱召審，一再遷爲樞掾、省郎，皆公進擬。公策免，克莊亦流落於外。丙午入爲少篷兼西掖〔八四〕，不久坐留□免去〔八五〕。公以孤卿國老之重，小車訪別逆旅，慨然曰：「子爲道鄉，吾爲承君矣。」公再相數歲，克莊銜恤三年，白首再召，覺國論愈矛盾，鼎味殊酸鹹，公決去雖勇，上勉留愈堅。因對爲上言〔八六〕：「紛紛之議，不過責難於吾君，責備於吾相，非有他意，政當容之爾。」自知其論闊於事情，然區區之心，上欲將順明主之尊師重傅，下欲解周召之不説〔八七〕、勉夔龍之相遜而已。而或者怪其不能隨聲接響，訶佛罵祖，群起而攻曰：「是黨相者。」克莊謂惟去可以自湔，六乞祠，兩納禄，皆不報。公由是不復敢相親，猶摯維不使去。不數月而斥，斥未幾而公薨，然天下謂知我者必曰安晚，公與人書疏亦以鐵漢見擬。嗟夫！宰相必拔士，士必不畔知己，情意之常也。若一旦去子宣而戀元度之恩波，迎子厚而詆微仲之相業，乃風俗之變，豈情義之常哉！公門生故吏滿天下，而兩國不遠數千里，番番於一衰癃之叟，托之以發潛闡幽之任，豈非以其最久故，知舊事，已退老，無諛筆乎！乃摭實書之以告太史氏。謹狀。

〔一〕慶：原作「廣」，據翁校本改。
〔二〕燮：原作「變」，據《宋史》卷四一四《鄭清之傳》（以下簡稱本傳）改。
〔三〕嘉：原無，據翁校本補。
〔四〕分：原作「公」，據翁校本改。
〔五〕葵：原作「蔡」，據翁校本改。
〔六〕「事」下原有「俞」字，據翁校本删。
〔七〕容止：原作「客至」，據翁校本改。
〔八〕事事：原脱一「事」字，據翁校本補。
〔九〕蔽：原作「敝」，據翁校本改。
〔一〇〕「學」下原有「校」字，據翁校本删。
〔一一〕朱：原作「未」，據翁校本改。
〔一二〕書：原作「官」，據翁校本改。
〔一三〕揚：原作「楊」，據翁校本改。
〔一四〕奏：原作「奉」，據翁校本改。
〔一五〕公：原無，據翁校本補。
〔一六〕慫慂：原作「從更」，據翁校本改。

〔一七〕葵：原作「蔡」，據翁校本改。
〔一八〕「生」下原有「賊」字，據翁校本删。
〔一九〕己任：原無，據翁校本補。
〔二〇〕叟：原作「曳」，據翁校本改。
〔二一〕譎：原作「譎」，據翁校本改。
〔二二〕忭：原作「朴」，據翁校本改。
〔二三〕雨：原作「風」，據翁校本改。
〔二四〕入：原作「人」，據翁校本改。
〔二五〕士：原作「土」，據翁校本改。
〔二六〕舊：原作「奮」，據文意改。
〔二七〕「此」下原有「誰」字，據翁校本删。
〔二八〕汩：原作「泊」，據翁校本改。
〔二九〕蕪：原作「無」，據翁校本改。
〔三〇〕捐：原作「損」，據翁校本改。
〔三一〕真：原作「貞」，據翁校本改。
〔三二〕丐歸：原缺，據翁校本補。

〔三三〕盛：原作「感」，據翁校本改。

〔三四〕忠孝：似當作「孝宗」。

〔三五〕「授」下原有「子孫」二字，據翁校本删。

〔三六〕門：原缺，據翁校本補。

〔三七〕家人：原缺，據翁校本補。

〔三八〕陛：原缺，據文意補。

〔三九〕努：原作「拏」，據翁校本改。

〔四〇〕賁：原作「贊」，據翁校本改。

〔四一〕何所：原倒，據翁校本乙。

〔四二〕句首原有「丁洙」二字，據翁校本删。

〔四三〕義：原作「峨」，據翁校本改。

〔四四〕執：原作「軌」，據翁校本改。

〔四五〕公爲請：原缺，據翁校本補。

〔四六〕拜：原缺，據翁校本補。

〔四七〕敕令：原缺，據翁校本補。

〔四八〕要略：原倒，據翁校本乙。

〔四九〕仍：原作「使」，據翁校本改。
〔五〇〕患在於：原缺，據翁校本補。
〔五一〕戍防邊：原缺，據本傳補。
〔五二〕命樞：原缺，據本傳補。
〔五三〕遣發：原缺，據本傳補。
〔五四〕面：原缺，據本傳補。
〔五五〕併軍分：原缺，據本傳補。
〔五六〕水：原缺，據本傳補。
〔五七〕惟於：原無，據本傳補。
〔五八〕算：原作「弄」，據本傳改。
〔五九〕雁：原作「寫」，據本傳改。
〔六〇〕方：原無，據本傳補。
〔六一〕及：原作「反」，據翁校本改。
〔六二〕持敬：原作「符歌」，據本傳改。
〔六三〕學：原缺，據本傳補。
〔六四〕三：原缺，據本傳補。

〔六五〕力：原缺，據本傳補。

〔六六〕益：原缺，據翁校本補。

〔六七〕木：原作「未」，據翁校本改。

〔六八〕怒：原作「恕」，據翁校本改。

〔六九〕屛：原作「餠」，據文意改。

〔七〇〕賀：原作「和」，據本傳改。

〔七一〕句首原有「表」字，據翁校本删。

〔七二〕待：原作「侍」，徑改。

〔七三〕大節：前已云次子名大節，二者必有一誤。

〔七四〕畫：原作「圖」，據翁校本改。

〔七五〕嘗：原在「公」字下，據翁校本乙。

〔七六〕他日：原作「朝曰」，據翁校本改。

〔七七〕滿：原作「蒲」，據翁校本改。

〔七八〕叟：原作「庚」，據翁校本改。

〔七九〕與：原無，據翁校本補。

〔八〇〕云：原作「去」，據翁校本改。

〔八一〕□恩：據文意似當作「其子」。

〔八二〕句首原有「年」字，據翁校本删。

〔八三〕於：原作「御」，據翁校本改。

〔八四〕丙：原作「内」，據翁校本改。

〔八五〕坐：原作「生」，據翁校本改。

〔八六〕因：原作「固」，據翁校本改。

〔八七〕之：原缺，據翁校本補。

後村先生大全集卷之一百七十一

疏

啓建天基節 以下密院三首

秦臘俶臨，將及春回之候；夏正甫建，有開震出之祥。敢傾葵藿之心，仰祝椿松之筭。伏願
皇帝陛下壽齊箕翼，福等岡陵。崑丘王母之桃，靡煩來獻；海上安期之棗，不必遠求。

滿散

春王正月，方欣木德之回；天子萬年，式慶蘿圖之永。罄輿情之懽忭，祝睿筭之延洪。伏願
皇帝陛下如日之升，體乾之健。豳人爲酒，告農扈之屢豐；都護奉觴，喜邊烽之蚤息。

進功德

昊蒼眷命，聿開王者之興；臣子愛君，均願聖人之壽。輒憑善頌，仰贊脩齡。恭惟皇帝保大定功，無爲共己。大德者名位必得，光紹鴻圖；善治則福禄自來，駢臻景貺。

啓黄籙醮 以下袁州七首

地方千里，忝爲長吏以分憂〔一〕；帝監四方，敬爲齊民而請命。瞻言斯土〔二〕，粤自比年。繭絲裒斂之餘〔三〕，里閭愁歎；羽檄征求之廣，郡邑空虚。顧剖竹之非才，凛包桑之是慮〔四〕。兹以農時方急，衡夏初臨，欲令蠶麥之宜，全賴雨暘之若。仰祈穹昊，俯念蒼黔，感召豐登之祥，祓除乖盭之氣。咏京坻之積，冀保秋成；薦沼沚之毛，尚期歲晚。

〔一〕吏：原作「史」，據宋刻本、小草本、四庫本改。
〔二〕土：原作「士」，據宋刻本、小草本、翁校本改。
〔三〕絲：原作「緑」，據宋刻本、小草本、翁校本改。

〔四〕包：原作「芭」，據宋刻本、小草本、翁校本改。

謝晴

民力農桑，方患積陰之慘；吏憂蠶麥，願聞霽色之祥。薌燎方騰，氛霾已豁，敬羞蘋薦，少寓菲忱。閉陰縱陽，尚有祈於終惠〔一〕；割雲繅雪，庶無廢於前功。

〔一〕句首原有「薦」字，據四庫本删。

祈雨

天瓢下注，僅施破塊之功；火傘高張，未改望霓之意〔一〕。輒伸微忱，冀續前功。伏願念民作勞，恕吏亡狀。時方多事，豈容旱魃之菑；歲大有年，庶保農夫之慶。

〔一〕望：原作「雲」，據宋刻本、小草本改。

再祈雨

穡寳垂成，預喜千倉之積；魃金爲祟，深虞一簣之虧。豈上澤壅而不流，故天譴示而未已〔一〕。恭願矜民凋瘵，憫物焦卷。收火繖於層空，一清濁暑；翻天瓢於四野〔二〕，汔保豐年。

〔一〕譴：原作「遣」，據四庫本改。
〔二〕天：原作「大」，據宋刻本、小草本改。

仰山祈雨

耘耔力勞，田共憂於龜坼〔一〕；神通功大，淵能起於龍潛。粤從春夏以來，方幸雨暘之若，三農相慶，一稔可期〔二〕。甫涉初秋，頗衍甘霔。某昔無吏責，此心尚願於豐年〔三〕；今忝郡符，詎意親逢於旱歲！千里但聞於愁歎，一身如處於焚惔〔四〕。輒懇惻而有求，仰威靈之如在。恭願鑑其丹赤〔五〕，哀此蒼黔。雲密自郊，壹洗屯膏之意；月離於畢，早符喜雨之占。

〔一〕龜坼：原缺，據四庫本補。
〔二〕可期：原缺，據四庫本補。
〔三〕年：原缺，據四庫本補。
〔四〕一身：原缺，據四庫本補。
〔五〕鑑：原缺，據四庫本補。

送仰山回殿

肸蠁下臨，俯鑑避堂之敬〔一〕；滂沱隨至，暫寬守土之憂。益知仙聖之神通，敬率吏民而餞送。然以四封之廣，僅沾一溉之餘〔二〕。倘少廢前功〔三〕，寧不嗟於虧簣；如大蘇衆望，尚有冀於翻盆〔四〕。

〔一〕避堂：原倒，據四庫本乙。
〔二〕餘：原缺，據四庫本補。
〔三〕倘：原缺，據四庫本補。
〔四〕於翻盆：原缺，據四庫本補。

再祈雨

方千里之地，所望有秋；七八月之間，豈容久旱。儻天意尚慳於嘉應，則歲功將敗於垂成。恭願驅斥魃妖，憫憐農務。則苗槁矣，深懷無極之憂〔一〕；以雨潤之，庶拜有終之惠。

〔一〕極：宋刻本、小草本均作「及」。

安奉玉淵聖水 以下江東三首

大田多稼，將立見於焦枯；九淵潛鱗，忍未施於涓滴。詣名山而虔請，即靈瑣以精祈〔一〕。伏願憫旱魃之流行，奮泥蟠而變化。自膚寸雲而起，俄滿太空；以一勺水之多，溥周大地。

〔一〕瑣：原作「瓚」，據四庫本改。

永寧寺祈雨

七月流火，不勝亢烈之憂；三日爲霖，未慰滂沱之願。兹精意亦勤於祈禱，何神機尚閟於杳冥。伏願隨念感通，乘時變化。沛然下雨，儻獲救於槁苗；乃亦有秋，庶無辜於力穡。

謝送玉淵聖水

一勺之水不測，而龍生焉；七月之雨沛然，則苗興矣。頓解羣情之煩鬱，孰知妙用之神通。乃即招提，敬陳梵唄。然四境暫蘇於轍涸〔一〕，顧三農尚恐於簣虧。賓穡得秋，方屬收成之際；靈湫奮蟄，時霑膏潤之恩。

〔一〕暫蘇：原作「無煩」，據四庫本改。

代追薦魏國迎羅漢

善女人過去生中，尤精勤於釋典；阿羅漢大神通力，或游戲於塵寰。爰集緇流，敬修茗事〔一〕。伏念臣外姑魏國蚉全覺性，偶應俗緣，徧更晚歲之顯融，不改平生之澹泊。盡空諸有，龎媪曾去參來；向上一機，趙州亦遭勘破。高年鮮儷，大數奄終。感託女之恩深，念館甥之誼篤，欲伸微報，僅有追嚴。尚望同發慈悲，各施方便。來飛金錫，證明生滅之因；去度石橋，指點虛無之路。

〔一〕茗：原作「若」，據四庫本改。

接　茶

薤歌悽咽，浮生如露之晞；茗事莊嚴，散聖乘雲而至。憑茲妙果，拔彼沈魂。共擕曹溪鉢來，喫取趙州茶去。一旗試水，豈獨中濡之泉甘〔一〕；六椀通靈，未覺五臺之路遠。

〔一〕濡：原作「濡」，據小草本、翁校本改。

爲二侄追薦惠州弟設靈官齋〔一〕

窮而無告，感雨露之既濡；幽則有神，挹潢汙而可薦。庶憑精潔，少答劬勞。仰瞻上界之仙靈，廻向陰間之主宰。雖手閱有三百片，然烹試無第一泉。瓣香自洩其哀鳴，寸念冀通於冲漠〔二〕。莫羨竟陵水，曾入品來；何處蓬萊山，欲乘風去。

〔一〕侄：原作「姪」，據小草本改。

〔二〕漠：原作「漢」，據小草本改。

天基聖節功德

癸亥

生商之祥，方開休運；祝堯之壽，必仗殊因〔一〕。繙寶笈之祕文，介璪旒之景貺。伏願皇帝陛下法天之健，猶日之中。河清應期，遇千載之一；嵩高獻瑞，呼萬歲者三。重混車書，益綿基祚〔二〕。臣嘗塵雍從，猶抱畝忠。禮西方僊，證成於上果；現南極像，永錫於修齡。

〔一〕仗：原作「伏」，據翁校本改。
〔二〕綿：原作「線」，據翁校本改。

又

甲子

聖主岡陵之福，固不待祈；賤臣畎畝之忠，未忘歸美。恭惟皇帝陛下興中天之業，披輿地之圖〔一〕。寡欲清心，了釋氏色空之説〔二〕；修身治國，寶聃書慈儉之言。屬臨震夙之辰，式軫泰亨之祉〔三〕。臣滿懷芹曝，稽首篆烟。壽八千春，莫測靈椿之算；坐六十劫，信如貝葉所云。

〔一〕披：原作「被」，據小草本改。
〔二〕「了」原作「心」，「氏」字原缺，據小草本改、補。
〔三〕亨：原缺，據小草本補。

大行皇帝功德〔一〕

億年敬天之休〔二〕，方開壽域；千歲厭世而去，遽返帝鄉。仗釋老之殊因〔三〕，瀝臣民之哀籲。恭惟大行皇帝享國遠同於仁祖，建儲近法於高皇。設虡待賢〔四〕，轉圜從諫。未明已求衣而起，宏濟多艱〔五〕；一日不負扆而朝，忍聞大漸！皇天弗吊，率土震驚。臣嘗塵狨橐之聯〔六〕，永茹烏號之痛，欲伸寸抱，爰假瓣香。西方有聖人，既超離於浩劫；南面聽天下，尚垂裕於後昆〔七〕。

〔一〕皇帝功：原缺，據小草本補。
〔二〕休：原缺，據小草本補。
〔三〕仗：原作「伏」，據翁校本改。
〔四〕虡：原作「虛」，據小草本改。
〔五〕艱：原作「難」，據小草本改。
〔六〕狨：原缺，據小草本補。
〔七〕尚：原作「向」，據小草本改。

穆陵中祥 乙丑

穴藏廟祀，已叶禮經；火改穀新，倏臨練祭。莫報聖知於既往，敬憑願力以追嚴。恭惟烈文仁武安孝理宗皇帝非心倦黄屋之勤〔一〕，厭世乘白雲而去。神棲禹窆，空悲弓劍之遺〔二〕；上服堯喪，尤切羹墻之見。三宫在疚，萬國銜哀。臣早事軒墀，老歸衡泌，寸抱未忘於丹赤，瓣香爰仗於緇黄〔三〕。昔道家言谷神之若存，内典謂金身之不壞。梵王釋帝，導爲方外之游；文子湯孫，奄有域中之大。

〔一〕宗：原作「宋」，據翁校本改。
〔二〕弓：原作「方」，據小草本改。
〔三〕仗：原作「伏」，據翁校本改。

穆陵大祥 丙寅

在天之靈，仙游寖遠〔一〕，有時而既，禮典告終。仗佛氏之勝緣，觀云老氏。伸堯民之餘慕。恭惟理宗皇帝丕烈中興於大業，沉機豫建於元儲。雖英辟作新，咸仰握符之盛；然老臣懷舊，豈勝嘶櫪之悲！已迫桑榆，尚羞蘋藻。伏願掃空諸有，筏渡衆生。稽首西方，既超摇於浩劫；共己南面，永啓佑於後人。觀上同，「伏願」以下云：「鴻基過曆，鶴馭摶扶。乘雲而至帝鄉，消遥上界；賓日而出暘谷，啓佑後人。」

〔一〕寖：原作「寑」，據小草本改。

乾會節功德疏

有旨免進　乙丑〔一〕

書元年春，適際出震乘乾之運〔二〕；願聖人壽，誰無望雲就日之心？既乞身退老於山林〔三〕，猶稽首皈依於仙梵。恭惟皇帝陛下法天之大，若帝之初。雖歷數在舜之躬，心焉同載；然羹墻則堯之見〔四〕，禮或未皇。隃聞嵩嶽之呼〔五〕，寧緩鈞天之燕。臣殘骸木槁，寸抱葵傾，持一瓣之寶熏，祝九重之睿筭。上古椿八千歲，非小智之所知〔六〕；曇鉢華五百年〔七〕，歷曠世而一現。

〔一〕丑：原無，據小草本補。
〔二〕適際：原缺，據小草本補。
〔三〕老：原缺，據小草本補。
〔四〕然：原缺，據小草本補。
〔五〕隃：原缺，據小草本補。
〔六〕非小智：原缺，據小草本補。

〔七〕曇：原作「雲」，據小草本改。

又 丙寅

祥開赤伏，欣逢聖作之期；序屆朱明〔一〕，適繼佛生之日。敬羞蘋薦，仰祝椿齡〔二〕。伏願皇帝陛下如日之升，則天之大。西方長壽佛，筭等河沙；南極老人星，數綿箕翼。

〔一〕屆：原作「廟」，據小草本改。

〔二〕仰：原作「欣」，據小草本、翁校本改。

又 丁卯

奉玉巵壽，漢隆長樂之儀；獻金鏡書，唐紀開元之節。敬拈一瓣，虔祝萬年。恭願皇帝陛下離照並明，乾剛獨斷。佛坐六十劫，饒益等於河沙；聃書五千言，長久同乎天地。

又 戊辰

九龍吐水，皇穹開初度之祥；一馬渡江，真主拓中興之業。虔書丹赤〔一〕，借助緇黄。恭願皇帝陛下謳歌所之〔二〕，歷數攸在。食海上安期之棗，培植仙根；獻昆邱阿母之桃，綿延聖算。

〔一〕赤：原作「朱」，據小草本改。

〔二〕「願」原作「惟」，「所」字原缺，據小草本改、補。

壽崇節功德疏 丙寅

母儀天下，燕怡綿萬壽之期；王大域中，崇奉極九重之孝。敬羞蘋薦，仰祝椿齡。伏願皇太后殿下爲宋姜任，真女堯舜。灑補陀之瓶柳〔一〕，大地均霑；獻瑶圃之蟠桃，後天難老。

〔一〕陀：原作「院」，據翁校本改。

又 丁卯

恭願皇太后殿下守長富貴〔一〕，推大慈悲。坐妙善補陀巖，凝然不動；觴阿母瑶池上，樂未渠央。祥協佛生，鴻號甫膺於寶冊；恩深母育，龍綃新奉於玉卮。俯陳率土之情，仰祝後天之筭。

〔一〕願：原作「惟」，據小草本改。

又 戊辰

恭願壽和皇太后殿下道更尊於欽聖，德莫盛於宣仁。乾元坤元，所謂大造化者；釋氏老氏，非若小因果然〔一〕。聖人之孝何加，聿嚴崇奉；昊天之德欲報，矧值誕彌。欣際千齡，敬薰一瓣。

〔一〕因：原作「陰」，據小草本改。

脩協應廟

川瀾回於既倒〔一〕，開千萬世之利源；廟貌粲然而威，昭二百年之缺典。惟木蘭之一水，由錢、李之兩賢。始則善女人沉淵，上愬於帝；繼有長者子楗石〔二〕，大爲之防〔三〕。雖水旱無乾溢之虞〔四〕，化潟滷爲膏腴之壤〔五〕。尸祝社稷之可也，山川鬼神其忘之。敞熙寧之閟宫，揭淳祐之敕扁，一新輪奐，尚賴檀那。清揚婉兮，恍如覩美人之面；明德遠矣，至今思姒氏之功。敬聽斯言，共成此段。

〔一〕倒：原作「例」，據小草本改。
〔二〕楗：原作「捷」，據小草本改。
〔三〕大：原缺，據小草本補。
〔四〕溢：原缺，據小草本補。
〔五〕潟：原作「瀉」，據小草本改。

重建龍𥦗廟

神聰明正直而行〔一〕，猶莫逃於刧火；民水旱疾疫必禱，將復作於閟宮。既撤舊規模而更張〔二〕，須藉大檀越之隨喜。龍𥦗古迹，乾德始基。綿歷十四朝，絲綸寵甚；血食方千里，香火赫然。不料融風，忽乘厄數〔三〕，坐使百間之金碧，悉爲一炬之埃煤。孔蓋翠於〔四〕，已登天而變化；椒漿桂酒，未有地以薦陳。卜人獻龜食之祥，梓匠圖翬飛之勢〔五〕。念靈光殿昔周數里，奈戴樓門今没一丈。所望鈐齋琴堂，潭第甲剎，倡以公家之朽貫〔六〕，頒其私橐之賜金。純白裘成於聚毛，九層臺基於撮土。君之惠也，神其忘之！化鶴歸鄉，覺城郭人民之如故；乘駒入廟，樂春秋朝暮之出游。「一丈没，一丈起，甚戴樓門」，汴京舊語。

〔一〕聰明：原作「明聽」，據小草本改。
〔二〕撤：原作「撒」，據翁校本改。
〔三〕厄：原作「戹」，據翁校本改。
〔四〕於：似當作「旍」。屈原《九歌·少司命》有云：「孔蓋兮翠旍，登九天兮撫彗星。」
〔五〕圖：原作「圓」，據小草本改。

〔六〕朽：原作「杇」，據小草本改。

龍啣廟緣茶供

神君久血食，一方將經營於靈瑣；上座真講師，三昧能開悟於大檀。未論山河大地之動摇，立見厦屋千間之突兀。裒多益寡，各擕淵材錢來；隨喜作緣，共喫趙州茶去。相梓人之輪奐，資佛子之舉揚。

重建九座山太平禪院

四百載叢林，不幸值阿修羅之厄數；十萬户大郡，豈無辦靡訶薩之捨心〔一〕。輒擕兩空拳而來，冀垂一舉手之援。昔咸通際，有正覺師，安禪於毒蟒吻中，相攸於靈葵指處。覺性不滅，舍利之浮圖猶存〔二〕；至人所居，畏壘之尸祝未已。孰云寶刹，遽化劫灰。深山之樵牧興嗟〔三〕，法筵之龍象悲泣。空誦杜陵之句，何時得見千萬間；恨無澄觀之才，掃地便高三百尺。惟香火達乎四方〔四〕，矧檀信布於數州，使龕中老師無把茅以蓋頭，而庭下學人有大雪之平膝，諒仁人之動念，與佛祖而作緣。庶幾煨燼荆棘之餘，復覩金碧輪奐之盛。華封人祝帝堯壽，永膺歷數之歸；

長者子是世尊身〔五〕，必享人天之起。

〔一〕辦：原作「辨」，據小草本改。
〔二〕存：原作「行」，據小草本改。
〔三〕牧：原作「木」，據小草本改。
〔四〕「火」字原無，而句末多一「境」字，據小草本補、删。
〔五〕子是：原作「于此」，據小草本改。

重建獄廟

古祭不越望，分埜雖殊；獄峻極於天，威靈甚遠。莆雖偏壘〔一〕，帝有閟宫。陋矣數椽簡儉之規，欿然一城崇奉之意。卜云其吉，伻來以圖。前法魯靈光〔二〕，仰稱衮旒之貴；後營齊栢寢，亦惟莞簟之安。外敞高大之門閭，旁列幽陰之官府。方將考室而築百堵，未易捧土而臺九層。必大檀辦喜捨之心〔三〕，庶新廟有落成之望。朝金錢之輻輳，夕輪奐之翬飛。旅於泰山，非數數然致福者；留此靈瑣，如洋洋乎在上焉。協助勝緣，永爲壯觀。

〔一〕偏：原作「徧」，據翁校本改。

〔二〕靈光：原作「慶元」，據翁校本改。

〔三〕辦：原作「辨」，據小草本改。

重修仙水廟〔一〕

至人厭世去，凛然如生；神官與我言，叩之必應。闔郡皆知於起敬，閟宫胡可以不嚴。勑封嘉應惠利侯自西京著父子之英靈〔二〕，及南渡受國家之封爵，雨暘輒禱，香火相承。世傳淮南上昇，至於鷄犬；帝命巫陽掌夢，瞭若蓍龜。然藩垣之茨堲缺殘〔三〕，户牖之丹青漫漶，古栢已老，槐花將黃。紛然懷一瓣以卜榮枯，誰肯出隻手而新輪奂。豈無吉兆得於羊胛熟之間，必有異才起應龍爪紅之讖。更須好事〔四〕，共辦肯心〔五〕。

〔一〕仙水：原倒，據小草本、翁校本乙。

〔二〕著：原作「着」，據翁校本改。

〔三〕垣：原作「坦」，據小草本改。

〔四〕須：原作「頎」，據小草本改。

〔五〕辨：原作「辨」，據小草本改。

聖壽資國院重建佛殿疏

蕭水部所創〔一〕

莊嚴古刹，夫誰無奉佛之心；扈從勳臣，以此爲祝堯之地。儒墨之設教雖異，臣子之歸美則同。維古瞿曇道場，鄰老辟支坐處，至今莆邦耆宿〔二〕，能言蕭寺因緣。徼利福田，非韓愈氏之意；錫名資國，寓華封人之忠。幾閱星霜，半成瓦礫。水部之規模好在，雲孫之輪奂美哉。寶殿一新，叢林改觀。老漢和聲而讚歎，大家協力以圓成。現宰官身，亢華宗於東海〔三〕；願聖人壽，等椿筭於南山。

〔一〕創：原作「剳」，據小草本改。

〔二〕邦：原作「拜」，據小草本改。

〔三〕華：原作「革」，據小草本改。

後村先生大全集卷之一百七十二

青詞 原作「辭」，據宋刻本、小草本改

袁州入宅

忝牧民之重寄，朝命雖榮；違將母之初心，宦遊奚樂！潔蠲公宇，熏祓醮筵〔一〕，將祈千里之蒙休，豈特一家之徼福。伏願監臨悃愊，畀錫福祥〔二〕。田里相孚，聲永銷於愁歎；庭闈雖遠，書常報於平安。

〔一〕熏祓：原作「重拔」，據宋刻本、小草本、翁校本改。

〔二〕畀：原作「界」，據四庫本改。

廣東倉入宅〔一〕

起家一出，甚矣勞生；乘傳載馳，幸而善達。輒陳悃素，冒叩昊蒼〔二〕。伏念臣久分退藏，忽叨臨遣〔三〕。白頭慈母，老戀家山；黄吻小兒〔四〕，疾留道路。雖百指檀欒而無恙，然寸心隕穫而靡寧。兹撰剛辰，將趨公宇，爰舉祓除之典，冀垂覆幬之仁。共願憫此艱勤，錫之福順。新書方急，若爲寬比屋之嘆愁；舊學云何，夫豈在全家之飽煖。誓殫薄力，仰答厚恩。

〔一〕倉：原無，據宋刻本、小草本、翁校本補。
〔二〕冒：原作「胃」，據四庫本改。
〔三〕遣：原作「遺」，據四庫本改。
〔四〕吻小：原作「叨外」，據四庫本改。

江東憲入宅

重跰而來，頗厭舟車之役；息肩云始，方知棟宇之安。敬練剛辰，俯陳卑悃。伏念臣退藏不密，浪出有慚。將母晨昏，既違此志；全家飽煖，亦獨何心〔一〕！況以諸生力量之輕，任玆一道耳目之寄，何以慰士民之望，何以報君親之恩！屬當臨涖之初〔二〕，爰舉祓除之典。伏願瓣薌上格〔三〕，飈馭下臨，援臣孤危之蹤〔四〕，開臣平反之智。獄無冤氣，不至干陰陽之和；家有安書，庶少寬温清之念〔五〕。

〔一〕心：原作「必」，據四庫本改。
〔二〕當：原無，據四庫本補。
〔三〕瓣：原作「辦」，據四庫本改。
〔四〕援：原作「拔」，據宋刻本、小草本改。
〔五〕温清：原作「書温」，據四庫本改。

袁州祈雨

窮則呼天，既禱祠之徧舉；嗟而求雨，庶號籲之上聞。謹狃緑章〔一〕，冒陳丹悃。伏念臣承流亡狀，致旱有端。戰戰兢兢〔二〕，甘一身之即譴；炎炎赫赫，顧千里之何辜。或盈滄而復乾，或閣雲而不下。此念未通於幽顯，胡顔可見於吏民。輒爲四邑之生靈，上訴九閽之主宰。伏願曲垂帝監，深憫輿情。川澤氣升，速覩翻瓢之快；田疇水足，少休抱甕之勞〔三〕。

〔一〕犴：原作「豣」，據四庫本改。

〔二〕兢兢：原作「競競」，據四庫本改。

〔三〕甕：原作「饔」，據四庫本改。

江東祈雨

嗟我農夫，苦亢陽之爲沴；惟皇上帝，忍膏澤之尚屯。俯陳怵惕之情，仰瀆穹窿之聽。伏念臣自入疆而采訪〔一〕，知編户之創痍〔二〕。數口之家，鮮能宿飽；一年之計，尤仰早收。方彌望以如雲，忽兼旬而渴雨。深恐孑遺之黎庶，不能自振於儉荒〔三〕。惟暑氣之藴隆，欲流金石；彼原田之秀實〔四〕，將化堇荼。列城若處於焚惔，近境纔蒙於霑灑，儻慳後惠，必廢前勞。合一路之哀鳴，叫九閽而上訴。伏念矜其誠至，賜以感通。若潤澤之，敢不盡微臣之職？俾滂沱矣，庶幾全大造之功。

〔一〕采：原作「來」，據四庫本改。

〔二〕痍：原作「瘡」，據四庫本改。
〔三〕不：原作「下」，據四庫本改。
〔四〕原：原作「厚」，據宋刻本、小草本改。

太淑人保安 庚寅

小人有母，一疾甚危；皇天無親，至誠可感。仰戴生全之造，俯陳喜懼之情。伏念臣等母淑人林氏晼晚年齡，沉綿春夏。醫師迭試，莫知補瀉之方；兒女滿前，忍見呻吟之狀？遂於中夜，密禱上穹，願減微臣之年，以延慈母之算。寸忱既徹，諸苦頓輕。然餘恙未之盡平，顧大恩無以少報，敬羞菲薦，擢謝高真。恭願吉曜臨身，災躔退舍。蠲除熱惱，不煩藥石之功；降賜福祥，永保櫟樗之壽。

太淑人生日 己丑

桑榆迫暮，深羡於久生；蒲柳望秋，不期而先悴。輒陳卑悃，冒瀆高穹。伏念臣妾坎壈百罹，侵尋七袠。雖筋骸無恙，尚可支吾；然歲月如流，不堪把玩。敬因初度，式按真科。伏願飈馭下臨，瓣香上格。循蘭陔之養，永遂團欒〔一〕；保櫟杜之年，終逃天伐。

〔一〕欒：原作「戀」，據四庫本改。

又 庚寅

我生之初，恍如夙昔；年運而往，寖迫暮遲〔一〕。伏念臣妾累月呻吟，闔門驚悚。訪醫問卜，懔乎性命之憂；起死廻生，大矣乾坤之德。兹逢誕日，謹按真科，庶憑方寸之微誠，少答再生之洪造。恭願坎離交濟，火孛退躔。雖及老既衰，非復盛强之日；然踰七望八〔二〕，冀延耋耄之期。

〔一〕寖：原作「寢」，據宋刻本改。
〔二〕望：原作「里」，據四庫本改。

又 辛卯

質如蒲柳，甚矣易衰；年在桑榆，懔然可懼。乃即始生之旦，輒伸善禱之情。伏念臣妾少頗艱勤，晚尤淡泊〔一〕。身多菑疢，豈能無性命之憂；家素清貧，未免有兒孫之念。儻不皈依於大造，若何全護於餘齡。伏願鑑此精誠，錫之壽嘏。懷鍼橐艾，不勞方劑之施；戲綵含飴，永保團欒之樂。

〔一〕「尤」原作「即」，「泊」原作「白」，據四庫本改。

又

癸巳

數平生之善，未有纖毫；過本命之年，又踰一紀。兹載臨於誕日，輒默禱於高穹。伏念臣妾久矣尫殘〔一〕，偶然老壽。諸兒無似，俱忝宦游；薄業不多，屢逢歲稔。未及祈禳而災退，靡煩湯熨而疾平。適當禋祀之年，將竊郡封之寵，非元化施生之妙，何暮齡僥倖之多。敬瀝微誠，仰干慈造。恭願蠲其美疢，介以嘉祥。疏湯沐之新封，已慙稀闊；徼桑榆之晚福，更祝期頤。

〔一〕念：原作「命」，據四庫本改。

太夫人生日 戊戌

暮景婆娑，譬櫟樗之無用〔一〕；上穹高邈，幸蘋藻之可羞。伏念臣妾蕞爾餘生，履滋初度。歲年冉冉，曾無却老之方；兒輩㲎㲎，浸有惡盈之懼。倘非自天之保祐，曷延過隙之光陰。伏願介以壽臧，原其災厄。金篦刮翳，令舊觀之復還；石窌疏恩，冀新封之屢啓。

〔一〕譬：原作「檗」，據四庫本改。

又 己亥

年既暮遲，届始生而有感；天雖高邈，幸一念之可通。伏念臣妾八袠侵尋，一門忝竊，無關心之藥裹，有繞膝之斑衣。兹逢禋祀之期，將啓國封之寵。曰貴曰壽，覺取數之過多；欲安欲生，豈常情之能免〔一〕。爰齋心於誕日〔二〕，敬稽首於高穹〔三〕。恭願降賜福祥〔四〕，蠲除災厄。旨甘無闕，永相保於蘭陔；瞻視復明〔五〕，初不煩於菊枕。

〔一〕情：原缺，據四庫本補。
〔二〕齋：原作「齊」，據四庫本改。
〔三〕穹：原缺，據四庫本補。
〔四〕福：原缺，據四庫本補。
〔五〕視：原缺，據四庫本補。

又 庚子

皓首衰頽〔一〕，幸棲身於田里；丹誠懇切，冀駐景於崦嵫。伏念臣妾八袠平頭，一生多病。老而及耄，未逢刮膜之方；子且生孫，粗有含飴之樂〔二〕。郡國三疏於湯沐，家庭並列於節麾。積兹僥倖之多，懍若滿盈之懼。敬因誕日，輒敢籲天〔三〕。伏願鑑此微忱，錫之晚福。一家仁遜，勿墮先世之風；百歲期頤，克保天年之壽。

〔一〕衰：原作「褱」，據四庫本改。
〔二〕樂：原作「意」，據四庫本改。
〔三〕敢：原作「欲」，據宋刻本、小草本改。

又 辛丑

人羡久生，顧餘齡而自慨〔一〕；天無私覆，然善願之必從。伏念臣妾某早染世塵，晚耽禪悦。髣髴大耋，久不出於鄉閭；碌碌諸兒，粗能當於門户。旨甘無闕，湯熨少停，人以爲衰老之榮，己則有滿盈之懼。兹因誕日，敬叩高穹。伏願鑑此精虔，畀之壽嘏。大國賜湯沐，竊冀新恩；百年曰期頤〔二〕，庶延暮景。

〔一〕餘：原作「飾」，據四庫本改。

〔二〕頤：原作「熙熙」，據四庫本删改。

福國生日 壬寅

歲華已晚，不勝喜懼之情；天聽甚卑，輒瀝精誠之禱。伏念臣妾頽然衰景，届此始生，雖詹視之逾昏，尚筋骸之可勉。老者祝哽祝噎，粗適旨甘〔一〕；常情欲安欲生〔二〕，矧侵耄耋。敬憑緑奏，輒歷丹忱。伏願矜此餘齡〔三〕，錫之晚福。斑衣雜遝〔四〕，清温相踵於高堂〔五〕；錦誥便蕃〔六〕，湯沐更封於大國。

〔一〕旨：原缺，據四庫本補。
〔二〕常：原作「嘗」，據四庫本改。
〔三〕伏：原缺，據四庫本補。
〔四〕遝：原作「還」，據四庫本改。
〔五〕清：原作「清」，據四庫本改。
〔六〕誥：原作「詰」，據四庫本改。

又

癸卯

晼晚餘齡，幾於耄及；精虔一念，可以上通。伏念臣妾自顧早衰，偶叨暮福。八袠加三之老，眠食粗寧；一門取數之多，滿盈是戒。諸息承顔而定省，重孫繞膝而團欒，人所共榮，妾常深懼。衣裼屬臨於初度〔一〕，瓣香敢昧於真依〔二〕？天道益謙，願勿隳於孝謹〔三〕；人情欲壽，庶獲保於期頤。

〔一〕禓：原作「揚」，據四庫本改。

〔二〕辯：原作「辨」，據四庫本改。

〔三〕隳：原作「隓」，據宋刻本、小草本改。

又

甲辰

人羡久生，氣已衰而將竭；天無私覆，誠之至者必通。伏念臣妾取數過多，踰八望九。昏定晨省，雖云子職之共〔一〕；日往月來，不覺旄期之及。刮膜之方難遇，溲血之恙甫瘳，未能性悟而理融，常恐菑生於福過。乃齋心於誕日〔二〕，敬請命於上穹〔三〕。蒲柳望秋〔四〕，敢保凋零之質；桑榆逐暖，庶延晼晚之齡〔五〕。

〔一〕職：原作「姓」，據四庫本改。

〔二〕齋：原作「齊」，據四庫本改。

〔三〕請：原無，據四庫本補。

〔四〕蒲：原作「莆」，據小草本改。

〔五〕庶延：原作「之」，據四庫本改、補。

又 乙巳

人情欲安，矧頽齡之寖迫〔一〕；天道善應，冀精禱之上通。伏念臣妾某猥以衰癃〔二〕，安於寂寞。擁麾持節，及觀兒輩之榮；衣裼弄璋，頻見孫曾之慶〔三〕。然而光陰晚矣，疾病半之。昨溲血之失常，覺殘骸之幾殆，幸而平復，若有護持。兹復届於誕辰，敢皈誠於洪造。伏願災躔屏退，吉曜照臨。酌彼澗蘋，聊薦至微之意；譬諸社櫟〔四〕，庶全無用之年。

〔一〕寖：原作「寢」，據宋刻本改。
〔二〕衰癃：原作「衰癃」，據宋刻本、小草本改。
〔三〕孫曾：原倒，據宋刻本、小草本乙。
〔四〕社：原作「杜」，據宋刻本、小草本改。

又 丙午

春秋之高，一則以懼；天地之大，感而遂通。伏念臣妾迫桑榆之衰年，進湯沐於大國。目尤昏瞀，殆顏色之不分；身賴扶持〔一〕，亦筋骸之非昔。比因疾厄，罙切戰兢〔二〕，亟祈扣於上蒼，荷保全其餘景。然一門盈滿之當戒，矧二息宦游而未歸〔三〕，不勝舐犢之懷，冀從反哺之請〔四〕。兹臨初度，敢昧真依？欲望鑑其血忱〔五〕，介以眉壽。味五福攸好德之訓，佩服勿忘；稽九十不從政之文，檀欒相保。

〔一〕賴：原無，據四庫本補。
〔二〕兢：原作「競」，據四庫本改。
〔三〕宦：原作「官」，據四庫本改。
〔四〕冀：原作「異」，據四庫本改。
〔五〕忱：原作「惋」，據四庫本改。

又

丁未

壽鄰大耋，驚心歲月之深；病惜餘生，托命乾坤之大。伏念臣妾猥以弱質，享兹高齡，雖五疏湯沐之封，然一守清白之訓。筋骸返少，曾無南嶽之方；瞻視全昏，矧有西河之哭。懼門户之衰冷，念子孫之衆多，固已衰頹，未忘貪愛。屬皇覽初度之旦，誦自求多福之言。薦澗濱之蘋蘩，冀垂穹聽；譬道傍之樗櫟，永遁天刑〔一〕。

〔一〕「天」上原有「之」字，據四庫本刪。

又

戊申

大耋年高，但覺光陰之速；再生恩大，迄臻疾疢之平。伏念臣妾某久以癃殘，加之痺下。衣裳顛倒，呻吟至於累旬；粥藥扶持，性命危於一髮。懔兒曹之憂懼，荷造物之哀憐。參朮收功，桑榆駐景。然湯熨尚煩於調燮，而尫羸未易以盛强。思奮起於沉痾，敬薰修於初度。伏願祓除諸苦〔一〕，迓續修齡。孛尾火頭，一洗星躔之厄；原高隰下，共榮晝錦之行〔二〕。

〔一〕苦：原作「古」，據四庫本改。

〔二〕錦：宋刻本、小草本均作「繡」。

新居設醮

女笄男弁，頗驚碎累之多；考室子堂，聊廣先人之舊。落成之日，徼福於天。伏念臣嶺海脱身，家山屏迹。昔存蝸舍，粗蔽於雨風；今若蜂房，各開於户牖。即東偏之隙地，闢小築之數間。雖云練時日之吉良，尚恐犯方隅之禁忌。屬孟冬之叶卜，命二息以奠居。上以奉庭闈之清温，下以帥閨門之雍睦。非叩閽而默禱，豈闔室之敢寧？伏願憫此艱勤，遂其安逸。苟全苟合，師往哲之格言；乃寢乃興，符占人之吉夢〔一〕。

〔一〕占人之吉：原作「吉人之占」，據宋刻本、小草本乙。

保安〔一〕 丁未

户門災厄，嘗抱憂危；天地施生，汔蒙全護。乃薰一瓣，仰答九閽〔二〕。伏念臣累召造朝，一擠去國。道聞仲氏，疾遽至於淪亡；堂有老人，懼不堪於悲惱。呼天密禱，窮日疾馳。吹篪已隔於怡愉，擁笏獲躬於定省〔三〕。脱仕路風波之險惡，遂家庭朝夕之檀欒。静言思之，亦云幸矣。

然而親既踰耄，體多不安，誰無欲生欲安之情，矧迫一喜一懼之際。敬因醮謝，復有懇祈。伏願臣母魏國太夫人林氏火孛順行，坎離相濟。孫曾長茂，足爲晚暮之娱〔四〕；醫卜屏除，永保康寧之福。

〔一〕保：原作「何」，據四庫本改。

〔二〕闍：原無，據四庫本補。

〔三〕定：原作「庭」，據宋刻本、小草本改。

〔四〕「之」下原有「晚」字，據四庫本删。

又

戊申

微軀幾殆，未逢十全之醫；一念默通，盡出再生之造。輒憑緑簡，敬剖丹衷〔一〕。伏念臣晼晚餘齡，沉綿累月。受髪膚身體，曾未報於劬勞；禱上下神祇〔二〕，冀稍延於視息。果臻勿藥之喜，遽失采薪之憂。深愜母子檀欒之心，不墜户門付授之托。向非元化，安有殘生？輒羞沼沚之毛，少答乾坤之德。伏願自今以始，惟適之安。夸詡俗情，豈有買臣之繡〔三〕；燕娱親膝〔四〕，寧無萊子之衣！

〔一〕剖：原作「刮」，據四庫本改。
〔二〕祇：原作「祈」，據四庫本改。
〔三〕有：小草本作「必」。
〔四〕燕：原作「然」，據四庫本改。

又

壬子

拙恙沉綿，幾作異鄉之鬼；寬恩全活，復爲故里之人。仰蒼昊以歸依，玨緑章而摧謝〔一〕。伏念臣某昨者膏肓證迫，性命憂深，頓灰戀闕之心，密露首丘之禱。未幾痛定，起衛玠之清羸〔二〕；俄又汰歸〔三〕，免史談之留滯。尋漁樵之保社，治農圃之生涯。晞髮曝背於湯熨之餘，長子抱孫於衡茅之下。凡餘齡之僥倖，皆大造之生全。不揆螻蟻之微〔四〕，輒羞豺獺之祭。伏願矜憐衰憊，蠲祓災迍。舊疢悉平，不復費醫和之劑；希年在望，方將挂弘景之冠。

〔一〕章：原作「草」，據小草本改。
〔二〕羸：原作「羸」，據小草本改。

〔三〕汰：原作「伏」，據小草本改。

〔四〕螻：原作「樓」，據小草本、翁校本改。

又

乙卯

采薪之憂，命懸一瞬；勿藥之喜，恩等再生。假以餘齡，仁哉洪造。伏念臣某宧情已薄〔一〕，年事寖高〔二〕，去國爲農圃之歸，罷祠絶庖廩之繼，尚爲病撓，可見身災。窮則呼天，嘗呻吟而號籲；齋可事帝，果奮起於沉綿。不揆螻蟻之微，輒羞豺獺之報。伏望神祇叶佑，星曜順行。屏岐伯之書，少停湯熨；拜弘景之疏，遂挂衣冠。

〔一〕宧：原作「官」，據《翰苑新書》別集卷九改。

〔二〕寖：原作「寢」，據文意改。

陳氏女保安

女子有行，遽違慈侍；婦人免乳，實抱私憂。伏念臣妾劉氏昨以妊娠，感於夢寐。遠父母兄弟，殆由驚噩而成；禱上下神祇，冀遂生全之望〔一〕。果蒙化育，陰賜護持，既無坐蓐之危，復有抱雛之慶。敢羞菲薦，不昧初心。伏願吉曜照臨，裁躔銷弭。乃安莞簟，聿開卜兆之祥；言采蘋蘩，益致壺儀之謹。

〔一〕全：原作「前」，據宋刻本、小草本改。

又

父惟疾之憂，沉綿幾殆；天不言而應，號籲必聞。伏念臣女劉氏昨與良人，相攜遠宦，屬江城之傳警，抱漆室之隱憂。驚恐入心，遂得奇疾；扶持還里，幾成廢人〔一〕。久矣失音，近尤惡食。藥裹動煩於尊長，藁砧久客於京師。惟平生情之所鍾，其危慽目不忍見。惟有歸依於洪造，庶幾全活於微生。伏願吉曜臨身，災躔退舍〔二〕。屏二豎之祟，無使伏藏；過十全之醫，不勞湯熨。

〔一〕廢：原作「疾」，據小草本改。

〔二〕災：原無，據小草本補。

山甫婦保胎

庭闈暮景，頗思君子之抱孫；家室至情，莫切婦人之免乳。敢陳卑悃，仰扣高真。伏念臣室妾方道璋恃母以存，從夫未久。執采蘋之禮，敢不敬具？迫坐蓐之期，寧無兢懼〔一〕？爰歸依於仙聖，冀誕育之平安。伏願飈馭下臨，瓣香上格〔二〕。于門容駟，豈云後福之徼〔三〕；阮婦得雄，庶動尊懷之喜。

〔一〕兢：原作「競」，據小草本、翁校本改。
〔二〕瓣：原作「辦」，據小草本、翁校本改。
〔三〕後：原作「復」，據小草本改。

又

沉綿幾殆，寧免呼天；俄頃有瘳，遂能履地。再生之賜，九隕曷酬！伏念臣某妻室方道璋涉秋以來，屬疾頗久。受我藥石〔一〕，莫起死以廻骸；禱爾神祇，忽沉痾之去體。螻蟻之命既知免矣，豺獺之報豈容恝然。伏望鑑此精虔〔二〕，蠲其屯厄。孩提繞膝，未妨戲萊子之衣；伉儷齊眉，所願舉孟光之案。

〔一〕受：原作「愛」，據小草本改。
〔二〕精：原作「情」，據小草本改。

里社禳災

興訛未止，豈勝如燬之憂；思患預防，爰作徙薪之計。合輿情而有請，庶咎證之可禳。伏念臣等一方自旬浹以來，比屋懲融風之警。始愚氓不戒，殆非熒惑之所爲〔一〕；俄俚俗相驚，常若畢方之將至。深惟鄉閭守望之義，誰無室家漂摇之虞，乃延黄冠，爲拜緑簡〔二〕。伏望貸下民之自孽，儼上帝之汝臨。在昔一言，尚使妖星之退舍；矧今萬口，必蒙和氣之致祥。

〔一〕殆：原作「始」，據翁校本改。
〔二〕緑：原作「緣」，據翁校本改。

又 庚申〔一〕

天道善應，儼上帝之汝臨；人情欲安，懼一人之弗獲。伏念臣等雖逢儉歲，幸處樂郊，境無嗚柝之虞，野有來牟之熟〔二〕。氣候適當於溽暑，里閭兼問於巫醫。愁難未甦，驚訛相恐。陽舒陰慘，莫知乖沴之繇；夏痒春痟〔三〕，庶可祓禳而去。合旄倪而瀝悃，冀穹昊之垂慈。伏願薰太平嘉生之祥〔四〕，貸下民自作之孽〔五〕。懷鍼托艾，悉令美疢之瘳；曲突徙薪，永息融風之警。

〔一〕庚申：原作「庚午」，據小草本、翁校本改。
〔二〕牟：原作「弁」，據小草本、翁校本改。
〔三〕夏：原作「更」，據小草本改。
〔四〕生：原無，據小草本補。
〔五〕貸：原作「貨」，據小草本、翁校本改。

又

思患而預防，人情至切；不言而善應，天聽甚卑。乃率耄倪，共祈穹昊。伏念自冬至臘，厥證常暘，風日燥剛，水泉乾涸。連甍接棟，深虞沴氣之行；曲突徙薪，思弭融風之變。俗相恐動，古有禬禳。懷凛凛之深憂〔一〕，遂嗸嗸而上愬〔二〕。伏願賜皇極之福，念民生之艱。驅厲鬼之妖，咸躋仁壽；逐畢方之怪，永息驚謌。

〔一〕懷：原無，據小草本補。

〔二〕嗸嗸：原脱一「嗸」字，據小草本補。

又

癸亥

風日燥剛，氣殊乖盭；星辰高遠，古有祈禳。敬述輿情，冒塵穹聽。惟此一方之生聚，適然連月之亢乾，歲稍□荒〔一〕，物多疵癘〔二〕。築場之際，未嘗聞拾穗之歌；接棟而□〔三〕，□不有徙薪之慮〔四〕。惟竭精誠而上訴，庶令咎證之潛消〔五〕。伏願儼上帝之女臨，赦下民之自孽。室無鴟鴞之毁，幸免漂揺；俗傳畢方之訛，靡勞驅逐。

〔一〕荒：原缺，據小草本補。
〔二〕物多：原缺，據小草本補。
〔三〕而：原缺，據小草本補。
〔四〕不有徙薪：原缺，據小草本補。
〔五〕「潛消」至文末原缺，據小草本補。

再祈禱〔一〕

赤眚示菑，戒主人之曲突；緑章徼福，冀熒惑之退躔。臣等昨觀常暘，恐爲咎證，合輿情而致禱，庶沴氣之潛消〔二〕。近者融風，作於深夜，溝澮之泉久涸，綆缶之力安施？甚矣阽危〔三〕，幸而撲滅。國人驚而畢方見，未熄妖譌；城門火而池魚殃，各懷憂懼。衆號鳴於下土，再瀆告於上穹。伏願鑑觀四方，敷錫五福。安斯莞簟，爲高卧之人；有此屋廬，無揺居之患。

直突延燔，輿情共駭；瓣香感格〔四〕，天聽甚卑。念再三瀆懇切之詞，救億兆衆阽危之命。

耄倪安枕，相保於荒年；彗孛收芒〔五〕，化爲於甘雨。更祈終惠，永戴洪恩。

〔一〕此文與下文原置《里社禳災》第一首後，據小草本、翁校本乙。又此文前原有「之女臨赦下民之自孽室無鴟鴞（中缺）傳秘方之訛靡勞鷗驅逐」，顯屬上文之末節而復有脱誤，兹據二本删。

〔二〕沴：原作「泠」，據小草本改。

〔三〕阽：原缺，據小草本補。

〔四〕辯：原作「辨」，據小草本、翁校本改。

〔五〕彗孛：原作「慧字」，據小草本改。

又

善則降之祥，天何常遠；災可禳而去，古有是言。敢述輿情，仰塵穹聽。伏念臣等土風素陋，穡事薄收。沴氣未清〔一〕，訛傳相恐。禆竈用斝之請〔二〕，其説若迂；徐福曲突之憂，夫誰不懼！惟有精虔而上愬，庶幾消弭於未然。伏願惠此一方，錫之五福。火既順性，深藏炎赫之威；星爲退躔，默有感通之理〔三〕。

〔一〕沴：原作「沵」，據小草本改。

〔二〕請：原作「情」，據小草本改。

〔三〕「之」下原有「神」字，據小草本删。

又

思患預防，人情則一；不言善應，天聽甚卑。謹率耄倪，仰干穹昊〔一〕。伏念臣等粤自上世，奠居此方，或長子抱孫，或聯姻聚族。成巢辛苦，難於燕子之營；比屋驚訛，殆若畢方之至。古昔有祈禳之説，士民均號籲之情。伏願哀閔困之窮〔二〕，順熒惑之性。上莞下簟，遂棲息之安；接棟連甍，無漂摇之恐。

民憂赤眚，不敢奠居；帝覽緑章，潛消咎證。莫報乾坤之德〔三〕，敬羞沼沚之毛。伏願彗孛退躔，里閭按堵。祝史瓚斝之説，何以薦忱；古人突薪之防，益當加謹。

〔一〕仰干：原作「御於」，據小草本、翁校本改。

〔二〕哀：原作「衰」，據小草本改。

〔三〕莫：原作「真」，據小草本、翁校本改。

魏國追薦工部弟

幽明異趣，然可以感通；母子至情，未忘於顧復。俯伸蘋薦，仰徹蘂章。伏念臣妾次男某昨者力解麾符，退安水菽。中歲享垂魚之樂〔一〕，方愜素懷；高年抱舐犢之悲，忽成永訣。百指之孤嫠奚託，一生之慈孝難忘。閲旬浹之屢更〔二〕，叩天閽而上訴。伏願離諸業障〔三〕，乘此津梁。脱鬼趣之沉淪，君蒿悽愴〔四〕；譬道家之解化，來往消摇。

〔一〕享：原作「亨」，據小草本改。
〔二〕閲：原作「問」，據四庫本改。
〔三〕障：原作「陣」，據四庫本改。
〔四〕焄：原作「郡」，據四庫本改。

追薦工部弟〔一〕

少小相從〔二〕，尚記吹篪之樂〔三〕；幽明永隔，可勝摘蔓之悲！輒玭緑章，仰干蒼昊。伏念臣亡仲弟某早嘗艱阻，晚致顯融。持節擁麾，因勤官而得疾；上書歸印〔四〕，願奉母以終身。方將躬晨昏扇枕之勞〔五〕，踐疇昔對床之約，云何奇禍，遽隕壯圖！上靡顧九衮之老人，下不念一房之孤寡。手足之情雖切，毫髪之力安施？僅有追嚴〔六〕，少伸哀愬。伏願拔於大夜，乘此剛風。死生豈不痛哉，孰窮變滅；魂氣無不之也，冀免沉淪。

〔一〕追：原無，據宋刻本、小草本補。
〔二〕從：原缺，據四庫本補。
〔三〕尚記吹：原缺，據四庫本補。
〔四〕書：原作「官」，據宋刻本、小草本改。
〔五〕「晨」原作「最」，「扇」原作「房」，據四庫本改。
〔六〕嚴：原作「巖」，據四庫本改。

代追薦工部

幼而無父，豈勝孤露之悲；窮則呼天，蓋本焄蒿之意。俯伸哀籲，仰冒穹窿。伏念臣先父昨解印符，退依香火。居常乏絶，獨忍半生之貧；晚稍寬餘，曾無一日之享。始謂偶愆於腠理，安知遂迫於膏肓。而況重闈九齡，一房百指，聞者尚爲之太息，痛哉以此而安施！未釋煩冤，奄臨卒哭。惟有精虔而上愬，庶幾肸蠁之潛通〔一〕。伏願帝所監觀，靈其來下，脱離大幽之趣，逍遥元氣之初。雖往不復還，象罔莫之能索；然號之使復，巫陽或者可招。

〔一〕蠁：原作「響」，據四庫本改。

又

父慈罔極，徒切於攀號；道妙難名，有資於解脱。追惟嚴考，奄棄中年。歷官以來，漫青綾之作夢；厭世而去，恐黑籍之挂名。洊陳螻蟻之情，汔戴鴻濛之造。化橋穩度，早離萬鬼之鄰；故宇來歸，永受六親之托。

代作工部弟中祥〔一〕

伉儷遂睽，永抱藁砧之恨；君蒿不遠，奄臨鑽燧之期。輒剖煩冤〔二〕，冒干真宰。伏念臣淑柔故夫某已下從於窀穸，靡返顧於孤嫠〔三〕。哭之如新，孰云期可已矣；望之弗至，所以練而慨然。虛結過去生之緣，莫逭未亡人之痛。伏願矜憐號籲，超脱沉淪。雖音容閟乎重泉，即之冥漠；然精爽廻乎長夜，凛若生存。慰尊幼之哀思，爲户門之依托。

〔一〕祥：原作「行」，據宋刻本、小草本改。
〔二〕剖：原作「部」，據四庫本改。
〔三〕顧：原作「願」，據四庫本改。

魏國九幽醮

蘭陔罰酷，可勝罔極之懷；苦塊哀深，冀動蓋高之聽。凄其丹赤，仰止穹蒼。伏念臣等母魏國太夫人林氏幼歷阸艱，蚤嬪隱約。相先君子，曷嘗動色於牛衣；稱未亡人，初豈有心於象服？

堅剛自守，耄耋靡渝。眼看子舍之顯融，手拊孫枝之長立。久享重闈瀡髓之奉，五啓大邦湯沐之封。當其貴壽之時，尤以滿盈爲懼。案惟梵卷，笥止澣裳。其訓儉每安半菽之供，其戒殺恐傷一蟻之命。筋力雖憊〔一〕，神明未衰。自仲息之云殂，覺歡悰之寖少〔二〕。屬添鄉臬便私之命，方爲板輿就養之行，云胡沉痾，遂至大故！慘甚嚴霜之隕夏，纍然孤露之不天。南陔白華之章，從今已矣；凱風寒泉之感，何痛如之！敢以煩冤，形諸號籲。伏望憫毀巢之禍，察叫閽之情，拔大夜之沉淪，乘剛風而解脱。死者可作，固無復生之期；魂兮來歸，倘有可招之理。

〔一〕憊：原作「備」，據四庫本改。

〔二〕寖：原作「寝」，據宋刻本改。

代追薦工部弟大祥

呼天靡及，罔極奈何；送父之終，有時而既。輒干洪造，少瀝丹忱。伏念臣先父某一掩泉扃，再周歲律。檀弓既葬，徒深望弗至之悲；子夏已除，猶有哀未忘之語。痛心祥祭，稽首道家，庶幾百指孤嫠之情，能動九閽主宰之聽。伏願刊酆都之籍，收岱宗之魂。或鬼趣未離，幸早超於幽闇；縱兒曹無似，竊有覬於顯揚。

又

素冠終制，未忘人子之悲；寶籙煉魂，有感道家之説。欲伸餘慕，僅有追嚴〔一〕。荷仙聖之證明，憫孤嫠之號籲〔二〕，蠲其業障，度彼化橋。乘碧落之長風，閲赤明之浩劫。消遥靈境，離泉壤之幽陰；庇燾後昆〔三〕，俾門閭之高大。

〔一〕嚴：原作「巖」，據四庫本改。

〔二〕嫠：原作「婺」，據宋刻本、小草本改。

〔三〕燾：原作「壽」，據四庫本改。

魏國卒哭

毁巢號叫〔一〕，尚未絶聲；過隙光陰，奄臨卒哭。俯殫血悃，仰瀆蒼旻。伏念臣先妣魏國捨此庭闈，歸於宅兆，既畢返而虞之禮，愈深望弗至之悲。斷機之訓徒存，扇枕之事永已。雖臣親之壽，九袠夫復奚言〔二〕；然人子之心，百年猶以爲短。而況莫大乎死生之變，難忘者顧復之恩。

謂彭殤可齊，豈枕塊之所忍道；使曾閔復出，非籲天無以洩哀。矧如追嚴，素所崇信。痛逝者十旬之不返，冀諸孤一念之上通。伏願帝鑑觀而下臨，靈繽紛其來格。刊其黑籍，尚何鬼趣之憂；乘彼白雲，有若道家之説。

〔一〕卟：原作「斗」，據四庫本改。
〔二〕夫：原作「失」，據四庫本改。

又

命有所制，莫駐於親年；魂無不之，卒憑於道力。伏念臣先妣魏國奄成千古，俄已十旬，荷真宰之鑑臨，憫衆雛之號籲。考察平生之功行，靡所欠虧；證明末後之因緣，超然解脱。既注名於上界，亦垂慶於後昆。

追薦惠州弟

野鵩飛來，竟作殊鄉之祟；原鴒棄去，可勝同産之悲〔一〕！聚族煩冤，呼天號訴。伏念臣弟某蚤承家訓，晚奉藩條，有食蘗之清，無凝香之樂。書來絡繹〔二〕，久聞藥喜之音〔三〕；訃至蒼皇，忽破槐安之夢。委愛子稚孫而不顧，捨涼臺燠館而安之！雖七旬已隔於音容，然一念可通於冲漠。伏願拔旅魂於遐嶠，脱鬼趣於大幽。紼翣旅歸，掃炎歊於三伏；箕裘不墜，衍餘慶於二孤。

〔一〕可：原作「丁」，據小草本、翁校本改。

〔二〕書：原作「事」，據小草本改。

〔三〕藥喜：原作「樂善」，據小草本改。

爲二姪追薦惠州弟

丹旐言旋，陟岵愴十旬之隔；赤章哀籲，扣閽冀一念之通。伏念臣等先父臣某奮自孤童，安於拙宦。補孝子循蘭陔之什，久矣栖遲；慕前賢守鬱林之風，過於清苦。凡今日寸地把茅之苟有，皆平生節衣縮食之所營。云胡夏鵩之妖，莫起河魚之疾！野吏之亭長在〔一〕，父老共悲；善和之宅依然，主人不返。雨降露濡，動輒悽愴〔二〕；水浮陸走〔三〕，幸無震驚。輒伸人子之情，敬采道家之説，伏願回乾坤之大造，鑑草木之微忱。逝者如斯夫，欲承顔而永訣；魂兮歸來些〔四〕，寧與魄以俱沉。脱離幽陰，周游冲漠。

〔一〕吏：原作「史」，據《翰苑新書》別集卷九改。

〔二〕「悽」上原有「愴」字，據《翰苑新書》別集卷九刪。

〔三〕走：原作「步」，據小草本改。

〔四〕些：原缺，據小草本補。

又

獲罪於天，抱此幽憂之痛；得請於帝，招其離散之魂。力援沉淪〔一〕，恩霑存没。伏念臣等先父臣某奄終官舍，且涉暑塗。雖返丹旐，愴慈顔之就木；欲銷黑籍，遂血面而叩閽〔二〕。果以哀悃，通乎肸蠁。騎驎而下，等人世之微塵；化鶴而歸，返子孫於他日〔三〕。

〔一〕援：小草本作「挽」。

〔二〕叩：原作「叫」，據小草本改。

〔三〕返：原作「訪」，據小草本改。

爲二姪追薦惠州弟小祥

板封坎掩，已從窀穸之歸；火改穀升，追感歲時之變。俯伸號籲，仰瀆穹窿。伏念臣等先父某定數莫逃，慈顔愈邈。期已久矣，野哉短喪之言；練而慨然，痛甚終身之慕。惟祈哀於仙聖，庶有益於幽冥。憑仗道慈，超離鬼趣。初臨忌日，豈惟有一朝之憂；永佩義方，奚止無三年之改〔一〕。益綿餘慶〔二〕，垂燾後昆〔三〕。

〔一〕無：原作「爲」，據小草本改。
〔二〕慶：原作「塵」，據小草本改。
〔三〕垂：原無，據小草本補。

代赤姪孫薦母

鞠育顧復，百生莫報於母慈；躑躅號鳴，九死少伸於孺慕。伏念臣母黄氏傳家巨孝，作配嚴君。如友如賓，安荆練之淡泊；斯人斯疾，賴藥石之扶持〔一〕。意尪羸爲壽考之資，乃變滅在須臾之頃。夫嗟絃斷，兒尚髫垂。升堂不見晢晢目存之容，開卷不聞諄諄耳提之誨。既抱煩寃而枕塊，尚延殘息而扣閽。伏願矜孩幼之血忱，刊幽陰之黑籍。棄白日，襲長夜，雖莫招冥漠之魂；抱明月，挾飛仙，冀早獲逍遥之趣。

〔一〕石：原作「疾」，據小草本改。

追薦六二弟

少小相依，莫切同根之愛〔一〕；幽明永訣，可勝摘蔓之悲！仰瀆穹蒼〔二〕，俯陳悃素。伏念臣亡弟某厄終一夢，俄及六旬。粗有王通之田廬，未畢尚平之婚姻。重矣托孤之責，壓於垂耄之身。乃命羽流，薄羞菲薦。伏願離幽陰趣，爲汗漫遊。隻影僅存，動往哲獨亡之嘆；餘情不泯，結來生未斷之因。

〔一〕愛：原作「憂」，據小草本改。
〔二〕仰：原作「抑」，據小草本改。

代續姪孫薦父

幼而無父，孰恤零丁；窮則呼天，必聞哀籲。伏念臣某父臣某燈窗苦學，砥礪好修，周家所謂鄉之賢能，漢人亦云家之珍寶。甫臨伯玉知非之歲，方且盛强；未及宣尼學《易》之期，奄然委蛇。永别族親之恩誼，靡需兒女之長成〔一〕。終身含陟岵之冤，泣血瀝叫閽之悃。伏願遊乎方外，復於性初，解脱業緣，依憑因果。破胡僧劫灰之語〔二〕，有無渺茫；遊仙家白雲之鄉，逍遥自在。

〔一〕靡：原作「虚」，據小草本改。

〔二〕僧：原作「曾」，據小草本改。

又

父劬莫報，含荼毒之至冤；天聽甚卑，瀝哀鳴而上愬。俯陳螻蟻，仰叩鴻濛。伏念臣某父臣某傳奕葉之弓箕，踐前修之矩矱。族稱孝，鄉稱弟，不可疵瑕；市争利，朝争名，則如退怯。方某水某邱之自適，忽斯人斯疾而弗瘳。靡需三息之冠笄，不顧六親之恩愛。友多作誄，鄰不相舂。剖苦塊之悲恫〔一〕，徹蘗珠之淵邃。伏願溥施方便，考察平生，信大命之有常，哀先君之何辜。刊陰官之黑籍，超脱沉淪；乘帝鄉之白雲，周遊汗漫。

〔一〕剖：原作「刮」，據小草本改。

代强甫婦薦母

銜冤枕塊〔一〕，永隔母慈；瀝血籲天，少伸子慕。伏念臣妾先妣某氏生王侯之閥，嬪儒素之門。堂有舅姑，珍鮭之養惟謹；子無嫡庶，鳴鳩之愛則均。謂耆年開石窌之封〔二〕，乃中歲抱栢舟之志。鄉評甚孅，閫範可師。女子有行，念切晨昏之際；人生如寄，訃馳宿昔之間。戴星而歸，陟岵靡及。惟祈哀於穹昊，庶有益於幽陰。伏願鑑螻蟻之微忱，施洪濛之大造。棄日而襲長夜，雖莫返於營魂；乘雲而遊太清〔三〕，冀永離夫鬼趣。

〔一〕銜：原作「御」，據小草本改。
〔二〕石：原作「右」，據小草本改。

〔三〕雲：原作「魂」，據小草本改。

謝恩

緑章甫徹，悲哉草土之情；黑籍隨刊，大矣雲天之施。臣妾某從夫游宦，隔母清温。聞訃告而亟歸，痛音容之漸遠。念聖善劬勞之德，等於乾坤；按道家煉度之文〔一〕，求諸酆岱。果蒙衆仙聖之力，俯憐一女子之微，肸蠁感通，幽陰解脱。及黄泉而見，永無定省之期；乘白雲而仙，早獲逍遥之趣。

〔一〕按：原作「接」，據小草本改。

後村先生大全集卷之一百七十三

詩話 前集

故事，經筵徹章，宸翰賜講讀官詩，率取前人絶句。淳祐丙午，講《禮記》畢，錫晏秘書省，御製七言唐律一首，云：「鰲極開先已降衷，上天下澤禮居中。三才義理維持力，萬世綱常建立功。孔聖法言多纂輯，漢儒師學共脩崇。經帷講徹資羣彦，克己工夫在廣充。」詩既雄渾，而奎文絢爛，行草遒麗，各爲一體。侍讀少師鄭公以下拜賜者十有四人，克莊與焉。徹章賜御製詩自今上始。

「施罛濊濊，鱣鮪發發，葭菼揭揭，庶姜孽孽，庶士有朅。」鄭氏曰：「庶姜謂姪娣。」董氏曰：「庶士謂媵臣〔一〕。」毛氏曰：「孽孽，盛飾。」余始悟屈原《九歌》云「魚鱗鱗兮媵予」之意本此〔二〕。

詩四言尤難，以三百五篇在前故也。韋玄成云：「誰謂華高，企其齊而〔三〕；誰謂德難，厲其庶而。」使經聖筆亦不能删也。曹公《短歌行》末云：「山不厭高，水不厭深，周公吐哺，天下歸心。」且孔融、楊修俱斃其手，操之高深安在？身爲漢相而時人目以漢賊，乃以周公自擬，謬矣。

魏文帝《善哉行》云：「人生如寄，多憂何爲。今我不樂，歲月如馳。」當操無恙，植以才，倉舒以惠，幾至奪嫡，謂之多憂可也。及受漢禪，可與天下同樂矣，帝既猜阻鮮懽，而諸侯王就封者皆爲典籤侵迫，多見削奪，其末命乃托國於狼顧之仲達，是帝之憂至死未已，何時而可樂乎！

曹植以蓋代之才，他人猶愛之，況於父乎？使其少加智巧，奪嫡猶反手爾。植素無此念，深自斂退，雖丁儀等坐誅，辭不連植。黄初之世，數有貶削，方且作詩責躬，上表求自試，兄不見察而不敢廢恭順之義，卒以此自全，可謂仁且智矣。文中子曰「至哉思王，以天下讓」，真篤論也。《贈白馬王彪》云：「丈夫志四海〔四〕，萬里猶比鄰。恩愛苟不虧，在遠分日親。何必同衾幬，然後展殷勤。憂思成疾疢，無乃兒女仁。倉卒骨肉情，能不懷苦辛？」末云：「離别永無會，執手將何時〔五〕。王其愛玉體，俱享黄髮期。」於時諸王凛凛不自保，子建此詩憂傷慷慨，有不可勝言之悲。詩中所謂「蒼蠅間白黑，讒巧令親疏」，蓋爲灌均輩發，終無一毫怨兄之意，處人倫之變者當以爲法。

彰以驍勇斃，植以文義全，蓋丕所忌非文人也。使倉舒在，却未必可存。倉舒夭，操謂丕輩曰：「我之不幸，汝輩之幸也。」此語失父道矣，豈所以愛倉舒哉！陸機《吊魏武文》云：「曩以天下自負，今以愛子托人。」其言甚可悲也。

嵇康《幽憤詩》云：「性不忤物，頻致怨憎。」按康傲鍾會，不與語，與山濤書，自言「薄周孔而非湯武」，其所忤也大矣。子元、子上見書自無可全之理，況加以士季乎？雖欲采薇散髮，頤性養壽，豈可得也！

四言自曹氏父子、王仲宣、陸士衡後，惟陶公最高，《停雲》、《榮木》等篇，殆突過建安矣。五言見於《書》、《詩》，如「元首叢脞哉」〔六〕、「胡爲乎泥中」之類，非始於蘇、李也。武別陵云：「欲展清商曲，念子不能歸。」又云：「願爲雙黄鵠，送子俱遠飛。」陵雖萬無還理，武尚欲拔之以歸漢，忠厚之至也。

康樂稱太傅爲宗衮，子建稱孟德爲家王，皆自我作古。

嵇康以「非湯武」三字殺身，如「韓亡子房奮，秦帝魯連恥」之句，謂之反形已具可也，康樂安得全乎？然康樂若以改物爲恥，竊負而逃可也，爲淵明亦可也，既仕宋，乃欲爲子房、魯連，於誼未有所安，悲夫！

阮嗣宗云：「寧與燕雀翔，不隨黄鵠飛。黄鵠游四海，中路將安歸？」蓋嘆時人之安於卑近，而自傷其才大志廣，無所税駕，非謂士之抗志甘爲燕雀而已。嵇、阮齊名，然《勸進表》叔夜決不肯作。

《文章正宗》初萌芽，西山先生以詩歌一門屬余編類，且約以世教民彝爲主，如仙釋、閨情、宫怨之類皆勿取。余取漢武帝《秋風詞》，西山曰：「文中子亦以此詞爲悔心之萌，豈其然乎！」

意不欲收，其嚴如此。然所謂「攜佳人兮不能忘」之語，蓋指公卿群臣之扈從者〔七〕，似非爲後宮設。凡余所取而西山去之者太半，又增入陶詩甚多，如三謝之類多不入。

詩至三謝如玉人之攻玉，錦工之織錦，極天下之工巧組麗，而去建安、黄初遠矣。

陶公如天地間之有醴泉慶雲，是惟無出，出則爲祥瑞，且饒坡公一人和陶可也。

潘岳云：「春榮誰不慕，歲寒良獨希。」若能却顧長慮者。然身游金谷，以賈謐、石崇爲託歲寒之地，悲夫！

謝康樂有《擬鄴中詩》八首，江文通有《擬雜體》三十首，名曰擬古，往往奪真，亦猶退之《琴操》真可以絃廟瑟，子厚《天對》真可以答《天問》。今人號爲摹擬某作，求其近似者少矣。

《贈盧諶》詩前歷叙霸王之佐，下云：「中夜撫枕嘆，思與數子游。」又云：「功業未及建，夕陽忽西流。時哉不我與，去乎若雲浮。」昔蒯通讀樂毅之書而泣，余於越石此詩亦然〔八〕。

前作有甚拙者，劉越石云：「宣尼悲獲麟，西狩涕孔丘。」兩句一事也。阮嗣宗云：「多言焉所告，繁辭將訴誰。」兩句一意也。然不以瑕掩瑜。

宋少帝《前溪曲》云：「黄葛生爛漫，誰能斷葛根。寧斷嬌兒乳，不斷郎殷勤。」其才思乃在陳後主、隋煬帝之上。

魏文帝有《見輓船士新婚别妻》詩一首，庶幾「熠燿宵行」、「蠨蛸在户」之遺意。吕東萊《馬嵬詩》云：「錦襪千年恨，皇輿萬里程。寧知輓船士，亦有别離情。」輓船事與馬嵬不相涉，而善用之如此。

《焦仲卿妻》詩，六朝人所作也；《木蘭詩》，唐人所作也。樂府惟此二篇作叙事體，有始有卒，雖辭多質俚，然有古意。

徐陵所序《玉臺新詠》十卷，皆《文選》所棄餘也。六朝人少全集，雖賴此書略見一二，然賞好不出月露，氣骨不脱脂粉，雅人莊士見之廢卷〔九〕。昔坡公笑蕭統之陋，以陵觀之，愈陋於統。如沈休文《六憶》之類，其褻慢有甚於香奩、花間者。然則自《國風》、《楚辭》而後，故當繼以《選》詩，不易之論也。

唐初王、楊、沈、宋擅名，然不脱齊梁之體，獨陳拾遺首倡高雅冲澹之音，一掃六代之纖弱，趨於黄初、建安矣。太白、韋、柳繼出，皆自子昂發之。如：「世人拘目見，酣酒笑丹經。崑崙有瑶樹，安得采其英。」如：「林居病時久，水木澹孤清。閑卧觀物化，悠悠念羣生。青春始萌達，朱火已滿盈。徂落方自此，感歎何時平。」如：「務光讓天下，商賈競刀錐〔一〇〕。已矣行采芝，萬世同一時。」如：「吾愛鬼谷子〔一一〕，青溪無垢氛。囊括經世道，遺身在白雲。舒可彌宇宙，卷之不盈分。豈徒山木壽，空與麋鹿羣。」如：「臨歧泣世道，天命良悠悠。昔日殷王子，玉馬遂朝周。寶鼎淪伊穀，瑶臺成古邱。西山傷遺老，東陵有故侯。」皆蟬蜕翰墨畦逕，讀之使人有眼空四海、神游八極之興。

杜審言《夜宴》云：「酒中堪累月，身外即浮雲。」《登襄陽城》云：「楚山横地出，漢水接天迴。」《妾薄命》云：「啼鳥驚殘夢，飛花攪獨愁。」杜氏句法有自來矣。

杜五言感時傷事，如「親朋無一字，老病有孤舟」，如「敢料安危體，猶多老大臣」，如「不愁巴道路，恐濕漢旌旗」；其用字琢對，如「須爲下殿走，不可好樓居」，如「竟無宣室召，徒有茂陵求」，如「魯衛彌尊重，徐陳略喪亡」。八句之中著此一聯，安得不獨步千古！若全集千四百篇，無此等句爲氣骨，篇篇都做「圓荷浮小葉，細麥落輕花」道了，則似近人詩矣。

古人感知己之遇，欒布奏事彭越頭下，臧洪、盧諶皆不以主公成敗而二其心。叔季所謂「賓客方翕翕」，熱時則趨附恐後，及時異事改，則振臂而去，至有射羿者〔一二〕。世傳嚴武欲殺子美〔一三〕，殆未必然。觀「老親如宿昔，部曲異平生」之句，極其悽愴，至位置武於《八哀》詩中，忠厚藹然，異於「幕府少年今白髮」之作矣。李義山過舊府，有寄諸掾詩，云「莫憑無鬼論，終負托孤心」，猶有門生故吏之情，可以矯薄俗。

唐人善形容人情物態，杜公云「已經十日竄荊棘」，困厄極矣〔一四〕，然「腰下寶玦青珊瑚」終不解去，何也？義山云「不收金彈抛林外，却憶銀床在井頭」，亦曲盡貴公子之憨態。若貫休輩「自拳五色毬，迸入他人宅，却捉蒼頭奴，玉鞭打一百」之句，拙俚甚矣。

太白《古風》云：「大雅久不作，吾衰竟誰陳。王風委蔓草，戰國多荊榛。龍虎相啖食，兵戈逮狂秦。正聲何微茫，哀怨起騷人。揚馬激頹波，開流蕩無垠。廢興雖萬變，憲章亦已淪。」此今古詩人斷案也。「黄河走東溟，白日落西海。逝川與流光，飄忽不相待。春容捨我去，秋髮已衰改。

人生非寒松，年貌豈長在。吾當乘雲螭〔一五〕，吸景駐光彩。」「西上蓮花山，迢迢見明星。素手把芙蓉，虛步躡太清。俯視洛陽川，茫茫走胡兵。流血塗野草，豺狼盡冠纓。」此六十八首與陳拾遺《感遇》之作筆力相上下〔一六〕，唐諸人皆在下風。

古人服善，太白過黄鶴樓，有「眼前有景道不得，崔顥題詩在上頭」之句，至金陵，遂爲《鳳凰臺》詩以擬之。今觀二詩，真敵手棋也。若他人必次顥韻，或於詩版之傍别著語矣。

玉川子貧甚，僧送米，令割俸，其家必無蓄藏；一婢赤脚，必無姝麗。所訟惡少騎屋下瞰，未必盡然，既爲捕笞惡少，不必爲德，反謂處置未是。他人處此必怒，退之乃巽詞謝之，爲具招之。玉川赴其約，又先致雙鯉，亦不之却。舊史稱退之性崛强〔一七〕，以玉川事觀之，乃一委曲人也。然其與憲宗争佛骨〔一八〕，與御史中丞李紳争臺參，與王庭湊争牛元翼〔一九〕，與河南尹鄭相争賣餅軍人，則毅然不可奪。崛强於大節而委曲於羣碎，此其所以爲退之歟！

李翺、張籍、皇甫湜皆韓門子弟，翺妻又愈女也，故退之皆名呼之，如云「李翺觀濤江」，又云「籍、湜輩」。然翺祭退之文乃稱爲兄，師弟子姑未論，兄妻之諸父可乎〔二〇〕？籍祭詩云「而後之學者，或號爲韓張」，有抗衡之意。湜作墓碑云：「公疾，諭湜曰：『死能令我躬不隨世磨滅者，惟子以爲屬。』」退之乃賴湜而傳耶？近世推黄配蘇，亦類此。

退之性喜玩侮，如吕醫山人之類，固可侮。楊之罘、侯喜，諸生也，乃況之罘以栢馬〔二一〕，又借釣魚嘲喜云：「舉竿引線忽有得，一寸纔分鱗與鬐。」盧仝、張籍之齒長矣，於盧則云「先生抱才終大用，宰相未許終不仕」，形容其迂闊不少貸。於籍則云：「君乃崑崙渠，籍乃嶺頭瀧。譬如蟻垤微，詎可陵崆峴。」《贈崔立之》云「朝爲百賦猶鬱怒，暮作千詩轉遒緊」，若服其敏者，下句却云「才豪氣猛易語言，往往蛟螭雜螻蚓」，則多而不精可以槩見。其於詩人中惟東野、文人中惟子厚稍加敬。

唐僧見於韓集者七人，惟大顛、穎師免嘲侮，高閑草書頗見貶抑〔二二〕。如惠、如靈、如文暢、如澄觀，直以爲戲笑之具而已。靈尤跌蕩，至於醉花月而羅嬋娟，此豈佳僧乎，韓公方且欲冠其顛。始聞澄觀能詩，欲加冠巾，及觀來謁，見其已老，則又潸然惜其無及，所謂善謔而不爲虐者耶！

柳子厚才高，他文惟韓可對壘，古律詩精妙〔二三〕，韓不及也。舉世爲元和體，韓猶未免諧俗，而子厚獨能爲一家之言，豈非豪傑之士乎！昔何文縝嘗語李漢老云：「如柳子厚詩，人生豈可不學他做數百首！」漢老退而嘆曰：「得一二首似之足矣。」文縝後從北狩，病中詩云：「歷歷通前劫，依依返舊魂。人生會有死，遺恨滿乾坤。」雖意極忠憤而語不刻急〔二四〕，亦學柳之驗。

呂温坐伾文黨黜守道衡二州，卒於衡，柳子厚誄之曰〔二五〕：「還理於道，民服休嘉。賦無吏迫，威不刑加。」又言二州之人哭者逾月。坡公謂温小人〔二六〕，何以得此。然余觀温集《送江華毛令》絶句云：「布帛精麤任土宜，疲人識信每先期。今朝臨別無他囑，雖是蒲鞭也莫施。」太守送縣令之言如此，則子厚所書非溢美矣。今世士大夫笑温者比肩，及爲二千石，屬縣能督賦者蒙殊獎，負殿者受嚴譴，有能爲温此言，未見其人也。

吕温詩云：「天下起兵誅董卓，長沙義士最先來。」荆公云：「江東子弟多才俊，卷土重來未可知。」皆可以倡東南勇敢之氣。

王建《新嫁娘》詩云：「三日入厨下，洗手作羹湯。未諳姑食性，先遣小姑嘗。」張文潛《寄衣曲》云：「别來不見身長短，試比小郎衣更長。」二詩當以建爲勝，文潛詩與晉人參軍新婦之語俱有病。

劉長卿七言云：「欲掃柴門迎遠客，青苔紅葉滿貧家。」魏野、林逋不能及也。

《洛神賦》，子建寓言也，好事者乃造甄后事以實之。使果有之，當見誅於黄初之朝矣。唐彦謙云「驚鴻瞥過游龍去，虚惱陳王一事無」，似爲子建分疎者。

唐人叙述奇遇，如后土夫人事托之韋郎，無雙事托之仙客，鶯鶯事雖元稹自叙，猶借張生爲名。惟沈下賢《秦夢記》、牛僧孺《周秦行記》〔二七〕、李羣玉《黄陵廟詩》，皆攬歸其身，名檢掃地矣。

古樂府云：「新婦初來時，小姑始扶牀。今日被驅遣，小姑如我長。廻頭語小姑，勿嫁似兄夫。」庶幾哀而不怨矣。

雍陶《送春》詩云：「今日已從愁裏去，明年更莫共愁來。」稼軒詞云：「是他春帶愁來，春歸何處，却不解和愁將去。」雖用前語而反勝之。

唐失河湟未久，司空圖詩云：「漢兒盡作胡兒語，却向城頭駡漢人。」燕山自石晉棄割，至本朝宣和〔二八〕，歷年多矣，議者猶以燕人思漢藉口，卒召狄難〔二九〕。

劉言史《贈成鍊師》云：「大羅過却三千歲，更向人間魅阮郎。」此女道士豈魚玄機之流歟！唐人多不矜細行，李羣玉有《龍門寺佳人阿最歌》云：「何須同泰寺，然後始爲奴。」其放潑如此。夫陶寫情性如《閑情賦》可也，過則爲羣玉矣。

唐人多傳盧仝因留宿王涯第中，遂預甘露之禍。仝老無髮，奄人於腦後加釘焉〔三〇〕，以爲添丁之讖，或言好事者爲之。仝處士〔三一〕，與人無怨，何爲有此謗？然平時切齒元和逆黨，《月蝕》一詩膾炙人口〔三二〕，意者羣奄因此害之。《太平廣記》載孝廉許生遇四丈夫與白衣叟會飲於甘棠館西噴玉泉，四人謂叟曰：「玉川來何遲？」叟舉壁間所見詩，座中聞之，皆擁面欲慟。已而叟與四人者各賦一篇，蓋王涯、賈餗、舒元輿、李訓與仝之鬼也。按甘露之謀，涯、餗不預，元輿、訓雖狂疎敗事，其志與陳蕃、竇武、宋申錫何異？得罪於羣奄則有之，於社稷無負也。身與其宗既葅醢於寺人之手，終唐之世，名與叛逆同科。僅嘗收葬〔三三〕，羣奄又使人發之，投骨渭水。子孫或逃依劉從諫，苟活旦暮，甚可憐矣。及澤潞平，被害無噍類，詔書猶謂之逆賊之後，此何理也！李文饒實當國，政刑如此，豈畏奄人耶？抑有宿憾於涯輩耶？至昭宗危亂中，始有雪涯等之詔。《噴玉泉》詩云：「李固有冤藏蠹簡，鄧攸無子續清風。」又云：「雖有衣衾藏李固，終無表疏雪王章。」皆可傳誦。白衣叟所舉壁間詩云：「六合茫茫皆漢土，此身無處哭田横。」妙甚，此必是涯、元輿門生故吏所作〔三四〕。

杜牧之《聞慶州趙縱使君與党項戰死》詩云：「將軍獨乘鐵驄馬，榆溪戰中金僕姑。死綏却是古來有，驍將自驚今日無〔三五〕。青史文章争點筆，朱門歌舞笑捐軀。誰知我亦輕生者，不得君王丈二殳。」皇祐中，儂賊犯康州，闔郡潰去〔三六〕，惟守臣趙師旦死之。妻方産子，棄之草間，亂後訪之，尚呱呱然。諸公哀誄惟元厚之云〔三七〕：「轉戰譙門日欲晡〔三八〕，空拳猶自把戈鈇。身垂虎口方安坐，命在鴻毛更疾呼。柱下杲卿存斷節〔三九〕，袴中杵臼得遺孤。空餘三尺英雄氣，不愧山西士大夫。」欲與牧詩並驅。

《樊川集》中有《李給事》詩云：「元禮去歸緱氏學，江充來見犬臺宮。」又云：「可憐劉校尉，曾訟石中書。」李名中敏，嘗論鄭注免歸，又忤仇軍容棄官〔四〇〕。二聯可謂善用事矣。

劉夢得五言如《蜀先主廟》云：「天地英雄氣，千秋尚凜然。勢分三足鼎，業復五銖錢。得相能開國，生兒不象賢。凄凉蜀故奴，歌舞魏宫前。」《八陣圖》云：「軒皇傳上略〔四一〕，蜀相運神機。水落龍蛇出，沙平鵝鸛飛。波濤無動勢，鱗介避餘威。會有知兵者，臨流指是非。」《中秋》云：「星辰讓光彩，風露發晶英。能變人間世，翛然是玉京。」七言如《洛中寺北樓》云〔四二〕：「高樓賀監昔曾登〔四三〕，壁上筆蹤龍虎騰。中國書流讓皇象，北朝文士重徐陵。偶因獨見空驚目，恨不同時便服膺。惟恐塵埃轉磨滅，再三珍重囑山僧。」《西塞山懷古》云：「西晉樓船下益州，金陵王氣黯然收。千尋鐵鎖沉江底，一片降幡出石頭〔四四〕。人世幾回傷往事，山形依舊枕寒流。今逢四海爲家日，故壘蕭蕭蘆荻秋。」《哭吕温公》云〔四五〕：「遺草一函歸太史，旅墳三尺近要離。」《金陵懷古》云：「山圍故國周遭在，潮打空城寂寞迴。」皆雄渾老蒼，沉著痛快，小家數不能及也。絶句尤工。

夢得貞元間已爲郎官御史，牛相方在場屋，投贄文卷，夢得飛筆塗竄。牛既貴，未能忘，有「曾把文章謁後塵」之句。夢得答云：「初見相如成賦日，後爲丞相掃門人。」且飭諸子以己爲戒。然《和令狐相》云〔四六〕：「鮮有一身兼將相，更能四面占文章。」則依然故態。此詩幸次楚韻，若施之於綯，豈止掇兔葵燕麥之怒耶！同時八司馬皆高才，一斥不復。或咎時宰無樂育意，惟《新史》謂貪帝病昏，抑太子之明〔四七〕，深當其罪。後裴度爲夢得免播州之行〔四八〕，憲宗怒尚未解，非但諸公忌才也。

夢得歷德、順、憲、穆、敬、文、武七朝，其詩尤多感慨，惟「在人雖晚達，於〔時〕〔樹〕比冬青」之句差閑婉。《答樂天》云：「莫道桑榆晚，爲霞尚滿天〔四九〕。」亦足見其精華老而不竭。「莫徭自生長，名字無符籍。市易雜鮫人，婚姻通木客。星居占泉眼，火種開山脊〔五〇〕。夜渡千仞谿，含沙不能射。」「蠻語鉤輈音，蠻衣斑斕布。熏狸掘沙鼠，時節祠盤瓠。忽逢乘馬客，怳若驚麏顧〔五一〕。腰斧上高山，意行無舊路。」此劉夢得《莫徭》、《蠻子》詩也〔五二〕，世傳坡詩始學夢得，觀此二詩信然。

元稹《咏估客》云：「爾又生兩子，錢刀何歲平。」薛郁《和蕃》詩：「君王莫信和親策，生得胡雛患更多。」往年黑風峒賊首詐降，朝家以通直郎、鎮南僉幕招之，不出，使其弟來吉州謁帥，帥以角妓奉之〔五三〕。豐宅之戲云：「遺下賊種，奈何！」

唐彥謙《寒食》五言云：「微微潑火雨，草草踏青人。」本朝王元之詩亦用「潑火雨」。牧之譽阿宜，義山譽衮師，後二兒皆無聞。退之不譽子姪，直言「阿買不識字。」

李義山《答令狐補闕》云：「人生有通塞，公等繫安危。」於升沈得喪之際，婉而成章。簡齋南渡初被召，柬同時召客云〔五四〕：「共談太極非無意，能繫蒼生本不同。」則氣象益開闊矣。

唐任藩詩存者五言十首而已，然多佳句。「衆鳥已歸樹，旅人猶過山。」《贈僧》云：「半頂髮根白，一生心地清。」居然可愛。今人動爲千百首而無可傳者。

薛能詩格不甚高，而自稱譽太過。五言云「空餘氣長在，天子用平人」，不但自譽其詩，又自譽其材。然位歷節鎮，不爲不用矣，卒以驕恣陵忽，僨軍殺身，其才安在？妄用如此，乃敢妄議諸葛，可謂小人無忌憚者。

揚州在唐時最繁盛，故張祜云「人生只合揚州死」。蜀都在本朝最繁盛，故放翁云「不死揚州死劍南」〔五五〕。

杜牧、許渾同時，然各爲體。牧於唐律中常寓少拗峭以矯時弊，渾則不然，如「荆樹有花兄弟樂，橘林無實子孫忙」之類，律切麗密或過牧，而抑揚頓挫不及也。二人詩不著姓名亦可辨。樊川有《續別集》三卷，十之八九皆渾詩。牧佳句自多，不必又取他人詩益之。若《丁卯集》割去許多傑作，則渾詩無一篇可傳矣。牧仕宦不至南海，别集乃存南海府罷之作，甚可笑。

韋蘇州《話舊》云：「昔事武皇帝，無賴恃恩私〔五六〕。身爲里中横，家藏亡命兒。朝攜樗蒱局〔五七〕，暮竊鄰家姬。司隸不敢捕，立在白玉墀〔五八〕。」此蓋韋公身在三衛，目擊其類如此，非自謂也〔五九〕。王建《羽林行》亦云：「長安惡少出名字，樓下劫商樓上醉。天明下直明光宫，散入五陵松柏中。百回殺人身合死，赦書尚有收城功。九衢一日消息定，鄉吏籍中重改姓。出來仍舊屬羽林〔六〇〕，立在殿前射飛禽。」可與韋詩互看。韋詩律深妙，流出肝肺，非學力。世言其所至掃地焚香而坐，不應爲人老少頓異，可見前詩寓言爾。

子美《送孔巢父》云：「若逢李白騎鯨魚，道甫問訊今何如。」蓋李、杜與巢父一輩人也。又云：「詩卷長留天地間，釣竿欲拂珊瑚樹。」則巢父亦能詩者，偶失傳爾。子美間關亂離，挺節無所污〔六一〕，巢父後殁王事，惟太白坐永王璘事流夜郎。按璘嘗辟巢父而巢父不應，可見太白當〔來〕去就欠商量也。《新史》謂白佐璘起兵，頗似文致，但不當就其辟爾。

李遠《贈寫御容李長史》云〔六二〕：「初分隆凖山河秀，再點重瞳日月明〔六三〕。」極工。及坡公「仰觀眩晃目生暈，但見曉色開扶桑。迎陽晚出步就座，絳紗玉斧光照廊。野人不識日月角，髣髴尚記重瞳光」之篇一出，光焰萬丈，視遠所作真小兒語。

歐陽率更貌寢，長孫無忌嘲之云：「誰令麟閣上，畫此一獮猴。」好事者遂造白猿之説，謗及其親。

鄭畋名相，父亞亦名卿，或爲《李娃傳》〔六四〕，誣亞爲元和，畋爲元和之子。小説因謂畋與盧攜並相不咸，攜詬畋身出倡妓。按畋與攜皆李翺甥，畋母攜姨母也，安得如《娃傳》及小説所云？唐人挾私忿，騰虚謗，良可發千載一笑。亞爲李德裕客，白敏中素怨德裕及亞父子，《娃傳》必白氏子弟爲之，托名行簡，又嫁言天寶間事。且《傳》作於德宗之貞元，追述前事可也，亞登第於憲宗之元和，畋相於僖宗之乾符，豈得預載未然之事乎？其謬妄如此。如《周秦行紀》，世以爲德裕客韋絢所作，二黨真可畏哉！

張籍《還珠吟》爲世所稱，然古樂府有《羽林郎》一篇，後漢辛延年所作，云「昔有霍家奴〔六五〕，姓馮名子都。依倚將軍勢，調笑酒家胡。胡姬年十五，春日獨當壚。長裾連理帶，廣袖合歡襦。頭上監田玉，耳後大秦珠。兩鬟何窈窕，一世良所無。不意金吾子，娉婷過我廬〔六六〕。銀鞍何煜爚，翠蓋空踟躕。貽我青銅鏡，結我紅羅裾。男兒愛後婦，婦子重前夫。人生有新故，貴賤不相踰。多謝金吾子，私愛徒區區。」籍詩本此，然青於藍。

送宫人入道，唐人多有此作，荆公止選項斯一首，云：「願從仙女董雙成，王母前頭作伴行。初戴玉冠多誤拜，欲辭金殿别稱名。將敲碧落新齋磬，却進昭陽舊賜箏。旦暮焚香繞壇上，步虚猶作按歌聲。」未脱唐體也〔六七〕。韋蘇州詩家最高手，亦有此作，云：「捨寵求仙畏色衰，辭天素面立天墀。金丹擬駐千年貌，寶鏡休匀八字眉。公主與收珠翠後，君王看戴角冠時。從來宫女多相妬，聞向瑶臺總淚垂。」絶不類韋詩，與斯輩竟何以異，風俗移人如此。或是韋公戲傚時人體爾。

牛奇章有「夜入真珠室，朝游玳瑁宫」之謗，張祜《上牛相》亦云：「四十便封侯，名居第一流。」下有「緑鬢紅粉」之語，末云：「知君年少貴，不信有春愁。」蓋前詩非謗矣。牛李嗜好如冰炭，惟愛石則如一人。然贊皇生相門，無聲色之好，奇章起寒士，備貴人之奉，不及贊皇遠矣。

唐詩人與李杜同時者，有岑參、高適、王維，後李杜者有韋、柳，中間有盧綸、李益、兩皇甫、五竇，最後有姚、賈諸人，學者學此足矣。長慶體太易，不必學。王逢原《題樂天墓》，末云〔六八〕：「若使篇章深李杜，竹符還不到君分。」豈亦病其詩之淺耶！

王鐸盡忠唐室，奮討巢賊，初節與鄭畋略同。大功垂就，令孜間之於内，解其都統。鐸詩云：「三塵上相逢明主，九合諸侯愧昔賢。」可謂慨然有志者。然居亂世，要須十分清苦，庶可自全。孔明躬耕，娶阿承醜女，相蜀不殖產，其慮深矣。鐸當國家板蕩之際，居將相衮鉞之任，乃攜妓妾輜重，慢藏冶容，行於虎狼之都，三百口遂併命於高鷄泊，哀哉！

〔一〕臣：原作「民」，據宋刻本、四庫本改。

〔二〕九歌：原作「九章」，按其下引語實出屈原《九歌·河伯》，因改。

〔三〕齊：原作「濟」，據宋刻本、四庫本改。

〔四〕「志」下原有「在」字，據宋刻本、四庫本删。

〔五〕手：原作「子」，據宋刻本、四庫本改。

〔六〕元首：原作「萬事」，據宋刻本及《尚書注疏》卷四改。

〔七〕群：原作「郡」，據宋刻本、四庫本改。

〔八〕此：原作「之」，據宋刻本、四庫本改。

〔九〕莊：原作「壯」，據宋刻本、四庫本改。

〔一〇〕刀：原作「力」，據宋刻本、四庫本改。

〔一一〕谷：原作「答」，據宋刻本、四庫本改。

〔一二〕有：原作「育」，據宋刻本、四庫本改。

〔一三〕世：原作「出」，據宋刻本、四庫本改。

〔一四〕厄：原作「死」，據宋刻本、四庫本改。

〔一五〕螭：原作「摛」，據宋刻本、四庫本改。

〔一六〕拾：原作「捨」，據宋刻本、四庫本改。

〔一七〕史：原作「吏」，據宋刻本、四庫本改。

〔一八〕宗：原作「忠」，據宋刻本、四庫本改。

〔一九〕庭湊：原作「建奏」，據宋刻本、四庫本改。

〔二〇〕可乎：原倒，據宋刻本、四庫本乙。

〔二一〕栢：原作「桓」，據宋刻本、四庫本改。

〔二二〕見：原作「得」，據宋刻本、四庫本改。
〔二三〕詩：原作「請」，據宋刻本、四庫本改。
〔二四〕語：原作「吾」，據宋刻本、四庫本改。
〔二五〕柳：原作「如」，據宋刻本、四庫本改。
〔二六〕坡：原作「彼」，據宋刻本、四庫本改。
〔二七〕牛：原無，據宋刻本、四庫本補。
〔二八〕朝：原作「廟」，據宋刻本、四庫本改。
〔二九〕狄：原作「秋」，據宋刻本、四庫本改。
〔三〇〕腦：原作「惱」，據宋刻本、四庫本改。
〔三一〕士：原作「事」，據宋刻本、四庫本改。
〔三二〕詩：原作「時」，據宋刻本、四庫本改。
〔三三〕收：原作「取」，據宋刻本、四庫本改。
〔三四〕作：原作「有」，據宋刻本、四庫本改。
〔三五〕驍：原作「驕」，據宋刻本、四庫本改。
〔三六〕闔：原作「閤」，據宋刻本改。
〔三七〕哀：原作「諫」，據宋刻本、四庫本改。

〔三八〕「戰」原作「輾」，「欲」原作「後」，據宋刻本、四庫本改。

〔三九〕存：原作「在」，據宋刻本、四庫本改。

〔四〇〕忤：原作「杵」，據宋刻本、四庫本改。

〔四一〕略：原作「客」，據宋刻本、四庫本改。

〔四二〕洛：原作「落」，據宋刻本、四庫本改。

〔四三〕昔：原作「青」，據宋刻本、四庫本改。

〔四四〕降：原作「江」，據宋刻本、四庫本改。

〔四五〕云：原無，據宋刻本、四庫本補。

〔四六〕狐：原作「紙」，據宋刻本、四庫本改。

〔四七〕明：原作「名」，據宋刻本、四庫本改。

〔四八〕免：原作「兑」，據宋刻本、四庫本改。

〔四九〕爲：四庫本作「微」。

〔五〇〕脊：原作「春」，據宋刻本、四庫本改。

〔五一〕悦：原作「悅」，據宋刻本、四庫本改。

〔五二〕「劉」下原有「安」字，據宋刻本、四庫本删。

〔五三〕妓：原作「技」，據宋刻本、四庫本改。

〔五四〕東：原作「東」，據四庫本改。

〔五五〕放翁：原作「張祜」，據宋刻本、四庫本改。

〔五六〕賴：原作「懶」，據宋刻本、四庫本改。

〔五七〕攜：原作「持」，據宋刻本、四庫本改。

〔五八〕墀：原作「池」，據宋刻本、四庫本改。

〔五九〕謂：原作「調」，據宋刻本、四庫本改。

〔六〇〕出：原作「名」，據宋刻本、四庫本改。

〔六一〕污：原作「汗」，據宋刻本、四庫本改。

〔六二〕「御」下原有「史」字，據宋刻本、四庫本删。

〔六三〕明：原作「光」，據宋刻本、四庫本改。

〔六四〕娃：原作「姓」，據宋刻本、四庫本改。

〔六五〕奴：原與下句「姓」字互倒，據宋刻本、四庫本乙。

〔六六〕盧：原作「盧」，據宋刻本、四庫本改。

〔六七〕脱：原作「晚」，據宋刻本、四庫本改。

〔六八〕云：原無，據宋刻本、四庫本補。

後村先生大全集卷之一百七十四

詩話 前集

楊、劉諸人師李義山可也，又師唐彦謙。唐詩雖雕斲對偶，然求如「一抔」「三尺」之聯，惜不多見。五言叙亂離云：「不見泥函谷，俄驚火建章。剪茅行殿濕，伐柏舊陵香。」語猶渾成，未甚破碎。若《西崑酬倡集》，對偶字面雖工，而佳句可録者殊少，宜爲歐公之所厭也。

王元之被遇熙陵，知制誥，因救徐鉉貶商州；爲内相，因議孝章后喪貶滁州。真皇登極，召還，將用矣，其詩乃云：「兩制舊臣生白髮，一番新貴上青天。」未幾再謫黄州，遷蘄州而卒，豈新貴有所未平乎？

王元之《挽趙中令》云：「太常草儀注，全似葬周公。」足以稱其勛業。

魏野五言云〔一〕：「常憐李斯首，不及嚴光足。」真處士語也。潘閬云：「白日昇天易，清朝取士難〔二〕。」野聘召而不至，閬叫呼而求用。味其詩，與張元、姚嗣宗何異？

潘閬《客舍》詩：「土床安枕穩，紙被轉身鳴。」定非「慵便枕玉凉〔三〕，繡被春寒夜」者所能道也。

詩家評論古人，多是書生空言爾。晏元獻《書平津侯傳》云：「主父仲舒容不得，未知賓閣是何人。」公能客富、歐二公於門下，然後可以爲此言，但主父非仲舒之倫，宜以汲黯代之。

夏英公《宫詞》云：「絳唇不敢深深注，却怕香脂汙玉簫。」不減香奩、花間之作。王岐公《夫人閤端午帖子》云：「後苑尋青趁午前，歸來競鬭玉欄邊。袖中獨有香芸草，留與君王辟蠹編。」出新意於綵絲巧粽之外，可喜也。

「將飛更作廻風舞，已落猶成半面粧」，宋景文《落花》詩也，爲世所稱。然李義山固云「落時猶自舞，掃後更聞香」，李下句猶妙。

君謨以詩寄歐公，公答云：「先朝楊、劉風采聳動天下，至今使人傾想。」世謂公尤惡楊、劉之作，而其言如此，豈公特惡其碑板奏疏磔裂古文爲偶儷者，其詩之精工律切者自不可廢歟〔四〕！又云：「近時蘇、梅，二窮士爾，主張風雅，人士歸之。自二窮人死，文士滿朝，而使斯道寂然中絶，每念此事竊嘆。」乃知文士滿朝而詩道寂然，不但近歲，祖宗盛時固已然矣。歐帖在鄭子敬左司家。

歐公詩如昌黎，不當以詩論。本朝詩惟宛陵爲開山祖師，宛陵出然後桑濮之哇淫稍熄，風雅之氣脉復續，其功不在歐、尹下。世之學梅詩者率以爲淡，集中如「葑上春田闊，蘆中走吏參」，烏程。「海貨通閭市，漁歌入縣樓」，餘姚。「白水照茅屋，清風生稻花」，「霜落熊升樹，林空鹿飲溪」，「河漢微分練，星辰淡布螢」，「每令夫結友，不爲子求郎」，《挽齊國長公主》。「山形無地接，寺界與波分」，《金山》。「山風來虎嘯，江雨過龍腥」之類，殊不草草。蓋逐字逐句銖銖而較者，決不足爲大家數，而前輩號大家數者，亦未嘗不留意於句律也。

蘇子美歌行雄放於聖俞，軒昂不羈，如其爲人。及蟠屈爲吴體，則極平夷妥帖。絶句云：「別院深深夏簟清，石榴開遍透簾明。樹陰滿地日卓午〔五〕，夢覺流鶯時一聲。」又云：「春陰垂野草青青，時有幽花一樹明。晚泊孤舟古祠下，滿川風雨看潮生。」極似韋蘇州。《垂虹亭觀中秋月》云：「佛氏解爲銀色界，仙家多住玉華宫。」極工。而世惟咏其上一聯「金餅」「彩虹」之句，何也？「山蟬帶響穿疎户，野蔓蟠青入破窗」〔六〕，亦佳句。

子美《送李生》云：「李生以病廢，東入徂徠峰。志氣尚突兀，形骸已龍鍾〔七〕。男兒生世間，有如絶壑松。誤爲風雷傷，不與匠石逢。哀哉千尺幹，摧朽似秋蓬。」此詩悲壯之甚。李生何如人，足以當之？竊意子美自謂也。

雁湖注半山「歸腸一夜繞鍾山」之句，引韓昌黎詩「腸胃繞萬象」，非也。孫堅母懷妊堅，夢腸出繞吴閶門〔八〕，半山本此，見《吴志》。《和王賢良龜詩》云：「世論妄以蟲疑冰。」注雖引《莊子》，但出處無「疑」字，意公別有所本。後讀盧鴻《嵩山十志》，有「疑冰」之語，又唐彦謙《中秋》詩云「霧浄不容玄豹隱，冰寒却恐夏蟲疑」，乃知唐人已屢用之矣。

半山《挽裕陵》云：「玉暗蛟龍蟄，金寒雁鶩飛。」《挽吴春卿》云：「曲突非無驗，方穿有不行。」鍊字斲對無遺巧。

劉原父《詠春草》云：「春草綿綿不可名，水邊原上亂抽榮。似嫌車馬繁華處，纔入城門便不生。」貢父絶句云：「青苔滿地初晴後，緑樹無人晝夢餘。惟有南風舊相識，逕開門户又翻書。」皆有元和意度，不似本朝人詩。

劉貢父《詠史》云：「自古邊功緣底事〔九〕，多因嬖倖欲封侯。不如直與黄金印，惜取沙場萬髑髏〔一〇〕。」往往指王韶〔一一〕、李憲輩。唐人曹松亦云：「憑君莫話封侯事，一將功成萬骨枯。」

王逢原《暑旱苦熱》云：「清風無力屠得熱，落日著翅飛上山〔一二〕。人固已懼江海竭，天豈不惜河漢乾。崑崙之高有積雪，蓬萊之遠常遺寒。不能手提天下往，何忍身去游其間。」其骨氣老蒼、識度高遠如此，豈得不爲荆公所推！

富公由并州入相，外廷至於舉笏相賀，王逢原獨云〔一三〕：「要須待見成堯舜，未敢輕浮作頌聲。」所見高於石徂徠一等矣。《答孫莘老》云：「生無人愧寧非樂，死有天知豈待名。」其固窮自守，亦士之高致也。

王逢原《聞雁》云：「萬里波濤九秋後，五更風雨一燈旁。」不待著「雁」字而題見矣。

滕白《題汶川村舍》云：「種茶嵓接紅霞塢，灌稻泉生白石根。皤腹老翁頭似雪，海棠花底戲兒孫。」可入圖畫。

坡詩略如昌黎，有汗漫者，有典嚴者，有麗縟者，有簡澹者，翕張開闔，千變萬態，蓋自以其氣魄力量爲之，然非本色也。他人無許大氣魄力量，恐不可學。和陶之作如海東青、西極（爲）

〔馬〕，一瞬千里，了不爲韻束縛。

陳洙《書御史臺壁》云：「清朝無事諫章疎，竊禄經年卧直廬。惆悵平生不如夢，春來三度到溪居。」與荆公「三年衣染禁城塵，撫事茫然愧古人。明月滄江波萬頃〔一四〕，扁舟長載夢中身」之作暗合。

唐子西諸文皆高，不獨詩也。其出稍晚，使及坡門，當不在秦、晁之下。集中有《聞坡貶惠州》詩云：「元氣脱形數，運動天地内。東坡未離人，豈比元氣大〔一五〕。天地不能容，伸舒輒有礙。低頭不能仰，閉口焉敢欬。東坡坦率老，局促應難耐。何當與道俱，逍遥天地外。」此詩甚佳，狀得出。

「潮田無惡歲，酒國有長春。草木疑靈藥，漁樵或異人。」「花開不旋踵，草薙復齊腰。」「團扇侵時令〔一六〕，方書遺晝長。」「問學兼儒釋，交游半士農。」「國計中宵切，家書隔歲通。」「關河先壠遠，天地小臣孤。」「山静似太古，日長如小年。」皆唐（西子）〔子西〕惠州詩也，曲盡南州景物，略無遷謫悲酸之態。七言如「身雜蜑中誰是我，食除蛇外總隨鄉」，「驥子能吟青玉案，木蘭堪戰黑山頭」，亦甚工。

後人取前作翻騰勘辨，有工於前作者。唐子西《過田横墓》云：「滄溟無際何（方）〔妨〕死，却死東都未耿光。」乃反退之祭文之意。此詩必有謂，不獨爲横發。

元祐後詩人迭起，一種則波瀾富而句律疎，一種則煅煉精而情性遠，要之不出蘇、黄二體而已。及簡齋出，始以老杜爲師。《墨梅》之類尚是少作，建炎以後，避地湖嶠，行路萬里，詩益奇壯。《元日》云：「後飲屠蘇驚已老，長乘舴艋竟安歸。」《除夕》云：「多事鬢毛隨節換，盡情燈火向人明〔一七〕。」《記宣靖事》云：「東南鬼火成何事，終待胡鋒作争臣。」謂方臘不能爲患，直待粘斡耳。《岳陽樓》云：「登臨吳蜀横分地，徙倚湖山欲暮時。」又云：「乾坤萬事集雙鬢〔一八〕，臣子一謫今五年。」《聞德音》云：「自古安危關政事，隨時憂喜到樵漁。」五言云：「泊州華容縣，湖水終夜明。凄然不能寐，左右菰蒲聲。窮塗事多違，勝處心亦驚。三更螢火鬧〔一九〕，萬里天河横。腐儒憂平世，況復值甲兵。終然無寸策，白髮滿頭生。」造次不忘憂愛，以簡嚴掃繁縟，以雄渾代尖巧，第其品格，故當在諸家之上。

徐師川《聞捷》云〔二〇〕：「時時傳破虜，日日問修門。」又云：「諸公宜努力，荆棘已千村。」陳簡齋《感事》云：「風斷黄龍府，雲移白鷺洲〔二一〕。菊花分四野，作意爲誰秋。」頗逼老杜。

宣靖之禍自滅遼取燕始，韓子蒼《挽中山韓帥》云：「金絜盟猶在，灰釘事已新〔二二〕。」語妙而意婉，上句指韓，下句指童、蔡，作詩法當如此。

崔德符詩幽麗高遠，了不蹈襲，蓋用功最深者。《觀魚》云：「小魚喜親人，可釣亦可網。大魚自有神，隱見誰能量〔二三〕。老禪雖無心，施食不肯嘗。時於千尋底，霍見如龍章。」《桃花》云：「如何一朽株，孕此千億花。雖云行且闌，明歲亦再華。豈如世上人，一老不復佳。」《過湖》云：「誰見詩顛顛發時，番陽湖裏月明知〔二四〕。無人爲覓昭華管，自捲秋蘆片葉吹。」皆精詣可吟諷。

江端友字子我，鄰幾之孫，靖康間以布衣召用。同時詩人感慨北狩南渡之作多矣，子我云：「楚欲圖周鼎，湯猶繫夏臺。」又云：「比年熒惑犯南斗〔二五〕，何日燕人祭北門〔二六〕。」事的切而語回互。

江子我《詠象》云：「倉舒止用兒童計，亦自能知爾重輕。」蓋用王内翰元之譏玩張相齊賢之語，但含蓄而不刻露爾。

朱希真七言如「幾許少年春欲夏，一番夢事緑催紅」〔二七〕，「過時不語鶯解事，怕客深藏魚見機」，「人間萬事老無味〔二八〕，天下四時秋最愁」，五言如「剪茅編鶴屋，篩米聚雞糧」，「燈昏鼠窺研，雨急犬穿籬」〔二九〕，皆警策不蹈襲。

前輩記朱新仲舍人「天氣未佳宜且住〔三〇〕，風濤如此亦安歸」之聯，取其自然，不煩斲削。然新仲此等句尚多，如《招郭侯飲》云「此時老子興不淺，且日將軍幸早臨」，如「何以報之青玉案，我姑酌彼黄金罍」，凡引用前人語，皆蟠屈排奡，使之妥貼。他句如「滿地落花春病酒，一簾明月夜登樓」，「相親多謝風標子，可欸豈無瀟灑侯」，「何從可覓秋消息，忽有先鋒到白蘋」，如「水篆行科斗，林粧囀畫眉」，若不經思而俱出人意表。《讀杜詩》云：「縱之逼論劍〔三一〕，收之入檀弓。」尤前人所未發也。

劉屏山《題李忠愍集》云：「二帝蒙塵方幸虜，六臣奉璽更朝梁。」叙當時事，忠憤悲壯。尹少稷《聞僞齊入寇》云：「酬功不惜賞千布，送死惟堪縛一驢。」足與前句相上下。

少稷《靖康元夕》詩云：「先朝上元，駕御端門，示與民同樂之意而已。宣和間，燈尤盛，至於騎年連月，警蹕夜出。尹曾照當時步輦歸。」皆記向來期門之事。

汴都角妓郜六、李師師，多見前輩雜記。郜即蔡奴也，元豐中命待詔崔白圖其貌入禁中。師師著名宣和，入至掖庭。頃見鄭左司子敬云，汪端明家有《李師師傳》，欲借抄不果。劉屏山詩云：「輦轂繁華事可傷，師師垂老過湖湘。縷衣檀板無顔色，一曲當年動帝王。」亦前人感慨杜秋娘梨園子弟之類。

茶山《種竹》云：「餘子不足數，此君何可無。」上句雖非竹事，不覺牽强。《荔枝》云：「絶知高韻傾珧柱，未覺豐肌病玉環。」上下句皆切，又妙於融化。《送别》云：「不堪相背處，何況獨歸時。」《行役》云：「一寸客亭燭，數聲村舍雞。」絶似唐人。

紹興初，虜歸我河南，識者知和約之不堅久。錢氏之後自中原還奉三世喪柩窆於越上，諸公皆爲哀挽，茶山獨云「摸金千騎去，埋玉幾人歸」，可謂妙於用事。余爲袁守，項容孫被召過袁，自言其先世墳域在沙市者皆已遷葬公安。國勢愈蹙矣，士大夫得無感慨乎！

王嘉叟侍郎「柳色知春淺，鐘聲覺寺深」，「避虎連村静，分魚一市腥」之句甚佳。

初以僧牒鹽鈔糴軍儲，夏均父詩云〔三一〕：「坐食今添幾支遁〔三二〕，煮鹽那得百弘羊。」反本之論也。

士大夫當離亂時，有幸有不幸者〔三四〕。簡齋云：「浮世身難料，危途計易非。」東萊云：「後死翻爲累，偷生未有期。」誦之皆可悲慨。

趙忠簡當國，以近臣薦起處士劉致中，至則趙去，秦代之矣。劉報罷歸，尹少稷東之云〔三五〕：「徒然五侍從〔三六〕，不辦一書生。」史相力薦放翁，賜第，其去國自是臺評，然王景文乃云：「直翁自了平生事〔三七〕，不了山陰陸務觀。」放翁見詩亦笑云：「我自務觀，乃去聲，如何把作平聲押了。」

陸放翁少時調官臨安，得句云：「小樓一夜聽春雨，深巷明朝賣杏花。」傳入禁中，思陵稱賞，由是知名。

古人好對偶被放翁用盡：篛紙尾，摸牀稜〔三八〕；烈士壯心，狂奴故態；生希李廣名飛將，死慕劉伶贈醉侯；下澤乘車，上方請劍；酒寧剩欠尋常債〔三九〕，劍不虛施細碎讎；空虛腹，壘塊胸〔四〇〕；愛山入骨髓，嗜酒在膏肓〔四一〕；手版，肩輿；鬼子，天公；貴人自作宣明面〔四二〕，老子曾聞正始音；牀頭《周易》，架上《漢書》；温卷，熱官；醉學究，病維摩；無事飲，不平鳴；乞米帖，借車詩〔四三〕；麯道士，楮先生；土偶，天公；長劍拄頤，短衣掩脛；已得丹換骨，肯求香返魂；子午谷，丁卯橋；洛陽二頃，光範三書；酒聖，錢愚；茶七碗，稷三升；一彈指，三折肱；天女散花，麻姑擲米；玉麈尾〔四四〕，金褭蹄〔四五〕；虎頭，雞肋，金鴉嘴，玉轆轤；客至難令三握髮，佛來僅可小低頭〔四六〕；百衲琴，雙鈎帖；藏經，閣帖；摩詰病説法，虞卿窮著書；讀書十紙，上樹千回；風漢，醉侯；見虎猶攘臂，逢狐肯叩頭；天愛酒〔四七〕，地埋憂；一齒落，二毛侵；癡頑老〔四八〕，矍鑠翁；曲肱，縱理；竹郎，木客；百錢挂杖，一鍤隨身；百甕齏，兩囤棗〔四九〕；錬炭，勞薪；銅臭，飯香；記書身大似椰子，忍事癭生如瓠壺；笑爾輩，愛吾廬；僧坐夏，士防秋；麈尾清談，蠅頭細字；巖下電〔五〇〕，霧中花；唐夾寨，楚成臯。《劍南集》八十五卷，八千五百首，《别集》七卷不預焉，似此者不可殫舉，姑記一二於此。

近歲詩人雜博者堆隊仗〔五一〕，空疎者窘材料〔五二〕，出奇者費搜索，縛律者少變化。惟放翁記問足以貫通，力量足以驅使，才思足以發越，氣魄足以陵暴。南渡而後，故當爲一大宗〔五三〕。末年云：「客從謝事歸時散，詩到無人愛處工。」又云：「外物不移方是學，俗人猶愛未爲詩。」則皮毛落盡矣。

舊讀楊誠齋絶句云：「飽喜饑嗔笑殺儂，鳳凰未必勝狙公。幸逃暮四朝三外，猶在桐花竹實中。」不曉所謂，晚始悟其微意。此自江東漕奉祠歸之作也。鳳雖不聽命於狙公，然猶待桐花竹實而飽，以花實況祠廩也，欲併祠廩掃空之爾。未幾，遂請挂冠。

誠齋《挽張魏公》云：「出晝民猶望，廻軍敵尚疑。」只十箇字而道盡魏公一生，其得人心且爲虜所畏，與夫罷相解都督時事，皆在裏許，然讀者都草草看了。

今人不能道語，被誠齋道盡。「宿草春風又，新阡去歲無。」「江水夜韶樂，海棠春貴妃。」「橘中招綺夏，瓜處屏伾文。」《東宮生日》。「晉殿吳宮猶碧草，王亭謝館儘黃鸝。」「春歸便肯平平過，須做桐花一信寒。」「東風染得千紅紫，曾有西風半點香。」「年年不帶看花福〔五四〕，不是愁中即病中。」「昇平不在簫韶裏，只在諸村打稻聲。」「六朝未可輕嘲謗，王謝諸賢不偶然。」「山根玉泉仰面飛，飛出山頂却下馳。自從廬阜瀉雙練，至今銀灣乾兩支。雷聲驚裂龍伯眼，雪點濺濕姮娥衣。寄言蘇二李十二，莫愁瀑布無新詩。」《題漱玉亭》。「羲和夢破欲啓行，紫金畢逋啼一聲。聲從天上落人世，千村萬落鷄争鳴。素娥西征未歸去〔五五〕，簸弄銀盤浣風露。一丸玉彈東飛來，打落桂林雪毛兔。誰將紅錦幕半天，赤光絳氣貫山川。須臾却駕丹砂轂，推上寒空輾蒼玉〔五六〕。詩翁已行十里強，羲和早起道無雙〔五七〕。」《羲娥謡》。「子雲到老不曉事，不信人間有許由。」《釣臺》。

放翁學力也，似杜甫；誠齋天分也，似李白。

放翁云：「膽薄沽官釀，瞳昏讀監書。」杜荀鶴云：「欺春祇愛和醅酒，諱老猶看夾注書。」二聯皆佳。

李伯紀丞相《過海》絶句云：「假使黑風漂蕩去，不妨乘興訪蓬萊。」與坡公「九死南荒吾不恨，兹游奇絶冠平生」之句殆相伯仲，異乎李文饒、盧多遜窮愁無憀之作矣。

鄉相陳魏公去位詩云〔五八〕：「病深老迫宜歸去〔五九〕，莫作留侯范蠡看。」時公年五十四而其言如此。

艾軒《讀江西詩》云：「神仙本自無言説，尸解由來最下方。」

山谷與坡公云：「只欠小蠻樊素在，我知造物愛公深。」屏山《問李漢老疾》云：「欲袖雲門竹篦子，室中驅出散花人。」愛朋友之言也。白公云：「病與樂天相伴住，春同樊子一時歸。」放翁云：「九十老農緣底健，一生强半是單栖。」自愛之言也。

陳邦光以金陵降虜，游士或題其先壟云：「牙郎一去杳無蹤，惟有青青夾逕松。若使人能全此操，松應合受大夫封。」其家執而訟於郡，某守餉士人酒遣去。牙郎用唐人賣國語。

范石湖《賞海棠》云〔六〇〕：「憶向宣華夜倚闌，花光妍煖月光寒。如今蹋颯嫌風露，且向銅瓶滿插看。」宣華，王蜀宮名也〔六一〕。

蕭千巖機杼與誠齋同，但才慳於誠齋而思加苦，亦一生屯蹇之驗。同時獨誠齋獎重，以配范石湖、尤遂初、陸放翁，而放翁絶無一字及之。今摘其律帖精詣不甚費研尋者於此〔六二〕。「着語能奇怪，呼天與倡酬。」《中秋》。「疾走建德國，乃爲淵明先。失脚墮榛莽，劉伶扶我還。」《和陶》。「乾坤生長我，貧病怨尤誰。」「湘妃危立凍蛟背，海月冷挂珊瑚枝。醜怪驚人能嫵媚，斷魂只有曉寒知。」「百千年蘚着枯樹，一兩點春供老枝。絶壁笛聲那得到，直愁斜日凍蜂知〔六三〕。」《古梅二絶》。「造物巧能相補得，破慳賒與一天秋〔六四〕。」《山中六月頓凉》。「一筇時到崔嵬上，有底勳勞得給扶。」「秋浩蕩中遥指點，一螺許是定王城。」《渡湘》。「稚子推窗窺過雁，數峰乘隙入西軒。」「眼冷寒梢明數點，知他是雪是梅花。」「秋陽直爲田家計，饒得漁村一抹紅。」真誠齋敵手也。

故參與龔公行役過一山，有老木參天。再過其山〔六五〕，童矣。居人云：「巨室以此造屋。」公記以絶句云：「千章古木轉頭空，去與人間作棟隆。未必真能庇寒士，不如留此貯清風。」晦翁後見此詩，嘆曰：「此龔公一生詩讖。」意謂公初爲諫官負重名，晚不必爲執政也。

黄芻季野，名士也。既登第，夢婦人素服，扇上題云：「恨君青袖短，誤妾白羅妝。」季野遂不肯婚。余大父著作與之友善，責以嗣續大義。陳魏公素重其人，以聶夫人女弟歸之。既娶，宛然夢中所見者，季野果夭，無子，大父葬之於吾家祖塋。

李雁湖《悼亡》云：「一杯謾道愁能遣，幾度醒來錯喚君。」然元稹已云：「怪來醒後傍人泣〔六六〕，醉裏時時錯問君。」此猶是暗合，若四靈「唐碑入宋稀」，與唐人「隋柳入唐疎」之句則是明犯。

安晚丞相《昭君詩》云：「解移尤物柔强虜，延壽當年合議功。」意新而理長。

杭相李文靖乞去〔六七〕，《題六和塔》云：「經從塔下幾春秋，每恨無因到上頭。今日始知高處險，不如歸卧舊林邱。」

高續古《題四聖觀》云〔六八〕：「射熊館暗花扶扆，下鵠池深柳拂舟。」極藻繪追琢之功，二宋殆不能過。晚兼都官，《題直舍》云：「無詩如鄭谷，有髪似馮唐。」亦警策。

趙忠定當國，招蔡季通，不至，猶坐趙黨謫死道州。僞禁方嚴，朱文公題其墓云「有宋西山先生蔡季通之墓」。章泉哭之，云：「鵑叫春林辱贈詩，雁廻湘浦忽傳悲。蘭枯蕙死迷三楚，雨暗烟昏礙九疑。早日力辭公府檄，暮年名入黨人碑。烏虖季子延陵字，不待鑱詞行可知〔六九〕。」是時章泉句律如此〔七〇〕，宜爲一世所宗。晚年詩太坦率〔七一〕，幾於鳳德之衰矣。

趙南塘《挽餘干相》云〔七二〕：「柩前留素仗，簾下進黄袍。」語簡而事核。又云：「漢閣新圖迥，秦箏舊曲長。」《挽翟仲至》云：「萬卷非其祟〔七三〕，單方或以封。」有無窮之味。《和韓仲止懷蹈中弟》云：「《黄臺瓜辭》可憐美，老根連蒂摘都稀〔七四〕。風流遂至爾身盡，衰病況堪吾道非〔七五〕。少日槊棋豪索酒。暮年絲竹淚沾衣。人生到此將何遣，一卷《南華》坐掩扉。」《立春》云：「蒼規不與圓生智，白髪惟添老在身。」絶句云：「我欲將君洞庭野〔七六〕，斜河淡月聽雲和。」要眇之音也。

端平初，除拜一新，趙南塘起散地〔七七〕，掌内制，元夕觴客，客散家集，有《觀傀儡》詩云：「酒闌有感牽絲戲，也伴兒童看到明。」余謂康節「遂令高卧人，欹枕觀兒戲」之句，蓋局外旁觀者之言爾，若同局而爲此言〔七八〕，似乎未可。

南塘評蹈中詩文體貌節奏似韋、謝〔七九〕，信有之，至於慕先儒而遐想，挽名流以自近，則居然懸隔。南塘惜其未撥棄浮論，可謂名言。其豪心俠氣極力揩磨不盡，不若南塘之近道也。《題會春苑》云：「草荒故苑幾春風，尚想花開春樹紅。欲問當時馬王事，寂寥殘照野亭中。」《寒食》云：「人家插柳春將過，時節澆松老未歸。」《挽趙從善尚書》云：「先朝懷族遠，平世責人深。」皆於近體中有遠意。

亡友臨川曾景建博學强記，無所不通。工詩，有《金陵百詠》。《同泰寺》云：「此身終屬侯丞相，誰辨金錢贖帝歸。」《澄心堂紙》云：「一幅降牋何用許，價高緣寫宋文章。」《荆公書堂》云〔八〇〕：「愁殺天津橋上客，杜鵑聲裹兩眉攢〔八一〕。」皆峭拔有風骨。其少作云：「九十日春晴意少，一千年事亂時多。」佳句也。

曾景建《送蔡季通赴貶》云：「四海朱夫子〔八二〕，徽君獨典刑。青雲《伯夷傳》，白首《太玄經》。有客憐孤憤〔八三〕，無人問獨醒。瑶琴空鏁匣，絃絶不堪聽。」其後景建亦坐詩禍，謫春陵而卒。

建人朱復之字幾仲，多材藝，爲詩有思致。《初夏》云：「忽聽夏禽三五弄，新紅突過石榴枝。」《秋日》云：「紅蕖老去羞明鏡〔八四〕，推讓朱榮上蓼稍。」視趙紫芝「一樹木犀供夜雨，清香移在菊花枝」之句，尤覺工緻〔八五〕。

黄天谷名春伯，白玉蟾姓葛名長庚，皆自言得道，後死乃無它異。二人頗涉文墨，所至墻壁淋灕揮掃，能聳動人。谷有詩云：「半篙春水一簑烟，抱月懷中枕斗眠。説與詩人休問我，英雄回首即神仙。」嘗訪蟾〔八六〕，值其出，題壁云：「怪訪怪，怪不在，茅君山，來相待。」

侂胄既誅，或托巢鳥以譏當時朝士云〔八七〕：「衆鳥不喜亦不悲，又復別尋高樹枝。」

丁卯和議，虜索首謀，函首予之〔八八〕。或爲樂府云：「寶蓮山下韓家府，主人飛頭去和虜。」

高九萬《吴山》絶句云：「拂曉官來簿録時，未曾吹徹玉參差。傍人不忍聽鸚鵡，猶向金籠唤太師。」

范石湖座上客有談劉婕妤事者，公與客約賦詞，游次公先成，公不復作，衆亦斂手。游詞云：「暖靄烘晴籞，鎖垂楊、籠池罩閣，萬絲千縷。池上曉光分宿霧，日近羣芳易吐。尋並蒂，欄邊凝竚。不信釵頭雙鳳去，奈寶刀、被妾先留住。天一笑，萬花妬。阿嬌好在金屋貯，甚秋風、易得蕭疎，扇鸞塵汙。一自昭陽宫閉後，墻角土花無數。况多病，情傷幽素。百花臺上空雨露，望紅雲，杳杳知何處。天尺五，去無路。」次公字子明，定夫諸孫，禮部侍郎操之子，詩詞皆工。

「疎明瘦直，不愛東皇識。留取伴春應肯，萬紅裏，怎著得。　夜色何處笛，曉寒無奈力。若在壽陽宫院，一點點，有人惜。」王澡身甫《落梅詞》也。身甫嘗爲太常博士。

潘枋字廷堅，落筆皆不凡。有《鐔津懷舊》詞云：「怕見倚闌干，閣下溪聲閣外山。空有舊時山共水，前歡。暮雨朝雲去不還。　想是躡飛鸞，月下時時認佩環。月又漸低霜又下，更闌，折得梅花獨自看。」

余涉世齟齬，每誦歐公「平生名節爲後生描畫略盡」之言，輒爲慨然。晚逐於朝，交游皆掉臂去，惟湯伯紀寄詩云：「唐朝空自貴宏詞，科目何嘗得退之。掌制徒聞誇子厚〔八九〕，殘篇僅見命敦詩。堪嗟實録無完傳，太息淮西有後碑。寄語莆田紫薇老，文章蓋世例如斯。」余固不足以當此詩，然在西掖草制七十，不止一首，伯紀未之見爾。

〔一〕野五：原作「舒元」，據宋刻本、四庫本改。

〔二〕士：原作「事」，據宋刻本、四庫本改。

〔三〕慵：原作「慷」，據宋刻本、四庫本改。

〔四〕切：原作「功」，據宋刻本、四庫本改。

〔五〕陰：原作「隱」，據宋刻本、四庫本改。

〔六〕蔓：原作「夢」，據宋刻本、四庫本改。

〔七〕骸已：原作「體尚」，據宋刻本、四庫本改。

〔八〕吴：原作「其」，據宋刻本、四庫本改。

〔九〕緣：原作「玄」，據宋刻本、四庫本改。

〔一〇〕惜：原作「借」，據宋刻本、四庫本改。

〔一一〕韶：原作「招」，據宋刻本、四庫本改。

〔一二〕「著」下原有「起」字，據宋刻本、四庫本删。

〔一三〕「獨」下原有「不」字，據宋刻本、四庫本删。

〔一四〕江波：原倒，據宋刻本、四庫本乙。

〔一五〕比：原作「此」，據宋刻本、四庫本改。

〔一六〕團：原作「圍」，據宋刻本、四庫本改。

〔一七〕情：原作「時」，據宋刻本、四庫本改。

〔一八〕「萬」下原有「成」字，據宋刻本、四庫本删。

〔一九〕閙：原作「間」，據宋刻本、四庫本改。

〔二〇〕捷：原缺，據宋刻本、四庫本補。

〔二一〕洲：原作「州」，據宋刻本、四庫本改。

〔二二〕釘：原作「訂」，據宋刻本、四庫本改。

〔二三〕量：原作「童」，據宋刻本、四庫本改。

〔二四〕知：原作「如」，據宋刻本、四庫本改。

〔二五〕比：原作「北」，據宋刻本、四庫本改。

〔二六〕北：原作「地」，據宋刻本、四庫本改。

〔二七〕緑：原作「緣」，據宋刻本、四庫本改。

〔二八〕老：原作「若」，據宋刻本、四庫本改。

〔二九〕急犬：原作「恵夭」，據宋刻本、四庫本改。

〔三〇〕未：原作「木」，據宋刻本、四庫本改。

〔三一〕論：原作「綸」，據宋刻本、四庫本改。

〔三二〕均：原作「鈞」，據宋刻本、四庫本改。

〔三三〕支：原作「枝」，據宋刻本、四庫本改。

〔三四〕有不：原脱「有」字，據宋刻本、四庫本補。

〔三五〕少：原作「小」，據宋刻本、四庫本改。

〔三六〕侍：原作「律」，據宋刻本、四庫本改。

〔三七〕直：原作「真」，據宋刻本、四庫本改。

〔三八〕摸：原作「模」，據宋刻本、四庫本改。

〔三九〕剩：原作「乘」，據宋刻本、四庫本改。

〔四〇〕塊：原作「魂」，據四庫本改。

〔四一〕盲：原作「盲」，據宋刻本、小草本改。

〔四二〕面：原作「自」，據宋刻本、四庫本改。

〔四三〕詩：原作「書」，據宋刻本、四庫本改。

〔四四〕壓：原作「壓」，據宋刻本、四庫本改。

〔四五〕裹蹄：原作「梟啼」，據宋刻本、四庫本改。

〔四六〕來：原作「采」，據宋刻本、四庫本改。

〔四七〕天：原作「太」，據宋刻本、四庫本改。

〔四八〕頑：原作「頭」，據宋刻本、四庫本改。

〔四九〕兩：原作「丙」，據宋刻本、四庫本改。
〔五〇〕電：原無，據宋刻本、四庫本補。
〔五一〕仗：原作「伏」，據宋刻本、四庫本改。
〔五二〕空：原作「室」，據宋刻本、四庫本改。
〔五三〕「故」原作「古」，「大」原作「太」，據宋刻本、四庫本改。
〔五四〕福：四庫本作「眼」。
〔五五〕未：原作「衣」，據四庫本改。
〔五六〕推：原作「摧」，據四庫本改。
〔五七〕無：原無，據宋刻本、四庫本補。
〔五八〕鄉：原作「卿」，據宋刻本、四庫本改。
〔五九〕宜：原作「寧」，據宋刻本、四庫本改。
〔六〇〕海：原作「梅」，據宋刻本、四庫本改。
〔六一〕宫：原作「官」，據宋刻本、四庫本改。
〔六二〕詣：原作「諧」，據宋刻本、四庫本改。
〔六三〕蜂：原作「風」，據宋刻本、四庫本改。
〔六四〕慳：原作「怪」，據宋刻本、四庫本改。

〔六五〕再：原作「舟」，據宋刻本、四庫本改。
〔六六〕傍：原作「侍」，據宋刻本、四庫本改。
〔六七〕相：原作「栩」，據宋刻本、四庫本改。
〔六八〕「題」下原有「古」字，據宋刻本、四庫本删。
〔六九〕詞：原作「訶」，據宋刻本、四庫本改。
〔七〇〕如：原作「知」，據宋刻本、四庫本改。
〔七一〕「年」下原有「贈」字，據宋刻本、四庫本删。
〔七二〕云：原作「去」，據宋刻本、四庫本改。
〔七三〕祟：原作「崇」，據宋刻本、四庫本改。
〔七四〕稀：原作「移」，據宋刻本、四庫本改。
〔七五〕衰：原作「襄」，據宋刻本、四庫本改。
〔七六〕將：原作「與」，據宋刻本、四庫本改。
〔七七〕趙：原作「起」，據宋刻本、四庫本改。
〔七八〕「若」下原有「何」字，據宋刻本、四庫本删。
〔七九〕體：原無，據四庫本《後村詩話》補。
〔八〇〕句首原有「制」字，據宋刻本、四庫本改。

〔八一〕裹：原作「裛」，據宋刻本、四庫本改。

〔八二〕夫：原作「父」，據宋刻本、四庫本改。

〔八三〕客：原作「云」，據宋刻本、四庫本改。

〔八四〕去：原作「云」，據宋刻本、四庫本改。

〔八五〕緻：原作「緻」，據宋刻本、四庫本改。

〔八六〕蟾：原作「瞻」，據宋刻本、四庫本改。

〔八七〕譏：原作「機」，據宋刻本、四庫本改。

〔八八〕函：原作「亟」，據宋刻本、四庫本改。

〔八九〕制：原作「到」，據宋刻本、四庫本改。

後村先生大全集卷之一百七十五

詩話 後集〔一〕

東坡《中秋》詩云：「此生此夜不長好，明月明年何處看。」與高適「今年人日空相憶，明年人日知何處」之句暗合。羅隱《中秋不見月》詩云：「只恐異時開霽後，玉輪依舊養蟾蜍。」本於盧仝《月蝕》詩，然尤簡明。林和靖絶句云：「山水未深猿鳥少，此生猶擬別移居。直過天竺溪流上，獨樹爲橋小結廬。」然賈島已云：「猶嫌住處人知處，見擬移家更上山。」楊誠齋五言云：「猶道山中淺，仍移水上居。俗人又剥啄，棹入白芙蕖〔二〕。」亦本此。

盧綸、李益善爲五言絶句，意在言外。綸《傷秋》云：「歲去人頭白，秋來樹葉黄。搔頭向黄葉，與爾共悲傷。」《宫詞》云：「玉砌紅花樹，香風不敢吹。春風解天意，偏發殿南枝〔三〕。」學士院春帖子可用。又云：「辭輦復當熊〔四〕，傾心奉六宫。君王若看貌，甘在衆妃中。」益《送人》云：「路傍一株柳，此路向延州。延州在何處，此路起悠悠〔五〕。」《照鏡》云：「衰鬢朝臨鏡，將看各自疑。慙君明似月，照我白如絲。」《陽城烽舍》云：「何地可潸然，陽城烽樹邊。今朝望鄉客，不飲北流泉。」皆有無窮之味。劉幽求功業人，不以詩名，其五言云：「心爲明時盡，君門尚不容。田園蕪没盡，歸去路何從。」裴晉公《題太原廳壁》云：「危事經非一，浮雲的是空。白頭官舍裏，今日又春風。」皆微婉不刻露。頃選絶句，或未見全集，或偶漏落，可收入也。石林《避暑録》載楚州紫極宫壁間詩云〔六〕：「宫門閒一入，獨凭欄干立。終日不逢人，朱頂鶴聲急。」亦可收。

賈島《哭孟郊》云：「家近登山道，詩隨過海船。」此爲郊寫真也。及《哭張籍》云：「即日是前古，何人耕此墳。」施之他人皆可，何必籍也？籍儘有可説，今八句無一字著題，良不可曉。

王簡卿侍郎題園扉云〔七〕：「只教人種菜，莫誤客看花。」陳抑齋樞密則云：「寄語園丁勤剗草，有時病叟出看花。」尤有味。辛幼安《晚題桃符》云：「身爲參禪老，家因赴詔貧。」杜子昕則云：「父子俱開國，朝廷不負人。」兩聯皆微而婉。

《賓戲》犯《客難》，《洛神賦》犯《高唐賦》，《送窮文》犯《逐貧賦》，《貞符》犯《封禪書》、《王命論》。洪氏《隨筆》記《阿房賦》犯《華山賦》中語。余讀陸修《長城賦》，首云「千城絶，萬城列，秦民竭，秦君滅」，不覺失笑曰：「此豈非『蜀山兀，阿房出』之本祖歟！」修名輩在樊川前〔八〕。

唐人「交疎貧病後，身老是非間」之句可諷咏〔九〕。

王簡卿侍郎嘗自誦其《贈劉改之》一聯云〔一〇〕：「駡坐有人曾辟易，處窮無鬼敢揶揄。」道得他著。

福州仁王寺有僧喜唱《望江南》詞〔一一〕，一日忽題壁曰：「不嫌夫婿醜〔一二〕，亦勿厭深村。但得一回嫁，全勝不出門。」或誚之曰〔一三〕：「此僧欲出世矣！」言於當路，延主一刹。未久，若有不樂者，又題云：「當初只欲轉頭銜，轉得頭銜轉不堪。何似仁王高閣上〔一四〕，倚欄閑唱《望江南》。」李内翰元善每稱此二絶，倦游輒曰：「吾欲唱《望江南》矣。」

李義山《蝨賦》云：「爾職惟齧，而不善齧。回臭而多，跖香而絶。」雖甚簡短，然有義味。

近人長短句多脱換前人詩，《七夕》詞云：「做豪今夜爲情忙，人那得工夫送巧〔一五〕。」然羅隱已云：「時人不用穿針待，没得心情送巧來。」《送别》詞云：「不如飲待奴先醉，圖得不知郎去時。」然劉駕已云：「我願醉如泥，不見君去時。」《宫詞》云：「一夜御前宣住，六宫多少人愁。」然王建已云：「聞有美人新進入，六宫未見一時愁。」

王岐公《宫詞》云：「翠眉不及池邊柳，取次飛花入建章。」雖本王昌齡「玉顔不及寒鴉色」之句，然殊不相犯。又云：「重教按舞桃花下，只踏殘紅作地裀。」又云：「吹回一覺昭陽夢，帳外春風太薄情。」其思致在王建之上矣。

退之自負去陳言，然「坐茂樹，濯清泉」，即《楚詞》「飲石泉〔一六〕，蔭松柏」也；「飄輕裾，翳長袖」，即《洛神賦》「揚輕袿，翳修袖」也。豈非熟讀，忘其相犯耶！

前史謂禰衡附孔融，慢曹操，操以其才名不欲殺，送劉表〔一七〕。後復慢表〔一八〕，表不能容，以江〔下〕〔夏〕太守黄祖性急，送衡與之，爲祖所殺。按《鸚鵡賦》極籠檻棲託之悲，有母子伉儷衆雛之感。又云：「寧順從以遠害，不違忤以喪生〔一九〕。」又云：「顧六翮之殘毁，雖奮迅其焉如。苟竭心於所事，敢背惠而忘初？」噫！衡自知不免，哀鳴躑躅求容於祖者如此，亦可憐已。時操、表皆欲篡漢，而融獨欲存漢〔二〇〕，衡與融善，自無可活之理。操能害融而不忍斃一布衣〔二一〕，表亦避此名，惟祖凶麤，敢於下手。原其意，不過承望二豪風旨爾〔二二〕，豈性急之罪哉！頃見余子壽云〔二三〕：「謝希孟爲某總餉所惡，假手留鑰張定叟劾去之。」希孟有詩云：「上有皇天下后土，此身不患無歸所。憑誰説與清河公〔二四〕，何苦爲人作黄祖。」余謂祖爲曹、劉驅使已可笑，又有一種人爲祖驅使，益可笑也。

退之有《答柳柳州食蝦蟇》詩〔二五〕，是柳倡而韓和矣，今柳集乃無此作。唐家數詩往往一集可采者止一二首，餘皆不必傳而傳，子厚詩□□妙□□□不入集者，可惜也。周六、周七輩能登科而不能收拾父詩，必是其時尚幼。

山谷以崇寧甲申謫宜州，道由洞庭、潭、衡、永、桂，皆有詩。是歲五六月間至宜，明年乙酉九月卒，年六十一。以集考之，在宜僅有七詩，《與黄龍清老》三首，《别元明》一首，《和范寥》二首，而絶筆於《乞鍾乳》一首，豈年高地惡而然耶！其《别元明》猶云「術者謂吾兄弟俱壽八十」，谷亦不自料大期止此。少游在藤自作挽歌之屬，比谷尤悲哀。惟坡公海外筆力益老健宏放，無憂患遷謫之態，黄、秦皆不能及，李文饒亦不能及。

秦會之嘗記曾南豐辟陳後山爲史屬，且塗改後山史藁，世謂元無此事，乃秦謬誤，殆以人廢言也。按魏衍爲《後山集記》，明言元豐四年神宗命曾典史事，曾薦後山爲屬，朝廷以白衣難之。衍乃後山高第，《集記》作於政和五年，秦説有按據，非誤。

後山生不肯著趙挺之丞相背心，其死也，友人鄒道鄉買棺以殮，二事尤偉。魏衍作《集記》，不敢書前事，豈趙公方貴盛〔二六〕，有所避就乎？

余舊喜杜牧《憶李給事》詩，云：「元禮去歸緱氏學，江充來見犬臺宫。」妙於用事，緱、犬借對尤工。後讀《膺傳》，居綸氏，教授千人，非緱氏也，牧豈別有所本耶？

杜牧嘗爲牛奇章公掌書記，後誌牛公墓，書維州事，是牛而非李。又云：「李太尉專柄，多逐賢士。」牧弟顗嘗爲李衛公巡官，後李貶袁州，牛公欲辟致，顗辭以李公方在困，不願就。牧誌顗墓，備載其事。牛李相反如冰炭，門下士各分朋黨，二杜於其時一爲牛客，一爲李客，各行其志，各主其所主，不以牛李之存没用舍爲向背，其兄弟俱豪傑之士矣。自唐至今，維州曲直之論未定，惟温公是奇章，與牧之論同。

徐夤先輩詩如「豐年甲子春無雨，良夜庚申夏足眠」，如「身閑不厭常來客，年老偏憐最小兒」，皆律切。又五言云「歲計懸僧債」，以此知閩人苦貧，貸僧而取其息，自唐末已然矣。但近歲取諸僧者愈甚，十刹九廢，有歲收數千百斛盡入豪右而寺無片瓦者，則前世之所未有也。

前輩稱王君玉詩刻琢深淳，且舉「蠶寒冰繭瘦，蜂老露房欹」，「魚寒不食清池釣，鷺静頻驚小閣棋」二聯。余以其集考之，五言如「露槿東西照，風荷向背愁」，七言如「凉吹易成團扇恨，夕陽偏結小窗愁」，如《詠明皇》云「誰將《水調》歌秋雁，不遣君王待曲終」，絶句如「香溪春老誤尋芳，只有愁雲映夕陽。今日重來已如此，何須更問海生桑」，如「正月初絃二月賒〔二七〕，小陽春事已如麻。强誇力健因移石，不減公忙爲種花」，皆精妙有思致。絶句可入選，而《詩話》所稱二聯乃不在集中。君玉，晏元獻客也，嘗與楊大年、歐公唱和。

劉駕《古意》云：「新人莫歡喜，故人曾如此。燕趙猶生女，郎豈有終始。」比之香山「更有新人勝於汝」之句，稍含蓄。

漢以孝廉取士，其末也，孟德、仲謀皆曾舉孝廉來。唐人尤重進士，其末也，如李振勸朱温，一日殺司空裴贄等百餘人於白馬驛，蘇楷駮昭宗謚，李山甫教羅從訓害王鐸一家三百口〔二八〕，皆不得志於場屋者爲之。乃至巢寇，亦進士也。科目之弊如此。當時惟羅隱有詩聲，屢擯於名場，然逢世亂離，依錢氏以庇身，未嘗失節〔二九〕。五言云：「四海霍光第，六龍張奉營。」此必是諸鎮皆封王、賜功臣號及岐汴劫質天子之時。又云：「陪臣無以報，西望不勝情。」又《聞幸蜀》七言云：「静憐貴族謀身易，危惜文皇創業難。」猶有惓〔惓〕本朝之意，可嘉也。

司空表聖有書與李生論詩〔三〇〕，略云：「王右丞、韋蘇州澄澹精緻，豈妨遒舉？賈浪仙雖有警句，視其全篇意思殊餒，大抵附於寒澀方可致才〔三一〕，亦爲體之不備也。」余謂四靈輩□□□自摘其警聯二十六，如「人家寒食月，花影午時天」，「雨微吟足思，花落夢無聊」〔三二〕，樂府云

「晚粧留拜月，春睡更生香」，七言詩「得劍乍如添健僕，亡書久似憶良朋」，皆甚佳。然世人惟誦其「碁聲花院閉，幡影石幢高」，「綠樹連村暗，黃花入麥（移）〔稀〕」之句。表聖有絕句云：「後生乞汝殘風月，自作深林不語僧。」其高自標致如此。

退之以師道自任，自李翺、張籍、皇甫湜輩皆名之〔三三〕，惟推伏孟郊，待以畏友，世謂繆敬，非也。其自歎云：「愁與髮相形，一愁白數莖。有髮能幾多，禁愁日日生。古若不置兵，天下無戰争。古若不置名，道路無欹傾。太行聳巍峨，是天産不平。黃河奔濁浪，是天産不清。四蹄日日多，雙輪日日成。二物不在天，安能免營營。」《弔國殤》云：「徒言人最靈，白骨亂縱横。如何當春死，不及羣草生。堯舜宰乾坤，器農不器兵。秦漢盜山岳，鑄殺不鑄耕。天地莫生金，生金人競争。」《灞上輕薄行》云：「自歎方拙身〔三四〕，忽逢輕薄倫。常恐失所避，化爲車轍塵。」《游子吟》云：「慈母手中線，游子身上衣。臨行密密縫，意恐遲遲歸。誰言寸草心，報得三春暉。」《去婦》云：「君心匣中鏡，一破不復全。妾心藕中絲，雖斷猶牽連。安知御輪士，今日翻迴轅。一女事一夫，安可再移天。君聽去鶴言，哀哀七絲絃。」《教坊歌兒》云：「十歲小小兒，能歌得朝天。六十孤老人，能詩獨臨川。去年西京寺，衆伶集講筵。能嘶竹枝詞，供養繩牀禪。能詩不如歌，悵望三百篇。」《長安旅情》云：「盡説青雲路，有足皆可至。我馬亦四蹄，出門似無地。玉京十二樓，峨峨倚青翠。下有千朱門〔三五〕，何門薦孤士。」《秋懷》云：「詈言不見血，殺人何紛紛。聲如窮家犬，吠竇何誾誾。古詈舌不死，至今書云云。秦火不爇舌，秦火空爇文。」《贈無本》云：「詩骨聳東野，詩濤湧退之。有時踉蹡行，人驚鶴阿師。可惜李杜死，不見此狂癡。」又云：「拾月鯨口邊，何人免爲吞。」《游俠行》云：「平生無恩讐，劍閑一百月。」《吊元魯山》云：「黄犢不知孝，魯山自駕車。非〔閑〕〔賢〕不可妻，魯山竟無家。將謡魯山德〔三六〕，瀆海誰能涯。」當舉世競趍浮艷之時，雖豪傑不能自拔，孟生獨爲一種苦淡不經人道之語，固退之所深喜，何繆敬之有！

文字意脉，人生通塞繫焉。東野詩云：「萬物皆及時，獨予不覺春。」又云：「妾恨此斑竹，下盤煩宼根。有筍未出土，中已銜淚痕。」又云：「無子抄文字，老吟多飄零。有婦吐向牀〔三七〕，枕席不解聽。」又云：「山壯馬力短，路行石齒中。」又云：「後路起夜色，前山聞虎聲。」其《峽哀》、《杏傷》、《哭劉言史》、《盧殷》諸篇，極其詭怪幽憤。所謂《峽哀》者，似爲逐客而作，如云「沙稜箭箭急，波齒斷斷開。呀彼無底吮，待此不測災。谷號相噴激，石怒争旋回。古罪有復鄉，今纍多爲能。」其詞可以痛哭，不知哀何人也。屈宋《大招》、《招魂》等作，雖窮極天地之外，龍蛇鬼魅，千變萬態，然又稱述宗國宫室鐘鼓歌舞之樂以返之。孟生純是苦語，略無一點温厚之意，安得不窮？此退之所以欲和其聲歟！

孟詩亦有平淡閑雅者，但不多耳。如「腰斧斫旅松，手瓢汲家泉」，如「不是城頭樹，那棲來去鴉」，如「路喜到江盡，江上又通舟。愿爲馭者手，與郎回馬頭」，如「處處得相隨，人那不如月」，皆與唐人同一機杼。《詠蚊》云：「願爲天下幮，一使夜景清。」《燭蛾》云：「天若百尺高，應去掩明月。」又唐人所不能道。

王贊序方干詩云：「張祜升杜甫之堂，方干入錢起之室。」祜尤爲杜牧所稱，林逋亦有「張祜詩牌妙入神」之句。牧、逋非輕許可者。干《送喻鳧》云：「送我樽前酒，與君身上衣。」又云：「寒蕪隨楚盡，落葉渡淮稀。」又：「坐月何曾夜，聽松不似晴。窗接停猿樹，巖飛浴鶴泉。」考功以五言擅名，干亦云「纔吟五字句，又白幾莖髭」，入室之評不爲過矣。

荆公選唐百家詩，於高適、岑參各取七十餘首，其次王建、皇甫冉各六十餘首。冉詩佳句如「殘雪入林路，深山歸寺僧」，如「那堪閉永巷，聞道選良家」，如「借問承恩者，雙蛾幾許長」，皆不在選中。冉弟曾詩亦工〔三八〕，如「寒磬虚空裏，孤雲起滅間」，如「孤村明夜火，稚子候歸船」，如「三徑荒蕪羞對客，十年衰老愧稱兄」，皆精妙，亦不入選。余嘗謂如兩皇甫、五竇皆唐詩高手，野處洪公所謂《竇氏聯珠集》，恨未之見。

劉乂嘲退之諛墓〔三九〕，豈惟退之哉！蔡中郎自謂平生作碑惟於郭有道無愧詞，則他碑有愧者多矣。李北海爲諫官時，面折廷諍，是甚氣魄！其詞翰俱妙，碑板滿天下，外國至持金帛購求。及爲葉有道碑，稱美其孫景龍觀道士、鴻臚卿、越國公法善爲帝傲吏，作人宗師，以臺閣名士而爲一黄冠秉顯揚之筆，讀之可發千載一笑。史謂自古鬻文獲財，未有如邕之盛，豈非法善輩潤筆耶！使皆爲郭泰作碑，昌黎安得數斤之金，北海安得珊瑚鈎、騏驎罽與紫騮、劍几之玩乎！

郎士元「車馬雖嫌僻，鶯花不棄貧」，秦系「流水閑過院，春風爲閉門」，善狀幽居者。唐求「沙上鳥猶在〔四〇〕，渡頭人未行」，「樹色野橋暝，雨聲孤館秋」，善狀行役者。周賀「空將未歸意，説向欲行人」，張蠙「共看今夜月，獨作異鄉人」，善狀離別者。賀又云「雨雪生中路，干戈阻後期」，蠙云「塞深行客少，家遠識人稀」，善狀邊地者。蠙又有《宫詞》云：「日透珠簾見冕旒，六宫争逐百花毬。廻頭不覺君王去，已聽笙歌在遠樓。」甚工。

唐人爲樂府者多，如劉駕《鄰女篇》云：「君嫌鄰女醜，取婦它鄉縣。料嫁與君人，亦爲鄰所賤。菖蒲花可貴，只爲人難見。」《祝河水篇》云：「河水清瀰瀰，照見遠樹枝。征夫不飲馬，再拜祝馮夷。從今億萬歲，不見河濁時。」語簡味長〔四一〕，欲逼王建。

鄭谷多佳句而格苦不高。谷甚推尊薛能，能自負不淺，其實一繆妄人爾。其《黄河》、《太華》二篇，尤自夸詡，然以弱筆賦巨題，每篇押十四韻，殊無警策，曾不如司空表聖「地勢遥尊嶽，河流側讓關」十字道盡。尚不足以望表聖，如「吴楚東南坼，乾坤日夜浮」，「齊魯青未了」等句法，何嘗夢見彷彿？谷輩北面之，良不可曉。

魏野詩除前輩拈出數聯之外，如「棋退難饒客，琴生却問兒」，「松風輕賜扇，石井勝頒冰」，「鶴病生閑撓，僧來廢静眠」，「雁急長天外，驢遲落照中」，又《咏菊》云「五色中偏貴，千花後獨尊」，皆逼姚、賈，而少有誦之者。

五言尤難工。林和靖一生苦吟，自摘出十三聯，今惟五聯見集中。如「隱非秦甲子，病有晉春秋」，「水天雲黑白，霜野樹青紅」，「風回時帶笛，烟遠忽藏村〔四二〕」，如「郭索」「鈎輈」之聯，皆不在焉。七言十七聯，集逸其三，向非有《摘句圖》傍證，則皆成逸詩矣。梅聖俞作集序，謂先生詩未嘗自貴，就輒棄之，所存百無一二，蓋實録云。

黄庶亞夫，山谷之父，世所誦《怪石》絶句之外，如「書對聖賢爲客主，竹兼風雨似咸韶」，如「史解戮人惟戮古，地能埋死只埋愚」，皆奇崛不蹈襲。如《大孤山》：「不知天星何時落，《春秋》不書不可尋。」如《宿趙屯》云：「蘆花一股水，弭棹日已暮。山間聞雞犬，無人見烟樹。行逐羊豕跡，始識入市路。菱芡與魚蟹，居人足來去。漁家無鄉縣，滿船載稚乳。鞭笞公私急，醉眠聽秋雨〔四三〕。」雜之谷集中不能辨。谷嘗手書此二詩，刻於星子灣，跋云「先君平生刻意於詩」，與子美「吾祖詩冠古」之評何異？亞夫真黄氏之審言矣。

曾子固《明妃曲》云：「丹青有迹尚如此，何況無形論是非。」諸家之所未發。《哭尹師魯》云〔四四〕：「悲公尚至千載後，況復悲者同其時。」意甚高。《挽丁元珍》云：「鵩來悲四月，鶴去遂千年。」尤精切。《北歸》絶句云：「江海多年似轉蓬，白頭歸拜未央宫。堵墻學士争相問，何處塵埃瘦老翁。」極似半山。誰謂子固不能詩耶！

前輩《咏蝶》云：「狂隨柳絮有時見，舞入梨花無處尋。」乃脱换唐人《白鷺》詩「立當青草人先見，行近白蓮魚未知」之句云耳。

古今賦詠閨情者，不過恩怨相爾汝。賀方回詞云：「揮金陌上郎〔四五〕，化石山頭婦。無物繫君心，三歲扶牀女。」陳子高絶句云：「壁間衛玠眉目是，膝下枚皋言語真。縱使無情似郎主，那能對此不霑巾。」乃就幼稚上發，意尤新。前世惟蔡琰《胡笳》諸篇爲然。子高别有句云：「莫向邊鴻問消息〔四六〕，斷腸書信不如無。」甚有思致。

唐有「雙角犢子恣狂顛」之謠，故周子諒彈牛仙客，以爲姓符讖書。李文饒亦謂牛奇章懷異志於圖讖〔四七〕，恨不族之，又欲以大牢少長俱置之法。朱新仲云：「信讖書而誣人以大逆，李竄海島，周杖死朝堂，報也。」又云：「終唐之世，無牛姓爲盜者。」夫犢子雙角，殆拆朱字爾。泚問鼎於前，温改物於後，讖亦有時而驗耶！

王民瞻《題石人峰》云：「偉岸稜稜似立朝〔四八〕，巍峨冠劍想風標。可憐有貌無肝膽，何用昂然近紫霄。」其托諷與退之《石鼎》之作何異？

梁邵陵王《代舊姬》云：「怨黛舒還斂，啼粧拭更垂。」武陵王《夜夢》云：「昨夜夢君歸，賤妾下鳴機。懸知君意薄，不看去時衣。」施榮泰《詠昭君》云：「唧唧撫心歎，蛾眉誤煞人。」姚翻《夢故人》云：「覺罷方知恨，人心定不同。誰能對角枕，長夜一邊空。」雖南朝人語，駸駸入晚唐矣。

春端帖子，前輩有絶工者，有不甚工者。坡公欲使秦郎供帖子〔四九〕，豈非以其才思尤宜用於此耶？少游不歷此官，無以驗工拙。周美成亦有才思者，集中有代内制作春帖子三十首，皆平平無警策。余嘗忝僕直，幸不當筆爾，否則亦露拙矣。偶讀誠齋詩云：「玉堂著句轉春風，諸老從前亦寓忠。誰爲君王供帖子，丁寧綺語不須工。」使此老爲之，必有可觀。

秦相當國，桂帥胡舜陟謂古縣乃秦父舊治，諷縣立祠。令高登彦先也，爲太學諸生時屢上書，與陳東齊名。既登第，考試潮州，以論題策問忤秦相者，以爲不可祠。舜陟怒，捃它事劾上，興獄逮捕。彦先母死舟中，而彦先航海投匭上書，乞納官葬母。秦素蓄憾，下彦先静江獄。比至，舜陟爲漕吕源發買馬事，先下吏死。時人皆哀舜陟之非辜〔五〇〕，而不知有天道焉。舜陟諂秦而死〔五一〕，彦先忤秦而生，亦可爲士大夫謬用其心者之戒。彦先《端午》詩云：「無邪煩艾子，有愠賴桐孫。」用事斲對，深於五言者。

鶴相在海外，效唐李嶠爲單題詩，一句一事，凡一百二十篇，寄洛中子孫，名《青衿集》，徐堅《初學記》之類也。貶所無書籍，而默記舊讀，歷歷不忘，且篇篇有李韻。又自序云：「三歲欲齒諸兄行冠禮，祖母曰：『汝能諷五七言詩數十章，當從汝。』至翌日，能誦之，遂免總角。六七歲，侍祖母讀《華嚴經》，即解句讀，辨難字。十四五，舉業爲前輩推賞，擢高第，登貴仕，皆早學之力。」又云：「家僕至，得珙書，筆札精麗，字字可愛。又得諸孫簡牘〔五二〕，各言日夕所學。」知患難之門不廢素業，曠然忘遠遷之意〔五三〕。今之貴人位望稍通顯，便放下書册，子弟怙勢奢侈，爲不肖而已〔五四〕。鶴相處禍患遷謫，乃能以學自娱，又能以學勵其子孫，有過人者，不可以人廢言也。坡公《書》、《易》、《論語注》成於儋耳，胡明仲《讀史管見》作於新州，又非鶴相口耳記誦之學所及。

「欲驅殘臘變春風，只有寒梅作選鋒。莫把疎英輕鬬雪，好藏清艷月明中。」楊龜山爲胡文定作也。「千畝寒林一樹梅，自妍自笑已堪哀。今朝更被風吹却，擬遣春從底處回。」項平庵爲朱文公作也。二詩一欲文定瑣闥之留，一惜文公經筵之去。

李侍郎似之詩云：「老子因何一念差，肯將簪紱挽袈裟。」折樞密仲古南遷，寄李相伯紀云：「待公輔佐中興了，乞取袈裟送暮身。」二公一爲侍從，一爲執政，晚年乃有袈裟之羡，其誰信之？《楊文公談苑》云：「近世錢惟演、劉筠首變詩格，得其格者蔚爲佳咏。」又云：「二君麗句絶多。」且各舉數十聯。錢《咏漢武》云：「立候東溟邀鶴駕，窮兵四極待龍媒。」劉《詠明皇》云：「黎園法部兼胡部，玉輦長亭更短亭。」工則工矣。余按首變詩格者文公也，自歐陽公諸老皆謂崑體自楊、劉始，今文公乃巽與二人，若己無與者，前輩謙厚不争名如此。文公亦詠漢武云：「力通青海求龍種，死諱文成食馬肝。待詔先生齒編貝，那教索（來）〔米〕向長安。」《明皇》云：「河朔叛臣驚舞馬〔五五〕，渭橋遺老識真龍。蓬山鈿合空傳信，回首風濤百萬重。」比之錢、劉尤老健。

公孫賀當拜相，涕泣不肯受印綬；蔡謨寧免爲庶人，不肯當司徒之拜。然賀不能堅辭而覆族，謨能固拒而全身，如謨者可謂智矣。南朝人云：「我以爲公不如飲酒樂。」劉乂詩云：「盡欲調太羹，今古無好手。所以山中人，兀兀但飲酒。」皆名言也。

王質景文《與王樞使公明》詩云：「試看公出手，毋謂我無人。」《與虞丞相》云：「寄身江漢歸無所，開眼乾坤見有公。」甚雋快，但下聯云「修造鳳樓須有手，住持烏寺可無人」，幾於自鬻矣。

臨川危逢吉詩有思致，《禽言》二首尤佳。《接客篇》云：「接客接客，高亦接，低亦接。大兒穩善會傳茶，小兒踉蹡能作揖。家人不用剪髾雲，我典《唐書》充饌設。《唐書》典了猶可贖，賓客不來門户俗。」《郭公篇》云：「郭公郭公，聞爾失國春秋時〔五六〕，何事到此猶悲啼。郭公前言亡國故，當時只緣臣子誤。百年社稷不得歸，而今家住柘崗西。滿日春風都是恨，聲聲説與齊侯知。郭亡矣，君勉之。」詞意音節欲迫張籍、王建矣。《題楊妃齒痛圖》云：「痛入香齦欲不禁，三郎心痛亦何深。當時更有唇亡處，自是君王不動心。」《婦歎》云：「記得蕭郎登第時，謂言即日鳳凰池。而今老等閑官職，日欠人錢夜欠詩。」《落花》云：「馬嵬路險失妃子，金谷樓高墜緑珠。」皆清婉可愛。然古今詠落花，無出二宋兄弟，兩聯追琢精妙，逢吉語稍率矣。

〔一〕後集：原作「續集」，據適園本《後村詩話》改。
〔二〕棹：原作「掉」，據四庫本《後村詩話》及《誠齋集》卷三〇《泛宅》詩改。
〔三〕偏：原作「徧」，據小草本、四庫本《後村詩話》及《萬首唐人絕句》卷一三改。
〔四〕態：原作「態」，據小草本及四庫本《後村詩話》改。
〔五〕起：原作「豈」，據小草本及四庫本《後村詩話》改。
〔六〕間：原作「見」，據小草本及四庫本《後村詩話》改。
〔七〕云：原無，據適園叢書本《後村詩話》補。
〔八〕川：原作「州」，據小草本及四庫本《後村詩話》改。
〔九〕咏：原作「味」，據四庫本《後村詩話》改。

〔一〇〕「聯」下原有「句」字，據小草本及四庫本《後村詩話》刪。

〔一一〕唱：原作「倡」，據小草本及四庫本《後村詩話》改。

〔一二〕嫌：原缺，據小草本及四庫本《後村詩話》補。

〔一三〕誚：原缺，據小草本補。

〔一四〕上：原缺，據小草本及四庫本《後村詩話》補。

〔一五〕適園叢書本《後村詩話》無句首「人」字。

〔一六〕石：原作「食」，據小草本及四庫本《後村詩話》改。

〔一七〕送：原缺，據小草本及四庫本《後村詩話》補。

〔一八〕後復慢表：原作「前後福建」，據小草本及四庫本《後村詩話》改。

〔一九〕忤：原作「遷」，據四庫本《後村詩話》改。

〔二〇〕漢：原缺，據小草本及四庫本《後村詩話》補。

〔二一〕布：原缺，據小草本及四庫本《後村詩話》補。

〔二二〕過：原作「遇」，據小草本及四庫本《後村詩話》改。

〔二三〕子：原作「於」，據小草本及四庫本《後村詩話》改。

〔二四〕公：原作「宮」，據小草本及四庫本《後村詩話》改。

〔二五〕有：原作「自」，據小草本及四庫本《後村詩話》改。

〔二六〕方：原作「言」，據小草本及四庫本《後村詩話》改。

〔二七〕賒：原作「除」，據小草本及四庫本《後村詩話》改。

〔二八〕羅：原作「樂」，據適園本《後村詩話》改。

〔二九〕失：原缺，據小草本及四庫本《後村詩話》補。

〔三〇〕書：原作「詩」，據小草本及四庫本《後村詩話》改。

〔三一〕「附於」至「可致」，原缺，據《司空表聖集》補。

〔三二〕聊：原缺，據適園本《後村詩話》補。

〔三三〕皇：原作「黄」，據小草本及四庫本《後村詩話》改。

〔三四〕拙：原作「掘」，據小草本及四庫本《後村詩話》改。

〔三五〕朱：原作「床」，據小草本及四庫本《後村詩話》改。

〔三六〕德：原作「得」，據小草本及四庫本《後村詩話》改。

〔三七〕婦：原缺，據四庫本《後村詩話》補。

〔三八〕弟：原作「茅」，據小草本、翁校本改。

〔三九〕劉乂：原作「劉義」，又本集及其他古籍記此人之名，或又作「叉」、作「乂」，今據《直齋書錄解題》卷一九《劉乂集》條所述，統一作「乂」，不復出校。

〔四〇〕鳥：原作「島」，據小草本及四庫本《後村詩話》改。

〔四一〕簡：原作「闌」，據小草本及四庫本《後村詩話》改。

〔四二〕村：原作「春」，據小草本及四庫本《後村詩話》改。

〔四三〕秋：原作「一」，據小草本及四庫本《後村詩話》改。

〔四四〕云：原作「公」，據小草本及四庫本《後村詩話》改。

〔四五〕揮：原作「插」，據小草本及四庫本《後村詩話》改。

〔四六〕莫：原作「高」，據小草本及四庫本《後村詩話》改。

〔四七〕謂：原作「爲」，據小草本及四庫本《後村詩話》改。

〔四八〕似：原缺，據小草本及四庫本《後村詩話》補。

〔四九〕公：原作「工」，據小草本及四庫本《後村詩話》改。

〔五〇〕衰：原作「愛」，據小草本及四庫本《後村詩話》改。

〔五一〕而：原無，據小草本及四庫本《後村詩話》補。

〔五二〕牘：原作「讀」，據小草本及四庫本《後村詩話》改。

〔五三〕遠：原無，據小草本及四庫本《後村詩話》補。

〔五四〕而：原作「之」，據小草本及四庫本《後村詩話》改。

〔五五〕舞：原作「武」，據小草本及四庫本《後村詩話》改。

〔五六〕時：原無，據小草本及四庫本《後村詩話》補。

後村先生大全集卷之一百七十六

詩話 後集

杜《八哀》詩，崔德符謂可以表裏《雅》《頌》，中古作者莫及。韓子蒼謂其筆力變化，當與太史公諸贊方駕。惟葉石林謂長篇最難，晉魏以前無過十韻，常使人以意逆志，初不以叙事傾倒爲工。此八篇本非集中高作，而世多尊稱，不敢議其病，蓋傷於多。如李邕、蘇源明篇中多累句，刮去其半方盡善。余謂崔、韓比此詩於太史公《紀》《傳》，固不易之語，至於石林之評累句之病，爲長篇者不可不知。

子美與房琯善，其去諫省也，坐救琯。後爲哀挽，方之謝安。投贈哥舒翰詩，盛有稱許，然《陳濤斜》、《潼關》二詩〔一〕，直筆不少恕，或疑與素論相反。余謂翰未敗，非子美所能逆知，琯雖敗猶爲名相。至於陳濤斜、潼關之敗，直筆不恕，所以爲詩史也，何相反之有！

杜公爲詩家宗祖，然於前輩如陳拾遺、李北海極其尊敬，於朋友如鄭虔、李白、高適、岑參尤所推讓。白固對壘者，於虔則云「德尊一代，名垂萬古」；於適則云「美名人不及，佳句法如何」，又云「獨步詩名在」；於參則云「謝眺每篇堪諷詠」。未嘗有競名之意。晚見《春陵行》，則云「粲粲元道州，前賢畏後生」，至有「秋月」「華星」之褒，其接引後輩又如此。名重而能謙，才高而服善〔二〕，今古一人而已。世傳嚴武欲害子美，杜集載武贈杜七言，有「莫倚善題《鸚鵡賦》」之句，則武果有無狀之意矣，不但以禰衡待杜，亦以黃祖自處，麤暴如此，其母氏所以有官婢之憂也。

杜嘲太白句似陰鏗，然杜云「船如天上坐」，不犯沈佺期乎？「薄雲巖際宿」，不犯何遜乎？恐太白有辭矣。

前人謂杜詩冠古今，而無韻者不可讀，又謂太白律詩殊少，此論施之小家數可也。余觀杜集，無韻者惟夔府詩題數行，頗艱澀，容有誤字脱簡。如《大禮》三賦沉着痛快，非鉤章棘句者所及。太白七言近體如《鳳凰臺》，五言如《憶賀監》、《哭紀叟》之作，皆高妙。未嘗細考而輕爲議論，學者之通患。韓退之嘗云：「氣，水也；言，浮物也。水大則物之浮者小大畢浮。氣之與言猶是也，氣盛則言之短長與聲之高下者皆宜。」此論最親切。李、杜是甚氣魄，豈但工於有韻者及古體乎？

韓公字東野，名籍、湜，而籍哭韓詩乃有「後學號韓張」之句。陸象山《白鹿講義》呼晦翁爲先生，後《辨太極書》則兄之矣。輩行有先後，仕進有久近，豈可以存没顯晦而改變？甫、白真一輩行，而杜公云「李杜齊名真忝竊」，其忠厚如此。

盧藏用序《陳拾遺集》〔三〕，稱其「崛起江漢，虎視函夏，卓立千古，横制頽波，天下翕然，質文一變。」至於《感遇》之篇，則「感激頓挫，顯微闡幽〔四〕，庶幾見變化之朕，以接乎天人之際」。韓、柳未出之前，能爲此論，亦可謂之知言矣。其論歷代文弊皆不錯，惟謂「後進之士若上官儀者出，於是風雅之道掃地」，則大不然。按上官儀詩律雖未脱徐、庾〔五〕，然孤忠大節遂與褚河南相輝映於史冊〔六〕。藏用不終隱尚可恕，晚附太平公主，時人指「終南山捷徑〔七〕」，目藏用爲「隨駕處士」，與蕭至忠輩同傳。其詆上官儀將以媚公主耳，豈篤論乎？

陳拾遺、李翰林一流人。陳之言曰：「漢魏風骨，晉宋莫傳〔八〕。僕嘗暇時觀齊梁間詩，彩麗雖繁而興寄都絶，每以永歎。」李之言曰：「梁陳以來，艷薄斯極，沈休文又尚以聲律。將復古道，非我而誰！」陳《感遇》三十八首，李《古風》六十六首，真可以掃齊梁之弊而追還黄初、建安矣。昔南塘力勉余息近體而續陳、李之作，余（泊）〔汩〕世故，忽忽不經意，而老至矣，聊記其言以諗同志。

李陽冰序《太白集》云：「古今文集遏而不行，惟公文章横被六合。」語極駿壯，不但工篆也。陶、韋異世而同一機鍵。韋集有一篇云：「霜露悴百草，時菊獨妍華。物理有如此，寒暑其奈何。掇英泛濁醪，日入會田家。盡醉茅簷下，一生豈在多。」題曰《傚陶彭澤》。此真陶語，何必傚也。若近時趙蹈中雖極力摹擬，艱苦甚矣。

唐詩人出牧者多，誇説軍府之雄、邑屋之麗、士女之盛，惟元道州《賊退示官吏》云：「追呼且不忍，況乃鞭扑之。」韋蘇州《寄人》云：「身多疾病思田里，邑有流亡愧俸錢。」皆有憂民之念。

悼亡之作，前有潘騎省，後有韋蘇州，又有李雁湖，不可以復加矣。

高適、岑參，開元、天寶以後大詩人，與杜公相頡頏，歌行皆流出肺肝，無斧鑿痕。適《賦秋胡》云〔九〕：「如何咫尺仍有情，況復迢迢千里外。」甚佳。其近體亦高簡清拔，《送甥》云：「宅相予偏重，家丘人莫輕。」《東平道中》云：「蟬鳴木葉落，此夕更秋霖。」絶句云：「柳色驚心事，春風厭素居。方知一盃酒，猶勝百家書。」其散語如《祭雙廟文》云：「時平位下，世亂節高。」極悲慨有味。參《送郭》又云：「初程莫早發，且宿灞橋頭。」《送顔少府》云：「愛客多酒債，罷官無俸錢。」《漢川山行》云：「江村犬吠船。」《尋人不遇》云：「門前雪滿無人迹，應是先生出未歸。」郊、島輩句煆月煉而成者，參談笑得之，辭語壯浪，意象開闊。荆公選唐詩，惟此二家最多。

唐人皆宗李、杜，雖退之崛强亦然。任華者，不知何人，有雜言二篇寄李杜，略云：「杜拾遺名甫，第二，才甚奇。昨日有人誦得數篇黄絹辭，借問果是杜二之所爲。」又云：「我聞當今李白云云。」又云〔一〇〕：「任生知有君，君也知有任生未？」華於二公，杜舊識，李素昧，皆名呼之，或呼其行第，又高自稱道，云：「曾讀却無限書，拙詩一句兩句在人耳。」然二集皆無與華酬答之辭〔一一〕，華它作又不傳，獨此二篇見《又玄集》，往往以怪見取。昔杜默欲與曼卿、永叔並稱三豪，米元章自謂《寶晉集》勝《眉山集》，華亦杜、米之流歟！

退之從董晉喪去汴，甫四日而難作，留後陸長源、判官孟叔度等皆死，人謂退之幸免爾。以史考之，長源欲以峻法繩驕兵，爲晉所制，不克行。又云叔度等苛細，然則汴卒樂晉寬弛，憚長源繩束，怨叔度輩刻薄，禍有胎矣。退之從喪而出，蓋見幾而作者。余讀《復志賦》云：「非夫子之洵美兮，吾何爲乎浚之都〔一二〕。小人之懷惠兮，猶知獻其至愚。固余異於牛馬兮，寧止乎飲水而求芻。仰盛德以安窮兮，又何忠之能輸〔一三〕。昔余之約吾心兮，誰無施而有獲。嫉貪佞之洿濁兮，曰吾既勞而後食。懲此志之不修兮，愛此言之不可忘。苟不内得其如斯兮，孰與不食而高翔。」此賦有無窮之意，豈非嘗忠告董、陸而不見用，遂欲舍之而去乎？先見如此，其免於禍非幸也。然長源忠義死難與田弘正同，故退之《汴州行》云：「廟堂不肯用干戈，嗚乎奈汝母子何。」以不討賊爲恨，不以獨免爲喜也。

《江陵道中寄三翰林》云：「同官多材雋〔一四〕，偏善柳與劉。或疑言語洩，傳之落冤讎。」按退之陽山之貶，此詩及史皆云因論宫市，似非劉、柳漏言之故，當時廼有此説。市朝風波可畏久矣，然退之於劉、柳豁然不疑，故有「二子不宜爾」之句，庶幾不怨天不尤人矣。

昔與王去非侍郎同官金陵，去非言永貞小人鈎致名士，退之非謫陽山，未必不爲牽率。余曰：「能爲陽山之行，必不入伾、文之黨」，去非以爲然。

韓《南山》詩設「或如」者四十有九，辭義各不相犯，如繅蠒〔一五〕，絲出無窮。柳《寄張澧州》詩，就「瑕」字内押八十韻，未嘗出韻，如彎硬弓，臂有餘力。盡斯文變態，窮天下精博〔一六〕，然非詩之極致。

子厚《古東門行》、夢得《靖安佳人怨》〔一七〕，皆爲武相元衡作也。柳云：「當街一叱百吏走，馮敬胸中函匕首。兇徒側耳潛愜心，悍臣破膽皆杜口。」猶有嫉惡憫忠之意。夢得「昨夜畫堂歌舞人」之句，似傷乎薄。世言柳、劉爲御史，元衡爲中丞，待二人滅裂。果然，則柳賢於劉矣。

子厚永、柳以後詩，高者逼陶、阮，然身老遷謫，思含悽愴。如《哭淩司馬》云〔一八〕：「恬死百憂盡，苟生萬慮滋。」乃犯孔北海臨終之作，不祥甚矣。坡公云「平生萬事足，所欠惟一死」，惜不令子厚見之。

張洎序項斯詩云：「元和中，張水部爲律格，字清意遠，惟朱慶餘一人親受其旨。沿流而下，則有任藩、陳標、章孝標、司空圖等，咸及門焉。」然慶餘詩只有《薔薇》一首入選。項斯警句多於慶餘，如「病嘗山藥偏，貧起草堂低」，如「鶴睡松枝定，螢歸葛葉垂」，如「魚舟縣前泊，山吏日高衙」，《送隱者》云「弟子不知年」，《病僧》云「不言身後事，猶坐病中禪」，可與任藩、司空圖並驅。

世稱朱慶餘「粧罷低聲問夫壻，畫眉深淺入時無」之句，却不入選，豈嫌其自鬻耶？放翁云「誰言田家不入時，小姑畫得城中眉」，比慶餘尤工。

佛於雙樹下右脅側卧而化，至今僧亡者多云「右脅」。按釋迦云：「我今背痛，將入涅槃。」然則右脅者，以背痛不能仰卧耳。若夫非背痛而右脅，與不喪姊而尚左有何異？

道家皆以老子爲神仙之祖，雖太史公亦曰「莫知其所終」，又曰「百有六十餘歲」，又曰「二百餘歲」。然莊子固云「老聃死〔一九〕，秦失吊之」，太史公豈未見《莊子》耶？

耿湋多佳句，《山行》云：「花落尋無徑，鷄鳴覺有村。」《贈僧》云：「月上安禪久，苔生出院稀。」如「强飲沽來酒，羞看讀了書」，如「艱難爲客慣〔二〇〕，貧賤受恩多」，皆可録。

杜牧罪元、白詩歌傳播，使子父女母交口誨淫〔二一〕，且曰：「恨吾無位，不得以法繩之。」余謂此論合是元魯山、陽道州輩人口中語，牧風情不淺，如《杜秋娘》、《張好好》諸篇，青樓薄倖之句，街吏平安之報，未知去元、白幾何。以燕伐燕，元、白豈肯心服！

《李山甫集》有《代孔明哭先主》詩，命題崖異，宜有新意，而兩篇無一字警策。學薛能而不至者，亦不及劉乂。

孔融、李邕爲姦雄所殺，無可逃之理，若禰衡、王昌齡爲太守所殺，班固、陳子昂爲縣令所殺，尤可憐也。

「病中送客難爲别，夢裏還家未當歸」，亦晚唐佳句。

張嵲巨山評：「聖俞以詩鳴本朝，歐陽公尤推尊之。余讀之數過，不敢妄肆譏評〔二二〕，至反覆味之，然後始判然於胸中不疑。聖俞詩長於叙事，雄健不足而雅淡有餘，然其淡而少味，令人無一唱三歎之意。至於五言律詩特精，其句法步驟真有大曆諸公之風。」又評魯直詩文云：「譽者或過其實，毁者或損其真，皆非真知魯直者，或有所愛憎而然。大抵魯直文不如詩，詩律不如古，古不如樂府。魯直自以爲出於《詩》與《楚辭》，過矣。蓋規模漢魏以下者也，佳處往往與《古樂府》、《玉臺新詠》中諸人所作合。其古律詩酷學少陵，雄健太過，遂流而入於險怪。要其病在太著意，欲道古今人所未道語爾。其文則專學西漢，惜其才力褊局，不能汪洋趦趄。如其紀事立言，頗時有類處。」二評不易之論也。

《陳簡齋墓誌》，張巨山筆也。稱「公詩體物寓興，清邃超特，紆餘閎肆，高舉横厲，上下陶、謝、韋、柳之間」。又云：「公外王父存誠子善行草書，世俗莫知。公初規模其外家法，晚益變體出新意，片紙數字，得者藏去。」乃知簡齋筆法本存誠子。巨山，簡齋表姪也。其《夷陵》詩云：「吳蜀相持地，江山真險固。昔聞焚夷陵，今兹但遺堵。山遠欲連天，江寛疑浸樹。左顧渚宫塗，右眺襄陽路。野迥無居人，荒村但豺虎。依依念鄉井，愴愴悲墳墓。月淡江風寒，雲深楚山暮〔二三〕。佇立小踟躕，蒼蒼歸鳥去。」《初夏》云：「孟夏忽已至，雨餘草木荒。俯澗有驚泉，仰林無遺芳。山中歲事晚，是日農始忙。布穀鳴遠林，田家競農桑。故園今何爲，默默心獨傷〔二四〕。」《防江》云：「虜去田事始，夜來春雨匀。向時耦耕者，十無三四人。努力勿轉徙，赦語如陽春。」又云：「大漢與吳越，天南天北頭。虜猶涉吾地，飲馬長淮流。飲馬尚猶可，莫使學操舟。」辭語高簡，意味幽遠，此類不可殫舉，真南渡巨擘。《與簡齋》五言云：「紛紛世上兒，啁啾亂鳴蜩。惟公妙句法，字字陵風騷。癯瘦藏具美〔二五〕，和平蓄餘豪。顧我吟諷苦，知公心力勞。柳韋儻可作，論詩應定交。」他人莫不自夸大，惟巨山能踐其言。

巨山五言絶句如「犖确南山路，叢筠冒水生。寒梅銷落盡，猶有數花明」，如「青林擁蕭寺，況乃在山陰。出見桃花發，方知春已深」。七言絶句如「十日濃陰飛細雨，清川初漲水平沙。幽人閉户春已半，開遍山南山北花」，如「故園墳樹想青葱，寒食風光淚眼中。自痛不如傖父子〔二六〕，紙錢猶挂樹頭風」，如「一行疎樹對柴門，又見荒煙上晚村。日日墻陰觀日影，人生消得幾朝昏」，「日炙櫻桃已半紅，更薰花氣滿襟風。路傍謁舍蹲遺獸〔二七〕，應有荒墳在麥中」。《讀太平廣記》云〔二八〕：「夢裏空驚歲月長，覺時追憶始堪傷。十年烜赫南柯守，竟日歡娱審雨堂。」有人夢入蟻穴，榜曰審雨堂。皆精麗宛轉有思致。又《讀楚世家》云：「喪歸荆楚痛遺民，修好行人繼入秦。不待金仙來震旦，君王已解等冤親。」其忠憤切於戊午讜議矣，但微而顯、婉而成章耳。

張文潛《詠淮陰侯》云：「平生蕭相真知己，何事還同女子謀。」巨山《代蕭相答》云：「當日追亡如不及，豈於今日故相圖。身如累卵君知否，方買民田欲自污〔二九〕。」亦前人所未發。世好巨山詩者絶少，惟余與湯伯紀爾。

徐師川由前省郎以諫議大夫召〔三〇〕，中書舍人程俱致道封還除目，言其與中貴人唱和，「魚須」之句爲人所傳，致道坐此去國。徐集不載「魚須」之篇。「魚須」出《玉藻篇》，笏也。「須」音「班」。與中貴人詩用此二字，莫曉其義。或言師川居上饒，鄭諶者奉使經從，師川嘗與往還，歸而密薦。然思陵本喜山谷，師川其甥，又在圍城中著節，遂峻擢之。御札云「可贈諫議大夫，如其人尚在，以此官召之」，豈一璫所能薦乎？或又言致道本蔡氏客，後知秀州，兀朮至，棄城而遁，何暇議師川！按致道集有《問候蔡少師啓》，進由蔡氏，固有可議。其《復職啓》嘗自辨云：

「居未嘗備提舉道録祕書之屬，出未嘗從宣撫河北陝西之行。」又云：「決知綿薄之才，難抗猖狂之虜。利兵堅甲，既無吴會之師屯；高城深池，又異江湖之天險。」則致道之心有可諒者。繳師川之疏，盛稱其父子舅甥及其出處大致，《貼黄》及魚須事爾。

游默齋序張晉彦詩云：「近世以來，學江西詩不善其學，往往音節聱牙〔三一〕，意象迫切，且論議太多，失古詩吟詠性情之本意。」切中時人之病。

詠明妃者多矣，劉屏山云：「羞貌丹青鬭麗顔，爲君一笑静天山。西京自有麒麟閣，畫向功臣衛霍間〔三二〕。」語意不與前人相犯。

《題李廷珪墨》云〔三三〕：「長春殿古生荆薈，猶有前朝遺物在。錦囊珍重出玄圭，雙虬刻作蜿蜒態。枯皮剥裂弄幾刓，斷玦精堅磨不殺。吾聞李氏據江左，文采風流高一代。當時好玩不獨此，器用往往窮奢汰。徵工選技填御府，不惜千金爲賞賚。治兵唐推英衛精，治民漢許龔黄最。惜哉取士不知術，妙手獨得庭珪輩。真主驅馳八極中，荒王逸樂孤城内。汗青得失更誰論〔三四〕，尤物競爲人寶愛。嗟余視此真糞土，事有至微猶足戒。投文欲往弔江流，幽魂未泯應慚悔。」此詩極精詣，然李氏有潘佑、林仁肇而不能用，亦未嘗無士。

屏山《挽李伯紀丞相》云：「引裾堯浸縮，斷鞅虜氛消〔三五〕。」指論水災、守汴京二事，語簡而盡。六言云：「鼎食鼎烹謀拙，山北山南興長。片夢彭殤壽夭，一枰楚漢興亡。」有不可勝言之妙。

水心大儒，不可以詩人論。其賦中塘梅林云：「幽花表窮臘，病叟行村墟。所欣一蘂吐，安得百萬株。上下三塘間，縈帶十里餘〔三六〕。荒茨各尊貴，野徑争扶疎。愁雲忽返旆，急霰仍回車。蒼然歲將晚，陡覺天象舒。群帝胥命游，衆仙儼相趨。龍鸞變化異，笙笛音製殊。物有據其會，感召驚堪輿。妙香徹真境，態色疑虚無。問誰始種此，豈自開闢初。至今闕勝賞，浩劫隨榮枯。兒童俟黄墮，捧拾紛筐盂。熏蒸雜煙煤，縛賣傾江湖。臙脂蘸羅縠，絳艶生裙襦。和羹事則已，甘老山中臞〔三七〕。以兹媚婦女，又可爲嗟吁〔三八〕。夜闌燭燼短，月淡意躊躇。林逋與何遜，賦詠徒區區。」後篇云：「側聞中塘好，曾賦勸游篇。凌江入枉浦〔三九〕，聊復信所傳。化工何作强，耿耿不自眠。山山高相映，塢塢曲相穿。林光百道合，花氣十村連。風迎亂駛駭，日送交嬋媛。天回徂陰後，地轉升陽前。初如别逃秦，疏附耻獨賢。又疑未興周，掩擁欣俱全。惜哉見之晚，重尋畏凋年。一省三歎息，十步九折旋。詩家詫梅事，槁乾陋肥鮮。常於寒角曉，愛彼明冰懸。疏枝澀冷艶，小窗露孤妍。吟悲肉留嗛〔四〇〕，句喜珠辭淵。忽兹遇衆甫，欲彀羞斷絃。無以寄美人，千室炊暮煙〔四一〕。明朝指行處，霧雨空迷田。」此二篇兼阮、陶之高雅，沈、謝之麗密，韋、柳之精深，一洗今古詩人寒儉之態矣。然四靈中如翁靈舒乃不喜此作，人之所見有不可解如此者〔四二〕。

「毛竹山頭雲雨昏，靖安橋下小谿渾。高陂約水歸田急，不管湍聲入縣門。」「堂上官人似野人，村甿相見可相親。開門坐對臨溪樹〔四三〕，故是水邊林下身。」「對縣誰家數畝園，竹亭茅宇雜花繁。同官不可無兼局，通管溪南水竹村。」楊吏部方淳熙辛丑自武寧丞來攝靖安所作絶句也。後三十年，余爲縣主簿，老士人猶能誦之。趙南塘嘗跋云：「公暮年所爲詩比是益精，清實簡遠，與俗異畛，如宿葉盡脱而煒然華著於根，使人熟睨不厭，較林艾軒似小過，擬後山殆亦其亞。」

《題丞廳》云：「暮年叢薄寄鷦鷯〔四四〕，搔首巡簷歲月銷。留與後人還要否〔四五〕，一軒松竹冷蕭蕭。」《館中簡張約齋》云：「書生賦分合窮愁，官與休辰不肯休〔四六〕。清曉犯寒開省户，誰家見雪似瀛洲。爛銀宫闕雲端見，素奈園林月下遊。説與南湖張祕閣，速來同直道山頭。」亦楊吏部詩，惜其散落，存者無幾。北山陳公與吏部善，故抑齋詩有自來。

辛稼軒帥湖南〔四七〕，有小官山前宣勞，既上功級，未報而辛去，賞格不下。其人來訪，辛有詩别之云：「青衫匹馬萬人呼，幕府當年急急符。愧我明珠成薏苡，負君赤手縛於菟。觀書到老眼如鏡，論事驚人膽滿軀〔四八〕。萬里雲霄送君去，不妨風雨破吾廬。」此篇悲壯雄邁，惜爲長短句所掩。上饒所刊辛集有詞無詩，惜無好事者搜訪補足之。

余曩扁建陽便齋曰「于蔿于」，北山陳公寄詩云：「聞昔子元子，愛歌于蔿于。遺風今有繼，此意古爲徒。犢價踰刀劍，原飴變堇荼。聞弦知豈弟〔四九〕，聯袂此懽呼。近事先苞篚，何人問牧芻。聚星亭澗好，容我受廛無。」别篇云：「鳴鼓人皆可，彈琴今復誰。儘賒王媪酒，休賦大蘇詩。」時余方有詩謗，末章所爲發也。

昔辛建溪，趙章泉以詩祝游子蒙、劉叔通二家孤寡云：「貧賤可予置，死生無彼拋。遺書曾不博，斗粟與枝巢。」絶佳。又别寄五言云：「王家碧香釀，劉尹建安詩。」王家酒有名，故北山、章泉詩皆及之〔五〇〕。

余初筮江西，有老選人繆瑜袖詩來訪，其《調官》一聯云：「有客去游丞相閣，無人來問孝廉船。」它作亦多可采，俯仰五十年，不能悉記矣。

朱希真舊有詞云：「詩萬首，醉千場〔五一〕，幾曾著眼看侯王。玉京有路終須去，且插梅花住洛陽〔五二〕。」後召用，好事者改云：「如今縱把梅花插，未必侯王著眼看。」放翁自郎官去國，有五言云：「從今君看取，死是出門時〔五三〕。」晚以史官召，數月而歸，高九萬有《過南園》詩云〔五四〕：「早知花木今無主，不把豐碑累放翁。」种放、常秩亦然。凡人晚出皆誤，右軍至於誓墓，僅能自全。

或詠杜鵑云：「自占高枝惜毛羽，聲聲却勸別人歸。」似有所諷，不若亡友趙仲白「君家自在劍山外，莫浪江南勸路人」之句，尤微婉也。

嘉定更化，收召故老，一名公拜參與，雖好士而力不能援，謂客曰：「執贄而來者吾皆倒屣，未嘗敢失一士，外議如何？」客素滑稽，答曰：「自公大用〔五五〕，外間盛唱《燭影揺紅》之詞。」參與問何故，客舉卒章曰：「幾回見了，見了還休，争如不見。」賓主相視一笑。

天台戴復古字式之，能詩。嘗自誦其先人詩云：「惜樹不磨修月斧，愛花須築避風臺。」精麗不減崑體。又云：「人行躑躅紅邊路，日落秭歸啼處山〔五六〕。」亦佳句。

建陽卓田字稼翁，未第時銘座右云：「吾家三世業儒而貧，小子勉之，以酒解酲。」後策名改秩而卒。

金陵制閫、總、漕鼎峙，幕僚衆多〔五七〕，歲朝桃符，人人各出新意，惟一酒務官獨題云：「惟酒是務，焉知其餘。」雖用前人語而有意義。

延平籍中有能墨竹草聖者，潘庭堅爲賦《念奴嬌》美其書畫，末云：「玉帶懸魚，黄金鑄印，侯封萬户。待從頭繳納君王，覓取愛卿歸去。」余罷袁守，歸涂赴郡集，席間借觀，醉墨淋漓，今不復有此雋人矣。

顯仁廻鑾，客獻檜相壽詩云：「傳聞是日慈寧殿，亦把爐香祝帝師。」侂拜平章之歲，某朝士獻生日口號云：「本是神仙服日華，而今癯悴爲王家。槐龍影轉朝方退，閑却南園一院花。」皆爲人傳誦。

「風雨送人來，風雨留人住。草草杯盤話别離，風雨催人去。　淚眼不曾晴，眉黛愁還聚。明日相思莫上樓，樓上多風雨。」游次公所作《卜算子》也。余舊傳次公及劉致中遺稾，鄭子敬借録不還。

亡友鄭明府舊和余詩云：「月似故人能赴約，鷺如小友可忘年。」高雅似其爲人。鄭名熗，字君瑞。

孫季蕃歲爲一詞自壽，其四十九歲詞云：「壽花戴了，山童問，華庚多少。待瞞來，又怕旁人笑。況戒臘，淳熙可考。《大衍》之用恰恰好，學《易》後尚一年小。謝屐唐衣眉山帽，薰風送下蓬島。　生巧，呂翁昨夜，鍾離明蚤〔五八〕。也曾參，兩箇先生道。又也曾，偷桃喫棗。百屋堆錢都不要，更不要、衮衣茸纛，但要酒星花星照，鶴突到老〔五九〕。」

僧家示寂，人人有偈，遞相剽襲，無起人意者。壽山洪老云：「八十四年，全無巴鼻。湖退海門，月生雲際。」囊山秀老云〔六〇〕：「末後一句，雙手分付，更問如何絜。」此二偈頗勝它作。洪舊住白鹿，能入定者。秀自號孤峰。

〔一〕斜：原作「叙」，據小草本及四庫本《後村詩話》改。

〔二〕而：原無，據小草本及四庫本《後村詩話》補。

〔三〕拾：原作「捨」，據小草本及四庫本《後村詩話》改。

〔四〕顯微：原倒，據適園本《後村詩話》乙。

〔五〕雖：原缺，據四庫本《後村詩話》補。

〔六〕冊：原缺，據四庫本《後村詩話》補。

〔七〕山：原缺，據四庫本《後村詩話》補

〔八〕莫：原缺，據《陳子昂集》補。莫傳：四庫本《後村詩話》作「浮艷」。

〔九〕胡：原作「湖」，據小草本及四庫本《後村詩話》改。

〔一〇〕又云：原無，據四庫本《後村詩話》補。

〔一一〕集：原作「詩」，據小草本及四庫本《後村詩話》改。
〔一二〕浚：原作「淩」，據小草本及四庫本《後村詩話》改。
〔一三〕輸：原作「翰」，據小草本及四庫本《後村詩話》改。
〔一四〕同：原作「周」，據小草本及四庫本《後村詩話》改。
〔一五〕甕：原作「壅」，據小草本改。
〔一六〕博：原無，據小草本及四庫本《後村詩話》補。
〔一七〕怨：原作「恐」，據小草本及四庫本《後村詩話》改。
〔一八〕淩：原作「陵」，據小草本及四庫本《後村詩話》改。
〔一九〕固：原缺，據小草本及四庫本《後村詩話》補。
〔二〇〕艱難：原倒，據小草本及四庫本《後村詩話》乙。
〔二一〕淫：原作「謠」，據小草本及四庫本《後村詩話》改。
〔二二〕敢妄：原作「過妄」，據小草本及四庫本《後村詩話》改。
〔二三〕暮：原作「墓」，據小草本及四庫本《後村詩話》改。
〔二四〕默默：原作「點點」，據小草本及四庫本《後村詩話》改。
〔二五〕美：原作「羹」，據小草本及四庫本《後村詩話》改。
〔二六〕如：原作「知」，據小草本及四庫本《後村詩話》改。

〔二七〕蹲：原作「蹲」，據小草本及四庫本《後村詩話》改。
〔二八〕讀：原作「讚」，據小草本及四庫本《後村詩話》改。
〔二九〕自：原作「日」，據小草本及四庫本《後村詩話》改。
〔三〇〕川：原作「州」，據小草本及四庫本《後村詩話》改。
〔三一〕聱：原作「聲」，據小草本及四庫本《後村詩話》改。
〔三二〕晝：原作「盡」，據小草本及四庫本《後村詩話》改。
〔三三〕珪：原作「邽」，據小草本及四庫本《後村詩話》改。後文同。
〔三四〕汗：原作「汙」，據小草本及四庫本《後村詩話》改。
〔三五〕鞅：原作「歎」，據小草本及四庫本《後村詩話》改。
〔三六〕縈：原作「榮」，據小草本及四庫本《後村詩話》改。
〔三七〕甘：原作「井」，據小草本及四庫本《後村詩話》改。
〔三八〕吁：原作「呼」，據小草本及四庫本《後村詩話》改。
〔三九〕枉：原作「柱」，據小草本及四庫本《後村詩話》改。
〔四〇〕肉：葉適《水心集》卷六作「肏」，四庫本《後村詩話》作「角」。
〔四一〕炊：原作「欣」，據小草本及四庫本《後村詩話》改。
〔四二〕有：原作「者」，據小草本及四庫本《後村詩話》改。

〔四三〕臨：原無，據小草本及四庫本《後村詩話》補。

〔四四〕鶺：原作「鶴」，據小草本及四庫本《後村詩話》改。

〔四五〕否：原作「古」，據小草本及四庫本《後村詩話》改。

〔四六〕與：原作「典」，據小草本及四庫本《後村詩話》改。

〔四七〕帥：原作「師」，據小草本及四庫本《後村詩話》改。

〔四八〕軀：原作「驅」，據小草本及四庫本《後村詩話》改。

〔四九〕弟：原作「第」，據小草本及四庫本《後村詩話》改。

〔五〇〕北：原作「此」，據小草本及四庫本《後村詩話》改。

〔五一〕醉：原作「辭」，據小草本及四庫本《後村詩話》改。

〔五二〕洛：原作「落」，據小草本及四庫本《後村詩話》改。

〔五三〕出：原無，據小草本及四庫本《後村詩話》補。

〔五四〕云：原缺，據小草本及四庫本《後村詩話》補。

〔五五〕自：原無，據小草本及四庫本《後村詩話》補。

〔五六〕秭：原作「稀」，據小草本及四庫本《後村詩話》改。

〔五七〕僚：原作「俺」，據小草本及四庫本《後村詩話》改。

〔五八〕明：原無，據小草本及四庫本《後村詩話》補。

〔五九〕突：原作「笑」，據小草本及四庫本《後村詩話》改。

〔六〇〕云：原作「去」，據小草本及四庫本《後村詩話》改。

後村先生大全集卷之一百七十七

詩話 續集

朱氏《感興詩》第七章，以「唐經亂周史」咎歐陽子〔一〕，卒章曰：「侃侃范太史，受説伊川翁。《春秋》二三策，萬古開群蒙。」此一大議論，《通鑑綱目》所爲作也。學者相承，皆謂其説本於程氏，而范氏、朱氏發之，其實未然。按《唐史·沈既濟傳》云：「既濟，吳人，以宰相楊炎薦爲史館修撰〔二〕。初，吳兢撰《國史》，爲《則天本紀》，次高宗下。既濟奏議，以爲則天進以强有，退非德讓，史臣追書，當稱爲太后，不宜曰上。中宗雖降居藩邸，本吾君也，宜稱皇帝，不宜曰廬陵王。睿宗在景龍間假臨大寶，於誼無名，宜曰相王，未容曰帝。且則天改唐爲周，立七廟，今以周厠唐，列爲帝紀，考於《禮》經，是謂亂名。中宗嗣位在太后前，而序年製紀反居其下，方之躋僖公，是謂不智。昔漢高后獨有王諸吕爲負漢約，無遷鼎革命事。時孝惠已歿，子非劉氏，不紀吕后，尚誰與哉，議者猶謂不可。魯昭公之出，《春秋》歲書其居曰『公在乾侯』。君在，雖失位不敢廢也。請省《天后紀》合《中宗紀》，每歲首必書中宗所在以統之，曰『帝在房陵，太后行其事，改某制』。紀稱中宗而事述太后，名不失正，禮不違常矣。」又云：「太后遺制，自去帝號，及中宗上冊，后之名不易。今祔陵配廟皆以后禮，宜入《皇后傳》，題曰則天順聖武皇后〔三〕」。議不行而止。蓋吳兢承遷、固《吕紀》之誤，歐公承兢《武紀》之誤，中間有一沈既濟，健論卓識，照映千古。蓋乞削去《武紀》者，既濟也；引「公在乾侯」例書「帝在房陵」者，亦既濟也。其建此議在伊洛諸賢之先〔四〕，諸老先生非掩人之善者，偶未之見耳。己未二月十九夜，偶讀《沈傳》，時年七十二。

許由事不見於經，故揚雄以爲疑。誠齋云：「子雲到老不曉事，不信人間有許由。」雖沉着痛快，終未有以折衷。鄱陽前輩湯君錫獨曰：「堯始讓四岳，四岳舉舜，乃讓於舜。《左傳》云：『夫許，太岳之後。』杜注云：『堯四岳。』然則太岳非由乎？後人遂有洗耳之説爾。」援引切而説不鑿，可謂之善讀書矣。君錫名師中，苦學强記，既科第，遽棄官，亦不求岳廟以終其身。與趙昌甫友善。南溪柴公序其文，人物高勝。升伯、仲能、季庸之兄，伯紀之父也。

「瞻彼中林，侯薪侯蒸。」古注云：「朝宜有君子而但聚小人。」韓嬰引《晏子》，謂齊景公左右者爲社鼠，用事者爲惡狗。出則賣君效利，入則託君不罪亂法，君又并覆而育之〔五〕，此社鼠之患也。人有市酒甚美（之）者，至酸而不售，問里人，里人曰〔六〕：「公之狗甚猛，人持器欲往，狗輒迎而齧之，所以不售也。」士欲白萬乘之主，用事者迎而齧之，此國之惡狗也。此事與經文若不相涉，而深有發明，他多類此。

魯監門之女嬰，相從績，中夜而涕泣，其偶曰：「何泣也？」嬰曰：「吾聞衛世子不肖，所以泣也。」其偶曰：「衛世子不肖，諸侯之憂也，子曷爲泣也？」嬰曰：「昔宋桓司馬得罪於君，出於魯，其馬佚而驏吾園，而食吾園之葵，是歲園人亡利之半。句踐攻吳，諸侯畏其威，魯往獻女，吾姊與焉。兄往視之，道畏而死。越兵威者，吳也；兄死者，我也。今衛世子甚不肖，好兵，吾能無憂乎？」韓引此事解「大夫跋涉，我心則憂」，極有義味。與《列女傳》織室女事大同小異。

「南有喬木，不可休息。漢有游女，不可求思。」韓傳此章云：「孔子南遊適楚，至於阿谷之隧，有處子佩瑱而浣者，孔子抽觴以授子貢曰：『善爲之辭，以觀其語。』子貢曰：『逢天之暑，願乞一飲，以表我心。』婦人對曰：『欲飲則飲，何問婦人？』授觴，挹之，置之沙上，曰：『禮不親授。』子貢以告，孔子抽琴去其軫，授子貢曰：『善爲之辭。』子貢曰：『於此有琴而無軫，願借子以調其音。』婦人對曰：『吾野鄙之人也，五音不知，安能調琴？』子貢以告，孔子抽絺綌五兩以授子貢曰：『善爲之辭。』子貢曰：『於此有絺綌五兩，吾不敢以當子身，敢置之水浦。』婦人對曰：『客分資財棄之野鄙，吾年甚少，何敢受（子）〔乎〕？子不早去，有狂夫守之者矣。』」信如此言，是此女能以禮自防，而聖賢乃再三設詞以挑試之，此前世陋儒之說而韓氏取之，謬矣。

晉文公亡，里鳧須從，盜文公資而亡。重耳餒不能行，子推割股肉以食，然後能行。及反國，國中多不附，里鳧須造見曰：「臣能安晉國。」文公曰：「子尚何面目來見寡人也！」里鳧須曰：「臣襲竭君之資而君以餒，罪至十族。然君試赦之罪，與驂乘遊於國中，百姓見君不念舊怨，人自安矣。」文公從其計，百姓皆曰：「里鳧須且不誅而驂乘，吾何懼也！」事在封雍齒之前〔七〕。

楚熊渠子夜行，見寢石以爲伏虎，彎弓射之，没金飲羽。事在李廣之前。

卜商從衛君而見趙簡子，簡子被髮杖矛而見我君，我趨而進曰：「諸侯相見，不宜不朝服。不朝服，行人卜商將以頸血濺君之服矣。」簡子反，朝服而見。事在藺相如之前。

齊莊公出獵，有螳螂舉足將搏其輪〔八〕，莊公廻車避之而勇士歸之。事在句踐揖怒蛙之前〔九〕。

孔子燕居，子貢攝齊而前曰：「才竭而短，不能復進，請一休焉。」子曰：「若之何其休也？」子貢曰：「君子亦有休乎？」子曰：「闔棺乃止。」《語》曰：「死而後已。」

君子避三端：避文士之筆端、勇士之鋒端、辯士之舌端。以上見《韓詩外傳》。

「東海有勇婦，何慙蘇子卿。學劍越處子，超騰若流星。捐軀報夫讎，萬死不顧生。白刃曜素雪，蒼天感精誠。斬首掉國門，蹴踏五藏行。豁此伉儷憤，粲然大義明。北海李使君〔一〇〕，飛章奏天庭。舍罪警風俗，流芳播滄瀛。志在烈女籍，竹帛何光榮。」按《唐列女傳》逸此女子事，亦無姓名，賴太白詩以傳。李使君，必邕也。

世謂謫仙眼空四海，然《贈孟浩然》云「吾愛孟夫子」，《上李邕》云「宣父猶能畏後生，大夫未可輕年少」，則盡尊宿之敬；《與侍郎叔遊洞庭》云「三盃容小阮〔一一〕，醉後發清狂」，《獻當塗宰從叔陽冰》云「吾家有季父，傑出聖代英」，則執子姪之恭。集中與群從兄弟〔一二〕、從甥姪多所稱獎。與郡縣小吏如何判官，云「夫子今管樂」，未知判官何如人而當此句。《崔司户昆季》云：「千金散義士，四座無凡賓。欲折月中桂，持爲寒者薪。」必疎財好客者。如崔秋浦、鄭溧陽皆比之陶令，談少府、劉少府皆比之梅生，其於人情世法亦甚委曲，未嘗以金閨之彦、青雲之士自居。杜公氣象亦如此。

《上哥舒大夫述德陳情》一篇，其辭甚褒，是先與哥舒有往還矣。及流夜郎，《贈江夏韋守叙亂離事》，則云「函關壯帝居〔一三〕，國命懸歌舒，長戟三十萬，開門納兇渠」，直書其罪，曾不少恕，與杜老同。

《繫潯陽獄上崔相》三詩，末篇云「縱爲夢裹相隨去，不是襄王傾國人」，此言迫脅而行，非其腹心上客，而或者注云「此一首恐非上崔相者」，誤矣。《送王屋山人魏萬五言》，云「十三弄文史」。魏亦有《酬李翰林》一篇，見李集，云「宣父敬項槖，林宗重黄生」，則魏之年甚少，亦可見謫仙忘年折節處。魏詩高自稱道與任華同，二人敢與李杜唱酬，其膽不可及矣〔一四〕。

《東武吟》云：「白日在高天，廻光燭微躬。清切紫霄廻，優游丹禁通。君王賜顔色，聲價凌烟虹。一朝去金馬，飄落成飛蓬。」《贈宋陟》云〔一五〕：「早懷經濟策〔一六〕，特受龍頭顧。白玉棲青蠅〔一七〕，君臣忽行路。」二詩與杜公「集賢學士如堵墻，觀我落筆中書堂，往時文采動人主，此日饑寒趍路傍」之作悲壯略同。

古樂府〔一八〕：「使君謝羅敷，寧可共載無〔一九〕？羅敷前致辭〔二〇〕，使君一何愚。使君自有婦，羅敷自有夫。東方千餘騎，夫婿居上頭。三十侍中郎，四十專城居。」是羅敷之夫亦五馬矣，共載之問，何使君之佻易也！豈亦寓言如金吾子之類耶！

謝惠連《擣衣篇》云：「腰帶準疇昔，不知今是非〔二一〕。」張籍「殷勤爲看初著時，征夫身上宜不宜」，張文潛「別來不見身長短，若比小郎衣更長」之句，皆本此。

《玉臺新詠》如「是妾愁成瘦，非君重細腰」，如「絃斷猶可續，心去最難留」，如「城中皆半額，非妾畫眉長」，如「怨黛舒還斂，啼粧拭更垂」，有唐人精思所不能及者。

尹和靖詩僅二三首〔二二〕，其《自秦入蜀道中》云：「緑陰深處竹籬遮，也有紅花映白花。却憶故鄉卿相第，不及張三李四家。」和靖洛人，洛陽名園甲天下，一旦蕩爲劫灰，故其詩如此。又一絶云：「南枝北枝春事休，啼鶯乳燕也含愁〔二三〕。朝來回首頻惆悵，身過秦川最盡頭。」亦甚佳。

自种放、常秩後，惟尹和靖得位最速，然一生轉徙患難，全家死虜禍，僅以身脱。南渡再召，已六十七歲，不兩年至從槖，其峻擢以力拒僞齊、亡命入蜀，不專爲程氏高弟之故。

秦少游嘗謫處州，後人摘《柳邊沙外》詞中語爲鶯花亭，題詠甚多，惟芮祭酒一絶云：「人言多技亦多窮，隨意文章要底工。淮海秦郎天下士，一生懷抱百憂中。」

張天覺晚尤重釋老，爲華嚴閣醮籙會，緇黄皆歸之。了翁以詩代書曰：「辟穀非真道，談空失自然。何如勳業地，無愧即神仙。」天覺雖貴爲宰相，平生有愧多矣，若果如釋老之説，竊意其昇天成佛必在了翁之後。或言了翁詩末句不該佛，然佛亦謂之金仙。後山云：「稽首西方仙」。

鶴相海外書，其稱子「詞翰陶商翁」，有别丁珙詩云：「風霜慈母衣中線，塵土先人壁後書。」珙乃鶴相之子，必好學者。

陶商翁五言如「梟鳴社旁樹，盗發塚中金」，「煉成丹竈在，騎去鶴巢空」，「鹿飲沙渾水，猨饑菓落雲」，七言如「將老未聞金作印，師寒猶用鐵爲衣」，「山險不能留霸業，水聲惟解送年華」，「道近可憐駑馬駿，時平不見布衣雄」之類，皆可傳。

朱新仲《題元英舊隱》云：「五季浪拍天，不覆漢翁船。」語意甚新，不犯前人。

屏山《子魚》詩云：「虐戲等刳孕，淫刑真戮孥。」茶山《食蜂兒》云：「奪食已非義，焚巢真不仁。殺身緣底罪，作俑定何人。」二詩可戒暴殄天物者。

鄭左司子敬家有《玉臺後集》，天寶間李康成所選，自陳後主、隋煬帝、江總、庾信、沈、宋、王、楊、盧、駱而下二百九人，詩六百七十首，彙爲十卷，與《前集》等，皆徐陵所遺落者，往往其時諸人之集尚存。今不能悉録，姑摘其可存者於後。

詠王昭君：「忽見天山雪，還疑上苑春。」張文琮。「漢月正南遠，燕山直北寒。」董思恭。「厭踐冰霜域，嗟爲邊塞人。思從漢南獵〔二四〕，一見漢家塵。」又云：「自嫁單于國，長銜漢掖悲。容顔日憔悴，有甚畫圖時。」郭元振。三首内一首已入《詩選》，香山云「愁苦辛勤憔悴盡，而今却似畫圖中」之句本此。「一雙淚滴黄河水，應得東流入漢家。」王偃。

「舟行有返棹，水去無還流。」沈佺期《古離别》。「暮暮望歸客，依依江上船。潮落猶有信，去楫未知旋。」張繼望《歸舟》。「送别到中流，秋船倚渡頭。相看尚不遠，未可即回舟。」祖詠《愁怨》。「長階落花滿，空院野鶯啼。」煬帝《蕩子不歸》。「拂簟承花落，開簾待燕歸。」陳子良《學小庾體》。「玉淑花紅發，金塘水碧流。相逢畏相失，並著採蓮舟。」崔國輔《採蓮》。「常聞浣紗女，復有弄珠姬。」張恬《采花》〔二五〕。「映花誰辨色，隔樹不分香。」晁祖道《詠屏風》。「五侯新拜罷，七貴早朝歸〔二六〕。」江總《長安路》。「書因計吏船。」徐陵。「銜蘆處處落，無有繫書鴻」〔二七〕。張正見。「祇言花是雪，不悟有春來。」蘇子卿《落梅》〔二八〕，勝於「遥知不是雪」之句。「傳語春光道，先歸何處邊。」煬帝《春日》。「成童片子時，變老須臾事。」劉琡。

詠古：「君王無處所，臺榭若平生。」王勃《銅雀妓》〔二九〕。「妾妬今應改，君恩昔不平。」張修之《長門怨》〔三〇〕。

閨情〔三一〕：「雖是從來月〔三二〕，東窗異昔時。今宵一長夜，應斂幾人眉〔三三〕。」庾信《閨人望月》〔三四〕。「團扇辭恩寵〔三五〕，廻文贈苦辛。」李嶠。「金鉤全出樹，桑條半隱籬〔三六〕。欲教見纖手，攀取最高枝。」周宏正《采桑》〔三七〕「那作商人婦〔三八〕，愁雨復愁風。」張晁《江風行》。「扇掩將雛曲，釵承墜馬鬟。」張昌宗《太平公主山亭宴》。「古調琴先覺，愁容鏡獨知。」王適《古離别》。退之所謂奇男子者。「一夜千年猶不足〔三九〕。徐陵。「自憐年正少，復倚婿爲郎。」崔顥《王家小婦》。「鬟薄不勝花。」謝偃。「還恐裁縫罷，無信達交河。」虞世南。「小膽空房怯，長眉滿鏡愁。爲傳兒女意，不用遠封侯。」常理《古離別》。「殺荷不斷藕，憐心已復生。」梁陳《雜歌》。「在家嬌小女，卷幔愛花叢。不畏羅衣濕，折花風雨中。」張子容。「欲作勝花粧，從郎索紅粉。欲呈纖纖手，從郎索指鐶。」丁六娘《十索詩》。

天寶間，大詩人如李、杜、高適、岑參輩迭出，康成同時，乃不爲世所稱，若非子敬家偶存此編，則許多佳句失傳矣〔四〇〕。中間自載其詩八首，如「自君之出矣，絃吹絶無聲。思君如百草，撩亂逐春生」，似六朝人語。如《河陽店家女》長篇，一首押五十二韻，若欲與《木蘭》及《孔雀東南飛》之作方駕者。末云「因緣苟合會〔四一〕，萬里猶同鄉。運命倘不諧，隔壁無津梁」，亦佳。但木蘭始代父征伐，終潔身來歸，仲卿妻死不事二夫，二篇庶幾發乎情性〔四二〕，止乎禮義。店家女則異是，王樞兒雖蓬頭歷齒，母許婿之矣，女慕鄭家郎裘馬之盛，背母而奔之。康成卒章都無譏貶，反云「傳語王家子，何爲不自量」，豈詩人之義哉！

《汲冢書》十卷七十篇，與《藝文志》《周書》七十一篇合，但少一篇。晁子止謂其記録失實〔四三〕，李仁父謂書多駁辭，宜孔子所不取。又謂劉向、司馬遷、班固皆嘗見此書，其後稍隱，及盜發塚，乃幸復出。中間所載武王征四方，馘億有十萬七千七百七十有九，俘三億萬二百三十，暴於秦皇、漢武矣。狩禽虎二十有二〔四四〕、麋五千二百三十五、犀十有一、氂七百二十有一、熊百五十有一、羆百一十有八、豕三百五十有二〔四五〕、貉十有八、麈十有六〔四六〕、麝五十、鹿三千五百有八，紂囿雖大，安得熊羆如是之衆！又謂俘商寶玉億有百萬〔四七〕，皆荒唐誇誕，不近人情，非止於駁而已。百篇聖筆所定，孟子猶疑「漂杵」之語。前輩云「吾欲忘言觀道妙〔四八〕，六經俱是不全書」，況《汲冢書》之類乎！

商辛燔，二女縊，世謂太公蒙面以斬妲己〔四九〕，非也。柳子厚《非國語》笑其誣且耄。《汲冢書》云：「叔向使周，見太子晉，歸告平公曰：『太子晉行年十五，而臣弗能與言。請歸周之二邑，若不反，及有天下，將以爲誅〔五〇〕。』平公將歸之，師曠不可，曰：『請使瞑臣往與之言。』往見太子，問答往復，師曠不能難，稱善曰：『王子，汝將爲天下宗乎！』王子曰：『吾問汝人之年，長短告也。』師曠對曰：『汝聲清汗，汝色赤白，火色不壽〔五一〕。』王子曰：『吾後三年上賓於帝所。』師曠歸，未及三年，告死者至。」子晉靈異，容有此理。但曠瞽而聰，聲清，聽而知之；火色，瞽豈能辯？豈非誣而耄歟！

高文虎作《西湖放生池記》，以「鳥獸魚鼈咸若」爲商王事，太學諸生爲謔詞哂其誤。陳晦行史集賢制，用「昆命元龜」字，閩帥倪侍郎駁論之，陳累疏援引唐人及本朝命相制皆用此語。史擢陳臺端，劾倪，削秩罷去。或爲一聯云：「舍人舊錯夏商鼈，御史新争舜禹龜。」聞者絶倒。

石敏若絶句云：「來時萬縷弄輕黃，去日飛毬滿路旁。我比楊花更飄蕩，楊花只是一春忙。」

袁紹檄孟德，云「贅閹遺醜〔五二〕」；徐敬業檄武氏，云「一抔之土未乾，六尺之孤何託」；侯景檄湘東，云「項羽重瞳，尚有烏江之敗；湘東一目，豈爲赤縣所歸」。皆罵得毒矣，然操能全陳琳，武后不怒駱賓王，反謂「宰相安得失此人」〔五三〕，惟湘東竟殺王偉。偉教侯景覆臺城，餓武帝，弑簡文，辱妃主，萬死宜也。湘東始悦其五百言佞詩而欲活之〔五四〕，及見「一目」之檄，偉遂不免。忘九廟之讎耻，快一身之喜怒，安得令終乎？

石曼卿詩惟《籌筆驛》詞翰俱妙，人所傳誦，及「樂意相關禽對語，生香不斷樹交花」一聯，爲伊洛中人所稱，他作苦不甚見。晚得其集，石徂徠作序，稱其與穆參軍以古文自任，而曼卿尤豪於詩。石自序：「性懶，有作不能録。早時解記數百篇〔五五〕，過壯記益衰，近幾盡廢。有收百篇來者，覽之或尚能識〔五六〕，或如非己言，久迺能辨，遂併近詩存三百篇，藏之於家。」歐公尤重其人。范公有「鑿幽索秘，破堅發奇，高凌雲霓，清出金石」之評。集中《華山》、《泰山》、《嵩山》五言長篇各一首，筆力在薛能之上。餘警句尚多，五言云：「行人晚更急，歸鳥夕無行。」《登樓》。「天寒河影淡，山凍瀑聲微。」《山寺》。「水盡天不盡，人在天盡頭。」《高樓》。「草白有時榮，髮白不再好。人生不知春，髮白不如草。」《贈別》。「弋下失冥鴻〔五七〕，網細遺巨鵾。」《送李庭芝》。「風勁香逾遠，天寒色更鮮。秋天買不斷，無意學金錢。」《叢菊》。七言云：「洛渚微波長映步，漢宫香水不濡肌。」《荷花》。「獨步世無吴苑豔〔五八〕，渾身天與漢宫香。」《牡丹》。「恥生湯武干戈域，寧死唐虞揖遜區。」《首陽山》。自注：山在蒲，舜都也。「汾河不斷天南流，天色無情淡如水。」《寄尹師魯》。「南朝文物盡清賢，不事風流即放言。三百年間却堪笑，絶無人可定中原。」《南朝》。「中散何人疎嬾甚，步兵因酒過差多。」《自諭》。皆清拔有氣骨〔五九〕。

曼卿《紅梅詩》云：「認桃無緑葉，辨杏有青枝。」坡公以爲村學堂中語。然卒章云「未應嬌意急，發赤怒春遲」，不害爲佳作也。

《沈相落職制》云：「君人臨照百官，蓋欲其精白以承休德〔六〇〕；宰輔儀刑四海，豈宜以寵利而居成功？繄予既老之臣，自喪不貪之寶。其還顯秩，用厭師虞。具官某頃以藩條，擢聞機政。惟人求舊，謂文武可以憲邦；秉國之鈞，何風采不如治郡！朕猶虛己，日佇告猷。精神强而折衝，未聞宏略；血氣衰而戒得，以減廉聲。既已乖鼎鼐之調，始欲掛衣冠而却。雖曲全於體貌，乃荐致於抨彈。其鐫秘殿之華，俾即安車之佚。噫！君子慎始，防嫌疑於未然；貴臣抵辜，尚還就而爲諱。慨往愆之莫救，期晚節以自全。」《陳樞降官制》末云：「爲祈父之爪牙，初期陳力；視秦人之肥瘠，良負虛懷。」時于湖年未三十，而筆力高簡如此。沈坐簠簋、陳坐辭難而責〔六一〕，兩制尾聯皆妙。益公行葉樞責詞亦精切，然稍費詞矣。

于湖詩若不逮總得，然《上丁齋宿》云：「北來被髮車連野，東走乘桴浪接天。汲汲兩宮常旰食，受腦歸去淚如川。」《與胡邦衡》云「夢了瓊崖身益壯，煙銷金塢臭空傳」之作極佳〔六二〕。世宗欲相陶穀，范質不可而止，穀以爲怨。及建隆相質，穀當制云：「十年居調變之司，一旦得變通之術。」以報前忿。范讀之泣下。余謂穀徒知譏玩范文素，不知禪文出於袖中乃變通之尤甚者。況陳橋之變，文素固嘗以大義責新朝，然熙陵尚惜其欠世宗一死，而穀預爲揖遜之詔〔六三〕，與樊系作冊文何異？藝祖、太宗皆不大用，聖矣哉！

信州道旁有泉一泓，甚清，溉田極廣。舊有詩牌云：「炎炎亭午暑如焚〔六四〕，恰恨都無一點雲。六月騎驢來到此〔六五〕，幾乎渴殺老參軍。」潘逍遥詩也，而集乃不收〔六六〕。徐斯遠《家傳》載其《牡丹》一絶而逸此詩。徐家於信，豈未之見耶〔六七〕！

淵明有《述酒詩》，自註云：「儀狄造，杜康潤色之。」而終篇無一字及酒。山谷謂《述酒》一篇蓋闕。此篇多不可解，韓子蒼因「山陽下國」一語，疑是義熙以後有感而作。至湯伯紀始反覆詳攷，以爲零陵哀詩。又謂淵明歸田，本避易代之事，而未嘗明言之〔六八〕。至此主弑國亡，其痛疾深矣，雖不敢言而亦不可不言，故若是夫辭之瘦也〔六九〕。湯箋出，然後一篇之義明。其間如「峽中納遺薰」、「朱公練九齒」之句，又《詠貧士》云「阮公見錢入，即日棄其官」，又云「昔在黄子廉」，二事未詳出處。子廉之名僅見《三國志·黄蓋傳》，清貧事無所考。伯紀闕疑以質於余，余亦不能解。

徐斯遠絶句云〔七〇〕：「紙衣竹几一蒲團，閉户燃萁自屈盤。誦徹《離騷》二十五，不知月落夜深寒。」水心稱斯遠有凍餓自守之樂，非過也。

姜堯章有平聲《滿江紅》，《自叙》云：「舊詞用仄韻，多不叶律，如末句『無心撲』，歌者將『心』字融入去聲，方諧音律。余欲以平韻爲之，久不能成，因泛巢湖，祝曰：『得一席風，當以平韻《滿江紅》爲神姥壽。』言訖，風與帆俱駛，頃刻而成。末句云『聞佩環』，則協律矣。」其詞云：「仙姥來時，政一望、千頃翠瀾。旌旗與、亂雲俱下，依約前山。命駕群龍金作軛〔七一〕，相從諸娣玉爲冠。廟中列坐如夫人者十五人。向夜深、風定悄無人〔七二〕，聞佩環。神奇處，君試看。莫淮右，阻江南。遣六丁雷電，別守東關。應笑英雄無好手，一篙春水走曹瞞。又怎知，人在小紅樓，簾影間。」此闋佳甚，惜無能歌之者。

羅鄂州文雖少而善，集中《鸚鵡洲賦》二篇，其首篇云：「登黄鶴之高樓兮，欣徙倚而四顧。何南望而獨愁兮，有正平之遺處。指垂堂而示戒兮，何足以知君子之度。方黨禁之既解兮，凛清議其尚存。無罪而戮一介兮，衆必争起而譟讙。士猶恃此而不恐兮，時亦直情而徑行。寧知噈夫妄庸兮，使之魚肉而甘心。稽建安之事勢兮，魏甚菀而漢枯。每不忍其綴旒兮，思忠憤之稍攄。惟不擇其所發兮，遂至於顛沛而闊疎。當其解衣而慢侮兮，坐皆驚悸而失箸。吾謂死於漁陽之摻撾兮，何預乎鸚鵡之一賦。使英雄初無殺心兮，雖頗困苦而終赦〔七三〕。惟此客以授我兮，宜相與尸祝之不暇。兵在頸而追救兮，奈何以此欺天下。萬一僥倖而脱身兮，終亦無以自全。北海仗正而孥戮兮〔七四〕，德祖以俊而銜冤。三人者蓋一體兮，必且脣亡而齒寒。嗟繁城之佐命兮，非不巧於自謍。挈四伯之基祚兮，與一身孰爲重輕。來者滔滔如江水兮，方攘臂而議先生。詆文章爲浮薄兮，至或以比乎盆成。苟吾言之獲信兮，猶足以吐千古之不平。」二賦皆佳，此篇乃其兄所作，有《祭田横墓文》之意。

鄉前輩柯夢得字東海，一生苦吟，有《抱甕集》。古詩學孟東野，然稍僻晦。有《夢蝶》絶句云：「一覺千年一轉機，覺來還是夢還非。當時夢裏知爲蝶，便好穿花傍水飛。」前人所未道也。

〔一〕咎：原作「答」，據小草本及四庫本《後村詩話》改。
〔二〕撰：原作「換」，據小草本及四庫本《後村詩話》改。
〔三〕聖：原無，據小草本及四庫本《後村詩話》補。
〔四〕建：原作「間」，據小草本及四庫本《後村詩話》改。
〔五〕育：原作「有」，據《韓詩外傳》卷七改。
〔六〕曰：原作「白」，據小草本及四庫本《後村詩話》改。
〔七〕封：原無，據小草本及四庫本《後村詩話》補。
〔八〕其：原無，據小草本及四庫本《後村詩話》補。
〔九〕揖：原作「攝」，據小草本及四庫本《後村詩話》改。
〔一〇〕使：原作「吏」，據《李太白集注》卷五改。下同。
〔一一〕叔：原無，據小草本及四庫本《後村詩話》補。
〔一二〕從：原作「衆」，據小草本及四庫本《後村詩話》改。
〔一三〕函：原作「幽」，據適園本《後村詩話》改。
〔一四〕膽：原作「瞻」，據小草本及四庫本《後村詩話》改。
〔一五〕宋：原作「送」，據小草本及四庫本《後村詩話》改。
〔一六〕策：原作「冊」，據小草本及四庫本《後村詩話》改。

〔一七〕蠅：原作「繩」，據小草本及四庫本《後村詩話》改。
〔一八〕府：原作「御」，據小草本及四庫本《後村詩話》改。
〔一九〕寧：原缺，據小草本及四庫本《後村詩話》補。
〔二〇〕致：原作「置」，據《古樂府》卷四改。
〔二一〕知：原作「如」，據小草本及四庫本《後村詩話》改。
〔二二〕僅：原作「禮」，據小草本及四庫本《後村詩話》改。
〔二三〕含：原作「念」，據小草本及四庫本《後村詩話》改。
〔二四〕漠：原作「漢」，據小草本及四庫本《後村詩話》改。
〔二五〕恬：原作「祜」，據小草本及四庫本《後村詩話》改。
〔二六〕七：原作「士」，據小草本及四庫本《後村詩話》改。
〔二七〕「書鴻」至下句「言花」原缺，據小草本及四庫本《後村詩話》補。
〔二八〕「落梅」及下句「遥知不」原缺，據小草本及四庫本《後村詩話》補。
〔二九〕勑：原作「勅」，據小草本及四庫本《後村詩話》補。
〔三〇〕之：原缺，據小草本及四庫本《後村詩話》補。
〔三一〕情：原缺，據小草本及四庫本《後村詩話》補。
〔三二〕雖、從、月：原缺，據小草本及四庫本《後村詩話》補。

〔三三〕眉：原缺，據小草本及四庫本《後村詩話》補。

〔三四〕庚信閨人：原無，據小草本及四庫本《後村詩話》補。

〔三五〕恩：原無，據小草本及四庫本《後村詩話》補。

〔三六〕條：原缺，據小草本及四庫本《後村詩話》補。

〔三七〕采：原作「拜」，據小草本及四庫本《後村詩話》改。

〔三八〕那：原缺，據小草本及四庫本《後村詩話》補。

〔三九〕足：原缺，據小草本及四庫本《後村詩話》補。

〔四〇〕許：原作「詩」，據小草本及四庫本《後村詩話》改。

〔四一〕苟：原作「首」，據小草本及四庫本《後村詩話》改。

〔四二〕性：原作「惟」，據小草本及四庫本《後村詩話》改。

〔四三〕錄失實：原缺，據小草本及四庫本《後村詩話》補。

〔四四〕狩：原作「有」，據小草本及四庫本《後村詩話》改。

〔四五〕豕三：原缺，據小草本及四庫本《後村詩話》補。

〔四六〕「六」及下句「麝五」原缺，據小草本及四庫本《後村詩話》補。

〔四七〕萬：原作「篇」，據小草本及四庫本《後村詩話》改。

〔四八〕輩云吾欲：原缺，據小草本及四庫本《後村詩話》補。

〔四九〕謂：原作「爲」，據小草本及四庫本《後村詩話》改。

〔五〇〕誅：原作「殊」，據小草本及四庫本《後村詩話》改。

〔五一〕不：原無，據小草本及四庫本《後村詩話》補。

〔五二〕閣：原作「闔」，據小草本及四庫本《後村詩話》改。

〔五三〕謂：原作「爲」，據小草本及四庫本《後村詩話》改。

〔五四〕百、佞：原無，據小草本及四庫本《後村詩話》補。

〔五五〕時：原作「詩」，據小草本及四庫本《後村詩話》改。

〔五六〕尚能：原倒，據小草本及四庫本《後村詩話》乙。

〔五七〕弋：原作「戈」，據小草本及四庫本《後村詩話》改。

〔五八〕鹽：原作「贐」，據小草本及四庫本《後村詩話》改。

〔五九〕拔：原作「白」，據小草本及四庫本《後村詩話》改。

〔六〇〕精：原作「情」，據小草本及四庫本《後村詩話》改。

〔六一〕責：原作「貴」，據小草本及四庫本《後村詩話》改。

〔六二〕臭：原缺，據小草本及四庫本《後村詩話》補。

〔六三〕詔：原作「紹」，據小草本及四庫本《後村詩話》改。

〔六四〕有詩牌云炎：原缺，據四庫本《後村詩話》補。

〔六五〕騎驢來到此：原缺，據四庫本《後村詩話》補。

〔六六〕「不收」及下句「徐斯遠家傳」原缺，據四庫本《後村詩話》補。

〔六七〕耶：原缺，據四庫本《後村詩話》補。

〔六八〕嘗：原作「詳」，據小草本及四庫本《後村詩話》改。

〔六九〕瘦：原作「腴」，據小草本及四庫本《後村詩話》改。

〔七〇〕斯：原作「思」，據小草本及四庫本《後村詩話》改。

〔七一〕軏：原作「軏」，據《白石道人歌曲》卷三改。

〔七二〕夜：原作「後」，據小草本及四庫本《後村詩話》改。

〔七三〕困：原無，據小草本及四庫本《後村詩話》補。

〔七四〕「仗」原作「伏」，「拏」原作「拏」，據小草本及四庫本《後村詩話》改。

後村先生大全集卷之一百七十八

詩話 續集

《過秦論》云：「陳涉鉏耰棘矜〔一〕，不銛於鉤戟長鎩；謫戍之衆，非抗九國之師；深謀遠慮、行軍用兵之道，非及曩時之士。」其語本《吕覽》，曰：「驅市人而戰之，可以勝人之厚禄教卒；老弱罷民，可以勝人之精士練材；離散係累，可以勝人之行陣整齊；鉏耰白梃，可以勝人之長銚利兵。」賈生可謂善融化者。《七發》云〔二〕：「出輿入輦，命曰蹷痿之機；洞房清宫，命曰寒熱之（煤）〔媒〕；皓齒蛾眉，命曰伐性之斧；甘脆肥醲，命曰腐腸之藥。」其語亦本《吕覽》，云：「出則以車，入則以輦，命之曰招蹷之機；肥肉厚酒，命之曰爛腸之食；靡曼皓齒，鄭衛之音，命之曰伐性之斧。」但增損一兩字爾。此韓公所以有「後皆視前公相襲，由漢至今用一律」歟！樊川《阿房宫賦》中間數語，特脱换楊敬之《華山賦》爾，未至若枚乘之純化前作也。

《反騷》云：「君子得時則行，不得時則龍蛇，何必湛身哉！」朱氏謂雄乃屈原之罪人，豈以美新仕莽爲龍蛇乎！然雄語亦本《吕覽》，云：「一龍一蛇，與時俱化。」秦漢未遠，語多相犯〔三〕。

善學者若齊王之食雞也，必食其跖數千而後足。跖，雞足踵。物莫不有長，莫不有短，善學者假人之長以補其短。宋景文自名其集曰《雞跖》，本此。

句踐欲報吳，大夫逢同諫曰：「鷙鳥將擊，必匿其形。」《吕覽》云：「諸搏攫抵噬之獸，其用齒角爪牙也，必託於卑微隱蔽。」詞費於逢同矣。

「如臨深淵，如履薄冰」，《小雅》詩也，《小旻》、《小宛》二篇及《孝經》互見，《吕覽》以爲出於《周書》，誤矣。高誘序云：「不韋以其書暴之咸陽市門，懸千金其上，有能增損一字者與千金，時人無能增損者。誘以爲時人非不能增損，憚相國，畏其勢耳。記誤《小雅》爲《周書》而莫敢指謫，則懸金何爲哉！」「薄天之下，莫非王土；率土之濱，莫非王臣」，亦《小雅》詩《四月》篇也，吕氏以爲舜自作，不知何所據，或是誤引《孟子》〔四〕。

晉將攻鄭，令叔向聘焉，視其有人與無人。子産爲之詩曰：「子惠思我，褰裳涉洧。子不我思，豈無他士。」叔向歸，曰：「鄭有人焉，不可攻也。」按「涉洧」之章乃男女恩怨相爾汝之辭，子産謂晉不撫我，豈無秦荆可事乎。古人舉詩，辭不迫切而意已獨至，皆類此。

獨孤常州名及，字至之。《遠遊賦》略云：「憑東井以俯視，識故國之城闕。千門萬户，遥如蟻穴。覓舊山與喬木，纔依稀而明滅。見伊川大道，鞠爲戎狄，歷陽故人，半作魚鼈。曩之奔命於市朝者，如紛紜飛馳，讘讘嗤嗤，蹩躃翩躚，肖翹陸離，若蟣蝨之聚壞絮，蜘蛛之乘游絲。吾乃今日識群動之變態兮，莞然倚長空而笑之。亦既自得，周覽未畢〔五〕，惕然形開〔六〕，萬象如失。群有儼以皆作，百慮繽其來歸。乃宿昔之人寰，始故時之喧卑。向之俯仰欣戚〔七〕，無非妄者，然後知吾之生也，與妄俱生。邪氣乘之，萬緣合并，爲憂而患，爲虧而盈。彼碌碌者自以爲覺，猶飾妄以賈名。」甚佳。内「戎狄」「魚鼈」數語，與謫仙《古風》「俯視洛陽川，茫茫走胡兵，流血沾草野，豺狼盡冠纓」之語相類。常州有《送李白之曹南序》，可見同時厚善〔八〕。其文在蕭穎士、李華之間。

常州《觀海篇》云：「北登渤澥島，迴首秦東門。誰尸造化工，鑿此天地源。澒洞吞百谷，周流無四垠。廓然混茫際，望見天地根。白日自中出，扶桑如可捫。超遥蓬萊峰，想像金臺存。秦帝昔經此，登臨冀飛翻。揚旌百神會，望日群山奔。徐福竟何成，羨門徒空言。惟見石橋足，千年潮水痕。」雖高雅未及陳拾遺，然氣魄雄渾〔九〕，與岑參、高適相上下。

李華字遐叔。《山陽古城銘》略云：「有漢之衰，野鬭羣龍。天地厭德〔一〇〕，人神助凶。奸桀之雄，爲王爲公。名國大都，□於兵衝。鳳凰嬰刃，麒麟掛鋒。力勝者昌，九州承風。□□虞賓，不保其躬。宿昔卿士，如鴛如鴻。洸洸將校，如羆如熊。於漢則二，於曹則忠。山陽古城，草没苔封。白日將昏，狐狸横縱。峨峨首陽，有洛之東。孤竹二子，德音無窮。武王翦商，不食而終。矧臣篡君，俛首求容。」義理深長〔一一〕，語亦壯浪，不在《弔古戰場》之下〔一二〕。

漢唐皆有宦官之禍，而唐之禍尤烈。幽明皇〔一三〕，殺張后，脅憲宗〔一四〕，劫僖、昭，譖汾陽、西平，族甘露宰相六族，餓死十六宅諸王，終於亡唐而後已。前輩謂漢宦者與政而唐使之典兵之故。八司馬附麗伾、文，固無足議，但謀奪宦者兵柄，使范希朝、韓泰總統諸城鎮行營兵馬〔一五〕，邊上諸將各以狀辭中尉〔一六〕，中人大怒曰：「從其謀，吾屬必死其手。」嗟乎，此豈伾、文之智所及哉！八司馬多雋才，必有爲畫策者，事雖不成，與晁錯、竇武、陳蕃何異，而退之《永貞行》云：「北軍百萬虎與貔〔一七〕，天子自將非他師〔一八〕。一朝奪印付私黨，凜凜朝士何能爲？」嗚呼，天子安能自將，不過付之中尉及觀軍容使爾。以成敗論人，世俗不足責〔一九〕，退之豪傑，亦以天子自將北軍爲是而奪印爲非耶〔二〇〕！

余有畫山水四横卷，上各有五言一首，其一曰：「高峰拄層霄〔二一〕，遶水没平野。當年居山客，半是愛山者。橋欹欲沉崖，路嶮不容馬。愼勿夸世人，政要知者寡。」其二曰：「青山爲誰高，影壓三百里。竹深已迷橋，荷密半藏水。區區名利人，坐瞑真可鄙。慨想雲屋中，恐是古君子。」其三曰：「急雨冷梢溪，寒烟曉横塞。茅屋來軒車，中有隱者在。市朝一何有，雲水兩無礙。笑向塵世人，不知是何代。」其四曰：「通江石泉滑，崩崖朝雪重。牧兒心苦飢，牛寒挽不動。誰人倚長松，胸有九雲夢。西風吹屋倒，一笑無與共。」後題畫李叔班作，不知爲何人，詩則持約所書，持約豈非顔氏耶！

王黄州集第一篇《酬种隱君百韻》，自叙出處甚謙，云：「長恐先生聞，倚松成大噱。」其叙种隱節甚高，累數十韻，退之於李渤不能過。一种明逸耳，未出山，以黄州之剛勁而尊敬之如此；

既出山，如王嗣宗之麤鄙，乃得以陵暴之。士其可不自重哉！

本朝大臣多憐才好士〔二二〕，如趙中令於王黄州，王文正於楊文公，晏元獻於宋景文，皆爲翹材上客。雖丁崖州追仇萊公之黨，亦不忍害大年；吕文靖謫歐、尹，隨即收用〔二三〕。至章、蔡用事，坡公始過海矣。中令《讓官表》，多黄州之筆，可見親密。其挽中令云：「商山副使偏垂淚，未報當時國士知。」與「幕府少年今白髮」之句異矣。

詩以體物驗工巧，駱賓王《詠挑燈杖》云：「禀質非貪熱，焦心豈憚熬。終知不自潤，何用處脂膏。」語簡而味長。每欲做此作數題，未暇也。

杜子美笑王、楊、盧、駱文體輕薄，然盧《病梨賦》未易貶駁，駱檄武氏多警策語〔二四〕。王《邊夜有懷》云：「城荒猶築怨，碣毁尚銘功。」楊挽詩云〔二五〕：「青烏新兆去，白馬故人來。」亦佳句也。

盧仝、劉乂以怪名家，仝集中有含曦上人一首云：「長壽寺〔二六〕，石壁院，盧公一首詩。渴讀即不渴，饑讀即不饑。鯨飲海水盡，露出珊瑚枝。海神知貴不知價，留與人間光照夜。」乂集有范宗韓《喜得劉先生詩》云〔二七〕：「玉尺沉埋久，得之銘篆深。揩磨露正色〔二八〕，扣擊吐哀音〔二九〕。」二詩殆與仝、乂對壘〔三〇〕。

《三國志》帝魏而卑吳蜀，説者謂陳壽蜀人，仕屢見黜，父爲諸葛所髡，於劉氏君臣不能無憾而然。翁浦仲山作《蜀漢書》以矯之，游丞相極稱其書，仲山亦求序於余。余觀其書，大意是，但書後主爲安樂公，欲以著其不能負荷之罪。復翁書云：「後主不能負荷，史官貶抑之可也，豈可因曹氏貶削之稱〔三一〕？」會仲山仙去，其論未竟。後得廬陵貢士蕭常所作《續後漢書》，大綱與仲山同，但蕭氏直名其書曰《續後漢》，仲山猶加「蜀」字耳。蕭書後主爲少帝，按後主嗣位二十五年而後播遷，歿時已六十五，似非少帝。周丞相爲蕭序此書，謂歐公議正統，不黜魏，其客章望之著《明統論》以辨之。張南軒《經世紀年》直以先主繼獻帝，而附魏吴於下方，又引習鑿齒《漢晉春秋》以蜀爲正，魏爲篡，攷訂詳備。惜仲山、游公皆未之見，余亦近方見之。

劉斯立《病中詩》云：「欲成蹇士賦，應作半人詩。」半人當是用習鑿齒事。

放翁少時，二親教督甚嚴。初婚某氏，伉儷相得，二親恐其惰於學也，數譴婦。放翁不敢逆尊者意，與婦訣。某氏改事某官，與陸氏有中外。一日通家於沈園，坐間目成而已。翁得年最高，晚有二絶云：「腸斷城頭畫角哀，沈園非復舊池臺。傷心橋下春波緑，曾見驚鴻照影來。」「夢斷香銷四十年，沈園柳老不吹綿。此身行作稽山土，猶弔遺蹤一泫然。」舊讀此詩，不解其意，後見曾温伯言其詳。温伯名黯，茶山孫，受學於放翁。

韋蘇州詩云：「身多疾病思田里，邑有流亡愧俸錢。」太守能爲此言者鮮矣。若放翁云：「身爲野老已無責〔三二〕，路有流民終動心。」退士能爲此言者尤鮮。

蕭千巖《采蓮曲》云：「清曉去采蓮，蓮花帶露鮮〔三三〕。溪長須急（漿）〔槳〕〔三四〕，不是趁前船。」「相隨不覺遠，直到暮煙中〔三五〕。恐嗔歸得晚〔三六〕，今日打頭風。」絶似玉臺體。

三良事見於《詩》、《左傳》，皆云秦穆殺之以殉。坡詩獨云：「乃知三子殉公意，亦如齊之二客從田横。今人不復見此等，乃以所見疑古人〔三七〕。」此説甚新。後讀曹子建《三良詩》，云：「秦穆先下世，三臣皆自殘。生時共榮樂，既殁同憂患。誰言捐軀易〔三八〕，殺身誠獨難。」乃知子建已有此論。

轂千駑不如養一驢。

黄初中，疑忌諸王，黜削封爵，名曰就國，實同囚拘，禁斷還往〔三九〕。《求通親親表》云：「臣遠慕《鹿鳴》君臣之宴，中詠《棠棣》匪他之誠〔四〇〕，下思《伐木》友生之義，終懷《蓼莪》罔極之哀。每四節之會，塊然獨處，左右惟僕隸，所對惟妻子，高談無所與發，陳義無所與展，未嘗不聞樂而拊心，臨觴而嘆息也。」甚哀切。《求自試表》云：「若陛下出不世之詔，効臣錐刀之用〔四一〕，使得西屬大將軍，當一校之隊，東屬大司馬，統扁舟之任，必乘危蹈險，騁舟奮驪，突刃觸鋒，爲士卒先。雖未能禽權馘亮，庶効須臾之捷，以滅終身之愧。雖身分蜀境，首懸吴闕，猶生之年也。」甚悲壯。

《與楊德祖書》略云：「詞賦小道，子雲先朝執戟之臣爾，猶稱壯夫不爲。吾雖薄德，位爲藩侯，庶幾建永世之業〔四二〕，流金石之功，豈徒以翰墨爲勳績、詞賦爲君子哉！若吾志不果，吾道不行，將采庶官之寔録，辨時俗之得失，定仁義之衷〔四三〕，成一家之言，雖未能藏之名山，將以傳之同好。」味其文勢駿壯。退之《答崔立之書》本此〔四四〕。

《曹仲雍哀詞》略云：「昔后稷在寒冰，鬬穀在楚澤，依鳥憑虎而無災。今玄綈文茵無寒冰之慘〔四五〕，羅幃綺帳暖於翔鳥之翼，幽房閑宇密於雲夢之野，慈母良保仁乎鳥虎之情。」文字麗密有如此者。自「三良」以下皆見《曹子建集》。

天台林憲字景思，自號雪巢。尤遂初序其集略云：「富與貴，人之所可得，而才者天之所甚靳。景思取天所甚靳者多，則不能兼人之所得，固宜。然則才者寠致窮之具，人何用有此，而天亦何用靳此！此未易以理曉也。」誠齋演遂初之説，爲雪巢之詞云：「且吾與詩人同争夫天之所靳，是天之横民也；同犯夫天之所惡，是又天之横民也。治横民者，宜以横政。既與詩人同爲横民矣，欲不與詩人同受横政，可乎？余曰子既無遺力以取所靳，無懼心以犯所惡，無怨言以安所致，然則延之爲君惜過也，余舉延之語以唁君亦過也。然君必欲專享詩人才之所致者，而不顧不悔以不辭造物之横政〔四六〕，亦過也。」二公可謂善謔矣。

雪巢《讀陶詩》云：「吾觀淵明詩，了不在言賦。有如泰和氣〔四七〕，周行不停駐。時與春爲風，融夷物華布〔四八〕。未嘗見用力，萬物榮處處。時與秋爲月，浩然無點注。江山滋清絶，宇宙靡纖污。乃知淵明詩，本不在詩故〔四九〕。邂逅吐所有，氣象隨所寓。乞食不爲拙，華軒不爲慕〔五〇〕。歸來不爲高，折腰不爲沮。羲皇平步超，無懷貞雅素。簡淡豈能盡，學者謾馳步。獨有無絃琴，明明一斑露。」雖甚清絶，然太輕快。集中長篇皆類此，要須更檃括以韋、柳乃善。

《蕪城賦》云：「版築雉堞之殷，井幹烽櫓之勤。崒若斷岸，疊似長雲。觀基扃之固護〔五一〕，將萬祀而一君。出入三代五百餘載，竟瓜剖而豆分〔五二〕。歌堂舞閣之基，弋林釣渚之館，吳蔡齊秦之聲，魚龍爵馬之玩，皆薰歇燼滅，光沉響絕。」《園葵賦》云：「仕非魯相，有不拔之利；賓惟二仲，無逸馬之憂。若乃鄰老談稼〔五三〕，女嫗歸桑。拂此葦席，炊彼穄粱。甃壺援醢，曲瓢卷漿。乃羹乃瀹，堆鼎盈筐〔五四〕。甘旨蒨脆，滑柔芬芳。消淋逐水，潤胃調腸。」鮑明遠賦有思致，然太拘狹，開拓不去。略存二賦於此〔五五〕。詩工於賦〔五六〕，押韻用事往往切題。岑參、賈至輩句律多出於鮑，然去康樂地位尚遠。《登大雷岸與妹書》六百餘字〔五七〕，無一字及家事，皆述道塗辛苦、古今陳迹、山變水怪、羈愁旅思，辭極典雅，爲集中佳作。

「燕公之文如楩木枝幹締構大廈，上棟下宇，孕育氣象，可以變陰陽而閱寒暑，坐天子而朝群后。許公之文如應鐘鼖鼓，笙簧錞磬，崇牙樹羽，考以宮縣，可以奉神明、享宗廟。李北海之文如赤羽玄甲，延亘平野，如雲如風，有貙有虎，闐然鼓之，吁！可畏也。賈常侍之文如高冠華簪〔五八〕，曳裾鳴玉，立於廊廟，非法不言，可以望爲羽儀，資以道義。李員外之文則如金輿玉輦，雕龍綵鳳，外雖丹青可掬，內亦體骨不凡〔五九〕。獨孤常州之文如危峰絕壁，穿倚雲漢〔六〇〕，長松怪石，傾倒谿壑，然而略無和暢，雅德者避之。楊崖州之文如長橋新構，鐵騎夜度，雄震威厲，動心駭目〔六一〕，然而鼓作多容，君子所慎。權文公之文如朱門大第而氣勢宏敞〔六二〕，廊廡廩厩，户牖悉周，然而不能有新規勝概，令人竦觀。韓吏部之文如長江秋注，千里一道，衝飈激浪，汙流不滯，然而施於灌溉，或爽於用。李襄陽之文如燕山夜鴻，華亭曉鶴，嘹唳亦足驚聽，然而才力偕鮮〔六三〕，瞥然高遠。故友沈諮議之文則隼擊鷹揚〔六四〕，滅没空碧，崇蘭繁榮，曜芳揚蕤，雖迅舉秀擢而能沛艾絶景。其他握珠璣、奮組繡者，不可一二而紀矣。」以上皇甫湜評唐十一家之文，可與《法貼》所載梁武帝評三十四家書對觀。

《出世篇》云：「生當爲大丈夫，斷羈羅，出泥塗。四散號呶，俶擾無隅。埋之深淵，飄然上浮。騎龍披青雲，泛覽遊八區。經大山，絶巨海，一長吁。西摩月鏡〔六五〕，東弄日珠。上始天之門，直指帝所居。群仙來迎塞天衢，鳳凰鸞鳥乘金輿。音聲嘈嘈滿太虛，旨飲珍食兮照庖厨。食之不飫飲不盡，使人不陋復不愚。旦旦狎玉皇，夜夜御天姝。當御者幾人，百千爲翻，宛宛舒舒，忽不自知。支消體化膏露明，湛湛無色茵席濡。俄而散漫，斐然虛無。翕然復摶，摶久而蘇。精神如太陽，霍然照清都。四肢爲琅玕，五臟爲璠璵。顔如芙蓉，頂如醍醐〔六六〕。與天地相終始，浩漫爲娱。下顧人間，溷糞蠅蛆。」湜以軻、雄自擬，然此篇放曠超軼，軻、雄不道也。文字亦未及《大人賦》，隋唐人言語耳。

閭廬之死，金玉其墓；黔婁之死，首足不覆。皇甫湜。

吴融詩「阿對泉頭一布衣」，自註云：「阿對是楊伯起家僮，常引泉灌蔬。」

韓致光、吴子華皆唐末詞臣，位望通顯，雖國蹙主辱而賦詠倡和不輟。存於集者不過流連光景之語，如感時傷事之作，絶未之見。當時公卿大臣往往皆如此。

《蝎賦》云：「夜風索索，緣隙憑壁。弗聲弗鳴，潛此毒螫。厥虎不翅，厥牛不齒，爾今何功，既角而尾。」《虎賦》云：「西白而今，其獸唯虎。何彼列辰，自虎而鼠。善人瘠，讒人肥，汝不食讒，畏汝之饑。」《惡馬賦》云：「彼騎而齧，孰爲其主？彼芻而蹄，孰爲其圉？五里之堠，十里之亭，癖燥饑喝，不擇重輕。亭有饞吏，曝之爲腊，又毒其吏，立死於櫪。」以上三賦見《玉谿集》。

玉谿《與陶進士書》：「夫所謂博學宏詞者，豈容易哉！天地之災變盡解矣，人事之興廢盡究矣，皇王之道盡識矣，聖賢之文盡知矣，下及蟲豸草木〔六七〕，鬼神精魅，一物以上，莫不開會，此其可以當博學宏詞者耶，恐猶未也。設他日或朝廷、或持權衡大臣問一事，詰一物，小如毛甲，而時脱有不能盡知者，則是博學宏詞者當其罪矣。私自恐懼，窘若囚械。後幸有中書長者曰：『此人不堪，抹去之。』大快樂，曰：『此日後不能知得東西左右，亦不畏矣。』」又云：「常自祝願，得時人曰此物不識字，此物不知書，是我生獲『忠肅』之謚也。」其論激矣。

前人記蔡京權重，喜閩漕鄭可簡餽茶，就封皮批「進修撰除運副」。遠相晚亦權重，病起見二雞吐綬，愛玩久之，問誰所致，左右以宗少梁成大對〔六八〕，亦就劄子批「除刑部侍郎」〔六九〕。人以爲戲筆也，已而命下。西山先生云：「其權重於蔡氏耳！」

遠相當國久，從官多由逕而得。端平初，鶴山召對，云「侍從之臣有獻納而無論思」，亦雅謔也。

鄭谷《送人下第》云：「吾子雖云命，鄉人懶讀書。」七言云：「愁破方知酒有權。」皆有新意。

薛能云「詩深不敢論」，鄭谷云「暮年詩力在，新句更幽微」。詩至於深微極玄，絶妙矣，然二子皆不能踐此言〔七〇〕。唐人惟韋、柳，本朝惟崔德符、陳簡齋近之〔七一〕。

温飛卿《蘇武廟》云：「廻日樓臺非甲帳，去時冠劍是丁年。」甲帳是武帝事，丁年用李陵書「丁年奉使，皓首而歸」之語，頗有思致。

南豐序《南齊書》云：「爲二《典》者，所記豈獨唐虞之迹耶，併與其精微之意而傳之。方是之時，豈特任政者皆天下之士哉，蓋執簡操筆而隨者，亦皆聖人之徒也。」曲阜行穎濱《中書舍人制》云〔七二〕：「在昔《典》《謨》《訓》《誥》《誓》《命》之文，學者宗之，以爲大訓。蓋當是時，豈獨紀綱法度後世有不能及哉，至於言語侍從之臣，皆聖人之徒，亦非後世之士所能髣髴也。」詞意全本南豐，其家庭素所講貫也。

横渠絶句云：「渭南涇北已三遷，水旱縱横數畝田。四十二年居陜右，老年生計似初年。」又云：「兩山南北雨冥冥，四牖東西萬木青。面似枯髏頭似雪，後生誰與屬遺經。」其清苦如此，所以爲一代儒宗。

曹操欲使十吏就蔡琰寫邕遺書，琰曰：「男女不親授，乞給紙筆，真草惟命。」妻胡之恥，豈不大於親授，所謂不能三年之喪而緦小功之察歟！

義山《孔明廟》云：「玉壘經綸遠，金刀歷數終。」誠齋《徐孺子墓》云：「舊國已禾女，荒阡猶石翁。」比山谷「月馬寒如灰，禮樂卯金刀」之句尤精確。

義山善用事，《哭劉蕡》云：「空聞遷賈誼，不待相孫弘。」自應制科至謫死〔七三〕，止以十字道盡。

温飛卿《過韋籌草堂》七言云：「醉後獨知殷甲子，病來猶作《晉春秋》。」林和靖五言云：「隱非秦甲子，病著《晉春秋》。」和靖非蹈襲者，當是偶然相似。

魯共王壞孔子宅以廣其居，升堂聞金石絲竹之音，乃不壞宅，此謂魯生及孔氏之後有絃誦於其間者爾〔七四〕，而疏云「懼其神異，乃止不壞」，誤矣。高祖誅項籍，引兵圍魯，魯諸儒猶講誦習禮，絃歌之音不絶，此豈亦有神異耶？解經如此，豈不語怪神之義哉？

半山《擬寒山》云：「我曾爲牛馬，見草豆歡喜〔七五〕。又曾爲女人〔七六〕，歡喜見男子。我若真是我，祇合長如此。若好惡不定，應知爲物使。堂堂大丈夫，莫認物爲己。」後有慈受和尚者擬作云：「姦漢瞞淳漢，淳漢總不知。姦漢做驢子，却被淳漢騎。」半山大手筆，擬二十篇殆過之；慈受一僧爾，所擬四十八篇，亦逼真可喜也。寒山詩麤言細語皆精詣透徹，所謂一死生、齊彭殤者。亦有絶工緻者，如「域中嬋娟女，玉佩響珊珊。鸚鵡花間弄，琵琶月下彈。長歌三日繞，短舞萬人看。未必長如此，芙蓉不耐寒。」殆不減齊梁人語。此篇亦見山谷集，豈谷喜而筆之，後人誤以入集歟？

「元康八年，機始以臺郎出補著作，遊乎秘閣而見魏武帝《遺令》，愾然嘆息傷懷者久之。客曰：『夫始終者萬物之大歸，死生者性命之區域，是以臨喪殯而後悲，覩陳根而絶哭。今傷心百年之際，興哀無情之地〔七七〕，意者毋乃知哀之可有，而未識情之可無乎？』機答之曰〔七八〕：『夫日食由乎交分，山崩起於朽壤〔七九〕，亦云數而已矣。然百姓怪焉者，豈不以資高明之質而不免卑濁之累，居常安之勢而終嬰傾離之患故乎！夫以回天倒日之力而不能振形骸之内，濟世夷難之智而受困魏闕之下，已而格乎上下者藏於區區之木，光於四表者翳乎蕞爾之土，雄心摧於弱情，壯圖終於衰志，長算屈於短日，遠跡頓於促路。嗚呼，豈特瞽史之異闕景，黔黎之怪頹岸乎！觀其所以顧命冢嗣，貽謀四子，經國之略既遠，隆家之訓亦宏。又云吾在軍中，持法是也。至於小忿怒，大過失，不當効也。善乎！達人之讜言矣。持姬女而指季豹〔八〇〕，以示四子曰：以累汝。因泣下。傷哉！曩以天下自任，今以愛子託人，同乎盡者無餘，而得乎亡者無存。然而婉孌房闥之内，綢繆家人之務，則幾乎密與！又曰：吾婕妤妓人皆著銅雀臺〔八一〕，於臺堂上施六尺牀，張繐帳。朝晡設脯糒之屬，月朝十五日，輒向帳作妓。汝等時時登銅雀臺，望吾西陵墓田。又云：餘香可分與諸夫人，諸舍中無所爲，學作履組賣也。吾歷官所得綬皆著藏中〔八二〕，吾餘衣裘可別爲一藏，不能者兄弟可共分之。既而竟分焉。亡者可以勿求，存者可以勿違，求與違不其兩傷乎！悲乎！愛有大而必失，惡有甚而必得，智惠不能去其惡，威患不能全其愛，故前識所不用心，而聖人罕言焉。若乃繫情累於外物，留曲念於閨房，亦賢俊之所宜廢乎！』於是遂憤懣而獻弔云爾〔八三〕。」士衡此作詞簡而事甚備，語絶而意愈新，當爲魏晉間文章第一。序勝於文。《弔魏武文》。

〔一〕矜：原作「衿」，據小草本及四庫本《後村詩話》改。
〔二〕七：原無，據小草本及四庫本《後村詩話》補。
〔三〕犯：原無，據小草本及四庫本《後村詩話》補。
〔四〕是：原作「以」，據小草本及四庫本《後村詩話》改。
〔五〕畢：原作「必」，據小草本及四庫本《後村詩話》改。
〔六〕惕：原作「揚」，據小草本及四庫本《後村詩話》改。
〔七〕向：原作「問」，據小草本及四庫本《後村詩話》改。
〔八〕見：原作「是」，據小草本及四庫本《後村詩話》改。
〔九〕魄：原作「拍」，據四庫本《後村詩話》改。
〔一〇〕天地：原缺，據四庫本《後村詩話》補。
〔一一〕深：原無，據適園本《後村詩話》補。
〔一二〕古：原無，據適園本《後村詩話》補。
〔一三〕幽：原缺，據四庫本《後村詩話》補。
〔一四〕脊：原缺，據四庫本《後村詩話》補。
〔一五〕泰：原作「秦」，據四庫本《後村詩話》改。
〔一六〕狀：原作「伏」，據四庫本《後村詩話》改。

〔一七〕軍：原作「君」，據四庫本《後村詩話》改。

〔一八〕師：原缺，據四庫本《後村詩話》補。

〔一九〕足：原作「是」，據四庫本《後村詩話》改。

〔二〇〕耶：原作「助」，據四庫本《後村詩話》改。

〔二一〕拄：原作「挂」，據小草本改。

〔二二〕士：原作「事」，據小草本及四庫本《後村詩話》改。

〔二三〕收：原作「修」，據小草本及四庫本《後村詩話》改。

〔二四〕「語」及下句「王」原無，據適園本《後村詩話》補。

〔二五〕楊：原無，據適園本《後村詩話》補。

〔二六〕壽：原缺，據適園本《後村詩話》補。

〔二七〕得：原無，據小草本及四庫本《後村詩話》補。

〔二八〕磨：原缺，據小草本及四庫本《後村詩話》補。

〔二九〕擊：原作「繫」，據小草本及四庫本《後村詩話》改。

〔三〇〕「詩」原作「首」，「與」字原缺，據小草本及四庫本《後村詩話》改、補。

〔三一〕稱：原無，據小草本及四庫本《後村詩話》補。

〔三二〕責：原作「貴」，據小草本及四庫本《後村詩話》改。

〔三三〕蓮花帶：原缺，據小草本及四庫本《後村詩話》補。

〔三四〕長：原缺，據小草本及四庫本《後村詩話》補。

〔三五〕暮：原缺，據小草本及四庫本《後村詩話》補。

〔三六〕嗔：原缺，據小草本及四庫本《後村詩話》補。

〔三七〕見：原作「以」，據小草本及四庫本《後村詩話》改。

〔三八〕誰：原作「難」，據小草本及四庫本《後村詩話》改。

〔三九〕禁：原無，據小草本及四庫本《後村詩話》補。

〔四〇〕詠：原作「詩」，據小草本及四庫本《後村詩話》改。

〔四一〕臣：原作「身」，據《曹子建集》卷八改。

〔四二〕建：原作「見」，據小草本及四庫本《後村詩話》改。

〔四三〕衷：原作「理」，據小草本及四庫本《後村詩話》改。

〔四四〕立：原作「元」，據小草本及四庫本《後村詩話》改。

〔四五〕玄綈：原無，據《曹子建集》補。

〔四六〕顧：原作「顯」，據《曹子建集》改。

〔四七〕泰：原作「春」，據小草本改。

〔四八〕布：原作「而」，據小草本及四庫本《後村詩話》改。

〔四九〕詩：原作「時」，據小草本及四庫本《後村詩話》改。
〔五〇〕軒：原作「斬」，據小草本及四庫本《後村詩話》改。
〔五一〕基扃：原作「某扁」，據小草本及四庫本《後村詩話》改。
〔五二〕剖：原作「割」，據《文選註》卷一改。
〔五三〕談：原作「淡」，據小草本及四庫本《後村詩話》改。
〔五四〕堆：原無，據小草本及四庫本《後村詩話》補。
〔五五〕於：原無，據小草本及四庫本《後村詩話》補。
〔五六〕句首原有「子」字，據小草本及四庫本《後村詩話》刪。
〔五七〕「登」原作「發」，「字」原作「事」，據小草本及四庫本《後村詩話》改。
〔五八〕常：原作「長」，據小草本及四庫本《後村詩話》改。
〔五九〕凡：原作「鐖」，據《皇甫持正集》卷一改。
〔六〇〕雲：原作「電」，據四庫本《後村詩話》改。
〔六一〕目：原作「耳」，據四庫本《後村詩話》改。
〔六二〕敝：原作「敞」，據小草本及四庫本《後村詩話》改。
〔六三〕鮮：原作「解」，據小草本及四庫本《後村詩話》改。
〔六四〕擊：原作「繫」，據小草本及四庫本《後村詩話》改。

〔六五〕西摩：原作「麾西」，據小草本及四庫本《後村詩話》改。
〔六六〕醍：原作「醒」，據小草本及四庫本《後村詩話》改。
〔六七〕下及：原倒，據小草本及四庫本《後村詩話》乙。
〔六八〕宗：原作「宋」，據小草本及四庫本《後村詩話》改。
〔六九〕除：原作「際」，據小草本及四庫本《後村詩話》改。
〔七〇〕言：原作「書」，據小草本及四庫本《後村詩話》改。
〔七一〕近：原作「就」，據小草本及四庫本《後村詩話》改。
〔七二〕潁：原作「穎」，據四庫本《後村詩話》改。
〔七三〕死：原作「此」，據小草本及四庫本《後村詩話》改。
〔七四〕間：原作「聞」，據小草本及四庫本《後村詩話》改。
〔七五〕草：原作「堂」，據小草本及四庫本《後村詩話》改。
〔七六〕女：原作「安」，據小草本及四庫本《後村詩話》改。
〔七七〕哀：原作「衰」，據小草本及四庫本《後村詩話》改。
〔七八〕機答之曰：原無，據《陸機集》補。
〔七九〕朽：原作「杇」，據小草本及四庫本《後村詩話》改。
〔八〇〕豹：原作「約」，據四庫本《後村詩話》改。

〔八一〕「妓」原作「立」，「皆」字原無，據小草本及四庫本《後村詩話》改、補。

〔八二〕綬：原作「緩」，據小草本及四庫本《後村詩話》改。

〔八三〕懑：原作「懣」，據小草本及四庫本《後村詩話》改。

後村先生大全集卷之一百七十九

詩話 續集

放翁詩云：「藥來賊境靈何益，米出胡奴死不炊。」上句用柳公綽事。公綽節度山南東道，有道士獻丹藥，問所從來，曰自薊門。時朱克融方叛，公綽曰：「藥自賊境來，雖驗何益？」棄藥而逐道士。殆天爲下句設此奇對。甲子七月讀《唐書》記，時年七十八。

《揚雄集》六卷，四十三篇，《劇秦美新》之作在焉。《法言》末云：「自周公以來，未有安漢公之懿。」又曰：「其勤勞則過於阿衡。」此時莽猶未篡，此語不過如今人稱頌權貴人功德爾。及莽既篡，雄縱不能如許由洗耳、魯連蹈海，然與龔勝同時，莽使使者以印綬强起勝，勝稱病篤，卧，以手推去印綬。勝兩子及門人進説云云，勝曰：「吾受漢家厚恩，今年老，旦暮入地，豈以一身事二姓下見故君乎？」不食而死。雄亦仕漢者，莽篡不能去，視勝可愧死矣。《美新》之篇方且盛稱：「皇帝陛下配五帝，冠三王，開闢以來未聞，宜命賢哲作《帝典》一篇，襲舊二爲三，以示罔極。」又自言有顛眴病，恐先犬馬填溝壑，長恨黄泉，故作此篇以獻。余謂寧顛眴病死〔一〕，此文豈可作哉！朱氏書「莽大夫揚雄卒」，書其罪矣，而昌黎公、荆公、涑水公皆推重，或以配孟子，何也？

《元后誄》略云：「天之所廢，人不敢支。」又云：「皇天眷命，黄虞之孫，歷世運移，屬在新聖。」又云：「漢廟黜廢，移安定公。」凡累百韻。案元后雖莽之姑〔二〕，然擲傳國璽缺其角，聞翟義起兵以爲是，見漢宗廟毁壞有怨言，人心之公不可磨滅如此。雄士人也，顧以賊莽爲新聖，以漢廟黜廢爲天之所壞乎！

《劉子政集》二卷，有《九歎》，用《騷》體。末有《杖銘》云：「歷危乘險，匪杖不行。年耆力竭，匪杖不强。有杖不任，顛跌誰怨；有士不用，害何足言。藷蔗雖甘，殆不可杖；佞人悦己，亦不可相。杖必取任，不必用味；士必任賢，何必取貴！」語簡而有味。

文君眉色如望遠山，臉際常若芙蓉，十八而寡，悦長卿之才而越禮焉。長卿死，文君爲誄傳於世。

揚雄夢吐鳳凰而作《太玄經》，仲舒夢蛟龍入懷而作《春秋繁露》〔三〕。

公孫弘食故人高賀以脱粟飯，覆以布衾。賀告人曰：「弘内服貂蟬，外衣麻枲；内厨五鼎，外膳一肴。」於是朝廷疑其矯焉〔四〕。弘歎曰：「寧逢惡賓，勿逢故人。」

吳章爲王莽所殺，弟子皆更易姓名以從他師，惟司徒掾平陵曹敞獨稱吳章弟子，收葬其尸。

目瞤得酒食，燈火花得錢財〔五〕，乾鵲噪而行人至，蜘蛛集而百事喜。故目瞤則咒之，燈花則拜之，乾鵲噪則餧之，蜘蛛集則放之。

枚皐文章敏捷，長卿制作淹遲，而長卿首尾温麗，枚皐時有累句。揚子雲曰：「軍旅之際，戎馬之間，飛書走檄用枚皐；廊廟之下，朝廷之中，高文大典用相如〔六〕。」

安定嵩真、玄菟曹元理並明筭術，成帝時人。真自筭其壽七十三，綏和元年正月二十五日晡時死〔七〕，書壁記之。至二十四日晡時死，其妻曰：「見真筭時長下一筭，慮脱有旨，不敢告，今果差一日。」真又曰：「北邙青隴上孤檟西四丈所，鑿之入五尺，吾欲葬此地。」及死，往掘，得古時空槨，遂以葬焉。元理常從其友人陳廣漢，廣漢曰：「吾有二囷米忘其石數，子爲計之。」元理以食箸十餘轉，曰：「東囷七百四十九石八升七合。」又十餘轉，曰：「西囷六百九十七石八斗。」遂大書囷門。後出米，西囷六百九十七石七斗九升，有一鼠大堪一升，東囷不差圭合。元理後復過廣漢〔八〕，告以米數，元理以手擊牀曰：「遂不知鼠之殊米，不如剥面皮矣。」廣漢爲取酒鹿脯數片，元理復筭曰〔九〕：「藷蔗二十五區，收一千五百三十六枚，蹲鴟三十七畝，收六百七十三石，千牛產二百犢〔一〇〕，萬雞將五萬雛。」羊、豕、鵝、鴨皆道其數，果蓏肴蔌悉知其所。曰：「資業之廣，何供饋之褊？」廣漢慙曰：「有倉卒客，無倉卒主人〔一一〕。」元理曰：「俎上蒸䐁一頭，厨中荔枝一柈，皆可爲設。」廣漢再拜謝罪，自入取之，盡日爲歡。

公孫弘爲國士所推，上爲賢良。國人鄒長倩以其貧，解衣裳衣之，釋所著冠履與之，又贈以生芻一束，素絲一襚，撲滿一枚，書遺之曰：「撲滿者，以土爲器，以畜錢貝，有入竅而無出竅，滿則撲之。士有聚斂而不能散者，將有撲滿之敗，可不誡歟！」弘爲高賀、鄒長倩兩故人所輕如此，豈非曲學阿世以納侮歟！

梁孝王遊於忘憂之館，集諸遊士，使各爲賦。枚乘爲《柳賦》，路喬如爲《鶴賦》，公孫詭爲《文鹿賦》，公孫乘爲《月賦》，羊勝爲《屏風賦》，韓安國作《几賦》不成，鄒陽代作。鄒陽、安國罰酒三升，賜枚乘、路喬如絹，人五匹。

自揚雄夢吐鳳以下皆見《西京雜記》，葛洪所集也。末云：「洪家有劉子駿《漢書》一百卷，無首尾題目，但以甲乙丙丁紀其卷數。歆欲撰《漢書》，編録漢事〔一二〕，未詮次而亡，故書無定本，雜記而已。後好事者以意次第之，始甲終癸，爲十秩，秩十卷，合爲百卷。試以此記較班固所作，殆是全取劉書〔一三〕，有小異同耳。固所不取不過二萬許言，今抄出爲二卷，名曰《西京雜記》，以裨《漢書》之闕爾。後洪家遭火，書籍都盡，此兩卷在洪巾箱中，故得猶在。劉歆所記世人希有，縱復有者，多不足備。恐年代稍久，歆所撰遂没，并洪家此書二卷不知所出，故序之云爾。」

尹少稷詩若淡泊而有義味，其《庸醫行》云：「南街醫工門如市，争傳和扁生後世。膏肓可爲死可起，瓦屑蓬根盡珍劑。歲月轉久術轉疎，十醫九死一活無。北市醫工色潛動，大字書牌要驚衆。偏收棄藥與遺方，縱有神丹亦無用。寔者爲虚熱爲寒，幾因顛倒能全安。君不見〔一四〕，形神枵然卧一室，醫方争工藥無必。左手撿方右顧金，兩手雖殊皆劍戟。」似諷當時主和戰者。《聞逆亮入寇》律詩云：「本來饑飽非同鼎，安得浮沉自一舟。」又云：「異日是非憂史謬，終身寒餓羨錢愚。」詞不迫切而意獨至矣。少稷及接吕居仁、曾吉甫議論〔一五〕，在山中讀書二十年，名論極重。晚爲大坡，因符離之敗，攻張魏公父子以附和議〔一六〕，遂爲公議所貶，甚可惜也。頃故人陶木仁父宰上饒，余託仁父傳其集四冊，詩居其一〔一七〕。

漢益州刺史朱公叔卒，門人陳季圭議所謚宜曰忠文子。陳留蔡邕議曰：「按古之以子配謚者，魯之季文子、孟懿子〔一八〕，衛之孫文子、公叔文子〔一九〕，皆諸侯之臣也。至於王室之卿大夫，其尊與諸侯同，故以公配。《春秋》曰：『劉卷卒』、『葬劉文公』。《公羊傳》曰〔二〇〕：『劉卷者何，天子大夫也。』經文曰『王子虎卒』，《左傳》曰『王叔文公卒，葬如同盟，禮也』。此皆天子大夫得稱公，其禮與同盟諸侯敵之文明也。又禮緣情，臣子咸欲尊其君父，故雖侯伯子男之臣，自稱其君咸得曰公。及其卒也，異國之人稱之亦然。是以邾子許男稱公以葬，《春秋》之正義也。以例言之，則府君王室亞卿也，有王叔劉氏之比；以臣子之辭言之，則有邾許稱公之文，雖無土而其位是也。今曰公猶可，若稱子則降等多矣。懼禮廢日久，將詭時聽。周有仲山甫、伯陽嘉父、吉父，賢老之稱也；宋有正考父，魯有尼父，配謚之稱也。《春秋》曰『孔父』，《禮》曰『伯某父』，異亡之稱也。父雖非爵，號與公同。禮，天子諸侯咸用優賢異亡，順乎門人臣子所稱之宜。可於公、父之中擇一處焉，使不稱子而已〔二一〕。」邕此議佳甚，韓、柳、歐、曾不能加。

邕集十卷，大半爲人作碑板，如橋玄、楊秉、楊賜皆名臣，如朱公叔、陳仲弓、郭林宗、范史雲、姜肱皆名士。至於劉表、胡廣之碑，豈得無愧詞乎？又有袁滿來、胡根二銘。滿來，太尉之孫，司徒之子，年十五死；根〔二二〕，陳留太守之子，七歲死。二銘甚美，幾於諛墓矣。

周勰字巨勝，汝南人。再舉孝廉，皆委之去。梁冀專國，前後三辟不至。後太尉、司徒各再辟〔二三〕，司空三辟，察賢良方正，州舉茂才，又公車特徵，託疾杜門，里巷無人跡，外庭生蓬蒿。至延嘉二年，梁氏誅滅而勰卒。圂典字叔則，探綜歷數〔二四〕，剖纖入冥。州郡禮命舉至孝，莫之能起。李休字子材〔二五〕，南陽宛人，綜七經，精群緯，覿辭察變〔二六〕，獨見前識〔二七〕。古今疑義錯謬，前人所希論，後學所不學〔二八〕，休盡割判剥散，幽闇昭爛。郡署五官掾，司空胡廣以禮優請〔二九〕，不至。以上三人史逸其事，見邕集。

光和元年七月十日〔三〇〕，詔書尺一，召光禄大夫楊賜、諫議大夫馬日磾〔三一〕、議郎張華、蔡邕、太史令單颺詣金商門〔三二〕，引入崇德殿，門帷中設都座。中常侍育陽侯曹節、冠軍侯王甫從東省出就都座〔三三〕，劉寵、龐訓北面，楊公南面〔三四〕，日磾、華、邕、颺西南面〔三五〕，受詔書各一通，尺一，木板草書〔三六〕。兩常侍又諭旨：以朝廷焦心，聞災恐懼，每訪群公卿士〔三七〕，而各括囊，莫肯盡忠規補闕，故特密問〔三八〕，勿依違生疑諱〔三九〕。皆再拜受詔。起就坐，五人各一處，給筆札。邕對〔四〇〕：蜺墮雞化，皆婦人干政所致。乳母趙嬈貲富侔於帑藏〔四一〕，邱墓踰於園陵，兩子受封，兄弟典郡。永樂門史崔玉依阻城社〔四二〕，大爲奸禍，暗昧已成〔四三〕，非外臣所能審處。近者不治，無以正遠。又言：廷尉郭禧，國之老成，光禄大夫橋玄方直，前太尉劉寵忠實，宜爲謀主〔四四〕，數見訪問。邕立朝持論可謂有所補益，然詔問之時，兩常侍在都座之側，乃不敢指言，漢寺人亦太横矣。

《爲曹公祠橋公》云：「使持節、丞相、冀州牧、魏王操謹遣掾再拜敬祠故太尉橋公：公以懿德，汎愛博容。國念明訓，士思令模〔四五〕。靈幽體翳，邈哉晞夷。幼以頑鄙之質，爲大君子所顧，猶仲尼之稱顔淵，李生之歎賈復。士死知己，懷此無忘。又承從容要誓，言殂逝之後，路有由徑，不以斗酒隻雞過相沃酹〔四六〕。車過三步，腹痛勿怪。雖戲笑之言，非至親篤好，夫何肯爲此辭！懷舊雅顧，潸然悽愴〔四七〕。奉命東征，屯此鄉里，北望貴土，乃心陵墓，則致薄祠，公其尚饗。」

董卓上書辭疾，乞就國土，群臣表：「卓上解國家播遷之厄，下救兆民塗炭之禍，黜廢頑凶，援立聖哲。謹案《漢書》，蕭何以相國金印緑綬〔四八〕，位在公卿之上。卓功績誠鉅〔四九〕，勳侔伊霍，宜以卓爲相國，位在太傅上，帶履上殿〔五〇〕，入朝不趨。」此表邕筆也，然其罪薄於子雲。

徐淵子《賀周益公致仕啓》云〔五一〕：「清朝無事，元老辭榮。謂七十致仕，當守禮經之常；故再三上疏，不爲文具之舉。天子重違其意，孤傅以華其歸。喜見顔間，甚於掇一第之日；身居物外，忘其爲三公之尊。邂逅遂得初心，毫髮略無遺恨。恭惟某官棲遲盛福，俯仰太平。開館招賢，留作國家之用；銜杯樂聖，退全明哲之身。甫念禮在於懸輿〔五二〕，已聞冠掛於神武。雖是翁矍鑠，皆意其復相〔五三〕；使此老婆娑，是負其生平。二者豈可得兼，萬事知其有足〔五四〕。是關學力，難與婦謀。昔蜀公年未至而乞身，潞公耄已及而謀國。從其所好，非道之常。又豈徒行止合聖人之時，出處全君子之致。方尋同社，共樂餘年〔五五〕。玩象戲於橘中，焉知老至；作龜巢於蓮上，但見花開〔五六〕。某夙仰高風，驚聞盛舉，觀始終之一節，知壽考之百年〔五七〕。昔嗟林下之無人，今喜山中之有相。凉臺燠館，緣知緑野之清閑；角扇長壺，願備洪崖之灑掃。」淵子此作甚佳〔五八〕，然爲詩名所掩，故不甚流傳〔五九〕。著有《竹隱集》十一卷，多其舊作，暮年詩無棗本。此公曾見石湖、放翁、誠齋一輩人〔六〇〕，又才氣飄逸〔六一〕，記問精博，警句巧對〔六二〕，天造地設，略不費人喉舌，費人心思〔六三〕，品在姜堯章諸人之上〔六四〕。集中及晚作尤佳者，昔已有《絶句詩選》，今摘其警句於後。「曉梵魚出聽，夜禪石點頭。」《贈于進夫》〔六五〕。「胸中著雲夢，皮裏有陽秋」，「自作先生傳，誰爲故吏碑。」《挽錢觀文》。「鬲上村坊酒〔六六〕，眉尖野店茶。」「肩成山聳因尋句，眼作花昏爲勘碑。」《陳宣子求碑》。「天寒不知翠袖薄，日暖但覺玉烟生。」《水仙花》。「黄四娘花空朵朵，謝三郎鬢已蒼蒼〔六七〕。」《燕坐》。「索醉寧傾問字酒，忍飢不取作碑錢」，「駒入隙來元不礙，蠅鑽紙出定何妨。」《紙閣》。「化成銀地佛應喜，移下玉樓天不知。」《雪》。「北風萬籟自宫徵，南日一軒真袴襦。」《南日》。「但欲有衣存妓妾，不愁無帳列生徒。」《明簾》。「劉顯貴爲天子友，退之窮作相君書。」《王士穎以布衣自命》。「我本田家子，驅來作長官。政雖無小異，民却自相安。静或焚香坐，閑因展畫看。庸人擾之耳，只道太和難。」「巢餘太古雪，人有正始風。頭如雪絮白，面作春桃紅。」《題雪巢》。「一鞭加爾膚，萬刃劃吾腹。就令猛於虎，何忍食子肉。世無冷鑊湯，邑盡活地獄。」《裝太和米綱》。「老覺此身無一堪，尚牽詩課撚衰髯〔六八〕。亦知庭院西風惡，直爲秋香不下簾。」《秋日》。「一瓶儲粟一囊錢，兒學箕裘女紡磚。更買小丘吾事畢〔六九〕，勘書評畫了殘年」。「可憐玉雪不供愁，似倩詩翁作□□。□□此君雖强項，歲寒相對却風流。」《瓶中梅竹》。「勿以鼇巨笑螻蟻，冠山戴笠等逍遥。」《范石湖》〔七〇〕。「不識廬山孤負目，不食螃蟹孤負腹。亦知二者古難并，行到九江吾事足。」「巾墊雨」、「佩飛霞」，「解〔客〕嘲」、「攻墨〔守〕」。《墨》。「通明殿」、「不夜城」。《雪》。「三雅」、「六經」。《趙德莊送酒》。注：劉表有酒爵三，大伯雅，次仲雅，小季雅。《侯鯖録》：陶人爲酒器，有酒經。晉安人餉人以酒，書云酒一經，或二經至五經。他境人不達，聞餞五經，束帶迎門，方知是酒。「大官連檣十萬艘，小官僅得一葉如。漁舠其中何所有，白髮翁媪并兒曹。赤脚婢三後執爨，蒼頭奴二前操篙。元真筆牀間茶竈，吏部酒杯兼蟹螯。書緘一箱半魚蠹，畫束百軸成牛腰〔七一〕。平鋪藁秸薦猫犬，賸買棗栗供猿猱。新花欝屈作萎木，清酒蕩摇成濁醪。篷低日覺巾角折，竈近時聞鬵釜轑。高驤正難望鷁首，緩進豈敢争龍標。全家窘拘嘆蹐跼，長物屏當隨遇遭。桑樞駟馬各是累，人肝薇蕨俱成饕。不須彼此更相笑，未必欝林之石賢胡椒。」《舟行》。

斷貪鞅〔七二〕，解見縛，壞想宅，絶迷道，摧慢幢，拔惑箭，撤睡蓋，裂愛網。上彌勒稱讚善財〔七三〕，告諸仁者，此長者子，爲被四流漂泊者造大法船，爲被見泥没溺者立大法橋，爲被癡暗昏迷者然大智燈，爲行生死曠野者開示聖道〔七四〕，爲嬰煩惱重病者調和法藥。爲遭生老死苦者飲以甘露，令其安穩；爲入貪恚癡火者沃以定水〔七五〕，使得清凉。又云〔七六〕：何爲菩薩究竟施佛子？此菩薩假使有無量衆生，或有無眼，或有無耳，或有無鼻舌手足〔七七〕，來至其所，告菩薩，言我身薄祜，諸根殘闕，惟願仁慈以善方便舍己所有，令我具足。菩薩聞之，即便施與。假使由此經阿僧祇劫，諸根不具，亦不必生一念悔惜，但自觀身從初入胎不净微形胞段諸根生老病死，又觀此身無有真實，無有慚愧，非賢聖物，臭穢不潔，骨節相持，血肉所塗，九死常流，人所惡賤〔七八〕。作是觀已，不生一念愛著之心。復作是念，此身危脆，無有堅固，我今云何而生戀著？應以施彼，充滿其願，如我所作。以此開導一切衆生〔七九〕，令於身心不生貪愛，悉得成就，一切智身，是名究竟施〔八〇〕。《施箴》。譬如乘船，欲入大海，未至於海，多用功力；若至海已，但隨風去，不假人力，以至大海。一日所行，比於未至，其未至時，設經百歲，亦不能及。□至微細罪，生大怖畏。□以忿恨風吹心識火，熾然不息，凡所作業皆顛倒相□解脱。長者告善財，善男子應以善法扶助自心，應以法水潤澤自心，應以境界浄治自心，應以精進堅固自心，應以忍辱坦蕩自心〔八一〕，應以智證潔白自心，應以智慧明利自心，應以佛自在開發自心，應以佛平等廣大自心，應以佛十力照察自心。以上見《華嚴經》。

李格非字文叔，濟南人。詩文四十五卷，文高雅條鬯有義味，在晁、秦之上，詩稍不逮。元祐末爲博士，紹聖始爲禮部郎。有《挽蔡相確詩》云：「邴吉勳勞猶未報，衛公精爽僅能歸。」豈蔡嘗汲引之乎？《挽魯直》五言八句，首云：「魯直今已矣，平生作小詩。」下六句亦無褒詞〔八二〕。文叔與蘇門諸人尤厚，其歿也，文潛誌其墓。獨於山谷在日以詩往還，而此詞如此〔八三〕，良不可曉。其《過臨淄》絶句云：「擊鼓吹笙七百年，臨淄城闕尚依然。如今只有耕耘者，曾得當時九府錢。」《試院》五言云：「斗喧成小疾，亦稍敗吾勤。定是朱衣吏，乘時欲舞文。」亦佳作。文叔，李易安父也。文潛志云：「長女能詩，嫁趙明誠。」

文叔《祭淇水文》云〔八四〕：「惟先生自《詩》、《書》以來〔八五〕，載籍所記歷代治亂，九流百氏，凡一過目，確不忘墜。其發爲文章則泛而汪洋，密而精緻，翛然高爽，歛然沉毅，驟肆而隱，忽紛而治。絶馳者無遺影，適淡者有餘味。如金玉之就雕章，湖海之失涯涘，雲烟之變化，春物之穠麗，見之者不能定名，學之者不能髣髴。」筆勢略與淇水相頡頏〔八六〕。□□詩精深可諷咏〔八七〕，《初至象郡》五言云：「裨海環□□，□□□□國。世人恃兩足，遽欲窮畛域。心知禹分土，未盡舜所陟。吾遷桂嶺外，仰亦見斗極。升高臨大路，郵傳數南北。山川來時經，草樹略已識。枝牀歸夢長，鄉堠行歷歷。」又云：「去日有近遠，寒暑乃不同。手捉而啄飲〔八八〕，嗜慾南北通。是邦亦洙泗，人可牛與弓。良知盡虛市，妙質老耕農。彼時張曲江，此時余襄公。二子稍穎脱，一洗凡馬空。斯文隔裔土，後生昧華風。閫中要常衮〔八九〕，劍外須文翁。」又云：「秦扁不南遊，醫方略嵐瘴。茅黄秋雨淫〔九〇〕，與瘧蓋同狀。呪師烏能神〔九一〕，適市半扶杖。吾欲養黄婆，母壯子亦王。妙藥只眼前，乞汝保無恙。」又云：「居近城南樓，步月時散策。小市早收燈，空山晚吹笛。兒呼翁可歸，恐我意慘慼。從來堅道念，老去倦形役。天其卒相予，休以南荒謫。宴坐及此時，聊觀鼻端白〔九二〕。」絶句云：「步履江村霧雨寒，竹間門巷繫黄團。猶嫌骯髒驚魚鳥，父老相呼擁道看。」「八尺方牀織白籐，含風漪裏睡瞢騰。若無萬里還家夢，便是三湘退院僧。」南遷後四六比向來兩制尤高簡精妙。□□□□曰：「狄人傑何如？」曰：「粗覽經史，薄閑文筆，箴規切諫，□□□風。晚有錢癖和嶠之徒。」

魏元忠文武雙闕，名實兩空，外示貞剛，内懷趨附。

李嶠有三戾：性好榮遷，憎人升進；性好肥鮮綺羅，斷人食肉衣錦；性好行房，憎人畜聲色。

唐儉事太宗，甚蒙寵遇〔九三〕，每食非儉至不餐。數年後特憎之，遣謂之曰：「更不須相見，見即欲殺。」隋文帝重高熲，初甚愛，後不願見，見之則怒。

薛師有巧性，常入宮闈，補闕王求禮上表曰：「太宗時，羅黑能彈琵琶，遂閹爲給使，以教宮人。今陛下要懷義入内，臣請閹之，庶宮闈不亂。」表寢不出。

少府監裴匪舒奏賣苑中官馬糞，歲可得錢二十萬貫〔九四〕，劉仁軌曰：「恐後代稱唐家賣馬糞。」遂寢。

宗楚客諂薛師釋迦重出，觀音再生。

尚書左丞張庶廉，子利涉爲懷州參軍，刺史鄧惲曰：「名父出如此物！」

楊炯爲文好以古人姓名聯用，號爲點鬼簿；駱賓王文好以數對，號爲算博士。盧生之文古今粲粲，文質彬彬，惜哉不幸有冉耕之疾，爲《幽憂子》以釋憤焉。

李詳初爲劍南一尉，言刺史書考不平，又曰：「請考。」使者即下筆曰〔九五〕：「怯斷大事，好勾小稽，自隱不清，疑人總濁〔九六〕，考中下。」

張易之昌宗目不識字，手不解書，謝表及和御製皆諂附者爲之，所進《三教珠英》乃崔融、張悦輩之作，而易之竊名爲首。

逆韋詩什並上官昭容所製。昭容，上官儀孫女，博涉經史，研精文筆，班婕妤、左嬪無以加。賀蘭敏之爲《封東岳碑》，張昌齡所作也。《劉子》書咸以爲劉勰所撰，乃渤海劉晝所製。晝無位，博學有才，竊取其名〔九七〕，人莫知也。

進士章宏智詩：「君爲河畔草，逢春心剩生。妾如臺上鏡，得照始分明。」同房常定宗改「始」字爲「轉」字，遂争此詩，皆云我作。博士羅道琮判云：「昔五字定表，以理切稱奇，今一言競詩，取詞多爲主，始歸宏智，轉還定宗。」張苟兒愛偷文章，時爲之語曰：「活剥王昌齡，生吞郭正一〔九八〕。」

駱賓王《帝京篇》：「倏忽摶風生羽翼，須臾失浪委泥沙。」

冉閔殺胡人，高鼻者横死；董卓誅閹人，無鬚者枉戮。

梁武帝使喚揞頭師，帝方與人棊，欲殺一段子，應聲曰：「殺却。」使出斬之。棊罷，喚師入，使曰：「陛下令殺却，臣已殺訖。」帝嘆：「師臨死何言？」曰：「師云：貧道前身爲沙彌，以鍫剗地，誤斷一曲蟮，今此報也。」帝流涕無及。

吏部尚書唐儉與太宗棊〔九九〕，争道，上大怒，出爲潭州。蓄怒未洩，謂尉遲敬德曰：「唐儉輕我，我欲殺之，卿爲我證驗有怨言指斥。」敬德唯唯。明日對仗云云〔一〇〇〕。敬德頓首曰：「臣實不聞。」頻問，確定不移。上怒，碎玉斑於地，奮衣入。久索食，引三品以上皆入宴，上曰：「敬德今日利、益者各有三：唐儉免枉死，朕免枉殺，敬德免曲從，三利也；朕有恕過之美，儉有再生之幸，敬德有忠直之譽，三益也。」賞敬德一千段，群臣皆稱萬歲。

魏元忠忤二張，出爲端州高要尉。二張誅，入爲兵部尚書、中書令、左右僕射，不能復直言。古人有言：「妻子具則孝衰，爵禄厚則忠衰。」

三狗俱用，覺魏祚之陵夷；五侯並封，知漢圖之圮缺。周公、孔子請伏殺人，伯夷、叔齊求承行劫。牽羊付虎，未有出期；縛鼠與猫，終無脱日〔一〇一〕。《酷吏》。以上二十二則并見《朝野僉載》。

左思《白髮賦》云：「星星白髮，生于鬢垂。雖非青蠅，穢我光儀。策名觀國，以此見疵。將拔將鑷，好爵是縻。白髮將拔，惄然自訴。『稟命不幸，值君年莫。偪迫秋霜，生而皓素。始覽明鏡，惕然見惡。朝生晝拔，何罪之故。予觀橘柚〔一〇二〕，一皜一曄。貴其素華，匪尚緑葉。願戢子手，攝子之鑷。』『咨爾白髮，觀世之途，靡不追榮，貴華賤枯。赫赫閶闔，藹藹紫廬，弱冠求仕，童髫獻謨。甘羅乘軫，子奇剖符。英英終賈，高輪雲衢。拔白就黑，此自在吾。』白髮臨拔，瞋目號呼。『何我之冤，何子之娱！甘羅自以辨惠見稱，不以髮黑而名著；賈生自以良材見異，不以烏鬢而後舉。聞之先民，國用老成。二老歸周〔一〇三〕，周道肅清；四皓佐漢，漢德光明。何必去我，然後要榮。』『咨爾白髮，事故有以。爾之所言，非不有理。曩貴耆老，今薄舊齒。皤皤榮期〔一〇四〕，皓首田里。雖有二毛，河清難俟。隨時之變，見歎孔子。』髮乃辭盡，誓以固窮。昔臨玉顔，今從飛蓬。髮膚至昵，尚不克終〔一〇五〕。聊用擬辭，比之《國風》。」

〔一〕謂：原作「爲」，據四庫本《後村詩話》改。
〔二〕雖：原作「之」，據四庫本《後村詩話》改。
〔三〕仲：原作「重」，據四庫本《後村詩話》改。
〔四〕焉：原作「爲」，據四庫本《後村詩話》改。
〔五〕財：原作「才」，據四庫本《後村詩話》改。
〔六〕典：原作「興」，據四庫本《後村詩話》改。
〔七〕時死：原倒，據四庫本《後村詩話》乙。
〔八〕過：原作「遇」，據四庫本《後村詩話》改。
〔九〕元：原作「言」，據四庫本《後村詩話》改。
〔一〇〕「千」字原缺，「二」原作「上」，據四庫本《後村詩話》補、改。
〔一一〕主：原作「至」，據四庫本《後村詩話》改。
〔一二〕編：原作「緣」，據四庫本《後村詩話》改。

〔一三〕殆：原無，據四庫本《後村詩話》補。
〔一四〕不：原作「子」，據四庫本《後村詩話》改。
〔一五〕吉：原作「告」，據四庫本《後村詩話》改。
〔一六〕攻：原無，據四庫本《後村詩話》補。
〔一七〕居：原無，據四庫本《後村詩話》補。
〔一八〕季文子：原無「子」字，據《蔡中郎集》補。
〔一九〕兩「子」字原無，據《蔡中郎集》補。
〔二〇〕公：原無，據四庫本《後村詩話》補。
〔二一〕使：原作「斯」，據《蔡中郎集》改。
〔二二〕根：原作「根根」，據四庫本《後村詩話》删。
〔二三〕再：原作「在」，據四庫本《後村詩話》改。
〔二四〕綜：原作「總」，據四庫本《後村詩話》改。
〔二五〕子：原無，據四庫本《後村詩話》補。
〔二六〕變：原缺，據四庫本《後村詩話》補。
〔二七〕獨見：原缺，據四庫本《後村詩話》補。
〔二八〕「學」及下句「休盡」原缺，據四庫本《後村詩話》補。

〔二九〕以禮優：原缺，據四庫本《後村詩話》補。
〔三〇〕光和元：原缺，據四庫本《後村詩話》補。
〔三一〕議大夫：原缺，據四庫本《後村詩話》補。
〔三二〕「門」，及下句「引入崇」原缺，據四庫本《後村詩話》補。
〔三三〕冠軍侯王甫：原缺，據四庫本《後村詩話》補。
〔三四〕南面：原缺，據四庫本《後村詩話》補。
〔三五〕日磾、颺：原缺，據四庫本《後村詩話》補。
〔三六〕「草書」及下句「兩常侍又諭旨」原缺，據四庫本《後村詩話》補。
〔三七〕「卿士」至下「忠規」原缺，據四庫本《後村詩話》補。
〔三八〕特：原作「時」，據四庫本《後村詩話》改。
〔三九〕生疑諱：原缺，據四庫本《後村詩話》補。
〔四〇〕「對」及下句「蜺墮」原缺，據四庫本《後村詩話》補。
〔四一〕帑藏：原缺，據四庫本《後村詩話》補。
〔四二〕崔玉：原缺，據四庫本《後村詩話》補。
〔四三〕暗：原作「晚」，據四庫本《後村詩話》改。
〔四四〕宜：原作「亘」，據四庫本《後村詩話》改。

〔四五〕模：原作「横」，據四庫本《後村詩話》改。
〔四六〕酹：原作「酬」，據四庫本《後村詩話》改。
〔四七〕潸：原作「潛」，據四庫本《後村詩話》改。
〔四八〕緑：原缺，據四庫本《後村詩話》補。
〔四九〕「績」原作「續」，「誠鉅」二字原缺，據四庫本《後村詩話》改、補。
〔五〇〕殿：原缺，據四庫本《後村詩話》補。
〔五一〕徐淵：原缺，據適園本《後村詩話》補。
〔五二〕念禮在：原缺，據四庫本《後村詩話》補。
〔五三〕其、相：原缺，據四庫本《後村詩話》補。
〔五四〕事知其：原缺，據四庫本《後村詩話》補。
〔五五〕樂餘年：原缺，據四庫本《後村詩話》補。
〔五六〕見花開：原缺，據四庫本《後村詩話》補。
〔五七〕考之：原缺，據四庫本《後村詩話》補。
〔五八〕淵：原缺，據四庫本《後村詩話》補。
〔五九〕本句及下句「著有」二字原缺，據四庫本《後村詩話》補。
〔六〇〕公曾見：原缺，據適園本《後村詩話》補。

〔六一〕才：原作「材」，據四庫本《後村詩話》改。
〔六二〕巧對：原缺，據四庫本《後村詩話》補。
〔六三〕本句原缺，據四庫本《後村詩話》補。
〔六四〕姜堯章：原缺，據四庫本《後村詩話》補。
〔六五〕贈于：原作「體千」，據四庫本《後村詩話》改。
〔六六〕村：原作「春」，據四庫本《後村詩話》改。
〔六七〕三：原作「二」，據四庫本《後村詩話》改。
〔六八〕衰：原作「襄」，據四庫本《後村詩話》改。
〔六九〕小丘吾事畢：原作「卜立丘吾事」，據四庫本《後村詩話》改。
〔七〇〕范：原缺，據四庫本《後村詩話》補。
〔七一〕畫：原作「壹」，據小草本改。
〔七二〕鞅：原作「鞍」，據小草本及四庫本《後村詩話》改。
〔七三〕上：原缺，據四庫本《後村詩話》補。
〔七四〕開示：原作「閛□」，據四庫本《後村詩話》改、補。
〔七五〕恚：原作「患」，據四庫本《後村詩話》改。
〔七六〕又：原缺，據四庫本《後村詩話》補。

〔七七〕有：原無，據適園本《後村詩話》補。

〔七八〕賤：原作「賊」，據四庫本《後村詩話》改。

〔七九〕開：原作「聞」，據四庫本《後村詩話》改。

〔八〇〕施：原作「詩」，據四庫本《後村詩話》改。

〔八一〕蕩：原缺，據四庫本《後村詩話》補。

〔八二〕詞：原無，據適園本《後村詩話》補。

〔八三〕此：原作「些」，據四庫本《後村詩話》改。

〔八四〕淇：原作「其」，據四庫本《後村詩話》改。

〔八五〕書：原無，據四庫本《後村詩話》補。

〔八六〕頡頏：原缺，據四庫本《後村詩話》補。

〔八七〕詩：原缺，據四庫本《後村詩話》補。

〔八八〕捉：原作「提」，據小草本及四庫本《後村詩話》改。

〔八九〕閫中：原作「風□」，據適園本《後村詩話》改、補。

〔九〇〕茅：原缺，據適園本《後村詩話》改。

〔九一〕咒：原作「吭」，據適園本《後村詩話》改。

〔九二〕白：原作「日」，據適園本《後村詩話》改。

〔九三〕遇：原作「過」，據適園本《後村詩話》改。
〔九四〕可：原無，據適園本《後村詩話》補。
〔九五〕者：原缺，據適園本《後村詩話》補。
〔九六〕濁：原缺，據適園本《後村詩話》補。
〔九七〕竊：原缺，據適園本《後村詩話》補。
〔九八〕一：原作「二」，據適園本《後村詩話》改。
〔九九〕吏部：小草本及四庫本《後村詩話》作「民部」。
〔一〇〇〕云云：原脱一「云」字，據四庫本《後村詩話》補。
〔一〇一〕日：原作「口」，據小草本改。
〔一〇二〕柚：原作「袖」，據小草本及四庫本《後村詩話》改。
〔一〇三〕周：原作「用」，據小草本及四庫本《後村詩話》改。
〔一〇四〕榮：原無，據四庫本《後村詩話》補。
〔一〇五〕尚：原無，據四庫本《後村詩話》補。

後村先生大全集卷之一百八十

詩話 續集

陶弼商翁與楊畋樂道同時，一生仕宦廣西，晚守欽、順二州。集中多佳句，前已采其一二。他五言如《塞上》云：「星落胡王死，河窮漢使歸。雪山經夏冷，天馬入秋肥。」《觀教戰》云：「晉興由帥讓，楚敗以師喧。」《行役》云：「陰微辨樵火，霽早誤僧鐘。」《雜詩》云：「久閑忘將略，多病熟醫書。」《順州》云：「渴蜂銜硯水，饑蝶嗅屏花。」七言《汴河》云：「柳與揚州今獨在，水和隋帝不重來。」《柳州》云：「人心如地少平處〔一〕，天氣似春無冷時。」《送人》云：「冷酒十分無客送〔二〕，輕車一兩有民攀。」又云：「兵堪渡海將軍老，史不占天處士閑。」《村行》云：「路小馬蹄高復下，村深雞唱有如無。」

李雁湖詩，程滄洲守宜春刊於郡齋。余不及識公，初筮豫章，公謫居臨川，從曾極景建得余詩，簡景建云：「劉君詩兼鮑庾之清俊，前與先君字同舍〔三〕，不知其郎君詩筆如此。」晚得宜春本，摘其警語一二於此。《紅梅》云：「晚覺鄭公殊嫵媚，生憎夷甫太鮮明。」《送楊子直知吉州》

云：「憂時鐵石孤忠在，閱世風花老眼空。」《酬景建》云：「新有千絲明曉鏡，舊無一畫贊宵衣。閑吟此外惟須飲，老覺人間萬事非。」又云：「向來交態雲翻手，静裏玄言石點頭。」雁湖注半山詩甚精確，其絶句有絶似半山者，已採入詩選矣。如「平生閲世朦朧眼，偏向白鷗飛處明」，如「鴉健觸翻紅蔌蔌，鷗閑占斷碧粼粼」，皆可諷詠。如金谷友〔四〕、玉川奴，《鶺鴒賦》、《蛺蝶圖》，雙蓬鬢、寸草心，鶴友〔五〕、雁奴，鵬客〔六〕、蟹奴，皆的對。

于湖《讀中興碑》云：「繡綳兒啼思塞酥，重牀燎香驅群胡〔七〕。阿環錦襪無尋處，一夜驚眠摇帳柱。朔方天子神爲謀，三郎歸來長慶樓。樓前拜舞作奇祟〔八〕，中興之功不贖罪。日光玉潔十丈碑，蛟龍盤拏與天齊。北望神臯雙淚落，祗今何人老文學。」《題蔡濟忠所摹御府米帖》云〔九〕：「生前官職但執戟，身後一字萬金直。當時雷霆下收拾，世間不復有遺逸。整整十卷字猶濕〔一〇〕，光采激射海爲立。平生我亦有書癖，對此惝怳心若失。口呿汗下屢太息，十日把玩不得食。作牋天公拜稽首，乞我此老生時一隻手，爲君痛飲百斛酒。墨池如江筆如帚，一掃萬字不停肘。」

石徂徠《讀石安仁曼卿舊字安仁學士詩》云：「齊梁無駿骨，李杜得秋毫。後世益纂組，變風堪鬱陶。奔道少驥逸，秃冗如牛毛。試看安仁詠，秋風有怒濤。」徂徠力排楊、劉而推重曼卿如此。但前云「駿骨」，後又云「驥逸」，何也？《寄張從道》云：「臘盡妻未褐，天寒子讀書。」《寄明復先生》云：「殘書幾篋蠹，寒菊半籬荒。惟學《春秋》者〔一一〕，時時到草堂。」殊有魏野、林逋氣格。

徐淵子詩用「紡磚」字，《斯干》詩「載弄之瓦」，注云：「紡磚也。」《説苑》亦云：「和氏之璧，千金之寶，用以間紡，不如瓦磚。」

癸未、甲申，余自桂林入都改秩。一日自外歸，逆旅主人云：「有二客訪君不過，留刺而去。」視之，蓋高續古、鍾春伯二館職也，皆素昧。明日往謝，高云：「吾於陸伯敬處見子某詩。」鍾云：「吾於南塘處見子四六，相約訪君，共論此事，何相避之深也！」鍾惠四六一卷，高遺《疎寮詩》二册。未幾，鍾貴顯，高出館不復入，今皆物故。余老矣，四六姑置，惟詩結習未忘。所得《疎寮》二册，前已摘出一二聯，後得其全集，數倍於舊，老筆如湘絃泗磬，多人間俚耳所未聞者，有石湖、放翁、誠齋之風。部帙既多，不能遍閲，姑録其警語於編，以備遺忘。五言《楊嗣勛惠茯苓》云：「道是青神谷，元通白帝匡。有松如壯士，其魄化嬰兒。雲濕侵鴉觜，天寒翦兔絲。堯初香摘髓，秦後雪凝脂。穴動龍蛇窘，山空鳥獸悲。惟將千歲力，白了一生奇。」《送潘德鄜帥廣》云：「風穩琛舟引，春（歸）〔明〕卉服衙。」《謁吴給事》云：「上皇今百歲，近侍不多人。」《寄僧》云：「鹿采花修供，猨分石坐禪。」《别僧》云：「夢無全覺久，詩只半聯奇。」《聽雪》云：「竹大時聞折，梅明不受霾。」《雜詩》云：「今古憑詩了，乾坤賴酒澆。忙猶輪使硯，懶尚事持茶。」《買硯》云：「汾獻升雲鼎，秦遺蝕雪碑。」《曹娥江》云：「沙冷雁三二，天長帆有無。」七言《送蜀客》云：「峨眉雪罷添巴水，玉壘雲空見蜀星。白浪不浸魚復陣，青苔猶護劍關銘。」《題放翁誠齋倡和》云：「題徧鮫綃乾碧海，吹將鶴笛上青天。」《道山堂前梅花》云：「太乙神仙遊册府，秦王學士憑欄干。」《懷墅》云：「已是飛來鶗鴂了，可能落到牡丹花。」《讀曼卿詩》云：「東西都漢猶司馬，三百年唐只次山。」《答人》云：「《晉書》好傳偏安石，唐世諸人且樂天。」《送歙守》云：「龍尾石須分幾寸，牡丹花不望頭綱。」《池西》云：「旋作池來分刴曲，略教花處似蘇隄。」《梅花》云：「相依豈恨移來晚，欲怨猶須説到明。」絶句尤多佳者，《都下》云：「柳生春思拂京華，不管閑人也憶家。添盡好香那睡得，月痕如水浸梨花。」《中秋夜登秀臺二絶》云：「青冥風露無人管，醉力飛昇入桂臺。月過斗西親挽住，伴人騎鶴去蓬萊。」「冰娥看盡人間世，好事如公不數枚。却喚清罍相揖酌，汝聽下界息成雷。」《梨花詞》云：「殿頭催引上清華，獨奏春詞喝賜茶。帶月歸來仙骨冷，夢魂全不到梨花。」《晚泊江口》云：「白鷺青煙刴江口〔一二〕，梅六七分經雪後。月肯流連相伴酒，隔岸呼船有魚否。」五言古體《答辛幼安》云：「青天不惜日，壯士偏知秋。自古有奇畫，如今空白頭。彼時當再來，吾老不可留。天推璧月上〔一三〕，星入銀河流。躔度若此急，人生與之浮。終夜自起舞，無人共登樓。《典》《謨》有陳言，河洛非故州。黄鶴呼不來，誰能理殘裘。」此篇甚高古。

杜旗伯高《題蘭亭序》云：「君勿笑，新亭相對泣，却勝蘭亭暮春集。」《白頭吟》云：「長門作賦值千金，不知家有《白頭吟》。」二詩皆有味。

王元澤詩不滿百，《渡關山》篇云：「萬馬度關山，關山三尺雪。馬盡雪亦乾，沙飛石更裂。歸來三五騎，旌旗映雪滅。不見去時人，空流磧中血。」古樂府無以加。《春懷》云：「朝日上屋角，百鳥鳴不休。豈復辨名字，但聞閙鉤輈。亂我讀書語，驚我夢寐遊。彎弓彈使去，暫去還啾啾。彈十不得一，丸窮來愈稠。拔弓坐榻上，咄咄空自尤。時節使汝鳴，我何爲汝讐。」絶句云：「一雙燕子語簾前，病客無憀盡日眠。開徧杏花人不到，滿庭輕雨緑如烟。」「霏微細雨不成泥，料峭輕寒透夾衣。處處園林皆有主，欲尋何地看春歸。」殊有乃翁思致。

《獵較集》前已摘數聯，晚温故讀，再録昔遺忘者。七言《雪中》云：「但能閉户酌季雅，安用馭風尋伯昏。」《種蕪菁作羹》云：「且喜蕪菁種得成，薹心散出碧縱横。脆甜肭子無反惡，肥嫩羔兒不殺生。樂羊豈斷兒孫念，劉季寧無父子情。争似野人茅屋下，日高淡煮一杯羹。」《歷世》云：「面朋面友風雨散，山鳥山花淡薄交。一榻氈毹容獨卧，滿林杞菊是兼肴。」五言云：「天寒猶着絮，雨濕欲蒸書〔一四〕。吳地人情薄，西風客計疎。無書堪著眼，有法可安心〔一五〕。」絶句云：「誰倚黄旗喚阿瞞，令君終作可憐人。蕭然唯有鹿門老，不帶孫劉一點塵。」「輕陰小雨晚難收，柳瘦梅窮却似秋。可恨水仙花不語，無人共我説春愁。」《春怨》云：「梨花雨送海棠風，不借烟脂作小紅。幾日無人吹玉笛，鴛鴦飛入館娃宫。」此老筆力有謫仙風骨。集中有云：「老鶴（梅）〔悔〕抛青嶂裹，客星倦倚紫微邊。」又云：「而今心服陶元亮，作得人間第一流。」豈非深悔晚出之誤與！

《灊山集》多不經人道語，此公讀書多，氣老筆遒。《題顔魯公像》云：「千五百年如烈日，二十四州惟一人。朝衣視坎趨前死，羽服行山即此身。」《與客晚集》云：「足下一來同晚步，先生小住〔大〕〔待〕村春。」《春晴》云：「四野緑廻春補闕〔一六〕，亂山塵净雨修容。」《懶軒》云：「經年不濯子春足，半月纔梳叔夜頭。」《止酒》云：「縉紳處士議所以，將軍貴人須畢之。」《月夜》云：「琉璃虚空甚圓滿，紫磨山川更新鑄。」《梅花》絶句云：「姑射山頭冰雪仙，人間一見便豐年。却應羞死琴臺女，不得乃翁分一錢〔一七〕。」《荷珠》云：「客來切勿令觀此，薏苡猶能困伏波。」如大槐、小草，木偶，芻靈，朝采、夜光，立豹，蹲鴟，口伐、手談，木上座、麯先生，千金子、萬玉妃，童欺我老、農報予春，下巖研、正焙茶，皆的對。

《王逢原集》《張巡》篇云：「禄兒射火燒九天，鬼手不撲神聽旃。群庸仰口不肯唾，及出長喙噓之燃。睢陽城窮縮死鼈，危繫一髮懸九淵。巡嗔睆遠兩眥拆，怒嚼齒碎鬚張肩。恨身不毛劍無翼，不能飛去殘賊噍。翁軀腥刀兒磔俎，日嚼肉血猶經年。霽雲東攘兩臂去，西來才有九指還〔一八〕。胸中憤氣吐不散，去隨箭入浮屠塼。思窮智索莫自效，更臠愛妾嘗饑涎。我疑没日賊不食，恐其肉酖死不痊。又疑身骨不化土，定作金鐵埋重泉。何時山移陵谷變，發出鼓鑄戈或鋋〔一九〕。吾如得之願有用，不誅已然誅未然。」此作出盧仝上。《交難贈杜漸》云：「兩鼠共謀渴，相飲期入水。一鼠下縋缶，一鼠上銜尾。前鼠以之跌，後鼠以之死。鼠死何足噫，夫人纔可悲。平地把手笑，乘崖擠足擠。賊防易爲力，壯楗完墻籬。交防難爲人，笑面惡肝脾。前日信其是，今日悟其非。安得先知明，有如灼火龜。然則奈之何，期子同吁嚱。」此必有爲而作。《誰氏子》云：「嫋嫋誰氏子，鮮鮮一何姝。來奔富人家，妻與富人俱。嚴粧問夫子，我豈彼室如。夫子笑遺之，彼寧與汝都。升堂由阼階，德色溢以舒。親賓不敢笑，退語相嚱吁。高堂聚群婢，唯諾相恣睢。家事忽不圖，顧指取自如。朝令折桂薪，暮遣藩籬除。風雨半夜來，百釁生不虞。屋壓盜隨至，夫死別嫁夫。東鄰有淑子，性不事鉛朱〔二〇〕。端居待人求〔二一〕，正色不願諛。清鏡見白髮，行謀不顧間。不知愛妻人，取舍何異與。」詞意似王建、張籍〔二二〕。《哭詩》云：「目雖淚所出，由來心乃源。白日瞭我面，意欲乾汍瀾。而不照我心，我淚何由乾。況在重雲遮，使我何自安。」又云：「目存多所見，不若無目完。」《山中》云：「山中亦有出山路，山人自不與世通。拂衣行起飲流水，枕書就卧聽松風。地寬江河競搖蕩，天闊日月争西東。乾坤自爲四時役，萬事不到幽人胸。」集中新意快句不可勝紀，如「舟方乘兮，人不吾以，覆且溺兮，我同人死」，「東蒿爲楹樗爲柱，居者略不憂其顛」，「吾觀世之陷此者〔二三〕，不啻火立向足燔。豈期之子既自悟〔二四〕，不思跳出乃欲蹐」，「井方崩兮治隧〔二五〕，屋且壓兮雕椽」〔二六〕，「傾江竭河論麯水，都投大海爲酒池〔二七〕。中間秫稻不盈掬〔二八〕，日益醞釀成澆漓。不知淳風竟何適，萬手齊舉招不廻」。五言云：「清醒甘澤畔，富貴奈播間」，「劍折終羞屈，蘭遺不改香。」其論文云：「星緯織成副地錦，歐冶鑄出春天矛。」「文章日組緯，玉機飛金梭。誰有真珠繩〔二九〕，結作張麟羅。」「老成終到孔，窮死亦爲顔。」「不能繩我怠，何力禁人叛。」「不知里社歌，不可郊廟施」。《梅花》云：「那知後世無所用，兒嚼不美還棄之。」《贈王平甫》云：「古人誰云朽，死魄如可召。」其詠物，《馴鹿》云：「祇消指馬相，可有逐原人。豺狼好爪牙，應笑角如麟。」《水車》云：「上潤業已然，下竭將奈何。」《雁》云：「關塞風高夜，江湖木落秋。」《紙鳶》云：「纔乘一線憑風去，便有愚兒仰面看。」《春雪》云：「蟄户開重墐，冰魚上復沉。」《東園》云：「夭桃未老已抽青，約略朱旗冠翠纛。雖然素李不争華，似洗朱丹誇瑩皎。」昔讀《廣陵集》，草草用朱筆點出妙處，子修弟手記予所點者於冊。晚見子修所抄，老矣〔三〇〕，又偏盲，不能盡閲冊子，遂再選一番。本朝諸人惟逢原别是一種筆墨〔三一〕，如靈芝慶雲，出爲祥瑞。半山崛强，於歐、蘇無所置喙，非苟歎服後生者。

逢原集中有吕吉甫所答五言云：「東海有滄溟，西極有崑崙。子已具舟車〔三二〕，我亦爲楫輪。」吉甫能爲此言，豈非近朱者赤耶！

方豐之德亨及與吕紫微交遊，放翁序其詩。《梅花》云：「天女終降大居士，登伽惟撓小乘禪。」又云：「老夫六賊銷磨盡，時爲幽香一敗禪。」《漁父》云：「已攜巨鯉换新粳，尚有鰷鯈得自烹。聞道烹鮮易煩碎〔三三〕，呼兒無用苦爲羹。」《歷崎道中》云：「漠漠春陰接海低，濛濛晚雨傍山飛。半畝古埭無人過，時有村童護鴨歸。」《海口》云：「白是鹽埕青是麥，誰云斥鹵不堪田。」五言云：「魂夢無金印，生涯有瓦盆。」

楊大年《西崑酬唱集序》略云：「予景德中忝佐修書，今紫微錢君希聖、秘閣劉君子儀竝負懿文，尤精雅道。予得以遊其墻藩而咨其模楷，因以歷覽遺編，研詠前作，更迭唱和，互相切劘。入蘭遊霧，雖獲益以居多；觀海學山，歎知量而中止。雖榮於託驥，亦愧乎續貂。凡五七言律詩二百四十七章，其屬而和者又十五人〔三四〕，析爲二卷，取玉山策府之名，命之曰《西崑酬唱集》。」

今考十五人者，丁謂、刁衎、張詠、晁迥、李宗諤、薛映、陳越、李維、劉隲、舒雅、崔遵度、任隨、錢惟濟，有名秉□，不著姓。王沂公只有一篇，在卷末。

放翁長短句云：「元知造物心腸別，老却英雄似等閑。」「祕傳一字神仙訣，説與君知只是頑。」「一句叮嚀君記取，神仙須是閑人做。」「君記取，封侯事在，功名不信由天。」「元來只有閑難得，青史功名，天却無心惜。」《漁父詞》云：「一竿風月，一蓑煙雨，家在釣臺西住。賣魚生怕近城門，況肯到、紅塵深處。　潮生理櫂，潮平理纜，潮落浩歌歸去。時人錯把比嚴光，我自是、無名漁父。」《鷓鴣天》云：「杖履尋春苦未遲，洛城櫻筍正當時。三千界外歸初到，五百年前事總知。　吹玉笛，渡清伊，相逢休問姓名誰。小車處士深衣叟，曾是天津共賦詩〔三五〕。」《好事近》云：「混迹寄人間，夜夜畫樓銀燭。誰見五雲丹竈，養黄芽初熟。　春風歸從紫皇遊，東海宴暘谷。進罷碧桃花賦，賜玉塵千斛。」又云：「平旦出秦關，雪色駕車雙鹿〔三六〕。借問此行安往，賞清伊修竹。　漢家宮殿劫灰中，春草幾回緑。君看變遷如許，況紛紛榮辱。」《朝中措》云：「怕歌愁舞懶逢迎，粧晚託春酲。總是向人深處，當時枉道無情。　關心近日，啼紅密訴，剪緑深盟。杏館花陰恨淺，畫堂銀燭嫌明。」「情知言語難傳恨，不似琵琶道得真。」其激昂感慨者，稼軒不能過；飄逸高妙者，與陳簡齋、朱希真相頡頏〔三七〕；流麗綿密者，欲出晏叔原、賀方回之上，而世歌之者絶少。

項平庵《祭辛幼安文》云：「人之生也，能致天下之憎；則其死也，必享天下之名。豈天之所生必死而後美，蓋人之所憎必死而後止。嗚呼哀哉！死者人之所惡，公乃以此而爲榮。予者公之所愛，必當與我而皆行。苟旦暮而相從，固予心之所愛；尚眠食以偷生，恨公行之不待。」自昔哀誄未有悲於此者。

平庵五言絶句《武夷鐵笛亭》云：「夜嘯千崖裂，朝吟萬象蘇。山人大自在，無淚捋君鬚。」《諸葛祠堂》云：「羽扇白綸巾，堂堂六尺身。我評秦漢下，宇宙只斯人。」《永州》云：「日日長沙岸，看雲只念家。如何永州夢，偏愛在長沙。」《欸乃曲》云：「靄𨑹出深溪，湘山日落時。若非堯女哭〔三八〕，即是楚（神）〔臣〕啼。」雜五言如《隆中評劉牧》云：「阿琦去梯策，尚識抱膝公。誰云豚犬愚，頗復勝乃翁。」又「平生萬事僞，惟有病是實」。時方攻僞，其言如此。六言《和王仲衡尚書》云：「聖賢生世不數，文章何代無人。一言蔽思無邪，三萬解曰若稽。」

七言八句《讀三國志》云：「曹劉有志混華戎，無奈吳兒兩炬紅。赤壁焰燒雲夢澤，夷陵光照永安宮。人間自此鼎三足〔三九〕，天上無因日再中。惟有葛公心未死，夜深寒月照孤忠。」《路旁有因梅竹以編籬者》云：「已生野外更籬根，仍與蚩氓補斷垣。博士低頭乘虜障，王姬掩面嫁烏孫。風枝雨葉無生意，粉靨朱唇有淚痕。説與調羹吹律事，老農那信腐儒言。」雜七言如《送水心淮東總領》云：「藍縷疾耕家四壁，鐵衣高卧日千金。四朝餉士前無古，一旦和戎患至今。」如《送邕州高教授》云：「君行回雁前頭路，我上杜鵑無處船。」《夔州永安宮》云：「吳娃解掩夫差面，難繫劉郎一寸心。」公瑾欲以子女玉帛留備於吳。

《送陳止齋納官還鄉》云〔四〇〕：「正爾釣絲江上去，依然羽扇篋中情。」《藏秃筆》云：「莫欺貧士無檀施，時向文房度一僧。」《澗上》云：「全家寢食琮琤上〔四一〕，韶濩聲中過百年。」《和人》云：「窗中見日知晨暮，瓶裏看花記歲時。新讀子書多乙者，舊吟詩藁盡丁之。」《詠抛毬》云：「綵毬丹桂倚春風〔四二〕，寒食清明罷繡工。漢北將軍貪蹋踘，豈知兵法在吴宫。」

七言絕句《春日隄上》云：「高高下下十五里，白白紅紅千樹花。總在疎籬斷垣裏，背隄臨水少人家。」《見梅》云：「草枯葉脱四山童，萬里長天一目空。數點寒梢著紅蕊，人間驚喜見春風。」《次韻羅郢州送別》云：「江上相留不肯留，渡江沿岸却回頭。漢江東去人西去，不見高城始是愁。」《櫧州路口小雨》云〔四三〕：「三十年前過此時，一雙青髻綰青絲。如今舊雨猶相記，只傍星星白處吹。」《落帽臺》云：「千山摇落萬林空，數點黄花酒盞中。半破接籬誰耐管，已將身世付西風。」「分明屈子獨醒愁，故作南華醉夢遊。豈是晉人真愛酒，渠儂心事更悲秋。」《上冢》云〔四四〕：「兒時飛鞚得金隄，掣電驚風過馬蹄。今日筍輿摇醉帽，城東一日到城西。」

與潘德文倡和《糟蟹》詩，押險韻，至六首，皆新奇，而首篇尤工。「《大戴》笑汝無穴空雙螯〔四五〕，《小戴》笑汝有筐如子皐，《太玄》笑汝長郭索，入穴慚蟺升慚猱。知心但有畢吏部，卧起與汝同酒糟。後來愛者蘇長公，亦只許汝中山醪。固知合向一邱老，安得上與三辰翺。長公貌喜心未敬，雖羨微生猶惡饕。我疑吴儂修稻怨，和秫醢汝償民膏。雖然因此得長醉，痛貶未必非深褒。又疑畢叟妒劉掾，曾以螟蛉輕二豪。故回左手就箕踞，持螯藉糟成兩高。」

石湖詩三十四卷，五言如《思陵挽詞》云：「寇降千猰㺄，胡拜兩單于。」「首山銅鼎就，前殿玉卮空。」《病中》云：「目眚浮珠珮，聲塵籟玉簫。注水瓶花醒，吹薪鼎藥潮。」《丙午元日》云：「童心仍竹馬，暮境忽蒲輪。」《春晚》云：「繡地紅千點，平橋緑一篙。楝花來石首(四六)，穀雨熟櫻桃。」《詠懷自嘲》云：「退閑驚客至，衰懶怕書來。」《挽趙密太保》云：「鬢凋猶陛戟，心在惜弢弓。」

六言《久病或勸遊適》云：「羸似蓐婦多忌，倦似田翁作勞。玩具僧梳刖屨，懽悰丁尾龜毛。」《請息齋》云：「洞門晝掛鐵鎖，閣道秋生緑苔(四七)。著下略同龜伏，瓜中且免蠅來。」又云：「勞君敬枯木耳，恐汝見濕灰焉。」

七言《發合江》云(四八)：「船尾竹林遮縣市，故人猶自立沙頭。」《將至吳中》云：「新事略從年少問，故人差覺座中稀。」《玉麟堂會客》云：「不用忙催銀燭上，酴醿如雪照黄昏。」《秋晚閑吟》云：「旁若無人鼠飲硯，麾之不去蠅登盤。」《丙午新正》云：「病憐榔栗隨身慣，老覺酴酥到手遲。」又云：「人情舊雨非今雨，老境增年是減年。口不兩匙休足穀，生能幾屐莫言錢。」《行營壽藏》云：「縱有千年鐵門限，終須一箇土饅頭。」《偶書》云：「已甘捐捐勤爲圃(四九)，休向滔滔苦問津。」《親鄰招集强往便歸》云：「氣衰況復三而竭，心賞尤於四者難。」《一龕》云：「與老有情冬後煖，去仙無幾日高眠。」

七言絶句《昌化》云：「翠染南山擁縣門，一洲横截兩溪分。長官日永無公事，卧聽灘聲看白雲。」《長沙王墓》云：「英雄轉眼逐東流，百戰工夫土一抔。蕎麥茫茫花似雪，牧童吹笛上高邱。」《處州鶯花亭》云：「山碧叢叢四打圍，煩將舊恨訪黃鸝。縝林霜後黃鸝少，須是愁紅萬點時。」《續長恨歌》云：「別後相思夢亦難，東虛雲路海漫漫。仙凡頓隔銀屏影，不似當年取次看。」《楓橋》云：「朱門白壁枕灣流，桃李無言滿屋頭。墻上浮圖路旁堠，送人南北管離愁。」《次韻陸務觀》云：「離合紛紛怕遠遊，遠游仍怕賦登樓。何須一望三千里，望盡西州轉更愁。」《田園雜興》云：「騎吹東來里巷喧，行春車馬鬧如烟。繫牛莫礙門前路，移繫門西碌碡邊。」「汙萊一稜水周圍，歲歲蝸廬沒半扉。不著茭青難護岸，小舟撑取葑田歸〔五〇〕。」「槐葉初勻日氣涼，葱葱鼠耳翠成雙。三公只得三株看，閑客清陰滿北窗。」「采菱辛苦廢犂鋤，血指流丹鬼質枯〔五一〕。無力買田聊種水，近來湖面亦收租。」《古鼎作香爐》云：「雲雷縈帶古文章，子子孫孫永奉嘗。辛苦勒銘成底事〔五二〕，如今流落管燒香。」

石湖長短句《醉落魄》云：「馬蹄塵撲，春風得意笙簫逐。欵門不問誰家竹，祇揀紅粧多處燒銀燭。　碧雞坊裹花如屋，燕王宮下花成谷。不須悔唱《陽關曲》，直爲海棠，也合來西蜀〔五三〕。」《南柯子》云〔五四〕：「悵望梅花驛〔五五〕，凝情杜若洲。香雲低處有高樓，可惜高樓，不近木蘭舟。　緘素雙魚遠，題紅片葉秋〔五六〕。欲憑江水寄離愁，江已東流，那肯更西流。」又：「春若有情春莫去，花如無恨花休落。」

茶山詩十五卷，九百一十篇者是也。續刊後集亦十五卷，然中間多泛應謾與者。前輩所作猶自删其半，今人乃並存而不削，欲其行世，難矣！

稼軒五言絶句《元日》云：「老病忘時節，空齋曉尚眠。兒童唤翁起，今日是新年。」《偶題》云：「逢花眼倦開〔五七〕，見酒手頻推。不恨吾年老，恨他將病來。」七言云：「錯處真成九州鐵，樂時能得幾鈎緇〔五八〕。酒腸未減長鯨吸，詩思如抽獨繭絲。」皆佳句，然爲詞所揜。

〔一〕平：原作「年」，據小草本及四庫本《後村詩話》改。

〔二〕酒：原作「州」，據小草本及四庫本《後村詩話》改。

〔三〕先君字：此小注蓋爲避諱而設，四庫本《後村詩話》則徑改爲「其父」。按：後村之父名彌正，字退翁，葉適誌其墓，見《水心集》卷二〇。

〔四〕友：原缺，據四庫本《後村詩話》補。

〔五〕鶴：原作「鵰」，據適園本《後村詩話》改。

〔六〕鵰：原缺，據適園本《後村詩話》補。

〔七〕壯：原缺，據適園本《後村詩話》補。

〔八〕祟：原作「崇」，據適園本《後村詩話》改。

〔九〕御：原作「銜」，據適園本《後村詩話》改。

〔一〇〕字：原作「事」，據小草本及四庫本《後村詩話》改。

〔一一〕者：原作「昔」，據小草本及四庫本《後村詩話》改。
〔一二〕烟剡：原倒，據小草本及四庫本《後村詩話》乙。
〔一三〕壁：原作「壁」，據小草本及四庫本《後村詩話》改。
〔一四〕書：原缺，據小草本及四庫本《後村詩話》補。
〔一五〕心：原缺，據小草本及四庫本《後村詩話》補。
〔一六〕绿：原作「緣」，據小草本及四庫本《後村詩話》改。
〔一七〕分：原作「公」，據小草本及四庫本《後村詩話》改。
〔一八〕九：原作「久」，據小草本及四庫本《後村詩話》改。
〔一九〕「鼓鑄」原作「移陵谷」，又「或」字原無，據小草本及四庫本《後村詩話》改、補。
〔二〇〕鉛：原作「訟」，據小草本及四庫本《後村詩話》改。
〔二一〕待：原作「大」，據四庫本《後村詩話》改。
〔二二〕意似：原倒，據小草本及四庫本《後村詩話》乙。
〔二三〕「之」下原有「人」字，據小草本及四庫本《後村詩話》删。
〔二四〕之子：原缺，據《王令集》補。
〔二五〕隧：原作「墜」，據小草本及四庫本《後村詩話》改。
〔二六〕壓兮：原缺，據《王令集》補。

〔二七〕大：原作「人」，據小草本及四庫本《後村詩話》改。

〔二八〕秋稻：原缺，據《王令集》補。

〔二九〕「誰」原作「雖」，「珠」字原缺，據《王令集》補。

〔三〇〕老：原缺，據四庫本《後村詩話》補。

〔三一〕筆墨：原缺，據四庫本《後村詩話》補。

〔三二〕具：原作「其」，據四庫本《後村詩話》改。

〔三三〕碎：原作「啐」，據四庫本《後村詩話》改。

〔三四〕五：原缺，又其下原有「集」字，據四庫本《後村詩話》補、删。

〔三五〕是：原無，據四庫本《後村詩話》補。

〔三六〕鹿：原作「陸」，據四庫本《後村詩話》改。

〔三七〕真：原作「賢」，據四庫本《後村詩話》改。

〔三八〕女：原作「土」，據四庫本《後村詩話》改。

〔三九〕自此：原作「身比」，據適園本《後村詩話》改。

〔四〇〕止：原作「上」，據小草本及四庫本《後村詩話》改。

〔四一〕琮：原作「淙」，據適園本《後村詩話》改。

〔四二〕桂：原作「柱」，據適園本《後村詩話》改。

〔四三〕櫧：原作「楮」，據適園本《後村詩話》改。
〔四四〕冢：原缺，據適園本《後村詩話》補。
〔四五〕穴：原作「亢」，據適園本《後村詩話》改。
〔四六〕棟：原作「楝」，據《石湖詩集》卷二六改。
〔四七〕生：原無，據適園本《後村詩話》補。
〔四八〕合：原作「令」，據適園本《後村詩話》改。
〔四九〕甘搰搰：原作「耳搰」，據適園本《後村詩話》改、補。
〔五〇〕舟：原作「周」，據適園本《後村詩話》改。
〔五一〕流丹：原倒，據適園本《後村詩話》乙。
〔五二〕勒：原作「勤」，據適園本《後村詩話》改。
〔五三〕也：原作「夜」，據適園本《後村詩話》改。
〔五四〕云：原作「雲」，據小草本改。
〔五五〕悵：原作「恨」，據小草本改。
〔五六〕葉：原作「策」，據小草本改。
〔五七〕逢：原作「黄」，據小草本改。
〔五八〕「樂」原作「藥」，「時能」二字原缺，「緇」原作「絲」，據四庫本《後村詩話》改、補。

後村先生大全集卷之一百八十一

詩話 新集

陳拾遺

《感遇》詩云：「微月生西海，幽陽始化昇。圓光正東滿，陰魄已朝凝。太極生天地，三元更廢興。至精諒斯在，三五誰能徵。」又云：「蘭若生春夏，芊蔚何青青。幽獨空林色，朱蕤冒紫莖。遲遲白日晚，嫋嫋秋風生。歲華盡搖落，芳意竟何成。」又云：「蒼蒼丁零塞，今古緬荒途。亭堠何摧兀，暴骨無全軀。黄沙漠南起〔一〕，白日隱西隅。漢甲三十萬，曾以事匈奴。但見沙場死，誰憐塞上孤。」又云：「樂羊爲魏將，食子殉軍功。骨肉且相薄，他人安得忠。吾聞山中相，乃屬放麑翁。孤獸猶不忍，況以奉君終。」又云：「市人矜巧智，於道若童蒙。傾奪相夸侈，不知身所終。曷見玄真子〔二〕，觀世玉壺中。杳然遺天地，乘化入無窮。」又云：「吾觀龍變化，乃知至陽精。石林何冥密，幽洞無留行。古之得仙道，信與元化并。玄感非象識，誰能測沈冥〔三〕。世人拘目見〔四〕，酣酒笑丹經。崑崙有瑤樹，安得采其英。」又云：「白日每不歸，青陽時暮矣。茫茫吾何思，林卧觀無始。衆芳委時晦〔五〕，鶗鴂悲鳴耳。鴻荒古已頹，誰識巢居子。」又云：「吾觀崑崙化，日月淪洞冥。精魄相交媾，天壤以羅生。仲尼推太極，老聃貴窈冥。西方金仙子，崇議乃無明。空色皆寂滅，業緣定何成〔六〕。名教信紛籍，死生俱未停。」又云：「聖人秘元命，懼世亂其真。如何嵩公輩，詼譎誤時人〔七〕。先天誠爲美，階亂禍誰因。長城備胡寇，嬴禍發其親。赤精既迷漢，子年何救秦。去去桃李花，多言死如麻。」又云：「深居觀元化，悱然事朵頤。群動相啖食〔八〕，利害紛嗫嗫。便便夸毗子，榮耀更相持。務先讓天下，商賈競刀錐。已矣行采芝，萬世同一時。」又云：「吾愛鬼谷子，青谿無垢氛。囊括經世道，遺身在白雲。七雄方龍鬬，天下久無君。浮榮不足貴，遵養晦時文〔九〕。舒可彌宇宙，卷之不盈分〔一〇〕。豈徒山木壽，空與麋鹿群。」又云：「呦呦南山鹿，離罟以媒和。招摇青桂樹，幽蠹亦成科。世情甘近習，榮耀紛如何。怨憎未相復，親愛生禍羅。瑤臺傾巧笑，玉杯殞雙蛾。誰見孤城樹，青青成斧柯。」又云：「林居病時久，水木澹孤清。閒卧觀物化，悠悠念群生。青春始萌達，朱火已滿盈。殂落方自此，感歎何時平。」又云：「臨歧泣世道，天命良悠悠。昔日殷王子，玉馬遂朝周。寶鼎淪伊穀，瑤臺成故丘。西山傷遺老，東陵有故侯。」又云：「貴人難得意，賞愛在須臾。莫以心如玉，探他明月珠。昔稱夭桃子，今爲春市徒。鴟鴞悲東國，麋鹿泣姑蘇。誰見邸夷子，扁舟去五湖。」又云：「聖人已去久，公道緬良難〔一一〕。蚩蚩夸毗子，堯禹以爲謾。驕榮貴工巧〔一二〕，勢利迭相干。燕王尊樂毅，分國願同歎。魯連讓齊爵，遺組去邯鄲。伊人信往矣，感激爲誰歎〔一三〕。」又云：「幽居觀大運，悠悠念群生。終古代興没，豪聖莫能争。三季淪周赧，七雄滅秦嬴。復聞赤精子，提劍入咸京。炎光既無象，晉虜復縱横〔一四〕。堯禹道已昧，昏虐勢方行。豈無當世雄，天道與胡兵。咄咄安可言，時醉而未醒。仲尼溺東夏，伯陽遯西溟。大運自古來，旅人胡歎哉〔一五〕。」又云：「逶迤世已久，骨鯁道斯窮。豈無感激者，時俗頽此風。灌園何其鄙，世道不相容。皎皎於陵子，嗟嗟張長公〔一六〕。」又云：「聖人不利己，憂濟在元元〔一七〕。黄屋非堯意，瑶臺安可論。吾聞西方化，清浄道彌敦。奈何窮金玉，雕刻以爲尊。雲構山林盡，瑶圖珠翠煩。鬼功尚未可，人力安能存。夸愚適增累，矜智道逾昏。」又云：「玄天幽且默，群議曷嗤嗤。聖人教猶在，世運久陵遲。一繩將何繫，憂醉不能持。去去行采芝，勿爲塵所欺。」又云：「蜻蛉遊天下，與世本無患。飛飛未能止，黄雀來相干。穰侯富秦寵，金石比交懽。出入咸陽裏，諸侯莫敢言。寧知山東客，激怒秦王肝。布衣取丞相，千載爲辛酸。」又云：「微霜知歲晏，斧柯始青青。況乃金天夕，浩露霑群英。登山望宇宙，白日已西溟。雲海方蕩潏，孤鱗安得寧。」又云：「翡翠巢南海，雄雌珠樹林。何如美人意，驕愛比黄金。殺身炎洲裏，委羽玉堂陰。旖旎光首飾，葳蕤爛錦衾。豈不在遐遠，虞羅忽見尋。多材信爲累，歎息此珍禽。」又云：「挈瓶者誰子，妖服當青春。三五明月滿，盈盈不自珍。高堂委金玉，微縷懸千鈞。如何負公鼎，被奪笑時人。」又云：「玄蟬號白露，兹歲已蹉跎。群物從大化，孤英將奈何。瑶臺有青鳥，遠食玉山禾〔一八〕。崑崙見玄鳳，豈復虞雲羅。」又云：「荒哉穆天子，好與白雲期。

宮女多怨曠，層城閉蛾眉。日耽瑤臺樂，豈傷桃李時。青苔空萎絶，白髮生羅帷。」又云：「朝發宜都渚，浩然思故鄉。故鄉不可見，路隔巫山陽。巫山綵雲没，高丘正微茫。佇立望已久，涕淚霑衣裳〔一九〕。豈兹越鄉感，憶昔楚襄王。朝雲無處所，荆國亦淪亡。」又云：「昔日章華宴，荆王樂荒淫。霓旌翠羽蓋，射兕雲夢林。揭來高唐觀，悵望雲陽岑。雄圖今何在〔二〇〕，黄雀空哀吟。」又云：「丁亥歲云暮，西山事甲兵。嬴糧匝邛道，荷戟争羌城。嚴冬陰風勁，窮岫油雲生。昏曀無晝夜，羽檄復相驚。攀躡兢萬仞，崩危遠九冥。籍籍峰壑裏，哀哀冰雪行。聖人御宇宙，聞道泰階平。肉食謀何失，葵藿緬縱横。」又云：「可憐瑤臺樹，灼灼佳人姿。碧葉映朱實，攀折青春時。豈不盛光寵，榮君白玉墀。但恨紅芳歇，彫傷感所思。」又云：「揭來豪遊子，勢利禍之門。如何蘭膏歎，感激自生寃。衆趍明所避，時棄道猶存〔二一〕。雲泉既已失，羅網與誰論。箕山有高節，湘水有清源。唯應白鷗鳥，可爲洗心言。」又云：「索居獨幾日，炎夏忽然衰。陽彩皆陰翳，親友盡暌違。登山望不見，涕泗久漣洏〔二二〕。宿夢感顔色，若與白雲期。世中驕豪子，驅逐正嗤嗤。蜀山與楚水，携手在何時。」又云：「金鼎合神丹，世人將見欺。飛飛騎羊子，胡乃在蛾眉。變化固幽類，芳菲能幾時。疲痾苦淪世，憂痗日侵淄〔二三〕。眷然顧幽褐〔二四〕，白雲空涕洟。」又云：「朔風吹海樹，蕭條邊已秋。亭上誰家子，哀哀明月樓。自言幽燕客〔二五〕，結髮事遠遊。赤丸殺公吏，白刃報私讎。避仇至海上，被役此邊州。故鄉三千里，遼水復悠悠。每憤胡兵入，常爲漢國羞。何如七十載，白首未封侯。」又云：「本爲貴公子，平生實愛才。感時思報國，拔劍起蒿萊。

西馳丁令塞，北上單于臺。登山見千里，懷古心悠哉。誰言未忘禍，磨没成塵埃。」又云：「浩然坐何慕〔二六〕，吾蜀有蛾眉。念與楚狂子，悠悠白雲期。時哉悲不會，涕泣久漣洏〔二七〕。夢登綏山穴，南采巫山芝〔二八〕。探元觀奇化，遺世從雲螭。婉孌將永矣，感悟不見之。」又云：「朝入雲中郡，北望單于臺。胡秦何密邇，沙朔氣雄哉。籍籍天驕子〔二九〕，猖狂已復來。塞垣無名將〔三〇〕，亭堠空崔嵬。咄嗟吾何歎，邊人塗草萊。」又云：「仲尼探元化，幽鴻順陽和。大運自盈縮，春秋遞來過。盲飈忽號怒，萬物相紛劚。溟海皆震蕩，孤鴻其如何。」

編詩自唐人有「李杜泛浩浩，韓柳靡蒼蒼」之句。余既以此四君子冠篇首〔三一〕，然以輩行歲月較之〔三二〕，則陳拾遺在四君子之上。《感遇》之作，雖朱文公命世大儒，亦凛然起敬。昔摘數聯，今全録於此。

李杜

《子美墓誌》云：「娶弘農楊氏，司農少卿怡之女，四十九而終。子宗武，至死不克葬。其子嗣業，後四十餘年乃克葬於首陽山前。」長子宗文者，傳記皆不言其所終，豈失學遂無聞與！如「樹鷄柵」之類，必非精《文選》者。

《太白後序》云：「娶許，生一女、二男。女曰明月奴，嫁而卒。繼劉。次合魯，生子曰頗黎。終娶宗。」凡四娶。又云：「攜駿馬美妾，所適二千石郊迎，飲數斗，世號李東山。」余記白子名伯禽，今新、舊《唐史》皆不載。《新史》載其二孫女嫁爲民妻，進止有風範。謂觀察使范傳正，言先祖志在青山，葬東麓非其志，傳正爲改葬青山。又欲使二女改妻士族，辭以命也，不願更嫁。傳正復其夫徭役。頗黎豈伯禽之小字歟，史逸其事，當攷。白《與宗十六》詩云：「晚娶宗。」《序》訛爲「宋」。

世傳退之有《題子美墳》七言一首，末章有「三賢所歸同一水」之句。此篇出入平仄數韻，纍三十六句，其辭鄙淺，無一字是韓筆。韓集李漢所編，亦無此篇。

元微之作《子美墓誌》及《銘》，皆高古，如云子美「上薄《風》《騷》，下該沈宋，言奪蘇李，氣吞曹劉，掩顔謝之孤高，雜徐庾之流麗，盡古今之體製，兼文人之所獨」，真説得出〔三三〕。其評李杜，謂「太白壯浪縱恣，擺去拘束，模寫物象及樂府歌詩，誠亦差肩子美矣；至若鋪陳終始，排比聲韻，大或千言〔三四〕，次猶數百〔三五〕，詞氣豪邁，屬對律切，李尚不能歷其藩翰，况堂奥乎〔三六〕！」則抑揚太甚。

國初盛稱二孫之文〔三七〕，苦不多見。僅序杜詩云：「公詩支爲六家：孟郊得其氣焰，張籍得甚簡麗，姚合得其清雅，賈島得其奇僻，杜牧、薛能得其豪健，陸龜蒙得其贍博。」此數語亦近似，但郊謂之得杜氣骨可也，烏有所謂焰哉？能詩非牧比，不可並稱；龜蒙非甚贍博，亦道不著。余謂善評杜詩無出半山「吾觀少陵詩，謂與元氣侔」之篇，萬世不易之論。王逢原云：「雕鐫物象三千首，照耀乾坤四百春。」雖面前語，他人亦不能道。

楊大年、歐陽公皆不喜杜子美詩，王介甫不喜太白詩，殊不可曉。介甫之説云：「白詩十句，九句説婦人、酒耳。」獨不思命高將軍脱靴，識郭汾陽於貧賤時，比開元貴妃於飛燕，豈説婦人、酒者所能爲耶！晦翁亦云：「近時詩人何曾夢見太白脚後板！」

故人陳伯霆懀郎中讀《北征》詩，戲語余云：「子美善謔，如云『粉黛亦解苞〔三八〕，狼籍畫眉闊』〔三九〕，雖妻女亦不恕〔四〇〕。」余云：「公知其一爾。別詩云『清輝玉臂寒』，則閨中之膚色玉耀可見。又云『何時倚虚幌，雙照淚痕乾』，其篤於伉儷如此。」伯霆大笑。

白《與裴長史書》云：「蜀中友人吳指南死於《洞庭》之上，白禫服慟哭〔四一〕，若喪天倫。炎月伏屍，泣盡繼之以血，權殯湖側。自金陵歸數年〔四二〕，遺骸猶在。白雪泣裹骨，徒步負之而趍，丐貸營葬於鄂城之東〔四三〕。」其自序如此，史亦不書。

史言明皇欲官太白，爲妃所沮。余觀「飛燕在昭陽」之語，不足深憾。《雪讒詩》自序甚詳〔四四〕，略云：「漢祖吕氏，食其在旁，秦皇太后，毒亦淫荒〔四五〕。」時妃以禄山爲兒，史云宫中有醜聲，而白肆言無忌如此。唐人於玉環事多微婉其辭〔四六〕，如云「養在深閨人未識」，又云「薛王沉醉壽王醒」，又云「不從金輿惟壽王」。白獨昌言之，可見剛稜嫉惡。故坡公疑其以此召怨〔四七〕，力士因借此以報脱靴之辱，豈飛燕之語能爲祟哉！

李、郭皆唐名將。臨淮馭軍嚴，士不敢仰視。汾陽頗寬大，故子美新安吏點兵詩云：「送行勿泣血，僕射如父兄。」

《岳陽樓》云：「昔聞洞庭水，今上岳陽樓。吴楚東南坼，乾坤日夜浮。親朋無一字，老病有孤舟。戎馬關山北，憑軒涕泗流。」岳陽樓賦詠多矣，須推此篇獨步，非孟浩然輩所及。《千秋節》云：「寶鏡群臣得，金吾萬國迴。衢樽不重飲，白首獨餘哀。」按子美在天寶間雖獻三賦，未嘗一用，不過扈駕入蜀，暫爲諫官。而追懷開元於十九年之後，「寶鏡群臣得，金吾萬國迴」之句，言群臣皆賜鏡〔四八〕，而金吾仗衛萬里還京，獨嘗艱阻。末云「衢樽不重飲，白首獨餘哀」，公於唐朝諸公中最疎遠，而一念不忘忠愛，比陳希烈、張垍張均兄弟窮富極貴〔四九〕，賣唐臣賊，罪不容誅矣。

本朝詩僧道潛自號參寥子。太白有《贈參寥子》一篇云：「白鶴飛天書，南荆訪高士。五雲在峴山，果得參寥子。骯髒辭故園，昂藏入君門。天子分玉帛，百官接話言。長揖不受官，拂衣歸林巒。」此一僧一道士皆號參寥，以先後言則潛爲頂冒，聊記之以發一笑。

《新安吏》、《潼關吏》、《石壕吏》、《新婚别》、《垂老别》、《無家别》諸篇，其述男女怨曠、室家離别、父子夫婦不相保之意，與《東山》、《采薇》、《出車》、《杕杜》數詩相爲表裏。唐自中葉以徭役調發爲常，至於亡國。肅、代而後，非復貞觀、開元之唐矣。新、舊《唐史》不載者，略見杜詩。

太白《百憂》、《萬憤》二篇，《百憂》上崔相員者也。云：「台星再朗，天網重恢，屈法伸恩，棄瑕取才。」卒賴員力北歸。《萬憤》投魏郎中，不知魏何人，乃儕之崔相之列。此篇云：「樹榛拔魏桂，因鸞寵雞。」語甚新。又言兄弟妻子離隔，有「一門骨肉散百草，遭難不復相提攜」之句。必是一志義之士，能恤人患難者，當攷。

《八哀》詩如《張曲江》云：「仙鶴下人間，獨立霜毛整。上君白玉堂，倚君金華省。」如《李北海》云：「古人不可見，前輩復誰繼。」又云：「碑板照四裔。」又云：「豐屋珊瑚鉤，麒麟織成罽。紫騮隨劍几，義取無虛歲。」又云：「獨步四十年，風聽九皐唳。」子美惟於此二公尤尊敬。如《李臨淮》云：「平生白羽扇，零落蛟龍匣。」極悲壯。又云：「青蠅紛營營〔五〇〕，風雨秋一葉。內省未入朝，死淚終映睫。」其形容臨淮憂讒畏譏，不敢入朝之意，説得出。餘人如鄭虔之類，非無可説，但每篇多蕪辭累句，或爲韻所拘，殊欠條鬯，不如《飲中八仙》之警策。蓋《八仙》篇每人只三兩句，《八哀》詩或累押二三十韻，以此知繁不如簡，大手筆亦然。

太白《求白鵰詩》云：「照影玉潭裏，刷毛琪樹間。夜樓寒月靜，朝步落花閑。」唐人詠白鵰者極少，本朝歐、梅皆有此作，當更求鵰詩以補遺。

《醉答丁十八》云：「黃鶴高樓已槌碎，黃鶴仙人無所依。黃鶴上天訴玉帝，却放黃鶴江南歸。神明太守再雕飾〔五一〕，新圖粉壁還芳菲。一州笑我爲狂客，少年往往來相譏。君平簾下誰家子，云是遼東丁令威。作詩調我驚逸興〔五二〕，白雲遶筆窗前飛。待取明朝酒醒罷，與君爛熳尋春暉。」丁十八不知爲何人，敢與謫仙挑戰，豈非任棠之流乎！

《贈岑徵君》云：「岑公相門子，雅望歸安石。奕世皆夔龍，中台有三折。雖登洛陽殿，不屈巢由身。余亦謝明主，〔令〕〔今〕稱偃仰臣。登高覽萬古，思與廣成鄰。西來一搖扇，共拂元規塵。」此篇清拔，不書徵君姓名〔五三〕，豈非與子美同爲遺補者乎！按京兆杜確序岑參詩，言參曾大父文本、大父長倩、伯父羲皆至台輔，則徵君只是此人，無可疑者。但序云參天寶三載進士高第，歷官至右補闕、起居郎，入爲郎，出爲京西判官、嘉州刺史，不言其嘗被徵召，豈偶遺忘耶！

《別宗十六》云：「我非東床人，令姊忝齊眉。浪迹未出世，空名動京師。適遭雲羅解，翻作夜郎悲。拙妻鏌鋣劍〔五四〕，及此二龍隨。慙君湍波苦，千里遠從之。白帝曉猿斷，黃牛過客遲。遥瞻明月峽，西去益相思。」妻與團兄從至夜郎，與《集序》「終娶於宗」之説合。注家或以「宋」爲「宗」，或以「宗」爲「宋」，但當以白詩爲正。

唐人送山人處士五言多矣，此二聯劉隨州、鮑溶輩精思不能逮。

《江陵送馬卿》云：「天意高難問，人情老易悲。」《惠子》云：「皇天無老眼，空谷滯斯人。」

《小寒食舟中》云：「春水船如天上坐，老年花似霧中看。」此聯在目前，而古今人所未發。

《天育驃騎歌》云：「伊昔太僕張景順，監牧攻駒閱清峻。遂令大奴守天育，天育，監名。所謂大奴，謂王毛仲。別養驥子憐神俊。當時四十萬匹馬，張生歎其材盡下。故獨寫真傳世人，見之座右久更新。年多物化空影形，嗚呼健步無由騁。如今豈無騕褭與驊騮〔五五〕，時無王良伯樂死即休。」又《題韋偃馬》云：「韋侯別我有所適，知我憐君畫無敵〔五六〕。戲拈禿筆掃驊（騝）〔騮〕，欻見麒麟出東壁。一匹齕草一匹嘶，坐看千里當霜蹄。時危安得真致此，與人同生亦同死。」少陵馬詩多矣，此二篇及《曹霸丹青引》尤老蒼，一洗萬古。

《杜鵑行》云：「寄巢生子不自啄，群鳥至今爲哺雛。雖同君臣有舊禮，骨肉滿眼身羈孤〔五七〕。」此篇似謂車駕幸蜀〔五八〕，六宮莫從，萬官竄伏，奔問行在者絶少。又《義鶻行》云：「飄蕭覺素髮，凜欲衝儒冠。」又云：「永激壯士肝。」似謂當時有權位而不能救人之急、脱人於難者。

前《出塞》云：「君已富土境〔五九〕，開疆抑何多。棄絶父母恩，吞聲行負戈。」又云：「生死向前去，不勞吏怒嗔。路逢相識人，附書與六親。哀哉兩訣絶，不復同苦辛。」又云：「軍中異苦樂，主將寧盡聞。」又云：「殺人亦有限，立國亦有疆。苟能制侵陵，豈在多殺傷。」又云：「驅馬天雨雪，軍行入高山。逕危抱寒石，指落層冰間。已去漢月遠，何能築城還。」後《出塞》云：「千金買馬鞍，百金裝刀頭。」又云：「漁陽豪俠地，擊鼓吹笙竽。雲帆轉遼海，粳稻來東吳。越羅與楚練，照曜輿臺軀。主將位益崇，驕氣凌上都。邊人不敢議，議者死通衢。」又云：「中夜間道歸〔六〇〕，故里俱空村。惡名幸脱免，窮老無兒孫。」謂逃祿山之難者。此十四篇筆力與《文選》中《擬古》十九首並驅。

太白《擬古》十三首、《感興》六首，文義或不相屬，與集中五言古詩絶不類，豈貫休之徒效顰歟！

《望鸚鵡洲》云：「魏帝營八極，蟻觀一禰衡。黄祖斗筲人，殺之受惡名。鷙鶚啄孤鳳，千春傷我情。至今芳洲上，蘭蕙不忍生。」此篇有無窮之悲。

《永王東巡歌》内一絶云：「三川北虜亂如蔴，四海南奔似永嘉。但用東山謝安石，爲君談笑静胡沙。」按永王辟客如孔巢父亦在其間，白其一爾。此篇所謂謝安石不知屬誰，可見自負不淺。然十篇只目王爲帝子受命東巡，與王衍、阮籍勸進事不同。

《姑熟十詠》，前輩疑非白作，信然。

《越中覽古》云：「越王勾踐破吳歸，義士還家盡錦衣。宫女如花滿春殿，只今惟有鷓鴣飛。」《蘇臺覽古》云：「舊苑荒臺楊柳新，菱歌清唱不勝春。只今惟有西江月，曾照吳王宫裏人。」二首可入七言絶句。

《上皇西巡歌》云：「柳色未饒秦地緑，花光不減上林紅。」又云：「地轉錦江成渭水，天廻玉壘作長安。」末云：「少帝長安開紫極，雙懸日月照乾坤。」時上皇播遷於蜀，非欲留蜀者。今盛稱錦江玉壘無異渭水長安，又謂雙懸日月照乾坤，若爲少帝諱不力請回鑾者，此所以上皇有「乞我劍南一道」之歎歟！

《秋浦》十五首云：「秋浦長似秋，蕭條使人愁。遥傳一掬淚，爲我達揚州。」又云：「秋浦錦駝鳥〔六一〕，人間天上稀。山鷄羞緑水，不敢照毛衣。」又云：「山川如剡縣，風日似長沙。」又云：「兩鬢入秋浦，一朝颯已衰〔六二〕。猿聲催白髮，長短盡成絲。」雖五言，然多佳句。

《玉壺吟》云：「西施宜笑復宜顰，醜婦效之徒害身。君王雖愛蛾眉好，無奈宫中妬殺人。」則妃嘗沮白，信而有證。

《笑歌行》、《悲歌行》太淺易，欠豪放，前輩疑非白作。

《韋偃雙松圖》云：「天下幾人畫古松，畢宏已老韋偃少。絶筆長風起纖末，滿堂動色嗟神妙。兩株慘裂苔蘚皮，屈鐵交錯廻高枝。白摧朽骨龍虎死，黑入太陰雷雨垂。松根胡僧憩寂寞，龐眉皓首無住著。但祖右肩露雙脚，葉裏松子僧前落。韋侯韋侯數相見，我有一疋好素絹，重之不減錦繡段。今已拂拭光凌亂，請公放筆爲直幹。」韋、畢、李之畫今皆不存，賴詩以傳。内「白摧朽骨龍虎死，黑入太陰雷雨垂」，天造險語，盡古松奇怪之狀〔六三〕。《李尊師松障歌》云〔六四〕：「更覺良工心獨苦。」前輩多稱此句。

《張舍人遺縟段》云：「開緘風濤湧，中有掉尾鯨。空堂魑魅走，高枕形神清。領客珍重意，顧我非公卿。服飾定尊卑，大哉萬古程。今我一賤老，短褐更無營。煌煌珠宫物，寢處禍所嬰。昔聞黄金多，坐見悔吝生。奈何田舍翁，受此厚貺情。錦鯨卷還客，始覺心和平。」可見子美一介不取之意。

《病柏》云：「有柏生崇岡，童童狀車蓋。偃蹇龍虎姿，生當風雲會。豈知千年根，中路顔色壞。出非不得地，蟠據亦高大。歲寒忽無憑〔六五〕，日夜柯葉改。丹鳳領九雛，哀鳴翔其外。鴟鴞志意滿，養子穿穴内。客從何鄉來，竚立久吁怪。」唐自閹者力士、輔國、士良、朝恩弄權怙寵，元勳老將如汾陽、臨淮、西平、北平皆凜凜不自安，此篇辭不迫切而意獨至。

《病橘》之作，傷微物失所，至於困瘁。内云：「嘗聞蓬萊殿，羅列瀟湘姿。此物歲不稔，玉食失光輝。寇盜尚憑陵，當君減膳時。汝病是天意，吾諗罪有司。」言此菓每進奉玉食〔六六〕，今以病見廢，咎有司失包貢，反不若南海荔支歲馳至長安爾。

《枯椶》篇云：「蜀門多椶櫚，高者十八九。其皮割剥甚，雖衆亦易朽。交横集斧斤，凋傷先蒲柳。傷時苦軍乏，一物官盡取。嗟爾江漢人，生成亦何有。有同枯椶木，使我沉歎久。死者即已休，生者何自守。」注云：「蜀人取椶皮以充用〔六七〕，如邊吏誅求江漢民力以供軍，必至於剥盡而後已。」

《枯柟》篇云：「楩柟枯崢嶸，鄉黨皆莫記。不知幾百歲，慘慘無生意〔六八〕。上枝摩皇天，下根蟠厚地。巨圍雷霆折，萬孔蟲蟻萃。白鵠遂不來，天雞爲怨思。猶含棟樑具，無復霄漢志〔六九〕。良工古昔少，識者出涕淚。種榆水中央，成長何容易〔七〇〕。截成金露盤，臬臬不自畏。」以榆本非承露之器〔七一〕，是以輕承重，豈不臬臬可畏乎！註言：大材不用而柔脆嵬瑣之材反居重任〔七二〕。

《東山吟》云：「携妓東山去，悵然悲謝安。我妓今朝如花月，他妓古墳荒草寒。白雞夢後三百歲，灑酒澆君同所歡。酣來自作青海舞，秋風吹落紫綺冠。彼亦一時，此亦一時，浩浩洪流〔七三〕，高詠何必奇。」晉至今且千歲，皆以謝公爲風流之宗，雖半山崛强，金陵諸詩篇篇起敬，惟謫仙平視謝公，與之對壘，無所推讓。時人號爲李東山，固以李配謝矣。

《草書歌》云：「墨池飛出北溟魚，筆鋒殺盡中山兔。八月九月天氣凉，酒徒詞客滿高堂。」

「吾師醉後依繩牀〔七四〕，須臾掃盡數千張。飄風驟雨驚颯颯〔七五〕，落花飛雪何茫茫。起來向壁不停手〔七六〕，一行數字大如斗。怳怳如聞鬼神驚，時時但見龍蛇走。左盤右蹙如驚電，狀同楚漢相攻戰。」「王逸少，張伯英，古來幾許浪得名。張顛老死不足數，我師老技不師古。古來萬事貴天生〔七七〕，何必要公孫大娘渾脱舞。」自有草書以來，未有能形容此妙者，「楚漢」數語真可以破鬼膽。

《遊泰山》云：「清曉騎白鹿，直上天門山。山際逢羽人，方瞳好容顔。捫蘿欲就語，却掩青雲關。遺我鳥跡書，飄然落巖間。其字乃上古，讀之了不閑。感此三歎息，從師方未還。」又云：「平明登日觀，舉手開雲關。精神四飛揚，如出天地間。黄河從西來，窈窕入雲山。憑崖覽八極，目盡長空閑。偶然值青童，緑髮雙雲鬟。笑我晚學仙，蹉跎凋朱顔。躊躇忽不見，浩蕩難追攀。」又云：「舉手弄清淺，誤攀織女機。明晨坐相失，但見五雲飛。」此六首皆仙人語，非學仙人語，亦非任棠輩所敢擬倫、丁十八輩所敢挑戰者。

《嘲魯儒》云：「魯叟談五經，白髮死章句。問以經濟策，茫如墮烟霧。足著遠遊履，首戴方頂巾。緩步從直道，未行先起塵。秦家丞相府，不重褒衣人。君非叔孫通，與我本殊倫。時事且未達，歸耕汶水濱。」此篇幾於以儒爲戲，然「秦家丞相府，不重褒衣人」，非謫仙不能道。

《過彭蠡》云：「謝公入彭蠡，因此遊松門。余方窺石鏡，兼得窮江源。」「而欲繼風雅，豈惟清心魂。雲海方助興，波濤何足論。」「水碧或可採〔七八〕，金膏秘莫言〔七九〕。余將振衣去〔八〇〕，羽化出囂煩。」此篇有陶、謝意〔八一〕。《與道者談玄》云：「茫茫大夢中，惟我獨先覺。騰轉風火來，假合作容貌。滅除昏疑盡，領略入精要。朗悟前後際，始知金仙妙。」公詩多説仙，惟此篇兼説金仙。《題薛少保畫鶴》云：「薛公十一鶴，皆寫青田真。低昂各有意，磊落如長人。佳此志氣遠，豈惟粉墨新。赤霄有真骨，豈飲洿池津。冥冥任所往，脱略誰能馴。」又《角鷹歌》云：「楚公畫鷹鷹戴角，殺氣森森到幽朔。觀者貪愁掣臂飛，畫師不是無心學。此鷹寫真在左綿，却嗟真骨遂虚傳。樑間燕雀休驚怕，亦未摶空上九天。」此鶴此鷹賴詩而傳，則詩壽於畫矣。「赤霄有真骨，豈飲洿池津」之句，羽類無敢當者〔八二〕。時人不識角鷹本色，而以左綿畫本爲真，雖樑間燕雀亦驚怕，故卒章有「亦未摶空上九天」之句。

前《打魚》篇於衆魚中獨云「赤鯉騰出如有神」，又云「鯨魚肥美知第一」〔八三〕，而徐州禿尾、漢陰槎頭皆不足數。又云「既飽歡娛亦蕭瑟」，末云「君不見，朝來割素鬐，咫尺波濤永相失」。後《打魚》云：「小魚脱漏不可記，半死半生猶戢戢。大魚傷損皆垂頭，屈强沙泥有時立。東津觀魚已再來，主人罷鱠還傾盃〔八四〕。日暮蛟龍改窟穴，山根鱣鮪隨雲雷。干戈兵争鬭未已，鳳凰麒麟安在哉。吾徒胡爲縱此樂，暴殄天物聖所哀。」兩篇末句皆不忍暴殄之意，公詩深得風人之義。

《催宗文樹雞柵》篇押十八韻〔八五〕，頗奇澀，欠瀏亮，然宗文能領會，非若阿買之不識字。

《摘蒼耳》篇云：「江上秋已分，林中瘴猶劇。畦丁告勞苦，無以供日夕。」「卷耳況療風，童兒且時摘。侵星驅之去，爛熳任遠適。放筐亭午際，洗剥相蒙羃。登牀半生熟，下筯還小益。」「亂世誅求急，黎民糠籺窄。飽食復何心，荒哉膏粱客。富家厨肉臭，戰地骸骨白。」公雖羈旅奔竄，一飲啄間不忍自求温飽。侵星驅出摘采者，不知是畦丁或蒼頭，詩但云童兒〔八六〕，往往是宗文兄弟爾。

《負薪行》言夔州俗坐男而女立，有四十五十無夫家者。末云：「若道巫山女麤醜，何得此有昭君村。」《最能行》云：「峽中丈夫絶輕死，少在公門多在水。」「小兒學問止《論語》〔八七〕，大兒結束隨商旅〔八八〕。」「此鄉之人氣量窄，悮競南風疎北客。若道土無英俊材，何得山有屈原宅。」始言夔、峽二邦之陋，末以昭君、屈原勉勵其土俗，公詩篇篇忠厚如此。

《舞劍器行》世所膾炙〔八九〕，絶妙好辭也。内云：「先帝侍女八千人，公孫劍器初第一。五十年間似反掌，風塵澒洞昏王室。梨園弟子散如烟〔九〇〕，女樂餘姿映寒日。金粟堆南木已拱，瞿塘石城草蕭瑟。玳筵急管曲復終，樂極哀來月東出。」余謂此篇與《琵琶行》〔九一〕，一如壯士軒昂赴敵場，一如兒女恩怨相爾汝〔九二〕。杜有建安、黄初氣骨，白未脱長慶體爾。

《代内》云：「寶刀截流水〔九三〕，無有斷絶時〔九四〕。妾意逐君行〔九五〕，纏綿亦如之。」又云：「妾似井底桃，開花向誰笑。君如天上月，不肯一廻照。」又云：「窺鏡不自識，別多憔悴深。安得秦吉了，爲人道寸心。」《尋陽非所寄内》云〔九六〕：「多君同蔡琰〔九七〕，流涙請曹公。」又

《贈内》云：「三百六十日，日日醉如泥。雖爲李白婦，何異太常妻。」世稱太白名姬駿馬，若放蕩者，然於倫紀尤厚。別篇云「妾家三作相」爲許氏，《潯陽寄内》則爲宗氏作矣。終始篤於伉儷如此。宗氏垂涙訟寃之事，史不書。

李、杜一生流落不偶，然交遊皆名卿相。杜於房琯、李於張鎬，見於賦詠，意氣投合，情誼慷慨。二公皆爲唐佐命〔九八〕，勳在帝室，然終不能攀致李、杜。一羈旅雲安，瀼谷拾橡栗而食；一放逐夜郎，秋浦聞猿聲而哭。豈兩賢文章光燄取數於天者已多折磨而然歟！

攝監察御史崔成甫《贈李十二》云：「我是瀟湘放逐臣，君辭明主漢江濱。天外常求太白老，金陵捉得酒仙人。」白《酬崔侍御》云：「嚴陵萬乘不從遊，歸臥空山釣碧流。自是客星辭帝座，元非太白醉揚州。」成甫亦必豪傑之士，更相稱譽如此。《答友人贈烏紗帽》云：「領得烏紗帽，全勝白接籬〔九九〕。山人不照鏡，稚子道相宜。」《山中答俗人》云：「問余何意棲碧山，笑而不答心自閒。桃花流水杳然去，別有天地非人間。」《答湖州迦葉司馬問白是何人》云：「青蓮居士謫仙人，酒肆藏名三十春。湖州司馬何須問，金粟如來是後身。」此三篇可入五七言絶句。

《長門怨》云：「天迴北斗挂西樓，金屋無人螢火流。月光欲到長門殿，別作深深一段愁。」此篇雖只二十八字，然婉而成章，哀而不怨，勝《長門賦》〔一〇〇〕。

《扶風豪士歌》云：「原嘗春陵六國時，開心露膽君所知。堂中各有三千士，明日報恩知是誰。」四公子之客多鷄鳴狗吠之徒，豈能一一報恩哉！羅隱云：「思量郭隗平生事，不殉昭王是負心。」郭隗能致樂毅、劇辛以報燕昭，朱亥輩恐未能辦此。

《訪范居士失道落蒼耳中見范置酒摘蒼耳》云：「他筵下不節，此席忘朝饑。」果茹之品多矣，蒼耳微物而李杜皆形之賦詠，物之遭遇亦有時耶！

《題元丹邱》五言三篇云：「松風清襟袖，石潭洗心耳。」又云：「忽遺蒼生望，獨與洪崖群。」元丹邱不知何人，而白稱之如此。以丹邱二字觀之，恐是天台雁蕩人，然山居在潁陽，不可曉，當考〔一〇一〕。

謫仙詩如《古風》六十三首及樂府諸篇，又古律詩，舉世誦習者不録。今所採録或一篇，或數句，各有意義，覽者詳之。

〔一〕漠：原作「暮」，據《陳拾遺集》卷一改。
〔二〕真：原作「冥」，據《陳拾遺集》卷一改。
〔三〕沈冥：原作「滄溟」，據《陳拾遺集》卷一改。
〔四〕目：原作「莫」，據《陳拾遺集》卷一改。
〔五〕晦：原作「悔」，據《陳拾遺集》卷一改。
〔六〕何：原作「河」，據《陳拾遺集》卷一改。
〔七〕詼：原作「諛」，據《陳拾遺集》卷一改。

〔八〕啖：原作「吱」，據《陳拾遺集》卷一改。

〔九〕遵：原作「導」，據《陳拾遺集》卷一改。

〔一〇〕卷：原作「見」，據《陳拾遺集》卷一改。

〔一一〕緬：原作「細」，據《陳拾遺集》卷一改。

〔一二〕「榮」原作「縈」，「巧」原作「功」，據《陳拾遺集》卷一改。

〔一三〕〔一五〕歎：原作「歡」，據《陳拾遺集》卷一改。

〔一四〕虜：原作「魯」，據《陳拾遺集》卷一改。

〔一六〕長：原作「相」，據《陳拾遺集》卷一改。

〔一七〕元元：原脱一「元」字，據《陳拾遺集》卷一補。

〔一八〕玉：原作「五」，據《陳拾遺集》卷一改。

〔一九〕霑：原作「露」，據《陳拾遺集》卷一改。

〔二〇〕何：原作「日」，據《陳拾遺集》卷一改。

〔二一〕猶：原作「遊」，據《陳拾遺集》卷一改。

〔二二〕湎：原作「湍」，據《陳拾遺集》卷一改。

〔二三〕侵：原作「没」，據《陳拾遺集》卷一改。

〔二四〕眷：原作「春」，據《陳拾遺集》卷一改。

〔二五〕自言幽：原缺，據《陳拾遺集》卷一補。
〔二六〕慕：原作「暮」，據《陳拾遺集》卷一改。
〔二七〕洏：原作「而」，據《陳拾遺集》卷一改。
〔二八〕山：原作「江」，據《陳拾遺集》卷一改。
〔二九〕驕：原作「矯」，據《陳拾遺集》卷一改。
〔三〇〕垣：原作「壇」，據《陳拾遺集》卷一改。
〔三一〕余：原作「金」，據四庫本《後村詩話》改。
〔三二〕較：原作「敕」，據四庫本《後村詩話》改。
〔三三〕真：原作「專」，據四庫本《後村詩話》改。
〔三四〕或：原無，據四庫本《後村詩話》補。
〔三五〕猶：原無，據四庫本《後村詩話》補。
〔三六〕堂：原作「壼」，據四庫本《後村詩話》改。
〔三七〕文：原作「交」，據四庫本《後村詩話》改。又「二孫」原作「二何」，徑改。按：「二孫」指孫何、孫僅兄弟，下文「僅序杜詩」即孫僅《讀杜工部詩集序》，見《杜詩詳注·附編》。
〔三八〕亦：原作「忽」，據四庫本《後村詩話》改。
〔三九〕「晝」原作「盡」，「閟」原作「關」，據四庫本《後村詩話》改。

〔四〇〕「女」原作「子」，「恕」原作「怒」，據四庫本《後村詩話》改。

〔四一〕禫：原作「禪」，據四庫本《後村詩話》改。

〔四二〕金：原作「今」，據四庫本《後村詩話》改。

〔四三〕荈：原作「切」，據四庫本《後村詩話》改。

〔四四〕讒：原作「纔」，據四庫本《後村詩話》改。

〔四五〕毒：原作「毐」，據四庫本《後村詩話》改。

〔四六〕「唐」原作「同」，「事多」原倒，據四庫本《後村詩話》改、乙。

〔四七〕故坡：原作「可破」，據四庫本《後村詩話》改。

〔四八〕鏡：原作「敬」，據四庫本《後村詩話》改。

〔四九〕垍：原作「均」，據四庫本《後村詩話》改。

〔五〇〕蠅：原作「繩」，據四庫本《後村詩話》改。

〔五一〕雕：原作「調」，據四庫本《後村詩話》改。

〔五二〕調：原作「掉」，據四庫本《後村詩話》改。

〔五三〕姓：原缺，據適園本《後村詩話》補。

〔五四〕拙：原作「掘」，據適園本《後村詩話》改。

〔五五〕騂：原作「驛」，據適園本《後村詩話》改。

〔五六〕君：原作「居」，據適園本《後村詩話》改。

〔五七〕孤：原作「居」，據四庫本《後村詩話》改。

〔五八〕似謂：原作「以爲」，據四庫本《後村詩話》改。

〔五九〕土境：原作「拓土」，據四庫本《後村詩話》改。

〔六〇〕道：原作「逃」，據四庫本《後村詩話》改。

〔六一〕駝：原作「馳」，據四庫本《後村詩話》改。

〔六二〕衰：原作「襄」，據四庫本《後村詩話》改。

〔六三〕盡：原作「畫」，據四庫本《後村詩話》改。

〔六四〕歌云：原作「雷雨」，據四庫本《後村詩話》改。

〔六五〕忽：原作「匆」，據四庫本《後村詩話》改。

〔六六〕每進：原缺，據四庫本《後村詩話》補。

〔六七〕椶：原無，據四庫本《後村詩話》補。

〔六八〕慘慘：原缺一字，據四庫本《後村詩話》補。

〔六九〕無：原缺，據四庫本《後村詩話》補。

〔七〇〕成：原缺，據四庫本《後村詩話》補。

〔七一〕非、之器：原缺，據適園本《後村詩話》補。

〔七二〕柔：原缺，據適園本《後村詩話》補。
〔七三〕浩浩：原缺一字，據適園本《後村詩話》補。
〔七四〕本句各本皆無，而此下爲一單句，兹據《李白集》補。
〔七五〕驟：原作「聚」，據小草本及四庫本《後村詩話》改。
〔七六〕手：原作「午」，據四庫本《後村詩話》改。
〔七七〕「古」原作「人」，「生」字原無，據四庫本《後村詩話》改、補。
〔七八〕或：原缺，據四庫本《後村詩話》補。
〔七九〕秘：原缺，據四庫本《後村詩話》補。
〔八〇〕余：原作「人」，據四庫本《後村詩話》改。
〔八一〕有：原缺，據四庫本《後村詩話》補。
〔八二〕當：原無，據四庫本《後村詩話》補。
〔八三〕知：原作「如」，據四庫本《後村詩話》改。
〔八四〕罷：原作「龍」，據四庫本《後村詩話》改。
〔八五〕催：原作「崔」，據四庫本《後村詩話》改。
〔八六〕童兒：原倒，據四庫本《後村詩話》乙。
〔八七〕論語：原倒，據四庫本《後村詩話》乙。

〔八八〕束：原作「策」，據四庫本《後村詩話》改。
〔八九〕世所：原倒，據四庫本《後村詩話》乙。
〔九〇〕弟子：原倒，據四庫本《後村詩話》乙。
〔九一〕余：原作「餘」，據四庫本《後村詩話》改。
〔九二〕恩：原作「思」，據四庫本《後村詩話》改。
〔九三〕截：原作「裁」，據四庫本《後村詩話》改。
〔九四〕絶時：原作「腸詩」，據四庫本《後村詩話》改。
〔九五〕妾：原作「妄」，據四庫本《後村詩話》改。
〔九六〕寄：原作「寄寄」，據四庫本《後村詩話》删。
〔九七〕多：原無，據四庫本《後村詩話》補。
〔九八〕二：原作「三」，據四庫本《後村詩話》改。
〔九九〕籬：原缺，據適園本《後村詩話》補。
〔一〇〇〕門：原無，據適園本《後村詩話》補。
〔一〇一〕當考：原無，據適園本《後村詩話》補。

後村先生大全集卷之一百八十二

詩話 新集

此一卷專爲杜陵補遺〔一〕

《陳拾遺故宅詩》，至比之郭元振，唐人敬重拾遺如此。《文上人上方》云：「庭前猛虎卧，遂得文公廬。吾師雨花外，不下十年餘。長者自布金，禪龕只晏如。」又云：「王侯與螻蟻，同盡隨邱墟。願聞第一義，回向心地初。」此僧不知何人，必深於内典者。

《莫相疑行》：「男兒生無所成頭皓白，牙齒欲落真可惜。憶獻三賦蓬萊宮，自怪一日聲輝赫〔二〕。集賢學士如堵墻，觀我落筆中書堂。往時文彩動人主，此日飢寒趍路傍。晚將末契託年少，當面輸心背面笑。寄謝悠悠世上兒，不争好惡莫相疑。」他人於「當面輸心背後笑」之下文必有餘怨，公卒章優游閑暇，了無忿疐。

閬州絶句云：「殿前兵馬雖驍雄，縱暴略與羌渾同。聞道殺人漢水上，婦女多在官軍中。」當時殿前兵無紀律如此。别篇云：「二十一家同入蜀，惟殘一人出駱谷。」當必子美自謂。

《柟木爲風雨所拔》云：「倚江柟木草堂前，故老相傳二百年。誅茅卜居總爲此，五月髣髴聞寒蟬。東南飄風動地至，江翻石走流雲氣。」「滄波老樹性所愛，浦上童童一青蓋。」「虎倒龍顛委榛棘，淚痕血點垂胸臆。我有新詩何處吟，草堂自此無顔色。」《茅屋爲秋風所破》云：「八月秋高風怒號，卷我屋上三重茅。」「南村羣童欺我老無力，忍能對面爲盜賊。公然抱茅入竹去，唇焦口燥呼不得。」「秋天漠漠向昏黑，布衾多年冷似鐵，驕兒惡卧踏裏裂。床頭屋漏無乾處，雨脚如麻未斷絶。」「安得廣厦千萬間，大庇天下寒士俱歡顔，風雨不動安如山。嗚呼！何時眼前突兀見此屋，吾廬獨破受凍死亦足。」溪柟、屋茅爲風所拔，不以草堂茅屋飄飄爲憂，方有惜古木、庇寒士之意，其迂闊如此！

《天邊行》云：「九度附書向洛陽，十年骨肉無消息。」《大麥行》云：「大麥乾枯小麥黄，婦女行泣夫走藏。」「問誰腰鐮胡與羌。」《苦戰行》云：「苦戰身死馬將軍，云是伏波之子孫。」注〔三〕：馬璘也。《去秋行》云：「去秋涪江木落時，臂槍走馬誰家兒。到今不知白骨處，部曲有去皆無歸。戰場冤魂每夜哭，空令野營猛士悲。」此數篇皆可補史之缺文，但遂州白骨不歸〔者〕，失其姓名，當攷。

《草堂》云：「弧矢暗江海，難爲遊五湖。不忍竟舍此，復來薙榛蕪。」「天下尚未寧，健兒勝腐儒。」此篇嘆還吳未可，重值浣花榛蕪，四松萬竹無恙，鄰里大官賓客喜歸，可見隨寓而安之意。於時天下未寧，固有「健兒勝腐儒」之句。卒章云：「飄飖風塵際，何地置老夫。飲啄愧殘生，食蕨不敢餘。」其語意雍容閑暇，有雅人之深致。

《牽牛織女》篇云：「牽牛出河西，織女處其東。萬古永相望，七夕誰見同。神光竟難候，此事終朦朧。颯然精靈合，何必秋遂通〔四〕。」前人詠牛女者所未及。

《壯遊》詩押五十六韻，在五言古風中尤多悲壯語。如云：「往者十四五，出遊翰墨場。斯文崔魏徒〔五〕，以我似班揚。」又云：「脱略小時輩，結交皆老蒼。東下姑蘇臺，已具浮海航〔六〕。到今有遺恨，不得窮扶桑。」又云：「上感九廟焚，下憫萬民瘡。小臣議論絶，老病客殊方。」雖荆卿之歌、雍門之琴、高漸離之築，音調節奏不如是之跌蕩豪放也。

《二角鷹》篇云：「惡鳥飛飛啄金屋，安得爾輩空其群，驅出六合梟鸞分。」子美前有《左綿畫角鷹》詩，此二鷹乃真本〔七〕，非左綿畫本也。

《寫懷》篇云：「禍首燧人氏，厲階董狐筆。君看燈燭張，轉使飛蛾密。」注云：「燧人火化而争欲之心生，董狐直筆而是非之端起。」其説甚新。

《可嘆》篇云：「天（下）〔上〕浮雲如白衣，斯須變改如蒼狗。古往今來共一時，人生萬事無不有。」「丈夫正色動引經，酆城客子王季友。」「貧窮老瘦家賣屐，好事就之爲攜酒。豫章太守高帝孫，引爲賓客敬頗久。聞道三年未曾語，小心恐懼閉其口。太守得之更不疑，人生反覆看亦醜〔八〕」。「時危可仗真豪俊，二人得置君側否。」詩言王季友誠賢士，但爲太守客，當有獄市薤水之規〔九〕，今三年恐懼不出口，何也？謂今且如此〔一〇〕，使其在君側，其能補衮職之闕哉！客以嘿求容，主以嘿求賢，恐非篤論。然子美終以義、和、禹、旦事業望王季，殊不可曉。末云：「吾輩碌碌飽飯行〔一一〕，風后力牧長回首。」乃知子美以風后、力牧自期，抱負尤不淺矣。

《醉爲馬墜》云：「騎馬忽憶少年時，散蹄迸落瞿塘石。白帝城門水雲外，低身直下八千尺。」「向來皓首驚萬人，自倚紅顔能騎射。」「不虞一蹶終損傷，人生快意多所辱。」「朋知來問覥我顔，杖藜强起依僮僕。語盡還成開笑口，提攜別掃清溪曲。」「共指西日不相貸，喧呼且覆杯中淥。」此篇可見壯老健衰之異〔一二〕。末云：「何必走馬來爲問，君不見，嵇康養生被殺戮。」《南華》云：「魯有單豹者，巖居水飲，七十有童孺之色，不幸遇餓虎殺而食之〔一三〕。有張毅者，高門縣薄無不走也，四十而有内熱之病以死。」豹養其内而虎食其外，毅養其外而病攻其内，乃公卒章之意。

《遣懷》篇言梁孝王都邑之盛，及追懷與高適、李白同登吹臺，末有「拊孤」之句。公飄飄一羈旅，而葛帔練裙之念如此。高、李豈無厚禄故人，聞之得無愧乎！

《大覺蘭若》云：「一老猶鳴日暮鍾，諸僧尚乞齋時飯。」可見寺小僧貧之狀。

《折檻行》云：「嗚呼房魏不復見，秦王學士時難羨。」「千載少似朱雲人，至今折檻空嶙峋。婁公不語宋公語，尚憶先皇容直臣。」前思房、魏，次援朱雲，後憶婁、宋，末云「尚憶先皇容直臣」，此必子美追懷諫省時論事不合，傷今思古而作。

《朱鳳行》云：「君不見，瀟湘之側衡山高，山顛朱鳳聲嗷嗷。側身長顧求其羣，翅垂口噤心甚勞。下愍百鳥在羅網，黄雀最小猶難逃。願分竹實及螻蟻，盡使鴟鴞相怒號〔一四〕。」衡岳有朱鳥峰，此篇言朱鳥孤立無助，栖托雖高，不忍求自飽，必欲百鳥如黄雀之類在羅網者皆分竹實以及之，不暇計鵶鶚輩怒號矣。

《遺遇》篇云：「石間采蕨女，鬻菜輸官曹。丈夫死百役，暮返空村號。聞見事略同，刻剥及錐刀。貴人豈不仁，視爾如莠蒿。」夫死於役，僅存婦女采蕨鬻菜以輸官。夫民之窮甚矣，而官吏刻剥尤甚於錐刀，此不獨指里胥亭長輩〔一五〕，内自租庸使，外自觀察使，不得不受其責，故有「貴人豈不仁，視汝如莠蒿」之句，録之以告居大位者。

《望嶽》云：「南嶽配朱鳥，秩禮自百王。歘吸領地靈，鴻洞半炎方。邦家用祀典，在德惟馨香。巡守何寂寥，有虞今則亡。」「祝融五峰尊，峰峰次低昂。紫蓋獨不朝，争長業相望。恭聞魏夫人，群仙夾翺翔。」望嶽之作多矣，余行役過焉，欵靈瑣，坐悦亭，宿勝業寺累日〔一六〕，嶽令與山中人謂余慕向道者。將以昧爽登絶頂，夕忽大雪〔一七〕，余猶攀緣而上，望上封咫尺，雪泥没膝不可行，然耳目之所覩記，公詩真此山圖經也。

《謁玄元廟》、《次昭陵》二詩，鉅麗駿壯，爲千古五言律詩典則。其歸美開基，責望守成，傷今思古，有無窮忠愛之義。

《與韋左丞》五言二篇，當以古風爲勝。左丞名濟。又《與韋左相》律詩二十韻，頗稱其相業，此韋公名見素。《與張卿》二十韻，張卿名垍，説子，均弟。弟兄貴盛，遭漁陽之變，合門徇難未足以報唐家，今相率北面而臣賊。垍，帝壻也，故明皇欲致之死。汔全要領，可謂失刑。

《寄高書記》云：「嘆息高生老，新詩日又多。美名人不及，佳句法如何。主將收才子，崆峒足凱歌。聞君已朱綬，且得慰蹉蛇。」《憶李白》云：「不見李生久，佯狂真可哀。世人皆欲殺，吾意獨憐才。敏捷詩千首，飄零酒一杯。匡山讀書處，頭白早歸來。」此二篇非高、李不敢當，非子美不能道。

《遊何將軍山林》前十首，後半之。如云：「鮮鯽銀絲膾，香芹碧澗羹。」又云：「萬里戎王子，何年別月支。」「漢使徒空到，神農竟不知。」注云：「何將軍嘗征西域，禽其王子歸，傳其地花草數種。」又云：「花妥鶯捎蝶，溪喧獺趁魚。」又云：「手自移蒲柳，家纔足稻粱〔一八〕。」何將軍，舊注莫詳其人，公詩有「將軍不好武，稚子總能文」之句，必勳貴中之好事者。

《遣興》云：「驥子好男兒，前年學語時。問知人客姓，誦得老夫詩。世亂憐渠小，家貧仰母慈。鹿門移不遂，雁足繫難期。天地軍麾滿，山河戰角悲。倘歸免相失，見日敢辭遲。」驥子，宗武小名，公稱之如此。公以其知客姓、誦翁詩爲喜。又別篇云「驥子春猶隔」，又云「驥子最憐渠」，鍾情幼子如此而無一字及熊兒，故余疑宗文失學。

《憶弟》云：「喪亂同吾弟，饑寒傍濟州。人稀書不到，兵在見何由。」又云：「百戰今誰在，三年望汝歸。」又《元日寄妹》云：「近聞韋氏妹，迎在漢鍾離〔一九〕。春城廻北斗，郢樹發南枝。不見朝正使，啼痕滿面垂。」公流落顛沛，而一念不忘弟妹。內云「百戰今誰在，三年望汝歸」，又云「不見朝正使，啼痕滿面垂」，讀之感慨。不但隆友愛而厚倫紀〔二〇〕，其厭離亂而思昇平，以不見朝正使爲恨，言四方表章未達行在，恐未有見妹之期耳。

《聞官軍臨賊》篇二十韻，多佳句。如云：「秦山當警蹕，漢苑入旌旄。路濕羊腸險，雲橫雉尾高。」可見崎嶇巴蜀，播遷梁益，乘輿危迫之狀。「元帥歸龍種，司空握豹韜。」注云：「廣平王爲元帥，郭汾陽副之。」「前軍蘇武節，左將吕虔刀。」其叙時事甚悲壯老健。末云：「家家賣釵釧，只待獻香醪〔二一〕。」寧賣釵釧以易香醪，可見時人厭亂之極。

《贈嚴閣老》云：「客禮容疎放，官曹可接聯。新詩句句好，應任老夫傳。」嚴武雖跌蕩不羈，然能客杜陵，亦豪傑之士。其詩往往附見杜集，所謂「句句好」之評，亦非過情之譽。

《送郭中丞》云：「箭入昭陽殿，笳吟細柳營。内人紅袖泣，王子白衣行。」詳此二聯，必是述代宗幸陝之事。

《春宿左省》云：「不寢聽金鑰，因風想玉珂。明朝有封事，數問夜如何。」岑參《寄左省杜拾遺》篇云：「聯步趨丹陛，分曹限紫微。晚隨天仗入，暮惹御香歸。白髮悲花落，青雲羡鳥飛。聖朝無闕事，自覺諫書稀。」岑、杜同在諫省，時兩宫蒙塵，時事可言者多矣，杜云〔二二〕「明朝有封事，數問夜如何」〔二三〕，岑云「聖朝無闕事」，又云「自覺諫書稀」，岑有愧於杜者多矣。

《秦州》五言二十首，内云：「州圖領同谷，驛道出流沙。降虜兼千帳，居人有萬家。馬驕珠汗落，胡舞白題斜。」古注：「白題，胡名。」又云：「鼓角緣邊郡，川原欲夜時。萬方聲一槩，吾道竟何之。」又云：「傳道東柯谷，深藏數十家。瘦地翻宜粟，陽坡可種瓜。」又云：「萬古仇池穴，潛通小有天。何時一茅屋，送老白雲邊。」唐人遊邊之作，數十篇中間有三數篇、一篇中間有一二聯可采。若此二十篇，山川城郭之異，土地風氣所宜，開卷一覽，盡在是矣。網山《送蘄帥》云「杜陵詩卷是圖經」，豈不信然！《聽角》篇云：「萬方聲一槩，吾道竟何之。」聽角者多矣，孰知此言之悲哉〔二四〕！

《示姪佐》云：「嗣宗諸子姪，早覺仲容賢。」舊注：「佐草堂在東柯谷。」又三首，内云：「白露黄粱熟，分張素有期。」又云：「甚聞霜薤白，重惠意如何。」佐別業有黄粱，又有霜薤，分遺尊老，其生理必小康者。

《阮隱居致薤》云：「盈筐承露薤，不待致書求〔二五〕。束比青芻色，圓齊玉筯頭。衰年關鬲冷，味暖腹無憂。」公轉側兵火間，飢寒籃縷，以詩攷之，如薇、如蕨、如韭、如笋、如薤、如蒼耳、如萵苣，皆入賦詠，真成一菜肚老人矣。然公於菜中尤重薤，有「味暖腹無憂」之句，非嗜生冷者。貴人日費萬錢，或一生食萬羊，子美晚途以耒陽令饋白酒牛肉暴卒，豈若常蔬茹乎〔二六〕！

《客至》云：「舍南舍北皆春水，但見羣鷗日日來。花徑不曾緣客掃，蓬門今始爲君開。盤飧市遠無兼味，樽酒家貧只舊醅。肯與鄰翁相對飲，隔籬呼取盡餘杯〔二七〕。」此篇若戲效元白體者。

嚴武《答杜二》云：「卧向巴山月落時，兩鄉千里夢相思。可但步兵偏愛酒，也知光禄最能詩。江頭赤葉楓愁客，籬外黄花菊對誰。跂馬望君非一度，冷猿秋雁不勝悲。」嚴公詩亦佳作，豈近朱者赤耶！杜有《別嚴公》五言云：「江村獨歸去，寂寞養殘生。」可見子美潔於去就之際。

《懷舊》云：「地下蘇司業，情親獨有君。那因喪亂後，便有死生分。老罷知明鏡，悲來望白雲。自從失詞伯，不復更論文。」源明得卒章十字可以不朽矣。

《題玄武禪師屋壁》云：「錫飛常近鶴，杯渡不驚鷗。」玄武師未詳。

《贈李白》云：「豈無青精飯，使我顔色好。苦乏大藥資〔二八〕，山林跡如掃。李侯金閨彦，脱身事幽討。亦有梁宋遊，相期拾瑶草。」公與岑參、高適詩皆人情世法，〔惟〕與謫仙唱和皆世外一種説話。

《别房太尉墓》云：「對棋陪謝傅，把劍覓徐君。」用事極精切。

《自閬赴蜀》云：「棧懸斜避石，橋斷却尋溪。」《山館》云：「山鬼吹燈滅，厨人語夜闌。」蜀道荒僻如此。

《呈嚴公》云：「胡爲來幕下，衹合在舟中〔二九〕。」又云：「老妻憂坐痺，幼女問頭風。」又云：「寬容存性拙，翦拂念途窮。」又云：「曉入朱扉啓，昏歸畫角終。」此篇曲盡幕府賓主情誼。

《春日江村》云：「赤管隨王命，銀章付老翁。豈知齒牙落，名在薦賢中。」注：「《漢官儀》，丞郎月給赤管大筆一雙。」公時以起部參謀服緋，故其詞如此。卒章未免有《周南》留滯之歎，然微而婉。

《江上值水》云：「爲人性僻耽佳句，語不驚人死不休。」「焉得思如陶謝手，令渠述作與同遊。」前二句自負不淺，卒章乃推尊陶、謝，可見前哲服善不争名之意。

《寄杜位》云：「逐客離皆萬里去，知君已是十年流。」「玉壘題書心緒亂，何時更得曲江遊。」此篇言位「近聞寛法離新州」〔三〇〕，注云：位京中宅近西樓。新州今屬廣東，去京師甚遠。卒章思與位復遊曲江，則非京師之新州矣，當詳攷。

《登高》云：「無邊落木蕭蕭下，不盡長江滚滚來〔三一〕。萬里悲秋長作客，百年多病獨登臺。」此二聯不用故事，自然高妙，在樊川《齊山九日》七言之上。

《十二月一日雲安縣》云：「一聲何處送書雁，百丈誰家上瀨船。」又云：「負鹽出井此溪女，打鼓發船何郡郎。」此二聯真縣圖也。

《哭鄭司户蘇少監》云：「豪傑誰人在，文章掃地無。」此篇二十韻，録一聯於此。

《聞河北節度入朝口號》云：「喧喧道路多歌謡，河北將軍盡入朝。始是乾坤王室正，却教江漢客魂銷。」又云：「北道諸公無表來，茫然世事遣人猜〔三二〕。」又云：「燕趙休矜出佳麗，宮闈不擬選才人。」讀杜集至三十卷，多遭遇亂離憤嫉跋扈之作。此《口號》十二篇，以河北節度將入朝爲喜，以北道無表爲猜，欲漁陽突騎邯鄲兒之歸〔闕〕，欲主上如周宣、漢武，欲諸公爲孝子忠臣，真一飯不忘君者。天寶禍亂自燕趙始，今安史已無噍類，燕趙佳麗可開選色之場矣，子美方有「宮闈不擬選才人」之句，所謂舉筆不忘規諫者耶！

《終明府水樓》云：「絶壁過雲開錦繡，疎松隔水奏笙簧。」此聯未經人道。

《别李八秘書》云：「反氣凌行在，妖星下直廬。」又云：「不才同補衮，奉詔許牽裾。」又云：「御鞍金腰裹，宫硯玉蟾蜍。」此篇三十韻，叙舊頗詳。秘書不書名，必是與公同扈從入蜀者。觀「不才同補衮，奉詔許牽裾」之句，似與公同諫省。金腰裹、玉蟾蜍，近臣方有此賜，史失其名，當攷。

《孤雁》云：「孤雁不飲啄，飛鳴聲念群。誰憐一片影，相失萬重雲。望盡似猶見，哀多如更聞。野鴉無意緒，鳴噪自紛紛。」讀此篇便見得鮑當輩止是小家數。

《吾宗》篇云：「吾宗老孫子，質樸古人風。耕鑿安時論，衣冠與世同。」昔温公約康節服深衣，答云：「某今人，應服今衣〔三三〕。」温公不能强。

《溪上》云：「塞俗人不井，山田飯有沙。」瀼西土風。

《八月十六夜》云：「河漢近人流。」絶佳。

《秋興》云：「聞道長安似奕棋，百年世事不勝悲。王侯第宅皆新主，文武衣冠異昔時。直北關山金鼓振，征西車馬羽書遲〔三四〕。魚龍寂寞秋江冷，故國平居有所思。」公詩叙亂離多百韻，或五十韻，或三四十韻，惟此篇最簡而切也。

《社日》云：「今日江南老，他時渭北童。」又云：「鴛鷺廻金闕，誰憐病峽中。」羈旅懷故鄉，老大憶髫年，人之至情也。公生長韋、杜，老逢社日，百官朝天，公獨病卧峽中，情見乎詞如此。

《詠懷古跡》内《先主孔明廟》云：「古廟松杉巢水鶴，歲時伏臘走村翁。武侯祠屋長鄰近，一體君臣祭祀同。」又云「萬古雲霄一羽毛」，又云「伯仲之間見伊吕」，卧龍公没已千載，而有志世道者皆以三代之佐許之。如云「萬古雲霄一羽毛」，如儕之伊呂間，而以蕭曹爲不足道，此論皆自子美發之。考亭、南軒近世大儒，不能發也。又《昭君村》云：「畫圖省識春風面，環佩空歸夜月魂〔三五〕。」亦佳句也。

《諸將篇》云：「獨使至尊憂社稷，諸君何以答昇平。」其責望諸將深矣。此篇謂張仁愿築三城，本欲掃平吐番，豈知乃用以救朔方，言九節度之敗。

《宗武生日》云：「詩是吾家事。」又云：「覓句新知律。」乃翁稱之如此，而宗武詩無一字存者，不若蘇叔黨有集行世。

《有感》云：「諸侯春不貢，使者日相望。」又云：「不過行儉德，盜賊本王臣。」又云：「領郡輒無色，之官皆有詞。願聞哀痛詔，端拱問瘡痍。」此三數聯略見當日時事。使者相望而不貢自若，必是內租庸、外觀察諸使符牒督賦急於星火，領郡之官者皆憚行歟！至於欲以儉德化盜賊爲王臣，又欲下哀痛詔以問瘡痍，唐人惟元結、陽城有此意。公於《春陵行》至比之華星秋月，不刊之言也。

《東屯》云：「築場憐穴蟻，拾穗許村童。」可見民胞物與之意。

《柳司馬至》云：「有使歸三峽，相過問兩京。函關猶出將，渭水更屯兵。設備邯鄲道，和親邏些城。幽燕唯鳥度，商洛少人行。」公去國萬里，逢人輒問兩京。此數聯乃大曆間事。

《元日示宗武》云：「汝啼吾手戰，吾笑汝身長。」前有「明年共我長」之語，此又云「吾笑汝身長」，見愛子長成而喜，（忽）憶江東弟不見而悲，其慈愛如此。

《放船出峽四十韻》，按公天寶十五載入蜀，凡十三年，羈旅非一處，在夔最久〔三六〕，至大曆三年始出峽之江陵〔三七〕，又二年卒於耒陽〔三八〕。蜀中諸詩，惟夔最多。四十韻反復曲折，若不忍去雲安者。

《贈起居田舍人澄》詩云：「舍人退食收封事〔三九〕，宮女開函近御筵。」唐以舍人、給事中司匭事，又云宮女開函，以所投封事奏御〔四〇〕。又云「晴窗檢點《白雲篇》」〔四一〕，注云：謂武帝《秋風詞》也〔四二〕。

張垍雖爲詞臣，恩澤侯爾。今有「黃麻似六經」之句，未之敢聞〔四三〕。此篇押十六韻，叙垍富貴及交遊之情，若甚親密〔四四〕，然卒章皆自拔於疎外，無附麗之意，與《別韋左丞》詩云「常擬報一飯，況懷辭大臣」，若甚德韋公者，然末句云「白鷗没浩蕩，萬里誰能馴」，公自植立每如此。

《哀王孫》云：「長安城頭頭白烏，夜飛延秋門上呼〔四五〕。又向人家啄大屋，屋底達官走避胡。金鞭斷折九馬死，骨肉不待同馳驅。腰下寶玦青珊瑚，可憐王孫泣路隅。問之不肯道姓名，但道困苦乞爲奴。」「高帝子孫盡隆準，龍種自與常人殊。」亂世惟富貴尤難全〔四六〕。

「不意青草湖，扁舟落吾手。中原消息斷，黃屋今安否。」去蜀之吳楚，身與妻子弟妹未知逃生之所，而以「中原消息斷，黃屋今安否」爲憂，此山谷所以有「長使詩人拜畫圖，煎膠續絃千古無」之歎。

〔一〕卷：原作「篇」，據四庫本《後村詩話》改。
〔二〕粹：原作「恒」，據四庫本《後村詩話》改。
〔三〕注：原作「任」，據四庫本《後村詩話》改。
〔四〕通：原作「逢」，據四庫本《後村詩話》改。
〔五〕徒：原作「起」，據四庫本《後村詩話》改。
〔六〕具：原作「其」，據四庫本《後村詩話》改。
〔七〕鷹：原作「篇」，據四庫本《後村詩話》改。
〔八〕亦：原作「已」，據四庫本《後村詩話》改。
〔九〕獄市：原倒，據四庫本《後村詩話》乙。
〔一〇〕謂今：原作「説將」，據四庫本《後村詩話》改。
〔一一〕輩：原脱，據四庫本《後村詩話》補。
〔一二〕健衰：原倒，據四庫本《後村詩話》乙。
〔一三〕餓：原無，據四庫本《後村詩話》補。
〔一四〕怒：原作「恕」，據四庫本《後村詩話》改。

〔一五〕不獨：原倒，據四庫本《後村詩話》乙。

〔一六〕累：原作「略」，據四庫本《後村詩話》改。

〔一七〕忽：原作「匆」，據四庫本《後村詩話》改。

〔一八〕粱：原作「梁」，據四庫本《後村詩話》改。

〔一九〕鍾：原作「鐘」，據四庫本《後村詩話》改。

〔二〇〕倫紀：原倒，據四庫本《後村詩話》乙。

〔二一〕醪：原作「膠」，據四庫本《後村詩話》改。下同。

〔二二〕「云」及其下「明朝」原無，據適園本《後村詩話》補。

〔二三〕數：原無，據適園本《後村詩話》補。

〔二四〕知：原作「如」，據適園本《後村詩話》改。

〔二五〕待：原作「特」，據適園本《後村詩話》改。

〔二六〕茹：原無，據適園本《後村詩話》補。

〔二七〕取：原作「喚」，據適園本《後村詩話》改。

〔二八〕苦：原作「若」，據適園本《後村詩話》改。

〔二九〕中：原作「下」，據適園本《後村詩話》改。

〔三〇〕「法」下原有「新」字，據適園本《後村詩話》刪。

〔三一〕「滚滚」下原有「流」字，據適園本《後村詩話》刪。

〔三二〕「世」原作「庶」，「遣」原作「遺」，據適園本《後村詩話》改。

〔三三〕應：原作「衣」，據適園本《後村詩話》改。

〔三四〕馬：原作「駕」，據四庫本《後村詩話》改。

〔三五〕「空」下原有「聞」字，據四庫本《後村詩話》刪。

〔三六〕最：原作「至」，據四庫本《後村詩話》改。

〔三七〕江陵：原作「巴陜」，據四庫本《後村詩話》改。

〔三八〕於耒：原作「考來」，據四庫本《後村詩話》改。

〔三九〕收：原作「牧」，據四庫本《後村詩話》改。

〔四〇〕「以」下原有「投」字，據四庫本《後村詩話》刪。

〔四一〕句首原有「史」字，據四庫本《後村詩話》刪。

〔四二〕武帝：原倒，據四庫本《後村詩話》乙。

〔四三〕「耒」字原缺，「聞」原作「問」，據四庫本《後村詩話》補、改。

〔四四〕甚：原缺，據四庫本《後村詩話》補。

〔四五〕延：原作「巡」，據小草本及適園本《後村詩話》改。

〔四六〕底本此下尚有「王孫隆不」四字，然刊者注後脱一頁，此四字不能成文，故刪。

後村先生大全集卷之一百八十三

詩話 新集〔一〕

孟襄陽詩如「微雲淡河漢，疏雨滴梧桐」之句，館閣諸彦歎服，而集中不收，豈逸其全篇歟〔二〕！《寄衣曲》云「畏㡀宜傷窄，防寒更厚裝」，又「魚行潭樹下，猿挂島蘿間〔三〕」，警語不一。老杜少所推服，獨稱其句句堪傳，集中每以孟先生目之。

韋蘇州絶句云：「紫閣西邊第幾峰，茅齋夜雪虎行踪。遥看黛色知何處，欲出山門尋暮鐘。」五言云：「馬卿猶有壁〔四〕，漁父自無家。想子今何處，扁舟隱荻花。」《温泉行》云：「出身天寶今幾年，頑鈍如錭命如紙。作官不了却歸來，還是杜陵一男子。北風慘慘投温泉，忽憶先皇遊幸年。蒙恩每浴華池水〔五〕，扈獵不蹂渭北田。一朝鑄鼎降龍馭，小臣髯絶不得去。今來蕭瑟萬井空，惟見蒼山起烟霧。可憐蹭蹬失風波〔六〕，仰天大叫無奈何。敝衣羸馬過故苑，賴遇主人杯酒多。」沈下賢《秦夢記》云：「泣葬一枝紅，生同死不同。」「梨花寒食夜，深閉翠微宫〔七〕。」唐詩多流麗嫵媚，有粉繪氣，或以辨博名家。惟蘇州繼陳拾遺、李翰林崛起，爲一種清絶高遠之言以矯之。其五言精巧處不減唐人，至於古體歌行如《温泉行》之類，欲與李、杜並驅。前世惟陶，同時惟柳，可以把臂入社，餘人皆在下風。

岑參《送人落第》五言云：「獻賦頭欲白，還家衣已穿。羞過灞陵樹，歸種汶陽田。客舍少鄉信，牀頭無酒錢。聖朝徒側席，濟上獨遺賢。」又《送顔少府》云：「愛客多酒債，罷官無俸錢。」又《宿太白東溪李老舍寄弟姪》云：「渭上秋雨過，北風正騷騷。天晴諸山出，太白峰最高。主人東溪老，兩耳生長毫。遠近知百歲，子孫皆二毛。中庭井欄上，一架獼猴桃。石泉飯香粳，酒甕開新糟。愛兹田中趣，始悟世上勞。我行有勝事，書此寄爾曹。」又《春夢》七言云：「洞庭昨夜春風起，故人尚隔湘江水。枕上片時春夢中，行盡江南千萬里。」《韋員外家花樹歌》云：「今年花似去年好，去年人到今年老。始知人老不如花，可惜落花君莫掃。」《太白胡僧歌》云：「聞有胡僧在太白，蘭若去天三百尺。手持楞伽入中峰，世人難見但聞鐘。窗邊杖錫解兩虎，牀下鉢盂藏一龍。草衣不針復不線，兩耳垂肩眉覆面。此僧年紀那得知，手種青松今十圍。心將流水同清浄，身與浮雲無是非。商山老人已曾識，願一見之何由得。山中有僧人不識，城裏看山空黛色。」《登鄴城》古體云：「下馬登鄴城，城空復何見。東風吹野火，暮入飛雲殿。」又云：「城隅南對望陵臺，漳水東流不復回。武帝宫中人去盡，年年春色爲誰來。」

高適五言云：「散笛至棲鳥，明燈留故人〔八〕。」又云：「春韭何青青，藥苗數百畦。耕耘有山田，紡績有山妻。簷前舉醇醪，竈下烹雙鷄。人生苟如此，何必組與珪。」《春望》云：「出門何所見，春色滿平蕪。可嘆無知己，高陽一酒徒。」《漁樵歌》云：「曲岸深潭一山叟，駐眼看釣不移手〔九〕。世人欲得知姓名，良久問他不開口。笋皮笠子荷葉衣，心無所營守釣磯。料得孤舟無定止，日暮持竿何處歸。」七言句云：「旅館寒燈夜不眠〔一〇〕，客心何事轉凄然。故鄉今夜應千里，愁鬢明朝更一年。」高、岑二公詩，氣魄力量，音調節奏，生逢開元承平之際，與李、杜二公更唱迭吟，所謂治世之音也。天寶亂離之後，所作率多窮愁感嘆意，録之以觀世變。

盧綸《送萬巨》六言云：「人愁荒村路細，馬怯寒溪水深。望盡青山獨立，更知何處相尋。」又《白髮嘆》五言云：「髮白曉梳頭，女驚妻淚流。不知絲色後，堪得幾回秋。」《送成都丞》云：「棧長山雨響，溪亂火田稀。」《送王山人遊江東》云〔一一〕：「燕歸巢已盡，鶴語塚難尋。」《同柳侍郎題新昌里》云：「庭莎成野席，欄藥是家蔬。」《夜中得循州趙司馬書寄回使》云：「瘴海寄雙魚，中宵達我居。兩行燈下淚，一紙嶺南書。地説炎蒸（熱）〔極〕，人稱老病餘。殷勤報賈傅，莫共酒杯疏。」《從軍行》云：「雪嶺無人跡，冰河有雁聲。李陵甘此没，惆悵漢公卿。」《山中別墅》云：「葺橋雙鶴至，收果衆猿隨。」《酬麻道士見寄》云：「聞逐漁夫閒看棋，忽逢人世是秦時。開雲種玉嫌山淺，渡海傳書怪鶴遲。陰洞石幢微有字，古壇松樹半無枝。煩君遠視青囊録，願得相從一問師。」《謁液上人》云：「半夜峰中有磬聲，偶逢樵者問山名。上方月暗聞僧語，下路林疏見鹿行。野鶴巢邊松最老，毒蛇潜處水偏清。願得遠公知姓字，焚香洗鉢過浮生。」《春日登樓有懷》云：「年來笑伴皆歸去，今日清明獨上樓。」《晚次鄂州》云：「估客晝眠知浪静，舟人夜語覺潮生。舊業已隨征戰盡，更堪江上鼓鼙聲。」又《姚美人拍箏歌》云〔一二〕：「昭陽伴裏最聰明，出到人間纔長成。遥知禁曲難翻處，猶是君王説小名。」

李益《古促促曲》云：「促促何促促，黄河九回曲。嫁與棹船郎，空牀將影宿。不道君心不如石，那令妾貌長如玉。」《贈邢校書》云：「俱從四方士，共會九州中。斷蓬與落葉，相值各因風。」《送流人》云：「謗遠人多惑〔一三〕，官微不自明。疇昔長沙事，三年召賈生。」《喜見外弟》云：「十年亂離後，長大一相逢。問姓驚初見，稱名憶舊容。别來滄海事，語罷暮天鐘。明日巴陵道，秋山又幾重。」《登夏州城》云：「無定河邊數株柳，共送行人一杯酒。胡兒起作和番歌，齊唱嗚嗚盡垂手。」又云：「回頭忽作異方聲，一聲回盡征人首。」《度破訥沙》云：「眼見風來沙旋移，經年不省草生時。莫言塞北無春到，縱有春來何處知。」《聽梁州曲》云：「鴻雁新從北地來，聞聲一半却飛回〔一四〕。金河戍客腸應斷，更在秋風百尺臺。」《飲馬泉》云：「從來凍合關山路，今日分流漢使前。莫使行人照容鬢，恐驚憔悴入新年。」《宿石泉驛南望黄堆峰》云：「邊城已在虜塵中〔一五〕，烽火南飛入漢宮。漢朝議事先黄老，麟閣何人定戰功。」《邊思》云：「腰懸錦帶佩吴鈎，走馬曾防玉塞秋。莫笑關西將家子，只將詩思入凉州。」盧、李中表兄弟，詩律齊名，其五七言妙絶者已選入絶句。然兩生皆從軍出塞，他詩可膾炙傳誦者，人多容易看過，余既耄耋〔一六〕，悉録於篇以備遺忘。

元次山《雪中懷孟武昌》云：「冬來三度雪，農者歡歲稔。我麥（已相）〔根已〕濡，各得在倉廪。天寒未能起，孺子驚人寢。云有山客來，籃中見冬簟。燒柴爲温酒，煮蕨作爲瀋〔一七〕。客亦愛盃樽，思君共暢飲。所嗟山路閉，時節寒又甚。不能苦相邀，興盡還就枕。」又《賊過示官吏》云：「昔歲逢太平，山林二十年。泉源在庭户，洞壑當門前。井税有常期，日晏猶得眠。忽然遭世變，數歲親戎旃。今來典斯郡，山夷又紛然。城小賊不屠，人貧傷可憐。是以陷鄰境，此州獨見全。使臣將王命，豈不如賊焉。今彼徵斂者，迫之如火煎。誰能絶人命，以作時世賢。思欲委符節，引竿自刺船。將家就魚麥，歸老江海邊。」《春陵行》云：「軍國多所須，切責在有司。供給豈不憂，徵斂又可悲。州小經亂亡，遺人實困疲。大鄉無十家，大族命單羸。朝餐是草根〔一八〕，暮食乃木皮。出言氣欲絶，意速行步遲。追呼尚不忍，況乃鞭扑之。郵亭傳急符，來往迹相追。更無寬大恩，但有迫促期。欲令鬻兒女，言發恐亂隨。悉使索其家，而又無生資。聽彼道路言，怨傷誰復知。去冬山賊來，殺奪歲無遺。所願見王官，撫養以惠慈。奈何重驅逐，不使存活爲。安人天子命，符節我所持。州縣忽亂亡，得罪復是誰。逋緩違詔令，蒙責固所宜。前賢重守分，惡以禍福移。亦云貴守官，不愛能適時。顧惟孱弱者，正直當不虧。何人采國風，吾欲獻此辭。」次山《春陵》五言，真稷契口中語，杜陵「粲粲元道州」之篇，即此二詩之跋尾也。然其時内租庸使、外觀察使，未有敢奏劾次山以附益聚斂求上説者，使遇今之執牙籌、析秋毫者居主計之任〔一九〕，則次山蚉粉矣。

王維五言云：「興來啼鳥緩，坐久落花多。」又「烹葵邀上客，看竹到貧家」。又「古木無人徑，深山何處鐘」。又「柘漿菰米飯，蒟醬露葵羹」。又「行到水窮處，坐看雲起時。偶然值林叟，談笑無還期」。又「住處名愚谷，谷煩問是非」。又「蔡邕今已老，書籍與何人」。《早春》云：「憶君長入夢，歸晚更生疑。不及紅簷燕，雙棲緑草時。」《桃源行》云：「樵客初傳漢姓名，居人未改秦衣服。」又「藤花欲闇藏猱子，栢葉初齊養麝香」。《洛陽女兒行》云：「自憐碧玉親教舞，不惜珊瑚持與人。」《少年行》云：「縱死猶聞俠骨香。」《老將行》云：「少年十五二十時，步行奪取胡馬騎。射殺山中白額虎，肯數鄴下黄鬚兒〔二〇〕。一身轉戰三千里，一劍曾當百萬師。漢兵奮迅如霹靂，虜騎崩騰畏蒺藜。衛青不敗由天幸，李廣無封緣數奇。自從棄置便衰朽，世事蹉跎成白首。昔時飛箭無全目，今日垂楊生左肘。路旁時賣故侯瓜，門前學種先生柳。茫茫古木連窮巷，落落寒山對虛牖〔二一〕。誓令疎勒出飛泉，不似潁川空使酒。賀蘭山下陣如雲，羽檄交馳日夕聞。節度三河募年少，詔書五道出將軍。試拂鐵衣如雪色，聊持寶劍動星文。願得燕弓射天將〔二二〕，恥令越甲鳴吳軍。莫嫌舊日雲中守，猶堪一戰立功勳。」雜五言云：「家住孟津河，門對孟津口。常有江南船，寄書家中否。」又「君自故鄉來，應知故鄉事。來日綺窗前，寒梅着花未。」右丞不汙天寶之亂，大節凛然，其詩擺落世間腥腐，非食煙火人口中語。其五六七言已多選入《絶句》中，今摘其古律體長篇警句於此。

劉隨州《送秦系》云：「惆悵青山路，煙霞老此人。」《新年》云：「老至居人下，歸春在客先。」《尋洪尊（歸）〔師〕》云：「鶴老難知歲，梅寒未作花。」《送人》云：「詩書滿蝸舍，征税及漁竿。」《送穆喻德》云：「事直皇天在，歸遲白髮生。」《送李中丞》云：「流落征南將，曾驅十萬師。罷歸無舊業，老去戀明時。獨立三邊静，輕生一劍知。茫茫江漢上，日暮復何之。」《餘干旅舍》云：「渡口月初上，鄰家漁未歸。鄉心正欲絶，何處擣寒衣。」《北歸次秋浦》云：「舊路青山在，餘生白髮歸。漸知行近北，不見鷓鴣飛。」《松江（歸）〔獨〕宿》云：「明月天涯夜，青山江上秋。一官成白首，萬里寄滄洲。」《獄中見壁畫佛》云：「不謂銜冤處，而能窺大悲。獨棲叢棘下，還見雨花時。地狹青蓮小，城高白日遲。幸親方便力，猶畏毒龍欺。」六言云：「危石纔通鳥道，空山更有人家。桃源定在深處，澗水浮來落花。」《送嚴維》云：「明日行人已遠，空餘淚滴回潮。」《別嚴士元》七言云：「細雨濕衣看不見，閑花落地聽無聲。」《過鄭山人居》云：「寂寂孤鶯啼杏樹，寥寥二犬吠桃源。落花芳草無尋處，萬壑千峰獨閉門。」《見新曆》云：「愁占蓍草終難決，病對椒花倍自憐。」《獻李節度》云：「家散萬金酬士死，身留一劍答君恩。」《過賈誼宅》云：「漢文有道恩猶薄〔二三〕，湘水無情弔豈知。」《送人遊天台》云：「落日獨摇金策去，深山誰向石橋逢。」《非所》云：「斗間誰與看冤氣，盆下無由見太陽。」《過裴舍人故居》云〔二四〕：「籬花猶及重陽發，鄰笛那堪落日聽。」《贈于越居》云：「自用黄金買地居，能厭碧玉隨人嫁。」《送郭主簿赴嶺南》云：「料錢用盡却爲謗，食客空多誰報恩。」此二句似爲周晉山發者。《齊一和尚影堂》云：「身寄虚空如寓客，心將生滅是浮雲。」又云：「舊地愁看雙樹在，空堂只是一燈懸。」《別李萬》云：「故人早負干將器〔二五〕，誰言未展平生意。想君疇昔高步時，肯料如今折腰事。」《上裴尹》云：

「西城暗暗斜暉落，衆鳥紛紛皆有托。猶立雖輕燕雀羣，孤飛還懼鷹鸇搏。自憐天上青雲路，弔影徘徊獨愁暮。銜花縱有報恩時，擇木誰容托身處。歲月蹉跎飛不進，羽毛顦顇何人問。遶樹空隨烏鵲驚，巢林只有鶻鷄分。主人庭中蔭喬木，愛此清陰欲棲宿。少年挾彈遥相猜，遂使驚飛往復回。不辭奮翼向君去，惟怕金丸隨後來。」唐人號隨州爲五言長城，其五言、六言、七言絶妙者已選入《絶句》。錢起輩非不欲極力躋攀隨州，尺寸終不近傍，豈才分有所局耶！即其七言長篇如《上裴尹》、《小鳥》之篇，反覆宛轉，詞近而意遠，似爲五言所蓋。

張籍五言云：「長因送人處，憶着別家時。」《贈僧》云：「翻經上蕉葉，挂衲落藤花。」《宿江店》云：「停燈待賈客，賣酒與漁家。」五言云：「月冷邊帳濕，沙昏夜探遲。征人皆白首〔二六〕，誰見滅明時。」又云：「夜鹿伴茅屋，秋猿守栗林。」又云：「(蟲)〔蛙〕聲籬落下，草色户庭間。」七言云：「一山海上無城郭，惟見松(碑)〔牌〕記象州。」又云：「山東二十餘年別，今日相逢在上都。説盡向來無限事，相看摩捋白髭鬚〔二七〕。」又云：「洛陽城裏見秋風，欲作家書意萬重。復恐匆匆説不盡，行人臨發又開封。」又云：「於君去後交遊少，東野無來篋笥貧。賴有白頭王建在，眼前猶見詠詩人。」又《崑崙兒》云：「自愛肌膚黑如漆，行時半脱木綿裘。」《白苧》云：「皎皎山苧白且鮮，將作春衣稱少年。裁縫長短不能定，自持刀尺向姑前。復恐蘭膏汙纖指，常遣傍人收墮珥。衣裳着時寒食下，還把玉鞭鞭白馬。」《寄衣曲》云：「官家亦自寄衣去，貴從妾手着君身。高堂姑老無侍子，不得自到邊城裏。殷勤爲看初着時，征夫身上宜不宜。」又七言云：「願爲玉鑾繫華軾〔二八〕，終日有聲在君側。」又云：「洛陽北門北邙道〔二九〕，喪車轔轔入秋草。車前齊唱薤露歌，高墳新起白峨峨。朝朝暮暮人送葬，洛陽城中人更多。千金立碑高百尺，終作人家柱下石。山頭松柏半無主，地下白骨多於土。寒食家家送紙錢，鵶鴉作窠啣上樹。人居朝市未解愁，請君暫向北邙遊〔三〇〕。」〔又〕《内晏歸》云：「金吾不敢問行由。」又七言云：「誰道遠別心不易，天星墜地能爲石。幾時斷得城南陌，勿使居人傷行役。」又云：「九月匈奴殺邊將，漢軍全没遼水上。萬里無人收白骨，家家城下招魂葬。婦人依倚子與夫，同居貧賤心亦舒。夫死戰場子在腹，妾身雖存如晝燭。」又云：「願君到處自題名，他日知君從此去。」又《（賞）〔賈〕客》云：「停盃去説遠行期，入蜀荆蠻誰別離。金多衆中爲上客，夜夜算緡眠獨遲。」又《楚宫行》云：「章華宫中九月時，桂花半落紅橘垂。江頭騎火照輦道，君王夜從雲夢歸。下輦更衣入洞房，巴姬起舞向君王，回身垂手結明璫。願君千年萬年壽，朝出射鹿夜飲酒。」《永嘉行》云：「黄頭鮮卑入洛陽，胡兒持戟昇明堂。晉家天子作降虜，公卿齊走如牛羊。紫陌旌旗暗相觸，家家雞犬驚上屋。婦人出門隨亂兵，夫死眼前不敢哭。九州諸侯自顧土，無人領兵來護主。北人避胡多在南，南人至今能晉語。」《董逃行》云：「洛陽城頭火曈曈，亂兵燒我天子宫。宫城南面有深山，盡將老幼藏其間。重巖爲屋橡爲食，丁男夜行候消息〔三一〕。聞道官軍猶掠人，舊里如今歸未得。董逃行，漢家幾時重太平〔三二〕。」又七言云：「君愛龍城征戰功，妾願青樓歡樂同。人生各各有所欲，詎得將心入君腹。」又《還珠吟》云〔三三〕：「君知妾有夫，贈妾雙明珠。感君纏綿意，繫在紅羅襦。妾家高樓連苑起，良人執戟明光裏。知君用心如日月，事夫誓擬同生死。還君明珠雙淚垂，何不相逢未嫁時。」又云：「上陽宫樹黄復緑，野豺來苑食麋鹿。陌上老翁雙淚垂，共説武皇巡幸時。」

王建五言云：「蛙鳴蒲葉下，漁入稻花中。」又云：「閉門留野鹿，分食養山雞。」又云：「妻愁貪酒甚，人怪考詩嚴。」又云：「野羹溪菜滑，山紙水苔香。」又云：「掃渠憂竹旱，澆地引蘭生。」又云：「送經還野寺，移酒入幽林。」六言云：「魚藻池邊射鴨，芙蓉苑裏看花。日色赭袍相似，不著紅鸞扇遮〔三四〕。」《寒食行》云：「寒食家家出古城，老人看屋少年行。邱壠年年無舊道，車徒散行入衰草。牧童驅牛下塚頭，畏有人家來灑掃。遠人無墳水頭祭，還引婦姑望鄉拜。三日無火燒紙錢，紙錢那得到黄泉。但看隴上無新土，此中白骨應無主。」《北邙行》云：「北邙山頭少閒土，盡是洛陽人舊墓。舊墓人家歸葬多，堆着黄金無買處。天涯悠悠葬日促，崗坂崎嶇不停轂。高張素幰繞銘旌，夜唱挽歌山下宿。洛陽城北復城東，魂車祖馬長相逢〔三五〕。車轍廣若長安路，蒿草多於松栢樹。山頭澗底石漸稀，盡向墳前作羊虎。誰家石碑文字滅，後人重取書年月。朝朝車馬送葬回，還起大宅與高臺。」《温泉宫》云：「十月一日天子來，青繩御路無塵埃。宫前内裏湯各別〔三六〕，每箇白玉芙蓉開。朝元閣向山上起，城繞青山龍暖水。夜開金殿看星河，宫女知更月明裏。武皇得仙王母去，山雞晝鳴宫中樹。温泉泱泱出宫流，宫使年年脩玉樓。禁兵去盡無射獵，日西麋鹿登城頭。梨園弟子偷曲譜，頭白人間教歌舞。」《田家行》云：「麥收上場絹在軸，的知(偷)〔輸〕得官家足。不望入口復上身，且免向城賣黄犢。田家衣食無厚薄，不見縣門身即樂。」

《遼東行》云：　「年年郡縣送征人，將與遼東作邱坂。寧爲草木鄉中生〔三七〕，有身不向遼東行〔三八〕。」《射虎行》云：「自去射虎得虎歸，官差射虎得虎遲。獨行以死當虎命，兩人相疑終不定。朝朝暮暮空手回，山下緑茵成道徑。遠立不敢污箭鏃〔三九〕，聞死還來分虎肉〔四〇〕。惜留猛虎著深山，射殺恐畏終身閑。」《贈王樞密》云：「三朝行坐鎮相隨，今上春宫見小時。脱下御衣先賜著〔四一〕，進來龍馬每教騎〔四二〕。長承密旨歸家少，獨奏邊機出殿遲。自是姓同親向説，九重争遣外人知。」《贈〔附〕〔駙〕馬》云：「金埒減添栽藥地，玉鞭平與賣書人。」又七言云：「生金有氣尋還遠，仙藥成窠見即移。」又云：「薦書入後無消息，賣盡寒衣却出城。」又云：「草堂未辦終須置，松樹難成亦且栽〔四三〕。」樂府至張籍、王建諸公道盡人意中事，惟半山尤賞好，有「看若尋常最奇崛，成如容易極艱辛」之語，此十四字唐樂府斷案也。本朝惟張文潛能得其遺意〔四四〕。

盧仝《寄男抱孫》五言云：「別來三得書，書道違離久。書處甚粗殺，且喜見汝手。殷十七又報，汝文頗新有〔四五〕。當是汝母賢，日夕加訓誘。竹林吾最惜，新笋好看守。籜龍正稱冤，莫教入汝口。丁寧囑託汝，汝活籜龍否。兩手莫破拳，一吻莫飲酒〔四六〕。莫惱添丁郎，淚子作面垢。莫引添丁郎，赫赤日裏走。他日吾歸來，家人皆彈糾。一百放一下，打汝九十九。」此篇用盡俗字而不害其爲奇崛，何嘗似近世詩人學鍊字哉！《守歲》云：「老來經節臘，樂事甚悠悠。不及兒童日，都盧不解愁。」《新蟬》云：「泉溜潛幽咽，琴鳴乍往還。長風剪不斷，還在樹枝間。」《村醉》云：「村醉黄昏歸，健到三四五。摩挲青莓苔，嗔我驚爾不。」《井請客》云〔四七〕：「我願投黄泉，輕舉隨君去。」《客謝井》云〔四八〕：「改邑不改井，此是《井卦》辭。井公莫驚怪，説我成憨癡。我縱有神力，争敢將公歸。揚州惡百姓，疑我卷地皮。」《掩關銘》云：「蛇毒毒有形，藥毒毒有名。人毒毒在心，對面如弟兄。美言不可聽，深於千丈坑。不如掩關坐，幽鳥時一聲。」含曦酬玉川云〔四九〕：「長壽寺石壁，盧公詩一首。鯨飲海水盡，露出珊瑚枝。海神知貴不知價〔五〇〕，留向人間光照夜〔五一〕。」《嘆昨日》云：「昨日之日不可追，今日之日須臾期〔五二〕。如此如此復如此，壯心死盡生鬢絲。秋風葉落客斷腸，不辨斗酒開愁眉。賢名聖行甚辛苦，周公孔子徒自欺。」盧、馬結交時，退之必見之〔五三〕，無一語及者〔五四〕，豈未見耶！《新年》云：「太歲只遊桃李徑〔五五〕，春風肯管歲寒枝。」又《與沈山人》云〔五六〕：「不須服藥求神仙，神仙意智或偶然。自古聖賢放入土，淮南雞犬驅上天。白日上昇應不惡，藥成且輟一丸藥。暫時掩上山門路，釣竿插在枯桑樹。當時只有鳥窺窬，更亦無人得知處。家僮若失釣魚竿，定是猿猴把將去。」玉川詩有古樸而奇怪者，有質俚而高深者，有僻澀而條鬯者。元和、大曆間詩人多出韓門，韓於諸人多稱其名，惟玉川常加先生二字。退之强項，非苟下人者〔五七〕。今人但誦其《月蝕》及《茶》詩，而他作往往容易看了。此公雖與世殊嗜好，然以詩求之，於養生槩有所聞。其序閨情酒興，纏綿悲壯，唐以來詩客酒徒不能道也。其間理到之言，他人所棄者，今存於篇。又《常州孟諫議座上聞韓員外貶國子博士有感》五首云〔五八〕：「忽見除書到，韓君又學官。死生從有命，人事始知難。烈火先燒玉，庭蕪不養蘭。山夫與刺史，相對兩巑岏。」又云：「干禄無便佞，宜知黜此生。員郎猶小小，國學太頻頻。孤宦心肝直，天王若死嗔。朝廷無諫議，誰是雪韓人。」又曰：「誰憐野田子，海内一韓侯。左道官雖樂，剛腸得健無。五侯反。功名生地獄，禮教死天囚。莫言耕種好，須避蒺藜秋〔五九〕。」此三詩出於山人之口，豈非公議在草茅耶！

王昌齡五言云：「北登漢家陵，南望長安道。上有朽樹根〔六〇〕，下有碩鼠巢〔六一〕。高皇子孫盡，千載無人過。寶玉頻發掘，精靈其奈何。」又《長信愁》云：「邊頭何慘慘，已葬霍將軍。部曲皆相弔，燕南代北聞。功勳多被黜，兵馬亦紛更。分遣黄頭戍，惟當哭塞雲。」《朝來曲》云：「月昃鳴鳥静〔六二〕，風疏竹影伸。草發故宫怨，花連繡户春。盤龍玉臺鏡，唯待畫眉人。」《代扶風主人答》云：「去時三十萬，獨自還長安。不信沙場苦，君看刀箭瘢。」《雜興》云：「握中銅匕首，粉剉楚山鐵。義士頻報讎，殺人不曾缺。」《答武陵田太守》云〔六三〕：「仗劍行千里，微軀敢一言。曾爲大梁客，不負信陵恩。」又《越女》云：「摘取芙蓉花，莫摘芙蓉葉。將歸問夫婿，艷色何如妾。」《青樓》七言云：「白馬金鞍從武皇，旌旗十萬宿長楊。樓頭少婦鳴笙坐〔六四〕，遥見飛塵入建章。」《出塞》云：「秦時明月漢時關，萬里長征人未還。但使龍城飛將在，不教胡馬度陰山。」《採蓮曲》云：「吴姬越艷楚王妃，曾弄蓮花水濕衣。來時渡口花迎入，採罷江頭月送歸。」《浣紗女》云：「錢塘江畔是誰家，江上女兒全勝花。吴王在時人不出，今日公然來浣紗。」昌齡江寧人，舉進士、宏詞，爲汜水尉，以不矜細行貶。世亂還鄉，爲刺史閭邱曉所殺。曉不知爲誰，與黄祖殺禰衡、段簡殺陳子昂事相類。史稱其詩緒密而思清〔六五〕。唐人《琉璃堂圖》以王昌齡爲詩天子〔六六〕，其尊之如此。集存者三卷，絶句高妙者已入《詩選》。

許渾五言云：「鷺巢横卧柳〔六七〕，猿飲倒垂藤。」又云：「鶯啼幼婦懶〔六八〕，蠶出小姑忙。」《題王居士》云：「雨中耕白水，雲外斸青山〔六九〕。」《題峽山寺》云：「山風寒殿磬，溪雨夜船燈。」《宿石屏村》云：「僧歸下嶺見，人語隔溪聞。」《題韋隱居西齋》云：「寺遠僧來少，橋危客過稀。」又五言云：「溪水寒棹響，巖雪夜窗明。」又云：「漁火夜移灣。」七言云：「自剪青莎織羽衣，南峰烟火是柴扉〔七〇〕。萊妻早報蒸梨熟〔七一〕，童子遥迎種豆歸。」又云：「今夜月明何處宿，九疑雲盡緑參差〔七二〕。」又云：「山齋留客掃黄葉，野艇送僧披緑莎。」又云：「潮生水郭蒹葭響，雨過山城橘柚疎。」又云：「龍歸曉洞雲猶濕，麝過春山草自香。」又云：「猿來近嶺獼猴散，魚下深潭翡翠閑。」又云：「青山有雪諳松性，碧落無雲稱鶴心。」又云：「梧楸遠近千官塚〔七三〕，禾黍高低六代宫。」又云：「嵇阮没來無酒客，應劉亡後少詩人。」《閒遊驪山》云〔七四〕：「聞説先皇醉碧桃，日華浮動鬱金袍。風隨玉輦笙歌迥，雲捲珠簾劍佩高。鳳駕北歸山寂寂，龍旗西幸水滔滔。貴妃没後巡遊少，花落宫墻見野蒿。」《登故洛陽城》云：「禾黍離離半野蒿，昔人城此豈知勞。水聲東去市朝變，山勢北來宫殿高。鴉噪暮雲歸古堞〔七五〕，鴈迷寒雨下空壕〔七六〕。可憐緱嶺登仙子，猶自吹笙歌碧桃。」《凌歊臺》云：「湘潭雲盡暮山出，巴蜀雪消春水來。行殿有基荒薺合，寢園無主野棠開。」《四皓廟》云：「避秦安漢出藍關，松桂花陰滿舊山。豈是無人有歸意，白雲長在水潺潺。」渾字用晦，仕至郢州刺史，居京口丁卯橋。古律詩三卷，名《丁卯集》。其詩如天孫之織，巧匠之斲，尤善用古事以發新意。其警聯快句雜之元微之、劉夢得集中不能辨。

〔一〕「新集」二字原無，依前例加。後遇缺則徑補。
〔二〕篇：原作「體」，據小草本及四庫本《後村詩話》改。
〔三〕島：原作「鳥」，據小草本及四庫本《後村詩話》改。
〔四〕「有」下原有「猶」字，據小草本及四庫本《後村詩話》刪。
〔五〕浴：原作「俗」，據小草本及四庫本《後村詩話》改。
〔六〕可：原作「不」，據小草本及四庫本《後村詩話》改。
〔七〕微：原作「薇」，據小草本及四庫本《後村詩話》改。
〔八〕留：原作「滅」，據小草本及四庫本《後村詩話》改。
〔九〕眼看：原倒，據小草本及四庫本《後村詩話》乙。
〔一〇〕眠：原作「眼」，據小草本及四庫本《後村詩話》改。
〔一一〕「東」下原有「山」字，據小草本及四庫本《後村詩話》刪。
〔一二〕姚：原作「姚」，據小草本及四庫本《後村詩話》改。
〔一三〕惑：原作「感」，據小草本及四庫本《後村詩話》改。
〔一四〕聲：原作「新」，據小草本及四庫本《後村詩話》改。

〔一五〕「虜」下原有「城」字，據小草本及四庫本《後村詩話》删。
〔一六〕耄：原作「耋」，據小草本及四庫本《後村詩話》改。
〔一七〕瀋：原作「潘」，據小草本及四庫本《後村詩話》改。
〔一八〕餐：原作「食」，據小草本及四庫本《後村詩話》改。
〔一九〕牙：原作「才」，據小草本及四庫本《後村詩話》改。
〔二〇〕數：原作「教」，據小草本及四庫本《後村詩話》改。
〔二一〕落落：小草本及四庫本《後村詩話》作「遼落」。
〔二二〕弓：原作「公」，據小草本及四庫本《後村詩話》改。
〔二三〕猶薄：原作「獨簿」，據四庫本《後村詩話》改。
〔二四〕過：原作「故」，據四庫本《後村詩話》改。
〔二五〕早：原作「須」，據四庫本《後村詩話》改。
〔二六〕「白」原作「由」，「首」字原缺，據四庫本《後村詩話》改、補。
〔二七〕髭鬚：原倒，據四庫本《後村詩話》乙。
〔二八〕「繫」原作「繁」，「軾」原作「處」，據四庫本《後村詩話》改。
〔二九〕〔三〇〕卭：原作「邱」，據四庫本《後村詩話》改。
〔三一〕候：原作「侯」，據四庫本《後村詩話》改。

〔三二〕句首原有「云」字，據四庫本《後村詩話》刪。

〔三三〕珠：原作「味」，據四庫本《後村詩話》改。

〔三四〕扇：原作「扉」，據四庫本《後村詩話》改。

〔三五〕車：原作「居」，據四庫本《後村詩話》改。

〔三六〕湯各：原作「洛陽」，據四庫本《後村詩話》改。

〔三七〕生：原作「行」，據四庫本《後村詩話》改。

〔三八〕行：原缺，據四庫本《後村詩話》補。

〔三九〕箭：原作「前」，據四庫本《後村詩話》改。

〔四〇〕死：原作「道」，據四庫本《後村詩話》改。

〔四一〕脱：原作「晚」，據四庫本《後村詩話》改。

〔四二〕教：原作「紋」，據四庫本《後村詩話》改。

〔四三〕亦：原作「卉」，據四庫本《後村詩話》改。

〔四四〕遺：原作「道」，據四庫本《後村詩話》改。

〔四五〕頗：原作「願」，據四庫本《後村詩話》改。

〔四六〕吻：原作「啄」，據四庫本《後村詩話》改。

〔四七〕井：原缺，據四庫本《後村詩話》補。

〔四八〕客：原作「去家」，據四庫本《後村詩話》删、改。

〔四九〕「曦」原作「義」，「玉」原作「三」，據四庫本《後村詩話》改。

〔五〇〕不：原作「否」，據四庫本《後村詩話》改。

〔五一〕向：原無，據四庫本《後村詩話》補。

〔五二〕臾：原作「更」，據四庫本《後村詩話》改。

〔五三〕「必」下原有「退」字，據四庫本《後村詩話》删。

〔五四〕者：原無，據四庫本《後村詩話》補。

〔五五〕太：原作「大」，據四庫本《後村詩話》改。

〔五六〕與沈山人：原作「沈與山」，據四庫本《後村詩話》乙、補。

〔五七〕「下」下原有「者」字，據四庫本《後村詩話》删。

〔五八〕「聞」原作「閨」，「首」原作「言」，據四庫本《後村詩話》改。

〔五九〕避：原作「選」，據《全唐詩》卷三八八改。

〔六〇〕朽：小草本及四庫本《後村詩話》作「枯」。

〔六一〕巢：小草本及四庫本《後村詩話》作「窠」。

〔六二〕「鳥」原作「珂」，又其下十一字原無，據四庫本《後村詩話》改、補。

〔六三〕「太」下原有「歲」字，據四庫本《後村詩話》删。

〔六四〕嗚笙：原缺，據四庫本《後村詩話》補。

〔六五〕稱：原作「評」，「緒」原作「句」，據四庫本《後村詩話》改。

〔六六〕天子：原缺，據四庫本《後村詩話》補。

〔六七〕横：原作「行」，據四庫本《後村詩話》改。

〔六八〕鷽啼幼：原缺，據四庫本《後村詩話》補。

〔六九〕斸：原作「斷」，據四庫本《後村詩話》改。

〔七〇〕峰：原作「村」，據四庫本《後村詩話》改。

〔七一〕熱：原作「熱」，據四庫本《後村詩話》改。

〔七二〕疑：原作「嶷」，據四庫本《後村詩話》改。

〔七三〕「梧楸」，原倒，據四庫本《後村詩話》乙。

〔七四〕閒遊：四庫本《後村詩話》無此二字。

〔七五〕堞：原作「洞」，據四庫本《後村詩話》改。

〔七六〕鴈：原作「蝶」，據四庫本《後村詩話》改。

後村先生大全集卷之一百八十四

詩話 新集

張祜《金山寺》云：「僧歸夜船月，龍出曉堂雲。樹影中流見，鐘聲兩岸聞。」《孤山寺》云：「斷橋荒蘚合，空院落花深。」《孟浩然宅》云：「孟簡雖持節，襄陽屬浩然。」《送人嶺南》云：「珠環楊氏果，翠耀孔家禽。」《別甥》云：「偶作魏舒別，聊爲殷浩吟。」《靈隱師上人》云〔一〕：「貧知交道薄，老信釋門空。」又《題惠山寺》云：「泉聲到地盡，月色上樓多。」《題普賢寺》云：「潭黑龍隱在，巢空鶴未還。」又云：「中擘庭前棗，教郎見赤心。」又云：「青雲舊李白，憔悴爲酒客。」《贈内人》云：「斜拔玉釵燈影畔〔二〕，剔開紅燄救飛蛾。」《退宮人》云：「開元皇帝掌中憐，流落人間二十年。長説承天門上晏，百官樓上拾金錢。」劉屏山「不見金錢打着人」之句本此。《勸飲酒》云〔三〕：「燒得硫黃漫學仙，未如長付酒家錢。窨常不吃齊推藥〔四〕，却在人間八十年。」《邠王小管》云：「虢國潛行韓國隨，宜春深院映花枝〔五〕。金輿遊幸無人見，偷把邠王小管吹。」又云：「虢國夫人承主恩，平明騎馬入宮門。却嫌脂粉污顔色，淡掃蛾眉朝至尊。」張祜、崔涯同時齊名，同客淮南。時海内承平，揚州繁華爲天下第一。兩生以風流自命，所謂十二紅樓名姝角妓，得其一盻，聲價爲重。祜詩有「天下三分明月夜，二分無賴是揚州」及「人生只合揚州死，禪智山崗好墓田」之句，其放浪如此。然五言如「斷橋荒蘚」、「空院落花」之語，林和靖有「妙入神」之褒。同時杜牧之亦云：「誰人得似張公子，千首詩輕萬户侯。」今祜詩存者僅四卷爾，然則散落多矣。涯詩未之見，當攷。

錢起《海州》云〔六〕：「山城仙島出，海日印堂開。」又云：「春泉洗藥暖，晴日度花遲。」又云：「入雲投館僻，采碧過帆遲。」又云：「漢幟遠成霞，胡馬來如蟻。」又云：「竹壇秋月冷，山殿夜鐘清。」又云：「海潮連月上，舟火度煙來。」又云：「曲終人不見，江上數峰青。」不犯詩題一字，而意在言外。又云：「求仲應難見，殘陽又掩關。」又云：「秋入并州路，黄榆落故關。孤城吹角罷，數騎射雕還。帳幕遥臨水，牛羊自下山。征人正垂淚，烽火起雲間。」又七言云：「溪雲雜雨來茅屋，山雀將雛過藥欄。」《春郊》云：「東風好作陽和使，逢草逢花報發生〔七〕。」《題焦道士》云：「綵雲不散燒丹竈，白鹿時藏種玉田。」又《病鶴》云：「獨鶴聲哀羽摧折，沙頭一點留殘雪。驚羣各畏野人機，誰肯相將霞外飛。不及川鳧長比翼，隨波雙泛復雙歸。碧海滄江深且廣，目盡天倪安得往。雲山隔路不隔心，宛頸鳴和長在想。何時白霧卷青天，接影追飛太液前。」

郎士元《送李騎曹》云：「河來當塞曲，山遠與沙平。」《寄源公》云：「罷磬風枝動，懸燈雪屋明。」《謁傅太士》云：「此方今示滅〔八〕，何國更分身。」《贈韋司直》云：「客來吴地星霜久，家在〔淩〕〔平〕陵音信疎。」《題精舍寺》云〔九〕：「月在上方諸品静，僧持半偈萬縁空。」《江南尉問俗》云：「避地衣冠盡向南。」錢起與郎士元同時齊名，人稱之「錢郎」。二人詩骨體弱而力量輕，然警句膾炙人口者不可泯没。錢古詩如《病鶴》篇亦有意味〔一〇〕，郎七言多新意。余選絶句，錢取五言十一首，郎取五七言各一首。余記唐人雜書載士元嘗對客，有「馬令無茶分」之戲。北平王一日飲客，士元與焉。坐間北平醉飽，設茗供，連沃數碗，士元老不能禁，即席吐利交下，滿坐大笑〔一一〕。今不憶出處〔一二〕，當攷。

孟郊五言云：「試妾與君淚，兩處滴池水。看取芙蓉花，今年爲誰死。」《長安早春》云：「乃知田家春，不入五侯宅。」又云：「萱草女兒花，不解壯士憂。」又云：「野客雲作心，高僧月爲性。」又云：「楓葉亂辭木，雪猿清叫山。」又云：「借車載家具，家具少於車。」又云：「盧仝歸洛船，崔嵬但載書。」又云：「閑似獨鶴心，大於高松年。」又云：「拾月鯨口邊。」又云：「天津橋下冰初結，洛陽陌上行人絶。榆柳蕭疎樓閣閑，月明直見嵩山雪。」

賈島五言云：「養雛成大鶴，種子作高松。」又云：「白石通宵煮，寒泉盡日舂。」又云：「竹籠拾山果，瓦瓶擔石泉。」又云：「馬曾金鏃中，身有寶刀瘢。」又云：「山尋樵徑上，人到雪房遲。」又云：「寒草烟藏虎，高松月照鵰。」又云：「石磬疎寒韻，銅瓶結夜澌。」又云：「疎衣蕉縷細，爽味茗芽新。」又云：「鳥歸山有迹，帆過浪無痕。」又云：「鳥宿池中樹，僧敲月下門。」又云：「汲井嘗泉味，聽鐘問寺名。」又云：「高頂白雲盡，前山黄葉多。」又云：「白髮無心鑷，青山去意多。」又云：「秋風吹渭水，落葉滿長安。」又云：「禹留疏鑿跡，舜在寂寥祠。」又云：「秋月離喧見，寒泉出定聞。」又云：「木深猶積雪，山淺未見猿。」又云：「一日不作詩，心源如廢井。」又云：「落日恐行人。」又云：「詩隨過海船。」七言云：「古來隱者多能卜〔一三〕，欲就先生問丙丁。」又云：「霜覆鶴身松子落，月分螢影石房開。」唐詩人以島配郊，又有島寒郊瘦之評，余謂未然。郊集中忽作老蒼苦硬語，禪家所謂一句撞倒墻者，退之崛强，亦推讓之。島尤敬畏〔一四〕，有「自（來）〔從〕東野先生死，側近雲山得散行」之句。以賈配孟，是師與弟子並行也。賈五言有晚唐人不能道者。

姚合五言云：「水氣詩書軟，嵐烟筆硯濃。」又云：「尋山屐費齒，書石筆無鋒。」又云：「夜猿啼户外，瀑水落厨中。」又云：「映竹窺（園）〔猿〕劇，尋雲採鶴情。」又云：「愛異嫌山淺，尋幽喜徑生。」又云：「憔悴王居士，顛狂不稱時。棄嫌官似夢，珍重酒如師。無竹栽蘆看，思山疊石爲。靜窗留客話，古寺覓僧棋。惟應尋阮籍，心事遠相知。」又云：「研露題詩潔，消冰煮茗香。」又云：「野客嫌知印，家人笑買琴。」又云：「寫方多識藥，失譜廢彈琴。」又云：「酒熟聽琴酌，詩成削樹題。」又云：「古廳眠易魘，老吏語多虚。」又云：「教僕認書簽。」又云：「畫筆半陳隋〔一五〕。」《送邵州使君》云：「驛路算程多是水，州圖管地少於山。」《惜别》云：「似把剪刀裁别恨，兩人分得一般愁。」《寄白傅》云：「詩中得意應千首，海内嫌官只一人。」亡友趙紫芝選姚合、賈島詩爲《二妙集》〔一六〕，其詩語往往有與姚賈相犯者。余按賈太雕鐫，姚差律熟，去韋、柳尚争等級。

温飛卿五言云：「雞聲茅店月，人跡板橋霜。」又云：「果落見猿過，葉乾聞鹿行。」又云：「牧羊燒外鳴，林果雨中拾。」又云：「拾萍萍無根，採蓮蓮有子。不作浮萍生，寧爲藕花死。」《俠客行》云：「欲出鴻都門，陰雲蔽城闕。寶劍黯如水，微紅濕餘血。白馬夜頻驚，三更灞陵雪。」七言云：「槿籬芳樱近樵家〔一七〕，麥隴青青一徑斜。寂寞遊人寒食後，夜來風雨送梨花。」又云：「宜男漫作後庭草，不似櫻桃結子紅。」又云：「悠悠楚水流如馬，恨紫愁紅滿平野。野土千年怨不平，至今燒作鴛鴦瓦。」又曰：「擣麝成塵香不滅，拗蓮作寸絲難絶。」又《金陵》云：「花庭忽作青蕪國。」《謝公墅歌》云：「朱雀航南遶香陌，謝郎東墅連春碧。鳩眠高柳日方融，綺榭飄飄紫庭客。文楸方罫（方）〔花〕參差，心陣未成星滿池〔一八〕。四座無喧梧竹静，金蟬玉柄俱持頤。對局含嚬見千里，都城已得長蛇尾。江南王氣繫疎襟，未許苻堅過淮水。」《蔡中郎墳》云：「古墳零落野花春〔一九〕，聞説中郎有後身。今日愛才非昔日，莫抛心力作詞人〔二〇〕。」《過陳琳墓》云：「曾於青史見遺文，今日飄蓬過此墳。詞客有靈應識我，霸才無主亦憐君。石麟埋没藏春草，銅雀荒凉對暮雲。莫怪臨風倍惆悵，欲將弓劍學從軍〔二一〕。」《秘書省有賀監草題詩作》云：「越溪漁客賀知章，任達憐才愛酒狂。鸂鶒葦花隨釣艇，蛤蜊菰菜夢横塘。出籠鸞鶴歸遼海，落筆龍蛇滿壞墻。李白死來無醉客，可憐神采弔殘陽。」

李義山《西掖玩月》五言云：「露索秦宫井，風弦漢殿筝。」《歸墅》云：「渠濁村春急，旗高社酒香。」《蟬》云：「五更踈欲斷，一樹碧無情。煩君最相警，我亦舉家清。」《哭著明寄飛卿》云〔二二〕：「何因擕庾信，同去哭徐陵。」《陳後宮》云〔二三〕：「茂苑城如畫，閶門瓦欲流。還依水光殿，更起月華樓。侵夜鸞開鏡，迎冬雉獻裘。從臣皆半醉，天子正無愁。」《楚宮》云〔二四〕：「歌成猶未唱，秦火入夷陵。」《公子》云：「歸應衝鼓半，去不待笙調。」《子初金溪作》云：「戰蒲知雁唼，皺月覺魚來。」《越燕》云：「去應逢阿母，來莫害皇孫。」《無題》云：「錦長書鄭重，眉細限分明。」《月》云：「姮娥無粉黛，只是逞嬋娟。」《壽安主出降》云：「事等和強虜，恩殊睦本枝。四郊多壘在，此禮恐無時。」公主嫁田承嗣之子，承嗣握兵而驕，詩意歎唐朝之姑息，與嫁冒頓烏孫無異。末句言諸節鎮皆有子，皆欲尚主，何以待之〔二五〕。《昭肅挽詩》云：「海迷求藥使，雪隔獻桃人。」《哭劉蕡》云：「空聞遷賈誼，不待相孫弘。」《裴明府居》云：「試墨書新竹〔二六〕，張琴和古松〔二七〕。」《陳後宮》云：「渚蓮參法駕，沙鳥犯鈎陳。」《鄭大有隱居》云：「石梁高瀉月，樵路細侵雲。」《題李蕃壁》云：「舊著《思玄賦》〔二八〕，新編雜擬詩。」《撰彭陽公誌》云：「敢伐不加點，猶當無愧詞。」《詠懷寄舊僚》云：「僕馭嫌夫懦，童孩笑叔癡。少男方嗜栗，幼女漫憂葵。」《聖女祠》七言云：「一春夢雨常飄瓦，盡日靈風不滿旗。」《潭州》云：「陶公戰艦空灘雨〔二九〕，賈傅承塵破廟風〔三〇〕。」《平淮西碑》云：「點竄《堯典》《舜典》字，塗改《清廟》《生民》詩。公之斯文若元氣，先時已入人肝脾。」《寄令狐學士》云：「賡歌太液翻黃鵠，從獵陳倉獲碧雞。」《杜工部蜀中離席》云：「雪嶺未歸（雲）〔天〕外使，松州猶駐殿前軍。」《楚宮》云：「已聞珮響知腰細，更辨絃聲覺指纖〔三一〕。」《無題》云：「扇裁月魄羞難掩，車走雷聲語未通。」《井絡》云：「堪嘆故居成杜宇，可能先主是真龍。」《北齊》云：「小蓮玉體横陳夜，已報周師入晉陽。」《寄令狐郎中》云：「休問梁園舊賓客，茂陵秋雨病相如。」《李家園》云：「惟有夢中相近分，卧來無睡欲如何。」《嫦娥》云：「嫦娥應悔偷靈藥，碧海青天夜夜心。」《隋宫》云：「紫泉宫殿鎖煙霞，欲取蕪城作帝家〔三二〕。玉璽不緣歸日角，錦帆應是到天涯。於今腐草無螢火，終古垂楊有暮鴉。地下若逢陳後主，豈宜重問後庭花。」《籌筆驛》云：「魚鳥猶疑畏簡書，風雲長爲護儲胥。徒令上將揮神筆，終見降王走傳車。管樂有才真不愧，關張無命欲何如。」《七夕》云：「由來碧落銀河畔，可要金風玉露時。」《馬嵬》云：「此日六軍同駐馬，當時七夕笑牽牛。如何四紀爲天子〔三三〕，不及盧家有莫愁。」《九日》云：「曾共山公把酒時，霜天白菊繞堦墀。十年泉下無消息，九日樽前有所思。不學漢臣栽苜蓿，空教楚客詠江蘺。郎君官貴施行馬，東閣無因得再窺。」《錦瑟》云：「莊生曉夢迷蝴蝶，望帝春心托杜鵑。滄海月明珠有淚，藍田日暖玉生煙。」相傳瑟有適怨清和四音〔三四〕，於此二聯見之。或曰乃令狐楚家青衣名也。《河中》云：「九廟無塵八馬廻，奉天城壘長春苔〔三五〕。咸陽原上英雄骨，半向君家養馬來。」《無題》云：「春風自共何人笑，枉破陽城十萬家。」絶句云：「臨邛不見馬相如，更欲南行問酒壚。行到巴西覓譙秀，巴西惟有是寒蕪。」《宫妓》云：「珠箔輕明拂玉墀，披香新殿鬬腰支。不須看盡魚龍戲，終遣君王怒偃師。」《夕陽樓》云：「花明柳暗繞天愁，上盡重城更上樓。欲問孤鴻向何處，不知身世自悠悠。」

《吳宮》云：「龍檻沉沉水殿清〔三六〕，禁門深掩斷人聲。吳王晏罷滿宮醉，日暮水漂花出城。」《鈞天》云：「上帝鈞天會衆靈，昔人因夢到青冥。伶倫吹裂孤生竹，却爲知音不得聽。」温庭筠與李商隱同時齊名，時號「温李」。二人詩記覽精博，才思流麗〔三七〕，其浮艷者類徐、庾〔三八〕，其切近者類姚、賈。義山詩尤鍛鍊精粹，探索幽微，不可草草看過。世傳飛卿傲婦翁，亦可見其不羈。

鄭谷五言云：「春陰妨柳絮，月黑見梨花。」又云：「鬻蔬貧潔净，中酒病風流。」又云：「染岸蒼苔古，翹沙白鳥鳴。」又云：「潮來無別浦，木落見他山。」《夕陽》云：「長天急遠鴻。」《潯陽縣廳》云：「野泉當案落，汀鷺入衙飛。」又云：「縣官清且儉，深谷有人家。一徑入寒竹，小橋穿野花。碓喧春澗滿，梯倚緑桑斜。自説年來稔，前村酒可賖。」七言云：「愛僧不愛紫衣僧〔三九〕。」又云：「酒醒蘚砌花陰轉，病起漁舟鷺跡多。」又云：「夜深雨絶松堂静〔四〇〕，一點山螢照寂寥。」又《雪》云〔四一〕：「亂飄僧舍茶烟濕，密洒高樓酒力微。江上晚來堪畫處，漁人披得一簑歸。」《秋扇》云：「汗流浹背曾施手〔四二〕，氣爽中宵便負心。」《七祖院小山》云：「峨眉咫尺無人去，却向僧窗看假山。」《海棠》云：「穠麗最宜新著雨，嬌嬈全在欲開時〔四三〕。」《鷓鴣》云：「雨昏青草湖邊過，花落黄陵廟裏啼。遊子乍聞征袖濕，佳人初唱翠眉低。」《讀李白集》云〔四四〕：「何處文星與酒星，一時鍾在李先生。高吟大醉三千首，留著人間伴月明。」《燕》云：「低飛緑岸和梅雨，亂入紅樓揀杏梁〔四五〕。閑几硯中窺水淺，落花徑裏得泥香。千言萬語無人會，又逐流鶯過短墻。」谷集名《雲臺編》，有詩三百，五七言多警聯，今録其尤者於編。谷詩自好，然集中所作〔四六〕，若步趨薛能者。《讀能集》有云：「李白欺前輩，淵明仰後塵。」太白視谷斐然小子，淵明人物高勝，何至仰能輩之後塵哉！然予所録以意義爲主，不可以人廢言。薛能《春日寓懷》七言云：「青春背我重重去，白髪欺人故故生。《獻僕射》云：「朝廷有道青春好，門館無私白日閒。」《楊柳》云：「隨家力盡虚栽得，無限春風屬聖朝。」《閒題》云：「舊將已成三僕射，老身猶是六尚書。」《漢南春望》云：「幾處松筠燒後死，誰家桃李亂中開〔四七〕。自古浮雲蔽白日，洗天風雨幾（晴）〔時〕來。」《老僧》云：「清瘦形容八十餘，匏懸離落似村居。勸師莫羨人間有〔四八〕，幸是元無免破除。」能詩十卷，僅數百首，絶句佳者已入選，其未入選者姑摘出一聯或一二句於此。又《答寄茶》七言云：「麤官乞與真抛却〔四九〕，賴有詩情今得嘗〔五〇〕。」今此一聯不在集中，殊不可曉。鄭谷師若人〔五一〕，詩安得高出其上！

秦系五言云：「掃地青牛卧，栽松白鶴栖。」又云：「漚苧成漁網，刳柳作酒巵。」又云：「上簾宜晚景，卧簟覺新秋。」又云：「謝安無箇事，忽起爲蒼生〔五二〕。」又《李尊師山居》云：「洗藥每臨新瀑水，步虚時上最高峰。」系詩僅百餘首，而清趣翛然。自天寶至貞元間，先隱剡川，後徙南安九目山，後客丹陽，壽八十餘歲，不應賦詠寂寥簡短如此，必有遺軼者。世傳系晚年與妻仳離，當是送妻歸丹陽耳。韋蘇州與系詩云：「知掩山扉三十秋，魚鬚翠碧棄墻頭。莫道謝公方在郡，五言今日爲君休。」韋公五言獨步一世〔五三〕，而憐才下士如此之切，薛能輩纔道一聯半句，便妄自尊大矣。

方干五言云：「落葉憑風掃，香秔倩水舂。」《贈喻凫》云〔五四〕：「纔吟五字句，又白幾莖髭。」又云：「吟成五字句，用破一生心。」又云：「坐月何曾夜，聽松不似（時）〔晴〕。」又云：「獵者聞疎磬，知師入定回。」又云：「樹影搜凉卧，苔光破碧行。」又云：「疎磬白雲寺，孤砧紅葉村〔五五〕。」《寄清越上人》云：「窗接停猿樹，巖飛浴鶴泉。」《鄉叟》云：「青山前代業，老樹此身移。」七言云：「鶴盤遠勢投孤嶼，蟬曳殘聲過别枝。」《哭喻凫》云：「撰碑縱託登龍伴，營奠應支（賞）〔賣〕鶴錢。」《贈崔明府》云〔五六〕：「壓酒曬書猶檢點，修琴取藥似（支）〔交〕關。」《與鑒休上人》云：「山夜獵徒多信犬〔五七〕，雨天村舍未催蠶。」《送王霖赴舉》云：「北闕上書衝雪早〔五八〕，西陵中酒趁潮遲。」《寄陳端公》云：「雲島採茶常失路，雪龕中酒不關扉。」《送永嘉王令》云：「浮客若容開荻地，釣翁應免税苔田。」《廢宅》云：「樵叟和巢伐桃李，牧童兼草踏蘭蓀。」《東陽道中》云：「醉醒已在他人界，猶憶東陽昨夜鐘〔五九〕。」《過姚監故居》云：「不敢要君徵亦起，致君全得似唐虞。讜言昨歎離天聽，新塚今聞入縣圖。琴鎖壞窗風自觸，鶴歸喬木夜難呼。學書弟子何人在，檢點猶逢諫草無。」《哭陳陶》云：「巢父精靈歸大夜，客兒才調振遺風〔六〇〕。」方干字雄飛，新定人，貌寢兔缺。始見姚合，合卑之，及覽其詩，駭目變容，賓客館之〔六一〕，登山臨水必預焉。會稽太守王龜以其亢直〔六二〕，宜在諫署〔六三〕，薦之。會王薨，事寢。卒光啓、文德年間，臨終語其子曰：「吾詩人自知之〔六四〕，誌吾墓者，紀其年月而已。」其詩高妙處在晚唐諸公之上。

韓偓《火蛾》云：「陽光不照臨，積陰生此類。非無惜死心，奈有賊明意。」《幽窗》云：「手香江橘嫩，齒軟越梅酸。」又云：「和裙穿玉鐙，隔袖把金鞭。」又云：「强語戲同伴，圖郎聞笑聲。」《召對歸本院》云：「坐久忽疑槎犯斗，歸來兼恐海生桑。如今冷笑東方朔，唯用詼諧侍漢皇〔六五〕。」《賜晏》云：「不敢通宵離禁直，晚來殘醉入銀臺。」《苑中》云：「外使調鷹初得案，中宮過馬不教嘶。笙歌錦繡雲霄裏，獨許詞臣醉似泥〔六六〕。」《湖南少含桃有感》云：「苦笋愁難同象匕，酪漿無復瑩蠙蛛。」每歲初進，先賜學士。《欲明》云：「岳僧互乞新詩去〔六七〕，酒保頻徵舊債來。」《贈隱逸》云：「蜂彈窗紙塵侵硯，鳥鬬庭花露滴琴。」《寄隱者》云：「長松夜落釵千股，小港春添水半腰〔六八〕。」《失鶴》云：「幾時翔集來華表，每日沈吟看畫屏。」《安貧》云：「謀身拙爲安蛇足，報國危曾捋虎鬚。」又《殘春》云：「樹頭蜂抱花鬚落，池面魚吹柳絮行。」《八月六日》云：「御衣空惜侍中血，國璽幾危皇后身〔六九〕。」《倚醉》云：「分明窗下聞裁剪，敲徧欄干喚不膺〔七〇〕。」《醉著》云：「漁翁醉著無人喚，過午醒來雪滿船。」《寄道侶》云：「夜來雪壓前村竹，剩見溪南幾尺山。」《暮春》云：「四時最好是三月，一去不回唯少年。」《亂後野塘》云：「世亂他鄉見落梅〔七一〕，野塘晴夜猶徘徊。船衝水鳥飛還住，袖拂楊花去却來。季重舊遊多喪逝，子山新賦極悲哀。眼看朝市成陵谷，始信昆明是劫灰。」《翠碧鳥》云〔七二〕：「天長水遠網羅稀，保得重重翠碧衣。挾彈少年多害物，勸君莫近五陵飛。」《哭花》云：「曾愁香結破顔遲，今見妖紅委地時。若是有情爭不哭〔七三〕，夜來風雨葬西施。」美成詞云「葬楚宫傾國」本此。《鬆髻》

云〔七四〕：「髻根鬆慢玉釵垂，指點花枝又過時。坐久暗生惆悵事，背人匀却淚胭脂〔七五〕。」韓偓與吴融同時爲詞臣，偓忠於唐，爲朱三面斥，貶謫不悔。如「捋虎鬚」之句未嘗傳誦，似爲《香奩》所掩。及朱三篡弑，偓羈旅於閩。時王氏割據，詩文只稱唐朝官職〔七六〕，與淵明稱晉甲子異世而同符。余讀其集而壯其志，録其警聯於編。内三數篇自述其玉堂遭遇，唐季非復承平之舊觀，而待詞臣之禮猶然，存之以補《金鑾記》之闕云〔七七〕。

吴融《和李學士秋夕禁直偶雪》云〔七八〕：「硯冰憂詔急，燈燼惜更殘。」《重陽日荆州》云〔七九〕：「舊國莫歸戎馬亂，故人何在塞鴻來。」《丹陽》云：「山帶梁朝陵路斷，水連劉尹宅基平。」《岐下聞子規》云：「但有花知啼血處，更無猿替斷腸哀。」《還俗尼》云：「三峽却爲行雨客，九天曾是散花人。」《兵後經汴》云：「金鏃有苔人拾得，蘆花無土鳥啣將。」《過九成宮》云：「魏公碑字封蒼蘚〔八〇〕，文帝泉聲落野田。」碑乃歐陽率更書，豈魏公有别碑乎？《宋玉宅》云〔八一〕：「已懷湘浦招魂事〔八二〕，更憶高唐説夢時。」《杏花》云：「獨照影時臨水（伴）〔畔〕，最含情處出墻頭。」《裴公洛居》云：「門前立使修書懶，花下留賓壓酒忙。」《過鄧城縣》云：「未知堯桀誰非是，可使彭殤有短長。」《楊花》云：「百花長恨風吹落，惟有楊花獨愛風。」《潮》云：「暮去朝來無定期，桑田長被此聲移。蓬萊若探人間事，一日還應兩度知。」《山僧》云：「石臼山頭有一僧，朝無香積夜無燈。近嫌俗客知蹤跡，疑向中方斷石層。」《廢宅》云：「風飄碧瓦雨摧垣〔八三〕，却有鄰人爲鎖門。幾樹好花空白晝，滿庭芳草易黄昏。放魚池涸蛙争聚，棲燕梁空雀自喧。不獨凄凉眼前事，咸陽一火便成原。」《題湖城縣西槐樹》云：「零落欹斜此路中，盛時曾識太平風。曉迷鶴駕歸春苑，暮送鑾旗指洛宫〔八四〕。一自煙塵生薊北，更無消息幸關東〔八五〕。而今只有孤根在，鳥啄蟲穿没亂蓬。」吴子華詩五言中合作絶少，七言佳者不減韓致光。致光以忤朱三貶竄，子華詩有《南遷》七絶，未知所坐何罪。以詩意度之，豈其坐致光之黨歟！

羅隱《題方干詩》云：「九霄無鶴板，雙鬢老漁舟。」《懷孟夷庚》云：「中原正兵馬，相見在何時。」《菊》云：「千歲白衣酒，一生青女霜。」《臺城》云：「兵來吾有計，金井玉枸欄。」《歲除夜》云：「厭寒思暖律，畏老惜殘更。兒童不諳事，歌吹待天明。」《寄顧紹宗》云：「青山無路入，白髮滿頭生。」《鶯聲》云：「金屋夢初覺〔八六〕，玉關人未歸。」《牡丹》云：「若教解語應傾國，任是無情亦動人。」《黄河》云：「解通銀漢終須曲，纔出崑崙便不清。」又云：「三千年後知誰在，何必勞君見太平。」《遊禪智寺》云：「思量只合騰騰醉，煮海平陳一夢中。」《江令宅》云：「還有往年金甃井，牧童樵叟等閒窺。」《籌筆驛》云：「時來天地皆同力〔八七〕，運去英雄不自由。」《建康》云：「庾舅已能窺帝室〔八八〕，王郎還是預人家。」又云：「欲起九原看一遍，秦淮聲急日西斜。」《寄夏州胡常侍》云〔八九〕：「仍聞隴蜀猶多事，深喜將軍未白頭。」《魏令公附卷有回》云：「馬上固慚銷髀肉〔九〇〕，幄中猶羨愈頭風。」《送梅處士》云：「亂離且喜身俱在〔九一〕，存没那堪耳更聞〔九二〕。」《題張逸人所居》云：「芳樹文君機上錦，遠山孫壽鏡中眉。」《詠史》云：「徐陵筆硯珊瑚架，趙勝賓朋玳瑁簪。」《中元夜泊淮口》云：「錦帆天子狂魂魄，應過揚州看月明〔九三〕。」《寄竇常侍》云：「噴香瑞獸金三尺〔九四〕，舞雪佳人玉一團。」《早發》云：「酷憐一覺平明睡，長被雞聲惡破除。」《鄴城》云：「英雄亦到分香處，能共常人校幾多。」《西施》云：「西施若解傾人國，越國亡來又是誰。」《故都》云：「至竟不如隋煬帝，破家猶得到揚州。」《嚴陵灘》云：「世祖昇遐夫子死，原陵不及釣臺高。」范公「雲臺不及釣臺高」之句本於此。《咏明月》云：「蟾向静中矜爪距，兔猥明處弄精神。嫦娥老大應惆悵，倚泣蒼蒼桂一輪。」《關亭春望》云：「越信功夫高似狗，裴王力氣大於牛。未知至竟將何用，渭水涇川一向流。」《題潤州妙善寺前石羊》云〔九五〕：「孫權、劉備嘗會於此地。紫髯蒼蓋此沉吟，恨石猶存事可尋。漢鼎未分聊把手，楚醪雖美肯同心〔九六〕。」《始皇陵》云：「荒堆無草樹無枝，懶向行人問昔時。六國英雄漫多事，到頭徐福是男兒。」《鸚鵡》云：「莫恨雕籠翠羽殘，江南城暖隴西寒。勸君不用分明語，語得分明出轉難。」《遊曲江》云：「别愁如瘧避還來。」羅隱字昭諫，新城人，唐季有詩名，膾炙人口。有《江東集》十卷。其詩自光啓以後，廣明以前，海内亂離，乘輿播遷，艱難險阻之事，多見之於賦詠。同時魏府節度使王智興學隱爲詩〔九七〕，自號其詩卷爲《偷江東集》。

劉乂《自問》云：「自問彭城子，何人接汝顛。酒腸寬似海，詩膽大如天。」《入蜀》云：「峽色侵天去，江聲滚地來。」《逢盧仝》云：「上樓腰脚健〔九八〕，懷土眼睛穿。」《勸姚合酒》云：「何曾見天上，著得劉安宅。」《答孟東野》云：「寒酸孟夫子，苦愛老叉詩，生澀有百篇，謂是瓊瑶詞〔九九〕。」《嘲荆卿》云〔一〇〇〕：「白虹千里氣，血頸一劍義。報恩不到頭，徒作輕生士。」《姚秀才愛予小劍因贈》云〔一〇一〕：「一條古時水，向我手心流。臨行應贈君，勿薄細碎讐。」义少爲俠行，因酒殺人亡命，會赦出，折節讀書，能詩。聞韓愈接天下士，徒步歸之〔一〇二〕，作《冰柱》、《雪車》二詩，出盧仝、孟郊右。後以争論語不能下，對賓客持愈金數斤去〔一〇三〕，曰：「此諛墓中人得耳，不若與劉君爲壽。」愈不能止。歸齊魯，不知所終。

〔一〕上人：原無，據小草本及四庫本《後村詩話》補。

〔二〕畔：原作「伴」，據小草本及四庫本《後村詩話》改。

〔三〕勸飲酒：原作「歡酒行」，據四庫本《後村詩話》改。

〔四〕吃：原作「與」，據四庫本《後村詩話》改。

〔五〕映：原作「快」，據四庫本《後村詩話》改。

〔六〕「起」下原有「張」字，據四庫本《後村詩話》删。

〔七〕逢草：「逢」原作「途」，據四庫本《後村詩話》改。

〔八〕示：原作「不」，據四庫本《後村詩話》改。

〔九〕寺：原作「市」，據四庫本《後村詩話》改。

〔一〇〕古：原作「起」，據四庫本《後村詩話》改。

〔一一〕「滿」下原有「笑」字，據四庫本《後村詩話》删。

〔一二〕憶：原作「惜」，據四庫本《後村詩話》改。

〔一三〕能卜：原倒，據四庫本《後村詩話》乙。

〔一四〕尤：原作「有」，據四庫本《後村詩話》改。

〔一五〕「晝」原作「畫」，「陳隋」原作「成鋒」，據四庫本《後村詩話》改。

〔一六〕趙：原作「賈」，據四庫本《後村詩話》改。

〔一七〕芳援：原作「方援」，據四庫本《後村詩話》改。

〔一八〕「陣」原作「憚」，「池」原作「地」，據四庫本《後村詩話》改。

〔一九〕春：原作「香」，據四庫本《後村詩話》改。

〔二〇〕拋：原作「把」，據四庫本《後村詩話》改。

〔二一〕弓：原作「書」，據四庫本《後村詩話》改。

〔二二〕哭：原作「笑」，據四庫本《後村詩話》改。

〔二三〕後：原無，據四庫本《後村詩話》補。

〔二四〕楚：原作「愁」，據四庫本《後村詩話》改。

〔二五〕待：原作「主」，據四庫本《後村詩話》改。

〔二六〕「試墨」原作「誠黑」，「竹」原作「去」，據四庫本《後村詩話》改。

〔二七〕和：原作「號」，據四庫本《後村詩話》改。

〔二八〕著：原無，據四庫本《後村詩話》補。

〔二九〕空灘雨：原缺，據《李義山詩集》卷上、《全唐詩》卷五三九補。

〔三〇〕破廟風：原缺；又「承」「塵」二字與下文相連，作「承平塵」。據《李義山詩集》卷上、《全唐詩》卷五三九乙、補。

〔三一〕覺：原作「竟」，據四庫本《後村詩話》改。

〔三二〕取：原作「作」，據四庫本《後村詩話》改。

〔三三〕何：原作「河」，據四庫本《後村詩話》改。

〔三四〕適：原作「道」，據四庫本《後村詩話》改。

〔三五〕城：原作「承」，據四庫本《後村詩話》改。

〔三六〕「殿」下原有「涼」字，據四庫本《後村詩話》刪。

〔三七〕流：原作「流流」，據四庫本《後村詩話》刪。

〔三八〕浮：原作「流」，據四庫本《後村詩話》改。

〔三九〕紫：原作「緑」，據四庫本《後村詩話》改。

〔四〇〕松：原作「山」，據四庫本《後村詩話》改。

〔四一〕雪：原無，據四庫本《後村詩話》補。

〔四二〕浹：原作「夾」，據四庫本《後村詩話》改。

〔四三〕嬈：原作「鐃」，據四庫本《後村詩話》改。
〔四四〕「讀」下原有「學」字，據四庫本《後村詩話》删。
〔四五〕揀：原作「楝」，據四庫本《後村詩話》改。
〔四六〕所作：原無，據四庫本《後村詩話》補。
〔四七〕家：原作「聞」，據四庫本《後村詩話》改。
〔四八〕勸：原作「歡」，據四庫本《後村詩話》改。
〔四九〕蠃：原作「嬴」，據四庫本《後村詩話》改。
〔五〇〕情：原作「人」，據四庫本《後村詩話》改。
〔五一〕句首原有「若」字，據四庫本《後村詩話》删。
〔五二〕忽：原作「匆」，據四庫本《後村詩話》改。
〔五三〕五：原作「五五」，據四庫本《後村詩話》删。
〔五四〕鳧：原作「島」，據四庫本《後村詩話》改。
〔五五〕孤：原作「踈」，據四庫本《後村詩話》改。
〔五六〕崔：原無，據四庫本《後村詩話》補。
〔五七〕「徒」原作「走」，「狺」原作「信」，據四庫本《後村詩話》改。
〔五八〕衝：原作「衢」，據四庫本《後村詩話》改。

〔五九〕東：原作「求」，據四庫本《後村詩話》改。

〔六〇〕「巢父」二句十四字，原僅有「巢父」「客兒」四字，據《全唐詩》卷六五一補。

〔六一〕客：原作「散」，據適園本《後村詩話》改。

〔六二〕會稽：原無，據適園本《後村詩話》補。

〔六三〕署：原作「置」，據適園本《後村詩話》改。

〔六四〕「人」下原有「吾」字，據適園本《後村詩話》删。

〔六五〕用：原作「容」，據適園本《後村詩話》改。

〔六六〕許：原作「詳」，據適園本《後村詩話》改。

〔六七〕互：原作「五」，據適園本《後村詩話》改。

〔六八〕港：原作「巷」，據小草本、《韓内翰别集》改。

〔六九〕璺：原作「亹」，據小草本、《韓内翰别集》改。

〔七〇〕欄：原作「攔」，據小草本及四庫本《後村詩話》改。

〔七一〕世亂：原倒，據小草本及四庫本《後村詩話》乙。

〔七二〕碧：原無，據小草本及四庫本《後村詩話》補。

〔七三〕若是：原作「人若」，據小草本及四庫本《後村詩話》改。參《全唐詩》卷六八三。

〔七四〕鬆：原作「鬚」，據四庫本《後村詩話》改。

〔七五〕「背」原作「快」，「匀」原作「句」，據《全唐詩》卷六八三改。
〔七六〕詩：原作「時」，據四庫本《後村詩話》改。
〔七七〕闕：原作「關」，據四庫本《後村詩話》改。
〔七八〕李：原缺，據四庫本《後村詩話》補。
〔七九〕日：原無，據四庫本《後村詩話》補。
〔八〇〕蒼：原作「苔」，據四庫本《後村詩話》改。
〔八一〕玉：原作「云」，據四庫本《後村詩話》改。
〔八二〕湘：原作「湖」，據四庫本《後村詩話》改。
〔八三〕垣：原作「喧」，據四庫本《後村詩話》改。
〔八四〕洛：原作「落空」，據四庫本《後村詩話》删、改。
〔八五〕關：原作「瀾」，據四庫本《後村詩話》改。
〔八六〕覺：原作「夢」，據四庫本《後村詩話》改。
〔八七〕力：原缺，據四庫本《後村詩話》補。
〔八八〕庚：原作「瘦」，據四庫本《後村詩話》改。
〔八九〕州：原作「洲」，據四庫本《後村詩話》改。
〔九〇〕銷：原作「斜」，據四庫本《後村詩話》改。

〔九一〕俱：原作「多」，據小草本及四庫本《後村詩話》改。

〔九二〕「耳」原作「年」，「聞」原作「長」，據小草本及四庫本《後村詩話》改。

〔九三〕過：原作「看」，據小草本及四庫本《後村詩話》改。

〔九四〕戱金：原作「秀全」，據小草本及四庫本《後村詩話》改。

〔九五〕寺：原無，據四庫本《後村詩話》補。

〔九六〕醪：原作「膠」，據四庫本《後村詩話》改。

〔九七〕智：原作「知」，據小草本及四庫本《後村詩話》改。

〔九八〕健：原作「近」，據小草本及四庫本《後村詩話》改。

〔九九〕是：原無，據小草本及四庫本《後村詩話》補。

〔一〇〇〕「嘲」上原有「醉」字，據小草本及四庫本《後村詩話》删。

〔一〇一〕「劍」下原有「云」字，據小草本及四庫本《後村詩話》删。

〔一〇二〕徒：原無，據適園本《後村詩話》補。

〔一〇三〕對：原無，據適園本《後村詩話》補。

後村先生大全集卷之一百八十五

詩話 新集

韓愈古賦云：「一邑之水，可走而違。天下湯湯，曷其而歸。」五言云：「晴雲如擘絮，新月似磨鐮。」《和席八十二韻》云：「多情懷酒伴，餘事作詩人。」《秋懷》云：「犀首空好飲，廉頗尚能飯。」又云：「斂退就新懦，趨營悼前猛。」又云：「有如乘風船，一縱不可纜。」《哭楊兵曹（欵）〔凝〕陸歙州參》云：「人皆期七十，纔半豈蹉跎。數出知己淚，自然白髮多。晨興爲誰慟，還坐久滂沱。」論文與晤對，已矣兩如何。」《送石處士》云：「長把種樹書，人云避世士。忽騎將軍馬，自號報恩子。風雲入壯懷，泉石別幽耳。鉅鹿師欲老，常山險猶恃〔一〕。豈惟彼相愛，固是吾徒恥。去去事方急，酒行可以起。」《岐山下》云：「丹穴五色羽，其名爲鳳凰。昔周有盛德，此鳥鳴高岡。和聲隨祥風，窈窕相飄揚。聞者亦何事，但知時俗（祥）〔康〕。自從姬旦死，千載閟其光。吾君亦勤理，遲爾一來翔。」《路傍堠》云：「堆堆路傍堠，一雙復一隻。迎我入秦關，送我出楚澤。千以高山遮，萬以遠水隔。何當迎送歸，緣路高歷歷。」《雜詩》云〔二〕：「朝蠅不須驅，暮蚊不可拍。得志能幾時，與汝恣啖咋〔三〕。涼風九月到，掃不見蹤跡。」《從仕》云：「居閑食不足，從（事）〔仕〕力難任。兩事皆害性，一生（怕）〔恒〕苦心。黄昏歸私室〔四〕，惆悵起歎音。棄置人間世，古來非獨今。」《醉贈張秘書》云：「君詩多態度，藹藹春空雲。東野動驚俗，天葩吐奇芬。張籍學古淡，軒昂避鶴羣。」又云：「長安衆富兒，盤饌羅羶葷。不解文字飲，惟能醉紅裙。」《送靈師》云：「佛法入中國，（邇）〔爾〕來六百年。齊民逃賦役，高士着幽禪。」韓公稱士友，雖李翺、湜、籍不過三數篇，或發於記序書尺，惟與僧詩多四十餘韻，或三四十韻，其間多謔浪笑傲之語，而緇流不悟，往往欲附名集中以爲榮寵，可發千載一笑。《薦士》云：「有窮者孟郊，受材實雄鷔。冥觀洞古今，象外逐幽好。横空盤硬語，妥貼力排奡。敷柔肆紆餘，奮猛卷海潦。榮華肖天秀，捷疾逾響報。行身踐規矩，甘辱恥媚竈。孟軻分邪正，眸子看瞭眊。杳然粹而清〔五〕，可以鎮浮躁。魯侯國至小，廟鼎猶納郜。幸當擇珉玉，寧有棄珪瑁。」此篇四十韻，録十韻於此。《孟東野失子》云：「失子將何尤，吾將上尤天。汝實主下人，予奪一何偏。彼於汝何有，乃令蕃且延。此獨何罪辜，生死旬日間。上呼無所聞，滴地淚到泉。地祇爲之悲，（琴）〔瑟〕縮久不安。乃呼大靈龜，騎雲欵天門。問天主下人，薄厚胡不均。天曰天地人，由來不相關。吾懸日與月，吾繫星與辰。日月相噬嚙，星辰踣而顛。吾不汝之罪，知非汝由緣。且物各有分，孰能使之然。有子與無子，禍福未可原。魚子滿母腹，一一欲誰憐。細腰不自乳，舉族長孤懸〔六〕。鴟梟啄母腦，母死子始蕃〔七〕。蝮蛇生子時，（折）〔坼〕裂腸與肝。好子雖云好，未還恩與勤。惡子不可説，鴟梟蝮蛇然。有子且勿喜，無子固勿歎。上聖不待教，賢聞語而遷。下愚聞語惑〔八〕，雖教無由悛。大靈頓頭受，即日以命還。地祇謂大靈，汝往告其人。東野夜得夢，有夫玄衣巾。闖然入其户，三稱天之言。再拜謝玄天，收悲以歡欣。」此篇甚奇古，非樊宗師、盧仝輩所能道。《寄崔立之》云：「傲兀坐試席，深叢見孤羆。四座各低面，不敢捩眼窺。升堦揖侍郎，歸舍日未欹。佳句喧衆口，考官敢瑕疵。老婦願嫁汝，約不論財貲。老翁不量分，累月答其兒。歡華不滿眼，咎責塞兩儀。」《寄崔立之》五十餘韻，其述崔丞場屋才敏，舉人之所喜誦。押寬韻易，押險韻難〔九〕，寬韻雖累至百，有甚工緻。《孟生》云〔一〇〕：「孟生江海士，古貌又古心。騎驢到京國，欲（致）〔和〕薰風琴。豈識天子居，九重欝沉沉。一門百夫守，無藉不可尋。誰憐松桂性，競愛桃李陰。顧我多慷慨，窮簷時見臨。清宵静相對，髮白聆苦吟。」《答孟郊》云：「朝餐動及午，夜諷恒至卯。」《齒落》云：「語訛默固好，嚼廢軟還美。」余晚喪明，歐陽公權秘書勸余閉目勿視〔一一〕，援此二句，頗有義味。《病中贈張十八》云：「夜闌縱捭闔，哆口疎眉厖。勢侔高陽翁，坐約齊横降。」《答瀧吏》篇不以風土之惡弱、鰐魚之暴横爲憂，而一篇三致意，負罪引慝於身而無一語歸怨於上，惟韓、杜二公爲然。《雙鳥詩》舊注爲佛老二氏而作，内云：「天公怪兩鳥，各捉一處囚。」若將火其書，廬其居，人其人矣，然末句云「還當三千秋，更起鳴相酬」，二氏其陷溺人心深矣。《猛虎行》云：「猛虎誰云惡，亦各有匹儕〔一二〕。群行深谷間，百獸望風低〔一三〕。身食黄熊父，子食赤豹麛。擇肉於熊羆，肯視兔與貍。正晝當谷眠，眼有百步威。自矜無當對，氣性縱以乖。朝怒殺其子，暮還食其妃。匹儕四散走，猛虎還孤栖。孤鳴門兩旁〔一四〕，烏鵲從噪之。出逐猴入居，虎不知所歸。誰云猛虎惡，中途正悲啼。豹來銜其尾〔一五〕，熊來攫其頤。猛虎死不辭，但慙前所爲。虎坐無助死〔一六〕，況如汝細微〔一七〕。故當結以信，親當結以私。親故且不保，人誰信汝爲。」韓、杜二公五言有至百韻者，但韓喜押窄韻，杜喜押寬韻。以余觀之，窄韻尤難，如《叉魚詩》押三「蕭」字，十八韻，語多警策。《精衛銜石填海》云：「何慙《刺客傳》，不著報讎名。」《李員外寄紙筆》云：「兔尖針莫並，繭凈雪難如。」《晚泊江口》云：「二女竹上淚，孤臣水底魂。」《順宗皇后挽歌》云〔一八〕：「鳳飛終不返〔一九〕，劍化會相從。」《送鄭尚書赴南海》云：「蓋海旂幢出，連天觀閣開。衙時龍户集，上日馬人來。風静鶢鶋去，官廉蚌蛤回。」退之五言云：「曾經聖人手，議論安敢到。」然《石鼓歌》云：「陋儒編《詩》不收入，二《雅》褊迫無委蛇。孔子西行不到秦，掎摭星宿遺羲娥。」秀才家無頭腦如此。《贈侯喜》云：「暫動還休未可期，蝦行蛭渡似皆疑。舉竿引線忽有得，一寸纔分鱗與鬐。君欲釣魚須遠去，大魚豈肯居沮洳。」《記夢詩》，注家以爲公左遷右庶子作，時李逢吉當國，公有《和侯喜笥》詩二十六韻，用事託意，信如注家所言。《贈崔群》云〔二〇〕：「何人有酒身無事，誰家無竹門可疑。」《記夢》云：「昨夜神官與我言，羅縷道妙角與根。我聽其言未云足，捨我先度横山腹。側身上視谿谷盲，杖撞玉版聲彭觥。神官見我開顔笑，前對一人壯非少。少非壯者哦七言〔二一〕，六字常語一字難。我以指撮白玉丹，行且咀嚼行詰盤。口前截斷第二句，綽約顧我顔不歡。乃知先人未賢聖，護短憑愚邀我敬。我（能）〔寧〕屈曲自世間，安能從汝巢神山。」公南遷因論佛骨忤憲宗意，然丞相度及貴戚皆論救之。此詩所謂「我〔能〕〔寧〕屈曲自世間，安能從汝巢神山」，可見宗閔怙勢植黨、公崛强不屈意。《赤藤杖歌》云：「赤藤爲杖世未窺，臺郎始擕自滇池。滇王掃宫邀使者，跪進再拜語嗢咿。繩橋拄過免傾墮，性命造次蒙扶持。途經百國皆莫識，君臣聚觀逐旌旗。共傳滇神出水獻，赤龍拔鬚血淋漓。又云羲和操火鞭，暝到西極睡所遺。幾重包裹自題署，不以珍怪誇荒夷。歸來捧贈同舍子，浮〔公〕〔光〕照手欲把疑。空堂晝眠倚牖户，飛電著壁搜蛟螭。」玉川子《月蝕》詩一千六百七十一字，韓公病其繁，省去千餘字，然題爲《效玉川子作》。退之豈效體者，謙詞也。《醉留東野》云：「昔年因讀李白杜甫詩，長恨二人不相從。吾與東野生並世，如何復躡二子踪。東野不得官，白首誇龍鍾。韓子稍姦黠〔二二〕，自慚青蒿依長松。低頭拜東野，願得終始如駏蛩〔二三〕。東野不回頭，有如寸莛撞巨鐘。吾願身爲雲，東野變爲龍。四方上下逐東野，雖有别離無由逢。」《藍關示湘》云：「一封朝奏九重天，夕貶潮陽路八千。欲爲聖朝除弊政，豈將衰老惜殘年。雲横秦嶺家何在，雪擁藍關馬不前。知汝遠來應有意，好收吾骨葬江邊。」余嘗謂選古今詩，先正惟韓、歐、曾、范，大儒惟周、程、張、邵及近世朱、張、吕、葉不可以詩論，然諸老先生之集具存，或未嘗深考而細味之，或畏其名盛而不敢輕下注脚。自唐以來，李、杜之後便到韓、柳。韓詩沉着痛快，可以配杜，但以氣爲之，直截者多，雋永者少。白詩云：「退之服硫黄，一病竟不痊。」按退之作《李千墓誌》，力詆其服餌金丹之謬〔二四〕。其卒北歸之役〔二五〕，嘗以病滿百日求免官。張籍祭詩具言其病，有「孺人侍藥湯」之句，初無服硫黄之説。世傳公臨終呼諸僧語之曰：「汝詳視吾手足，無出外誑人，云韓愈病癩死。」公達生如此，安肯服剛劑求活哉！微之錬秋石之説，亦未詳所出。

柳宗元五言云：「豈知千仞墜，祇爲一豪差。」又云：「引泉開故竇，護藥插新笆〔二六〕。」又云：「海俗衣猶卉，山夷髻不鬟。」又云：「危根一以振，齊斧來相尋。」又靈壽木不知爲何物，以柳氏詩考之，云：「柔條乍反植，勁節常對生〔二七〕。循玩足忘疲〔二八〕，稍覺步武輕。安能事翦伐，持用資徒行。」《詠荆軻》云：「千金奉短計，匕首荆卿趨。造端何其鋭，臨事竟趦趄。慈父斷子首，狂走無容軀〔二九〕。夷城芟七族，臺觀皆焚汙〔三〇〕。始期憂患弭，卒動災禍樞。秦皇本詐力，事與桓公殊。奈何効曹子，實謂勇且愚。世傳故多謬，太史徵無且。」詠荆卿者多矣，此篇「勇且愚」之評與淵明「惜我劍術疎」之語同一意脉。陶、柳詩率含蓄不盡。《韋使君黄溪祈雨見召》云：「驕陽愆歲事，良牧念菑畬。列騎低殘月，鳴笳度碧虚。猶窮樵客路，遥駐野人居。谷口寒流浄，巖祠古木疎。焚香秋霧濕〔三一〕，奠玉曉光初。肸蠁巫言報〔三二〕，精誠禮物餘。惠風仍偃草，靈雨會隨車。俟罪非真吏，翻慚奉簡書〔三三〕。」《晨詣超師院讀禪經》云：「道人庭宇静，苔色連深竹。日出霧露餘，青松如膏沐。」《贈江華長老》云：「室空無侍者，巾履惟挂壁。」又云：「風窗疎竹響，露井寒松滴。道傍孤松往，來斫以爲明。」《好事者編竹成園感而賦詩》云：「孤松亭翠蓋，托根臨廣路。不以（儉）〔險〕自妨，遂爲明所誤。幸逢仁惠意，重此藩籬護。猶有半心存，時將承雨露。」又《田家》云：「籬落隔烟火，農談四鄰夕。庭除秋蟲吟，疎麻方寂歷。蠶絲盡輸稅，機杼空倚壁。里胥夜經過，雞黍事筵席。各言官長峻，文字多督責。東鄉後租期，車轂陷泥澤。公門少推恕，鞭撲恣狼籍。努力慎經營，肌膚真可惜。」又云：「古道繞蒺藜，縈廻古城曲。蓼花破隄岸，陂水寒更綠。是時收穫竟，落日多樵牧。風高榆柳疏，霜重梨栗熟。行人迷去住，野鳥競栖宿。田翁笑相念，昏黑慎原陸〔三四〕。」《掩役夫張進骸》云：「生死悠悠爾，一氣聚散之。偶來紛喜怒，奄忽已復辭。爲役孰賤辱，爲貴非神奇。一朝纊息定，枯朽無妍媸。生平勤皂櫪，剉秣不告疲。既死給轊櫝，葬之東山基。奈何值崩湍，蕩析臨路垂。髐然暴百骸，散亂不復支。從者幸告予，睠之涓然悲。虎猫獲迎祭，犬馬有蓋帷。佇立唁爾魂，豈復識此爲。畚鍤載埋瘞，溝瀆護其危。我心得所安，不謂爾有知。掩骼著春令，兹焉適其時。及物非吾輩，聊且顧爾私。」又《南磵》云：「秋氣集南磵，獨遊亭午時。廻風一蕭瑟，林影久參差。始至若（得有）〔有得〕，稍深遂忘疲。羈禽響幽谷，寒藻舞淪漪。去國魂已遠，懷人淚空垂。孤生易爲感，失路少所宜。索寞竟何事，徘徊祇自知。誰爲後來者，當與此心期。」又《簡吳武陵》云：「理世固輕士，棄捐湘之湄。陽光競四溟〔三五〕，敲石安所施。鎩羽集枯幹，低昂互鳴悲。（翔）〔朔〕雲吐風寒，寂歷窮秋時。君子尚容與，小人守（竟）〔兢〕危。慘悽日相視，離憂坐自滋。樽酒聊可酌，放歌諒徒爲。惜無協律者，窈眇絃吾詩。」七言云：「盛時一去貴反賤，桃笙葵扇安可常。」又云：「漁翁夜傍西巖宿，曉汲清湘燃楚竹。烟銷日出不見人，欸乃一聲山水綠。」《嶺南江行》云：「瘴江南去入雲烟，望盡黃茅是海邊。山腹雨晴添象跡，潭心日煖長蛟涎。射工巧伺遊人影，颶母偏驚旅客船。從此憂來非一事，豈容華髮待流年。」《柳州峒氓》云〔三六〕：「郡城南下接通津，異服殊音不可親。青箬裹鹽歸洞客，緑荷包飯趁虚人。鵝毛禦臘縫山罽，雞骨占年拜水神。」《哭吕衡州》云：「衡岳新摧天柱峰，士林鷰頷泣相逢。祇令文字傳青簡，不使功名上景鐘〔三七〕。三畝空留懸磬室，九原猶寄若堂封。遥想荆州《人物論》，幾回中夜惜元龍。」《跂烏詞》云〔三八〕：「城上日出羣烏飛〔三九〕，鴉鴉争赴朝陽枝。刷毛伸翼和且樂〔四〇〕，爾獨落魄今何爲。無乃慕高近白日〔四一〕，三足妬爾令爾疾〔四二〕。無乃飢啼走路傍，貪鮮攫肉人所傷。翹肖獨足下叢薄，口銜低枝始能躍。還顧泥塗備螻蟻，仰看樑棟防燕雀。左右六翮利如刀，踴身失勢不得高。支離無趾猶自免〔四三〕，努力低飛逃後患。」韓、柳齊名，然柳乃本色詩人。自淵明没，雅道幾熄，當一世競作唐詩之時，獨爲古體以矯之。未嘗學陶和陶，集中五言凡十數篇，雜之陶集，有未易辨者。其幽微者可玩而味，其感慨者可悲而泣也。其七言五十六字尤工，五七言絶句已别選。退之作《羅池廟碑》云：「侯嘗語部曲歐陽翼等曰〔四四〕：『明年吾死，死而爲神。』後三年降於州之後堂，歐陽翼等見而拜之。」又云：「生能澤其民，死能驚動禍福之。」又云：「過客李儀醉酒慢侮〔四五〕，扶出即死。」恐非不語神怪之義。王初寮有詩云：「子厚文章百世師，尋常稽首望羅池。雷霆不碎韓詩板，醉侮何心怒李儀。」若爲子厚分疏者。

劉禹錫《八陣圖》云：「會有知兵者，臨流指是非。」《寄嚴司空》云：「歡謡開竹棧，拜舞擲桑弓。」《早發》云：「寒樹鳥初動，霜橋人未行。」《早秋集賢院》云：「蕙草香書殿，槐花點御

「神林社日鼓，茅屋午時雞。」又云：「興情逢酒在，筋力上樓知。」又云：「殘兵疑鶴唳，空壘辨烏聲。」又云：「昨宵鳳池客，今日雀羅門。」又云：「興情逢酒在，筋力上樓知。」

溝。」又云：「問卜安冥數〔四六〕，看方理病源〔四七〕。」《送客》云：「神林社日鼓，茅屋午時雞。」《和微之》云：「櫪嘶無價馬，庭發有名花。」又云：「昨宵鳳池客，今日雀羅門。」又云：「興情逢酒在，筋力上樓知。」又云：「遊魚將婢從，野雉見媒驚。」又云：「殘兵疑鶴唳，空壘辨烏聲。」《詠史》云〔四八〕：「賈生明王道，衛瑄工車戲。同遇漢文時，何人居貴位。」《初至長安》云：「每行經舊處〔四九〕，却想似前身〔五〇〕。不改南山色，其餘事事新。」《插田歌》云：「計吏語田夫，長安真大處。省門高軻峨，儂入無度數。昨來補衛士，唯用竹筒布。君看二三年，我作官人去。」《羅浮》云：「夜宿最高峰，瞻空浩無鄰。海黑天宇曠，星辰來逼人。是時當朏魄，陰物恣騰振。日光吐鯨背，劍影開龍鱗。倏若萬馬馳，旌旗聳奫淪〔五一〕。又如廣樂奏，金石含悲辛。疑其有巨靈，怪物盡來賓。陰陽迭用事，仍俾夜作晨。咿喔天雞鳴，扶桑色昕昕。赤波千萬里，湧出黃金輪。下視生物息，霏如隙中塵。醯雞仰甕口，亦謂雲漢津。世人信耳目，方寸度大鈞。安知視聽外，怪愕不可陳。」《擣衣曲》云：「爽砧應秋律，繁杵含淒風〔五二〕。一一遠相續，家家音不同。户庭凝露清，伴侶明月中。長裙委襞（績）〔積〕，輕佩垂璁瓏。汗餘衫更馥，鈿移麝半空。報寒驚邊雁，促思聞候蟲。天狼正芒角，虎落定相攻。盈篋寄何處，征人如轉蓬。」《古散調詞》云〔五三〕：「讀得《玄女符》，生當事邊時。往來長楸間，能帶雙鞬馳。崩騰天寶末，塵暗燕南垂。爟火入咸陽，詔徵神武師。是時占軍募，插羽揚金羈。萬夫列轅門，觀射中戟枝。中宵倚長劍，起視蚩尤旗〔五四〕。陰風獵白草，旗槊光參差。曾擒白馬將，虜騎不敢追。貴臣上戰功，姓名隨意移。終歲肌骨苦，他人印纍纍。謁者既清宫，諸侯各罷戲。上將賜北第，門戟不可窺。呰血下沾襟〔五五〕，天高問無期。却尋故鄉曲，孤影空相隨。」《遊桃源》云：「姹女飛丹砂，青童護金液。寶氣浮鼎耳，神光生劍脊。」七言《春望》云：「田中牧豎燒芻狗，陌上行人看石鱗。」《澧州》云〔五六〕：「梅蘂覆階鈴閣暖，雪峰當户戟枝寒。」《水亭避暑》云：「琥珀盃烘疑漏酒，水精簾瑩更通風。」《碁》云：「雁行布陣人未曉，虎穴得子人皆驚。」《送僧歸》云：「猿狖窺齋林葉動〔五七〕，蛟動聞咒浪花低。」《寄令狐相公》云：「少有一身兼將相，更能四面占文章。」《與歌者米嘉榮》云：「近來時世輕先輩，好染髭鬚事後生。」《江陵道中》云：「行到南朝征戰地，古來名將盡爲神。」又云：「氈裘君長迎風懼〔五八〕，錦領酋豪踴雪衙。」又云：「離別苦多相見少，一生心事在書題。」又云：「隔簾惟見中庭草，一樹山榴依舊開。」又云：「階蟻相逢如偶語，園蜂急去恐違程。」《荆門道上懷古》云：「南國山川舊帝畿，宋臺梁館尚依稀。馬嘶古樹行人歇，麥秀空城澤雉飛。風吹落葉填宫井，火入荒林化碧衣〔五九〕。徒使詞臣庾開府，咸陽終日苦思歸。」《平齊行》云：「開元皇帝東封時，百神受職爭奔馳。千鈞猛簴順流下，洪波涵淡浮熊羆。侍臣〔晏〕〔燕〕公秉文筆，玉檢告天無愧詞。當今睿孫承聖祖〔六〇〕，岳神望幸河宗舞。青門大道屬車塵，共待葳蕤翠華舉〔六一〕。」《墻陰歌》云：「白日左右浮天潢，朝晡影入東西墻。昔爲兒童在陰戲，當時意小覺日長。東鄰侯家吹笙簧，隨陰促促移象牀。西鄰田舍乏糟糠，就陰汲汲舂黄粱。因思九州四海外，家家只占墻陰内。莫言墻陰數尺間，老郤主人如等閑〔六二〕。」《西塞山懷古》云：「王濬樓船下益州，金陵王氣黯然收。千尋鐵鎖沉江底，一片降幡出石頭。人世幾回傷往事，山形依舊枕寒流。從今四海爲家日，故壘蕭蕭蘆荻秋。」夢得德宗朝已爲郎官、御史，坐伾、文之黨，久斥於外。晚與白樂天皆爲午橋賓客〔六三〕，累官至侍從，然年已八十餘矣。既死，微之有五言云：「併失鴛鸞侶，空餘麋鹿身。只應嵩少下，長作獨遊人。」

杜牧五言云：「韓彭不再生，英雄皆爲鬼。」又云：「少陵鯨海動，翰苑鶴天寒。」又云：「大暑去酷吏，清風來故人。」又云〔六四〕：「微雨池塘見，好風襟袖知。」又云：「圓疑竊龍頷〔六五〕，色已奪雞窗。」又云：「青漢龍髯絶，蒼山馬鬣悲。」又云：「微雨秋栽竹，孤燈夜讀書。」又云：「蓬蒿三畝居，寬於一天下。」又云：「自嫌如疋素，刀尺不由身。」又云：「誰知病太守，猶得作茶仙。」又云：「四百年炎漢，三十代宗周。二三里遺堵，八九所高邱。」又云：「偃蹇松公老，森嚴竹陣齊。小蓮娃欲語，幽笋稚相擕〔六六〕。」《杜秋娘》云：「京江水清清，生女白如脂。其間杜秋者，不勞朱粉施。老濞即山鑄，後庭千蛾眉。秋持玉斝醉，與唱《金縷衣》〔六七〕。濞既白首叛，秋亦紅淚滋〔六八〕。吳江落日渡，灞岸緑楊垂。聯裾見天子，倩眄獨依依〔六九〕。椒壁懸錦幕〔七〇〕，鏡奩蟠蛟螭。低鬟認新寵〔七一〕，窈裊復融怡〔七二〕。月上白璧門，桂影凉參差。金階露新重，閑捻紫簫吹。莓苔夾城路，南苑雁初飛。紅粉羽林仗，獨賜避邪旗。歸來煮豹胎，饜飫不能飴。咸池昇日慶，銅雀分香悲〔七三〕。雷（陰）〔音〕後車遠，事往落花時。燕禖得皇子，壯髮緑緌緌。畫堂授傅母，天人親捧持。虎睛珠絡褓，金盤犀鎮帷。長楊射熊羆，武帳弄啞咿。漸抛竹馬劇，稍出舞雞奇。嶄嶄整冠佩，侍晏坐瑶池。眉宇儼圖畫，神秀射朝暉。一尺桐偶人，江充知自欺。王幽茅土削，秋放故鄉歸。觚稜拂斗極，廻首尚遲遲。四朝三十載〔七四〕，似夢復疑非。潼關識故吏，吏髪已如絲。却唤吳江渡，舟人那得知。歸來四鄰改，茂苑草菲菲。清血灑不盡，仰天知問誰。寒衣一疋素，夜借鄰人機。我昨金陵過，聞之爲歔欷。自古皆一貫，變化安能推。夏姬滅二國，逃作巫臣妻。西子下姑蘇，一舸逐鴟夷〔七五〕。織室魏豹俘，作漢太平基。悮置代籍中，兩朝尊母儀。光武紹高祖，本系生唐兒。珊瑚破高齊，作婢春黄糜〔七六〕。蕭后去揚州，突厥爲閼氏。女子固不定，士林亦難期。射鉤後呼父，釣翁王者師。無國要孟子，有人毁仲尼。秦因逐客令〔七七〕，柄歸丞相斯。安知魏齊首，見斷簣中屍。給喪蹷張輩〔七八〕，廊廟冠峨危。珥貂七葉貴，何妨戎虜支。蘇武却生返，鄧通終餓飢。主張既難測，翻覆亦其宜。地盡有何物，天外復何之。指何爲而捉，足何爲而馳。耳何爲而聽，目何爲而窺。己身不自曉，此外何思惟。因傾一尊酒，題作《杜秋詩》。愁來獨長詠，聊可以自貽。」《杜秋娘》云「蕭后去揚州，突厥爲閼氏」，按《唐書》，隋煬帝后蕭氏因國破没於竇建德，突厥處羅可汗遣使招之，建德不敢留，遂入於虜庭。貞觀四年，太宗滅突厥〔七九〕，以禮迎后至京師〔八〇〕，入虜庭則爲閼氏必矣。《寄小姪阿宜》云：「小姪名阿宜，未得三尺長。頭圓筋骨緊，兩臉明且光。去年學官人，竹馬繞四廊。指揮羣兒輩，意氣何堅剛。」「去歲冬至日〔八一〕，拜我立我傍。祝爾願爾貴，仍且壽命長。今年我江外，今日生一陽。憶爾不可見，祝爾傾一觴。陽德化君子，初生至微茫。排陰出九（城）〔地〕，萬物隨開張。一似小兒學，日就復月將。勤勤不自已，二十能文章。」「我家公相家〔八二〕，劍佩常玎瑲〔八三〕。舊第開朱門，長安城中央。第中無一物，萬卷書滿堂。家集三百編，上下馳皇王。多是撫州寫，今來五紀强。尚可與爾讀，助爾爲賢良。經書括根本〔八四〕，史書閲興亡。高摘屈宋艷，濃薰班馬香。李杜泛浩浩，韓柳摩蒼蒼。近者四君子〔八五〕，與古争强梁。願爾一祝後，讀書日（月）〔日〕忙。一日讀十紙，一月讀一箱。朝廷用文治，大開官職場。願爾出門去，取官如驅羊。大明帝宮闕，杜曲我池塘。我若自潦倒，看汝争翺翔。」《少年行》云：「官爲駿馬監，職帥羽林兒。兩綬藏不見，落花何處期。獵敲白玉鐙，怒袖紫金鎚。田竇長留醉〔八六〕，蘇辛曲讓歧。豪持出塞節，笑别遠山眉。捷報雲臺（駕）〔賀〕，公卿拜壽巵。」七言云：「南朝四百八十寺，多少樓臺煙雨中。」又云：「蕭條市邑如魚尾，早晚干戈識虎皮。」又云：「四海一家無一事，將軍攜鏡泣霜毛。」又云：「九原可作吾誰與，師友瑯琊邴曼容。」又云：「秋山春雨閒吟處，倚遍江南寺寺樓。」又云：「杜詩韓筆愁來讀，似倩麻姑癢處爬。」又云：「商女不知亡國恨，隔江猶唱後庭花。」又云：「自説江湖不歸事，阻風中酒過年年。」又云：「公道世間惟白髮，貴人頭上不曾饒。」《斑竹篳》云〔八七〕：「分明知是湘妃泣，何忍將身卧淚痕。」又云：「無端有寄閒消息，背插金釵笑向人。」《宮人冢》云：「少年入内教歌舞，不識君王到死時。」《别家》云：「初歲嬌兒未識爺，别爺不拜手吒叉〔八八〕。拊頭一別三千里，何日迎門却到家。」《贈射獵》云：「已落雙雕血尚新，鳴鞭走馬又翻身。憑君莫射南來雁，恐有家書寄遠人。」《河湟》云：「元載相公曾借箸，憲宗皇帝亦留神。旋見衣冠就東市，忽遺弓劍不西巡〔八九〕。牧羊驅馬雖戎服，白髮丹心盡漢臣〔九〇〕。惟有凉州歌舞曲，流傳天下樂閒人。」絶句云：「玉子紋楸一路饒，最宜簷雨竹瀟瀟。得年七十更萬日，與子期於局上銷。」《故洛城》云：「錮黨豈能留漢鼎，清談空解識胡兒。千燒萬戰坤靈死〔九一〕，慘慘終年鳥雀悲。」《九日齊山登高》云：「江涵秋影雁初飛，與客攜壺上翠微。塵世難逢開口笑，菊花須插滿頭歸。但將酩酊酬佳節，不用登臨恨落暉。古往今來只如此，牛山何必更沾衣。」《酧張處士》云：「七子論詩誰似公，曹劉須在指揮中。薦衡昔日知文舉，乞火無人作蒯通。北極樓臺長入夢，西江波浪遠吞空。可憐故國三千里，虛唱歌詞滿六宮。」《横江館》云：「孫家兄弟晉龍驤，馳騁功名業帝王。至竟江山誰是主，苔磯空屬釣魚郎。」又云：「鏡中絲髮悲來慣，衣上塵痕拂漸難。惆悵江湖釣竿手，却遮西日向長安。」又云：「四皓有芝輕漢祖，張儀無地與懷王。」又云：「仙掌月明孤影過，長門燈暗數聲來。」牧之門户貴盛，文章獨步一時，其機鋒湊（拍）〔泊〕如德山棒、臨濟喝〔九二〕。少時不羈，有「書記平安」之謗〔九三〕。晚年刺湖州〔九四〕，猶有「緑葉成陰子滿枝」之恨，若未忘情於色界者。晚節自誌其墓，與臺卿自誌、淵明自挽何異，非世之畏死懼化者所能及也。頃見考亭嘗以行草書《齊山九日》之章〔九五〕，乃知文公亦愛其才。

〔一〕 險：原作「歛」，據四庫本《後村詩話》改。
〔二〕 詩：原作「誰」，據四庫本《後村詩話》改。

〔三〕咋：原作「炸」，據四庫本《後村詩話》改。

〔四〕歸：原作「起」，據四庫本《後村詩話》改。

〔五〕粹：原作「粹粹」，據四庫本《後村詩話》刪。

〔六〕孤：原作「弧」，據小草本及四庫本《後村詩話》改。

〔七〕蕃：原作「翻」，據小草本及四庫本《後村詩話》改。

〔八〕聞語：原倒，據小草本及四庫本《後村詩話》乙。

〔九〕押：原無，據小草本及四庫本《後村詩話》補。

〔一〇〕「盂」下原有「先」字，據《別本韓文考異》卷五刪。

〔一一〕公：原作「云」，據四庫本《後村詩話》改。

〔一二〕儕：原作「儔」，據《別本韓文考異》卷六改。

〔一三〕獸：原作「戰」，據《別本韓文考異》卷六改。

〔一四〕兩：原作「四」，據《別本韓文考異》卷六改。

〔一五〕銜：原作「御」，據《別本韓文考異》卷六改。

〔一六〕坐：原作「兒」，據《別本韓文考異》卷六改。

〔一七〕如：原作「知」，據《別本韓文考異》卷六改。

〔一八〕后：原作「帝」，據《別本韓文考異》卷六改。

〔一九〕鳳：原作「詞」，據《别本韓文考異》卷六改。
〔二〇〕「群」下原有「公」字，據《别本韓文考異》卷六删。
〔二一〕「者」下原有「壯」字，據《别本韓文考異》卷六删。
〔二二〕稍：原作「補」，據《别本韓文考異》卷六改。
〔二三〕駈：原作「驅」，據《别本韓文考異》卷六改。
〔二四〕其：原作「與」，據《别本韓文考異》卷六改。
〔二五〕役：原無，據《别本韓文考異》卷六補。
〔二六〕笆：原作「芭」，據《别本韓文考異》卷六改。
〔二七〕節：原無，據《别本韓文考異》卷六補。
〔二八〕足：原作「是」，據《别本韓文考異》卷六改。
〔二九〕容軀：原作「空驅」，據《别本韓文考異》卷六改。
〔三〇〕焚：原作「楚」，據《别本韓文考異》卷六改。
〔三一〕霧：原作「露」，據《别本韓文考異》卷六改。
〔三二〕肸蠁巫：原作「盻蛩誣」，據《别本韓文考異》卷六改。
〔三三〕慚：原作「斬」，據《别本韓文考異》卷六改。
〔三四〕慎：原作「巡」，據《别本韓文考異》卷六改。

〔三五〕光競：原作「兔竟」，據《别本韓文考異》卷六改。

〔三六〕珉：原作「岷」，據《柳河東集》卷四二改。

〔三七〕上：原作「生」，據四庫本《後村詩話》改。

〔三八〕跂烏：原作「跋烏」，據四庫本《後村詩話》改。

〔三九〕烏：原作「鳥」，據四庫本《後村詩話》改。

〔四〇〕伸翼：原作「神翌」，據四庫本《後村詩話》改。

〔四一〕乃：原作「巧」，據四庫本《後村詩話》改。

〔四二〕疾：原作「淚」，據四庫本《後村詩話》改。

〔四三〕趾：原作「耻」，據四庫本《後村詩話》改。

〔四四〕翼：原作「翌」，據四庫本《後村詩話》改。下同。

〔四五〕酒：原作「而」，據四庫本《後村詩話》改。

〔四六〕安：原作「看」，據《劉賓客文集》卷二二改。

〔四七〕看：原作「校」，據四庫本《後村詩話》改。

〔四八〕史：原作「始」，據四庫本《後村詩話》改。

〔四九〕每行：原作「侮竹」，據四庫本《後村詩話》改。

〔五〇〕身：原作「安」，據四庫本《後村詩話》改。

〔五一〕奫：原作「淵」，據四庫本《後村詩話》改。

〔五二〕杵：原作「栖」，據四庫本《後村詩話》改。

〔五三〕散：原無，據四庫本《後村詩話》補。

〔五四〕視：原作「神」，據四庫本《後村詩話》改。

〔五五〕背：原作「背」，據四庫本《後村詩話》改。

〔五六〕澧：原作「澧」，據四庫本《後村詩話》改。

〔五七〕狖：原作「穴」，據四庫本《後村詩話》改。

〔五八〕裘：原作「毬」，據四庫本《後村詩話》改。

〔五九〕入：原作「化」，據四庫本《後村詩話》改。

〔六〇〕祖：原作「神」，據四庫本《後村詩話》改。

〔六一〕葳：原作「藏」，據四庫本《後村詩話》改。

〔六二〕郤：原作「欲」，據四庫本《後村詩話》改。

〔六三〕賓：原作「寶」，據四庫本《後村詩話》改。

〔六四〕又：原無，據四庫本《後村詩話》補。

〔六五〕頜：原作「領」，據四庫本《後村詩話》改。

〔六六〕稚：原作「雅」，據四庫本《後村詩話》改。

〔六七〕與：原作「興」，據四庫本《後村詩話》改。
〔六八〕淚：原作「浪」，據四庫本《後村詩話》改。
〔六九〕倩：原作「清」，據四庫本《後村詩話》改。
〔七〇〕幕：原作「募」，據四庫本《後村詩話》改。
〔七一〕低：原作「伍」，據《樊川文集》改。
〔七二〕復：原作「隨」，據小草本及四庫本《後村詩話》改。
〔七三〕雀：原作「省」，據四庫本《後村詩話》改。
〔七四〕四：原作「回」，據四庫本《後村詩話》改。
〔七五〕鴟：原作「鴞」，據四庫本《後村詩話》改。
〔七六〕糜：原作「縻」，據四庫本《後村詩話》改。
〔七七〕因：原作「下」，據四庫本《後村詩話》改。
〔七八〕饜：原作「饜」，據四庫本《後村詩話》改。
〔七九〕宗：原作「崇」，據四庫本《後村詩話》改。
〔八〇〕師：原作「觀」，據四庫本《後村詩話》改。
〔八一〕至：原作「三」，據四庫本《後村詩話》改。
〔八二〕公相：原倒，據四庫本《後村詩話》乙。

〔八三〕常：原無，據四庫本《後村詩話》補。

〔八四〕括：原作「刮」，據四庫本《後村詩話》改。

〔八五〕近：原缺，據四庫本《後村詩話》補。

〔八六〕長：原作「張」，據四庫本《後村詩話》改。

〔八七〕竹：原作「分」，據四庫本《後村詩話》改。

〔八八〕吒：原作「叱」，據四庫本《後村詩話》改。

〔八九〕不：原作「下」，據四庫本《後村詩話》改。

〔九〇〕心：原作「青」，據四庫本《後村詩話》改。

〔九一〕坤：原作「神」，據四庫本《後村詩話》改。

〔九二〕如德山棒臨濟喝：原作「如□山臨濟棒喝」，據適園本《後村詩話》乙、補。四庫本此句作「如秋月春山，挹之無盡」。

〔九三〕記：原無，據適園本《後村詩話》補。

〔九四〕晚年刺湖州：原缺，據適園本《後村詩話》補。四庫本作「及住廿四橋頭」。

〔九五〕「頃見」以下文字，四庫本《後村詩話》所載大異，附記於此：「頃見考亭稱牧行草書能不愧於詩，有『頡頏李杜』之目，乃知文公亦愛其才。」

後村先生大全集卷之一百八十六

詩話 新集

白居易《原上草》云：「野火燒不盡，春風吹又生。」《清明》云：「留觴和冷粥，出火煮新茶。」《扇》云：「引秋生手裏，藏月入懷中。」《太湖石》云：「峰併仙掌出，罅坼劍門開〔一〕。」又云：「常恐國史上，但記鳳與麟。」又云：「昨日延英對，今日崖州去。」又云：「所恨薄命身，嫁遲別日迫。」又云：「爲君一日恩，誤妾百年身。」又云：「我無縮地術，君非馭風仙〔二〕。」又云：「行年三十九，歲暮日斜時。」《讀靈運詩》：「大必籠天海，細不遺草樹。」又云：「未得無生心，白頭亦爲夭。」又云：「戀月夜同宿，愛山晴共看。」《江州》云：「野水多於地，人烟半在船。」又云：「老色日上面，歡悰時去心〔三〕。今既不如昔，後當不如今。」又云：「欲識往來頻，青蕪成白路。」又云：「笑勸新醅酒，閒吟短李詩。」又云：「犬吠村胥鬧，蟬鳴織婦忙。」又云：「成人男作丱，事鬼女爲巫。」又云：「吏徵漁户税，人納火田租。」又云：「醉曾衝宰相，驕不揖金吾。」又云：「散吏閒如客，貧州冷似村。」又云：「憂方知酒聖，貧始覺錢神。」又云：「雞鳴一覺睡，不博早朝人〔四〕。」又云：「户大嫌甜酒，才高笑小詩。」又云：「性靈閒似鶴，顔狀古於松〔五〕。」又云：「若不爲松喬，即須作臯夔。」又云：「微月初三夜，新蟬第一聲。」又云：「病聞和藥氣，渴聽碾茶聲〔六〕。」又云：「小巢織巧婦，新葉長慈姑。」又云：「玉柄鶴翎扇，銀瓶雲母漿。」又云：「秋風滿衫淚〔七〕，泉下故人多。」又云：「佛容爲弟子，天許作閒人。」又云：「鬬閒僧尚鬧，較瘦鶴爲肥。」又云：「不能留姹女，曾免作衰翁。」又云：「婢能尋本草〔八〕，犬不吠醫人。」又云：「同時六學士，五相一漁翁。」又云：「園葵烹佐飯，林葉掃添薪。」又云：「有一燕趙士，言貌甚奇瓌。日日酒家去，脱衣典數盃〔九〕。問君何落拓，云僕生草萊。地寒命且薄，君門乏良媒。亦有同門生，先升青雲梯。貴賤交道絶，朱門叩不開。及歸種禾黍，三歲旱爲災。入山燒黄白，一旦化爲灰。處處去不得，却歸酒中來。」《淵明》云：「夷齊各一身，窮餓未爲難。先生有五男，與之同飢寒。」又云：「三年典郡歸，所得非金帛。天竺石二片，華亭鶴一隻。遂就無塵坊，仍求有水宅。豈獨爲身謀，安吾鶴與石。」又云：「榮名與壯齒，相避如朝暮。時命始欲來，年顔已先去。」又云：「泥壇方合矩，鑄鼎圓中規。鑪橐一以動，瑞氣紅輝輝。二物正訢合，厥狀何怪奇。綢繆夫婦體，狎獵魚龍姿。」又云：「試問臺池主，多爲將相官。終身不曾到，惟展宅圖看〔一〇〕。」又云：「昔作少學士，圖形入集賢。今爲老居士，寫貌寄香山。鶴毳變玄髮，雞膚換朱顔。前形與後貌，相去三十年。」七言云：「一叢暗淡將何比，淺碧籠裙襯紫巾。」又云：「藥圃茶園爲産業，野麋林鶴是交遊。」又云：「失寵故姬歸院夜，没蕃老將上樓時。照他幾許人腸斷，玉兔銀蟾遠不知。」又云〔一一〕：「曾犯龍鱗客不死，欲騎鶴背覓長生。」又云：「每被老元偷格律，苦教短李伏歌行。」又云：「猶嫌小户長先醒，不得多時住醉鄉。」又云：「洛陽女兒面似花，河南大尹頭如雪〔一二〕。」又云：「琴書何必求王粲，與女猶勝與外人。」又云：「綺羅二八圍寶榻〔一三〕，組練三千夾將壇。」又云：「争得大裘長萬丈〔一四〕，與君都蓋洛陽城。」又云：「大有高門鎖空宅，主人到老不曾歸。」又云：「病添莊舄吟聲苦〔一五〕，貧欠韓康藥債多。」又云：「柘枝紫袖教丸藥，羯鼓蒼頭遺種蔬〔一六〕。」又云：「直應人世無風月，始是心中忘却時。」又云：「冷落若爲留客住，冰池霜竹雪髯翁。」又云：「漢容黄綺爲逋客，堯放巢由作外臣。」《哭劉夢得》云：「盃酒英雄君與操，文章微婉我知邱。賢豪雖没精靈在，應共微之地下遊。」又云：「蟭螟殺敵蚊巢上〔一七〕，蠻觸交争蝸角中。應似諸天觀下界，一微塵内鬭英雄。」又云：「秦磨利刀斬李斯，齊燒沸鼎烹酈其〔一八〕。可憐黄綺入商洛，閑卧白雲歌紫芝。彼爲葅醢几上盡，此作鸞凰天外飛。去者逍遥來者死，乃知禍福非天爲。」又云：「禍福茫茫不可期，大都早退似先知。當君白首同歸日，是我青山獨往時。顧索素琴應不暇，憶牽黄犬定難追。麒麟作脯龍爲醢，何似泥中曳尾龜。」《新豐折臂翁》云：「新豐老翁八十八，頭鬢眉鬚白似雪〔一九〕。玄孫扶向店前行，左臂憑肩右臂折。問翁臂折來幾年，兼問致折何因緣。翁云貫屬新豐縣，生逢聖代無征戰。慣聽梨園歌管聲，不識旗槍與弓箭。無何天寶大徵兵，户有三丁點一丁。點得驅將何處去，五月萬里雲南行。聞道雲南有瀘水，椒花落時瘴烟起。大軍徒涉水如湯，未過十人二三死。村南村北哭聲哀，兒别爺娘夫别妻。皆云前後征蠻者，千萬人行無一回。是時翁年二十四〔二〇〕，兵部牒中有名字。夜深不敢使人知，偷將大石鎚折臂。張弓簸旗俱不堪，從茲始免征雲南。骨碎筋傷非不苦，且圖揀退歸鄉土。此臂折來六十年，一肢雖廢一身全。至今風雨陰寒夜，直到天明痛不眠。痛不眠時終不悔，且喜老身今獨在。不然當時瀘水頭，身死魂飛骨不收。應作雲南望鄉鬼，萬人塚上哭呦呦。老人言，君聽取。君不聞，開元宰相宋開府，不賞邊功防黷武。又不聞，天寶宰相楊國忠，欲求恩幸立邊功。邊功未立生人怨，請問新豐折臂翁。」《八駿圖》云：「穆王八駿天馬駒，後人愛之寫爲圖。日行萬里速如飛。穆王獨乘何所之。四荒八極踏欲遍，三十二蹄無歇時。屬車軸折趁不及，黄屋草生棄若遺。瑶池西赴王母晏，七廟經年不親薦。璧臺南與盛姬遊，明堂不復朝諸侯。白雲黄竹歌聲動，一人荒樂萬人愁。至今此物世稱珍，不知房星之精下爲怪。」《賣炭翁》云：「賣炭翁，伐薪燒炭南山中。滿面塵灰烟火色，兩鬢蒼蒼十指黑。賣炭得錢何所營，身上衣裳口中食。可憐身上衣正單，心憂炭賤願天寒。夜來城外一尺雪，曉駕炭車輾冰轍。牛困人飢日已高，市南門外泥中歇。翩翩兩騎來是誰，黄衣使者白衫兒。手把文書口稱勅，廻車叱牛牽向北。一車炭，千餘斤，宮使驅將惜不得。半疋紅紗一丈綾，繫向牛頭充炭直。」《官牛》云：「官牛官牛駕新車，滻水岸邊搬載沙。一石沙，幾斤重，朝載暮載將何用。載向五門官道西，緑槐陰下鋪沙堤。昨來新拜右丞相，恐怕泥塗汙馬啼。右丞相，馬蹄踏沙雖净潔，牛領牽車欲流血〔二一〕。右丞相，但能濟人治國調陰陽，官牛領穿亦無妨。」《鹽商婦》云：「鹽商婦，多金帛，不事田農與蠶績。南北東西不失家，風水爲鄉船作宅。本是揚州小家女，嫁得西江大商客。綠鬟富去金釵多，皓腕肥來銀釧窄〔二二〕。前呼蒼頭後呼婢，問爾因何得如此。婿作鹽商十五年，不屬州縣屬天子。每年鹽利入官時，少入官家多入私。官家利薄私家厚，鹽鐵尚書遠不知。何況江頭魚米賤，紅膾黃橙香稻飯。飽食濃粧倚柂樓〔二三〕，兩朵紅顋花欲綻。鹽商婦，有幸嫁鹽商，終朝美飯食，終歲好衣裳。好衣美食來何處，亦須慚愧桑弘羊。桑弘羊，死已久，不獨漢時今亦有。」

元稹《榴花》五言云：「委作金爐焰，飄成玉砌瑕。」《憲宗挽歌》云：「狼星如要射，猶有鼎湖弓〔二四〕。」又云：「俊鶻度海食〔二五〕，應龍昇天行。」又云：「漸恐鯨鯢大，波濤及九州。」又云：「新筍踴犀角，落梅翻蝶翅。」又云：「箏絃玉指調，粉汗紅綃拭。」又云：「綵縷碧筠粽〔二六〕，香秔白玉團。」又云：「佞存真妾婦，諫死是男兒。」又云：「叉魚江火合，喚客谷神應。」又云：「花態繁於綺，閨情軟似綿。」又云：「勁芰鼇足斷，精貫虱心穿。」又云：「望夫身化石，爲伯首如蓬。」又云：「不如元不識，俱作路人行。」又云：「乘我牂牁馬〔二七〕，蒙茸大如瓶。」又云：「亭亭巧於削，一一大如拱。槎枒矛戟合，屹仡龍蛇動〔二八〕。風朝竽籟過，雨夜鬼神恐。」《蜘蛛》云：「縈纏傷竹柏，吞噬及蟲蛾。爲送佳人喜，珠櫳無奈何。」《小兒》云：「亂騎殘爆竹，爭唾小旋風。罵雨愁妨走，呵冰喜旋融。」《估客樂》云：「估客無住著，有利身即行。一解市頭語，便無鄉里情。子本頻蕃息，貨販日兼并。求珠駕滄海，采玉上荆衡〔二九〕。北買党項馬〔三〇〕，西擒吐蕃鸚。越婢脂肉滑，奚僮眉眼明〔三一〕。經遊天下徧，却到長安城。先問十常侍，次求百公卿。侯家與王第，點綴無不精。歸來始安坐，富與王者勍〔三二〕。大兒販材木，巧識梁棟形。小兒販鹽鹵，不入州縣征。一身偃市利，突若截海鯨。」七言云：「他時定葬燒缸地，賣與人家得酒盛。」又云：「初過寒食一百六〔三三〕，店舍無煙宮樹緑。」又云：「四五年前作拾遺，諫書不密丞相知。」《夢上天》云：「來時畏有他人上，截斷龍胡斬鵬翼。」《越州》云：「州城廻繞拂雲堆，鑑水稽山滿眼來。四面常時對屏障，一家終日在樓臺。星河似向簷前落，鼓角驚從地底廻。我是玉皇香案吏，謫居猶得住蓬萊。」《夫遠征》云：「趙卒四十萬，盡爲坑中鬼。趙王未信趙母言，猶點新兵更填死。坑中之鬼妻在營，髽麻戴絰鵝雁鳴。送夫之婦又行哭，哭聲送死非送行。夫遠征，夫遠征，遠征不必戍長城，出門便不知死生。」元、白皆唐大詩人。余觀古作者，必以艱深文淺近，必以尖新革塵腐，二公獨不然。世傳其賦詠，元語多犯白，因有偷格律之嘲。白遇有賦詠，必使老嫗聞而曉解者。兩《長慶集》部帙數倍韓、柳，其間大篇如《連昌宫詞》、《琵琶行》之類不可勝書，姑録其尤警策者於編。元初與仇士良争驛，劾嚴厲苛歛〔三四〕，忤時相意，賴李絳、崔羣論救。其詩有「侫存真妾婦，諫死是男兒」之句，初節甚高。及爲學士，有上眷，中人争與之交，遂黨中人以阻裴度〔三五〕，非復昔日之微之矣。其卒年甫五十三，故白哀詩云：「因知早貴兼才子，不得多時在世間。」白天資近道〔三六〕，多稱人之善，然「當君白首同歸日，是我青山獨往時」之句，不哀彼之冤而幸我之免〔三七〕。文饒不存輩行，不分雅俗，但欲以浙西觀察使臨蘇州刺史〔三八〕，道眼觀之，只堪一笑。

集中數絶，余嘗疑好事者爲之，香山未必有此作也。

李賀《感諷》云：「合浦無明珠，龍洲無木奴〔三九〕。足知造化力，不給使君須。越婦未織作〔四〇〕，吴蠶始蠕蠕。縣官騎馬來，獰色虬紫鬚。懷中一方板，板上數行書。不因使君怒，焉得詣爾廬。越婦拜縣官，桑芽今尚小。會待春日晏，絲車方擲掉。越婦通言語，小姑具黄粱。縣官踏飡去〔四一〕，簿吏復登堂。」又云：「都門賈生墓，青蠅久斷絶。寒食摇楊天，憤景長肅殺。皇漢十二帝，唯帝稱睿哲〔四二〕。一夕信豎兒，文明永淪歇。」《秦王飲酒》云：「酒酣喝月使倒行。」《沙路曲》云：「帝前動笏移南山。」《秋來》云：「秋墳鬼唱鮑家詩，恨血千年土中碧〔四三〕。」《夢天》云〔四四〕：「黄塵清水三山下，更變千年如走馬。遥望齊州九點烟，一泓海水杯中瀉。」《秦宫》云：「飛窗複道傳頭飲，十夜銅盤膩燭黄。」又云：「斫桂燒金待曉筵，白鹿清蘇夜半煮。」《美人梳頭歌》云：「雙鸞開鏡秋水光，鮮鬟臨鏡立象牀。一編香絲雲散地，玉釵落處無聲膩。纖手却盤老鴉色，翠滑寶釵簪不得。」又云：「背人不語向何處，下階自折櫻桃花。」《雁門太守行》云：「黑雲壓城城欲摧〔四五〕，甲光向日金鱗開。角聲滿天秋色裏，塞上臙脂凝夜紫。半卷紅旗臨易水，霜重鼓寒聲不起。報君黄金臺上意，提攜玉龍爲君死。」《金銅仙人辭漢歌》云：「茂陵劉郎秋風客，夜聞馬嘶曉無跡。畫欄桂樹懸秋香，三十六宫土花碧。魏官牽車指千里〔四六〕，東關酸風射眸子。空將漢月出宫門，憶君清淚如鉛水。衰蘭送客咸陽道〔四七〕，天若有情天亦老。攜盤獨出月荒涼〔四八〕，渭城已遠波聲小。」《吕將軍歌》云：「吕將軍，騎赤兔。獨攜大膽出秦關〔四九〕，金粟堆邊哭陵樹〔五〇〕。北方逆氣汙青天，劍龍夜叫將軍閑〔五一〕。將軍振袖揮劍鍔，玉闕朱城有門閣。榼榼銀龜摇白馬，傅粉女郎火旗下。恒山鐵騎請金槍〔五二〕，遥聞箙中花箭香。西郊寒蓬葉如刺，皇天親栽養神驥。厩中高桁排蹇蹄，飽食青芻飲白水。圓蒼低迷蓋張地，九州人事皆如此〔五三〕。」《苦篁調嘯引》云〔五四〕：「請説軒轅在時事，伶倫採竹二十四。伶倫採之自崑邱，軒轅詔遣中分作十二。伶倫以之正音律，軒轅以之調元氣。當時黄帝上天時，二十三管咸相隨。唯留一管人間吹，無德不能得此管，此管沉埋虞舜祠〔五五〕。」《李憑箜篌引》云：「吴絲蜀桐張高秋，空山凝雲頽不流。江娥啼竹素女愁〔五六〕，李憑中國彈箜篌。崑山玉碎鳳凰叫，芙蓉泣露香蘭笑。十二門前融冷光，二十三絲動紫皇。女媧鍊石補天處，石破天驚逗秋雨。夢入神山教神嫗〔五七〕，老魚跳波瘦蛟舞。吴質不眠倚桂樹，露脚斜飛濕寒兔。」李長吉歌行，新意險語，自有蒼生以來所絶無者。樊川一序，云「極騷人墨客之筆力〔五八〕，盡古今文章之變態」，非長吉不足以當之。《高軒過》乃其總角時所作，若宿構者，然其母曰「是兒欲嘔出心乃已」。知子莫如母，豈非苦吟而得者歟！《唐雜記》云：「賀性傲忽〔五九〕，其詩爲其中表投之溷中，故傳於世者甚少。」悲夫，使吾有中表如賀者，當濯薔薇水、薰玉蕤香，方敢開卷，此中表者豈其鼻塞不知香臭者與！

戴叔倫《贈李山人唐》云：「柳條將白髮，相對共垂絲。」《汝南别董校書》云：「擾擾倦行役，相逢陳蔡間。何爲百年内，不見一人閒。對酒惜餘景，問程愁亂山。秋風萬里至〔六〇〕，又度穆陵關。」《贈康老人洽》云〔六一〕：「一篇飛入九重門，樂府喧喧聞至尊。宫中美人皆唱得，七貴因云盡相識。不脱敝裘輕錦綺，長吟佳句掩笙歌。賢王貴主於我厚，駿馬蒼頭如己有。暗將心事隔風塵，盡擲年光逐杯酒。青門幾度見春歸，折柳尋花送落暉。」叔倫仕至容筦觀察使，半山選其詩凡四十七首，五七言絶句已入選，今摘出集中平淡可翫味者〔六二〕、瀏亮切事情者。趙南塘《題天台戴式之詩藁》云：「台嶺散仙人，詩家小叔綸〔六三〕。」式之由此名重，有《石屏集》，南塘爲選取若干首。

楊巨源《獻聖壽》云：「爐烟添柳重，宫漏出花遲。」《老將》云：「功成封寵將，力盡到貧鄉。」《聖恩洗雪鎮州寄獻裴相公》云：「天借春光洗緑林，戰塵收盡見花陰。好生本是君王德，忍死何妨壯士心。曾賀截雲翻柵遠，仍聞斸凍下營深。井陘昨日雙旗入，蕭相無言淚濕襟。」此謂田布知魏兵必叛，殺身以自明。楊巨源勇去之節，退之一序已萬古不朽矣。内云：「國子司業楊公方以能詩訓後進〔六四〕。」按夔以九德教胄子，周以德行道藝造士，未聞以能詩訓後進者。唐人或以一聯擅終身之貴者有之〔六五〕，然楊公可敬初不在詩。丞相愛惜不能留，童子釣遊不忍忘，可爲人師矣。世傳楊公苦吟，常掉其頭，至老雖未嘗吟而掉頭自若。所作尤律熟，其間忠憤慷慨如《聖恩洗雪鎮州寄獻裴相公》之篇，可補《唐史》之缺。

皇甫冉《張公洞》五言云：「何時種桃核，幾度看桑田。」《寄僧》云：「一人春山裏，千峰不可尋。」《長安路》云：「結束趨平樂〔六六〕，聯翩抵狹斜〔六七〕。」《温湯》云：「丞相金錢賜，平陽玉輦過。魯儒求一謁，無路獨如何。」《傷美人》云：「專房獨見寵，傾國衆皆聞。」《宿嚴維宅送包七》云：「歲儲無別墅，寒服羨鄰機。」《出塞》云：「吹角出塞門，前瞻即胡地。三軍盡回首，皆灑望鄉淚。轉念關山長，行看風景異。由來征戍客，各負輕生義。」《故齊王贈承天皇帝挽歌》云：「禮盛追隆日，人知友悌恩。舊居從代邸，新壠入文園。鴻寶仙書秘，龍旂帝服尊。蒼蒼松裏月，萬古此高原。」《送魏十六還蘇州奉贈絶句》云：「秋夜深深北送君，陰蟲切切不堪聞。歸舟明日毗陵道，廻首蘇州是白雲。」

皇甫曾《送人往荆州》云：「帆影連三峽，猿聲近四鄰。」《送李中丞》云：「關河三晉路，賓從五原人。」七言云：「濕薪暖酒烟迷眼，鮮竹刻詩露拂衣。」兩皇甫詩昔嘗略評之，補闕詩尤多，御史所作絶少，然亦多佳句。

陸龜蒙五言云：「河洲藏晚弋，籬落露寒舂。」「出户手先筇，見人頭未帽。」七言云：「終須揀取幽棲處，老檜雙成便作門〔六八〕。」

皮日休《旅舍除夜》云：「挑燈猶故歲，聽角已新年。」《陪江西裴公遊襄州延慶寺》云〔六九〕：「不着前驅驚野鳥，唯將後乘載詩人。」《襄州春遊》云〔七〇〕：「映柳認人多錯誤，透花窺鳥最分明。岑牟單綾何曾著〔七一〕，莫道猖狂似禰衡。」《過雲居院玄福上人舊居》云：「重到雲居獨悄然，隔窗窺影尚疑禪。不逢野老來聽法，猶見鄰僧爲引泉。龕上已生新石耳，壁間空帶舊茶烟。南宗弟子時時到，泣把山花奠几筵。」皮、陸皆唐季詩客，陸隱於甫里，皮咸通八年登第，二人素友善，倡和尤多。昔之和詩者和意而已，惟皮、陸必和韻，有累至百韻者。皮有《七愛詩》，爲房、杜、李西平、盧鴻、元魯山、李太白、白居易七人而作，以嵩山處士、魯山令次三大臣，李翰林、白少傅名位不輕，列於處士、縣令之下，其高致卓識如此。

杜荀鶴《春宫怨》云：「風暖鳥聲碎，日高花影重。」《經賈島墓》云：「山根五尺墓，人口數聯詩〔七二〕。」《弔李翰林》云：「誰移耒陽冢，來此作吟鄰。」《感寓》云：「海枯終見底，人死不知心。」《雪》云：「江湖不見飛禽影，巖谷惟聞折竹聲〔七三〕。擁袍公子莫言冷，中有樵夫跣足行。」《哭貝韜公》云：「交朋來哭我來歌，喜傍山家葬薜蘿。四海十年人殺盡，似君埋少不埋多。」《溪興》云：「山雨溪風卷釣絲，瓦甌篷底獨斟時〔七四〕。醉來睡着無人唤，舟下前溪也不知。」《題覺禪和》云〔七五〕：「少見修行得似師〔七六〕，茅堂佛像亦隨時。禪衣衲後雲藏線，夏臘高來雪印眉〔七七〕。耕地誠侵連冢土，伐薪教護帶巢枝。有時問着經中事，却道山僧總不知。」荀鶴詩在羅隱、方干之下，半山選唐詩只取四首。其五言最多，然每失之容易，七言差勝。

李涉《山中無奈何》云：「無奈落葉何，紛紛滿衰草。疾來無氣力，擁户不能掃。欲訪雲外人，都迷上山道〔七八〕。」又云〔七九〕：「無奈澗水何，喧喧夜鳴石。疎林透斜月，散亂金光滴。欲訪澗底人，路窮潭水碧。」又云：「無奈牧童何，放牛喫我竹。隔林呼不應，叫笑如生鹿。欲報田舍翁，更深不歸屋。」《遊鶴林寺》云：「野寺尋花春已遲，背巖唯有兩三枝。平明攜酒猶堪醉，爲報春風且莫吹。」涉詩見於半山《詩選》者三十餘首，其絶句已别選〔八〇〕，古體三篇，又《鶴林》一絶，皆有意味，存之以備一家。

顧非熊《送朴處士歸新羅》云：「少年離本國，今去已成翁〔八一〕。客夢孤舟裏，鄉山積水東。鼇沉崩巨岸，龍鬭出遥空。學得中華語〔八二〕，將歸誰與同。」非熊，顧況之愛子。況《哭子詩》云：「老人喪愛子，日暮泣成血。老人年七十，不作多時別。」非熊亦有詩名，今存者僅百餘篇，必多散佚。

朱慶餘《上江州李使君》云：「得在朝廷少，還應諫諍多。」《杭州送蕭校書》云：「別君猶有淚，學道漫經年。」《上張水部》云：「洞房昨夜停紅燭，待曉堂前拜舅姑。粧罷低聲問夫婿，畫眉深淺入時無。」慶餘絶句爲籍所稱賞，然他作皆不能如此。

韓翃《寄武陵李少府》云：「楚歌催晚醉，蠻語入新詩。」翃《寒食》絶句爲德宗嘉奬，擢知制誥。有與翃同名者，時相審之〔八三〕，御批云：「『日暮漢宫傳蠟燭，輕烟散入五侯家』，與此韓翃。」唐人尤重德宗詩，有「聞説德宗曾到此，吟詩不見倚闌干」之句。又云「曾唱貞元供奉曲」，又嘲宋濟爲惡詩。唐諸帝中〔八四〕，當以帝詩爲第一〔八五〕。意翃所作皆善，今集中警句可摘出者殊寂寥簡短，恐有散軼者。

嚴維《酬劉員外》云：「柳塘春水漫，花隖夕陽遲。」維嘗與皇甫冉、劉長卿唱和，然前輩唯稱其「柳塘」、「花隖」一聯。

曹松《送方干》云：「汲水疑山動，揚帆覺岸行。」《商山野叟》云：「木弓未得長離手，猶與官家射麝香。」《南海旅次》云〔八六〕：「南國正當無雁處，故園誰道有書來。」松詩半山選十四篇，今擇其尤警絶者三聯録於此。

劉希夷《代白頭翁》云：「年年歲歲花相似，歲歲年年人不同。」又云：「此翁白頭真可憐，伊昔紅顔美少年。」希夷詩雖則天時人，然格律漸有天寶之風矣〔八七〕。

盧象《雜詩》云：「家居五原上，征戰是平生。獨負山西勇，誰當塞上名。死生遼海戰，雨雪薊門行〔八八〕。諸將封侯盡，論功獨不成。」象詩入半山選者十首，姑摘出其一。

鮑溶五言云〔八九〕：「豈惟親賓散，鳥鼠移巢窠。」又云：「楚老幾代人，種田煬帝宮。零落池臺勢，高低禾黍中。」又云：「雪壯冰亦堅，凍澗如平地。幽人毛褐煖，笑就糟床醉。唤人空谷膺，開火寒猿至〔九〇〕。拾薪煮秋栗，看鼎書古字。忽憶南澗僧，衣巾多雲氣。露脚尋逸人，諳量意中事。」又云：「北風送微凉〔九一〕，行旅動遠程。憂人席不煖〔九二〕，殘月馬上明。飄飄歧路間，長見月初生。重瘴曉色淺，疎猿寒啼清。感此長嘆息，百年何所營。」《駙馬宅》云：「閑遣青琴飛小雪〔九三〕，自看碧玉破甘瓜。」又云：「襄陽太守沉碑意，身後身前幾年事。湘江千歲未爲陵，水底魚龍應識字。」

鮑防《雜感》云：「漢家海内承平久，萬國戎王皆稽首。天馬常銜苜蓿花〔九四〕，胡人歲獻蒲萄酒。五月荔枝初破顔，朝離上郡夕函關。雁飛不到桂陽嶺〔九五〕，馬走皆從林邑山。甘泉御果垂仙閣，日暮無人香自落。遠物皆重近皆輕，雞雖有德不如鶴。」館閣諸書經南豐序引者，皆爲不刊之言。鮑溶詩「清約謹嚴違理者少」之評，惟深於詩者庶乎知之，世謂子固不能詩者，失之謬矣。

同時有鮑防者，亦有詩名。《唐文粹》載二鮑詩若干首，防稍開拓，今録其《雜感》篇於此。

司空圖《山中》云：「川明虹照雨，樹密鳥銜人。」又云：「坡暖冬生笋，松凉夏健人。」又云：「夜短猿悲減，風和鵲喜虚。」又云：「孤螢出荒池，落葉穿破屋。」《雜言》云：「烏飛飛，兔蹶蹶，朝來暮往催時節。女媧只解補青天，不解煎膠黏日月。」唐自朱三跋扈以來，黠者陰贊問鼎之謀，悖者明獻改物之説，奉璽六臣皆喬木世臣之子孫。於時間關亂世，挺然自立，不踐二姓之庭，惟司空表聖、韓致光二士而已。致光大節爲《香奩》所累，不若表聖賦咏多雅人壯士之言。舊有其集，嘗摘數聯，餘不能悉記。

項斯《送華陰隱者》云：「世人空識面〔九六〕，弟子莫知年〔九七〕。」《欲別》云：「歸期無歲月，客路有風濤。」《華陰道者》云：「養龍於淺水，寄鶴在高枝。」《寄坐夏僧》云〔九八〕：「多因束帶熱，更憶剃頭凉。」《贈道者》云：「自説身輕健，今年數夢飛。」《哭南流人》云：「官庫空收劍〔九九〕，蠻僧共起墳。知名人尚少，誰爲録遺文。」《贈日本病僧》云：「雲水絶歸路，來時風送船。不言身後事，猶坐病中禪。深壁藏燈影，空窗出艾烟。已無鄉土信，起塔寺門前。」《舊宮人》七言云：「自出先皇玉殿中，衣裳不更染深紅。宮釵折盡垂空鬢，内扇穿多減半風。桃熟亦曾君手賜，酒闌猶候妾歌終。如今還向城邊住，御水東流意不通。」斯詩在方干、秦系之間，少而工。

儲光羲《野田黄雀》云：「嘖嘖野田雀〔一〇〇〕，不知軀體微。窮老一頹舍〔一〇一〕，棗多桑樹稀。無棗猶可食，無桑何以衣。蕭條空倉粟，相引時來歸。邪路豈不捷，渚田豈不肥〔一〇二〕。水長路且复，惻惻與心違〔一〇三〕。」《戲馬臺》云：「泗水南流桐柏川，沂山北走瑯琊縣。滄海沉沉晨霧開，彭城烈烈秋風來。」

崔國輔《對酒吟》云：「行行日將夕，荒村古塚無人跡。蒙籠荆棘一鳥飛，屢唱提壺沽酒喫。古人不逢酒不足〔一〇四〕，遺恨精靈傳此曲。寄言世上諸少年，平生盡在杯中醁。」

楊衡《哭李象》云：「白雞黄犬不將來，寂寞空餘葬時路。草死花開年復年，後人知是何人墓。」

李瑞《贈康洽》云〔一〇五〕：「同時獻賦人皆盡，共壁題詩君獨在。」

于武陵《過侯王故第》云：「不知彈鋏客〔一〇六〕，何處感新恩。」

劉商《醉後口號》云：「春草秋風老此身〔一〇七〕，一瓢長醉任家貧。醒來還愛浮蘋草〔一〇八〕，漂寄官河不屬人。」

羊士諤《酬蕭使君出妓夜晏》云：「玉顔紅燭忽驚春，微步凌波拂暗塵。自是當歌斂眉黛，不應惆悵爲行人。」余選晚唐詩數家既盡，又雜取儲光羲、崔國輔、楊衡、李端、于武陵、劉商、羊士諤七人一聯半句以附益之〔一〇九〕。此七人非晚唐體。

右，《前》、《後》、《續》、《新》四集《詩話》共十四卷。《前》、《後》集各二卷，六十歲至七十歲間所作。《續集》四卷，乃公告老歸後所作，時近八十。《新集》六卷，乃專摘採唐詩之警省者。咸淳戊辰五月夏間也，時年已八十二矣。

〔一〕鋍：原作「鑄」，據四庫本《後村詩話》改。
〔二〕馭：原作「遇」，據四庫本《後村詩話》改。
〔三〕悰時：原作「情日」，據四庫本《後村詩話》改。
〔四〕不博：原作「絶勝」，據四庫本《後村詩話》改。
〔五〕狀：原作「老」，據四庫本《後村詩話》改。
〔六〕渴：原作「喝」，據四庫本《後村詩話》改。
〔七〕衫：原作「松」，據《白香山詩集》卷三二改。
〔八〕能：原作「龍」，據四庫本《後村詩話》改。
〔九〕衣：原作「去」，據四庫本《後村詩話》改。
〔一〇〕宅：原作「畫」，據《白香山詩集》卷二八改。
〔一一〕又：原作「月」，據四庫本《後村詩話》改。
〔一二〕頭：原作「面」，據四庫本《後村詩話》改。
〔一三〕榻：原作「鼎」，據《白香山詩集》卷二八改。
〔一四〕裘：原作「推」，據四庫本《後村詩話》改。
〔一五〕舄：原作「寫」，據小草本改。

〔一六〕種：原作「衆」，據四庫本《後村詩話》改。

〔一七〕蟭螟：原作「鷦冥」，據四庫本《後村詩話》改。

〔一八〕沸：原作「佛」，據小草本改。

〔一九〕眉鬚：原倒，據四庫本《後村詩話》乙。

〔二〇〕翁：原作「公」，據四庫本《後村詩話》改。

〔二一〕牽車欲流：原作「穿車流紅」，據《白香山詩集》卷四改。

〔二二〕釧：原作「釵」，據四庫本《後村詩話》改。

〔二三〕食：原作「向」，據四庫本《後村詩話》改。

〔二四〕湖：原作「胡」，據四庫本《後村詩話》改。

〔二五〕鸛：原作「驪」，據四庫本《後村詩話》改。

〔二六〕稷：原缺，據四庫本《後村詩話》補。

〔二七〕我：原作「馬」，據四庫本《後村詩話》改。

〔二八〕仡：原作「屹」，據四庫本《後村詩話》改。

〔二九〕玉：原作「石」，據四庫本《後村詩話》改。

〔三〇〕買：原作「負」，據《元氏長慶集》卷二三改。

〔三一〕奚：原作「溪」，據《元氏長慶集》卷二三改。

〔三二〕勍：原作「勑」，據《元氏長慶集》卷二三改。
〔三三〕過：原作「屆」，據四庫本《後村詩話》改。
〔三四〕歙：原作「飲」，據四庫本《後村詩話》改。
〔三五〕遂：原作「逐」，據四庫本《後村詩話》改。
〔三六〕道：原作「高」，據四庫本《後村詩話》改。
〔三七〕「冤」原作「死」，「免」原作「生」，據四庫本《後村詩話》改。
〔三八〕西：原作「江」，據四庫本《後村詩話》改。
〔三九〕洲：原作「舟」，據四庫本《後村詩話》改。
〔四〇〕織：原作「績」，據四庫本《後村詩話》改。
〔四一〕飡：原作「食」，據四庫本《後村詩話》改。
〔四二〕睿：原作「濬」，據四庫本《後村詩話》改。
〔四三〕土：原作「吐」，據四庫本《後村詩話》改。
〔四四〕「天」下原有「黄」字，據《昌谷集》卷一删。
〔四五〕黑：原作「寒」，據四庫本《後村詩話》改。
〔四六〕魏：原作「魂」，據四庫本《後村詩話》改。
〔四七〕衰：原作「裹」，據四庫本《後村詩話》改。

〔四八〕盤：原作「壺」，據四庫本《後村詩話》改。
〔四九〕闕：原作「門」，據四庫本《後村詩話》改。
〔五〇〕粟：原作「栗」，據四庫本《後村詩話》改。
〔五一〕龍：原作「氣」，據四庫本《後村詩話》改。
〔五二〕請：原作「清」，據四庫本《後村詩話》改。
〔五三〕此：原作「土」，據四庫本《後村詩話》改。
〔五四〕苦篁：原作「若皇」，據四庫本《後村詩話》改。
〔五五〕埋：原作「淪」，據四庫本《後村詩話》改。
〔五六〕「女」下原有「怨」字，據四庫本《後村詩話》删。
〔五七〕山：原作「仙」，據四庫本《後村詩話》改。
〔五八〕云：原無，據四庫本《後村詩話》補。
〔五九〕「傲」下原有「物」字，據四庫本《後村詩話》删。
〔六〇〕至：原作「道」，據四庫本《後村詩話》改。
〔六一〕洽：原作「合」，據四庫本《後村詩話》改。
〔六二〕可：原作「有」，據四庫本《後村詩話》改。
〔六三〕小：原作「入」，據四庫本《後村詩話》改。

〔六四〕詩訓：原倒，據四庫本《後村詩話》乙。

〔六五〕人或：原無，據四庫本《後村詩話》補。

〔六六〕「柬」原作「來」，「樂」原作「藥」，據四庫本《後村詩話》改。

〔六七〕狹：原作「挾」，據四庫本《後村詩話》改。

〔六八〕此下原有「又云：『吳中近事君知否，團扇家家畫放翁』」，據四庫本《後村詩話》刪。

〔六九〕公：原作「度」，據四庫本《後村詩話》改。

〔七〇〕春遊：原作「詩」，據四庫本《後村詩話》改。

〔七一〕曾著：原作「人着」，據四庫本《後村詩話》改。

〔七二〕口：原作「品」，據四庫本《後村詩話》改。

〔七三〕竹：原作「足」，據四庫本《後村詩話》改。

〔七四〕甌：原作「瓶」，據四庫本《後村詩話》改。

〔七五〕「和」下原有「尚」字，據四庫本《後村詩話》刪。

〔七六〕見：原作「具」，據四庫本《後村詩話》改。

〔七七〕眉：原作「肩」，據四庫本《後村詩話》改。

〔七八〕上山：原倒，據四庫本《後村詩話》乙。

〔七九〕「又」下原有「無奈」二字，據四庫本《後村詩話》刪。

〔八〇〕「别」下原有「體」字，據四庫本《後村詩話》删。
〔八一〕成：原缺，據四庫本《後村詩話》補。
〔八二〕得：原作「詩」，據四庫本《後村詩話》改。
〔八三〕相：原作「翃」，據四庫本《後村詩話》改。
〔八四〕諸帝：原作「帝詩」，據四庫本《後村詩話》改。
〔八五〕帝：原作「此」，據四庫本《後村詩話》改。
〔八六〕次：原作「治」，據四庫本《後村詩話》改。
〔八七〕有：原無，據四庫本《後村詩話》改。
〔八八〕薊：原作「蘇」，據四庫本《後村詩話》改。
〔八九〕溶：原作「容」，據四庫本《後村詩話》改。
〔九〇〕開火：原作「問大」，據四庫本《後村詩話》改。
〔九一〕北：原作「古」，據四庫本《後村詩話》改。
〔九二〕不：原作「未」，據四庫本《後村詩話》改。
〔九三〕青：原作「清」，據四庫本《後村詩話》改。
〔九四〕銜苜蓿花：原作「行苜蓿地」，據四庫本《後村詩話》改。
〔九五〕雁：原作「鴻」，據四庫本《後村詩話》改。

〔九六〕空：原作「莫」，據四庫本《後村詩話》改。
〔九七〕莫：原作「不」，據四庫本《後村詩話》改。
〔九八〕寄坐夏：原作「夏坐寄」，據四庫本《後村詩話》乙。
〔九九〕官：原作「竇」，據四庫本《後村詩話》改。
〔一〇〇〕嘖嘖：原作「嘖嘖」，據四庫本《後村詩話》改。
〔一〇一〕老：原作「左」，據四庫本《後村詩話》改。
〔一〇二〕「蕭條」至「不肥」原錯簡，其中「空倉」至「不肥」在「窮老」下，「蕭條」在「不肥」下，據四庫本《後村詩話》乙。
〔一〇三〕句首原有「相引」二字，又「惻惻與」原作「側側無」，據四庫本《後村詩話》刪、改。
〔一〇四〕酒：原作「猶」，據四庫本《後村詩話》改。
〔一〇五〕康：原作「空」，據四庫本《後村詩話》改。
〔一〇六〕不：原作「賦」，據四庫本《後村詩話》改。
〔一〇七〕春草秋風：原作「秋草春風」，據四庫本《後村詩話》乙。
〔一〇八〕句首原有「醉」字，據適園本《後村詩話》刪。
〔一〇九〕雜：原作「誰」，據四庫本《後村詩話》改。

後村先生大全集卷之一百八十七

長短句

哨遍

昔坡翁以《盤谷序》配《歸去來詞》，然陶詞既檃括入律，韓序則未也。暇日游方氏龍山別墅，試效顰爲之，俾主人刻之崖石云。

勝處可宮，平處可田，泉土尤甘美。深復深〔一〕，路絶住人稀，有人兮、盤旋於此，送子歸。是他隱居求志，是要明主媒當世。嗟此意誰論，其言甚壯，孔顔猶有遺旨。大丈夫之被遇於時，入則坐廟朝，出旗麾。列屋名姬，夾道武夫，滿前才子。噫，有命存焉，吾非惡此而逃之。富貴人所欲，如之何、幸而致。向茂樹堪休，清泉可濯，谷中別有閑天地。況膾細於絲，蕨甜似蜜，采於山，釣於水，大丈夫不遇之所爲。唐處士、依稀是吾師，覺山林、尊如朝市。五侯門下賓客〔二〕，擾擾趨形勢。嗟盤之樂，誰争子所，占斷千秋萬歲。呼僮秣馬更膏車，便與君，從此逝矣。

〔一〕深復：原脱「深」字，據彊村叢書本《後村長短句》（以下簡稱《長短句》）改。

〔二〕五：原作「立」，據《長短句》改。

六州歌頭

客贈牡丹

維摩病起，兀坐等枯株，清晨裏，誰來問，是文殊。遣名姝，奪盡羣花色，浴纔出，醒初解〔一〕，千萬態，嬌無力，困相扶。絶代佳人，不入金張室，却訪吾廬。對茶鐺禪榻，笑殺此翁臞。珠髻金壺，始消渠。　憶承平日，繁華事，修成譜，寫成圖。奇絶甚，歐公記，蔡公書，古來無。一自京華隔，問姚魏、竟何如。多應是，彩雲散，劫灰餘。野鹿銜將花去，休迴首、河洛丘墟。謾傷春吊古，夢繞漢唐都，歌罷欷歔。

〔一〕醒：原作「醒」，據《長短句》改。

水調歌頭

遊蒲澗追和崔菊坡韻

余頃爲儀真郡督郵〔一〕，白事惟揚，崔公鋭欲羅致，屬先受制置使李公之辟，崔公始聘洪公舜俞入幕。後二十五年，奉使嶺外，拜公祠像，俯仰今昔，輒和公所作《水調歌頭》以寓悲慨云。

敕使竟空返，公不出梅關。當年玉座記憶，仄席問平安。羽扇尉佗城上，野服仙遊閣下，遼鶴幾時還。賴有蜀耆舊，健筆與書丹。　青油士，珠履客，各凋殘。四方蹙蹙靡騁，獨此尚寬閑。丞相祠堂何處，太傅石碑墮淚，木老瀑泉寒。往者不可作，置酒且登山。

〔一〕頃：原作「傾」，據小草本、翁校本改。

再

喜歸

遣作嶺頭使，似戍玉門關。來時送者舉酒，珍重祝身安。街畔小兒拍笑，馬上是翁矍鑠，頭與璧俱還。何處得仙訣，髮白頰猶丹。　屋茅破，籬菊瘦，架籤殘。老夫自計甚審，忙定不如閑。客難揚雄拓落，友笑王良來往，面汗背芒寒。再拜謝不敏，早晚乞還山。

三　解印有期戲作

老子頗更事，打透利名關，百年擾擾於役，何異入槐安。夢裏偶然得意，醒後纔堪發笑，蟻穴駕車還。恰佩南柯印，髩鬒轂曾丹。　客未散，日初昳，酒猶殘。向來幻境安在，回首總成閑。莫問浮雲起滅，且跨剛風遊戲，露冷玉簫寒。寄語抱朴子，候我石樓山。

又　八月上澣解印，別同官，席上賦

半世慣岐路，不怕唱陽關。朝來印綬解去，今夕枕初安。莫是散場優孟，又似下棚傀儡〔一〕，脱了戲衫還。老去事多忘，公莫笑師丹。　筆端花，胸中錦，兩消殘。江湖水草空曠，何必養天閑。久苦諸君共事，更盡一杯別酒，風露夜深寒。回首行樂地，明日隔雲山。

〔一〕下：原作「一」，據宋刻本、小草本、翁校本改。

又　客散，循堤步月而作

落日幾呼渡，佳席每留關。有時來照清淺，鬢雪似潘安。一曲親蒙君賜，兩岸更無人迹，惟見鷺飛還。隙地欠栽接，蕉荔雜黄丹。　柳全疏，松尚幼，怕摧殘。傍人笑我癡計，管鑰費防閑。翁意在乎林壑，客亦知夫水月，滿復貯清寒。賦詠差有愧，《赤壁》與《滁山》。

又　次夕觴客湖上，賦葛仙事

羯虜問周鼎，柱史出秦關。苦求勾漏何意，身世遠差安。不見跕鳶墮水，時有飛鴻遵渚，樂此久忘還。采藥寓言耳，胸次有靈丹。　釣游處，榕葉暗，荻花殘。自翁仙後千載，輸與水鷗閑。我讀《内篇》未竟，忽被急符驅去，洞閉白雲寒。回首愧幽子，隱約海中山。

又　十三夜，同官載酒相别，不見月作

怪事廣寒殿，此夕不開關。林間烏鵲相賀，暫得一枝安。只在浮雲深處〔一〕，誰駕長風挾取，明鏡忽飛還。玉兔呼不應，難覓臼中丹。酒行深〔二〕，歌聽徹〔三〕，笛吹殘。嫦娥老去孤冷，離別匹如閑。待得銀盤擎出，只怕玉峰醉倒〔四〕，衰病不禁寒。卿去我欲睡，辜負此湖山。

〔一〕在：原作「安」，據《長短句》改。

〔二〕酒行：原作「夜」，據《長短句》補、改。

〔三〕徹：原作「輒」，據《長短句》改。

〔四〕峰：原作「風」，據《長短句》改。

又

癸卯中秋作

老去有奇事，天放兩中秋。使君飛樹千尺，縹緲見麟洲。景物東徐城上，歲月《北征》詩裏，圓缺幾時休。俯仰慨今昔，惟酒可澆愁。　風露高，河漢淡，素光流。賈胡野老相慶，四海十分收。競看嫦娥金鏡〔一〕，争信仙人玉斧，費了一番修。衰晚筆無力，誰伴賦黄樓。

〔一〕競：原作「兢」，據《長短句》改。

又 和倉部弟壽詞

歲晚《太玄》草，深悔賦《長楊》。向來户外之屨，已飽各飛揚。閤上青藜安在，院裏金蓮去矣，且愛短檠光。衰懶倦賓客，誰訪老任棠。　嘆時人，憐黠小，笑鮐黃。汝曹變滅臭腐，儂底愈芬香。苦羡阿龍則甚，王導小字。學取幼安亦可，坐穴幾藜牀。零落雁行少〔一〕，敢不舉君觴。

〔一〕少：原作「小」，據小草本改。

沁園春 夢孚若

何處相逢，登寶釵樓，訪銅雀臺。喚厨人斫就，東溟鯨膾，圉人呈罷，西極龍媒。天下英雄，使君與操，餘子誰堪共酒杯。車千兩，載燕南趙北，劍客奇材。　飲酣畫鼓如雷〔二〕，誰信被晨鷄輕喚廻。歎年光過盡，功名未立，書生老去，幾會方來。使李將軍，遇高皇帝，萬户侯何足道哉。披衣起，但悽凉感舊，忼慨生哀。

〔一〕畫：原作「盡」，據《長短句》改。

又　送孫季蕃弔方漕西歸

歲暮天寒，一劍飄然，幅巾布裘。儘緣雲鳥道，躋攀絶頂，拍天鯨浸，笑傲中流。疇昔奇君，紫髯鐵面，生子當如孫仲謀。争知道，向中年猶未，建節封侯。　南來萬里何求，因感慨橋公成遠遊。嘆名姬駿馬，都成昨夢，隻雞斗酒，誰弔新邱。天地無情，功名有數，千古英雄只麽休。平生客，獨羊曇一箇，灑淚西州。

又　送包尉

我羨君歸，一路秋風，芙蓉木樨。想慈顔望久，靈烏乍噪，新眉畫就，郎馬頻嘶。忙脱征衫，快呼斗酒，細爲家人説建谿。争知道，這中年懷抱，最怕分攜。　丈夫南北東西，應笑殺離筵粉淚啼。悵佳人來未，碧雲冉冉，王孫去後，芳草萋萋。明日相思，山重水複，古道人稀茅店鷄。元龍老，有高樓百尺，誰共登梯。

又 答九華葉賢良

一卷《陰符》，二石硬弓，百斤寶刀。更玉花驄噴，鳴鞭電抹〔一〕，烏絲欄展，醉墨龍跳。牛角書生，虯鬚豪客，談笑皆堪折簡招。依稀記，曾請纓繫粤，草檄征遼。　當年目視雲霄，誰信道凄凉今折腰。悵燕然未勒，南歸草草，長安不見，北望迢迢。老去胸中，有些磊魂，歌罷猶須着酒澆。休休也，但帽邊鬢改〔二〕，鏡裏顔凋。

〔一〕抹：原作「抹」，據《長短句》改。

〔二〕鬢：原缺，據《長短句》補。

又 同前

我夢見君，帶飛霞冠，着宫錦袍。與牧之高會，齊山詩酒，謫仙同載，采石風濤。萬卷星羅，千篇電掃，肯學窮兒事楚騷。掀髯嘯〔一〕，有魚龍鼓舞，狐兔悲嘷。　英雄埋没蓬蒿，誰摸索當年劉與曹〔二〕。歎事機易失，功名難偶，誅茅西崦，種秫東臯。柵有鷄豚，庭無羔雁，道是先生索價高。人間窄，待相期海上，共摘蟠桃。

〔一〕髯：原作「然」，據小草本改。

〔二〕摸：原作「模」，據小草本改。

又

癸卯佛生，翌日將曉，夢中有作。既醒，但易數字。

有箇頭陀，形等枯株，心猶死灰。幸春山筍賤，無人争喫，夜爐芋美，與客同煨。何處旛花，忽相導引，莫是天宫迎赴齋。又疑道，向毗耶城裏，講席初開。這邊尚自徘徊，笑那裏紛紛早見猜。有尊神奮杵，拳簏似鉢，名緇竪拂，喝猛如雷。老子無能，山僧不會，誰誤檀那舉請哉。山中去，便百千億劫〔一〕，休下山來。

〔一〕億：原作「憶」，據小草本改。

又

和吳尚書叔永

我所思兮，延陵季子，別來九春。笑是非浮論，白衣蒼狗，文章定價，秋月華星。獨步岷峨〔一〕，後身坡潁，何必荀家有二仁。中朝裏，看叔兮袞斧，伯也絲綸。洛中曾識機雲，記玉立堂堂九尺身。歎苕溪漁艇，幽人孤往，雁山馬鬣，吊客誰經。宣室釐殘，玄都花謝，回首舊遊存幾人。新腔美，堪洗空恩怨，喚起交情。

〔一〕峨：原作「岷」，據《長短句》改。

又

吳叔永尚書和予舊作，再答

莫羨渠儂，白玉成樓，黃金築臺。也不消顛怪，騎驎被髮，誰能委曲，令鴆爲媒〔一〕。鬢有二毛，袖閑雙手〔二〕，只了持螯與把杯。公過矣，賞陳登豪氣，杜牧麄才。便煩問訊張雷，甚斗宿無光劍不廻。想閤中鳴珮，時攜客去，壁間懸榻，近有誰來。撤我虎皮，讓君牛耳，誰道兩賢相尼哉。中年後，向歌闌易感，樂極生哀。

〔一〕鳩：原作「鳩」，據宋刻本、小草本改。

〔二〕閑：《長短句》作「間」。

又

維揚作

遼鶴重來，不見繁華，只見凋殘。甚都無人誦，何郎詩句，也無人報，書記平安〔一〕。閭里俱非，江山略是，縱有高樓莫倚闌。沉吟處，但螢飛草際，雁起蘆間。　不辭露宿風餐，怕萬里歸來雙鬢斑。筭這邊贏得，黑貂裘敝，那邊輸了，翡翠衾寒。檄草流傳，吟牋倚閣，開到瓊花亦懶看〔二〕。君記取，向中州差樂，塞地無歡。

〔一〕記：原作「寄」，據小草本、四庫本改。

〔二〕到：原作「坐」，據《長短句》改。

又

答陳上舍應祥

華髮蕭蕭，歸碧鷄坊，出金馬門。把一枝色筆，擲還郭璞，些兒殘錦，回乞天孫。永免朝參，茅簷安得庖闇〔一〕，倩便了沽來酒滿尊。嘆角巾東路，吾尋初服，上書北闕，子漫危言。漏院霜靴，火城雪轡，得似先生敗絮温。安危事，付布衣融泰，鼎足膺蕃。

更無宣鎖，送老三家水竹村。休休也，任巫陽來下，未易招魂。

〔一〕庖：原作「胞」，據《長短句》改。

又

平章生日　丁卯

某兹者恭審某官篤生名世，光輔新朝。昴儲精，嶽降神，方啓中興之運；河如帶，山若礪，未酬再造之功。某階望三台，敬熏一瓣。短衣飯牛而至旦，業已歸耕；搢笏籠鴿以放生，未由旅賀。

載籍以來，於宇宙間，有功者誰。自唐堯咨禹，水行由地，宗周微管，夏變爲夷。謝傅棋邊，萊公骰畔，淝水澶淵送捷旗。天不偶，生堂堂國老，真太平基。　雅懷厭倦台司，新天子殷勤留帝師。向朝堂衮繡，萬羊非泰，湖山條褐，兩鶴相隨。壽過磻溪，德如淇奥，進了丹書作《抑》詩。蒯緱客，願年年歲歲，來獻新詞。

又

二鹿

馴於蹇驢，清於賜駒，我行爾從。幸柴車堪駕，何慙韓衆，藥苗可採，長伴龐公。野澗泉甘，陽坡草暖，柏葉松枝充短供。休夢想，去游靈囿沼，入望夷宫。　與夸奪子争雄，生與死未知誰手中。況嗾獒者衆，放麑人少，大將觸網，小亦傷弓〔一〕。風日和柔，山林深密，折角何如且養茸。二蟲喜，各銜花拜跪〔二〕，來壽樗翁。

〔一〕小：原作「少」，據《長短句》改。
〔二〕銜：原作「御」，據《長短句》改。

又

剥啄誰歟，户外一賓，布衣麻鞋。有舌端雄辨，機鋒破的，袖中行卷，錦繡成堆。閽啓上賓，儂觀諸老，箇主人公喜挽推〔一〕。怎奈向，今十分衰颯，非昔形骸。　閽言賓怒如雷，因底事朱門晏未開。假使汝主公，做他將相，懶迎揖客，緊閉翹材。病叟慙惶，尊官寧耐，待鐵拐先生旋出來。賓性急，懷生毛名紙，興盡而迴。

〔一〕挽：原作「晚」，據《長短句》改。

又 寄竹溪

老子衰頹，晚與親朋，約法三章。有談除目者，勒回車馬，談時事者，麾出門墻。已挂衣冠，怕言軒冕，犯令先當舉罰觴。書尺裏，但平安二字，多少深長。　溪翁苦未相忘，我今有雙魚煩寄將。道荒蕪羞對，宮中蓮燭，昏花難映，閤上藜光。聞廟瑟音，識關雎亂，詩學專門儘不妨。百年後，尚庶幾申白，不數韋康。

又 夢中作梅詞

天造梅花，有許孤高，有許芬芳。似湘娥凝望，斂君山黛，明妃遠嫁，作漢宮粧。冷艷誰知，素標難褻，又似夷齊餓首陽。幽雅意，縱寫之縑楮，未得毫芒。　曾經諸老平章，只一箇孤山說影香。便詔書存問〔一〕，漫招處士，節旄落盡，早屈中郎〔二〕。日暮天寒，山空月墮，茅舍清於白玉堂。寧淡殺，不敢憑羌笛〔三〕，告訴淒凉。

〔一〕便：原無，據《長短句》補。

〔二〕早：原作「草」，據《長短句》改。

〔三〕敢：小草本作「肯」。

又

和林卿韻

疇昔遭逢，薰殿之琴，清廟之璋。謝錦袍打扮，佯狂太白，黄冠結裹，老大知章。種杏仙人，看桃君子，得似籬邊嗅晚香。從人笑，笑安車迎晚，隻履歸忙。後身定作班揚，彼撼樹蚍蜉不自量。偶有時戲筆，宫奴藏去，有時醉墜，宗武扶將。永別鵷鸞，已盟猨鶴，肯學周顒出草堂。從人笑，我韓公齒豁，張鎬眉蒼。

又

再和

慙愧清朝，罷貢包茅，住發牙璋。便羊裘歸去，難留嚴子〔一〕，牛衣病卧，肯泣王章。疇昔憂天，如今懷土，田舍鷄肥社酒香。甘雨足，且免扶鉏苦，免踏車忙。　先生少擬苟揚，晚自覺才衰可斗量。甚都無白鳳，飛來玄草，亦無紫氣，下燭干將。待得新亭，倒持手板，何似抽還政事堂。榮與辱，筭到頭由我，不屬蒼蒼。

〔一〕難留：原倒，據小草本乙。

又 三和

吉夢維何，男子之祥，載弄之璋。嗟我辰安在，斯文後死，力侔元氣，手抉天章。學稼田荒，鍊丹竈壞，稽首南豐一瓣香。休休也，免王良友笑，屑往來忙。　浮名斗挹箕揚，世豈有明珠百斛量。嘆種來瑶草，年深未熟，挑成錦字，道遠難將。遷轉不行，形容盡變，盍改稱呼號瞎堂。遺弓遠，愴帝鄉雲白，禹會山蒼。瞎堂遠，僧中尊宿也。

又 四和

余少之時，賦如仲宣，檄如孔璋。也曾觀萬舞，鋪陳商頌，曾聞九奏，制作堯章。抖擻空囊，存留諫笏，猶帶虚皇案畔香。今歸矣，省聽鷄騎馬，趁早朝忙。榻前密啓明揚，宰物者方持玉尺量。元未嘗棄汝，自云耄及，無寧壽我，或者天將。李泰伯云〔一〕：「天將壽我歟！」富有圖書，貧無釵澤，不似安昌列後堂。新腔好，任伊川看見，非褻穹蒼。

〔一〕伯：原作「白」，據小草本改。

又

五和　韻狹不可復和，偶讀《孔明傳》，戲成。

昔卧龍公，北走曹瞞，西尅劉璋。看沙頭八陣，百神訶護，渭濱一表，三代文章。絶笑渠儂，平生姦僞，死未忘情履與香。籌筆處，遣子丹引去，仲達奔忙。紛紛跋扈飛揚，這老子高深未易量。但綸巾指授，關河震動，靈旗征討，夷漢賓將。漢《郊祀志》：招摇靈旗，九夷賓將。到得市朝，變爲陵谷，千載烝嘗丞相堂。錦城外，有轉鸝音好，古柏皮蒼。

又

六和

少工藝文，朱絲練絃，黄流在璋。古注云：璋，瓚也。值虞廷戛擊，簫韶之樂，周王壽考，追琢其章。汾水雁飛，鼎湖龍遠，魂返今無異域香。浮生短，更兩輪屋角，來去荒忙〔一〕。人言八十鷹揚，笑千歲如何尺捶量。但負圖龜馬，藏之爲寶，舐丹鷄犬，去不能將。友魯申公，師浮邱伯，尚可教書村學堂。投老淚，瞻越山紫翠，陵樹青蒼。

〔一〕來：原作「未」，據小草本、翁校本改。

又

七和

安得奇材，頸繫單于，首提子璋。便做些功業，勝窮措大，聚螢武子，吞鳳君章。羅含字君章。笑殺竪儒，錯翻故紙，屈馬何曾有艷香。榆塞外，恰棗紅時候，想羽書忙。腰錢騎鶴維揚，分表事誰能預測量。嘆防身一劍，壯圖濩落，建侯萬里，老境相將。讀枕函書，寶家藏笏，免使他人笑弗堂。吾衰矣，雖尚存右臂，不解擎蒼。坡詞云：左牽黄〔一〕，右擎蒼。

〔一〕牽：原作「率」，據小草本及《東坡詞》改。

又

八和　景定壬戌，經筵讀《唐鑑》徹章，余忝勸誦，蒙恩賜賚内墨二笏。後四年發篋見之，有感。

帝賜玄圭，臣妾潘衡，奴隸侯璋。因封還除目，見嗔鬼質，竄塗贄卷，取怨奇章。肯比寒儒，自誇祕寶，十襲庭邽寸許香。下巖石，要朝朝磨試，不論閑忙。　何須狗監揄揚，這衡尺曾經聖手量。縱埋之地下，居然光怪，栖之梁上，亦恐偷將。蓬户無人，花村有犬，添幾重茅覆野堂。交遊少，約文房四友，泛浩摩蒼。杜牧云：李杜泛浩浩，韓柳摩蒼蒼。

又

九和

歷事三朝，覲而執圭，祭而祼璋。更宫蓮引入，視淮南草，御屏録了，露會稽章。貪膜外榮，遺身後臭，曄也平生謾傳香。顔髮改，獨丹基無恙〔一〕，事在休忙。　曹邱生莫游揚，這瞎漢還曾自酌量〔二〕。已化爲蝴蝶，穿花栩栩，懶陪鵷鷺，佩玉將將。機蹉面前，鐘聞飯後，我上堂時衆下堂。從前錯，欲區區手援，天下黔蒼。

〔一〕恙：原作「羔」，據《長短句》改。

〔二〕 酌：原作「配」，據小草本改。

又 十和 林卿得女

莫信人言，虺不如熊，瓦不如璋。爲孟堅補史，班昭才學，中郎傳業，蔡琰詞章。盡洗鉛華，亦無瓔珞，猶帶旃檀國裏香。笑貧女，尚寒機軋軋，催嫁衣忙。　好逑不數潘楊，占夢者曾言大秤量。待銀河浪静，金針穿了，藍橋路近，玉杵攜將。倩似凝之，媲如道韞，簾卷燕飛王謝堂。恁時節，看孫皆朱紫，翁未皤蒼。

漢宫春 秘書弟家賞紅梅

青女初晴，向醜梢枯幹，幻出妍姿。休煩苑吏剪綵，别有神司。東皇太一，敕瑶姬、淡傅胭脂。還似得、華清湯煖，薄綃半卸冰肌。　應笑楚宫癡絶，略施朱則箇，便妬娥眉。唐人更無籍在，浪比紅兒。祥雲難聚，且丁寧、鐵笛輕吹。拚醉倒，花間一霎，莫教絳雪離披〔一〕。

〔一〕 披：原作「枝」，據小草本、翁校本改。

又　再和前韻

多謝勾芒，露十分春信，一種仙姿。主人領客卜夜，也喚分司。天葩國豔，幾曾煩、薄粉濃脂。微似有，酒潮上頰〔一〕，更無粟起香肌。　猶記老婆年少，愛斜簪寶髻〔二〕，淺印紅眉。廻頭笑他桃杏，太赤些兒。而今零落，更禁當、多少風吹。君看取，梢頭點滴，絶勝樹下紛披。

〔一〕上：原作「玉」，據小草本改。

〔二〕斜簪：原作「科篸」，據《長短句》改。

又　三和

酷愛名花，本不貪妖艷，惟賞幽姿。烏臺舊案累汝，牽惹隨司。冰層雪積，獨伊家、點絳凝脂。應冷笑，海棠醉睡，牡丹未免豐肌。　舞殿歌臺此際，各新塗粧額，別畫宮眉。那知有人淡泊，不識蟲兒。春鶯去也，玉參差、分付誰吹。空傳得，暗香疎影，瑣窗卷了還披。

又

四和

墻角殘紅，恍徐娘雖老，尚有丰姿。紛綸絳節導從，不要街司。隨波萬點，似阿房、漂出殘脂。休懊惱，丹鉛褪盡，本來冰雪爲肌。　老子平生心鐵，被色香牽動，愁上雙眉。且祝東風少緩，瀝酒芒兒。道伊解凍，甚潘郎、鬢雪難吹。猶憶侍，鈞天廣讌，萬紅舞袖披披〔一〕。

〔一〕披披：原作「被披」，據小草本、翁校本改。

又

呈張別駕

京輦相逢，憶茂陵臨御，俱詣天官。絳紗玉斧咫尺，先引頭班。桃花滿觀〔一〕，與貞元、朝士同看。歸騎晚，春城笳吹，冶遊侵曉方還。　回首龍髯何在，漫共談前事，淚洒橋山。誰憐白頭杜史，獨出函關。君如春柳，到而今、也帶蒼顔。憑寄語，江州司馬，琵琶且止休彈。

〔一〕花：原缺，據《長短句》改。

又

癸亥生日

老子今年，忽七旬加七，飽閱炎凉。夜窗猶坐書案，點勘偏旁。浮榮膜外，這些兒、感謝蒼蒼。試看取，名園甲第，主人幾箇還鄉。淇澳磻溪二叟，向王朝抑抑〔一〕，牧野洋洋。中公蒲輪被召，來議明堂。平章前哲，駕青牛、去底差强。自檃括，山歌送酒，不消假手君房。

〔一〕朝：原作「卿」，據《長短句》改。

又

吴侍郎生日

此老先生，尚不留東閣，肯博西凉。我儂爭敢，來近思曠之旁。朱顔未改，絶勝如、蔡義張蒼。元自有，安丹竈地，何須求白雲鄉。欲綴小詞稱壽，□譬如河伯〔一〕，觀海盱洋。見《莊子》註。遥知垂弧甲第，置酒華堂。且吟《梁甫》，誰管他、冶子田强。試問取，壺翁仙訣，幾時傳與君房〔二〕。

〔一〕空格原無，據《長短句》補。

〔二〕君：原作「長」，據《長短句》改。

又

丞相生日　乙丑

吉語西來，已衮歸行闕，冊拜頭聽。唐家豈可，一日輕去玄齡。洛英蜀客，老成人、幾半朝廷。但管取，三邊無警，活他百萬生靈。　槐第安排勑設，有藕如船大，有棗如餅。瑶環瑜珥繞席〔一〕，箇箇寧馨。一般奇特，中台星、拜老人星。誰知得，眉攢萬國，華筵少醉多醒。

〔一〕席：小草本作「膝」。

又

陳尚書生日

公似寒梅，向層冰積雪，越樣清奇。仙溪前輩相望，可比方誰。百篇剴切，似君謨、又似當時。更正簡，相君頫面，崇清老子龐眉。　未可卷懷袖手〔一〕，續《平泉莊記》，《緑野堂詩》。苦言譬如食欖〔二〕，回味方思。嗣皇訪落〔三〕，怪鶴書、直恁來遲。煩借問，二童一馬，幾時入尉瞻儀。

〔一〕袖：原作「抽」，據《長短句》改。
〔二〕譬：原作「匹」，據《長短句》改。
〔三〕落：原作「洛」，據《長短句》改。

又

題鍾肇長短句

謝病歸來，便文殊相問，懶下禪床。爵羅晨有剥啄〔一〕，顛倒衣裳。袖中贄卷，原夫輩、安敢争强。若不是，子期苗裔，也應通譜元常。　村叟雞鳴籟動〔二〕，更休煩簫管，自協宫商。酒邊喚廻柳七，壓倒秦郎。一觴一詠，老尚書、閑殺何妨。煩問訊，雪洲健否，别來莫有新腔。

〔一〕羅：原作「罷」，據《長短句》改。
〔二〕雞：原作「機」，據《長短句》改。

後村先生大全集卷之一百八十八

長短句

念奴嬌 木犀

遶籬尋菊，菊猶遲、舍北芙蓉渾未。却是小山叢桂裏，一夜天香飄墜。約束奴兵，丁寧稚子，莫掃青苔砌。風高露冷，倚欄疑匪人世。　客有載酒過予，朗吟招隱，洗盡悲秋意。白髪長官窮似虱，剛被天公調戲。遍地堆金，滿空雨粟〔一〕，不濟淵明事。殘英膹馥，明朝猶可同醉。

〔一〕雨：原缺，據《長短句》補。

又 菊

老夫白首，尚兒嬉、廢圃一番料理。平。餐飲落英并墜露，重把《離騷》拈起。野艶幽香，深黄淺白，占斷西風裏。飛來雙蝶，繞叢欲去還止。嘗試詮次羣芳，梅花差可，伯仲之間耳。佛説諸天金色界，未必莊嚴如此。尚友靈均，定交元亮，結好天隨子。籬邊坡下，一杯聊泛霜蘂。

又

壬寅生日〔一〕

比如去歲前年，今朝差覺門庭静。玉軸錦標無一首，知道先生遠佞。假使文殊，攜諸菩薩，來問維摩病。無花堪散〔二〕，亦無香積齋襯。回首雪浪驚心，黄茅過頂，瘴毒如炊甑。山鬼海神俱長者，饒得書生窮命。不慕飛仙，不貪成佛，不要鑚天令。年年今日，白頭母子家慶。

〔一〕生日：原作「元日」，據《長短句》改。

〔二〕無：原作「天」，據《長短句》改。

又

壽方德潤〔一〕

卯君來處，與眉州僊子，依稀同日。一自前朝龔蔡後〔二〕，頗覺壺山岑寂。誰料端平，繼居遺補，復有斯人出〔三〕。幅巾林下，姓名玉座長憶。　須信諂語尤甘，忠言最苦，橄欖何如蜜。諸老蕭疎星欲曉，留取南都鐵壁。洛社自佳，鏡湖雖好〔四〕，莫問君王乞。年年歲歲，大家同做真率。

〔一〕德：原作「得」，據《長短句》改。

〔二〕龔：原作「襲」，據《長短句》改。

〔三〕人：原作「文」，據《長短句》改。

〔四〕鏡：原作「鑑」，據宋刻本、小草本改。

又

丙午鄭少師生日

禁中張讌，苦留公、未許歸尋初服。千載君臣魚有水，不比嚴光文叔〔一〕。火德中天，客星一夕，草草聊同宿。重來凝碧，依然賡載相屬。　過眼夸奪紛紛，浮雲野馬〔二〕，幾度棋翻局。客話鳳池三入事，洗耳湖光一曲。伯始泉荒，穉珪圃冷，占斷西風菊。年年歲歲，金英常泛芳醁。

〔一〕光：原作「公」，據《長短句》改。

〔二〕馬：原作「鶴」，據《長短句》改。

又

居厚弟生日

素馨茉莉，向炎天、别有一般標致。淡粧綽約堪□□〔一〕，導引海山大士。從者誰歟，青藜閣上，漢卯金之子。雲堦月地，夜深凉意如水。　客又疑這僊翁，唐玄都觀裏，詠桃花底。且覩樽前身見在〔二〕，休管漢唐時事。坡潁歸遲，機雲發早，得似儂兄弟。屨來户外，但言二叟猶醉。

〔一〕空格原無，據《長短句》補。

〔二〕覩：原作「賭」，據小草本改。

又

七月望夕觀月，昔方孚若每以是夕泛湖觴客，云修坡公故事。

天風浩蕩〔一〕，掃殘暑、推上一輪圓魄。愛舉眉山公舊話，與客泛舟赤壁。一自奎星，去朝帝所，歎洞簫聲息。空餘二賦，至今凄動金石。　長記詩境平生，詩豪酒聖，亦自仙中謫。疇昔停橈追懽處，忍聽鄰人吹笛。董相陵荒，賀公湖在，俯仰成陳迹。兩翁已矣，年年辜負今夕。

〔一〕蕩：原作「動」，據小草本改。

又

少時獨步詞場，引弦百發無虛矢。歲晚却蒙崑體力，世業工修鞋底。用楊文公事。曾裂白麻，曾塗墨敕，謫墮俄徽起。鼎湖龍去，老臣何以堪此。回首當日遭逢，譬如春夢，誤入華胥裏。推枕黄粱猶未熟，封拜幾王侯矣。似甕中蛇，似蕉中鹿，又似槐中蟻。先人書在，尚堪追補遺史。

又

和誠齋休致韻

此翁雙手，頓閑處、且把香籌籠袖。西掖北門辭不要，肯要南柯太守。小小亭臺，些些竹木，何必靈和柳。地行仙裏，合推儂做班首。取次著《絶交書》，續《歸田録》，誰掣先生肘。莫遣朝衣梅醭了，留祝南山之壽。蒼妓上廳，老僧封院，得似樗庵叟。虛名身後，生前且一杯酒。

又 再和

夢中忘却，已閑退、諫草猶藏懷袖。文不會鋪張粉飾，武又安能戰守。秃似葫蘆，辣於薑桂，衰颯同蒲柳〔一〕。没安頓處，不如歸老坵首〔二〕。歲晚筋力都非，任空花眩眼，枯楊生肘。客舉前修三數箇，待與劉君爲壽。或號憨郎，楊朴。或稱鈍漢，玉川。或自呼聱叟。次山。一篇《齊物》，讀時嘸以巵酒。

〔一〕同：原作「於」，據《長短句》改。

〔二〕老：原作「去」，據小草本改。

又 三和

戲衫抛了，下棚去、誰笑郭郎長袖。小小草庵無寶貝，何必神訶鬼守。黄嬭篝燈，青奴拂榻，莫要他桃柳。退之二妾。客來問字，此翁高卧摇首。彷彿曾子當年，商歌滿屋，衣不完衿肘。曾子捉衿而肘見。混沌若教休鑿竅，巧歷安知其壽。文叔故人，仲華幾箇，輸與羊裘叟。浮生如寄，切身之物惟酒。

又 丙寅生日

老逢初度，小兒女、盤問翁翁年紀。屈指先賢彷彿似，當日申公歸邸。跛子形骸，瞎堂頂相，更折當門齒。麒麟閣上，定無人物如此。　追憶太白知章，自騎鯨去後，酒徒無幾。惡客相尋，道先生清曉，中酲慵起。不袖青蛇，不騎黄鶴，混迹紅塵裏。彭聃安在，吾師淇澳君子。

又 二和

並游英俊，從頭數、富貴消磨誰紀。道眼看來，歎人生如寄，家如旅邸。教婢爨藜，課奴種韭，聊誑殘牙齒。草堂綿蕝，百年栖托於此。　歲晚筆禿無花，探懷中殘錦，剪裁餘幾。腰脚頑麻〔一〕，賜他靈壽杖，也難扶起。謝絶交游〔二〕，變更名姓，日暮空山裏。老儈復出，不知誰氏之子。

〔一〕腰：原作「脚」，據小草本改。

〔二〕謝：原作「誰」，據小草本改。

又　三和

四朝遺老，鬢眉白、巧歷不知其紀。《瘞鶴銘》云：鶴壽不知其紀。直喚九重爲座主〔一〕，肯謁侯門王邸。晚會耆英，未論爵德，鄉曲無如齒。酒酣度曲，妙音久不聞此。　堪歎化鶴重來，但纍纍華表，舊人存幾。散盡黃金，留篋中團扇，怕秋風起。結綺歌闌，披香宴悄，放出深宮裏。顛毛雖禿，尚堪封管城子。

〔一〕直：原作「真」，據小草本改。

又　四和

太邱晚節，把家事、一切傳它諶紀。業已休休又誰解，露綬會稽郡邸。張丈殷兄，阮生朱老，相與爲唇齒。酒樓猶記〔一〕，謫仙嘗醉於此。　一二耆舊貽書，新來强健否，問年今幾。謝傅當時，却因箇甚，拋了東山起。對局含嚬，温飛卿詩：對局含嚬見千里〔二〕。聞箏墮淚，圍在愁城裏。

吾評晉士，不如歸去來子。淵明自稱陶子。

〔一〕猶：原作「酒」，據《長短句》改。

〔二〕注中「詩對局」原作「對句詩」，據小草本及《温飛卿詩集箋注》卷二改。

又

五和

隆乾間事，兩翁有、手澤遺編曾紀。余掌蘭臺修纂到，景定初開忠邸。壞起復麻〔一〕，奮塗歸筆，嚼碎張巡齒。德音猶在〔二〕，非卿何足語此。　老來兹事都休，問門前賓客，今朝來幾。達汝空函，投伊大甕内，誰曾提起。丹汞灰飛，黄粱炊熟，跳出槐宫裏。兒童不識，秃翁定是誰子。

〔一〕壞：原作「懷」，據小草本改。

〔二〕猶：原作「由」，據《長短句》改。

又　六和

輪雲世故，千萬態、過眼誰能殫紀。隻履攜歸消許急，日暮行人問邸。麝以臍災，狨爲尾累，焚象都因齒。後之覽者，亦將有感於此。　檢點洛下同盟，蕭疎甚白髮，戴花人幾。一覺鼾鼾，笑僕家越石，聞鷄而起。顏髮俱非，頭皮猶在，勝捉來官裏。俗間俚耳，未曾聞這腔子。

又

自填曲子，自歌之、豈是行家官樣。眼瞎背駝方引去，羞殺陳摶种放。摺起殘編，寄聲太乙，不必煩藜杖。陳人束閣，讓他來者居上。　安樂直幾多錢，且幅巾條褐，準雲臺像。長扇矮壺山南北，忘却曉隨天仗。六逸七賢，五更三老，元不論資望。香山誤矣，漁翁何減爲相。

又　丁卯生朝

小孫盤問，翁翁今朝怎不陳弧矢。翁道暮年惟隻眼，不比六根全底。常日談玄，餘齡守黑，赤眚從何起。鬢鬚雪白，可堪委頓如此。心知病有根苗，短檠吹了，世界朦朧裏。縱有金篦能去瞖，不敢復囊螢矣。但願從今，疾行如鹿，更細書如蟻。都無用處，留他教傳麟史。

解連環[一] 戊午生日

傍人嘲我，甚鬢毛都禿，齒牙頻墮。不記是、何代何年，儘元祐熙寧，儂常喑麽[二]。退下驢兒，今老矣，豈堪推磨[三]。要掛冠神武，幾番說了，這回真箇。　親朋紛紛來賀，況弟兄對榻，兒女團坐。願世世、相守茅簷，便宰相時來，二郎休作。佐。白紵烏巾，誰信道、神仙曾過。揀人間有松風處，曲肱高卧。

〔一〕連：原作「璉」，據《長短句》改。

〔二〕喑：原作「音」，據《長短句》改。

〔三〕磨：原作「麽」，據《長短句》改。

又　甲子生日

揆余初度，笑汝曹緋緑，乃翁蒼素。一甲子、帶水拖泥，今歲謝君恩，放還山去。政事堂中，把手版、分明抽付。向門前客道，老子出遊，人不知處。小車萬花引路，又誰能記得，觀裏千樹。老冉冉、懽意闌珊，縱桃葉多情，難喚同渡。買隻舡兒，穩載取、筆床茶具。便芸瓜、一生一世，勝侯千户。

又

懸弧之旦，憶爭騎竹馬，各懷金彈。恨歲月、去我堂堂，向酒畔愁生，鏡中顔换。竈壞丹飛，謾追悔、鄴侯婚宦。已發心懺悔，免去猴冠，卸下麟楦。依稀僕家鐵漢，雖末梢老壽，初節魔難。幸聞早、省了柳枝，更送了朝雲，塵念俱斷。丈室蕭然，獨病與、樂天相伴。但歸依西方，拈起向來一瓣。

又 乙丑生日

左弧懸了，把柴門欞定，悄無人到。慚愧得、一二親朋，□□□□□〔一〕，温存枯槁。玉軸銀鈎，攙掇我、比磻溪老。乏瓊琚可報，惟有聲聲，司馬稱好。　卷收狨韉錦襖，且行拾遺穗，醉藉芳草。做一箇、物外閑人，省山重擔擎，天大煩惱。昔似龍鸞，今踏颯、不驚魚鳥。願從兹、享回仙壽，準汾陽考。

〔一〕五空格，原僅空一格，據《長短句》補。

木蘭花慢 壽王寔之

瀛洲真學士，爲底事，在紅塵。爲語觸宫闈〔一〕，沉香亭裏，嗔謫仙人。爲親近君側者，見萬言策了，甚劉蕡。爲是尚方請劍，漢廷多憚朱雲。　君言往事勿重陳，且鬬酒邊身。也不會區區，算他甲子，記甚庚寅。爾曹譬如朝菌，又安知、老栢與靈椿。世上榮華難保，古來名節如新。

〔一〕闌：原作「圍」，據《長短句》改。

又

癸卯生日

病翁將耳順，牙齒落，鬢毛疎。也慚愧君恩，放還田舍，免詣公車。兒時某丘某水，到如今老矣，可樵漁。寶馬華軒無分，蹇驢破帽如初。　浮名箕斗竟成虚，磨折總因渠。帝錫余別號，江湖聱叟，山澤仙臞。尊前未宜感慨，事猶須、看歲晏何如。衛武耄年作戒，伏生九十傳《書》。

又

送鄭伯昌

古人吾不見，君莫是，鄭當時。更築就山房，躬耕谷口，名動京師。諸公任他衮衮，與杜陵野老共襟期。有客至門先喜，得錢沽酒何疑。　昔年聯轡柳邊歸，陳迹恍難追。況種桃道士，看花君子，回首皆非。相逢故人問訊，道劉郎、老去久無詩。把作一場春夢，覺來莫要尋思。

又

丁未中秋〔一〕

水亭凝望久，期不至，擬還差。隔翠幌銀屏，新眉初畫，半面猶遮。須臾淡烟薄靄，被西風掃盡，不留些。失了白衣蒼狗，奪回雪兔金蟆。　乘雲徑到玉皇家〔二〕，人世鼓三撾。試自判此生，更看幾度，小住爲佳。何須如鈎似玦，便相將、只有半菱花。莫遣素娥知道，和他髮也蒼華。

〔一〕未：原作「卯」，據小草本、翁校本改。

〔二〕乘：原作「垂」，據《長短句》改。

又

漁父詞

海濱蓑笠叟，駝背曲，鶴形臞。定不是凡人，古來賢哲，多隱於漁。任公子、龍伯氏，思量來島大上鈎魚。又説巨鰲吞餌，牽翻員嶠方壺。　磻溪老子雪眉鬚，肘後有丹書。被西伯載歸，營丘茅土，牧野檀車。世間久無是事，問苔磯、癡坐待誰歟。只怕先生渴睡，釣竿拂著珊瑚。

又　趙守生日

郡人元未識，新太守，定何如。待説向諸賢，西橋人物，箇箇清癯。相將下車許久，但凝香之樂一些無。殘漏幾籌視事，濃油一琖觀書。　傍人徒見兩輪朱，玉色未嘗腴。有無窮陰隲，三農衣食，萬衲鍾魚〔一〕。爾儂迎新送舊，似君侯清約更誰歟。欲舉一盃壽酒，却愁破費兵厨〔二〕。

〔一〕魚：原作「庾」，據《長短句》改。

〔二〕費：原作「寔」，據《長短句》改。

又　己未生日

新來衰態現，書懶讀，鏡休看。笑量窄才慳，卷無警策〔一〕，柸有留殘。思量減些年甲，怎奈何，鬚與鬢難瞞。假使詔催上道，不如敕放還山。　數年前乞掛衣冠，耄矣尚盤恒。且行歌拾穗，未應天上，解勝人間。仙家更無理會，至今傳，都厠處劉安。莫怪是翁矍鑠，止緣老子癡頑。

〔一〕警：原作「驚」，據小草本、翁校本改。

又

客贈牡丹

維摩居士室，晨有鵲、噪簷聲。排闥者誰歟，冶容袨服，寶髻珠瓔。疑是毗耶城裏，那天魔變作散花人。姑射神仙雪艷，開元妃子春酲。　鄜延第一次西京，姚魏最知名〔一〕。向歐九記中，思公屏上，描畫難成。一自朝陵使去，賺洛陽花鳥望昇平。感慨桑榆暮景，抉挑草木微情。

〔一〕最：原作「是」，據小草本改。

摸魚兒

怪新年、倚樓看鏡，清狂渾不如舊。暮雲千里傷心處，那更亂蟬疎柳。凝望久。愴故國，百年陵闕誰迴首。功名大謬，嘆采藥名山，讀書精舍，此計幾時就。　封侯事，久矣輸人妙手。滄洲聊作漁叟，高冠長劍渾閒物〔一〕，世上切身惟酒。千載後，君試看、拔山扛鼎俱烏有，英雄骨朽。

問顧曲周郎，而今還解，來聽小詞否。

〔一〕聞：原作「閑」，據《長短句》改。

又

海棠

甚春來、冷煙凄雨，朝朝遲了芳信。驀然作暖晴三日，又覺萬株嬌困。霜點鬢。潘令老，年年不帶看花分，才情減盡。悵玉局飛仙，石湖絶筆，辜負這風韻。傾城色，懊惱佳人薄命，墻頭岑寂誰問。東風日暮無聊賴，吹得臙脂成粉。君細認，花共酒，古來二事天尤吝。年光去迅。漫綠葉成陰，青苔滿地，做得異時恨。

又

用寔之韻

便蓑衣、荷鋤歸去，何須身著宮錦。與誰共話桑麻事，朱老阮生尤稔。餅樣餅，甕樣蜜，長鬚赤脚供樵飪。清流濁品〔一〕，盡掃去胸中，置諸膜外，對酒莫辭飲。華胥夢，怕殺人驚曉枕。疎窗惟月來闖。一生常被弓旌誤，且告朝家追寢。愁箇甚，君管取，有薇堪采松堪蔭，茆山再任。

幸不是謀臣，又非世將，免犯道家禁。

〔一〕濁：原作「獨」，據小草本改。

轉調二郎神

余生日，林農卿贈此詞，終篇押一韻，效顰一首。

抽還手版，受用處，十分輕省。便衣剪家機，飯炊躬稼，且免支移係省。帝憫龍鍾蹣朝謁，予長假，毋煩申省。笑木石虛齋，暮年忺做，端明提省。　閑冷，橐金散盡，書筒來省。有小小樓兒，看山待月，絶勝崔公望省。兩鶴隨軒，一奴負鍤，此外諸餘從省。把一生本末，緑章奏過，泰玄都省。

又

再和

黄粱夢覺〔一〕，忽跳出、北扉西省。今似得何人，老僧退院，秀才下省。罷草河西淮南詔，没一字、諮尚書省。學士院文字至朝廷，皆云諮報，不云申也。已交侶漁樵，免教人道，彌封官省〔二〕。　多幸。條冰解去，新銜全省。笑殺太師光，賜靈壽杖，有詔扶他入省。死謚醉侯，生封詩伯，此事不關朝省。便茅屋、送老雲邊，也勝倚金華省。

〔一〕黄粱：原作「黄梁」，徑改。

〔二〕封官：小草本作「縫宫」。

又 三和

一笻兩屩，導從比、在京差省。更不草白麻，不批黄勅，稍覺心清力省。幸有善和書堪讀，何必然藜芸省。且閣起《莊》《騷》，專看《老》《易》，課程尤省。　夢境。槐陰禁苑，藥翻綸省。紙裹裹，有青銅錢三百，送與酒家展省。吊李白墳，挂徐君劍，零落端平同省。端平乙未，李元善爲都官，徐直翁爲司封，余爲侍右，同在南廊。僅留得、老子婆娑，怎不拂衣華省。

又 四和

近來塞上，喜鱲彈、羽書清省。更萬竈分屯，百年和糴，慙愧而今半省。蒙鞬殘兵騎猪遁，永絶生徭侵省。做箇太平民，戴花身健，催租符省。　何幸。行人來密，僉軍抽省。但進有都俞〔二〕，退無科瑣，不用依時出省。子厚南宫，仲舒西掖，又報岑參東省。趁此際、納禄懸車，亦爲大司農省。

〔一〕俞：原作「余」，據《長短句》改。

又 五和

人言官冗，老病底、法當先省。況行則蹣跚，立時跛倚，幸免做他兩省。侍立官號小兩省。客怕逢迎書慵答，得省處而今姑省〔一〕。笑落盡桃花，僕家夢得，重來郎省。　涼冷。練衣差薄，蒲葵堪省。嘆三紀單棲，二毛純白，情味似潘騎省。鬻馬遣姬，惟書與畫，點檢依然難省。也不用、畜犬防偷，老去睡眠常省。

〔一〕得省：原脱「省」字，據《長短句》補。

長相思 惜梅

寒相催，暖相催，催了開時催謝時，丁寧花放遲。角聲吹，笛聲吹，吹了南枝吹北枝，明朝成雪飛。

又 寄遠

朝有時，暮有時，潮水猶知日兩廻，人生長別離。來有時，去有時，燕子猶知社後歸，君行無定期。

又 餞別

風蕭蕭，雨蕭蕭，相送津亭折柳條，春愁不自聊。煙迢迢，水迢迢，準擬江邊駐畫橈，舟人頻報潮。

又

煙凄凄，草凄凄，野火原頭燒斷碑，不知名姓誰。　印纍纍，冢纍纍，千萬人中幾箇歸，榮華朝露晞。

又

勸一杯，復一杯，短鍤相隨死便埋，英雄安在哉。　眉不開，懷不開，幸有江邊舊釣臺，拂衣歸去來。

昭君怨　牡丹

曾看洛陽舊譜，只許姚黃獨步。若比廣陵花，太虧他。　舊日王侯園圃，今日荆榛狐兔。君莫説中州，怕花愁。

又　瓊華

后土宮中標韻，天上人間一本。道號玉真妃，字瓊姬。我與花曾半面，流落天涯重見。莫把玉簫吹，怕驚飛。

又

一個恰雷州住，一個又廉州去。名姓在金甌，不如休。昨日沙堤行馬，今日都門飄瓦。君莫上長竿，下來難。

生查子　元夕戲陳敬叟

繁燈奪霽華，戲鼓侵明發。物色舊時同，情味中年別。淺畫鏡中眉，深拜樓西月。人散市聲收，漸入愁時節。

後村先生大全集卷之一百八十九

長短句

滿江紅

金甲琱戈，記當日、轅門初立。磨盾鼻，一揮千紙，龍蛇猶濕。鐵馬曉嘶營壁冷，樓舡夜渡風濤急。有誰憐，猨臂故將軍，無功級。　平戎策，從軍什，零落盡，慵收拾。把茶經香傳，時時温習。生怕客談榆塞事，且教兒誦《花間集》。嘆臣之壯也不如人，今何及。

又

二月廿四夜海棠花下作

老子年來，頗自許、心腸鐵石。尚一點、消磨未盡，愛花成癖。懊惱每嫌寒勒住，丁寧莫被晴烘拆〔一〕。奈暄風烈日太無情，如何得。　張畫燭，頻頻惜，憑素手，輕輕摘。更幾番雨過，彩雲無迹。今夕不來花下飲，明朝空向枝頭覓。對殘紅、滿院杜鵑啼，添愁寂。

〔一〕 圻：原作「折」，據《長短句》改。

又

題梅谷

赤日黄埃，夢不到、清溪翠麓。空健羨、君家别墅，幾株幽獨。骨冷肌清偏要月，天寒日暮尤宜竹。想主人、杖屨繞千廻，山南北。　寧委澗，嫌金屋，寧映水，羞銀燭。嘆出羣風韻〔一〕，背時裝束。競愛東鄰姬傅粉〔二〕，誰憐空谷人如玉。笑林逋、何遜謾爲詩，無人讀。

〔一〕 出：原作「幽」，據《長短句》改。

〔二〕 鄰：原作「憐」，據小草本改。

又

送宋惠父入江西幕

滿腹詩書，餘事到、《穰苴兵法》。新受了、烏公書幣，着鞭垂發。黄紙紅旗喧道路，黑風青草空巢穴〔一〕。向幼安、宣子頂頭行，方奇特〔二〕。　谿峒事，聽儂説，龔遂外，無長策。便獻俘非勇，納降非怯〔三〕。帳下健兒休盡鋭，草間赤子俱求活。到崆峒、快寄凱歌來，寬離別。

〔一〕風：原作「道」，據《長短句》改。

〔二〕奇：原作「寄」，據《長短句》改。

〔三〕怯：原作「法」，據小草本改。

又

落日登樓，誰管領、倦游狂客。待唤起、滄浪漁父，隔江吹笛。看水看山身尚健，憂晴憂雨頭先白。對暮雲、不見美人來，遥天碧。　山中鶴，應相憶，沙上鷺，渾相識。想石田茅屋，草深三尺。空有鬢如潘騎省，斷無面見陶彭澤。便倒傾、海水浣衣塵，難湔滌。

又

送王寔之

天壤王郎，數人物、方今第一。談笑裏、風霆驚座，雲煙生筆。落落元龍湖海氣，琅琅董相天人策。問如何、十載尚青衫，諸侯客。　易愛底，些官職，難保底，些名節。擬閉門投轄，劇談三日。疇昔評君天下寶，當爲天下蒼生惜。向臨分、慷慨出商聲，摧金石。

又

壽王寔之

鶴馭來時，長占定、一年清絶。九萬里、纖雲收盡，帝青空闊。月露偏爲丹桂地，風霜欲放黄花節。聽玉笙、縹渺度緱山，吹初徹。　曾直把，龍麟批，曾戲取，鯨牙拔。向絳河濯足，咸池晞髮。俗子底量吾輩事，天仙不在臞儒列。世豈無、瑶草與蟠桃，堪攀掇。

又

和王寔之韻送鄭伯昌

怪雨盲風，留不住、江邊行色。煩問訊、冥鴻高士，釣鰲詞客。千百年傳吾輩話，二三子繫斯文脉。聽王郎、一曲玉簫，聲凄金石。　晞髮處，怡山碧，垂釣處，滄浪白。笑而今拙宦，它年遺直。只願長留相見面，未宜輕屈平生膝。有狂談、欲吐且休休，驚鄰壁。

又 四首並和寔之

往日封章，曾聳動、君王玉色〔一〕。今似得、三閭公子，四明狂客。古不能箝言者口，天方欲壽中朝脉。筭人間、豈有病無醫，須鍼石〔二〕。年冉冉，袍猶碧，心耿耿，頭先白。笑臣舒迂緩，臣山愚直。拂袖歸來羞炙手，望塵拜了難伸膝。把富春瀨與首陽山，圖齋壁。

〔一〕玉：原作「顏」，據宋刻本、小草本改。

〔二〕鍼：原作「鐵」，據《長短句》改。

又

三黜歸來，飯蔬食、渾無慍色。中年後、家如旅舍，身如行客。軒冕豈非疣贅具，烟霞已是膏肓脉。有些兒、隙地更疏泉，堆卷石。鄰媪餉，新芻碧，溪友賣，鮮鱗白。向陳編冷笑，孔明元直。俗事不教污兩耳，燕居聊可盤雙膝。取當年、行脚一枝笻，懸高壁。

又

疇昔臚傳，仗下奏、祥雲五色。何況是、西山弟子，鶴山賓客。上帝照臨忠義膽，老師付授文章脉。問此君、髣髴似何人，徂徠石。　園官菜，登盤碧〔一〕，田舍米，翻匙白。懶投詩見素，寄書杓直。德耀不嫌爲隱髻，龜兒已解摇吟膝。有誰憐、給札老相如，家徒壁。

〔一〕碧：原作「石」，據小草本改。

又

下見西山〔一〕，料他日、面無慚色。君記取、不爲吕黨，亦非秦客。檜有十客。有意挽回當世事〔二〕，無方延得諸賢脉。笑海波、渺渺幾時平，空啣石。　園五畝，紛紅碧，家四世，傳清白。任天孫笑拙，女嬃嫌直。老去何煩援以手，向來不要加諸膝。待深山、深處著茅齋，看青壁。

〔一〕下：原作「一」，據《長短句》改。

〔二〕挽：原作「晚」，據小草本改。

又

壽唐夫人

八十加三，人盡訝、還童返少。争信道、夜春曉織，總曾經了。凛凛共姜當日誓，諄諄孟母平生教。到如今、象服擁魚軒，天之報。如船藕，如瓜棗，斑衣舞〔一〕，金鐘釂。望秋宵一點，老人星照。塵世少如孃福壽，上蒼知得兒忠孝。待看他、孫子又生孫，添懷抱。

〔一〕斑衣：原作「班衣」，徑改。

又

和叔永吴尚書，時吴喪少子。

着破青鞵，渾不憶、蹋它龍尾。更冷笑、癡人擘劃，二三百歲。殤子彭籛誰壽夭，靈均漁父争醒醉。向江天、極目羡禽魚，悠然矣〔一〕。杯中物，姑停止，床頭笏，聊抛廢。慨事常八九，不如人意。白雪調高尤協律，落霞語好終傷綺。待煩公、老手一摩挲，文公記。

〔一〕悠：原作「攸」，據宋刻本、小草本改。

又

丹桂

昨日梢頭，點點似、玉麈珠礫〔一〕。一夜裏、天公染就，金丹顔色。艷質翻嫌西子白〔二〕，穠粧却笑東鄰赤。儘重重、簾幕不能遮，香消息。　寒日短，霜飛急，未摇落，須憐惜。且亂簪破帽，旋呼鳴瑟。便好移來雲月地，莫教歸去旃檀國。怕彩鸞、隱現霎時間，尋無迹。

〔一〕礫：原作「屑」，據小草本改。

〔二〕艷：原作「體」，據小草本改。

又

禱祝封姨，休把做、揚沙吹礫。費西帝、許多薰染，濃香深色。滿插銅瓶芳氣烈，高張畫燭祥光赤。向先生、鼻觀細參來，三千息。　人老大，年華急，花妖艷〔一〕，天公惜。到一枝摇落，千林蕭瑟。摘蘂莫教輕糝地，返魂依舊能傾國。待彩雲、月下再來時，尋陳迹。

〔一〕 豔：原缺，據《長短句》補。

又

月露晶英，融結做、秦宮塊礫。長殿後、一年芳事，十分秋色〔一〕。織女機邊雲錦爛，《天台賦》裏晴霞赤。恍女仙、空際駕翔鸞，來游息。　　粧束晚，飄零急，今不樂，空追惜。欠紅牙按舞，朱絃調瑟。豈是時無花鳥使，是他自擇風霜國。任落英、狼藉委蒼苔，稀行迹。

〔一〕 分：原作「八」，據《長短句》改。

又

誰把靈丹，點化了、荒園瓦礫。奇特處、恰當秋杪，不争春色。因甚素娥脂粉豔，怪他白帝車旗赤。嘆暮年、無句比紅兒，芳心息。　　狂飇起，行雲急，開與謝，俱堪惜。唤妓行按酒，客來操瑟。撲鼻微香熏世界，解顔一笑迷人國。怕匆匆、歸去廣寒宫，難蹤跡。

又

楮葉工夫，辛苦似、鏤冰炊礫。君看取、天公巧處，自然形色。髮彩已非前度緑，眼花休問何時赤。又誰能、月下待紅娘，傳音息。　投轄飲，追歡急，持帚掃，癡心惜。有塤箎諧律，不消竽瑟。點點散來居士室，叢叢生占騷人國。便高燒、絳蠟寫烏絲，留真迹。

又

糝徑紅裀，莫要放、兒童拋礫。知渠是、仙家變幻，佛家空色。青女無端工剪綵，紫姑有祟曾迷赤〔一〕。但雙雙、戲蝶繞空枝，飛還息。　鯨量減，駒陰急，芳事過，餘情惜。謾新腔窈渺，奏雲和瑟。飄蕩隨他紅葉水，蕭條化作青蕪國。憶橋邊、池上共攀翻，空留迹。

〔一〕祟：原作「祟」，據《長短句》改。

又

端午

梅雨初收，渾不辨、東陂南蕩。清旦裏、鼓鐃動地，車輪空巷。畫舫稍漸京輦俗，紅旗會踏吳兒浪。共葬魚娘子斬蛟翁，窮懽賞。　麻與艾〔一〕，俱成長，蕉與荔，應來享。有纍臣澤畔，感時惆悵。縱使菖蒲生九節，争如白髮長千丈〔二〕。但浩然〔三〕、一笑獨醒人〔四〕，空悲壯。

〔一〕艾：小草本作「麥」。

〔二〕丈：原缺，據《長短句》補。

〔三〕然：小草本作「歌」。

〔四〕笑：小草本作「吊」。

又

丁巳中秋

説與行雲，且擱就、嫦娥今夕。俄變現、金蛇能紫，玉蟾能白。九萬里風清黑眚，三千世界純銀色。想天寒、桂老已吹香，堪攀摘。　湘妃遠，誰鳴瑟，桓伊去，誰横笛。歎素光如舊，朱顔非昔。老去歡悰無奈減，向來酒量常嫌窄。倩何人、天外挽冰輪，應留得。

又

林元質侍郎生日，四月二十九日。

天上人間，好時節、無過初夏。君記取、瞿曇生後，純陽來也。風骨清臞如野鶴，門庭低小纔旋馬。更傍無紅粉有青奴，堪娱夜。　鯨口吸，銀瓶瀉，蠅頭字，篝燈寫。數而今鐵筆，誰如公者。便合去開丞相閤，未應牽入耆英社。待調羹事了却歸來，尋前話。

又

慶抑齋元樞八十

屈指耆英，誰似得、三朝元老。尚留箇、管夷吾在，何憂江表。世道方占公出處，裔夷争問今年貌。怎不移、此手整乾坤，長閑了。　靈壽郤，斑衣繞〔一〕，如瓶李，如瓜棗。把禪龕閑定，怕蒲輪到。師尚父年渾未艾，中書令考猶爲少。看晝盆、歲歲浴曾玄，添懷抱。

〔一〕斑衣：原作「班衣」，徑改。

又 次韻徐使君癸亥燈夕

笳鼓春城，處處有、豐年語笑。渾忘却、金蓮前導，青藜下照。白雪唱來偏寡和，朱顔老去難重少。羨鰲頭、四十已專城，真英妙。奎文寵，崇儒教，田毛喜，寬租詔。有春陵之什，無潮州表。怪雨盲風稀發作，華星秋月争光耀。看來年、此夜侍端門，開佳兆。

又 再和

奎墨西風，落筆處、親蒙天笑。誰信道、郡人生怕，福星移照。賓客倡予還和汝，使君安老兼懷少。况醉能同樂醒能文〔一〕，新腔妙。無諸國，漸聲教，元結輩，宣明詔。恍夢中遼鶴，重來華表。一琖勘書殊簡徑，萬燈侍輦曾榮耀。怪晴簷、乾鵲語查查，公歸兆。

〔一〕醉：原作「辭」，據《長短句》改。

又　傅相生日　癸亥

江左微公，争些子、吾其衽髪。談笑裏、旄頭汛掃，斗杓旋斡。投一粒丹元氣轉，下三數着輸棋活。把晉朝王謝傅同看，誰優劣。飛凱奏，清夔峽，蠲和糴，寬畿浙。有三千功行，待從頭説。玉斝滿斟長壽酒，冰輪探借中秋月。更慈闈、喜見鳳將雛，添丹穴。

又　傅相生日　甲子

現宰官身，出隻手、擎他宇宙。籌邊外、招來名勝，登崇勳舊。不下萊公扶景德，又如涑水開元祐。儘從渠、千贊及吾門，歸斯受。上林苑，多花柳，祁連塞，希刁斗。更紅旗破賊，黄雲棲畝。阿母瑶池枝上寔，仙人太華峰頭藕。瀉銅盤、沆瀣入金巵，爲公壽。

又

禮樂衣冠，渾靠定、堂堂國老。出雙手、把天裂處，等閑補了。謝傅東山心未遂，周郎赤壁功猶小。事難於張趙兩元台，扶炎紹。　恢鶴禁，迎商皓，開兔苑，延枚叟。喜奎星來聚，旄頭都掃。重譯争詢裴令貌，御詩也祝汾陽考。更何須、遠向海山求，安期棗。

又 海棠

壓倒羣芳，天賦與、十分穠艶。嬌嫩處、有情皆惜，無香何慊。恰則纔如針粟大，忽然誰把臙脂染。放遲開、不肯墮梅花，羞寒儉。　時易過，春難占，歡事薄，才情欠。覺芳心欲訴〔一〕，冶容微斂。四畔人來攀折去，一番雨有離披漸。更那堪〔二〕、幾陣夜來風，吹千點。

〔一〕訴：原作「詐」，據《長短句》改。

〔二〕堪：原作「看」，據《長短句》改。

又 離別

嫌殺雙輪，駕行客、之燕適粤。也不喜、船兒無賴，載他江浙。蕩子不歸鴛被冷，昭君遠嫁氈車發。歎子規〔一〕、閑管昔人愁，啼成血。　渭城柳，争攀折，關山月，空圓缺。有琵琶解語〔二〕，錦書難説。若要人生長美滿，除非世上無離別。筭古今、此恨似連環，何時絶。

〔一〕歎：原作「難」，據《長短句》改。
〔二〕解：原作「改」，據小草本改。

水龍吟

己亥自壽二首

年年歲歲今朝，左弧懸罷渾無事。吾衰久矣，我辰安在，老之將至。懶寫京書，怕看除目〔一〕，敗人佳思〔二〕。把東籬掩定，北窗開了，悠然酌，頹然睡。　客有過門投贄，道先生訪華胥氏。誰能辛苦，陪他綺語，記他奇字〔三〕。屈指先賢，戴花老監，豈其苗裔。待異時約取，寬夫彦國，入耆英會。

〔一〕目：原作「日」，據《長短句》改。
〔二〕敗：原作「散」，據《長短句》改。
〔三〕記：原缺，據《長短句》補。

又

先生放逐方歸，不如前輩抽身早。臺郎舊秩，看來俗似，散人新號。起舞非狂，行吟非怨，高眼非傲。嘆終南捷徑，太行盤谷，用卿法，從吾好。　閉了草廬長嘯〔一〕，後將軍來時休報。床頭書在，古人出處，今人非笑。製箇淡詞〔二〕，呷些薄酒，野花簪帽。願雲臺任滿，又還因任〔三〕，賽汾陽考。

〔一〕閉：原作「閑」，據《長短句》補。

〔二〕淡詞：原缺，據《長短句》補。

〔三〕「還因任」及下句「賽」原缺，據《長短句》補。

又

自和前二首

病翁一榻蕭然，劉屏山號病翁。不知世有歡娛事。雀羅庭院〔一〕，載醪客去，催租人至。報答秋光，要些酒量，要些詩思〔二〕。奈長鯨罷吸，寒蛩息響，茶甌外，惟貪睡。　窮巷幸無干贇〔三〕，或相過，莫知誰氏。柴門草户，闕人守舍，任伊題字〔四〕。自和山歌，《國風》之變，《離騷》之裔。待從今向去，年年强健〔五〕，插花高會。

〔一〕羅庭院：原缺，據《長短句》補。
〔二〕些詩思：原缺，據《長短句》補。
〔三〕巷幸無：原缺，據《長短句》補。
〔四〕伊題：原缺，據《長短句》補。
〔五〕年年：原缺，據《長短句》補。

又

平生酷愛淵明，偶然一出歸來早。題詩信意，也書甲子，也書年號。陶侃孫兒，孟嘉甥子，疑狂疑傲。與柴桑樵牧，斜川魚鳥，同盟後，歸於好。　除了登臨吟嘯，事如天〔一〕，莫相諮報。田園閑静，市朝翻覆，回頭堪笑。節序催人〔二〕，東籬把菊，西風吹帽。做先生處士，一生一世，不論資考。

〔一〕事：原缺，據《長短句》補。

〔二〕序：原缺，據《長短句》補。

又 辛亥 安晚生朝

祁公一度貂蟬，先生三度貂蟬了。燔柴升輅，銀蟾燭夜，金烏騰曉。喜動龍顔，瑞班虹玉〔一〕，歸功元老。縱擎天力倦，明農心切，先還取、中書考。　末着留侯難辨，筭除非、煩他商皓。紫芝産遍，赤松待久，何時高蹈。人世無過，魚羹飯美，布衾銘好。待角巾東路，蹇驢北阜，伴公遊釣。

〔一〕瑞：原作「端」，據小草本及《長短句》改。

又 癸卯生日　時再得明道祠

依然這後村翁，阿誰改换新曹號。虚名沙礫〔一〕，傍觀冷笑，何曾明道。吟歇後詩，説無生話，熱瞞村獠。被兒童盤問，先生因甚〔二〕，身頑健、年多少。　不茹園公芝草，不曾餐〔三〕、安期瓜棗。要知甲子，陳摶差大，邵雍差小。肯學癡人，據鞍求用，染髭藏老。待眉毛覆面，看千桃謝，閲三松倒。

〔一〕磔：原作「魔」，據《長短句》改。
〔二〕先生：原無，據《長短句》補。
〔三〕餐：原缺，據《長短句》補。

又

丙辰生日

兒童不識樗翁，挽衣借問年今幾。小如彦國〔一〕，大如君寔，披襟高比。德業天淵，有些似處，鬢眉而已。願老身無事，小車乘興，名園内、行窩裏。做取出關周史，莫做他、下山園綺。從人謗道，是浮丘伯，是庚桑子。背傴肩高，幅巾藜杖，敝袍穿履。向畫圖上面，十分似箇，現端門底。

〔一〕小：原作「少」，據小草本、翁校本改。

又

即今七十平頭，豈能久作人間客。左車牙落，半分臂小，幾莖鬚白。挾種樹書，舉障塵扇，著遊山屐。任蛙蟆勝負，魚龍變化，儂方在、華胥國。　島大功名官職，眼中花、須臾無迹。小兒破賊，二郎作相，有何奇特。同輩蕭疎，且留鐵漢，要磨銅狄。向寶釵樓裏，天津橋上，月明橫篴。

又 丁巳生日

不須更問傍人，勸君自拂青銅照。幅巾短褐，有些野逸，有些村拗。兩度呼來，也曾批勅，也曾還詔。笑先生此手，今堪何用，苔磯上、堪垂釣。　白雪新腔高妙，把儂家、調疎稱道。六韜未試，《抑》詩未作，如何歸老。玉帶金貂，星兒快活，天來煩惱。待自箋年甲，繳還官職，換山翁號。李建勳云：幸有山翁號，如何不見呼。

又

徐仲晦、方蒙仲各和予去歲箋字韻爲壽，戲答二君。

行藏自決於心，不消謀及門前客。平生慕用，著書玄晏，挂冠貞白。帝奬孤高，別加九錫，一筇雙屐。更賜之車服，胙之茅土，依稀在、槐安國。　頻領竹宮清職，仰飛仙〔一〕、猶龍無迹。與誰同去，挑包徐甲〔二〕，負轅班特。蹉過明師，且尋狎友，杜康儀狄。笑謝公曠達，暮年垂淚，聽桓郎篴。

〔一〕仰：原作「仲」，據《長短句》改。

〔二〕「徐」字原缺，「甲」原作「申」，據《長短句》補、改。

又

方蒙仲、王景長和予丙辰、丁巳二詞，走筆答之。

先生避謗山栖，戒門不納高軒客。誰歟來者，吟詩張碧，詼諧侯白。禮數由他，謝郎着帽，王郎穿屐。且問花隨柳，舉杯邀月，那須預、人家國。用桓温語。　香案傍邊供職，鳥飛空、何曾留迹。矌翁鐵漢，兩賢安在，百夫之特。但願王師，早俘頡利，早禽長狄。便太平無事，賣薪沽酒，騎牛腰篴。

又

當年玉立清揚，屋梁落月偏相照。而今衰颯，形骸百醜〔一〕，情懷十拗。久已飾巾，尚堪扶杖，聽山東詔。儘後車載汝，營邱封汝，何如在〔二〕、磻溪釣。　晚悟儋書玄妙，懶從他、鍾離傳道。不論資望排推，也做五更三老。宋玉多悲，唐衢喜哭，好閑煩惱。問天公，撲斷散人二字，賜龜蒙號。

〔一〕骸：原作「體」，據小草本改。

〔二〕如：原作「必」，據小草本改。

又

此翁飽閱人間，三生似是劉賓客。若論輩行，早陪韓柳，晚交元白。老矣安能，爲人取履，與人争屐。歎酒泉郡遠，醉鄉路絶，今何處、堪開國。　解去冰銜華職，偏空山、難尋行迹。道傍喘月，田間卧草，也勝郊特。宰相□□，周公留召，婁公容狄。喜時平身健，三行社飲，一聲樵篴。

又

病夫鬢秃顔蒼，不堪持向清溪照〔一〕。一生枘鑿〔二〕，壯夫嗔懦，通人嫌拗。讓當行家，勒《浯西頌》，草《淮南詔》。幸脱離沮洳〔三〕，浮游江海，悠然逝、毋吞釣。宴坐蒲團觀妙，怪癡兒、春糧求道。古人尚齒，迎他商皓，拜他龐老。鳩杖蒲輪，把身束縛，替人愁惱。煞爲僧不了〔四〕，下梢猶要，紫衣師號。余以年勞該賜龜紫。

〔一〕持：原作「特」，據小草本改。

〔二〕枘：原作「柄」，據小草本改。

〔三〕洳：原作「汝」，據《長短句》改。

〔四〕煞：原作「殺」，據《長短句》改。又小草本作「笑」。

又 林中書生日 六月十九日

虙齋不是凡人，海山仙聖知來處。清英融結，佩瑶臺月，飲金莖露。翰墨流行，禁中有本，御前停箸。向宏文館裏，薰風殿上，親屬和、微凉句。　已被昭陽人妬，更那堪、鼎成龍去。曾傳寶苑，曾將玉杵，付長生兔。地覆天翻，河清海淺，朱顔常駐。篺給扶朝者，臨雍拜者，下梢須倣。

又 丁卯生日

此翁幸自偏盲，那堪右目生微翳。羽流禳謝，緇郎懺悔，天乎無罪。客曰不然，也因口腹，也因瞻視。汝夜披黄卷，日餐丹荔，貽伊慼、將誰懟。　長智都緣更事，盡今生〔一〕、十分珍衛。暮年怕殺，汗青蠹簡，擘紅高會。也莫貪他，君謨舊譜，子雲奇字。特邀張司業，看花題竹，韓家園内。韓喜張籍眸子清朗，云「忽見孟生題竹處」。籍詩：「昨日韓家後園内，看花猶自未分明。」

〔一〕今：原作「金」，據《長短句》改。

風流子 白蓮

松桂各參天〔一〕，石橋下，新種一池蓮。似仙子御風，來從姑射，地靈獻寶，産向藍田〔二〕。曾入先生虚白室，不喜傅朱鉛。記茂叔溪頭，深衣聽講，遠公社裏，素衲安禪。　山間。多紅鶴，端相久，驀地飛去翩躚。但蝶戲鷺翹，有時偷近傍邊。對月中乍可，伴娥孤另〔三〕，墻頭誰肯，窺玉三年。俗客濃粧〔四〕，安知國艶天然。

〔一〕各：原作「名」，據《長短句》改。
〔二〕産：原作「座」，據《長短句》改。
〔三〕另：原作「令」，據《長短句》改。
〔四〕客：小草本作「愛」。

滿庭芳

凉月如冰，素濤翻雪，人世依約三更。扁舟乘興，莫計水雲程。忽到一洲奇絶，花無數、多不知名。渾疑是，芙蓉城裏，又似牡丹坪〔一〕。　蓬萊應不遠，天風海浪，滿目淒清。更一聲鐵笛，石裂龍驚。回顧塵寰局促〔二〕，揮袂去、散髮騎鯨。蘧蘧覺，元來是夢〔三〕，鐘動野鷄鳴。

〔一〕坪：原作「塀」，據宋刻本、小草本、翁校本改。

〔二〕促：原作「捉」，據《長短句》改。

〔三〕元：原無，據《長短句》補。

後村先生大全集卷之一百九十

長短句

賀新郎

吾少多奇節，頗揶揄、玉關定遠，壺頭新息。一劍防身行萬里，選甚南溟北極。看塞雁、啣來秋色。不但槊棋夸妙手，管城君、亦自無勍敵。終賈輩，恐難匹。　酒腸詩膽新來窄。向西風、登高望遠，亂山斜日。安得良弓并快馬，聊與諸公角力。漫醉把、闌干頻拍。莫恨寒蟾離海晚，待與君、秉燭游今夕。歡易買，健難得。

又

送陳真州子華

北望神州路，試平章、這場公事，怎生分付。記得太行山百萬，曾入宗爺駕馭，今把作握蛇騎虎。君去京東豪傑喜，想投戈下拜真吾父。談笑裏，定齊魯。　兩河蕭瑟惟狐兔。問當年、祖生去後，有人來否。多少新亭揮涙客，誰夢中原塊土。筭事業、須由人做。應笑書生心膽怯，向車中、閉置如新婦。空目送，塞鴻去。

又

杜子昕凱歌

盡説番和漢，這琵琶、依稀似曲，驀然絃斷。作麽一年來一度，欺得南人技短。歎幾處、城危如卵。元凱後身居玉帳，報胡兒、休作尋常看。布嚴令，運奇筭。　開門決鬬雌雄判。笑中宵、奚車氈屋，獸驚禽散。箇箇巍冠横麈柄〔一〕，誰了君王此段。也莫靠、長江能限。不論周郎并幼度，便仲尼、復起嗟微管。馳露布，築京觀。

〔一〕冠：原作「峨」，據《長短句》改。

又

跋唐伯玉奏藁

宣引東華去，似當年、文皇親擢〔一〕，馬周徒步。殿上風霜生白簡，下殿扁舟已具。怎不與、官家留住。古有一言腰相印，誰教他、滿篋嬰鱗疏。還笏退，不迴顧。　新來邊報猶飛羽。問諸公、可無長策，少寬明主。攀檻朱雲頭雪白，流落如今底處。但一片、丹心如故。賴有越臺堪眺望，那中原、莫已平安否。風色惡〔二〕，海天暮。

〔一〕擢：原作「躍」，據《長短句》改。
〔二〕色：原作「急」，據《長短句》改。

又

送唐伯玉還朝

驛騎聯翩至，道臺家、籌邊方急，酒行姑止。作麽攜將琴鶴去，不管州人墮淚〔一〕。富與貴〔二〕、平生無味。可但紅塵難著脚，便山林、未有安身地。搔白髮〔三〕，兀相對。　前身小范疑公是。憶當年、天章閣上，建明尤偉。慶曆諸賢方得路，便不容他老子。須著放、延州城裏。一句慇懃牢記取，在朝廷、最好圖西事。何必向，玉關外。

〔一〕墮：原作「隨」，據《長短句》改。
〔二〕富與：原倒，據《長短句》乙。
〔三〕搔：原作「掻」，據《長短句》改。

又　送黄成父還朝

飛詔從天下，道中朝、名流欲盡，君王思賈。時事祇今堪痛哭，未可徐徐俟駕。好着手、扶將宗社。多少法筵龍象衆，聽靈山、祝付些兒話。千百世，要傳寫。　子方行矣乘驄馬。又送他、江南太史，去游旃厦。老我伴身惟有影，倚偏風軒月榭。悵玉手、何時重把。君向柳邊花底問，看貞元、朝士誰存者。桃滿觀，幾開謝。

又　戊戌壽張守

南國秋容晚，曉寒輕、菊花臺榭，拒霜池館。試向壺山堂上望〔一〕，萬頃黄雲刈遍。總喫着、君侯方寸。不要漢廷誇擊斷，要史家、編入循良傳。春脚到，福星現。　家家香火人人願。要還他、慶元狨座，建炎蟬冕。穩奉安輿迎兩國，誰謂山遥水遠。福壽比、河沙難筭。來歲而今黄花節，早驂鸞入侍瑶池宴。風浩蕩，海清淺。

〔一〕壺：原作「湖」，據宋刻本、小草本改。

又

端午

深院榴花吐，畫簾開、練衣紈扇，午風清暑。兒女紛紛夸結束，新樣釵符艾虎。早已有、游人觀渡。老大逢場慵作戲，任陌頭、年少争旗鼓。溪雨急，浪花舞。　靈均標致高如許。憶生平、既紉蘭佩，更懷椒糈。誰信騷魂千載後，波底垂涎角黍。又説是、蛟饞龍怒。把似而今醒到了，料當年、醉死差無苦。聊一笑，吊千古。

又

九日

湛湛長空黑，更那堪、斜風細雨，亂愁如織。老眼平生空四海，賴有高樓百尺。看浩蕩、千崖秋色。白髮書生神州淚，盡淒凉、不向牛山滴。追往事，去無迹。　少年自負凌雲筆，到而今、春華落盡，滿懷蕭瑟。常恨世人新意少，愛説南朝狂客。把破帽、年年拈出。若對黃花孤負酒，怕黃花、也笑人岑寂。鴻北去〔一〕，日西匿。

〔一〕北：原作「此」，據《長短句》改。

又

寄題聶侍郎欝孤臺

絶頂規危榭，跨高寒、鳥飛不過，雲生其下。斤斸無聲人按堵，翕忽青紅變化。覽城郭、山川如畫。閣老鳳樓修造手，笑談間、突出凌雲厦。臺上景，買無價。　唾壺麈尾登臨暇。似當年、滁陽太守，歐陽公也。倒傾贛江供硯滴，判斷雪天月夜。更唤取、鄒枚司馬。銅雀凌歊歌舞散〔一〕，訪殘磚、斷甓無存者。餘翰墨，被風雅。

〔一〕 歊：原作「敲」，據四庫本改。

又

動地東風起，畫橋西、遶溪桑柘，漫山桃李。寂寂墻陰蒼苔逕，猶印前回屐齒。驚歲月、飆馳雲駛。太息攀翻長亭樹，是先生、手種今如此。君不樂，欲何俟。　傍人錯會淵明意，笑斯翁、皇皇汲汲，登山臨水。佳處徑呼籃輿去，髩鬅柴桑栗里。從我者、門生兒子。嘗試平章先賢傳，屈原醒、不似劉伶醉。判酩酊，卧花底。

又

宋菴訪梅

鵲報千林喜，還猛省、謝家池館，早寒天氣。要與瑶姬叙離索，草草杯盤籍地。悵减盡、何郎才思。不願玉堂并金屋，願年年、歲歲花間醉。餐秀色，挹高致。　西園飛蓋東山妓。問如何、半山雪裏，孤山烟外。管甚夜深風露冷，人與長缾共睡。任翠羽、枝頭多事。老子平生無他過，爲梅花、受取風流罪。簪白髮，莫教墜。

又

游水東周家花園〔一〕

溪上收殘雨〔二〕，倚畫欄、薄綿乍脱〔三〕，日陰亭午。鬧市不知春色處，散在荒園廢墅。漸小白、長紅無數。客子雖非河陽令，也隨緣、暫作鶯花主。那可負，甕中醑。　碧雲四合千巖暮。恨匆匆、余方有事，子姑歸去。趁取羣芳未摇落，暇日提魚就煮。歎激電、光陰如許。回首明年何處在，問桃花、尚記劉郎否。公莫笑，醉中語。

〔一〕小注原無，據《長短句》補。

〔二〕收：原作「取」，據《長短句》改。
〔三〕脱：原作「晚」，據小草本改。

又　和詠荼蘼

曾與瑶姬約。恍相逢、翠裳摇曳，珠韝聯絡。風露青冥非人世，攬結玉龍驂鶴。愛萬朵、千條纖弱。禱祝花神憐惜取，問開時、晴雨須斟酌。枝上雪，莫銷却。　惱人匹似中狂藥。凭危欄、燭光交映，樂聲遥作。身上春衫香熏透〔一〕，看到參横月落。笄茉莉、猶低一着。坐有緱山王郎子，倚玉簫、度曲難爲酢。君不飲，鑄成錯。

〔一〕透：原作「秀」，據《長短句》改。

又　用前韻賦黄荼蘼

想赴瑶池約。向東風、名姬駿馬，翠韉金絡。太液池邊鵠羣下，又似南樓呼鶴。畫不就、穠纖嬌弱。羅帕封香來天上，瀉銅盤、沆瀣供清酌。春去也，被留却。　芳魂再反應無藥。似《詩》

詠、緑衣黄裏〔一〕，感傷而作。愛惜尚嫌蜂採去，何況流鶯蹴落。且放下、珠簾遮着。除却江南黄九外，有何人、敢與花酧酢。君認取，莫教錯。

〔一〕裏：原作「裳」，據《長短句》改。

又

再用約字

淺把宮黄約。細端相、普陀烟裏，金身珠絡。蕚緑華輕羅韈小，飛下祥雲仙鶴。朵朵賽、蜂腰纖弱。已被色香撩病思，儘鵝兒、酒美無多酌。看不足，怕殘却。　　人間難得傷春藥。更枝頭、流鶯喚起〔一〕，少年狂作。留取姚家花相伴，羞與萬紅同落。未肯讓、臘梅先著。樂府今無黄絹手〔二〕，問斯人、清唱何人酢。休草草，認題錯。

〔一〕喚：原作「呼」，據宋刻本、小草本改。

〔二〕絹：原作「卷」，據《長短句》改。

又　客贈芍藥

一夢揚州事，畫堂深、金瓶萬朵，元戎高會。座上祥雲層層起，不減洛中姚魏。歎別來、關山迢遞。國色天香何處在，想東風、猶憶狂書記。驚歲月，一彈指。　數枝清曉煩馳騎。向小窗、依稀重見，蕪城妖麗。料得花憐儂銷瘦，儂亦憐花憔悴。漫悵望、竹西歌吹。老矣應無騎鶴日，但春衫、點點當時淚。那更有，舊情味。

又　郡宴和韻

草草池亭宴，又何須、珠韝絡臂，琵琶遮面。賓主一時詞翰手，倏忽龍蛇滿案。傳寫處、塵飛鸞囀。但得時平魚稻熟，這腐儒、不用青精飯。陰霧掃，霽華見。　使君償了豐年願。便從今、也無敲朴，也無厨傳。試拂籠紗看壁記，幾箇標名渠觀。想九牧、聞風爭羨。此老飽知民疾苦，早歸來、載筆薰風殿。詩有諷，賦無勸。

又　再和前韻

夢斷鈞天宴。怪人間、曲吹別調，局翻新面。不是先生瘖啞了，怕殺烏臺舊案。但掩耳、蟬嘶禽囀。老去把茅依地主，有瓦盆盛酒荷包飯。停造請，免朝見。少狂誤發功名願。苦貪他、生前死後，美官家傳。白髮歸來還自笑，管轄希夷古觀。看一道、冰銜堪羡。妃子將軍瞋未已〔一〕，問匡山〔二〕、何似金鑾殿〔三〕。休更待、杜鵑勸。

〔一〕瞋：原作「真」，據《長短句》改。

〔二〕句首原有「門」字，據《長短句》刪。

〔三〕似：原作「以」，據小草本改。

又　題蒲澗寺

風露驅炎毒。記仙翁、飄然謫墮，吹笙騎鵠。歷歷漢初秦季事，山下瓜猶未熟。過眼見、群雄分鹿。想得拂衣游汗漫，試回頭、劉項俱蠻觸。斫鯨鱠，脯麟肉。越人好事因成俗。擁遨頭、如雲士女，山南山北。問訊先生無恙否，齊魯干戈滿目。且遊戲、扶胥黄木〔一〕。不是世無瓜樣棗〔二〕，便有來、肯飽癡兒腹。聊舉酒，笑相屬。

〔一〕木：原作「水」，據《長短句》改。

〔二〕無：原作「事」，據《長短句》改。

又

王寔之喜予出嶺，命愛姬歌新詞以相勞，輒次其韻。

此腹元空洞。少年時、諸公過矣，上天吹送。老大被他禁害殺，身與浮名孰重。這鼓笛、休休拈弄。綵筆擲還殘錦去，用江淹、鮑昭事。願今生、來世無妖夢。且飦㸿，莫吞鳳。　新來瘖啞如翁仲。羨王郎、驂鸞縹緲，玉簫吹動。應笑夔州村裏女，灸面生愁進奉。要絶代、傾城安用。今古何人知此理，有吾家、《酒德先生頌》〔一〕。三萬卷，謾充棟。

〔一〕生：原作「須」，據《長短句》改。

又

蒙恩主崇禧，再用前韻。

主判茆君洞。有簷間、查查喜鵲，曉來傳送。幾度黃符披戴了，此度君恩越重。僕五任祠廟：一南岳，二仙都，三玉局，四雲臺，五崇禧。被賀監、天隨調弄。做取散人千百歲，笑渠儂、一霎邯鄲夢。歌而過，鳳兮鳳。　灌園織屨希陳仲。問先生、加齊卿相，可無心動。除却醴泉中太乙，揀箇名山自奉。那捷徑、輸它藏用。有耳不曾聞黜陟，免教人、貶駁徂徠頌。服蘭佩，結茅棟。

又

三和

謫下神清洞。更遭他、揶揄黠鬼〔一〕，路傍遮送。薄命書生雞肋爾，却笑尊拳忒重。破故紙、誰教繙弄。一枕茅簷春睡美，便周公、大聖何須夢。門前客，任題鳳。　卜鄰羊仲并求仲〔二〕。願春來、西疇雨足，土膏犁動。白髮巡官占歲稔，不問京房翼奉。棹與甕、從今無用。醉與老農同擊壤，莫隨人〔三〕、投獻《嘉禾頌》。在陋巷，勝華棟。

〔一〕揶揄：原作「椰榆」，據小草本改。

〔二〕鄰：原作「麟」，據《長短句》改。

〔三〕人：原作「一」，據《長短句》改。

又

席上聞歌有感

妾出於微賤。小年時、朱絃彈絶，玉笙吹遍。粗識《國風》《關雎》亂，羞學流鶯百囀〔一〕。揔不涉、閨情春怨。誰向西鄰公子説，要珠鞍、迎入梨花院。身未動，意先懶。　主家十二樓連苑。那人人、靚粧按曲，繡簾初卷。道是華堂簫管唱，笑殺雞坊拍袞。廻首望、侯門天遠。我有平生離鸞操，頗哀而不愠微而婉。聊一奏，更三嘆。

〔一〕囀：原作「嬰」，據小草本改。

又

生日用寔之來韻

鬢雪今千縷。更休休、癡心猒望，故人明主。晚學瞿聃無所得，不解飛昇滅度。似曉皷、鼕鼕撾五。散盡朝來湯餅客，且烹雞、要飯茅容母。怕回首，太行路。　麟臺學士微雲句。便尊前、周郎復出，審音無誤。安得春鶯雪兒輩，輕拍紅牙按舞。也莫笑、儂家蠻語。老去山歌尤協律，又何須、手筆如燕許。援琴操，促箏柱〔一〕。

〔一〕促：原作「捉」，據《長短句》改。

又

再和前韻

放逐身籃縷。被門前、羣鷗戲狎，見推盟主。若把士師三黜比，老子多他兩度。袖手看、名場呼五。不會車邊望塵拜，免它年、青史羞潘母。勾曲洞，是歸路。　平生怕道蕭蕭句。況新來、冠攲弁側〔一〕，醉人多誤。管甚是非并禮法，頓足低昂起舞。任百鳥、喧啾春語。欲托朱絃寫悲壯，這琴心、脉脉誰堪許。君按拍，我調柱〔二〕。

〔一〕攲：原作「歌」，據《長短句》改。
〔二〕柱：原作「桂」，據《長短句》改。

又

寔之三和有憂邊之語，走筆答之。

國脉微如縷。問長纓、何時入手〔一〕，縛將戎主。未必人間無好漢，誰與寬些尺度。試看取、當年韓五。豈有穀城公付授，也不干、曾遇驪山母。談笑起，兩河路。　少時棋柝曾聯句。歎而今、登樓攬鏡，事機頻誤。聞説北風吹面急，邊上衝梯屢舞。君莫道、投鞭虚語。自古一賢能制難，有金湯、便可無張許。快投筆，莫題柱。

〔一〕時：原作「年」，據小草本、四庫本改。

又

四用縷字韻爲王寔之壽

萬字如鍼縷。憶王郎、丹墀大對，氣爲文主。貴近傍觀俱失色，仰止如天聖度。笑杜牧、成名居五。晚面清光猶苦諫，似封人、懇切言君母。謫塵世，錯行路。　當時宜和薰風句。又那知、青雲一跌，被才名誤。輪與靈和殿前柳，柔軟隨風學舞。怪兩烏〔一〕，新來停語。不是先生高索價，問何時、宰相先生許。舉杯祝，莫傾柱。

〔一〕兩：原作「語」，據《長短句》改。

又

寔之用前韻爲老者壽，戲答。

身畔無絲縷。但從前、練裳練帨，做他家主。甲子一周加二紀，兔走烏飛幾度。賽孔子、如來三五。徐陵云：小如來五歲，多孔子三年。鶴髮蕭蕭無可截，要一杯、留客塹陶母。門外草，欲迷路。朗吟白雪陽春句。待夫君、驪駒不至，鵲聲還誤。老去聊攀萊子例，倒着斑衣戲舞。記田舍、火爐頭語。肘後黄金腰下印，有高堂、未敢將身許。且扇枕，莫倚柱。

又

張倅生日

輦路東風裏。試回頭、金閨昨夢，侵尋三紀。歲晚歸然靈光殿，僕與君侯而已。漫過眼、幾番桃李。珠履金釵常滿座，問誰人、得似張公子。馳驥騄，佩龜紫。宿雲收盡簷聲止。玳筵開、高臺風月，後堂羅綺。恰近洛人修禊節，莫惜飛觴臨水。怕只怕、追鋒徵起。此老一生江海客，願風雲、際會從今始。寧爵鬱，久居此。

又　九日與二弟二客郊行

老去光陰駛。向西風、疏林變纈，殘霞成綺。尚書暮年腰脚健，不礙登山臨水。算自古、英遊能幾。客與桓公俱臭腐，獨流傳、吹帽狂生爾。後來者，亦猶此。　籃輿伊軋柴桑里。問黄花、没些消息，空籬而已。賴有一般芙蓉月，偏照先生懷裏。且覓箇、欄干同倚。檢點尊前誰見在，憶平生、共插茱萸底。歡未足，飲姑止。末章追懷無競〔一〕、處和二弟。

〔一〕競：原作「兢」，據小草本改。

又　己未九日同季弟子姪飲倉部弟兑庵〔一〕，艮翁宫教來會。

憶昔俱年少。向斯晨〔二〕、登高懷古，賦詩舒嘯。追數樽前插花客，人物並皆佳妙。禁幾度、西風殘照。元子寄奴曾富貴，到而今、一一消磨了。君不樂，後人笑。　山南山北添華表。歎歸來、謝池草合，黄臺瓜少。老去受持齊物論，誰管彭殤壽夭。待細説、教天知道。不羡兩蘇并二宋，願弟兄、歲歲同吹帽。杯到手，莫辭釂。

〔一〕兑：原作「免」，據小草本改。
〔二〕晨：原作「農」，據小草本改。

又

居厚艮翁皆和，余亦繼作。

何必遊嵩少。屋邊山、松風浩蕩，虎龍吟嘯。舊效楚人悲秋作〔一〕，晚愛陶詩高妙。髪如此、臨流羞照。屈指向來夸毗子，被西風、一筆都勾了。曾不滿，達人笑。　當年玉振于江表。悵而今、老身空在，歡娯全少〔二〕。假使真如彭祖壽，蒙叟猶嗤渠夭。偶落筆、不經人道。歲晚連床談至曉，勝岡頭、出没看烏帽。君舉白，我頻釂。

〔一〕效：原作「遊」，據《長短句》改。又小草本作「喜」。
〔二〕娯：原作「欠」，據《長短句》改。

又

人老難重少。强追陪、李侯痛飲，劉郎清嘯。輿兄也，琨弟也。報答秋光無一字，虚説君房語妙。且匣起、青銅休照。賴有多情籬下菊，待西風、不肯先開了。留晚節，發孤笑。孔璋客紹衡依表。有誰憐、戴花翁病，插萸人少。生不逢場閑則劇，年似龔生猶夭。喫緊處、無人曾道。到得扶他迂叟出，笄貂蟬、未抵深衣帽。街酒賤〔一〕，更沽釂。

〔一〕賤：原作「賦」，據《長短句》改。

又

四用韻

猶記臣之少。興狂時、過陳遵飲，對孫登嘯。歲晚登臨多感慨，但覺齊山詩妙。任蓉月、柳風吹照。金印不來丹飛去，擬神仙、富貴都差了。空鑄錯，與人笑。　九年前拜懸車表。試回看、柴桑菊老，玄都花少。周也曾言殤子壽，佛以白頭爲夭。未得平生心，白頭亦爲夭。末後句、巖頭曾道。頭似禿鶖巾裹懶，最不宜蟬冕宜僧帽。杯中物，直須釂。

又

五用韻　讀坡公和陶詩，其九篇爲重九作，乃叙坡事而賦之。

行樂尤宜少。憶坡仙、洞簫聽罷，劃然長嘯。四海共知霜鬢滿，莫問近來何妙。也不記、金蓮曾照。老没大官糕酒分，把茱萸、便準登高了。齊得喪，等嘻笑。　集無韓子《潮州表》。數當時、南遷者衆，北歸人少。赤壁玉堂均一夢，此豈蠻烟能夭。與同叔、俱嘗知道。誰向進賢冠底説，畫出來、不似眉山帽。秋菊琖〔一〕，獻公釂。

〔一〕琖：原作「殘」，據《長短句》改。

又

六用韻　敘謫仙事爲宫教兄壽

鵬賦年猶少。初爲《大鵬遇希有鳥賦》，後悔少作，改爲《大鵬賦》。晚飄蓬、夜郎秋浦，漁歌猿嘯。「猿嘯風中斷，漁歌月下聞」，見太白詩。駿馬名姬俱散去，參透《南華》微妙。斂萬丈、光芒迴照。妃子將軍嗔箇甚，老先生、拂袖金鑾了。供玉齒，粲然笑。　解驂賴有汾陽考〔一〕。歎今人、布衣交薄，綈袍情少。黄祖斗筲何足筭，鸚鵡才高命夭。與賀監、共歸同道。脱下錦袍與猷底，謫仙人、白苧烏紗帽。《題太白像》：烏紗之巾白苧袍。邀素月，入杯釂。

〔一〕考：原作「表」，據《長短句》改。

又　傅相生日　壬戌

低局從頭錯。解危機、除非唤取，國棋來著。不信胡兒能膽大，南岸安他陣脚。談笑裏、烏巢空幕。西起岷峨東海岱，有捷旗、露布無宵柝。莘渭後，到秋壑。　淮田犁遍吳田獲。問臺家、山河宇宙，是誰擎托。自覺懷中殘錦盡，采色彰施技薄。視柳雅、韓碑瞠若。稽首魯公黄髪頌，世何人、堪繼奚斯作。楚狂語，莫删却。

又　癸亥九日

宿雨輕飄灑。少年時、追懽記節，同人於野。老去登臨無脚力，徙倚屋東離樹。但極目、海山如畫。千古惟傳吹帽漢，大將軍、野馬塵埃也。須綵筆，爲陶寫。　鶴歸舊里空悲咤。歎原頭、纍纍高冢，洛英凋謝。留得香山病居士，却入漁翁保社。悵誰伴、先生情話。樽有蒲萄簪有菊〔一〕，西凉州、不似東籬下。休唤醒〔二〕，名利者〔三〕。

〔一〕蔔：原作「菊」，據小草本改。

〔二〕休：原無，據《長短句》補。
〔三〕名利：小草本、翁校本均作「利名」。

又

拂袖歸來也。懶追陪、竹林嵇阮，蘭亭王謝。誰與此翁相煖熱〔一〕，賴有平生伯雅。且放意、高吟閒話。山鳥山花皆上客，又何須、勝似公榮者。胸磊隗，總澆下。盤龍癡絶求鵝炙〔二〕，這先生、黄齏甕熟，味珍無價。《酒頌》一篇差要妙，《莊》《列》諸書土苴。任禮法、中人嘲罵。君特未知其趣耳，若還知、火急來投社。共秉燭，惜今夜。

〔一〕熱：原作「熟」，據小草本、翁校本改。
〔二〕炙：原作「肉」，據小草本、翁校本改。

又

甲子端午

過眼光陰駛。憶垂髫、留連節物，逢場游戲。初試練衣弄紈扇，鬭採菖蒲澗裏。今髮白、顔蒼如此。艾子蕭郎方用事，怪先生、苦死紉蘭芷。君不樂，欲何俟。頭標奪得羣兒喜。向溪邊、傍觀助譟，嘆吾衰矣。欲建鼓旗無氣力，喚起龍泉改委。水心評余詩，有「建大將旗鼓，非子孰當」之語〔一〕。但酒户、加封而已。去秋秵霈，余忝加三百户。晚覺醉鄉差快活，那獨醒公子真獃底。聊洗淨，笛箏耳。

〔一〕孰：原作「熟」，據翁校本改。

又

二鶴

家有仙禽二。早追隨、先生杖屨，互鄉童子。旦旦池邊三熏沐，夜夜山中警睡。且伴我、人間遊戲。此老平生哀大陸，到末梢、始憶華亭唳。評往事，敗佳思。古云鶴筭誰能紀。歎歸來、山川如故，人民非是〔一〕。但願主君高飛去，莫愛乘軒禄位。更賽過、令威千歲。假使焦山元羽化〔二〕，待華陽貞逸銘方瘞。我拍手，渠展翅。

〔一〕非是：原倒，據《長短句》乙。

〔二〕假：原作「價」，據《長短句》改。又「元」字原缺，據小草本補。

洞仙歌 癸亥生朝和居厚弟韻，題謫仙像。

上林全樹，曾借君栖宿。朝過瑶臺暮羣玉。忽翩然、脱下宫錦袍來，□□□却向齊州受録〔一〕。等閑揮醉筆，欬唾千篇，長與詩家竊膏馥。身是酒星文星，剛被詩人，□唤做、禁中頗牧。便散髮、騎鯨去何妨，從我者誰歟，安期徐福。

〔一〕空格原無，據《長短句》補。後同。

又 和居厚弟韻

眇難攬鏡，跛尤難穿履〔一〕。賴有胡公菊潭水〔二〕。信醫言、斷了重碧輕紅，禁害殺、不遣高吟大醉。　古來希七十，添許多年，赢得箋天致君事。莫問客去門前，金盡床頭，留寶扇、御詩珍閟。疇昔慕〔三〕、乖崖老尚書，到晚節依稀，有些兒似。

〔一〕跛：原作「破」，據《長短句》改。

〔二〕賴：原作「懶」，據《長短句》改。

〔三〕慕：原作「暮」，據《長短句》改。

後村先生大全集卷之一百九十一

長短句

八聲甘州 雁

物微生處遠，往還來、非但稻粱求〔一〕。似愛長安日，怕陰山雪，善自爲謀。箇裏幸無鳴鏑，隨意占沙洲。歸興何妨待，風景和柔。昔到衡陽廻去，今隨陽避地，徧海南頭。與西州流寓〔二〕，彼此各淹留。未得雲中消息，登望鄉臺了又登樓。江天闊，幾行草字，字字含愁。

〔一〕粱：原作「梁」，據翁校本改。

〔二〕州：原作「川」，據小草本改。

燭影揺紅　用林卿韻

拙者平生，不曾乞得天孫巧。那廻忝扈屬車來，豈是卿鄉小。此膝不曾屈了。更休文、腰難運掉。前賢様子，表聖宜休，申公告老。　凉簟安眠，絶勝瀑直鈴聲攪〔一〕。集中大半是詩詞，幸没潮州表。月夕花朝咏嘯。難人間、愁多樂少。蓬萊有路，辦箇船兒，逆風也到。

〔一〕攪：原缺，據《長短句》補。

祝英臺近

雨凄迷，風料峭，情緒被花惱。白白紅紅，滿地無人掃。可堪解珮盟寒，墜樓命薄，更杜宇、枝頭閑燜。　緑陰遶，青帝結束匆匆，轉眼朱明了。怕與春辭，茗艼玉山倒。後期寬做明年〔一〕，春年年好，却不道、明年人老。

〔一〕寬：原作「覺」，據小草本改。

最高樓 戊戌自壽

南嶽後，累任作祠官，試説與君看。仙都玉局纔交卸，新銜又管華州山。怪先生，吟膽壯，飲腸寬。

去歲擁、旌旗稱太守。今歲帶、笭箵稱漫叟。慵入鬧，慣投閑。有時拂袖尋种放，有時攜枕就陳摶。任傍人，嘲潦到，笑癡頑。

又 題周登樂府

周郎後，直數到清真，君莫是前身。八音相應諧韶樂，一聲未了落梁塵。笑而今，輕郢客，重巴人。

只少箇、緑珠横玉笛。更少箇、雪兒彈錦瑟。欺賀晏，壓黄秦。可憐樵唱并菱曲[一]，不逢御手與龍巾。且醉眠，蓬底月，甕間春。

〔一〕菱曲：原作「姜笛」，據《長短句》改。

又

乙卯生日

吾衰矣，百事且隨緣，隻字不牋天。幾曾三宿爲歸計，更巴一歲是希年〔一〕。記兒時，聞父祖，說隆乾。我不與、少年争遇合，你莫共、老僧争戒臘。靴皺面，帨垂肩〔二〕。錦袍奪去饒之問，虎皮撤起付伊川。賸空身〔三〕，無長物，可飛仙。

〔一〕巴：原作「把」，據《長短句》改。
〔二〕帨：原作「説」，據《長短句》改。
〔三〕賸：原缺，據《長短句》補。

又

吾衰矣，不慕勒燕然〔一〕，不愛畫凌烟。此生慙愧支離叟〔二〕，何功消受水衡錢。錯教人，占卦氣，筭流年。謾摘取〔三〕、野花簪一朵，更揀取、小詞填一箇〔四〕。晞素髮，煖丹田。羅浮杖勝如旌節，華陽巾不減貂蟬。這先生，非散聖，即臞仙。

〔一〕勒：原作「勤」，據小草本、翁校本改。
〔二〕叟：原缺，據《長短句》補。
〔三〕摘：原作「謫」，據《長短句》改。
〔四〕小：原作「十」，據《長短句》改。

又

辛亥後，六請挂衣冠，甲子始休官。白駒恰則來空谷，青牛早已出函關。笑狂生，還笏易，上竿難。也莫愛、宫中請内相，也莫愛、堂中呼六丈。但禱祝，要癡頑。懶揮玉斧重修月，不扶鐵拐會登山。免飛昇，長快活，戲人間。

又

臣少也，豪舉泛星槎，飄逸吐天葩。穆陵誤獎推儒宿，龍泉曾唤做行家。今耄矣，文跌蕩，字麻嗏。同隊者、多爲公與相，廣坐裏、都無兄與丈〔二〕。生有限，望猶奢。補還瞎子重開卷，放教跛子出看花。地行仙，疑是汝，不争些。

〔一〕丈：原作「爺」，據《長短句》改。

又

林中書生日

金閨彦，荷蕢過山前，把釣坐溪邊。呼來每得天顔笑，放歸猶作地行仙。儘教人，嗔避俗，謗逃禪。　且緘了、淳夫三昧口〔一〕，更袖了、坡公三制手。寧殿後，不争先。小於衛武二十歲，大於絳老兩三年。這高名，并上壽，幾人全。

〔一〕昧：原作「妹」，據《長短句》改。

風入松

福清道中作

橐泉夢斷夜初長，别館淒凉〔一〕。細思二十年前事，歎人琴、已矣俱亡。改盡潘郎鬢髮，銷殘荀令衣香。　多年布被冷如霜，到處同床。簫聲一去無消息，但回首、天海茫茫。舊日風烟草樹，而今總斷人腸。

〔一〕館：原作「舒」，據《長短句》改。

又

同前

歸鞍尚欲小徘徊，逆境難排。人言酒是銷憂物〔一〕，奈病餘，辜負金罍。蕭瑟搗衣時候，凄凉鼓缶情懷。 遠林摇落晚風哀，野店猶開。多情惟是燈前影，伴此翁、同去同來。逆旅主人相問，今迴老似前迴。

〔一〕言：原作「告」，據《長短句》改。

又

癸卯至石塘，追和十五年前韻。

殘更難睚抵年長〔一〕，曉月凄凉。芙蓉院落深深閉，歎芳卿、今在今亡。絶筆無求凰曲，癡心有返魂香。 起來休鑷鬢邊霜，半被堆床。定歸兜率蓬萊去，奈人間、無路茫茫。緣斷謾三彈指，憂來欲九廻腸。

〔一〕睚：原作「捱」，據宋刻本、小草本、翁校本改。

又

攀翻宰樹暫徘徊，草草安排。昔人徒步陳鷄絜，愧公家、僕馬餱𥼶。華表舊愁滿目，黄粱殘夢傷懷〔一〕。欲將莊列等歡哀，對卷慵開。憑高指點虚無路，問何年、遼鶴歸來〔二〕。宿酒得風漸解，小輿待月同廻。

〔一〕粱：原作「梁」，據翁校本改。

〔二〕遼：原作「逝」，據《長短句》改。

臨江仙 戊申和寔之燈夕

玉篋鈿車當日事，東塗西抹都曾。等閑曲子壓和凝。曲子相公。縱遊非草草，已醉强惺惺。

今向三家村送老，身如罷講吳僧。高樓百尺不須登。半爐燒葉火，一琖勘書燈。

又 縣圃種花

落魄長官江海客，少豪萬里尋春。而今憔悴向溪濱。斷無觴詠興，惟有簿書塵。　手插海棠三百本，等閑妝點芳辰〔一〕。他年絳雪映紅雲。丁寧風與月，記取種花人。

〔一〕妝：原作「收」，據小草本改。

又

庚子重陽，余以漕攝帥，會前帥唐伯玉、前漕黃成父於越王臺。明年是日，寓海豐縣馹作。

去歲越王臺上飲，席間二客如龍。憑高吊古壯懷同。馬嘶千嶂暮，樂奏半天中。　今歲三家村市裏，故人各自西東。菊花時節酒樽空。可憐雙雪鬢，禁得幾秋風。

又

潮惠道中

不見仙湖能幾日，塵沙變盡形容。夜來月冷露華濃。都忘茅屋下，但記畫船中。　兩岸緑陰猶未合[一]，更須補竹添松。最憐幾樹木芙蓉[二]。手栽纔數尺，别後爲誰紅。

〔一〕猶：原作「從」，據《長短句》改。

〔二〕樹木：原倒，據《長短句》改。

浪淘沙

丁未生日

去歲詣公車，天語勤渠，絳紗玉斧照寒儒。恰似昔人曾夢到，帝所清都。　骨相太清臞，謫墮須臾，今年黄敕换稱呼。只爲此翁霜鬢秃[一]，老不中書。

〔一〕霜：原作「雙」，據《長短句》改。

又

早歲類寒蛩，晚節遭逢，曾開黃卷侍重瞳〔一〕。歸去青藜光照牖，堦葉翻紅〔二〕。出晝頗忽忽，主眷猶濃，除官全似紫陽翁〔三〕。寶文、漳州。換箇新銜頭面改，又似包公。辭郡得小龍。

〔一〕重：原作「童」，據小草本、翁校本改。

〔二〕葉：小草本作「藥」。

〔三〕全：原缺，據《長短句》補。

又

紙帳素屏遮，全似僧家，無端霜月闖窗紗。唤起玉關征戍夢，幾疊寒笳。歲晚客天涯，短髮蒼華。今年衰似去年些。詩酒新來俱倚閣，孤負梅花。

又

疊嶂碧周遮，遊子思家，掩藏白髮賴烏紗。落日倚樓千萬恨，社鼓城笳。　老去淡生涯，虚擲年華。臘茶風味太清些[一]。待得癡兒公事畢，謝了梅花[二]。

〔一〕風味：原作「孟子」，據四庫本改。

〔二〕了：原缺，據四庫本補。

又

素馨

目力已茫茫，縫菊爲囊，《論衡》何必帳中藏。却愛素馨清鼻觀，採伴禪床[一]。　風露送新凉，山麝開房。旋吹銀燭開華堂。無奈紗厨遮不住，一地聞香。

〔一〕伴：原作「半」，據小草本改。

鳳凰閣 生日用倉部弟韻〔一〕

元規端委，得似幼輿丘壑，人言此輩宜高閣。幾載種天隨菊，采龐公藥。龍尾道、難安汗脚。浮榮菌蕣，選甚庶官從橐。對床句、子真佳作。安用羡伊結駟，嘆儂羅爵。呼便了、沽來共酌。

〔一〕題下小注原無，據小草本補。

法駕導引

樵柯爛，丹竈熟，一跳出紅塵。斗紫一雙龍奮蟄，帝青九萬里爲程。赤脚踏層雲。鞭鸞上，騎麟下，髣髴覩崑崙。灑馬鬃泉蘇赤地，翻蟾滴水漲滄溟。笑殺懵仙人〔一〕。

〔一〕懵：原作「情」，據《長短句》改。

一剪梅　袁州解印

陌上行人怪府公，還是詩窮，還是文窮。下車上馬太匆匆。來是春風，去是秋風。　階衔免得帶兵農，嬉到昏鐘，睡到齋鐘。不消提獄與知宫，唤作山翁，唤作溪翁。

又

余赴廣東，寔之夜餞於風亭。

束緼宵行十里强，挑得詩囊，抛了衣囊。天寒路滑馬蹄僵，元是王郎，來送劉郎。　酒酣耳熱説文章〔一〕，驚倒鄰墻，推倒胡床。傍觀拍手笑疎狂〔二〕，疎又何妨，狂又何妨。

〔一〕耳：原作「甘」，據小草本改。

〔二〕疎：原作「蘇」，據《長短句》改。

踏莎行 甲午重九牛山作〔一〕

日月跳丸，光陰脱兔，登臨不用深懷古。向來吹帽插花人，盡隨殘照西風去。老矣征衫，飄然客路，炊烟三兩人家住。欲攜斗酒答秋光，山深無覓黄花處。

〔一〕小注原無，據《長短句》補。

又 巧夕

驅鵲營橋，呼蟾出海，朝朝暮暮遥相望。誰知風雨此時來，銀河便有些波浪。玉兔迷離，金雞嘲哳，二星無語空惆悵。元來上界也多魔，天孫長怨牽牛曠。

玉樓春〔一〕 戲林推

年年躍馬長安市，客舍似家家似寄。青錢換酒日無何，紅燭呼盧宵不寐。易挑錦婦機中字，難得玉人心下事。男兒西北有神州，莫滴水西橋畔淚〔二〕。

〔一〕春：原作「推」，據《長短句》改。
〔二〕滴：原作「摘」，據小草本改。

鵲橋仙 戊戌生朝

金風淅淅，銀河淡淡，長少羣賢畢會。平生心事麴生知，怪此夕、惺惺相對。　玄花生眼，新霜點鬢，不肯遮藏老態〔一〕。人間何處有仙方，擘劃得〔二〕、一二三百歲。

〔一〕態：原作「熊」，據小草本、四庫本改。
〔二〕得：原無，據《長短句》補。

又 桃巷弟生日

御屏録了，冰銜換了，酷似香山居士。草堂丹竈莫留他，且領取、忠州刺史。　移來芳樹，摘來珍果，壓盡來禽青李。三千年一薦金盤，又不是、玄都栽底。

又　答桃巷弟和篇

閤中芸冷，觀中桃謝，誰問貞元朝士。吾宗一句可書紳，但記取、毋汙青史。知幾告張説語。

不交平勃，不游田竇，也不朋他牛李。平章此老似何人〔一〕，似洛社、載花舞底。

〔一〕老：原作「去」，據小草本改。

又　林侍郎生日

出通明殿，入耆英社，誰似侍郎洪福。掌中元自有三珠，更檢校、諸孫夜讀。　管他萊相，

管他鶴相，留我本來面目。希夷一枕未曾醒，笑人世、幾回翻局。

又　居厚弟生日

我如原父，君如貢父，俱登瀛館，俱還洛社，各自健如黄犢。不消外監與留臺，也不要、嵩山崇福。且把《漢書》重讀。韓公當局等閑過，又看到、温公當局。

又　鄉守趙寺丞生日〔一〕

去年無麥，今年多稼，盡是君侯心地。向來寺寺總拘椿，今有不拘椿底寺。省倉展日，米場鐫價，萬落千村蒙惠。更將補納放寬些，便是箇、西京循吏。

〔一〕寺丞：原作「丞相」，據小草本改。

又　庚申生日

香芸辟蠹，青藜燭閣〔一〕，天上寶書萬軸。前廻讀得未精詳，更罰走、一遭重讀。松風如故，丹爐如故，坐閲人間陵谷。回頭調戲竊桃兒，且寧耐、等他桃熟。

〔一〕闍：原作「闇」，據《長短句》改。

又 足痛

有時塊坐，有時扶起，門外草深三尺。山禽肯唤我爲哥，句句道、哥行不得。此翁害跛，羣兒拍手，次第加公九錫。不消長塵短轅車，但乞取、一枝鶴膝。

又 生日和居厚弟

女孫笄珥，男孫抱笏，少長今朝咸集。且留晚節伴寒香，莫要似、春華性急。《大招》吟了，巫咸下了，未愛修門重入。我儂不做佛滓閩〔一〕，免大雪、庭中猷立。

〔一〕閩：原作「閑」，據《長短句》改。

又 林卿生日

一封奏御，九重知己，不假吹噓送上。從今穩穩到蓬萊，三萬里、没些風浪。　臣年雖老，臣卿尚少，一片丹心葵向。何須遠比駱賓王〔一〕，且做取、本朝种放。

〔一〕駱：原作「馬」，據小草本改。

又 居厚生日

我如龔勝，君如龔舍，拂袖同歸鄉里。共騎竹馬有誰存，總喚入、耆英社裏。　蒼華髮神尚黑，黃婆脾神方旺，爭問翁年今幾。一門兩箇老人星，直看見、孫兒生子。

又 鄉守趙計院生日

蒲鞭漸弛，蝺箛漸少，安用知他簾外。從今也莫察淵魚，做到不忍欺田地。　四民香火，五甞笳吹，來獻一杯壽水。大家贊祝太夫人，長伴取、魯侯燕喜。

柳梢青 賀方聽蛙八十

申白苛留，綺園浪出，老不知羞。輸與先生，一枝鶴膝，一領羊裘。便教賜履營邱，争似把、漁竿到頭。冷落皤溪[一]，張皇牧野，著甚來由[二]。

〔一〕冷：原作「吟」，據《長短句》改。

〔二〕甚：原無，據《長短句》補。

鷓鴣天 腹疾困睡 和朱希真詞

前度看花白髮郎，平生痼疾是清狂。幸然無事污青史，省得教人奏赤章。遊俠窟，少年場，輸他羣謝與諸王。居人不識庚桑楚，弟子誰從魏伯陽。

又　戲題周登樂府

詩變齊粱體已澆，香奩新製出唐朝。紛紛競奏桑間曲，寂寂誰知爨下焦。　揮綵筆，展紅綃，十分峭措稱妖嬈〔一〕。可憐才子如公瑾〔二〕，未有佳人敵小喬。

〔一〕嬈：原作「饒」，據《長短句》改。

〔二〕如：原作「知」，據小草本改。

卜算子　惜海棠

盡是手成持，合得天饒借。風雨於花有底讎〔一〕，着意相陵籍。　做煖逼教開，做冷催教謝。不負明年花下人，只負栽花者。

〔一〕「花」下原有「底」字，據《長短句》刪。

又

片片蝶衣輕，點點猩紅小。道是天公不識花，百種千般巧。　朝見樹頭繁，暮見枝頭少。道是天公果惜花，雨洗風吹了。

又

亂似盎中絲，密似風中絮。行遍茫茫禹迹來，底是無愁處。　好客挽難留，俗事推難去。惟有翻身入醉鄉〔一〕，愁欲來無路。

〔一〕鄉：原無，據《長短句》補。

又

良翁禮部生日

開閤廣延賢〔一〕，負扆勤求舊。應念南宮老舍人〔二〕，閑袖絲綸手。　兩制必當仁，五福無過壽。且喜新年不要口，天要開元祐。

〔一〕延：原作「筵」，據小草本改。
〔二〕應念：原倒，據小草本乙。

又 曹守生朝　十二月初六日

東嗰寧馨兒，南國循良守。先把爐熏祝帝堯，次祝君侯壽〔一〕。　廣致米商船，多釀兵厨酒。客有鬚眉似蓋延〔二〕，許至華堂否。

〔一〕君：原缺，據《長短句》補。
〔二〕延：原缺，據《長短句》補。

又 燕

已怪社愆期，尚喜巢如故。過了清明未肯來，莫被春寒誤。　常傍畫簷飛，忽委空梁去。忘却王家與謝家，別有啣泥處。

又 茉莉

老圃獻花來，異域移根至。相對炎官火傘中，便有清凉意。　淡薄古梳裝，嫺雅仙標致。欲起涪翁再品花，壓了山礬弟。

朝天子[一]

宿雨頻飄灑，歡喜殺西疇耕者。終朝連夜，有珠璣鳴瓦。　漸白水、青秧鷗鷺下，老學種花兼學稼。心兩掛。這幾樹，海棠休也。

〔一〕朝天子：原作「天子子」，據《長短句》改。

清平樂 五月十五夜翫月

纖雲掃迹，萬頃玻璃色。醉跨玉龍遊八極，歷歷天青海碧。　水晶宮殿飄香，羣仙方按霓裳。消得幾多風露，變教人世清涼。

又

風高浪快，萬里騎蟾背。曾識嫦娥真體態，素面元無粉黛。　身遊銀闕珠宮，俯看積氣濛濛。醉裏偶搖桂樹，人間喚作涼風。

又 贈陳參議師文侍兒

宮腰束素，只怕能輕舉。好築避風臺護取，莫遣驚鴻飛去。　一團香玉温柔，笑顰俱有風流。貪與蕭郎眉語，不知舞錯伊州。

又 丹陽舟中作

休彈《别鶴》，涙與絃俱落。歡事中年如水薄，懷抱那堪作惡。　昨宵月露高樓，今朝煙雨孤舟。除是無身方了，有身長是閑愁。

又 居厚弟生日

冰輪萬里，雲卷天如洗。先向海山生大士，却誕卯金之子。　冰盆荔子堪嘗，膽瓶茉莉尤香。震旦人人炎熱，補陀夜夜清凉。

又 居厚弟生日

人間喘汗，無計翻銀漢。有箇至人來震旦，燕坐補陀巖畔。　吾聞福壽難量，待看海底生桑。乞取净瓶一滴，普教大地清凉。

好事近　壬戌生日和居厚弟

老不計生朝，慙愧阿連書尺。雪鬢霜髭不管〔一〕，管眼腰黄赤〔二〕。　待將心事自箋天，莫費子公力。乞賜先生處士，換一張黄勑。

〔一〕管：原無，據《長短句》補。

〔二〕黄：原無，據《長短句》補。

菩薩蠻　戲林推

小鬟解事高燒燭〔一〕，羣花圍繞樗蒲局。道是五陵兒，風騷滿肚皮。　玉鞭鞭玉馬，戲走章臺下。笑殺灞橋翁，騎驢風雪中。

〔一〕小：原缺，據《長短句》補。

憶秦娥 暮春

遊人絶，緑陰滿野芳菲歇。芳菲歇，養蠶天氣，採茶時節。　枝頭杜宇啼成血，陌頭楊柳吹成雪〔一〕。吹成雪，淡煙微雨，江南三月。

〔一〕成：原作「盡」，據小草本、翁校本改。下句同。

又 上巳

修禊節，晉人風味終然別。終然別，當時賓主，至今清絶。　等閑寫就《蘭亭帖》，豈知留與人間説。人間説，永和之歲，暮春之月。

又

泥滑滑，一聲聲唤征鞍發。征鞍發，客亭楊柳，不禁攀折。　荀郎衣上香初歇，蕭娘心下書難說。書難說，霎時吹散，一生愁絶。

又

春酲薄，夢中毬馬豪如作。豪如作，月明横笛，曉寒吹角。　古來成敗難描摸，而今却悔當時錯〔一〕。當時錯，鐵衣猶在，不堪重着。

〔一〕今：原作「去」，據《長短句》改。

又

梅謝了，塞垣凍解鴻歸早。鴻歸早，憑伊問訊〔一〕，大梁遺老。　浙河西面邊聲悄，淮河北去炊煙少。炊烟少，宣和宫殿，冷烟衰草。

〔一〕伊：原作「依」，據小草本改。

西江月 腰痛。舊傳陳復齋名方，歲久失之。

思邈方書去失，休文老病來攻。新年筋力大龍鍾，腰似鐵猫兒童〔一〕。　雅拜怎生搢笏，徐行也要扶筇，田翁邀飲不能從〔二〕，難伴諸公上雍。

〔一〕似：原缺，據《長短句》補。

〔二〕「邀飲」至末，原缺，據《長短句》補。

朝中措〔一〕 元質侍郎生日

恰爲仙佛做生辰。公又紱麒麟。黑白幾枰屢變，丹青百奏如新。　都門餞底，洛中畫底，莫是前身。雖老不扶靈壽，有時更上蒲輪。

〔一〕以下四篇爲底本所無，據小草本補入。

又 艮翁生日

受持鼻祖五千言。留得谷神存。伴我賦詩茅屋，饒渠待詔金門。　此翁歲晚，有書充棟，有酒盈樽。君看多花早落，孰如仙李蟠根。

又 艮翁生日

仙風道骨北山翁。萬卷著胸中。涣若宧情冰釋，忤□醉面桃紅。　千林凍槁，一枝雪豔，消息先通。顔色□青精飯，姓名在碧紗籠。

又 陳左藏生日

海天萬頃碧琉璃。風露洗炎曦。鸚鵡緑毛導從，蟾□雪色追隨。　分明來處，補陀大士，先後同時。覓取善財童子，膝邊要箇孫兒。

後村先生大全集卷之一百九十二

書判

江東臬司

建康府申已斷平亮等爲宋四省身死事

若詳覆案皆先行遣而後關報，則併格目皆自諸郡出給可也，提刑一司可以省罷矣。此事雖施行於當職未交事之先，而申到實在於到司之後，已往之事，不欲深言。帖兩獄官，今後除事干邊防及兇惡盜賊當申制府帥司酌情處斷外，其民間尋常鬬毆致死、已經檢驗、書填格目者，並合遵照條令，申本司詳覆。如違，定將獄官奏劾〔一〕。

〔一〕劾：原作「刻」，據翁校本改。

太平府通判申追司理院承勘僧可諒身死推吏事

設若詳覆公事皆自本州斷遣而後申照會，則格目亦就本州書填可也。司理對移繁昌主簿，牒通判將推司決脊杖十五，編管建康府，以爲不守三尺之戒。

饒州兼僉樂平趙主簿催苗重疊斷杖事〔一〕

縱是吏卒，亦不當於濕瘡上鞭撻〔二〕，況吏人之子乎？又五日而兩勘杖乎？具析申，據趙主簿具析到公狀，奉判：人無貴賤，身體髮膚受之父母一也。先賢作縣令，遣一力助其子，云此亦人之子也，可善遇之。主簿似未知此樣意思。只如三月二十七日斷杖，四月初三日復決〔三〕，豈非濕瘡上再決乎？似此催科，傷朝廷之仁厚，損主簿之陰隲。當職以提點刑獄名官，不得不諄諄告戒，今後不宜如此。

〔一〕此題之前原有「當職按」三字，「事」上原有「一」字，且作正文書寫，與前文相連，今據翁校本、《明公書判清明集》卷一別爲一篇。

〔二〕於：原無，據《名公書判清明集》卷一補。
〔三〕三：原作「八」，據翁校本改。

弋陽縣民户訴本縣預借事

當職入信州界，鋪寨兵則論縣道欠其衣糧，都保役人又論縣道勒納預借，謂如五年田方下秧，米已借足，又借及六年之米。剥下如此，所不忍聞。知縣或奮由科第，或出於名門，豈其略無學道愛人之心哉，諒亦迫於州郡期會、軍兵糧食之故。

訪聞預借始於近年，同此郡縣，昔何爲而有餘，今何爲而不足？任牧養拊字之責者，盍於源頭上討論一番，自州寬縣，自縣寬民，庶幾一郡百姓漸有甦息之望。今賢而明者，但有顰蹙太息；謬而闇者，又縱姦吏舞智其間。如預借税色，既不開具户眼〔一〕，止據吏貼敷秤數目抑勒都保〔二〕，必欲如數催到，錢物或歸官庫，或歸吏手，不知何所稽考。爲百姓與都保者，不亦苦哉！今雖未能盡革，亦須以漸講求。牒州帖縣，各以牧養拊字爲念，共議所以寬一分者。

所論縣吏取乞，且帖各縣，於被論人内擇其尤甚，謂如乾没百姓、都保錢會不以輸官者，斷刺一二，以謝百姓，其贓多者解赴本司施行。仍榜縣市，并榜鉛山。

〔一〕具：原作「其」，據《名公書判清明集》卷三改。

〔二〕秤：原作「抨」，據《名公書判清明集》卷三改。

貴池縣申呂孝純訴池口丘都巡催科事

天旱如此，百姓飯椀未知何所取給，所望州縣長官力行好事，庶幾膏澤感格，歲事可望。而當此夏税起催之時，或委州官、或委兼領巡尉下鄉，或差郡吏下縣，置場創局，吏卒並緣，動成群隊，布滿村落，民不聊生。在法，省限未滿，不當追呼。今不惟魚貫被追，甚者杖責械繫，暴於炎天烈日之中，傷朝廷之仁厚，斲國家之命脉，何爲而不致旱也！

本司除已將越職催科官别作施行外，合行下所部郡縣，今後催科專委縣道，如長官緩不及事，則委佐官一員助之。如郡官巡檢並免催科，郡吏並合抽回。省限未滿，止宜勸諭輸納，不可遽有追呼鞭撻。如仍前數弊，不肯更張，許被害人陳訴，别有施行。

貴池縣高廷堅等訴本州知録催理絹綿出給隔眼事

録參以治獄爲職，不宜使之催科，如聞一郡頗以知録催科爲苦。貴池縣自有令佐，如其爲人遲緩，稍加督責，孰不盡力？今以縣官爲不可任，一切委之郡僚，使民間之謗盡歸知録，非所以安全之也。牒州吏，宜詳酌區處，催科之責止合歸諸縣。内知縣緩不及事者，選委一佐官以助之。諸吏差下縣者，並宜抽回。限五日具已區處事宜申。

續據池州申到區處事，再奉判：州官、縣官皆朝廷之命吏也，豈有知州官能催科，知縣官不能催科之理？若謂吏攬爲姦附，郭知縣朝夕在太守之前，可以面諭。或因民詞判下追究，黥籍一二〔一〕，以儆其餘，自然知畏，却不必專委州官引惹詞訴。知録本當按奏，以州郡之故，僅帖問，不可又歸咎百姓之經監司〔二〕，遂以爲妄訴也。牒報。

〔一〕黥：原作「諒」，據翁校本改。

〔二〕經：原作「輕」，據翁校本改。

饒州申備鄱陽縣申催科事

通天下使都保耆長催科，豈有須用吏卒下鄉之理？若耆保有不伏差使，州縣自合追斷，枷項傳都號令，孰敢不畏？今州縣皆曰官物不辦因不差專人之故，去年蔡提刑任内亦禁專人，亦自不妨州縣催科。無政事則財用不足，恐有之矣，未聞無專人而財用不足者也。苗絹失陷〔一〕，緣人户規避和糴、飛走産錢之故。今不覈板籍，併産税〔二〕，整理失陷，而歸咎於不專人，豈不與近日朝旨、臺諫申請背馳乎？當職舊曾試邑作郡，未嘗專人，亦未嘗闕事。近日雖連被版曹督責，終不肯專人至饒州及徽州南康，縱使州縣力能撼摇，當職不過歸奉宫觀〔三〕。當職生平無意仕宦，決不以浮議輒差專人。案牘帖報州縣，仍牒諸司。

〔一〕陷：原作「限」，據《名公書判清明集》卷三改。

〔二〕税：原作「説」，據《名公書判清明集》卷三改。

〔三〕過：原作「遏」，據《名公書判清明集》卷三改。

帖樂平縣丞申乞帖巡尉追王敬仲等互訴家財事

樂平縣官每事必欲差巡尉，是一縣皆頑民，皆欲差弓手寨兵追擾之也。長官倡於上，佐官和於下，民何辜焉？帖報只責隅保追索，再十日。違，將縣丞閣俸。

黟縣申本縣得熟即無旱傷尋具黟縣雨暘帳呈

九十日内止有十來日得雨，所謂雨者，止是二三分之數〔一〕，或不及分，内止有七月初九日雨及五分〔二〕，則黟縣之旱甚矣。古人謂縣令字民之官，不損猶應言損，今者所申，何其與古語背馳也！委權通判審實，申。

〔一〕三分之數：原缺，據翁校本補。

〔二〕内：原無，據翁校本補。

徽州韓知郡申蠲放旱傷事

諸郡率謂旱傷不至於甚，如信州虞守謂晚禾倍熟，與百姓争較蠲放分寸，如割身肉，至於先移文脅制諸村諸邑不得申旱。今韓寺丞獨爲徽州六邑百姓從實蠲放，於前守已放之外再放一萬六七千碩，可謂不負牧養之寄者矣，安得結輩參錯分布乎！備榜本州，仍牒諸司諸州。

户案呈委官檢踏旱傷事

當職吏歷州縣，每見檢旱官吏所至與豪富人交通，凡所蠲放率及富强有力之家，而貧民下户鮮受其惠。又逐鄉逐里各有姦猾之人，與所差官廳下吏卒計囑欺僞，雖賢官員聰明有不能察。加以民田萬頃，極目連接，主家鄉老或不能指定其孰豐孰歉。況見任官素與土俗不相諳，一覽之頃，又何以得其實耶，不過在轎子内，咸憑吏卒里胥口説，遂筆之於案牘耳。僉聽將本司分得三郡十五縣，各差官與各縣知縣同契勘今年旱禾〔一〕，截長補短，通收及幾分，聯御□罪保明申〔二〕。如饒州餘干縣今年旱禾，當職訪之士人與過往官員，皆言今年通收七分之類〔三〕，却於三分損内斟酌普放一番。庶幾實惠及民，貧富均霑，免使官司有檢放之名，豪强受檢放之實，貧弱反不在檢放之列。更以此意措置，立式行下〔四〕。

〔一〕禾：原作「未」，據翁校本改。
〔二〕御：似當作「銜」。又所缺一字似當作「同」。
〔三〕收：原作「牧」，據翁校本改。
〔四〕式：原作「武」，據翁校本改。

安仁縣妄攤鹽錢事

吳興四父子乃制牒所不追究之人，本縣憑何追擾？可見縱甲攤乙，又縱乙攤丙，爲民父母，寧忍之乎？帖具因依申。

浮梁縣申余震龍等不伏充役事〔一〕

上缺。豈有八都皆是頑民之理，如此是忿嫉百姓也。帖縣將八都合差役户開具鼠尾單，仍勒鄉司重責罪罰申。三日。

〔一〕題後原空一頁，故不敢斷言與殘文爲同一篇，以題與文皆言役事，姑合爲一，更俟考索。

鄱陽縣申差甲首事

當職累歷郡縣，所在義役詞訟絶少，惟此間義役之訟最多。蓋義役乃不義之役，而義册乃不義之冊，或六文産、或三文産不免於差，則役首之罪反甚於鄉書手矣。帖權縣，照所擬行，如役首不公，可將其人解來，切待懲一戒百。

祈門縣申許必大乞告示兄必勝充隅長事

若必勝當充，它人糾論可也，官司定差亦可也，惟以弟糾兄則不可。帖縣照已判行。

鉛山縣申場兵增額事

當職舊在江上，見戎帥招刺新軍必經總所，蓋有衣糧然後可以養兵，豈有但知增額而不思衣糧何處擘劃之理？都大司收刺猶可，今檢踏官亦得以自刺自添，原額五百，今增三百，縣道何以不敗壞〔一〕？百姓何以不焦熬？備牒都大司，更請參考舊制，立爲定額，每刺一名，須下本縣取會，如無闕額，不許檢踏官員自增自刺，庶幾凋縣稍可支吾。

〔一〕敗：原作「收」，據翁校本改。

饒州宗子若𤩽訴立嗣事

爲人後者，爲之子也。若𤩽既欲爲知郡之子，則李安人其母也，若藻、昌僧其弟也。今若𤩽乃與李安人互相詞訟，是得罪於母矣；又欲自受遺澤，是不友愛其弟矣。上則李安人不安，下則若藻、昌僧不安，然則若𤩽雖欲過房，其誰容之？人情孰不愛其親生之子，今以遺澤與若𤩽而使若藻爲白丁，知郡有靈，豈以爲然？蔡大卿所判已得允當，但所論搬穀一事，若𤩽係李安人親姪，又知郡在時曾有過房之議，閨門之内，以恩掩義，行下本縣住行。

上饒縣申劉熙爲舉掘祖墳事

劉熙若以墳山不利爲説，當別辦棺槨衣衾，改葬高燥可也〔一〕。今乃發冢取其棺中之物，以至磚石、棺釘、墓山皆行賣錢，又將大父遺骸用小板兩片安磚遮蓋，埋在淺土，孝子仁人之掩其親恐不如此。法司檢坐條令呈，奉判：爲人子孫，輒將祖父冢墓發掘，尸骨焚毁，磚石出賣，亦可謂之悖逆矣。帖縣驗視其人有無疾患，并要見本人母別有無兒女供贍，申。十日。

〔一〕句首原有「可以」二字，據翁校本删。

貴溪縣毛文卿訴財産事

文卿姓祝，不父其父而欲認姓毛人爲父。彦明居於貴溪三十年，文卿居於衢州江山。彦明自立二子，各已娶婦，文卿既爲彦明之子，三十年間不與父同居，不與兄弟相往還，此何等父子也？彦明以負盝頭起家，賤微之甚，文卿所執契簿，如毛教、毛惠皆是白丁，非有官閥可考，文帖尤爲謬妄。彦明身後有妻有子，不可以白撰無干涉契簡文帖求其産業。文卿勘下杖一百，再詞留斷。如欲姓毛，一任其便，但不可求分别人物業耳。

持服張輻狀訴弟張載張軺妄訴贍塋産業事

張提幹既稱長弟之賢，明知叔季二弟之不能皆賢，則分財之際，二兄取其少，二弟取其多可也。今乃惓惓於母氏之遺金田利，則所見何以異於二弟哉！此金若轉歸於他人則不可，今爲二弟取去，如以左手所持付之右手，何爲未能忘情乎？人家一子仕宦，一家一族孰不望其庇蔭，況同父同母之人哉？前輩尚有爲義莊者，今贍塋田土乃祖先創置，弟兄皆有分者，若恐諸弟不能保守，則經官立約，花利輪收，祭享之餘，以助伏臘，通天下之成法也。若曰我嫡長、我仕宦、我賢，汝庶幼、汝白丁、汝不賢，贍塋租利由我不由汝〔一〕，則二弟必至紾臂鬩墻而後已。又祖先田産子孫不使均霑，乃欲捨以入院，則張氏之鬼餒矣。提幹豈未之思乎？

牒洪郎中，請提幹兄弟四人將贍塋田業開具田段、坐落、畝步、産錢，專置一簿開載。契簿長位拘收，別立贍塋關約，並經印押，每位各收一本。自淳祐五年爲始，租課長房先收，以後輪流掌管，周而復始，庶熄争訟。

〔一〕祖：原作「祖」，據翁校本改。

德興縣董黨訴立繼事

臺牒所謂引誼歸宗以明一本，不刊之言也，如此則無訟矣。惟其訟久未熄，合爲折衷。董黨見逐於母雖久，然自始至終止訟其僕，未嘗歸怨於其母，況嘗爲所養父承重，別無不孝破蕩之迹。向來之逐之也，其罪其情之可諒一也。補中綾紙既作所養父三代，今則進退兩難，其情之可諒二也。但此事當以恩誼感動，不可以訟求勝。

帖兩縣，請董、許二士亦以臺牒及當職此判，請二士更爲調護。趙氏若能念董黨乃夫在日所立，幡然悔悟，復收爲子，則子無履霜在野之怨，母無毁室取子之誚矣。蓋見行條令雖有夫亡從妻之法，亦有父在日所立不得遣逐之文。趙氏若不幡然悔悟，它日續立者恐未得安穩，豈如及今雙立，求絶争訟，保守門户乎！董黨亦宜自去轉懇親戚調停母氏，不可專靠官司。

坊市阿張狀述年九十以上乞支給錢絹事

高年之人支給些小錢絹酒米，此朝廷曠蕩之澤也，奈何以郡計艱窘之故而廢格上恩乎？牒州限一日取交領申。

信州申解胡一飛訴劉惟新與州吏楊俊榮等合謀誣賴乞取公案赴司

所在頑民平白揑造致死公事以害善良，以報仇怨，固亦有之，未有民間初無詞狀而自州刑案作勘會，單稱上饒縣石橋鄉三十一都李乙身死，至今未申呈覆爲事祖者。至於追逮二十餘人，纍纍繫獄，既無事實，爲太守者亦可以少悟姦吏之賣弄而自悔聽訟之不明矣。今刑案吏人止杖一百，則是太守與刑案爲告訐追擾騙挾之宗主。此二十餘人者之家已破，而生事之人與作過之吏罰不傷其毫毛。度虞守之意，必以爲李乙生死未見分曉之故。今李乙已獲在官，此事合照不以赦原之法定罪。

牒東通□□追上楊俊榮決脊杖二十，刺配一千里牢城；劉惟新勘杖一百，折徒編管五百里；鄭百九、徐千四、鄭松年、潘千四各杖一百訖，申案發下。

饒州州院申徐雲二自刎身死事

豪家欲併小民産業，必捏造公事以脅取之。王叔安規圖徐雲二義男徐辛所買山地爲風水，遂平空生出斫木盜穀之訟。本縣受詞，當酌量輕重施行，緣有王樞密府一狀，便判牒寨究實，將緊要人解來赴此，則一鄉一境無非當追會之人，此乃寨官寨卒之所樂聞而縣吏之所以求其所大欲也。長官爲民父母，何忍下此筆哉！知縣所申，以爲所論乃是犯盜，今體究官到地頭，王叔安山與徐雲二山既隔涉，又地頭却無倉屋。斫木盜穀二事皆虚，而徐雲二者不堪吏卒追擾，貧家惟有飯鍋，亦賣錢以與寨卒，計出無憀，自刎而死。知縣聞此，亦須自悔元判輕易，今反自謂所判甚輕，不知當來重判則又當何如！

殺一不辜，非惟犯先聖謨訓，亦非累奉御筆詔書謹刑之意。當職每苦與郡縣争執，勿遣吏卒下鄉，屬部多相體者。樂平距本司僅百餘里，豈得擅差寨卒下鄉生事？王叔安恃其豪强，妄訟首禍，致人於死，徒三年，以其爲名家之後，索告辨驗；朱榮爲人家幹人，挾勢妄作，縣吏鄧榮舞文妄覆，寨卒周發、周勝受賕擾民，各決脊杖三十，編管五百里；朱百四妄辭報説，安知其禍之至此，勘杖一百；葉文二、李華並在其間助虐，各杖六十。知縣在任三年，亦廉謹無過，但此等事累盛德、害陰隲亦不少矣，帖報今後聽訟更須子細。讀訖，並押下饒州斷。

饒州州院推勘朱超等爲趯死程七五事

此獄經涉四年，屢勘屢翻。當職采之道途之言，參之賢士大夫之説，多以爲寃。連日披閲案牘，引上一行人反覆研究，先令朱公輔父子指陳寃狀。如謂程七五自被主家打死、毒死，詰問服何毒，何人打，何人見，則不能答。又謂程七五若果被踢傷肋，當死於地頭，何由能歸其家，越兩日而死，當職遂取本司大辟公案被打傷肋十餘項以示之，或兩三日而死，或八九日而死，或二十餘日而後死，況辜限有二十日，越兩日而死，無足怪者，則又無答。又謂初檢兩手拳，後檢拳内有灰，以爲换屍，且檢驗全憑致命痕瘡，今肋上一痕四檢皆同，乃以拳内有灰爲换屍，其説尤謬。又謂程七五母妻不出，今追到阿凌、阿張，其詞與本中、以寧如出一口。公輔等語塞，已認爲真屍矣，外間以爲寃獄，非也，却是疑獄耳。

蓋治獄者，前休寧宰趙師□，貪吏也；主程七五之訟者程以寧，巨魄也〔一〕，大猾也。貪宰明知係朱氏之人踢死，却併本中、公輔收禁〔二〕。二家皆饒於財，本中怯懦，既入囹圄，然後爲勘係朱超踢死，係公輔喝打。州獄所勘不過祖述縣案，前提刑蔡都承察知本中非辜，本中雖得清脱，而家業已蕩於獄，且爲以寧所併吞矣。以寧乘危急而收卞莊子之功，貪宰左右望而售伯州犂之手，其事略見於漕臣按章。既而公輔之家訟於内臺，改送漕司，蔡提刑具申朝省，取回人案，未及竟而召，諸囚翻異。當職委官别推，一路官員之多，無敢承當者，每奉省劄、臺牒、部符催趣，常有愧色。

大凡大辟之罪，高下輕重決於證人之口〔三〕，向使争打之時有一行路之人在傍知見，必能實供。今州縣獄司止憑一李八，然李八者見住本中之屋，爲本中之僕，犬各吠非其主。兩家既爲血讎，乃使程氏之人證朱氏之罪，此一大可疑也。

當職嘗爲獄官，每以情求情，不以箠楚求情。初謂饒州羅司理頗以惺惺委以此獄，切切丁寧，勿恃箠楚。隔得數日，據本官取禀，先將公輔小童程六絣吊悶絶，用水灌醒，終不肯證其主之喝打。及令勘程以寧事不干己而主訟一節〔四〕，則垂頭喪氣，自稱不敢。當職察其情狀，惡其酷毒，急檄出院，不免日詣獄户自行推問，始喟然而嘆曰：鞠獄如羅司理慘矣，終不能使一小童證其主，而州縣之獄能使朱超、朱社、朱六一、朱十八數健夫俯首帖耳，聯名證其主之喝打，豈非絣吊箠楚有甚於羅司理者乎！在法，諸相容隱人不得令爲證，而州縣案公然逼僕證主，此一大可疑也。

貪宰謬糾，急於獄成，縣上之州，州上之憲，惟恐斷之不速，而不暇盡兩造之情。自來大辟必有體究狀，在檢驗格目之前。今有檢驗而無體究，令尉各吞其餌，終於不體究而止，此一大可疑也。

自來罪囚例須押款，今公輔在縣獄供款，每自書姓名之下必草書一「屈」字準花押，州獄供欵則姓名之下楷書一「屈」字準花押，大者如折二錢，是公輔在州縣獄雖認喝打而未嘗不番異也，何待結録而後番異哉！官吏急於獄成，逐鹿而不見山〔五〕，提刑司亦只見録本，所以蔡提刑信爲獄成。當職初亦信之，今索到州縣獄款「蘭亭」真本，然後知獄未嘗成，囚未嘗伏，自始至終若官若吏類爲物所使者，此一大可疑也。

平心論之，程七五、李八爲本主程本中差使，來朱十八家取課錢，朱十八留二人飲，皆醉卧不去，又謔其妻孥，曲在程、李矣。朱十八所住，公輔之屋也。公輔行過適見，令群僕趕二人并朱十八出外，欲鎖其門，因此争打。李八先出，故傷輕；程七五不肯出，故傷重。二十六日被打，二十七日歸家，二十八日身死。當時別無外證，若使李八真見公輔喝打，猶當以偏詞曲證爲疑。今李八自始至終只言被朱超等趕打而出，落在門前坎水中，聞得程七五叫打殺人，然則聞也，非見也。此時李八酒猶未醒，醉人之語，又足憑乎？果使真聞其聲，佐也，非證也。此又一大可疑也。

引上朱超等再三鞫問，據其供吐，肋上之傷委是朱超用脚踼傷，而公輔則稱羣小争鬭之際實曾喝令不得相打。州縣獄不容實供，所以番訴，必欲至近上司官然後吐實。此雖主僕一套之詞，然既無端的證佐，則其言亦不容盡廢。今若欲李八證公輔之不喝打，欲朱超等證公輔之喝打，不過於木索加功，一日可以成獄，却恐非公朝謹刑及聖上付耳目於憲臣之意。

竊謂殺人無證，法有刑名疑慮之條，經有罪疑惟輕之訓。況去歲夏秋亢旱，今春日食，三奉減降之詔，又經明堂赦宥，内三項皆有鬭殺情輕者減一等之文。若朱超打殺、公輔喝打證佐明白，不過是鬭殺之情輕者，一減爲流，再減爲徒，三減爲杖，四減咸赦除之。雖律文死罪減至徒而止，然爲有證而情重者設，非爲無證而情輕者設也。

當職忝任平反之寄，當奉赦條從事。朱超斃人於一踢，已行招認，雖已赦免，然死者不可復生，決脊杖十五，刺配本城，以謝死者；朱社、朱六一係同打人，照赦原罪；朱汶監倉不平之鳴雖切，訟冤之詞多虚，然父子至情，有足諒者；本中因護地客家業盡爲以寧吞併，終始墮其術中，可謂愚人；併干連人朱十八、程六童、見人李八血屬三名並放。公輔祖爲太守，父爲命官，不自愛重，羣小醉鬨，輒入鬧籃，身貫木索，辱及門户，其不死於州縣之獄而累該赦降，亦云幸矣。所謂喝打，一則無證，二則不伏，既不可用深文而定罪名，亦不可援德音而盡清脱。以寧擁不貲之富，操不仁之術，大爲閭里患苦，環四境之人聞其姓名，如毒蛇鷙獸，近則噬人，如瘟神太歲，觸之立有凶禍，郡縣小官受其服役，吏卒供其輿隸，當職備聞之日久矣。姑以此事言之，被打死者本中之僕也，以寧之與本中，別籍異財，又非同居，奮臂磨牙，主宰此訟。公輔之家每狀必訟以寧行巨賂，當職謂死者小民，自有血屬，安得巨賂，初不之信，見之前後書判。未幾以寧果抹過州縣監司，驀經内臺陳詞，謂之不主訟可乎？兼此獄始委羅下缺。

〔一〕巨：原作「匡」，據翁校本改。

〔二〕收：原作「牧」，據翁校本改。

〔三〕證：原作「證證」，據翁校本删。

〔四〕干：原作「千」，據翁校本改。

〔五〕逐：原作「遂」，據翁校本改。

後村先生大全集卷之一百九十三

書判

江東臬司

饒州司理院申張惜兒自縊身死事

大辟公事，合是的親血屬有詞。張惜兒之死，張千九其父也，阿楊其母也，張千十其叔也，此三人自始至終無詞，而事不干己之人王百七、王大三輒經縣，以爲死有寃濫。本縣察見，已將兩名勘下杖責。有張世行者，輒經州、經本司告訐弟婦姜氏閨門陰私，以致惜兒寃死。當職令畫宗支〔一〕，見得世行與姜氏夫服紀甚疎，却而不行，不謂本州已有委官體究之判。縣尉纔得此事，以爲奇貨，牽聯枝蔓，必欲造成一段公事。當職引上張千九面問，據稱其女實以病風妄駡，於初三日主母姜氏喚阿楊教誨，阿楊用柴條打惜兒兩下。至初五日，張千九、張千十各在姜氏家，見惜兒發熱妄語，其父煮粥未熟，惜兒忽於厠屋自縊。親莫親於父子，再三審詰，其詞堅確如此。女使妄駡，主母呼其母訓責，此亦人之常情；及其自縊，則有出於人意表，在姜氏未見有可論之罪。本州雖判體究，知縣執申可也，縣尉據實事回申亦可也。今撰造公事人各端坐於家，而姜氏一家俱就囹圄，惜兒父母亦遭係累，外人反爲血屬，血屬反拘官司。憲臣置司之所，獄事不得其平如此，則耳目何以及遠哉！

張伯圭因立嗣之怨欲覆叔母之家，張世行亦疎族，王百七、王大三以外人而白撰大辟之獄，帖縣并巡尉專人解來。一日。姜氏添福、張千九、張千十並放〔二〕。吳夔出入孤兒寡婦之家，略無瓜李之嫌，又與其婢探梅有姦，各照減降旨揮勘杖八十。令吳夔責狀，今後更登張氏之門，定行追斷編管。縣尉昨對移鉛山縣，誤勘大辟公事，以平人爲凶身，已免按劾，今兹所爲如此，帖問，仍閣俸。牒州今後此等詞狀，非的親血屬勿受，違追都吏。推司累日不申入門款，帖司理勘杖一百，斷訖申。

〔一〕令：原作「今」，據《名公書判清明集》卷一三改。

〔二〕張千十：原作「劉紗雲乙」，據《名公書判清明集》卷一三改。

建昌縣鄧不僞訴吳千二等行劫及阿高訴夫陳三五身死事

以獄案考之，軍縣初勘李保同火共盗，蓋甚分明，只因移獄建康，慮囚官引問，始有李保不入火之説。頑囚久禁，苟欲番異，何患無詞？此不過引上衆證，立談可定。然此獄所以難決者，以陳三五、周四四二人之死未明故也。今詳案牘，羣盜行劫之時，皆在陳三五店内，分贓之際又在陳三五屋後，案内亦有引入行劫之供。窩藏指引，罪名不輕，此等人執而歸之有司，罪何所逃？今鄧不僞乃私下捉去，打縛困篤〔一〕，然後解官，未及縣門而斃。

被劫主打縛窩家，情理本有可察，以已經赦，亦若無甚刑名，而鄧不僞於被劫一月〔二〕、陳三五已死半月之後，旋興周四四身死之訟，則是爲蛇添足，其意欲以一僕之死加諸賊之罪，且欲自出脱打縛陳三五致死之刑名。然賊罪卒不能加，而自於罪上添罪，可謂拙謀矣。

方周四四之開檢也，其血屬伏墓攔檢，使果負寃，何爲而然？後來雖檢出痕瘏，外議皆謂鄧氏家饒於財，初檢、聚檢官吏受賂。今若追一行官吏推鞫，則鄧氏被劫之憤未伸，反爲僕死所累，官司勘賊之外，又興殺人之獄，株連枝蔓，何時而已？當職以爲，陳三五有取死之道，周四四無可疑之寃，合以此兩句蔽兩屍致死之由，以赦文定吳千二等强盗與鄧不僞殺人之罪，以周四一之攔檢情節定周四四身死之非寃，及以獄案定陳三五之有以取死，則此獄可得而決矣。帥司發回此獄，以爲新檢法明習法理，請檢法詳閲元案，并蔡大卿、趙制置、當職所判，參酌擬呈。

續據檢法官書擬呈，再奉判：强盗贓滿，死罪也；殺已拘執不拒捍之人〔三〕，亦死罪也。鄧不僞始以被劫之憤，欲致賊人於死，安知失手殺人，自陷於死哉？檢法原情定罪，引律援赦，纖悉詳備，别無未盡。鄧不僞亦幸而遇赦耳，否則與賊皆當論。一朝之忿，豈可不深戒乎？吳千二、李保各免杖脊，内吳千二刺面配二千里，李保配一千里，鄧不僞等並照赦原罪。但江湖間强劫縱横，目今諸處見捕劫賊，未嘗一件敗獲，而吳千二等罰不傷其毫毛，向後必是覆出爲惡。刺訖，吳千二押下饒州，李保押下南康軍，並土牢拘鎖〔四〕。鄧不僞家被劫，有官司在，而毆殺就捕之人，又一僕之死不明，又行賂檢驗官吏，罪雖該赦，亦合遠徒。以其被劫之主，姑與編管鄰州，少謝死者。此事惟覆檢官定周四四爲縊死差得其實，聚檢官南宫靖一已遭除勒，初檢官喻縣尉首先檢驗失實，雖已脱去，行下本軍追廳吏、丞吏等人根勘取受，申。仍先備申省部、御史臺，并牒報帥司。

〔一〕打：原作「扛」，據翁校本改。
〔二〕月：原作「日」，據前後文所述改。
〔三〕已：原作「也」，據翁校本改。
〔四〕鎖：原作「瑣」，據翁校本改。

鄱陽縣申勘餘干縣許珪爲毆叔及妄訴弟婦墮胎驚死弟許十八事

阿閔所墮之胎，月數已滿，非驚墮也；許十八自以病死，非驚死也。有鄰有證，一一分明。許珪爲人之姪，輒將弟婦墮胎妄論叔父許三傑，又敢將自死之弟重疊誣執叔父，又敢將叔父毆打，驗傷有尖物痕，見之縣案。又扛許十八屍首入叔父房，打碎叔父門窗、户扇、什物之屬，又將屍首扛入叔家壽木之内。許三傑父子不堪其擾，煮湯潑出，致傷許珪母阿姜頭面。

原情定罪，許珪不可勝誅。況撰造致死公事騙挾平人，尚不可恕，今乃騙挾叔父，此何理哉？許珪妄以弟及弟婦致死誣人，自合反坐，兼毆傷叔父，合於徒三年上加一等。雖已經赦而赦後妄訟不已，本合斷配，緣許珪之父日新自始至終不曾出官，可見猶有愛弟之意，但不能教訓悖逆之子耳。今若將許珪斷配，則許三傑與兄日新同居，共門出入，兄弟自此何以相見？然此等凶惡之人，亦不可恕。許珪勘下脊杖十五，編管五百里，枷項押下本縣，限十日監賠壽木一具，并修整打壞門窗、户扇、什物還許三傑，取領狀申，切待爲減罪名。如恃頑不伏賠還，解來引斷押發。許三傑潑傷兄嫂，照赦勿論。直司剖決民訟〔一〕，不論道理，以白爲黑〔二〕，以曲爲直，有如此者，書擬官奪俸一月，追吏人問。

〔一〕剖：原作「部」，據《名公書判清明集》卷一三改。

〔二〕白：原無，據《名公書判清明集》卷一三補。

饒州州院申潛彝招桂節夫周氏阿劉訴占産事

置買産業，皆須憑上手干照。潛彝所買桂仔貴荒田，契内明言文約被兄藏伉，後來仔貴備錢贖回，則是以贖回干照爲據矣。及以贖回之契考之，則地名青石橋也，荒地也；賣與潛彝者，地名鐵爐塘也，田也。畝步〔一〕、坐落、東西南北四至，並無一同。蓋青石橋地契係別項廢干照，鐵爐塘田契乃鑿空架虛、不可行用之物。桂節夫所執砧基兩葉，以節夫姪景顏家書傍批，可見桂氏族人自以同祖荒山推巽，人情法意之所可行，且於潛彝何預？今乃撰造淳祐三年買仔貴田契以梗節夫，使之不得葬兄，此何理哉！緣潛彝父子恃其銅臭〔二〕，假儒衣冠，平時宛轉求乞賢士大夫詩文，文其武斷豪强之跡，前後騙人田産，巧取强奪，不可勝計。前提刑趙中書任内，拒追年歲，卒致漏網，然趙中書形之書判〔三〕，案牘具存。如挾取周氏阿劉孤兒寡婦之業，已經官司定奪，尚執契書不肯還人，及送有司鞫實，僅還兩契，猶有退不盡者。

當職所至，未嘗罪及士人，然潛彝倚赦拒追，三兩月而後出，其收執違法契字〔四〕，不伏賫出，皆在赦後。士行如此，若使向來所贈詩文之賢士大夫爲監司，爲太守，亦當痛治，況已納粟爲小使臣，輒作潛監酒户，輒用幹人越經内臺，可謂小人之無忌憚者矣。本合勘斷，枷項押下本縣號令，但已與引赦免斷，所買無上手、不可行用契二紙拘毁入案。桂節夫照砧基管業，放。仍榜貴溪縣市。

〔一〕畝：原缺，據《名公書判清明集》卷四補。
〔二〕恃：原作「嫌」，據《名公書判清明集》卷四改。

〔三〕中：原無；形：原作「刑」，據《名公書判清明集》卷四補、改。

〔四〕收：原作「守」，據《名公書判清明集》卷四及翁校本改。

鄱陽縣東尉檢校周丙家財産事

在法，父母已亡，兒女分産，女合得男之半。遺腹之男亦男也，周丙身後財産合作三分，遺腹子得二分，細乙娘得一分，如此分析，方合法意。李應龍爲人子壻，妻家見有孤子，更不顧條法，不恤幼孤，輒將妻父膏腴田産與其族人，妄作妻父、妻母摽撥，天下豈有女壻中分妻家財産之理哉？縣尉所引張乖崖三分與壻故事，即見行條令女得男之半之意也。帖委東尉，索上周丙户下一宗田園干照并浮財帳目〔一〕，將磽腴美惡匹配作三分，唤上合分人，當廳拈鬮。僉廳先索李應龍一宗違法干照，毁抹附案〔二〕。

〔一〕索：原無，據《名公書判清明集》卷八補。

〔二〕抹：原作「扶」，據《名公書判清明集》卷八改。

鉛山縣禁勘裴五四等爲賴信溺死事

致死公事，至檢驗而止；檢驗有疑，至聚檢而止。賴信身死，據聚檢官所申，痕瘡惟左眉一擦痕，兩膝各有一磕痕，兩手十指指甲俱碎，驗是溺水身死。一船二三百人，不能泅者皆不死，而兩渡子獨溺死，可見平日稔惡，鬼得而誅。此去年三月二十七日事也。其日都保并買撲人與地分各不曾申，亦無血屬之詞，却係本縣自行舉覺。然單内明言渡子不量渡船力勝，只要乞取燒香客人錢，攬載既多，船遂平沉，亦足以見兩渡子身死之由。賴進者乃死人賴信之父，自厥子溺死，了無一字經縣。經隔一月，至四月二十三日，始經州行下，而枝蔓之獄興矣。騷擾本縣之人可也，又擾及鄰境之人。將及一年，賴進之訟愈健，縣吏之訐愈行。始則謂丘班子用石抛打賴信下水，繼又謂裴丙用拳打賴四左眉。以聚檢格目考之，拳痕擦痕要自不同，豈可捏合遷就，以擦爲拳？

當職白首州縣，見此等事多矣。賴信溺死分明，賴進受役勢家，買撲人渡，交通縣吏，妄於子死一月之後旋生枉死情節，致興大獄。知縣明不能察，受教於吏，本司隔遠，止憑血屬偏詞。當職若非親履兩縣，亦未知上件曲折。賴進從輕勘杖一百，編管五百里，一行人並放。榜縣門。推吏送饒州根勘，帖問知縣及檢驗官失實之罪。

饒州司理院申勘到徽州都吏潘宗道違法交易事

身爲本州都吏，違法强買同分人見争田産，罪一也。挾都吏之勢，號令歙縣官吏曲斷公事，罪二也。本司先勒令分析，再行下詰責，有追上決配之文，意欲使之退田還人，免致紊煩，而公然占吞，陽爲責退之辭，陰行謀筭之計，致使詞人曉曉不已，罪三也。爲勢家望青斫木，患苦鄉里，罪四也。被追久而不出，罪五也。免盡情根勘，從輕決脊杖十五〔一〕，配徽州牢城。

〔一〕決：原作「次」，據《名公書判清明集》卷一一改。

饒州州院申勘南康衛軍前都吏樊銓冒受爵命事

樊銓爲都吏日，將本軍已申朝廷樁下修城見錢叁萬貫，妄以賑荒爲辭，將錢變爲會，會變爲米，既而曰米曰會皆羽化不存，遂使前人之樁積一空，本郡之緩急無備。朝廷發下進武校尉綾紙，與人抽拈，衆人各出錢物，樊銓輒爲暗鬮，稱是自己拈得。所積不義之財既富，遂有仕宦之想，徑將綾紙參部〔一〕，公然作進士書填〔二〕，且冒注吉州安福税監，赴任攝職，冒請俸禄。其居鄉自稱税院，轎馬出入，前呵後殿，恣爲威風，置買膏腴，跨連鄰境，莊田園圃，士大夫有所不如。生放課錢，令部曲擒捉欠債之人，綳吊拷訊，過於官法。當職引上被傷之人，當廳驗視，追送縣獄，又以財力買囑官吏，欲反坐詞人以罪名。以一吏之微，盜用府庫錢物，冒受朝廷爵命，憑恃豪富，侵削貧弱，一郡之巨蠹也。

聞其志得意滿，侍妾悉皆道裝，陰設鈎致之術，濁亂衣冠之家。干名犯分，闔郡切齒，擢髪不足數罪。今且以本是胥吏而冒稱進士，冒受進武綾紙、監税省劄，從條決脊杖二十，刺面，配二千里州軍牢城。牒饒州，只令取上引斷押發，仍將冒受綾紙、省劄繳申朝省，乞行毁抹〔三〕。估到家業，催申帳目，候到，撥付本軍，爲今歲救荒之備〔四〕。仍榜本軍。

〔一〕参：原作「三」，據《名公書判清明集》卷一一改。

〔二〕然：原作「部」，據《名公書判清明集》卷一一改。

〔三〕抹：原作「扶」，據《名公書判清明集》卷一一改。

〔四〕救：原作「揀」，據《名公書判清明集》卷一一改。

建昌縣劉氏訴立嗣事

田縣丞有二子：曰世光登仕，抱養之子也；曰珍珍，親生之子也。縣丞身後財産合作兩分均分。世光死而無子，却有二女尚幼。通仕者，丞公之親弟，珍珍其猶子，二女其姪孫。男方丱角，女方孩提，通仕當教誨孤姪，當拊恤二女，當公心爲世光立嗣。今恤孤之誼無聞，謀産之念太切，首以己子世德爲世光之後，而撰藏世光遺囑二紙以爲執手。世俗以弟爲子，固亦有之，必須宗族無間言而後可。今争訟累年，若不早知悔悟，則此遺囑二紙止合付之一抹。何者？國家無此等條法，使世光見存，經官以世德爲子，官司亦不過令别求昭穆相當之人，況不繇族衆、不經官司之遺囑乎？通仕所以不顧條令，必欲行其胸臆者，不過以縣丞與世光皆不娶，而姪與姪孫皆幼孤，可得而欺之耳。

在法，諸户絶人所生母同居者，財産並聽爲主。同居者且如此，況劉氏者珍珍之生母也，秋菊者二女之生母也，母子皆存，財産合聽爲主，通仕豈得以立嗣爲由而入頭干預乎？度通仕之意，欲以一子中分縣丞之業，此大不然。考之令文：諸户絶財産盡給在室諸女。又云：諸已絶而立繼絶子孫，於絶户財産若止有在室諸女，即以全户四分之一給之。然則世光一房若不立嗣，官司盡將世光應分財産給其二女，有何不可？通仕有何説可以争乎？若劉氏、秋菊與其所生兒女肯以世德爲世光之子，亦止合得世光全户四分之一，通仕雖欲全得一分，可乎？往往通仕亦未曉法，爲人所誤，此通仕之謬也。

劉氏自丞公在時已掌家事，雖非禮婚，然憑恃主君恩寵，視秋菊輩如妾媵。然觀其前後經官之詞，皆以丞妻自處而絶口不言世光二女見存，知有自出之珍珍而不知有秋菊所生之二女，所以蔡提刑有産業聽劉氏爲主之判，而當職初覽劉氏狀，所判亦然，是欲併世光一分歸之珍珍，此劉氏之謬也。

通仕、劉氏皆緣不曉理法，爲囚牙訟師之所鼓扇，而不自知其爲背理傷道。當職反覆此事，因見田氏尊長鈐轄家書數紙，亦以昭穆不相當爲疑。又云：「族中皆無可立之人，可憐！可憐！」又云：「登仕與珍郎自是兩分。」又云：「登仕二女，使誰擡舉？」又云：「劉氏後生婦女，今被鼓動出官，浮財用盡，必是賣産，一男二女斷然流下。」又云：「老來厭聞骨肉無義争訟，須與族人和議。」書中言語，無非切責通仕，而通仕不悟，乃執此書以爲證驗，豈通仕亦不識文理耶？

當職今亦未欲遽繩通仕以法，如願依絶户子得四分之一條令，可當廳責狀，待委官勸諭田族并劉氏、秋菊母子，照前日和議，姑以世德奉世光香火，得四分之一，而以四分之三與世光二女，方合法意。若更紛拏，止得引用盡給在室女之文，全給與二女矣。此立嗣一節也。劉氏丞之側室，秋菊登仕之女使，昔也行有尊卑，人有粗細，愛有等差，今丞與登仕皆已矣，止是兩箇所生母耳。盡以縣丞全業付劉氏，二女長大必又興訟，劉氏何以自明？兼目下置秋菊於何地？母子無相離之理，秋菊之於二女，亦猶劉氏之於珍郎也，人情豈相遠哉！縣丞財産合從條令檢校一番，析爲二分〔一〕，所生母與所生子女各聽爲主。內世光二女且給四之三，但兒女各幼，不許所生母典賣。候檢校到日，備榜禁約違法交易之人。案呈本軍見任官，選委一員奉行。

尋具呈，再奉判。裘司理居官公平，委本官喚上田族尊長，制屬頗有私意干請，司理可以義理曉之。與通仕夫婦、劉氏、珍郎并秋菊、二女當官勸諭，本宗既無可立之人，若將世光一分財産盡給二女，則世光不祀矣。通仕初間未曉條法，欲以一子而承世光全分之業〔二〕，所以劉氏不平而爭。今既知條法在室諸女得四分之三，而繼絶男止得四分之一，情願依此條分析。在劉氏、珍郎與秋菊、二女亦合存四分之一，爲登仕香火之奉。取聯書對定，狀申。大凡人家尊長所以心忿者則欲家門安靜，骨肉無争；官司則欲民間和睦，風俗淳厚；教唆詞訟之人則欲蕩析别人財産，離間别人之骨肉，以求其所大欲。通仕名在仕版，豈可不體尊長之教誨、官司之勸諭而忍以父祖之門户、親兄之財産，饜足囚牙訟師無窮之谿壑哉！案録當職前後所判三本，一付通仕，兩付裘司理，喚上劉氏、珍郎及秋菊母子，各給一本。所有檢校一節，司理獄官不可至外縣，帖都昌王縣尉赴司理廳共議一定之説，前去檢校，申。如此區處，劉氏必又與秋菊有争。婦人無知，但云我是丞妻，汝是登仕之婢，而不自知其身之亦妾也。在法，惟一母所生之子不許摽撥。今珍郎劉氏所出，二女秋菊所出，既非一母，自合照法摽撥，以息日後之訟。

再據劉氏訴立嗣事，奉判：前此所判未知劉氏亦有二女，此二女既是縣丞親女，使登仕尚存，合與珍郎均分，二女各合得男之半。今登仕既死，止得依諸子均分之法，縣丞二女合與珍郎共承父分。十分之中，珍郎得五分，以五分均給二女。登仕二女合與所立之子共承登仕之分。男子係死後所立，合以四分之三給二女，以一分與所立之子。如此區處，方合法意。但劉氏必謂登仕二女所分反多於二姑，兼登仕見未安葬，所有秋菊二女，照二姑例，各得一分，於内以一分充登仕安葬之費〔三〕，庶幾事體均一。通仕者既欲以子繼登仕之後，當撫恤劉氏、秋菊母子，當避嫌，不得干預縣丞位下之事。劉氏、秋菊亦宜念通仕是縣丞親弟，所分之業僅得八分之一〔四〕，與其立疎族，不若立近親。帖司理勸諭通仕，使責狀在官，除立嗣子一分之外〔五〕，不得干預兄位財穀。仍責諸幹佃知委狀申。日前欺主侵盗之罪，姑照減降旨揮，並免追究，再犯追上，重作施行。併帖司理、王縣尉，將縣丞財産内珍郎與二妹作三分，登仕一分作四分〔六〕，分析申。準判，當職雖如此書判，尚恐教唆者煽動劉氏，欲爲二女求添。緣縣丞身後浮財籠篋皆是劉氏收管，即不在檢校分張之數。劉氏若果念縣丞篤愛兒女，自當以此浮財貼助男女婚嫁，比之登仕位下止得田産而並不得浮財，已不勝其多矣。併帖司理勸諭〔七〕。尋呈押據帖，再奉判：　據劉氏詞，縣丞有二子二女，除長子登仕係長子已身故外，見存一子珍郎及二女皆劉氏所出外，以法言之，合將縣丞浮財田産並作三大分均分，登仕、珍郎各得一分，二女共得一分。但縣丞一生浮財籠篋既是劉氏收掌，若官司逐一根索檢校，恐劉氏母子不肯賫出，兩訟紛拏，必至破家而後已。所以今來所斷止用諸子均分之法，而浮財一項並不在檢校分張之數，可以保家息訟。僉廳更開諭劉氏，取願狀呈。

尋責據劉氏供狀呈，奉判：以法論之，則劉氏一子二女合得田産三分之二，今止對分，餘以浮財準折，可謂極天下之公平矣。帖司理照所判奉行。劉氏乃父之側室，秋菊乃子之女使，珍郎與二女乃叔行也，姑行也，秋菊所生之二女姪行也，自是合有分別。除浮財外，所有田宅並照今來所判，檢校分析，申。併帖王縣尉照應。

續據劉氏等訴家産事，奉判：此事當職累判千百言，可謂明白。訪聞所委官裘司理母妻之家皆在都昌，意有牽掣，遂使已明白之事尚未予决。牒新知郡索一宗案卷子細披閲，別委無干礙清强官，照元判監劉氏等分析，申。十日。續據都昌王縣尉申，品搭分析田縣丞田宅財産事，奉判：田氏田産本司已請都昌縣尉就本司分作八分，牒軍唤劉氏母子并秋菊同赴本司，拈鬮均分。所有田通仕欲以子世德繼登仕之後，昭穆不順，本不應立，以其係親房，姑令繼絶，仰本軍唤田世德與本生父通仕前來拈鬮。如不肯來，徑將此一分照盡給諸女條法行〔八〕，悔之無及。仍從本軍取通仕願狀申，併帖司理照應牒内再奉判，如各人願就本軍拈鬮分析，請備詞申。續據田柏年狀，昨與阿劉互争亡姪立嗣〔九〕，奉判：田通仕執留登仕喪柩在家，以爲欺騙孤幼、占據産業之地，此何理哉？今生者各已有分析，惟登仕喪柩合爲理會。東尉唤上劉氏、秋菊，就兩位兒女衆財之内截撥一項錢物，爲登仕葬送之費。切待行下軍、縣，責令族衆如法營辦，通仕不得干預。所有劉氏、秋菊兩分，母子自要相依而居，於通仕有何干預〔一〇〕？兼通仕之子本不得立，所有見撥一分産業行下本縣拘留，候登仕葬訖，劉氏、秋菊并兒女各安居訖，通仕別無窺圖，方得以其子承此一分。繼據甲頭雷先、幹人余德裕狀，催訴上件事。奉判：此事甚不難決，而淹延數月，田制屬死於旅邸，余德裕又以疾告，使提刑司有累月不決之訟，亦本司之恥也。人案並押下羅司理，照已行監分析，申。五日。余德裕係幹人，本非家長，豈有官司不爲予決，却使幹人宰制主家之理？請司理詳前後所判，介意早爲分析，申。

續據羅司理解到分析關書共八本，赴司乞印押，責付各人請領〔一一〕。奉判：令各人領關訖，僉廳對定此一節呈。如劉氏、秋菊母子與通仕和允已定，仰責狀入案〔一二〕，却將田允懃一分關書併行給付。如未對定，合候葬訖經本司請給。僉廳尋責據劉氏、秋菊等，與田通仕和允供狀，僉廳官書擬呈奉判行。仍牒軍，更請照本司已行，催建昌縣趣了葬事訖，申。

〔一〕析：原作「所」，據《名公書判清明集》卷八改。
〔二〕承：原作「永」，據《名公書判清明集》卷八改。
〔三〕充：原作「秃」，據《名公書判清明集》卷八改。
〔四〕一：原作「二」，據翁校本改。
〔五〕一：原作「上」，據翁校本改。
〔六〕作四：原作「各均」，據翁校本改。
〔七〕帖：原作「將」，據翁校本改。

〔八〕照：原作「縣」，據翁校本改。
〔九〕互：原作「至」，據翁校本改。
〔一〇〕有：原作「者」，據翁校本改。
〔一一〕領：原作「令」，據翁校本改。
〔一二〕入：原作「人」，據文意改。

都昌縣申汪俊達孫汪公禮訴産事

俊達既無親的子孫，則當來賣田産以葬三喪〔一〕，乃死者之幸也。公禮既是俊達死後過房爲孫，所賣田産係爲乃祖掩骸，又何訟爲？照蔡提刑已判行。

〔一〕田産：原作「田骨」，據翁校本改。下同。

貴溪縣繳到進士翁雷龍公劄訴熊大乙將父死尤賴事

以雷龍公劄比前日狀詞，筆迹濃淡，真草縱横，微有不同，然其實一手所書。兼雷龍前日經縣分析之詞無非諂佞知縣，今來公劄又欲挾朝貴以臨監司，孰謂□公之門而出若而人哉！見識如此，當職深爲之羞愧。今本合追治〔一〕，以昔人察見淵魚爲戒，姑寢勿問。帖請知縣勸諭，今後不宜如此，勿俾小人之計得行。

〔一〕今：原作「合」，據文意改。

樂平縣汪茂元等互訴立繼事

死者有兒有女，豈有四世再從兄弟欲以其子雙立之理？提刑司不比樂平縣，汪伯仁押下司理院，勘問假寫除附公據及過房書帖之人。如實供，當與闊略；或更隱諱，枷勘。及讀判汪伯仁不到，奉判：此必是本司見役公人有與之相爲表裏者。楊季和且勘下杖一百。今後呈覆書擬公事，兩詞人並仰押在廳前聽候書判。如已判而無人可讀示也，定將當行人送鄰州勘，取諸吏知委。

《續藁》五十卷，起淳祐己酉至寶祐戊午十年間之所作也。余少喜章句，既仕，此事都廢。數佐人幕府，歷守宰、庾漕，亦兩陳臬事。每念歐公夷陵閱舊牘之言，於聽訟折獄之際，必字字對越，乃敢下筆，未嘗以私喜怒參其間。所決滯訟疑獄多矣，性懶，收拾存者惟建溪十餘冊、江東三大冊。然縣案不過民間雞蟲得失，今摘取臬司書判稍緊切者爲二卷，附於《續藁》之後。昔曾南豐《元豐類藁》五十卷，《續藁》四十卷，末後數卷如越州開湖頃畝丁夫、齊州糶米斗斛户口、福建調兵尺籍負數，條分件列如甲乙帳〔一〕，微而使院行遣呈覆之類，皆著於編，豈非儒學吏事、粗言細語，同一機棙，有不可得而廢歟！姑存之以示子孫。開慶改元上巳日，克莊題。

〔一〕列：原作「例」，據翁校本改。

後村先生大全集卷之一百九十四

行述

宋修史侍讀工部尚書龍圖閣學士正議大夫致仕莆田縣開國伯食邑九百户贈銀青光禄大夫後村先生劉公行狀

曾祖炳〔一〕，贈宣教郎。妣鄭氏，贈孺人；游氏，贈恭人。

祖夙，承議郎、著作佐郎，累贈中奉大夫。妣林氏，贈令人；林氏，贈令人。

父彌正，朝議大夫、吏部侍郎，累贈少師。妣方氏，贈魯國夫人；林氏，魏國夫人。

咸淳五年正月二十九日，龍圖閣學士、正議大夫、莆田縣開國伯、食邑九百户後村先生劉公卒，年八十三。前數夕，有大星隕公寢室後，俄而公逝。莆之士大夫皆揮淚以相吊，有方斂而往、枕尸以哭者，有既殯而往、拊棺以哭者，莫不盡哀。又數日，則泉南之南，閩北之北，吊唁往來，交馳於道。又數月，則四方交舊與凡得銘得序得跋得詩之友，不遠千百里而來，力不能來，亦以書至，蓋不知其幾。皆曰斯文無所宗主矣，吾儕無所質正矣，後進無所定價矣。茫茫宇宙，人物何限，其能擅一世盛名，自少至老，使言詩者宗焉，言文者宗焉，言四六者宗焉，雖前乎耆舊、後乎秀傑之士，亦莫不退遜而推先，卒至見知於人主者，古今能幾人哉！公雖得名得壽得禄，而愛公者猶以用公未盡爲恨，是豈私所好耶！吁，若公者，可謂千載之士矣。

公諱克莊，字潛夫，世爲莆田人。自大著〔二〕、正字峥嶸艾軒之門，聲振乾淳間，已蔚然爲文章家矣。公生有異質，少小日誦萬言。爲文不屬藁，援筆立就。初名灼，以聲律冠胄子，入上庠，場士至今誦之。嘉定己巳，以郊恩奏補將仕郎，更今名。初調靖安簿，帥漕争檄置幕下。潔齋袁公時以倉兼府，尤以文字見重。俄丁少師憂，終制，注福州右理曹，改差真州録參。菊坡崔公帥維揚，因公白事，喜曰：「吾於閩得二士，君與子華也。」鋭欲致公，會李公珏建閫金陵，辟沿江制司凖遣。一時幕府諸賢自勉齋黄公而下，皆相敬愛。及謀進取〔三〕，公有異議，主謀者忌之，公求南嶽廟去。薦員及格〔四〕，猶欠一考。八桂胡公槻以經司凖遣辟，公辭不就，魏國力勉之。八桂佳山水，胡與公倡酬幾成集。嶺外帥權重〔五〕，不輕餞客，公入京進卷，胡公飲别榕臺，桂人以爲前此未有也〔六〕。

甲申，改宣教郎知建陽縣。新考亭之祠，祀朱、范、劉、魏四君子於學宫。庭無留訟，邑用有餘〔七〕，增糴賑糶倉二千斛，大書其門曰：「聊爲爾民留飯碗，豈無來者續心燈。」西山真公記之。更創西齋，北山陳公篆其扁，爲賦「于蔿于」之什。西山在朝，以公「學貫古今，文追騷雅」薦。西山還里，公以師事，自此學問益新矣。言官李知孝、梁成大箋公《落梅》詩與「朱三」「鄭五」

之句激怒當國，幾得譴。安晚鄭公時在瑣闥，力爲辨釋以免。終更，綵旗蔽路，送者踰數十里。比聞公喪，猶有重趼來哭者。得倅潮陽，趙至道猶以嘲詠謗訕彈之，毒由梁、李也。刑寺下所屬究實，公若不聞。邑丞虞德羔素昧〔八〕，以士民公論上府〔九〕，漕使陳公汶壯之，畀以京削，主管仙都觀，俄通判吉州。端平改紀，安晚當國。甲午春，有旨都堂審察。西山帥閩，以機幕辟，除將作簿兼帥司參議官〔一〇〕。公迎魏國之官，魏國自哭少帥〔一一〕，不出户者二紀矣。西山知公吏才高，府事一切委之。平齋洪公遷西掖，奏公自代。安晚曰：「中書眼高。」西山以户書召，公援例求退，詔以匠簿供職。公奉魏國還里，踰月獨入京。九月，除宗正簿。西山喜曰：「方是本色。」公在麟寺，南塘爲卿，游二公間，以文字相得懽甚。西山夢奠，乞假會葬，不許。

乙未六月，除樞密院編修官，兼權侍右郎官。未幾，鄭、喬並相，公輪對言：「服天下莫若公，今失之私；鎮天下莫若重，今失之輕。陛下因私天位，遂德柄臣，因德柄臣，遂失君道，非公也。因私天位，遂疎同氣，因疏同氣，遂失家道，非公也。大臣憂讒畏譏而有狼跋之嗟，厭事避權而動魚羹之興，非輕歟？或以匹夫横議而改政，或以走卒偶語而易令，非輕歟？」次篇言：「柄臣壞朝綱，開邊釁，遂成殘賊〔一二〕，貪饕僥倖之俗不可回。諸賢起而當之，天人未應〔一三〕，陛下遂疑君子而思小人。曾肇有言，『上意漸變』，臣思此語，可謂寒心。願陛下堅凝初意〔一四〕，無使宵小輩動摇正論，則天下幸甚。」《貼黄》言：「苕川之事，出於迫脅，向止議其罪，不原其情，近雖復其爵，未雪其冤。」皆人所難言也。公於上前奏讀，玉音所問，隨事隨答。或言：「陛下向待柄臣太重，今待柄臣太輕。當更化之初，奄變屏息，近因軍卒小警，此曹頗得干預，陛下若聽用之，天下事去矣。」或言：「陛下之於濟王本不如此，只是臺諫給舍一等小人，遂有後面一段施行〔一五〕，當治其罪，以滌此謗。繼絕一事，他日國本既定〔一六〕，決不容已。」或言：「向也權柄下移，陛下欲除一吏不可得，今從官宰相皆自聖擢。向者近臣惟真德秀、魏了翁，小臣惟蔣重珍、陳塤敢與故相異論〔一七〕，今人人得攻大臣、議朝政，此皆更化美事。」又言：「弓旌所招，近稍稍引去，蔣重珍既去位，洪咨夔又引疾，如此則諸賢漸去，別換一副黨人來矣。」上曰：「無人任事。」公言：「今日如人久病，沉痼已深。用君子如服參苓，雖無近效，猶有生全之理；用小人如服烏喙，一劑喪生矣。」殿上下之人皆謂公小官初召對，音吐琅琅，從容如許，廊廟器也。疏出，鶴山魏公、果山游公、實齋王公、南塘、平齋時皆在朝，擊節不已。實齋因奏疏有曰：「兼旬之間，嘉謀迭進，有裨聖學。」蓋爲公與杜立齋、王臞軒發也。

狂韃入寇，朝議以元樞曾公建督，曾辟竹湖李公與公參議，不果行。丙申，左府語洩，有錫第表郎之傳，鶴林舍人疑其遏己〔一八〕，遂以吳昌裔疏罷。御史，舍人弟也。主管玉局觀，尋除漳州。毅齋鄭公言於朝，謂去非其罪。丁酉，改知袁州，有旨趣行。公在郡一以崇風化、肅紀綱、訪故家、禮名賢爲先務，因寬得衆，郡以最聞。殿中蔣御史，公同舍郎也。因火災倡邪説，爲學舍所詆，知鐵庵方公前在諫垣言濟邸事太切，天意不怡，遂以公與鐵庵、臞軒同疏，皆嘗言故王者。三公居同里，既歸，相與賦咏無虚日，自以同傳爲榮〔一九〕。俄主雲臺觀。文清李相當國，擢公江西提舉，改廣東提舉。公不以入嶺爲難，道出潮、惠，謁昌黎祠，訪坡公舊迹。庚子元日始至，以嬰孺視嶺民〔二〇〕，以冰玉帥寮屬〔二一〕，歲計羨而商征寬，民夷安之。八月，陞漕。文清薨，史獨相，經理兩淮屯田，敷耕牛於廣右。公以事關邊儲，急爲區畫，既應令而民不知。異時表謝有曰〔二二〕：「每於吏民相告語之間，具言朝廷不得已之意。」指此以諷也，識者誦味之。留粤兩年，更攝帥、舶，俸給例卷皆却不受，買田二百畝以贍仕於南而以喪歸者，南人刻石紀之。

辛丑，令赴行在奏事。侍御史金淵謂公以清望自擬，寢其召命，主管崇禧觀。癸卯元日，除侍右郎官，又以濮斗南疏罷。仍舊崇禧〔二三〕。甲辰秋，杜與范同相，除江東提刑〔二四〕。一意訪求民瘼，澤物洗寃，劾廣信貪守，黥南康黠胥，皆有奥援者，公論稱快。十一月，除將作監。未幾，改直華文閣。范實忌公，因託言歲旱民饑，艱於擇代，沮其入也。

范去，游獨當國，與參與抑齋屢以公薦〔二五〕。丙午四月，令赴行在奏事。時方禱雨，公雖治任，而拯飢雪枉，備極焦勞，留至七月。乞謁告省親，不許，道除太府少卿。八月望入脩門，二十三日面對三劄，首言委任之失二。其一曰：「嵩之以借助滅殘金爲戰，以厚幣奉倴盞爲和，以清野蹙國爲守。三者非長，徒尚智術，豈堪倚仗？若非天去其疾，它日必貽朝廷之憂。」其二曰：「昔者不擇其人而任之太專，今也雖擇其人而不授以柄，但調護使之勿言，宣諭使之奉詔。」又言謨謀之誤二，其一曰：「大臣有翕受之量而無主宰之功，同列有不説之漸而無嚴假之和。易一邊閫，淹久而後決；遣一儒帥，迫趣而始行。桑維翰一日易十節度，郭子儀朝聞命夕就道，視今何如也！」

其二曰：「廟謨睽異，邪黨揶揄，殆幾反戈以自攻，不憂探穴之覆出。劉摯主調停而幾覆族，曾韓爭大柄而卒相京，追思可畏也。陛下雖有退小人之功，而虚受思小人之謗。臣聞桓温嗤誚王衍諸人，自許豪傑，苻堅笑之，語及謝安則以爲江左偉人。秦檜嘗言諸人但當啖飯，觀吾致太平，而兀朮將死，乃以張浚尚存爲憂。安之握兵初不如温，浚之挾虜初不如檜，而二酋皆慢彼畏此。今陛下託國，將求如温如檜者乎？抑求如安如浚者乎？」次言：「善類之合莫盛於本朝，言路之通莫盛於本朝。祖宗以來，甘其苦言，養其直氣〔二六〕，有立行其説者，有久而思之者，有始忤而終合者，有自常調而處以清要者。今陛下上法祖宗，待群臣至厚，記憶所及，收採不遺。恐其間尚有迹遠而孤、位卑而滯者，其人昔尚盛年，今已暮景，願收之於霜降水涸之餘，使善類常合，言路常通。」其意蓋以言故王者收召未盡也。讀至「迹遠位卑」處，上問爲誰，公曰：「從臣如王遂、徐清叟、方大琮，庶僚如湯巾、潘枋〔二七〕，不幸已殁。存者如黄自然、王邁，自然近已向用，餘人皆年齒已高，願陛下收録之。」三言：江東使事，以恤貧民、處流民爲最急。《貼黄》以親老求歸養，玉音曰：「朕知卿文名，有史學。」即盼錫第之命，仍責修纂。公退見果山，坐未定，宸翰已至：「劉某文名久著，史學尤精，可特賜同進士出身，除祕書少監，令與尤焴同任史事，庶累朝鉅典，早獲成書。」次日，兼國史院編修官、實録院檢討官〔二八〕。又三日，御筆兼崇政殿説書〔二九〕。公四辭錫第，再辭史事、晚講，皆不許。

十月朔，轉對言：「今日之深憂，莫如國本未建。」援引甚詳，且曰：「臣謂此事在唐宣宗、後唐明宗則甚難，在我朝仁宗、高宗則甚易。其毓英宗、孝宗於禁中也，皆擇於未入之前，定於既入之後，異其封爵，別其名稱，自幼至長，自姪爲子，不待建儲而人望已有所繫矣。若朝取一人焉，暮取一人焉，一出焉，一入焉，舉其當廢，廢其當舉，徼倖之冀浸廣〔三〇〕，非所以重宗廟、尊本統也。」於時有自內學退歸者，故公及之。孟杞，御筆時暫兼中書舍人〔三一〕。同院庸齋趙公時行下三房，公以趙已除法從，乞以上三房易之，奏上不許。三學友朋喜曰：「此真舍人也。」時山相未終喪〔三二〕，以草土疏乞挂冠，上批「服闋除職予祠」，臺諫臺從交章詆之，皆不付出。十二月，御筆：「嵩之今已從吉，守本官職致仕。」公奏：「嵩之有無父之罪四，無君之罪七。舊相致仕，合有誥詞，今臣行嵩之之詞，未知爲褒爲貶。若從其自乞，則合用杜衍、歐陽修之例〔三三〕，何以示天下後世？若爲貶辭，則不坐下罪名，秉筆何所依據？此綦崇禮所以必請高宗御筆，然後草秦檜罷制也。」上令丞相宣諭，可作自陳行詞，付下御前所録嵩之奏狀，令體此降制。公又奏：「御筆有守本官職之文，未知所守何職。本官見封永國公，合以階官帶永國公致仕。」十四日御筆：「史嵩之除觀文殿大學士致仕。」公又奏：「昨日進講，側聆玉音，已降除職旨揮。臣清旦待班東華門，未知所除何職，講退方聞之。臣竊見高宗朝，左相沈該落大觀文致仕。孝宗朝，左相葉顒以雷變罷，不除職，只守本官奉祠。左相葉衡、魏杞去位，皆終身資政。今嵩之忠孝有虧，所除職名乃與元勳重德無異。竊聞外廷之言，皆咎臣不合奏審，公議實可畏也。乞詳臣原奏，寢嵩之職名，只守永國公致仕，容臣行詞。」十六日，中使宣諭：「史嵩之除職致仕，卿已遵承，又復入奏，可依今除已降批諭行詞。」公又奏：「詞臣命詞，須合典故。嵩之若以階官永國公致仕，則職在掖垣；今除大觀文，則合宣鎖降麻〔三四〕，此乃學士院職事。竊見紹興二十五年，秦熺特授少師、觀文殿大學士、嘉國公致仕，正與嵩之一同，係學士院降麻。臣若侵官内制〔三五〕，豈不貽笑天下？」是日王倫復宣諭：「嵩之除職既係學士院降麻，卿可一面書行。」公奏云：「連日紊瀆聖聰，未敢重陳〔三六〕，容臣於經筵審取聖旨。」十七日，與給事趙無惰〔三七〕、舍人趙庸齋同上繳奏。十八日，上又命謝瀆山諭旨〔三八〕，公遂丐祠，不允。二十二日御筆：「嵩之依所奏乞，守金紫光禄大夫、永國公致仕，除職旨揮更不施行〔三九〕。」游相柬公云：「諸賢盡力回天，聖主舍己從人，書之簡冊，有光多矣。便可書行命詞。」公爲此制有曰：「我聞在昔，求忠臣於孝子之門；人謂斯何，豈天下有無父之國！」未上，二十四日，侍御史章琰疏罷，猶以奏審爲罪。安晚時在湖濱冒雪祖餞，以鄒道鄉事相勉。

公在省八十日，草七十制，學士大夫争相傳誦，以爲前無古人。丁未二月，除直寶文閣知漳州，時有仲氏工部之戚，公以太夫人年高力辭。安晚再相，除直龍圖閣、主明道宫。戊申元日，除宗正少卿，公又苦辭。余時備數編修官〔四〇〕，袖公手書以白。五日，依舊職知漳州。公以戍期遠，方拜命〔四一〕。是月又除秘閣修撰、福建提刑，欲公便養也。公又辭，不允。九月朔，即家建臺。公方申嚴使事，訪疾苦，扶善良，以哀矜讞獄，以孤遠拔士，甫及月〔四二〕，丁魏國憂，哀慕毁脊，三年如一日。

庚戌十二月，除秘書監，公以禫制未終辭。辛亥春，有旨趣行。四月到闕，兼太常少卿、直學士院。對劄二，首言：「端平變局，侔於元祐。今陛下登庸舊弼，垂意至寧[四三]，而人謂端平之政改矣，端平之心亦改矣。」次言：「朝廷之士議君上者，或以掖庭，或以戚畹，或以聚斂；議大臣者或指除授，或指賓客，或指子弟。道路之傳，皆曰君相厭之，臣以爲不然。惟聖主可以責善，惟賢相可以責備。」其意甚忠，其辭甚婉。五議之諫，諷居其一，不知公者或以爲訐。《貼黄》以建儲爲請曰：「臣於端平乙未以樞掾對嘗言之，端平丙午孟冬以少蓬對，又嘗言之。越三日孟祀，時有貴州刺史之命。臣既去國，今五六年，節旄雖建，王爵雖疏[四四]，名號未正，聖意未白。願陛下早圖之。」上皆嘉納。公退見丞相，乞召潘凱、吴燧二人，皆忤相國者，大咈相意。語諸客曰：「千辛萬苦唤得來，又向那邊去。」然公本無心，外廷之訐、相國之忤，皆誤矣。

五月，兼崇政殿説書。六月，兼史館同修撰。時事多内出，公言：「祖宗盛時，内降絶少，間有一二，有論列者，有繳駁者，有執奏者。誨、純仁寧謫而不以濮議爲是，必大、茂良寧去而不與兩知閤並立[四五]，衍寧罷而不肯求容權貴之門。今中外除授間有不由大臣啓擬者，求者、予者、奉行者習以爲常，但曰依應，臣竊爲陛下君臣惜之。」又言：「衍之所以能却内降者，當國僅三數月而已。蓋小臣能以去就爲輕，雖大事可論；大臣能以去就爲輕，則内降可執，横恩可寢。」其語頗諷當國，於是愈落落矣。公已決意賦歸[四六]，而上眷甚隆，相亦勉諭。凡六上祠請[四七]，再乞挂冠，皆不許。公亦以禮官逼近禋祀，未敢數瀆。十月，除起居舍人。閏月，兼侍講。公雖遷延數月，未能決去，而前後進言愈切。史宇之除工侍，公不草制，答詔曰：「宇之一未更事少年，使之從上雍〔四八〕，非籲俊尊上帝之誼。臣前攝詞垣，未行嵩之之詞，不樂臣者已横加誣衊，今若秉筆褒宇之之美，人謂臣何？」京尹規謀小利，京民苦之，公言：「昔之理財者，摧抑富商之盜利權者，逐什一養口體者不問也；削弱豪家之侵細民者，營升斗育妻子者不問也。漢筭緡錢，下逮末作，唐爲宮市，白奪樵夫，今何以異此？」時江浙名藩多付戚畹〔四九〕，公言：「擇守不過兩途，一曰才望，二曰資格。今穉齒登鵷序，弱冠佩虎符。昔人以四十專城爲榮，今不待四十矣。凡向者近臣均佚、名流補用之地，今皆以處若人，百姓何賴焉？」山相經營復出，事有萌芽，公直前奏曰：「陛下曩語羣臣，以爲某人決不復用，今都人競相傳，曰落致仕矣，建督府矣，又曰某人嘗以御槧示人矣，又曰陛下戒其勿脩怨矣。臣知陛下萬無此事，設或有之，此誤不少。向使疇昔在朝終始不廢，偃月之禍不過及士大夫。今以埒國之富、震主之威，謬爲恭順，陰懷怨毒，外豈可以付寸鐵，内豈可以假寸權！秦檜再相，未嘗不牢籠李光、胡寅，久則當世名臣舉族貶竄，闔門廢錮，而至尊亦有靴中匕首之防，此陛下商監也。」韃主新亡，或傳胡運已衰，荆狃一勝，蜀謀再舉。公言：「趙范欲圖唐、鄧，唐、鄧不可得而棗陽先失，安、隨、郢、復、均、房皆爲丘墟〔五〇〕；趙彦呐欲圖秦、鞏，秦、鞏不可得而劍關不守，五十四州遂成蕩覆。豈非外重而不能禦，内虚而無以守！臣謂江陵固然後可以援襄樊，重慶實然後可以圖漢中，范與彦呐前事可鏡也。」言雖峻切，上獨優容。察官鄭發苦不相樂，是月十九日疏入，公方進講，玉音曰：「卿與鄭發無他否？」既退，疏不下，御筆除職予郡。道聞安晚薨，旅哭甚哀，曰：「吾不敢忘知己之舊〔五一〕。」

謝、吳並相，壬子正月，除右文殿脩撰知建寧府。二月，兼福建運副。鄭憒前疏不行，再論褫職，寢公新命。六月，依舊職提舉明道宮。公優游里閈，作爲新居，揭宸翰所賜「樗庵」「後村」二扁，日與賓客觴咏其間，曰：「吾得此足矣。」寶祐丙辰，矩堂董相欲以治使處公。丁大全言於上前曰：「劉某恃才傲物。」遂有正言邵澤之疏，實丁意也。仍奉明道祠。景定庚申，師相魏公還朝，公方奏疏引年，六月，除秘書監，令守臣以禮津遣。八月，除起居郎，再辭不許。九月，兼權中書舍人，公猶在道。十一月朔面對，首劄言：「凶相弄權，以富強自詭，輔聖君而行霸政，爲天下宰而設騙局。人曰相非相，駔也；政事堂非政事堂，壟斷也。」傳者嘆其形容之工。末言國以危懼存，以佚樂亡，其警告者甚切。曰：「陛下必持勝，必慮危，已竄者毋至量移，已斥者無復親近。大臣必弼違，必格非，士大夫毋以清談廢務，毋以浮文妨要。」人以爲藥石之言。次言：「貪吏可懲，奚問名勝。贓罪狼籍而曰爲賢者諱，《春秋》書法，八議舊典，恐不如是。」其意有所指也，聞者是之。讀畢，以老蒙收召謝。玉音曰：「知卿愛君憂國，至老不衰，所以欲得相見。」除兵部侍郎，兼中書舍人，兼直學士院，立螭纔三日爾。十二月，兼史館同脩撰。初，上過東宮，見公書肆所傳文集，喜之。未除兵侍前一日，中使傳宣諭曰：「卿居間日久，著述必多，可録本進呈。」公辭以「容臣繕寫」。俄有旨再索，公辭以「史事猥冗，未及點對」。越數月，以古賦、古律詩、記序、題跋、詩話共二十六卷奏進，皆辛亥以後所作也。翌日，中使以宸翰御製賜公曰：「卿風姿沉邃，天韻崇紘。今觀所進近作，賦典麗而詩清新，記腴贍而序簡古，片言隻字，據經按史，謂非有裨於緝熙顧問，可乎？先儒有言：『學富醇儒雅，辭華哲匠能』，非卿不足以語此。」真儒臣希闊之遇也。

辛酉正月，將降科舉詔，公以非科第辭。同院進藁不稱旨，命廟堂改屬，曰「非劉某不可」。三月，兼侍讀。四月，以病辭西掖，詔從之，俄除兵部侍郎。八月，再兼中書。是歲，乞引年者再。九月，厲文翁除沿江制閫，公不待黃至，與給事徐公繳奏。酉時黃至，又奏。是夕一更，御筆至逼趣書行，公又繳奏，其言甚苦，命遂寢。壬戌三月，除權工部尚書，陞兼侍讀〔五二〕。李桂除察，公力排之。桂已入臺，次日疏出，全臺待罪，朝紳皆謂與艾軒疇昔繳奏謝某同。今上在東宮，亦語宮端徐公曰：「劉中書此舉甚高。」公雖身兼兩制，詞命填委，寒暑無間，坐至四鼓，而一念之忠，言無不盡。故淫雨有疏，大水有疏，和糴之害有疏〔五三〕，拯飢之弊有疏，猶有五管見焉。其言剴切，允當帝心。至如大全既死，則曰：「李石責北司，有言：李訓固可罪〔五四〕，因何人以進？乞斥其内詷奥主者。」指當時貴璫也。時海内順軌，邊患浸紓，公言禁中排擋太密，湖山丹艧太盛，願毋忘偷渡。時江桂二閫密圖起廢，公言：「史以柔愞邀功〔五五〕，李以閉城縱寇〔五六〕，罰未當罪，其可牽復乎！或言簿録姦贓之財，圩田御莊之入，合以助糴本，補和糴，此陸贄散小儲成大儲、捐小寶固大寶之説〔五七〕。或言右選勑牒冗濫，補授多，稽改難，戰士捐軀得賞而補授帖牒，死歸他人，蠹國無端，何以示勸？」每奏多至萬言，少亦數千言，人皆美公之忠純而服公之整暇。八月，再乞納禄，御批曰：「覽卿來奏，求退甚勇，詞垣經幄，方資文儒，輸情甚真，難奪雅志。」特除寶章閣學士知建寧府。權文昌，得真學士，異恩也。御賜玉柄寶箑，宸製五言書其上，以金縷香茶侑之，竹湖以後未有也。師相亦賦詩贈行，從橐飲别道山堂，分賦御製詩韻，時人比之二疏。

公既還里，優游觴咏。甲子秋，以目眚謝事，除焕章閣學士，守本官致仕。其年先帝棄羣臣，公哭臨哀慟。丁卯，右目亦苦赤障，遺身自樂，裕如也。四年五月，今上念先朝遺老，御筆：「劉某謝事先朝，年德俱高，特除龍圖閣學士，仍舊致仕。」人謂嗣聖將起公矣。公早受知忠肅賈公，辨章尤相親敬，古心、碧梧二揆皆公文字友，而天不憖遺，國嗟殄瘁，烏乎惜哉！

公娶玉融林氏，贈淑人，寶章、國博之女〔五八〕，先公卒四十二年。子三人：强甫，朝奉郎、三省架閣、添差福州通判；明甫，奉議郎、邵武軍通判；山甫，承奉郎、監嶺口鹽倉。女一人，適正獻福公之孫、故通直郎、惠安知縣陳琰。孫男八人：沂，登仕郎；涣、洙，將以京選二澤分奏〔五九〕；汶、履、濮、錦、絢，尚幼。孫女五人，其二嫁承奉郎、監嶺口監倉方廣翁，修職郎、浦城主簿方公權，餘未笄。是年十二月十九日，諸孤奉公之柩葬於城北徐潭之原〔六〇〕。

公負間世之才，問學所積，源流三世〔六一〕，探索涵泳，又深造而自得之。無書不讀，發爲詩文，持論尚氣節，下筆關倫教，一篇一詠，脱藁争傳。初年即見知於諸老，温陵竹隱傳公知晦翁《謚議》乃公所筆，寄聲願納交。趣召道莆，造公之廬，覽公近作，曰「亹亹逼人」，屢以疏薦。潔齋在豫章，得公代郡守《賀正表》，喜曰「酷似李雲龕」，勉公加意。南塘爲西宗，得公諸作於北山，甚奇之。或問北山：「潛夫諸作如何？」北山曰：「不患不好，只患忒好。」公歸自桂林，迂道見南塘於三山，讀公《南獄藁》，稱賞不已〔六二〕，自此遂爲文字交。水心評公詩，曰：「是當建大將旗鼓者。」西山知公尤至，端平初貽書廟堂〔六三〕，曰「當今詞人惟趙某、劉某」，謂南塘與公也。迨夢奠於京，門人諸賢俱在，獨以遺表屬公。果山見公雜咏二百首，手之不置，曰：「一章雖二十字，皆史斷也。」辨章師相尤奇公之文，每得公所作，必令吏録之。西山諸老既殁，公獨巋然爲大宗工，四方有大紀述，咸歸之後村氏。銘叙先世勳德，以不得公文爲恥。公嘗笑曰：「吾賣文以資老者也。」公見地既高，而學有定力，窮達得喪，是非毁譽，寄之歌咏，一付嬉笑。梅花數句，以詩得謗也，而略不以爲悔；巴陵一疏，以言獲譴也，而不自以爲高。前後四立朝，共不盈五考，非無蚍蜉之撼、含沙之射，而未嘗恨其人。既有丘明、子夏之疾，黑白如故，往來交際，飲笑自如。每曰：「某親某友老皆後我，木已拱矣，我於今以往，皆剩底歲月。」自營窀兆，乃徐先輩故居，結廬其間，佳客過從，時與同宿。有以青囊術見者，豈無異議，但笑以視之，非達乎！公吏事素長，自領邑建陽，最聲已著，爲麾爲節，剖決如神，處事侔侔有方略。在藩司臬，獄案千紙，一覽盡得其情，而行之以恕。息庵湯公嘗語余，甚嘆服之。安晚嘗曰：「潛夫真才吏，爲文名所勝，故人不盡知之。」雖中與安晚少忤，而追思痛悼，時見吟篇，暮年狀其行事幾千餘言。每語人曰：「安晚實知我。」公嘗以成集屬余序之〔六四〕。諸作皆高，律詩尤精〔六五〕，爲李唐諸子所不及。

至於駢語，雖祖半山、曲阜，而隱顯融化，鍵奥機沉。表制之外，誥啓尤妙，自成一家，他人或相倣傚，神氣索然矣。甲子以來，又爲渾深簡到之語，嘗語余曰：「吾四六又一變矣。」有前、後、續、新四集，已行於世。其在《新集》者半出於目眚之後，口誦成篇，子姪筆受，鎔煆諸書，字字嚴密，無一篇不可垂訓，非徒詩也。

其於當世交游，先後輩皆名流傑士，姓字班班見集中，不可悉數。余屢擯於時，去公所居差近，每一篇成，即以見寄，時有商搉〔六六〕，以余爲知言。疾革既默，諸子問以遺奏屬僕如何，公瞠目領之。奏上，君相嗟惜，贈銀青光禄大夫，予致仕、遺表恩澤。將謀請謚，諸孤俾余狀其事，欲上之太史，碑銘墓表則屬之東澗湯公、陽巖洪公、擇齋徐公〔六七〕，皆生平密友，亦遺命也。謹狀。咸淳五年十一月　　日，同舍生中大夫、新除秘書監林希逸狀〔六八〕。

〔一〕炳：原缺，據林希逸《竹溪鬳齋十一稿續集》卷二三所載此文補。
〔二〕「大」下原有「父」字，據林希逸《竹溪鬳齋十一稿續集》卷二三所載此文删。
〔三〕及：原作「因」，據林希逸《竹溪鬳齋十一稿續集》卷二三所載此文改。
〔四〕員及：原作「口資」，據林希逸《竹溪鬳齋十一稿續集》卷二三所載此文補、改。
〔五〕嶺：原無，據林希逸《竹溪鬳齋十一稿續集》卷二三所載此文補。
〔六〕桂：原無，據林希逸《竹溪鬳齋十一稿續集》卷二三所載此文補。

〔七〕餘：原作「年」，據林希逸《竹溪鬳齋十一稿續集》卷二三所載此文改。
〔八〕「素」下原有「貪」字，據林希逸《竹溪鬳齋十一稿續集》卷二三所載此文删。
〔九〕「以」下原有「妨」字，據林希逸《竹溪鬳齋十一稿續集》卷二三所載此文删。
〔一〇〕「官」上原有「之」字，據林希逸《竹溪鬳齋十一稿續集》卷二三所載此文删。
〔一一〕哭：原作「臂」，據林希逸《竹溪鬳齋十一稿續集》卷二三所載此文改。
〔一二〕遂成殘賊：林希逸《竹溪鬳齋十一稿續集》卷二三所載此文作「兵驕楮賤」。
〔一三〕未應：原作「並口」，據林希逸《竹溪鬳齋十一稿續集》卷二三所載此文改、補。
〔一四〕下：原無，據林希逸《竹溪鬳齋十一稿續集》卷二三所載此文補。
〔一五〕有後面：原缺，據林希逸《竹溪鬳齋十一稿續集》卷二三所載此文補。
〔一六〕他日：原缺，據林希逸《竹溪鬳齋十一稿續集》卷二三所載此文補。
〔一七〕埧敢：原缺，據林希逸《竹溪鬳齋十一稿續集》卷二三所載此文補。
〔一八〕鶴林舍人：原作「鶴相與泳」，據林希逸《竹溪鬳齋十一稿續集》卷二三所載此文改。
〔一九〕自：原作「時」，據林希逸《竹溪鬳齋十一稿續集》卷二三所載此文改。
〔二〇〕嶺：原無，據林希逸《竹溪鬳齋十一稿續集》卷二三所載此文補。
〔二一〕帥：原作「師」，據林希逸《竹溪鬳齋十一稿續集》卷二三所載此文改。
〔二二〕異：原作「役」，據林希逸《竹溪鬳齋十一稿續集》卷二三所載此文改。

〔二三〕崇：原作「職天」，據林希逸《竹溪鬳齋十一稿續集》卷二三所載此文改。

〔二四〕刑：原作「舉」，據林希逸《竹溪鬳齋十一稿續集》卷二三所載此文改。

〔二五〕屢：原作「婁公」，據林希逸《竹溪鬳齋十一稿續集》卷二三所載此文改。

〔二六〕直：原作「真」，據林希逸《竹溪鬳齋十一稿續集》卷二三所載此文改。

〔二七〕牣：原作「昉」，據林希逸《竹溪鬳齋十一稿續集》卷二三所載此文改。

〔二八〕檢：原作「兼」，據林希逸《竹溪鬳齋十一稿續集》卷二三所載此文改。

〔二九〕御筆：原作「除御史」，據林希逸《竹溪鬳齋十一稿續集》卷二三所載此文改。

〔三〇〕「舉其」至「浸廣」：林希逸《竹溪鬳齋十一稿續集》卷二三所載此文作「舉棋之勢未定，當壁之冀浸廣」。

〔三一〕「時」字原在句首，據林希逸《竹溪鬳齋十一稿續集》卷二三所載此文乙。

〔三二〕山：原作「嵩」，據林希逸《竹溪鬳齋十一稿續集》卷二三所載此文改。

〔三三〕用：原作「行」，據林希逸《竹溪鬳齋十一稿續集》卷二三所載此文改。

〔三四〕鎖：原作「諭」，據林希逸《竹溪鬳齋十一稿續集》卷二三所載此文改。

〔三五〕官內：原倒，據林希逸《竹溪鬳齋十一稿續集》卷二三所載此文乙。

〔三六〕重：原作「直」，據林希逸《竹溪鬳齋十一稿續集》卷二三所載此文改。

〔三七〕無情：原作「口情」，據林希逸《竹溪鬳齋十一稿續集》卷二三所載此文補、改。

〔三八〕山：原無，據林希逸《竹溪鬳齋十一稿續集》卷二三所載此文補。

〔三九〕施：原缺，據林希逸《竹溪鬳齋十一稿續集》卷二三所載此文補。

〔四〇〕余時：原作「除時余」，據林希逸《竹溪鬳齋十一稿續集》卷二三所載此文删改。

〔四一〕拜：原作「待」，據林希逸《竹溪鬳齋十一稿續集》卷二三所載此文改。

〔四二〕「及」下原有「遠」字，據林希逸《竹溪鬳齋十一稿續集》卷二三所載此文删。

〔四三〕至：原缺，據林希逸《竹溪鬳齋十一稿續集》卷二三所載此文補。

〔四四〕爵：原缺，據林希逸《竹溪鬳齋十一稿續集》卷二三所載此文補。

〔四五〕茂：原缺，據林希逸《竹溪鬳齋十一稿續集》卷二三所載此文補。

〔四六〕決意：原重此二字，據林希逸《竹溪鬳齋十一稿續集》卷二三所載此文删。

〔四七〕祠請：原倒，據林希逸《竹溪鬳齋十一稿續集》卷二三所載此文乙。

〔四八〕使：原缺，據林希逸《竹溪鬳齋十一稿續集》卷二三所載此文補。

〔四九〕「時」字原無，「江」原作「西」，據林希逸《竹溪鬳齋十一稿續集》卷二三所載此文補、改。

〔五〇〕郢復：原作「即口」，據林希逸《竹溪鬳齋十一稿續集》卷二三所載此文改、補。

〔五一〕己：原無，據林希逸《竹溪鬳齋十一稿續集》卷二三所載此文補。

〔五二〕「讀」下原有「侍」字，據林希逸《竹溪鬳齋十一稿續集》卷二三所載此文删。

〔五三〕糴：原作「糶」，據林希逸《竹溪鬳齋十一稿續集》卷二三所載此文改。

〔五四〕訓：原作「詞」，據林希逸《竹溪鬳齋十一稿續集》卷二三所載此文改。

〔五五〕史：原作「更」，據林希逸《竹溪鬳齋十一稿續集》卷二三所載此文改。

〔五六〕閉：原作「開」，據林希逸《竹溪鬳齋十一稿續集》卷二三所載此文改。

〔五七〕固：原作「因」，據林希逸《竹溪鬳齋十一稿續集》卷二三所載此文改。

〔五八〕國：原作「閣」，據林希逸《竹溪鬳齋十一稿續集》卷二三所載此文改。

〔五九〕以、二：原無，據林希逸《竹溪鬳齋十一稿續集》卷二三所載此文補。

〔六〇〕城：原缺，據林希逸《竹溪鬳齋十一稿續集》卷二三所載此文補。

〔六一〕世：原缺，據林希逸《竹溪鬳齋十一稿續集》卷二三所載此文補。

〔六二〕「稱」下原有「觴」字，據林希逸《竹溪鬳齋十一稿續集》卷二三所載此文删。

〔六三〕初貽：原作「朝贈」，據林希逸《竹溪鬳齋十一稿續集》卷二三所載此文改。

〔六四〕之：原作「序曰」，據林希逸《竹溪鬳齋十一稿續集》卷二三所載此文改。

〔六五〕律詩：原無，據林希逸《竹溪鬳齋十一稿續集》卷二三所載此文補。

〔六六〕時：原作「恃」，據林希逸《竹溪鬳齋十一稿續集》卷二三所載此文改。

〔六七〕齋徐：原缺，據林希逸《竹溪鬳齋十一稿續集》卷二三所載此文補。

〔六八〕狀：原無，據林希逸《竹溪鬳齋十一稿續集》卷二三所載此文補。

後村先生大全集卷之一百九十五

墓誌銘

門人顯文閣直學士朝議大夫洪天錫撰

後村先生劉公諱克莊，字潛夫，莆田人也。莆有二劉先生，著作諱夙，正字諱朔，以言論風節聞天下，憸士畏其鋩鍔，同時名勝俱位下風，號隆乾第一流人。著作生吏部侍郎、贈少師諱彌正，以民庸國功爲嘉定名法從。

公以侍郎爲父，著作爲王父。母方氏、林氏，魯、魏國夫人。幼穎異，出語驚人，書過目輒成誦，爲文未嘗起草。弱冠以詞賦魁胄監，用門功補將仕郎，主靖安簿，録事真州，諸公争欲令出我門下〔一〕。白事維揚，清獻崔公喜曰：「吾晚得二士，子華與君也。」鋭欲羅致〔二〕。李公夢口制置江淮，辟書先上，遂爲昇閫所得。軍書檄筆〔三〕，一時傳誦。會幕府謀進取，公持論不合，自請嶽祠。桂閫以準遣足其考。時《南嶽藁》、《油幕牋奏》初出，家有其書。葉公正則評公詩，許以大將旗鼓；趙公履常稱公散語與水心不相上下。侍郎定謚朱子曰文，天下稱當。忠簡傅公聞議狀出公手，寄聲願交，諸老多折輩行。方是時，公自視長吉、牧之，未知夢得、義山何如耳。既改秩宰建陽，益鏟崛奇，就平實。文忠真公里居，公以師事，講學問政，一變至道，崇風教，表儒先，如古循吏。補賑糴倉五千斛〔四〕，真公記之，陳公膚仲爲賦「于蔿于」。去來四十年，父老迎送如一日。聞公訃，有越境來哭者，桐鄉民也。

通判潮州，羣憸組織詩案，牽連及公，主管仙都祠。起倅廬陵，未赴。端平改紀，召赴堂審。真公帥閩，以機幕辟，除將作監簿，兼參議官，府事一委重焉。真公以版書召，公奉魏國還里，乞解隨司，有旨以匠簿造朝，進宗正簿。真公薨於位，公乞朝假會葬，不許。除樞密院編修官，兼權侍右郎官。時鄭、喬並相，上意浸移，公輪對言：「服天下莫若公，今失之私〔五〕；鎮天下莫若重，今失之輕。陛下受命於天，柄臣掠功於己。因私天位，遂德柄臣；因德柄臣，遂疎同氣。楊、謝貴胄，聯翩華途；沂、榮魚軒，融洩廣内。南陽近親，侵奪貧細，郡國不敢問；北司貴臣，憑恃恩寵，風憲不敢劾。非私與？大臣憂讒畏譏，有狼跋之嗟；厭事避權，動魚羹之興。依違肺腑之間，道有所屈；浮沉官寺之際，志不得行。以匹夫横議而變政，以走卒偶語而易令，非輕與？」又曰：「孝宗之於秀邸，待本生之法也；宣仁之於高氏，待外家之法也；高宗之於張去爲、劉婕好，待奄嬖之法也。趙普諫幽燕之役，寇準決澶淵之策，重臣處邊事之法也；韓琦之逐任守忠，陳俊卿之去曾覿，大臣處近習之法也。」《貼黄》言：「霅川之事出於迫脅，向者止議其罪，不原其情。近者雖復其爵，未雪其枉。陛下何不下尺紙之詔，曰『故王有東海王彊、寧王憲之志，不幸遭變，朕於同氣友愛素隆，前日繳駁論列之人，宜伏江充、蘇文之誅』。德音辨誣則四海之心悦矣〔六〕，厚禮改葬則九原之憾釋矣。」次言：「柄臣濁亂天下久矣，暨元春、知孝反易綱常〔七〕、變亂邪正而元氣壞〔八〕，國、損、善湘裂棄險要、削薄本根而弱勢成〔九〕。柄臣與其徒攫取陛下之富貴而去，獨留大敝極壞之朝綱、已開難合之邊釁、驕冗不可簡稽之兵、窮極不可變通之楮、陷溺不可挽回之風俗以遺陛下。陛下不幸而當之，諸賢不量力而就之，遂使陛下疑君子之無效，意小人之有才。獨不思宣靖之禍，蔡京爲之也。虜騎長驅，京已竄責，乃自言有禦狄之策。猶幸當時不惑其言，使京復用，則國亡久矣。此陛下商監也。」疏出，物論浩然歸重，文靖魏公、清獻游公相與擊節。王公去非讀而歎曰：「不意二劉之後，有此佳作。」知公不專以文名也。時有錫第表郎之傳，吳舍人泳忌公軋己，遂以其弟昌裔疎罷，主玉局觀。知漳州，改宜春。到郡僅數月，御史蔣峴首倡邪説，劾公及忠惠方公、實之王公，皆言故王者，人以三賢同傳爲榮。

文清李公相，辟提舉廣東常平，陞漕。公寬荷箬，嚴筐苞，節漕計，市牛千頭助邊屯；捐例卷置田二百畝，賙南官之不幸者。召赴行在，御史金淵誣公自擬清望，寢召命。明年，除侍右郎官，又以濮斗南疏寢。范、杜同相，起江東提刑。劾貪守，籍黠胥〔一〇〕，補信州預借一年。獄案千紙，一閱盡得其情，號才吏者自以爲不及。除將作監，范内忌公，進華文閣因任。

游公獨相，以太府少卿召。入對三劄，其一曰：「嵩之以借助滅殘金爲戰，以厚幣奉傸盞爲和，以清野蹙國爲守，實未嘗戰，實未嘗和，實不能守，而自負和戰守之功，迭執和戰守之權。若非天去其疾，它日必貽宗社之憂。」又言：「陛下實有退小人之功，而虚受思小人之謗。今廟謨睽異，邪黨揶揄，洛蜀分朋而摯逐〔一一〕，韓曾争柄而京相，臣實未知所終。」次言：「陛下待羣臣至厚，記善忘過，收採不遺，其間尚有迹遠而孤、昔壯今老，願收之於霜降水涸之餘。」蓋指前言故王同傳者。三言使事，以恤貧民、處流民爲最急。《貼黄》以母老乞歸養。上曰：「知卿文名，有史學。」即頒錫第之命，兼任脩纂。公未退，宸翰已至：「劉某可特賜同進士出身，除秘書少監，令與尤焴同任史事。」尋兼崇政殿説書。公累辭，不許。轉對言：「國本未建，中外寒心。獻議者曰宜早定，沮議者曰宜少待，陛下嘗求其情乎？建威立順，黄門常侍之謀也；埋璧於庭，以羣公子卜，巴姬之意也；誘曰人主家事，李勣、林甫之言也。國家大事而與左右邪諂之人謀之，鮮不爲所摇者。宜倣嘉祐、紹興故事，別其名稱，自姪爲子，以繫人望。」上爲感動。嵩之既免喪，御筆守本官職致仕。公奏嵩之有無父之罪四，無君之罪七。前朝宰臣沈該落大觀文致仕，葉顒守本官奉祠。嵩之忠孝有虧，乞寢罷職名，只守永國公致仕。且援綦崇禮草秦檜罷制，乞坐下罪名，著之訓詞，以昭國法。上遣中使宣諭，公執愈堅，又與給舍同上繳奏，且力丐祠，竟奪嵩之除職之命。殿中御史章琰猶以奏審咎公，改直寶文閣知漳州，辭。

鄭相再當國，陞龍圖閣，除宗正少卿，辭。改秘閣修撰、福建提刑。建臺甫及一月，丁魏國憂。禫制未終，除秘書監。服闋造朝，兼太常少卿、直學士院。對疏首言：「端平之失在於施行鋭，周防疎，除擢驟。然端平之政或可改也，端平之心不可改也。今之議君相者，或以戚畹，或以掖庭，或以賓客，或以子弟，道路皆曰君相厭之，臣以爲不然。惟聖主可以責難，惟賢相可以責備。」《貼黄》以建儲爲請〔一二〕。退見丞相，乞起復潘凱、吴燧以獎直言，大咈相意。進故事，言本朝名相惟杜衍能却内降。「衍在相位三閲月耳。小臣能以去就爲輕〔一三〕，雖大事可論；大臣能以去就爲輕，雖内降可却。」相愈不樂。又言：「京尹征利已甚。漢筭緡錢，下逮末作；唐爲宫市，害及樵夫。麟趾之澤息，蠆尾之謗興。」與篙訴於上。公六上祠請，再乞挂冠，皆不允。遷起居舍人，兼侍講。

嵩之經營復出，事有萌芽，公直前言：「陛下曩語羣臣，以爲其人決不復用，天地祖宗實聞斯言。今都人訛傳，曰落致仕矣，建督府矣，又曰嵩之以御槧示人矣，又曰陛下戒其勿脩怨矣。臣知陛下萬無此事，設或有之，此誤不少。彼以埒國之富，震主之威，繆飾不情之恭順，陰懷非常之忿毒，外豈可以付之寸鐵，内豈可以假之寸權乎？」又言：「趙範欲圖唐鄧，唐鄧不可得而棗陽先失，安、隨、郢、復、均、房之境皆爲坵墟。趙彦呐欲圖秦、鞏，秦、鞏不可得而劍關不守，五十四城盡成塗炭。外重而無以御，内輕而無以守。」上皆優答。察官鄭發觀望論公，疏不付外。除右文殿修撰知建寧府，兼副漕。鄭憤前疏不行，再論寢公新命。復職提舉明道宫。

景定庚申，魏公入相，公方拜疏引年，除秘書監，又除起居郎，兼中書舍人。面對言：「國以危懼存，以佚樂亡，臣願陛下毋忘胡馬飲江時，大臣毋忘入峽時，毋忘漢陽舟中與白鹿磯時。」因言：「永樂失而趙卨、吕公著之言見思，澶淵歸而陳彭年、王欽若之諛獲售。寇準能贊親征而不能不傳會天書，王旦能致太平而不能諫東封、西祀。」次言：「贓吏可懲，奚問名勝？」玉音勞問：

「卿愛君憂國，至老不衰，所以欲得相見。」除權兵部侍郎，兼中書舍人，兼直學士院，又兼史館同修撰。前一日，中使傳宣，索公近作，公録辛亥以後詩賦、記序、題跋、詩話二十六卷以進。翌日，宸翰賜公曰：「卿風姿沉邃，天韻崇巃。今觀所進近作，賦典麗而詩清新[一四]，記腴贍而序簡古，片言隻字，據經按史，謂非有裨緝熙顧問，可乎？先儒有言，『學富醇儒雅，辭華哲匠能』，非卿不足以語此。」真儒臣希闊之遇也。

俄除兵部侍郎，兼職仍舊。踰年，權工部尚書，兼侍讀。厲文翁移金陵，李桂臺察，公皆奏寢其命。史巖之、李曾伯密圖起廢，公言罪大罰輕。丁大全貶死，公乞斥其奥主内詞者，指巨璫也。身兼兩制，詞頭填委，而論事不休。淫雨有疏，大水有疏，拯饑有疏，捐御莊以助和糴、覈冗牒以恤死事各有疏，又有五管見焉。每奏動數千言，懇切至到，異乎以文字發身者。屢乞納禄，御筆：「覽卿來奏，求退甚勇。詞垣經幄，方資文儒，輸情甚真[一五]，難奪雅志。」特除寶章閣學士知建寧府，賜玉柄寶箑，御製五言詩書其上，侑以金幣香茗，異禮也。師相賦詩贈行，從官飲別道山堂，分御製詩韻以送，人比之二疏。歸里之明年，遂致其事，進焕章閣學士。今上即位之四年，慨念先朝遺老，特陞龍圖閣學士，仍舊致仕。結裹全人，君相實賜之也。公前後四立朝，惟景定及二年，端平一年有半，餘僅數月。游相最篤舊，不能久其留；鄭相最憐才，竟不合而去。退之所謂謗與名隨，公殆似之。

初，鄭相在端平號能收拾善類。淳祐再相，有患失心，遂厭人言。公去國久，猶以端平望之，不知者曰：「君子亦黨乎？」二豸相之仇也，〔宗〕〔京〕尹相之私也，祁公居位三月，相所諱聞也，公陰諷顯規，連拄盛怒〔一六〕，豈阿其所好哉！「無人細考《後尊堯》」，此公自詠，皆實語也。彼才名相軋者方攬一世虛譽，公獨恃九重爲知己，炫才者忌之，媒名者爭之，的其不理於口也固宜〔一七〕。水心有言，「結知流俗者多得譽，結知人主者易見毁」，何獨公哉！蓋棺事定，毁與譽俱泯矣，而寢郎一疏、掖垣累奏，至今讀之，足以增倫紀之重，折姦雄之萌，凛凛猶有生氣也。

公早負盛名，晚掌書命，每一制下，人人傳寫，號真舍人。穆陵尤重公文，凡大詔令必曰「非劉某不可」。達官顯人欲銘先世勳德，必託公文以傳。江湖士友爲四六及五七言，往往祖後村氏。於是前、後、續、新四集二百卷流布海内，巋然爲一代宗工。文豈能自傳哉，要必有爲之本者。過江號大家數無慮六七公，求其文章、氣節、上壽、全名，指不多屈，惟周文忠、楊文節與公而三，皆納禄於顯融、乞身於彊健。公晚不幸目眚，已在告老數年之後，賢於漏盡不休、拖紳方請遠矣。

咸淳五年正月二十九日，以疾薨於里第。前數夕，有大星隕公寢後，斯文所關不偶然也。年八十有三，階正議大夫，爵莆田縣開國伯，食邑九百户。娶石塘林氏，嘉定清白吏直寶章閣瑑之女，婦德女儀爲九族式，先公殁四十二年，贈淑人。子男三人：强甫，朝奉郎、三省架閣、添差通判福州；明甫，奉議郎、通判邵武軍；山甫，承奉郎、監福州嶺口鹽倉。女一人，適故通直郎、知惠安縣陳琰。孫男八人：沂，修職郎、閩縣主簿；渙、洙，將以京選澤奏〔一八〕；汶、履、瀵、錦、絢，尚幼。女五人，其二嫁承奉郎、監嶺口鹽倉方廣翁，修職郎、浦城主簿方公權，餘未笄。

穆陵嘗賜宸奎四大字，公以「後村」扁所居之堂，以「樗庵」扁徐潭精舍。其年十二月十九日，諸孤奉柩葬於徐潭之原，公自卜也。遺奏上，君相嗟悼，贈銀青光禄大夫。賜謚將頒，强甫以書來曰：「先公易名，子所請也，銘不可以他屬。」天錫衰病荒落，何敢辱我先生！昔皇甫湜銘昌黎之墓曰：「死能令我躬不隨世磨滅者惟子。」噫，斯言過矣，退之豈以皇甫湜不磨滅耶！今諸老凋零〔一九〕，及門之士尚不少，竟使湜以銘公也夫！烏乎！銘曰：

北亭三世雲錦機，有虹連卷飲墨池。吐爲金鳳尤瑰奇，清朝有道蹌來儀。玉堂之盛青瑣扉，被服寶璐佩明璣。五色繅繪重瞳衣，直爲骨幹忠肝脾。世所賞好推琚詞，穆陵在天公騎箕。巫陽下招我西悲，帝成玉樓屬筆誰。天上不獨人間希，千年有人誰待之。豈無過者酌芳菲，下馬來讀墓陵碑。

〔一〕欲令：原無，據翁校本補。
〔二〕鋭：原作「説」，據翁校本改。
〔三〕橄：原作「徼」，據翁校本改。
〔四〕糶：原作「糴」，據翁校本改。
〔五〕今：原作「合」，據翁校本改。
〔六〕音：原作「立」，據翁校本改。

〔七〕暨元：原作「塈」，據本集卷五一《輪對劄子二》改、補。

〔八〕亂：原無，據本集卷五一《輪對劄子二》補。

〔九〕「國」下原有「脉」字，「湘」原作「相」，據本集卷五一《輪對劄子二》删、改。

〔一〇〕點：原作「點」，據翁校本改。

〔一一〕摯：原作「勢」，據翁校本改。

〔一二〕爲請：原無，據翁校本補。

〔一三〕爲輕：原無，據翁校本補。

〔一四〕清：原無，據翁校本補。

〔一五〕輸：原作「輔」，據翁校本改。

〔一六〕拄：原作「挂」，據翁校本改。

〔一七〕的：原無，據翁校本補。

〔一八〕以：原缺，據翁校本補。

〔一九〕今：原作「令」，據翁校本改。

後村先生大全集卷之一百九十六

謚議

顯文閣直學士朝議大夫提舉江州太平興國宫洪天錫爲先師龍圖閣學士工部尚書贈銀青光禄大夫臣劉克莊請謚奏狀〔一〕

臣竊惟登斯文之籙者，代不數人；結明主之知者，世不多見。故武帝讀相如之賦，恨不同時；明皇聞太白之名，召對甚寵。然而生不過文園之散秩，殁僅存供奉之虚稱。以能文之臣，值好文之主，豈不難甚〔二〕！況乎九牧知名，九重知己。生前殊常之眷，既幸邀於先皇；身後節惠之榮，不無望於嗣聖。蓋援易名之曠典，非專墻屏之私恩。敢瀝愚衷，冒塵淵聽。伏惟臣先師龍圖閣學士、工部尚書、贈銀青光禄大夫劉克莊，學問淵源之邃，詞章體裁之工，大册高文，直推作手，片言隻字，皆足名家。先皇錫之殊科，寘之近職，非但潤色討論之善，益推論思獻納之忠。寢郎一疏，白故王之心；詞垣幾奏，數姦相之罪。益孚時望，允協衆心。奎畫之所稱揚，玉音之所宣索，品之以沉邃崇貌、醇雅詞華之目，加之以典麗清新、腴贍簡古之評。迨丐歸而不可留也，又寵以金幣，華以詩章〔三〕。□□□□，尤香晚節。皇帝陛下特□□□□□□□□於暮年，遽永違於昭代。臣□□□□□□□□遺一之嗟，敢替在三之誼！寧退老西河而遂掩其學，豈從游汾曲而不稱其師。況某歷事三朝，視□□□，若稽著令，蓋應易名。輒昧萬死，繳前史臣林希逸所撰《行狀》一帙，用黄羅複匣投進。欲望聖慈下□□臺，訂以美謚，於以重聖世旌儒之典，於以彰先帝知人之明，發既往之幽潛，垂將來之勸獎。須至□□聞者。三省同奉聖旨，送禮寺議謚。

〔一〕興：原作「典」，據翁校本改。
〔二〕難：原作「歎」，據翁校本改。
〔三〕章：原作「草」，據翁校本改。

奉議郎太常博士夏□錫初謚議

揚子雲曰：言，心聲也。不得於心有言焉者，否也。蓋心者言之本根，言者心之枝葉。玉佩瓊琚，必有瓏璁之聲；金鐘大鏞，必有鏗鍧之韻。吉者寡，躁者多，疑者誕，誣者游。文詞得失，率此心爲之。故龍圖閣學士、工部尚書、贈銀青光禄大夫劉公某生有穎質，蚤負盛名，以二劉諸孫

之淵源，承西山、水心二先生之啓發，孰不以爲邃學問、工詞章也！然公雅好吟咏，□□□□

曰：一念纔萌帝已臨，豈容纖芥自□□□□□□□矣。□高文大冊成一家。下缺。

後村先生詩文拾零卷之一

詩

春暮

此春眼不到湖山，過了春光只等閑。願有東君相管領，時吹飛絮入簾看。舊題宋劉克莊《分門纂類唐宋時賢千家詩選》卷一。

春暮

一畝青苔半落英，蜂忙蝶懶互卿卿。燕泥乾後兒初落，魚尾輕時子偏成。閒拂午窗驚野馬，夢遊天竺聽華鯨。舍南有柳纖纖在，不奈雙蟬占取鳴。同上。

初冬

晴窗蚤覺愛朝曦，竹外秋聲漸作威。命僕安排新暖閣，呼童熨貼舊寒衣。葉浮嫩綠酒初熟，橙切香黃蟹正肥〔一〕。蓉菊滿園皆可羡〔二〕，賞心從此莫相違。同上卷二。

〔一〕香黃：原倒，據謝枋得《千家詩》卷二所載乙。

〔二〕羡：原作「意」，據謝枋得《千家詩》卷二所載改。

春寒

趁得清明幾日閑，不禁連雨作春寒。小窗對客開新煮，爇罷沈香看牡丹。同上卷五。

乍晴

天更商量雨，人都領略晴。晚山青妥貼，野水白縱横。鷺立沙頭影，蜂喧樹底聲。笋輿扶病出，邂逅亦詩成。同上。

晝

散懷輕病骨，汲古活心源。日炙桐陰晚，烟蒸豆穗繁。密紅雙鷺迹，深綠一鷗喧。未晝聊舒偃，茶香起小烟。同上卷六。

晴晝

風來窗戶涼如洗，雨過園林綠正肥。卯酒覺來清晝永，雙雙時有燕雛歸。同上。

桂花

生得粟來大，妝成蠟樣黄。落金遮蟻穴，釀蜜滿蜂房。朋下高低影，風前遠近香。夜深清到骨，幽夢繞胡床。同上卷一〇。

柳

靜是無憀動是狂，秋蟬兩兩抱斜陽。不知才思能多少，瘦得腰肢似沈郎。同上卷一一。

種柳

少少旗亭夾道邊，小橋終日水潺湲。垂楊種後方二尺，稠悵成陰是幾年。同上。

雪

衰桐無葉報蕭颸，臥聽窗聲作許愁。檠暗冷光侵硯几，瓦疏飛片落香篝。病思結客遊梁苑，狂愛提軍入蔡州。也欲訪梅湖畔去，黃塵滿袖欲盟鷗。同上卷一三。

江行

曉發霜寒甚，添衣過石橋。蟹工蹲水怪，漁婦飾山魈。海舶多停岸，人家盡面潮。平生村野熟，欲此老耕樵。同上卷一五。

寺

若不來高蓋，真成負此生。入門山便別，近寺路差平。鳳去吟千載，猿啼時一聲。老僧知客至，松下笑相迎。同上卷一六。

寺

人烟疏處老僧家，石路榕陰噪晚鴉。欲挈龐公妻子去，福巾閣上讀楞伽。同上。

書

兩帖走蛟虬，堂堂腕力遒。太師唐死節，大令晉風流。要續麻姑刻，那容扇嫗求。教兒勤護惜，恐被六丁偷。同上卷一七。

硯 二首

莫問新坑與舊坑，只消片石了平生。豬肝何貴死顏絕，鴝鴿休誇活眼睛。凡物呵來皆有水，從人研去豈無聲。鼠鬚繭紙山陰帖，不說端溪字更精。

一片紫琳腴，新巖少得如。試教呵水出，恐是補天餘。穿塚宜隨我，連城莫賣渠。草玄臨帖外，莫寫子公書。同上。

笛

誰家吹笛畫樓中，斷續聲隨斷續風。響遏行雲横碧落，清和冷月到簾櫳。興來三弄有桓子，賦就一篇懷馬融。曲罷不知人在否，餘音嘹喨尚飄空。同上卷一八。

鵬

背負青霄翅若雲，圖南志氣早朝伸。關山不隔朝翔路，直嚮天衢去問津。同上卷一九。

鶴

衣縞裳玄欠頂丹，斜陽來此立相看。莫誇生子高巢上，必竟青山去較安。同上。

鶯梭〔一〕

擲柳遷喬大有情，交交時作弄機聲。洛陽三月春如錦，多少功夫織得成。同上。

〔一〕梭：原無，據清管庭芳《宋詩鈔補·後村集補》補。

雁陣

出塞行行如出戰，銜蘆寂寂類銜枚。平沙夜宿排形勢，誰爲王師破得來。同上。

子規

一聲聲勸人歸去，啼血江南幾樹花。我被微官拘束在，汝緣何事不歸家。同上。

蝶

東皇頒節下天階，那得香魂入夢來。十道風光都采訪，相逢只欠驛邊梅。同上卷二〇。

蜂

蜜口喧春好信通，爲花評品嫁東風。香鬚黏得飛英去，疑是纏頭利市紅。同上。

李術士善醫卜

西漢君平莫是渠，蕭然閉肆或旬餘。青囊系肘藏仙訣，黑子如毛錄讖書。屢倩揲蓍爻每驗，近聞咒棗病皆除。閑時更取離騷看，怕有靈均猶卜居。同上卷二一。

道　士

丫髻唐衣八尺長，試看風骨已昂藏。丹成屢詑飛昇去，客至多稱吐納忙。近習星文兼賣卜，每尋洞穴不賫糧。或云曾與陳摶遇，擬問先生乞睡方。同上卷二二。

朝天即事

午夜傳呼學士誰，鶯啼月墮萬年枝。那知飯顆山頭雪，李杜相逢斷晚炊。同上後集卷一。

壽漕使

元氣鍾爲一代英，佛生時日是公生。未容丈馬霑霖雨，且向全閩現福星。判筆有花皆可錄，諫書無草肯求名。人間何物堪爲壽，遙指天臺萬仞青。同上卷四。

壽建寧葉守 二首

紫袋深藏綠匣踈，縣庭渾未識追胥。可憐謬令猶癡絕，日望寬租緩賦書。

平生人笑作吟癡，頗辱諸公說項斯。今日將何爲尹壽，一無版帳二無詩。同上卷五。

壽葉倅 武子 二首

雨後溪山絕點塵，萬家燈火祝司辰。異哉爍石流金際，見此光風霽月人。當日忠言裨府主，三家陰德在州民。議朗博士猶多闕，只恐催歸詔墨新。

過江人物萃樵川，往往龍翔與鳳蹯。在昔大庭推賈誼，至今太學說何蕃。但看半刺來侯國，絕勝三書守相門。尚有平生經濟藴，不應袖手便忘言。同上。

東阿王紀夢行

月青露紫翠衾白，相思一夜貫地脈。帝遣纖阿控綠鸞，崑崙低小海如席。曲房小幄雙杏坡，玉甈吐麝熏錦窠。軟香蕙雨裙衩濕，紫雲三尺生紅靴。金蟾吞漏不入咽，柔情一點薔薇血。海山重結千年期，碧桃小核生孫枝，陳王此恨屏山知。宋魏慶之《詩人玉屑》卷一九。

齊人少翁招魂歌

夜月抱秋衾，支枕玉鸞小。艷骨泣紅蕪，茂陵三十老。臥聞秦王女兒吹鳳簫，淚入星河翻鵲橋。素娥剗襪跨玉兔，回望桂宮一點霧。紛紅小蝶沒柳煙，白茅老仙方瞳圓。尋愁不見入香髓，露花點衣碧成水。同上。

趙昭儀春浴行

花奴一雙鬟垂耳，緑繩夜汲露桃蘂。青桂寒烟濕不飛，玉龍呵暖紅薇水。翠靴踏雲雲帖妥，燕釵微卸香絲鬌。小蓮夾擁真天人，紅梅犯雪欹一朵。鸞錦屏風畫水月，鵁鶄抱頸啑蘭葉。劉郎散盡金餅歸，笑引香綃護癡蝶。同上。

蓼　花

分紅間白汀洲晚，拜雨揖風江漢秋。看渠耐得清霜去，却恐蘆花先白頭。宋陳景沂《全芳備祖》前集卷一四。

壽建寧太守　二首

珥貂不愛愛憑熊，似喜閩山入眼濃。燕寢香潰公事簡，圍腰金重宦情慵。頗聞昭代洵黄髮，未許先期訪赤松。十萬人家同祝頌，衮衣從此入登庸。

官府升平戟衛嚴，退衙惟與客清談。寬和却笑閩溪急，苦硬翻嫌建茗甘。南國只今歌召伯，漢庭早晚相曹參。情知金鼎催調燮，驛路梅開雪意酣。宋劉應李《新編事文類聚翰墨大全》丁集卷一。又見《詩淵》第六冊第四五六三頁。

慶建州葉守 八首

不比群花取次開，晚香高節匹寒旃。分明帶得清癯相，故傍層冰積雪來。
新貴紛紛競着鞭，明公於此獨恬然。未曾批敕中書考，先判天官二十年。
鬢猶點漆面桃紅，乾道淳熙輩行空。不是修身存養力，自緣方寸與天通。
久立紅雲一朵邊，合於仙裏珥貂蟬。偶然夢到人間世，猶擁旌旗管洞天。
曾遊楚澤詠江蘺，亦向閩山品荔枝。猶幸早春茶未試，故應先取建州麾。
處處鷄豚競賽冬，皆言太守致年豐。老農記得莊生說，姑射仙人恐是公。
貴人列屋貯傾城，公獨齋居徹骨清。七袠高年高上品，夜窗相伴一寒檠。
袖中凝香未必非，建人惟恐我公歸。安知世有孤寒士，側聽黄麻侍衮衣。宋劉應李《新編事文類聚翰墨大全》。又見《詩淵》第六冊第四五六三頁。

金陵作

高牙拂雲車帶雨，清曉西州氣成霧。玉麟堂上少文書，白鷺亭前多杖屨。古來此地一都會，城郭樓臺盡非故。落日曚曨江北山，斷煙髣髴新亭路。神州豈但夷甫責，西風更有元規污。是中端的得長城，正自不能堪短簿。戲馬頻從九日遊，南樓許共諸君住。眼前突兀坡老碑，醉裏吟哦謫仙句。只今蕙帳怨猿鶴，想見齊盟憶鷗鷺。淮南四月蠶麥熟，宮闕山河煩臥護。了知此意誠能馴，未許尋公遂初賦。宋馬光祖《景定建康志》卷三七。

梅　花

木落山空獨占春，十分清瘦轉精神。雪疎雪密花添伴，溪淺溪深樹寫真。三弄笛聲風過耳，一枝筇影月隨身。吟罷欲斷相逢處，恐是孤山隱逸人。元刻《新編事文類聚啟劄雲錦》甲癸集。

梅

喚作孤來又不孤，道他臘後幾曾臘。直須揀個詩人比，慶曆郎官字聖俞。元于濟等《精選唐宋千家聯珠詩格》卷一。

燕

一年一度客天涯，春社來來秋社歸。自是畫堂棲止穩，不知何事憶烏衣。同上卷九。

壽黄丞母

千梃瑯玗遶畫牆，安輿奉母學潘郎。星躔絢綵明南極，萱佔先春秀北堂。雲帔緩拖蒼玉帶，藍袍穩捧紫霞裳。阿戎從此登臺省，上國榮封姓字香。元佚名《新編通用啓劄截江網》卷五。

跋宣和殿畫鵲

莫看宣和鵲，孤臣淚滴綃。筆精毫髪到，地禁羽毛嬌。蟲網丹青剝，胡沙鹵簿遙。不知上林雁，偷信報前朝。元韋居安《梅磵詩話》卷中。

六言三首

表賀赤烏白免，韋布披襟巨題。定價堪提鰲嶺，逢辰不讓龍溪。

錦機組織尤巧，紙田收穫甚微。即今東閣藏起，多時掃閣載歸。

南塘登極數表，平園冊后尾聯。已矣諸老絕筆，勉哉吾子着鞭。《永樂大典》卷八九六。

至人六言

幽子多棲白雲，至人或混紅塵。有時鼻涕擇菜，有時丫髻負薪。同上卷三〇〇五。

玉蕊花

竹院過僧話，山門掃地迎。英雄猶有迹，般若太無情。玉蕊春陰密，琅玕晚暑清。半生來往屢，也合送人行。同上卷一一〇七七。

題莒口鋪詩

終朝行半驛，時有數家居。店少聞灘壯，程遥見堠疏。山歌農設醴，野飯僕烹蔬。禽鳥先棲宿，勞生恨不如。《永樂大典》卷一四五七六引《中興江湖集》。

將進酒

君不見聖賢有高趣，寓酒全其真。歷覽千載間，自謂羲皇人。衣懸鶉，甑生塵，富貴於我如浮雲。緩歌沈飲迷要津，不顧理亂終隱淪。又不見遊俠驕青春，使酒如有神。默笑章句儒，規規一何淳。五陵暮三秦，燕姬趙女充下陳。銀笙翠管長夜新，一醉千日猶逡巡。將進酒，古來得失皆等倫。何不餔糟與啜醨，澤畔悠悠空獨醒。影印《詩淵》第一册第一三七頁。

謝范參政月華丹二首

夜噏清華望玉輪，起奈殊覺費精神。何人圓得方諸聚，粒粒丹砂有結璘。
赤龍不撓玉池肥，安得金丹下守齊。潤濕不勝凡骨重，先生空自費刀圭。同上第一七六頁。

藥師寺懷洪上人

門外溪光冷似冰，虚堂聊許野人登。夜潮商過聽嗚櫓，落日漁歸看曬罾。兀坐苔龕黄面老，自苦牛屋白頭僧。無因約取東林遠，共蔭松風話葛籐。同上第二五八頁。

答俗客

白雲一片是閑身，點《易》抄詩尚苦辛。不管客稱狂處士，何曾天有懵仙人。試吟楚些招山鬼，静對丹經養谷神。世賤文章無用處，欲騎奎昴去朝真。同上第二册第九一二頁。

芳　樹

美人對奇樹，攀條翫芳色。不忍花葉稀，看成綠蔭積。愁來思華年，夢去尋春跡。天涯人不歸，淚濕煙草碧。同上第一一四二頁。

和人筇竹杖用韻

朝掛一壺酒，出門無路尋。躡雲扶凍滑，涉瀨探溪深。卓翠苔穿地，敲紅菓落林。野翁唯自愛，節節重兼金。同上第一三九六頁。

臨　平

西出臨平市，春殘思渺然。青梅低古道，白水過平田。斷岸斜簃網，回塘逆上船。舊溪歸未得，搔首釣魚天。同上第三冊第一九六三頁。

長安道

錯繡長安地，豪華綺陌通。秦山扶北闕，渭水遶離宮。瑞氣花邊合，香塵日下紅。遙思逐年少，走馬夢春風。同上第一九九五頁。

有圃

幽居通有圃，未覺遠囂塵。步月移笻杖，看雲墮葛巾。籬踈遙認客，草密半妨人。流俗從教笑，五生只任真。同上第二〇五九頁。

秋晚四明道中

認得還家路，浮沙近鐵場。新霜溪樹赤，落日海山黃。地僻行人少，天寒過鳥忙。未知何處宿，漁火隔滄浪。同上第二二一二頁。

一出兩年秋復見菊花

閑門秋氣深，翳翳寒光微。細履山邊園，西風昔年時。自鋤三徑荒，幽叢發新枝。黃花霑淚痕，紫蕀驚霜威。仙經説長生，未等百草萎。採之不盈掬，詎救年齡衰。三嗅泛名酒，日暮醉即歸。同上第四册第二五一一頁。

西鄰杏花開相招作五字

花徑少行蹤，愁深復懶慵。雨餘山改色，雲近水多容。夢思茶銷薄，詩情酒助濃。西鄰杏梢發，故約晚相從。同上第二五二六頁。

尋　梅

一樹散清影，孤芳誰與鄰。香苞明綴雪，冷艶暗藏春。細履斜陽路，支頤遠水瀕。折來霜鬢老，禁得翠眉顰。同上第二五三〇頁。

僧求菖蒲

數寸玲瓏石，相依沙水痕。筆山來近影，香鼎借餘溫。碧瘦三稜葉，清堅九節根。紅塵紛不到，瀟灑在空門。同上第二五八七頁。

泥滑滑

泥滑滑，雨蕭蕭，馬躅躅，車遙遙。雲深失遠樹，沙軟暗回潮。同上第二六九七頁。

老馬

曾同漠飛將，萬里逐天驕。水草思燕地，冰霜憶渭橋。肉枯金勒縱，齒鈍鐵銜銷。未許歸閑櫪，猶隨柳氏朝。同上第二七二一頁。

君馬黃

穆蒲乘渠黃，侵尋八荒境。王母稱瑤池，造父躡雲影。殊方異中原，萬里試一騁。願君垂衣裳，歸馬風塵靜。同上第二七八七頁。

雉子班

芳郊春婉娩，角角雊嬌雉。冠緌炫朱丹，羽毛輝錦綺。陳倉霸已空，如臯笑徒美。誠不如黃鵠，高飛日千里。同上第二七九二頁。

紫騮馬

紫騮驕且嘶，少年赴戎機。不惜千金資，爲治雙玉羈。趁趕赤汗落，蹴踏黃塵飛。十年絕大幕，一日遠王畿。但喜辭風埃，同生復同歸。同上第二七九六頁。

風雨聞子規

濯樹千山雨，飛雲萬壑風。子規啼盡血，腸斷客愁空。同上第二八一三頁。

馴鼠

寓棲荒不營，浩然樂吾真。堂堂舍中鼠，日亦向我馴。當食環几案，假寐緣枕巾。狼藉飫困粟，不識夜與晨。嚇逐豈不能，縱貸成因循。玩死不自疑，迹與捕繫親。在我雖爾容，寧不有後人。申侯楚遺寵，董賢漢倖臣。當時溺君恩，自恃無擬倫。一朝失故主，二子俱滅身。前恩養後禍，獨愛生衆嗔。由來小不忍，適足賊大仁。茲言欲有贈，隨和非所珍。同上第二八四七頁。

幽居

曉角猶驚夢，嚴城路幾何。柳邊春意早，江上夜寒多。野叟閑相問，村醪醉自歌，濠梁看魚樂，白髮映清波。同上第三〇二二頁。

惟揚客舍

久作揚州客，愁來未易禁。頗知邊地事，愈動故園心。花譜猶堪續，橋名不可尋。卻疑張祜輩，泉下有新吟。同上第五冊第三〇九八頁。

山居苦

山居永日閉荊扉，一兩應人到亦稀。無事緩拖笻竹杖，有時倒著薜蘿衣。偎林少避山狸過，採藥閑衝野雉飛。未厭置身濱寂寞，幾人終老此心違。同上第三一四五頁。

友人郊居

歲晚農事畢，白田人境閑。寒潮通廢堰，夜火入空山。雀啄屋簷下，牛眼籬落間。主人新酒熟，倦客不知還。同上第三一五八頁。

早涼軒

酷暑未云度，微涼先已過。竹邊風勢緊，池上雨痕多。遶岸看蘋藻，移舟入芰荷。如何軒上客，未肯著漁簑。同上第三二二九頁。

半竹軒

誰種軒前竹，扶疏只半欄。放教明月過，贏得遠山看。每到閑時節，長來問歲寒。清風應更足，不啻兩三竿。同上第三二六九頁。

間猿亭

亭名認是晦翁書，老屋荒碑尚起予。翁去不來林斫盡，野猿移入別山居。同上第三二七五頁。

西　軒

退食逍遙放吏回，庭松午影覆蒼苔。涼瓶取水青絲濕，單袖含風白紵裁。門巷無塵朝不掃，軒窗有月夜常開。林間好鳥應相識，惟有幽人日日來。同上第三四二一頁。

築室西溪二首

築室依樵路，居然遠世紛。花藏深澗雨，人渡隔溪雲。客禮從疏懶，兒曹斷見聞。隨時觀物化，草木自欣欣。

松菊開三徑，茅茨在一方。何如浣花里，想像輞川莊。日薄山容冷，秋深樹色黄。窺園踈步履，搔首讀書牀。同上第三四三五頁。

用韻和伯原謝公權仲逢過訪園居

和來日日負清懽，跬步思君欲往難。園菊已經重九節，井梧初度一番寒。勝遊每羡高軒過，好句虛教俗眼看。衰老不堪供唱和，詩腸雖在幾摧殘。同上第三四九八頁。

閑居三首

永晝悠悠祇浪馳，日斜搔首更何之。團蒲矮几潤書冊，爲睡爲醒漫不知。

月暗星繁窗戶明，夕風回煖厭霜晴。林間槁葉乘時節，遶屋蕭騷作雪聲。

烏雀相讙旭日和，隔窗飛影掠簷過。貧家那得都無事，敗絮蒙頭奈懶何。同上第三五一四頁。

寄懶軒

一室從僧借，踈慵得穩棲。晝眠山鳥喚，春醉野花迷。何羡客爲謝，自應人姓嵇。怪來歸去晚，只住斷橋西。同上第三六〇一頁。

七言絕句

插花漸少樽前友，拱木頻添郭外墳。風月無窮余後死，安知天不付斯文。同上第六冊第三九五二頁。

集句

歎息人間萬事非，擬將身世老鋤犁。平生能著幾量屐，長日唯銷一局棋。花發鳥啼俱有思，得錢沽酒更無疑。人閑地僻經過少，獨立蒼茫自詠詩。同上第三九五六頁。

古悠悠行

少擕鬼谷子，禹洞探神訣。歸來讀兵書，大笑《陰符》拙。命乖術仍迂，變服爲魯儒。諸生起綿蕞，老我翻蠹魚。咸陽十日雪，秦王眇金闕。步出上東門，暮天如墨刷。同上第四〇一二頁。

上之回

遠出回中道，寒山玉輦通。關雲連野色，宫樹起秋風。旗影清塵外，車聲流水中。省方非宴樂，直爲服羌戎。同上第四〇八五頁。

讀書二首

讀書憐夜爽，危坐對虛簷。月晃初欺燭，風清欲過簾。悲秋無血淚，涉世有霜髯。心共古人友，古人應見嫌。

師友今零落，遺編獨自開。無人明古籀，舉世讀秦灰。聖已乘桴去，儒曾發塚來。教兒《論語》外，不用太高才。同上第四一八四頁。

讀唐史

宮錦鋪池輦路香〔一〕，禁中無事獵千場。幹林年少今華髮〔二〕，謫去忠州集藥方。同上第四二〇一頁。

〔一〕池：似當作「地」。

〔二〕幹：似當作「翰」。

黄陵廟

楚國多奇山，江行問遺俗。峭壁俱刺天，巔崖自生木。夷陵異夢昔所聞，我曾謁之山川神。煙雨蒼蒼三峽路，四十年間五來去。一生肝膽猶炯然，只有顔色非其故。青巒黄影白巖嶂，霜月曉晴雲氣上。峽山欲盡不盡時，十二小峰還入望。過灘猶如竹節稠，前頭平善可無愁。君恩未報復回首，石馬祠前還艤舟。明沈寬弘治《夷陵州縣志》卷六。

送吴沂郎中赴闕

萬里青雲發軔初，漢廷元老幾吹嘘。身爲天下無雙士，手校人間未見書。宣室受釐思賈誼，甘泉視草要相如。郎曹不是留公處，拭目金鑾有詔除。明范鎬嘉靖《寧國縣志》卷一〇。

句

不是朱三能跋扈，只緣鄭五欠經綸。宋羅大經《鶴林玉露》卷四引《中興江湖集》。

長短句

水調歌頭　和西外判宗湖樓韻

君看郭西景，渾不減孤山。飛樓突兀百尺，輪奐侈前觀。絕唱新詞寡和，墮淚舊碑無恙，往事付驚瀾。不見遼鶴返，惟對水鷗閒。　又何必，珠翠盛，管弦歡。唾壺塵尾瀟灑，領客上高寒。丞相功存宗廟，祭酒義兼家國，世事尚相關。風月寓意耳，莫作晉人看。《後村別調》。又見《花菴詞選》續集卷七。

賀新郎　瓊花

辜負東風約。憶曾將、淮南草木，筆端籠絡。后土祠中明月夜，忽有瑤姬跨鶴。迥不比、水仙低弱。天上人間惟一本，倒千鍾、瓊露花前酌。瓊露，丹陽酒名。追往事，怎忘却。　移根應費仙家藥。漫回頭、關山信斷，堡城笳作。問訊而今平安否，莫遣玉簫驚落。但畫卷、依稀描著。往年崔帥畫軸見賜。白髮愧無渡江曲，與君家、子敬相酬酢。新舊恨，兩交錯。《全芳備祖》前集卷五瓊花門。又見《御定佩文齋廣群芳譜》卷三七。

滿江紅　壽湯侍郎

曉色朦朧，佳色在、黄堂深處。記當日、霓旌飛下，鸞翔鳳翥。蘭省舊遊隆注簡，竹符新剖寬憂顧。有江南、千里好溪山，留君住。　牙板唱，花裀舞。雲液滑，霞觴舉。顧朱顔緣鬢，年年如許。見説相門須出相，何時再築沙堤路。看便飛、丹詔日邊來，朝天去。

水調歌頭　壽胡詳定

風露洗玉宇，星斗燦銀潢。雲間笙鶴來下，人世變淒涼。九轉金丹成後，一朵紅雲深處，玉立侍虚皇。却笑跨奪子，草草夢黄粱。　君記否，齊桓□，魯靈光。中原公案未了，直下欠人當。試問玉門關外，何似金鑾殿上，此段及平章。富貴倘來耳，萬代姓名香。以上二首見《截江網》卷四。

乳燕飛　壽幹官（按調此首乃念奴嬌）

風流八十，是人間妝點，孩兒眉額。再著三星添上面，又是一般奇特。且置零頭，舉將成數，算起君須識。從今十倍，恰當彭祖八百。更把百倍添來，莊椿身世，又十頭添撇。況邁非熊年紀在，管取方來勳業。子既生孫，孫還又子，堆幾牀牙笏。瑤池會宴，飽看幾度桃實。

水龍吟　壽趙癯齋

昔人風調誰高，二疏盛日還鄉里。公卿祖道，百城圍盡，爭傳佳事。聞自垂車日，都門外、送車凡幾。今世無工，盡置之勿道，焜煌處、獨青史。佳甚東陽山水。是昔時、釣遊某地。風流脫似，洛中耆老，一人而已。好爲霞觴釂，正庭階、綵衣榮侍。便明朝有詔，啟門解說，值先生醉。以上二首見《截江網》卷五。

後村先生詩文拾零卷之二

外　制

承議郎諸軍計院充江州分司檢閲文字成公策爲拘榷茶課及數特授太府寺主簿依舊任制

事非才不集，而有才者或過用其才，朕甚患之。爾宰邑監郡有治辦聲，使之治賦，未嘗施繆巧、事操切，而歲計之有餘，庶乎善用其才者。簿正外府，以旌爾能，毋廢前功，對越新渥。可。

《永樂大典》卷一三五〇六。

李伯玉除淮西運判兼沿江制置司參謀官制

朕前以尚書郎召汝，向用矣，而閫臣有謀議之辟，宰臣有將輸之擬。以緩急難易言之，則邊籌急，漕務緩，錢穀甲兵難，簿書期會易。然則輟省户而建計臺，駕軺車而秉檄筆，木牛之餉不乏興，玉麟之書無遺算，在此行矣。今正路宏開，羣賢畢集，獨倫魁勝流，久淹外服，爾雖無連茹之心，朕寧免積薪之愧！行且歌《四牡》之詩，以勞使臣之來矣。可。《永樂大典》卷一三五〇七。

表

賀天基節

祝堯觀華，甲辰式衍於萬齡；自周至豐，乙未肇迎於六日。虹流紀慶，鰲忭均歡。恭惟皇帝徽柔懿恭，發强剛毅。新三十一年之政，符世祖之清明；受千八百國之朝，彰武王之繼述。誕彌厥月，長發其祥。臣輓粟罔功，采荼非據。不俟駕固將朝也，尚留西海之濱；能歸美以報上焉，竊謂南山之雅。《翰苑新書》後集上卷二〇。

賀冬至

昴星正冬，式敬堯時之授；辛日書至，允符魯觀之占。凡居有截之區，均效無疆之祝。中賀。恭惟皇帝陛下剛健中正，濬哲文明。受六年五服之朝，惟新厥德；對七日一陽之復，長發其祥。

嘉與函生，同躋壽域。臣濫分菟竹，越在蠶叢。嶰谷地寒，詎望葭莩之動；夜郎溪暖，惟知葵藿之傾。《翰苑新書》後集上卷二〇。

謝除學士

䁥相如之草，既趨侍於鰲扉；讀倚相之書，復進陪於虎觀。寵光特異，慙懼交深。伏念臣猥以觚生，奮於下士。少而掌制，曾莫施潤色之功；老矣談經，冀有補緝熙之學。人或譏其迂闊，上獨察其樸忠。迹似牧之，方一麾於江海；才非應氏，乃三入於承明。當九重新政化之初，而兩制極文章之選，鴻筆固資於摛掞，鯁言尤賴於論思。歷攷名臣，具存故實。陸贄於詔書之外，每上奏篇；歐修雖帖子之微，不忘規諫。臣何爲者，心竊慕之。兹蓋伏遇皇帝陛下湯德又新，堯文有焕。震雷劃地，蟄蟲各動於真機；杲日中天，螢爝奚施於末照。顧容孤士，濫長禁林。臣敢不圖報隆知，勉殫薄技。念官爲學士，豈無時政之可言；倘號曰私人，則匪微臣之素志。《翰苑新書》後集上卷二四。

淮東倉到任

偏郡剖符，蔑著守邊之績；公朝出節，就叨司庫之除。問官吏以兢心，讀訓辭而感涕。伏念臣單平一介，坎壈數奇，承先世清白之傳，慕古人忠孝之節。務爲軟熟，既恐負於初心；稍自激昂，乃見非於流俗。積有風波之摇蕩，每蒙天日之照知。甘屏伏於一丘，偶推遷於三郡。雖書生乘障，無可喜之功名；然聖世和戎，亦粗嚴於疆場。俟竟金湯之役，即尋香火之緣。忽拜誤恩，驟將隆指。維淮左熬波之利，軍國所資；自海陵竭澤以來，公私皆病。姑仍舊貫，則無奮起之漸；少有新意，則涉更張之嫌。凌雜米鹽，尚恐秋毫之難析；馳驅原隰，更虞風力之弗强。深哉簡拔之恩，凛若曠瘝之懼。伏遇皇帝陛下鼎新百度，甄别羣工。察臣當官而行，不知强禦之可畏；謂臣在外之久，庶幾險阻之備嘗。頃焉服奔走之勞，或者究阜通之策。遂由支壘，俾涖外臺。臣敢不祇對龍光，勉殫駑鈍。雖素無心計，可洞識於源流；惟不爲身謀，庶少裨於涓露。《翰苑新書》後集上卷二五。

除將作監直華文閣謝表

山川秀出，太極生於兩儀；雲漢昭回，垂光飾於萬物。次對有列，非賢不居。如臣者少而才疏，老以疾去。逢聖明之求舊，亟號召以拔淹。顧以有采薪之憂，遂違不俟駕之禮。逃刑已幸，即拜更優。久歸守東岡之陂，扁舟載月；忽夢入西清之序，榮光屬天。兹蓋伏遇皇帝陛下聖孝通神，仁厚詡物。念吾父有所愛之犬，而況於人；謂微臣如遺野之蛇，未旌其隱。曾是元正之朝士，得見會昌之新春。告厥臣工，昭其德意。臣敢不吉蠲若厲，顯相必齋？仰瞻圭璧之芒寒，俯嚴香火之尊奉。弱水三萬，恍親銀闕之雲；大椿八千，祝爲黄屋之壽。臣無任感天荷聖激切屏營之至。

《古今事文類聚》遺集卷二。

書　判

争山妄指界至

俞行父、傅三七争山之訟，昨已定奪，而行父使弟定國妄以摽撥界至爲詞，套合保司，意欲妄亂是非。當職欲將俞行父重斷，有祖主簿者來相見，自稱是俞行父、定國表親，以行父兄弟爲直，以傅三七爲曲。當職尋常聽訟，未嘗輒徇己見，惟是之從，尚恐祖主簿所言有理，遂委縣尉定驗。及縣尉親至地頭，祖主簿欲以私干縣尉，縣尉不敢納謁。祖主簿不勝其忿，將緊切鄰人藏匿，公然用祖主簿條印封閉鄰人門户，不容官司追喚。既而縣尉見得俞行父所買山，去傅三七所買田，凡隔一塹，二山二處，判然不相干涉。祖主簿、俞行父、定國自知理曲，不伏官司定奪，輒用不潔，將傅三七新墳澆潑作踐。小民買地葬親，與行父、定國兄弟無相侵犯。始則假作保司朱記，假作究實，變白爲黑，改東爲西；中則買覓保司，共爲欺罔；終則挾寄居以求必勝。且祖主簿姓祖，而干預姓俞、姓傅人之訟，無乃不干己乎？至於封閉鄰人門户，將不潔潑人墳墓，此豈賢大夫之所宜爲？建陽乃名教禮義之邦，諸老先生遠矣，不可見矣，游郎中家居縣後，無一事到縣，無一事囑時官；朱侍郎貴爲從槖，每書常切切然恐幹僕騙擾村民。祖主簿輩行不高於朱、游，名位不貴於郎從，遽有使豪恃氣、武斷鄉曲之意，良由縣令人微望輕，不能主張百姓，使村民被寄居屈壓，空自愧顏而已。俞行父祖父將仕用錢三百貫，買劉德成田三坵、山十二段，委屬可疑。大凡置田，必憑上手干照。劉德成形狀有如乞丐，所賣田三坵、山十二段，乃是憑大保長憑由作上手干照，不足憑據。今亦未暇論此，但傅三七所買劉八四山，與俞行父山全無干涉，先給還傅三七管業安葬。行父、定國恃豪富壓小民，挾寄居抗官府，各勘杖一百，拘契入案，追劉德成對上手來歷，幹人責戒厲狀。《名公書判清明集》卷五。

母在與兄弟有分

交易田宅，自有正條。母在則合令其母爲契首，兄弟未分析則合令兄弟同共成契，未有母在堂，兄弟五人俱存，而一人自可典田者。魏峻母李氏尚存，有兄魏岘、魏峽、弟魏嶠，若欲典賣田宅，合從其母立契，兄弟五人同時着押可也。魏峻不肖飲博，要得錢物使用，遂將衆分田業，就丘汝礪處典錢。豪民不仁，知有兼并，而不知有條令，公然與之交易。危文謨爲牙，實同謀助成其事。有詞到官，丘汝礪、危文謨不循理法，却妄稱是魏峻承分物業，不知欲置其母兄於何地？又稱是魏峻來丘汝礪家交易，危文謨賫契往李氏家着押，只據所供，便是李氏不曾自去交易分明。魏峻雖是未曾出官，其事自可定斷。照違法交易條，錢没官，業還主，契且附案，候催追魏峻監錢足日毁抹。丘汝礪、危文謨犯在赦前，自合免罪，但危文謨妄詞抵執，欺罔官司，敗壞人家不肖子弟，不容不懲，勘杖六十，仍舊召保。如魏峻監錢不足，照條監牙保人均備。張五十契内無名，併丘汝礪放。《名公書判清明集》卷九。

妻以夫家貧而仳離

夫有出妻之理，妻無棄夫之條。丘教授未第之前，以女弟適黄桂，既生五女矣。一旦丘教授偶中高科，門户改變，黄桂不善營運，家道凋零，丘教授遽奪女弟，令寫離書。嗟乎！丘教授壽禄不永，萬里客死，豈非此等事有以累其陰騭歟？惜乎當時有司觀望顔情，莫有以義理勸諭丘教授者，前任知縣不得不任其責矣。雖然，匹夫不可奪志，黄桂若真有伉儷之誼，臂可斷，而離書不可寫。今觀手寫離書，却翻悔於七年之後，亦已疏矣。黄桂不曾犯義絶，既奪其妻，又并其所生女子奪歸丘氏家，天下豈有無父之國哉？丘貢士宜鑑乃兄覆轍，做些好事，以助前程。如黄桂者夫婦可以復合，宜以丘氏還之。昔人教詔其女云：無以貧故，事人不謹。丘教授讀書雖多，此二語所未講也。如夫婦不可復合，亦既憫念黄桂貧乏，資助錢物，使之别娶。所生長女元納劉縣尉聘財，未審是何人交受，元承監兩下評議定。兩日。《名公書判清明集》卷九。

女家已回定帖而翻悔

謝迪雖不肯招認定親帖子，但引上全行書鋪辨驗，見得上件帖子係謝迪男必洪親筆書寫，謝迪初詞亦云勉寫回帖。今乃併與回帖隱諱不認，是何胸中擾擾，前後不相照應如此。在法：許嫁女，已投婚書及有私約而輒悔者，杖六十；更許他人者，杖一百；已成者徒一年，女追歸前夫。定親帖子雖非婚書，豈非私約乎？律文又云：雖無許婚之書，但受聘財亦是。注云：聘財無多少之限。然則受縑一疋，豈非聘財乎？況定帖之内，開載奩匣數目，明言謝氏女子與劉教授宅宣教議親，詳悉明白，又非其他草帖之比。官司未欲以文法相繩，仰謝迪父子更自推詳法意，從長較議，不可待官司以杜後惠文從事，悔之無及。兩争人並押下評議，來日呈。

再判：字蹤不可得而掩，尚謂之假帖，可乎？婚男嫁女，非小事也，何不詳審於議親之初？既回定帖，却行翻悔，合與不合成婚，由法不由知縣。更自推詳元判，從長較議元承，併勸劉穎母子，既已興訟，縱使成婚，有何面目相見，只宜兩下對定而已。今晚更無定論，不免追人寄收。

再判：和對之事，豈無鄉曲親戚可以調護，知縣非和對公事之人，照已判監索縑帖，一日呈。

再判：定帖分明，條法分明，更不從長評議，又不賫出縑帖，必要訊荆下獄而後已，何也？再今晚。

再判：公事到官，有理與法，形勢何預焉？謝迪廣求書劄，又托人來干懇，謂之倚恃形勢亦可。既回定帖與人，又自翻悔，若據條法，止得還親，再今晚别有施行。

再判：在法，諸背先約，與他人爲婚，追歸前夫。已嫁尚追，況未嫁乎？劉穎若無絶意，謝迪只得踐盟，不然，争訟未有已也。仰更詳法制，兩下從長對定，申。

再判：照放，各給事由。《名公書判清明集》卷九。

定奪争婚

吳重五家貧，妻死之時，偶不在家，同姓人吳千乙兄弟與之折合，併挈其幼女以往。吳重五歸來，亦幸其女之有所歸，置而不問。未幾，吳千乙、吳千二將阿吳賣與翁七七爲媳婦，吳重五亦自知之，其事實在嘉定十三年十一月。去年八月，吳重五取其女歸家，至十一月，復嫁與李三九爲妻，致翁七七經府縣有詞。追到吳千二等供對，却稱先來係謀娶得阿吳爲妻，自知同姓不便，改嫁與翁七七之子。同姓爲親，抵冒法禁，離正之可也，豈應改嫁，接受財禮？吳千二將阿吳嫁與翁七七之子，固是違法，然後來已自知情，又曾受過翁七七官會二貫文，豈應復奪而嫁之？合將阿吳責還翁七七之子。但阿吳既嫁李三九，已自懷孕，他時生子，合要歸着，萬一生産之時或有不測，則吳重五、李三九必興詞訟，不惟翁七七之家不得安迹，官司亦多事矣。當廳引上翁七七，喻以此意，亦欣然退聽，不願理取，但乞監還財禮，別行婚娶。阿吳責還李三九交領。吳千一、吳千二、吳重五犯在赦前，且與免斷，引監三名備元受錢、會，交還翁七七。《名公書判清明集》卷九。

已嫁妻欲據前夫屋業

劉有光舉首，趙氏兒宗姬，兩相傾慕，遂成姻對。才貌固未爲非偶，然初七日過聘，初八日成親，似太匆匆。況納采於已呈身之後，交爵於未合巹之前，何異於自獻乎？逐事姑置勿論，第趙氏先嫁魏景宣，景宣既没，趙氏能守《柏舟》共姜之志，則長有魏氏之屋，宜也。今已改嫁劉有光，遂以接脚爲名，鵲巢鳩居，豈能免魏景謨等之詞乎？據劉有光賫出楊奎簡，則執先有招夫入舍之約。魏景謨賫出劉預簡，則有權借本家成親。一是一非，彼此互持。但揆之理法，趙氏前夫有子魏汝楫，且生孫矣，其屋同居魏景謨、魏景烈各有分，支書内明言未分。劉有光非其族類，乃欲據其屋，誠所未安。況嫌隙已開，若復出入其家，飲食男女於其間，不獨面目有靦，亦傍觀所羞，稍有氣節者將望望而去之。

趙氏以其屋爲嫁後自得錢添造。詳魏景謨詞，則慶元四年兄弟三人同起造，趙氏於慶元六年方嫁歸，無緣爲魏氏造屋於未嫁歸之前。所論遺囑，在官司尤爲難信。自有詞以來，但稱姑黄氏遺囑，令景謨等量支錢物，與之招夫及充女榮姐嫁資，即無一語所謂文約。忽於第五狀稱：去冬招夫間，魏景謨令男汝楫立文約，與兒分還遺囑錢物，係景烈收此文約，有姪魏唐佐知見。及唤上各人，累行供對，皆謂無之。然果有文約，趙氏前此畫一供具，深自辨數，當拈爲第一義可也，何至第五狀然後聲説？又當來立約，魏景謨、景烈何不書押，而令其男自書，豈足取信？況一千五百緡之文約，得之當如獲至寶，牢執以爲取償之具，何至仍令魏景烈自收？既果爲收執，先是又無一詞，何耶？且如謂其時忽然病患，面受遺囑，續又稱臥病四年，遺囑有所諱言。死者不可復作，而趙氏之詞自爲異同如此，官司憑何將人根究？

詳趙氏初詞，止稱勸諭二伯少賜周全，今乃紛紛强詞，必欲求勝，作僞日拙，不自知其漏逗。至如論景謨以錢生與兒子汝楫展轉田業、車、碓等，尋復稱基址係姑黄氏未分之業，不得典賣。始自稱趙將領市舶爲夫魏景宣前室所立，尋復論魏景謨詭立趙宗姬等户，買到郭神與等田業，累稱係姑黄氏買到，還氏收管其夫，尋復告論魏景謨買到，冒立宗姬等户。似此尚有之，大抵愈辨而窒，每詰輒窮。昨來官司未欲遽行定奪，諭令對定，亦欲姑全兩家情好耳。而詞説日見支蔓，衹益煩紊。

今據案下筆，惟知有理法耳。咎魏景謨者，寧不曰不能訓誨其姪汝楫，使之遊蕩，而縱令趙氏改適。人家子弟不肖之心生，雖親父尚不能收淑其子，况猶子乎？趙氏之親兄忠翊，去年六月内曾論僕使曹八鼓誘其妹趙氏，將首飾財物二千餘貫，以遊玩爲名，出外恣無忌憚，動經歲月。縣案具存可覆。則趙氏先已不能安其室，魏氏能勿許其改適乎？魏景宣非無子孫，且其屋係同居親共分，法不應召接脚夫。劉貢士正當以遠者大者自期，若小小取舍不能勇决，轉爲告訐，徒敗心術，豈不深可惜耶？趙氏改嫁，於義已絶，不能更占前夫屋業，合歸劉貢士家，事姑與夫，乃合情法。

魏景宣房下一分田産，多爲魏汝楫典賣，榮姐乃在室親女，已撥之田宜與充嫁資。其趙開下市舶將領、宗姬、族姬等户田，魏景謨供係弟景宣前室趙氏置立，雖有違礙，然已年深，景宣與其前妻並亡歿，立户之時，汝楫尚幼，今固難以其罪坐之，關鄉司盡數割歸本户。趙氏不應占魏景宣前妻之業，合還其親男魏汝楫管佃，仍仰尊長魏景烈等糾覺，不得更容典賣。魏汝楫違法娶娼婦，從末減杖八十，離之。索到婚書，係魏汝楫自主婚，尊長並無干預。責汝楫狀入案，日下還家承續，如更留縣郭，與娼婦復合，併追湯賽賽斷。趙氏所論黄氏遺囑及已撥還田産，並無照據，委難施行。但魏榮姐爲魏氏之血屬，宜早嫁遣，仰魏景謨以兄弟爲念，當恤其女，或於堂前財物内議行支撥，量具其嫁資，以慰九原之望。案具所斷因依，照限具申使府外，劉有光經縣告論魏景謨詭户，自係兩事，别呈。《名公書判清明集》卷九。

兄弟論賴物業

在法，已分財産滿三年而訴不平，及滿五年而訴無分違法者，各不得受理。翁曄、翁顯係親兄弟，其父翁宗珏在日，有田五十八種，於淳熙十二年分撥與二子，各得田二十九種。宗珏慶元六年死，翁曄將所得田二十九種盡行典賣，及曾將共段田陪併與弟翁顯，原契見存。翁顯又曾執親鄰，就丁政遠邊贖得翁曄原典田，及作翁團名，典得魏齊箕田。鄉民辛勤，增置些小田業，豈是容易。

翁曄已死，其子翁填覬覦乃叔物業，輒妄入詞，稱是翁顯將在衆錢物置到田産，欲行均分。自淳熙十二年至今，已及三十六、七年，翁顯執贖并置到田業，皆是嘉泰已後，及有是嘉定十一年者〔一〕，豈得是在衆錢物？委是被人教唆，妄生詞訴，且免斷，契給還翁顯，餘人并放。《名公書判清明集》卷一〇。

〔一〕嘉定十一年：「定」原作「泰」，按嘉泰僅有四年，此當是「嘉定」之誤，因改。

兄侵凌其弟

人不幸處兄弟之變，或挾長相凌，或逞强相向，産業分析之不均，財物侵奪之無義，固是不得其平。然而人倫之愛，不可磨滅，若一一如常人究極，至於極盡，則又幾於傷恩矣。丁瑠、丁增係親兄弟，父死之時，其家有産錢六、七貫文。丁瑠不能自立，躭溺村婦，縱情飲博，家道漸廢，逮至兄弟分析，不無偏重之患。既分之後，丁瑠將承分田業典賣罄盡。又垂涎其弟，侵漁不已。丁增有牛二頭，寄養丘州八家，丁瑠則牽去出賣。丁增有禾三百餘貼，頓留東田倉内，丁增則搬歸其家。丁增無如兄何，遂經府、縣，併牽牛搬禾人陳論。追到丁瑠，無以爲辭，却稱牛是衆錢買到，禾係祖母在日生放之物。尋行拖照，丁增買牛自有照據，祖母身死已久，安得有禾留至今日。蓋丁增原係東田居住，因出贅縣坊，内有少租禾安頓東田倉内。丁瑠挾長而凌其弟，逞强而奪其物，而到官尚復巧辨飾非，以蓋其罪。官司不當以法廢恩，不欲盡情根究，引監丁瑠，備牛兩頭，仍量備禾二貼，交還丁增。如更不體官司寬恤之意，恃頑不還，併勒丘州八，仍追搬禾人一併監還。丘州八、阿張押下，衍知寨、楊九、劉二先放。《名公書判清明集》卷一〇。

兄弟争財

「棠棣之華，鄂不韡韡，凡今之人，莫如兄弟」，豈非天倫之至愛，舉天下無越於此乎！徐端之一弟、一兄，皆以儒學發身，可謂白屋起家者之盛事，新安教授乃其季氏也。鴻雁行飛，一日千里，門户寖寖榮盛，徐端此身何患其不温飽，而弟亦何忍坐視其兄而不養乎？塤以倡之，篪以和之，此天機自然之應也。今乃肆作弗靖，視之如仇敵，乘其迓從之來，陵虐之狀，殊駭聽聞。且其家起自寒素，生理至微，鄉曲所共知也。端謂其游從就學之日，用過衆錢一千緡，是時雙親無恙，縱公家有教導之費，父實主之，今乃責償，以此恩愛何在？況徐教授執出伯兄前後家書，具言其家窘束之狀，歷歷如此，徐端雖竄身吏役，惟利之饕，豈得不知同氣之大義，顛冥錯亂，絶滅天理，一至於此乎！前此見於兩府判之詳議者至矣，盡矣，州家恐爲風教之羞，且從僉廳所申，脩以和議。過此以往，或徐端更肆無饜之欲，嚚訟不已，明正典刑，有司之所不容姑息也。《名公書判清明集》卷一〇。

吏姦

夫告妻姦，官司所當施行。但登時不捕，久方有訴，妻已棄離，又復該赦，方且併他事罵詈論訴，官司雖欲盡情追究，不可得也。蔡八三娶阿李爲妻，淫婦不能守節，輒與縣吏葉棠姦通，是誠可罪。據阿李、葉棠供對，其通姦實在去年六月以後。八三所訴，却稱去年十月初七日，因出外回來，親見其妻與葉棠在家行姦，當捉住嘔叫鄰保，被葉棠脱走，不容論訴。若果如此，登時既不親捕，又不告論，乃是蔡八三自失。又稱葉棠因與其妻有姦，恐其兒婦窺覷，遂寫下離書草本，唆使其子蔡保謄寫，離棄兒婦阿張。且離必有深争，不得已而後遺棄，豈有無故被人唆使，輒自離其妻者。追人供對，索出離書參照，蓋因其夫妻不和，遂從仳離，蔡八三與妻阿李，皆知情着押。況其事在去年二月，而葉棠與阿李有姦，却在六月以後，似於前事不相干涉。蔡八三去年閏十二月内經縣告論，官司方行追究，今年二月，又自立離書，將妻阿李遺棄，及别立批約，交領衣服。既離之後，又復經縣經府論訴。官司盡人之詞，索上一行人審究，其情節已自分明。葉棠、阿李不合姦通，合係徒罪，該遇玉寶赦恩，亦合原犯。蔡八三已立離書，將妻遺棄，難以追悔。蔡保離妻阿張，已逾一年，阿張既改嫁徐伯安爲妻，蔡保亦再聘彭彦之女，法難追改。但葉棠身爲公吏，不懼條令，與阿李姦通，雖已該赦，合從杖一百科斷，以爲吏人之戒。阿李牒押回本貫崇安縣交管，不得在外別惹詞訴。阿李所供蔡八三因顧得女使宜奴，遂將阿李僝僽遺棄，免追究。蔡八三原立離書、領約，連粘附案，阿張離書給還。餘人並放。《名公書判清明集》卷一二。

屠牛於廟

國家三歲始殺一牛，餘外別無殺牛之條。使神其有知，其肯歆此祭乎！云云。《名公書判清明集》卷一四。

宰牛者斷罪拆屋

劉棠忝預鄉書，顧以屠殺爲業，每有屠牛之訟，常是掛名檢，又不畏憲綱。在法，曾得解人止免公罪杖，而殺牛乃是私罪徒。又殺牛馬三頭者，雖會赦猶配鄰州。計劉棠平日所殺，何啻累千百頭。罪至徒流，恐又非解元之所能免。本合將劉棠送獄，根勘前後過犯，解府從條施行，屬當盛暑，刑獄使者方且奉詔慮囚，不欲淹延枝蔓。劉棠勘杖一百，牒尉司差人監下都保，將劉棠酒坊肉店日下拆除。《名公書判清明集》卷一四。

後村先生詩文拾零卷之三

啓

代回薛架閣

渙奉新綸，晉司故籍。文書盈於几，愛莫助之；牒訴裝其懷，今知免矣。恭惟某官河東鸑鷟，冀北麒麟，自中雋於文闈，即舒翹於泮泮。鵰梟未集，豺虎已多。車轔轔，馬蕭蕭，君誰與守；印纍纍，綬若若，吾不徒行。宜哉薦揚，有此除寵。佇憲章之明習，即臺閣之飛騰。某甚愧濫巾，猥勤銜袖。居州在宋，真足爲王所之賢；夫子却齊，願更觀儒者之效。《翰苑新書》續集卷六，四庫全書本。

代賀劉寺丞

伏審夙戒麾符，儼臨戟衛。呈琅玕，叫閶闔，正聯星宿之班；羞崑崙，薄蓬萊，自求山水之郡。此名此德，甚盛甚休。恭惟玉甕黄鍾之函和，瑶瑟朱弦之挺直。雖不爲表襮於議論之際，要自有公是非；顧未嘗標置於名氏之間，此所謂真道學。早策勳於翰墨，乃課最於簿書。州縣之職徒勞人，洊出郎官之宰；賢能之舉不待次，尚參計相之賓。凡晉權萬貨之經，與均會百工之給，皆未究其所藴，何厥聞之甚都！龍左角爲天田，肆升華於九扈；驂右騑者刺史，詑自託於一麾。上若曰古君子之儒，時則入漢循吏之傳。以去帝城不遠耳，冀潤九里而及京師；然豈君相之意哉，乃先一州而後天下。聞有迅召，願無疾驅。某自守其迂，見謂之拙。思昔中牟之化，今已在七不堪之中；正復陽城之生，亦付之六太息而已。過不自料，勇爲此來，一用其策之平平，兩書其考之下下。有人民，有社稷，久矣厚顔；爲保障，爲繭絲，凛乎掣肘。公既至止，吾知免夫。披雲霧而觀青天，敢忘賀厦？爲草木而到君地，或可逢春。《翰苑新書》續集卷九。

上福建楊帥

長孺

謀帥大藩，仰止十連之重；效官小邑，眇然一尉之卑。問戍役以凌兢，望威風而震慴。俯羞短贄，仰闖高牙。某官學貫天人，名垂宇宙。秉心諒直，凛乎若朱絲繩；制行方嚴，截然如玉界尺。生六一居士之故里，荷誠齋先生之嫡傳。翰墨風流，單行於世間；文章政事，並有乎家法。入登朝路，未嘗拜金谷之塵[一]；出守輔藩，決不飲苕溪之水。旋繇章貢，易鎮番禺。布陽和於溪峒創殘之餘，扇清風於嶺海炎熱之地。凡所至郡，千鍾之厚禄；迨其歸山，一葉之扁舟。郎署促還，共嘆馮唐之皓首；詔書數下，莫回巢父之掉頭。屬者全閩，難於作牧，既欲寬明主宵旰之慮，未免回執事山林之心。遂乘單車，來建六纛。通都大邑，無奸伏得容其間；百姓三軍，有父師之臨其上。仁如時雨之澤物，威若霜風之摧枯。尊名教以厚民彝，唱文風以起士氣。施之郡國，既令渤海之民安；置之朝廷，可使淮南之謀寢。會看召節，入秉事樞。某齒幼名微，才庸識暗。先人大父，有未復之青氈；志士仁人，頗興哀於葛帔。自嘆類景升之子，誰曾聞蔡充之兒。既莫紹於箕裘，又何辭於箠楚！然而高堂垂白，環堵屢空，非敢爲此身干禄之謀，庶幾效昔人負米之義。隃瞻旌纛，預畏簡書。褁章服而拜上官，行披符采；受約束而詣大府，一聽指呼。《翰苑新書》續集卷一一。

〔一〕拜：原作「辭」，據明刊本改。

上宋總領

峙糧京口，隃瞻郎宿之高；竊廩邊頭，驟出使天之下。前此第勤於恭梓，今焉偶迫於及瓜。敢飭訥詞，僭干嚴分。某官高明而密察，峻整而疏通。家擅雄詞，固已流傳而行世〔一〕；門多陰德，是宜貴顯之有人。自垂髫負秀穎之名，未弱冠陳治安之策。小却而紆黃綬，一鼓而俘緑林。幕辯風生，決滯牘於紅蓮之府；琴鳴晝静，訪斷碑於黃木之灣。人方望闕而來，公又監州而去。亦既老其才業，矧兹磨以歲時。鷺翻來儀，譽出漢廷之右；魚符作牧，政如嚴瀨之清。值朝更圜法之初，而吏奉新書之峻。方膠膠擾擾，價莫售於國中；乃暴暴源源，錢獨流於地上。蓋有功而懋賞〔二〕，豈何自以爲郎。惟六飛駐吳會以來，而萬竈宿徐方之戍。雖酒可飲，兵可用，幾倂西北之精；然戈載戢，弓載櫜，坐竭東南之力。自昔難於膚使，乃今得此通儒，逆知財貨之低昂，洞了簿書之緣絶。蓋心平氣定，常龍見而雷聲；故事至物來，若龜卜而燭照。少待柳營之飽，即趨荷禁之清。某承學無聞，緣恩入仕。頭顱如許，合耕負郭之田園；身世孑然，誓守先人之丘墓。笑覓官之聊爾，使折獄以何堪。戍減兩期，路行萬里，已難追於塞馬，又幾厄於淵魚。飢阻耒陽，酒炙誰存於杜老；行吟楚澤，衣冠略似於屈原。未定心魂，來趨官次，敢恃枌榆之故，趣趨竿牘之恭。所務期會簿書，竊自悲其冗賤；無乃鄰里鄉黨，或少借於聲光。《翰苑新書》續集卷一二。

〔一〕流：原作「統」，據明刊本改。

〔二〕而：原作「之」，據明刊本改。

賀廣西憲得郡除漕

涣發綸音，鼎新軺傳。由霜臺而綰銅虎，方歌襦袴於康樂之城；輟星麾而問木牛，又總舟車於都督之府。熒煌禮樂，傾動衣冠。竊惟聖天子每當饋以念民，必得大虞使中持衡而體國，波平不激，山立莫移，然後能周知田家補瘡剜肉之勤，庶幾不肯爲俗吏剥髓椎肌之事。熟視弄印，誰爲朕行；遐思剖符，莫如公可。宜亟辭於皂蓋，遂加賜之錦袍。凝然惠和，醫此凋瘵。恭惟某官千載風流之人物，一家心學之門庭。團和氣，坐春風，冲襟可掬；懷連城，佩明月，至寶不琱。輝映弟兄之斯文，發施聖賢之所藴。既平反於玉節，盍勸講於金華。而且訪盧肇讀書之臺，凝香森戟；謝韓愈把麾之職，輓粟飛芻。何綽著於外庸，尚小賒於中召。豈洪都素號於襟帶，而潢池方寢於干戈。宿重兵萬竈之分屯，更期净洗；竭民力百年之供億，頗覺煎熬。宜奪二千石郡太守之印章，復領一十州部使者之繡斧。滲漏撙節，豈規規流地之錢；調度通融，非屑屑雨天之粟。即廉平之兩字，底績用之萬全。澄清天下而術不疏，文靖已奇於公素；漕運關中而用常足，酇侯即相於高皇。某愚不似人，戇難徇俗。少年刻志，未甘相如山澤之癯；積憂熏心，無復元龍湖海之氣。彫敝武城之邑，瘡痍單父之民，縱敏手以何爲，況拙材之如許！忽聽福星之移次，喜知明月之安枝。蓋素聞平時愛士之心，可預知今日察吏之意，率然賀語，允也歡悰。使臣之遣，遠而有光，切想閭閭之鼓舞；儒生之病，博而寡要，尚祈厦屋之帡幪。《翰苑新書》續集卷一三。又見《宋四六選》卷一四。

賀諸葛提刑除漕使

妙選名儒，就陞計使。雖三山父老惜郎宿之暫移，然七聚生靈幸福星之未改，統臨所暨，抃蹈惟均。某官氣塞兩間，名高九牧。地負海涵之氣，貫串百家；日光玉潔之文，流傳萬口。科目足以發身，而易退難進；才業足以用世，而深藏若虚。晚遇先皇，寖陪羣彦。登車湖嶠，凜白芷之風馨；回首闕廷，悵蒼梧之雲遠。屬者睿明繼照，耆舊具思，乃從故楚之區，來按全閩之境。聞其風旨則善良吐氣，挹其標致則鄙薄革心。於和氣祥雲之中，有嚴霜烈日之意。兹移使指，就駕漕車，得非煮摘利饒，轉輸權重。上於鹽鐵之論有感，方欲變通；公於王伯之辨素嚴，必知取予。深闢富强之説，痛懲聚斂之人，養基本以厚黎元，捐錐刀以惠商賈。承風問俗，倏明此日之皇華；足國裕民，講貫它時之相業。佇看環召，式輅衮歸。某猥以孤生，試兹劇邑。雖終年勞苦，無赫赫之可書；然一念拊摩，有蒼蒼之在上。日者躬負弩矢，郊迎繡衣，初乏先容，頗垂異顧。方念寒蹤之奚託，所欣春脚之潛回。緊昔教條，謹遵承於下邑；矧今命脉，實操制於上臺。矯首雲天，委身造化，顧慚負山之力，少推煮海之波。企淵明歸去之風，豈勝有愧；處孟博澄清之下，或可無憂。《翰苑新書》續集卷一三。又見《啓雋類函》卷九四、《八代四六全書》卷一〇。

上趙運使

長淮遣使，少迂華省之望郎；支郡束僚，誤及遠方之寒士。嘗牢辭而不獲，祗嚴命以亟行。隃瞻雙節之威，冒致一賤之敬。某官疏通而密察，宏毅而裕和。讀鴻寶之書，見聞洽甚；生麟趾之世，信厚藹然。早講學於河汾，且溯源於伊洛，四海共推於名勝，一門獨擅於弟兄。至今天台赤城之區，視昔河間東平之國。風雲凌厲，孰不期射策之初；歲月逶迤，猶待課鳴絃之最。及上更於聖化，方下覽於德輝，謂陪豹尾之間，乃剖魚符而去。果頒召札，趣澤覲圭。偏履清華，久負丞郎之望；並游英俊，半登供奉之班。屬淮更凋敝之餘，而帝遴澄清之選，亟濡六轡，往建兩臺。修明方固藩籬，凜若邊防之未弛；已空杼軸，蕭然民力之可哀。諒衣繡之光華，首褰帷而廉按。斥堠，賑貸儉荒，内安鴻雁之離居，外使馬牛之被野。周原諏度，顧何憚於載馳；漢殿論思，行有光於三入。某爲儒不力，入仕以恩。少也讀書，亦欲激昂而自見；壯而涉事，方知迂闊之難行。又況憂患之所耗亡，疾疢之所侵蝕，已決買山之策，苦陳誓墓之言。長牓注官，甘守閩中之次；大鈞播物，俾爲塞上之行。了無騎鶴之資，幾有葬魚之厄。罄生涯之漂蕩，環幼稚之啼號。未定驚魂，來趣賤守。自揣拙疏之極，不逃臨察之公。雖安邊境，立功名，固大裨於廟算；而悉聰明，致忠愛，冀少助於平反。《翰苑新書》續集卷一三。

通王運使

皇華望重，極霄漢之尊嚴；墨綬官卑，近風霜而震慴。行矣熟瓜而問戍，悚然席藁以登名。恭惟某官宣慈而惠和，辯智而閎達。昔在元祐，比明道、慶曆之隆；於惟樞臣，爲君實、晦叔之黨。去之千載，猶有生氣；奮乎百世，可興懦夫。至今諫書，具列國史。魯臧孫之後，蓋有聞人；唐鄭公之孫，克有前烈。而況種花者再，剖竹至三，累遷李庭，兩入蘭省，縱未斡旋於魁柄，亦宜扈從於屬車。昨屬公朝，惠顧七閩之樂土；暫煩郎使，出爲一路之福星。無疾聲急呼於户庭，有陰功隱德於田里。威摇山岳而未嘗輕發，明燭毫末而不忍盡施。每竊聞輿人之言，謂深得奉使之體。新天子不世之主，方欲中興；士大夫如公之才，豈容外處！風雲之會，刻漏以須。伏念某見擯名場，嘗遊邊地。慕安期生之畫策，始亦談兵；尚魯仲連之爲人，已而拂袖。因營水菽，聊欲絃歌。俗尚氣而輕生，官恃鹽而爲命。務爲急急，既不便於民間；如付悠悠，又恐虧於公上。凡崇臺之操縱，關下邑之慘舒，非少推煮海之波，安得有負山之力！雖斷無異政，能臻馴雉之祥；當恪守寬條，深戒烹鮮之擾。惓惓之至，縷縷莫殫。《翰苑新書》續集卷一三。

通兩浙運使朱都承

投身吏職，問譜山陰；引領使華，有廬汾曲。室邇獨思於人遠，波及猶冀於君餘。三沐含芳，一牋奏敬。某官以神峰之儁，加朗月之如。科斗字，屋壁藏，獨傳文獻；菟首射，俎豆禮，猶有典型。鄙王福時續《詩》《書》之亡，小邵伯温集《見聞》之録，有功絶學，是似前人。慶元黨禁則卷而懷，嘉定化更則翔而集。將有達者，仰盛德之傳家；其在兹乎，爲斯文而吐氣。而乃舟引而去，輸環於行，幾年不到於鈞天，一節近趨於幾日。方經濟圖維之有賴，何論思獻納之足云。某徒抱浮名，不償實用。少時祖逖，嘗有北清中原之心；中歲羲之，欲爲東遊滄海之計。耕釣有林泉之趣，絃歌爲菽水而行。昔過考亭故居，嘗登武夷精舍，徘徊如至闕里，夢寐想見文公。豈知高山仰止之邦，乃爲有錦使製之地。生芻一束，斷可脩蟆陵之恭；玉海千尋，獨恨阻鯉庭之識。非敢叙大父老人之舊好，盍願聞先生長者之緒言。輒持空函，以代古贄。世情甚薄，誰肯憐瓠葉之交；高誼未寒，尤垂軫練裙之子。《翰苑新書》續集卷一三。

通章提刑

繡衣望重，屹立霜臺；墨綬權輕，謬分雷地。辱在通家之子弟，素欽當世之儒先。問戍云初，登名惟謹。某官氣涵剛大，識造精微。烈日嚴霜，皜皜立身之潔；光風霽月，温温接物之和。究觀平生，卓立高節。舉世由旁蹊而進，惟公遵大路而行。流滯曲臺，豈甘爲野外之葩；栖遲郎舍，不肯詠觀中之桃。自拂衣去乎日邊，而仗節徧乎天下，京畿震悚，湖嶠肅清。平揖權豪，不識漢將軍之貴；奏繩將相，稍鋤唐節度之强。向使謀謨乎廟堂，奚止動摇乎山嶽。然且數臨大府，復使全閩。風生按問之條，春屬平反之筆。至明而養以晦，若寬其實則嚴。君遣使臣，雖曰遠方之蒙福；國無君子，可勝善類之寒心！佇踐禁途，還扶世道。靖念某稍通章句，不切事情。少在兵門，嘗秉陳琳之檄筆；晚臨林下，始爲杜牧之罪言。昨授男封，蓋謀親養，豈意公私掃地，憂積如山，何止赴湯蹈火之危，預起向若望洋之嘆。追惟先世，豈無托子之交；賴有明公，獨任恤孤之責。且絜提其同氣，必容覆於微蹤。雖隱然而有憂，猶恃此以不恐。既爲漢令，敢言弩矢之羞；嘗學孔門，竊慕絃歌之意。《翰苑新書》續集卷一三。

通王提舉

天惠七閩，褰帷而至；地環百里，傷錦是憂。拊冰蹟以自危，凛霜威之難犯。敢陳固陋，以瀆高明。某官經明而行脩，德盛而仁熟。草《玄》之作可方揚雄，尋微之功不減輔嗣。蓋其經緯乎皇帝王霸之學，固已馳騁於學校科舉之時。文獻足以接前脩，策畫足以定大事。把臂入章泉之社，抗禮分水心之庭。奉盤而推，要是吾儕之盟主；持券而取，宜爲天下之美官。奈何稍繇博士議郎，寖遷郡國守相。静觀時事，寧無憂宗周之心；勤撫細民，不見薄淮陽之意。厥今勃興睿聖，並攬英豪，方欲人之作新，故選使而按察。然而以言乎内則脉病已久，以言乎外則尾大可憂。世無排難解紛之才，坐視至此；公有救焚拯溺之志，徐行可乎！天將開平治之期，上必付圖回之柄。詎容遐壤，久借福星！某少不勉旃，今何爲者。横戈出塞，悼往日之狂圖；築室反耕，付此生於定命。迫於養志，遂爾折腰。以粗疏無所用之才，當敗壞不可爲之處。未嘗習事，使治劇以撥煩；不善生財，欲斡無而爲有。按臨之下，汰免則宜。昔嘗拜紫氣於路旁，今仰視皇華於天上，雖車笠之頓異，尚轡銜之小寬。如緇衣兮，不足辱好賢之數；言墨綬者，儻爲霽行部之威。《翰苑新書》續集卷一四。

賀真州洪守

伏審申錫璽書，榮分符竹。迎鑾置郡，舊稱江左之雄藩；當宁選侯，暫屈朝中之名勝。甫先聲之入境，已和氣之滿城。矧肆走趨，敢稽迎候？某官風規高潔，宇量崇深，蹈名義之大閑，襲文章之正印。忠宣仗節，何慙歸漢之蘇卿；文惠秉鈞，不減過江之王導。玉帶樞臣之碩畫，金蓮翰長之雄詞。亶惟明公，克肖先烈。頃陪髦士，鷺振振以于飛；既覽德輝，鳳縹縹而高逝。歛青雲之逸步，尋緑野之舊遊。會在廷渴見於嚴、徐，而中禁嘆無於頗、牧，亟頒一札，趣建兩轓。廟論憂邊，方急防秋之計；家傳許國，寧爲擇地之謀！迺眷吾州，號爲重鎮。雖長江天塹，誇洶湧之波濤；然數處風寒，合綢繆於户牖。諒規模之素定，使精采之一新。澤中之鴻鴈奠居，帳下之貔貅禀令。前旌所指，樂哉皂蓋之行春；左轄久虚，行矣青氈之復舊。某讀書雖苦，涉事至迂。耕汾曲之田，可支饘粥；遮長安之日，誤棄釣竿。本深入於閩中，忽遠移於塞上。倦遊已久，念自放於一丘；泥古不通，了莫諳於三尺。竊承開府，預恐曠官，倘尚寬震慴之威，庶獲舉平反之職。哀矜勿喜，蓋其少小之所聞；深刻寡恩，諒亦君侯之不喜。《翰苑新書》續集卷一五。

上豐真州　有俊

奉幕府之文書，昔嘗依於麾下；主功曹之刀筆，今復入於轂中。何所取材，居然蒙幸。敢飭牋題之陋，僭干棨戟之嚴。某官直氣蟠空，清規照世。單傳名節，實惟元祐之故家；尚友英豪，見謂北方之學者。卓爾門庭之自立，恥於蹊徑之旁通。頃從國老之招，出贊戎昭之重。箭已傳於瓜步，烽遽徹於甘泉。衆議畫江，恐投鞭而飲胡馬；公方乘塞，獨移書以折佛狸。迨息肩載續於舊盟，乃絕口不談於前事。晚繇半刺，往建兩幡。方此憩棠，已盡銷於嚚訟；政惟拔薤，遂見忌於强宗。一簑徑上於漁舟，四壁了無於鶴料。嘆滔滔之皆是，而皦皦之難全。賴朝廷之深知，屬疆埸之有事。誓江慷慨，天知祖逖之精忠；對壘雍容，人伏羊公之雅量。方且外招流附，內拊凋殘，大而經畫於中原，小則蔽遮於吾圉。倘來富貴，諒久付於浮雲；不朽功名，定有光於信史。某頃繇禄仕，早誤賞音。性不通方，動與世人而寡合；衆皆欲殺，獨蒙執事之憐才。初不吏於朱雲，每待延於枚叟。愧酬知之無地，乃抱痛以不天。空使時賢，見誚景升之子；豈無先友，誰憐嵇紹之孤！買山之興甚濃，誓墓之詞良苦。昨聆剖竹，漫意彈冠。第歸閩者累年，無入浙之一字。當趨事赴功之際，自審闊疏；矧操心慮患之餘，頓忘精銳。不圖狂簡，尚挂辟書。廟堂知出於無私，士友或疑其不稱。拊丹心而感慨，常中夕以激昂。懷燕昭市骨之恩，慕豫子漆身之報。然某戴星即路，觸熱泝灘，值漲潦之奔狂，駭風帆之淪覆。已偕十口，下從河伯之居；偶有扁舟，來起湘纍之死。幼稚僅逃於魚葬，衣冠蓋甚於懸鶉。況生涯盡化於波濤，而性命僅存於絲髮，進已資身之無策，退將避事之有嫌。却返敝廬，共卧牛衣之疾；重尋來路，自憐雁影之孤。漫揮衰涕以泣岐，未覺驚魂之守舍。今者既趨京轂，密邇麗譙，度已耗之心思，決不堪於事任，何以舉賤有司之職，得無辱大君子之知！簿書之間，類非所能，恐上煩於程督；箠楚之下，何求不得，竊有意於平反。苟不愧心，是爲報德。《翰苑新書》續集卷一五。

通南劍守游郎中

問縣譜於山陰，方懷憂責；瞻耆英於洛社，喜識典刑。以半生薰炙之心，寓一紙干麾之敬。恭惟某官任重而道遠，源深以流長。以游先生之故家，從朱文公於精舍。方執經講河汾之曲，高弟固多；及逢掖立魯門之東，一儒而已。早著勳名於荆漢，晚陪議論於朝廷。觀其謂謂以昌言，豈不凛凛而可畏。千羊皮不如一狐之腋，百鳥羣忽見孤鳳之鳴。疏傳而竄婢出驚，身去而畫工圖繪〔一〕。著之廊廟，真如太史所云；在彼澗阿，深得考槃之樂。屬逢初政，起牧鄰邦，得喪付之無心，出處莫不有義。過里門而下，慕恬侯之謙恭；露印綬於懷，笑買臣之膚淺。靡待藩條之布，佇聞驛召之來。某潦倒不堪，嶔崎可笑。醉登廣武，嘗妄議於英雄；病卧壺頭，始回思於鄉里。

亦既買山而隱矣，乃如有物以敗之。而況邑介通衢，身居謗府，若之何而施設，可以免於悔尤！如公之賢，舉國所敬，雖不至言游之室，頗思避齊相之堂。法令爲師，敢襲漢儒之卑論？詩書執禮，庶聞夫子之雅言。《翰苑新書》續集卷一三。

〔一〕身：原作「自」，據明刊本改。

通建寧葉西判倅

守相之官，謂之按察；子男之國，責以拊摩。隃瞻半刺之尊，曷贄一箋之敬。某官文配古作，經爲人師。世無仲尼，不在弟子之列；後有揚子，必好《太玄》之書。凡平生學問之所通，多往昔儒先之未發。素行孚而士論定，新義出而紙價高。晚自江湖，來遊學省。羣仙指點，宜順風進蓬萊之舟；丞相挽留，乃拂袖去平津之閣。繫以千駟而不顧，挽之萬牛而莫廻。暫管領於溪山，且平章於風月。然而別駕長史，恐有待於賢才；國子先生，烏可浼以吏事！佇膺號召，入近禁嚴。伏念某見擯儒家，嘗謀邊事。短衣射虎，不願萬户侯之封；精舍讀書，寬作二十年之計。因高堂之有母，求小邑以謀身。近采傳聞，始知敗壞。未嘗讀律，既非几案之才；素不言錢，安得錐刀之智！自量之審，何恃而前？豈無矯强自勉之心，深慮罷軟不勝之譴。雖世無冷鑊，咸嗟作縣之難；倘府有急符，尚賴監州之庇。《翰苑新書》續集卷一六。

通福州鄭府判　守仁

通家累世，素欽月旦之評；作吏一行，密竊星屏之庇。非有善事上官之智，寧無喜見似人之心！問戍云初，登名惟謹。某官清規濟世，峻閥摩穹。學問源流，龍首親傳於衣鉢；風流醖籍，鴻樞近襲於箕裘。自衣綵以遊殊廷，迨縱靶而登榮路。婉婉贊外臺之畫，翩翩題別駕之輿。豈遜矣海沂，驥展復須於詳試；意鼂然閩部，鯉趨嘗記於舊遊。民方深鄭子產之思，公真是房太尉之子。又況昔司族邸，今贊宗藩。流風善政，未久猶存；多士國人，皆有矜式。問訊西湖之柳色，栽培南國之棠陰。惟先世有旂裳之勳，而執事真臺閣之彦。豈容緹軾，久勞州縣之間；會取青氈，重復公侯之始。某學焉不力，仕也以忠。陟岵恩深，悟往日軒裳之夢；循陔養切，嗟暮年菽水之貧。幸通守將謀就於斗升，非自營於尺寸。然尉在百僚之底，顧身無一技之長，偎偎造前，凛凛淑後。雖貌是互鄉之童，無與進者；然生於通德之里，終有賴焉。或有枌榆之契，庶下僚寬箠楚之憂。免於愆，弗忘乎報。《翰苑新書》續集卷一六。

通廣西蕭機宜

瞻蕭傅之門，素欽前輩；佐烏公之府，獲事元僚。屬當問戍之年，敢廢登名之禮？恭惟某官天才高邁，世德深長，禀大參剛介之姿，得文昌渾厚之氣。吐詞奕奕，允兼燕、許之能；落筆駸駸，不減鍾、王之妙。煒然華問，際此明時。盍侍紅雲一朵之邊，乃客梅花萬里之外。然而山川清淑，幕府尊嚴，典刑足以領袖諸賢，嚬笑足以慘舒一道。乃如公子，素馳魏闕之心；將有神仙，共引蓬萊之路。徑登禁橐，襲取家氈。某跡比蓬飄，命過紙薄。枕戈塞上，竟無獲級之功；負耒田間，已作終身之計。不圖帥壼，使奉辟書。以平生懷見賢之心，於此日有事長之幸。吾從先進，方願學於步趨；子所雅言，尚曲垂於警誨。《翰苑新書》續集卷一七。

通福建余運管啓

光奉贊書，來參計幕。陪輶軒而問俗，咸仰元僚；執蒲轂以臨民，叨居屬部。敢贄干麾之敬，冒塵督察之威。某官氣禀清英，品流高勝。勳名事業，紹熙丞相之家孫；文獻典刑，嘉定從臣之猶子。粤自麒麟之墮地，共期鵰鶚之在天。而乃於簡編燈火以究心，視鐘鼎旂裳而若浼。兩臺贊畫，俱爲名公之所知；百里承流，殆以寒士而自處。已書邑最，尚詭民庸。蓋全閩煮摘之利饒，而大漕澄清之權重，有如上介，必揀時髦。方將持大體於言議風旨之間，何至親細務於米鹽錢穀之末。側聞公子，素馳魏闕之心；將有神仙，共引蓬萊之路。某早孤鮮援，漫仕不諧。偶脱選坑，冒當劇邑。終年勤苦，無赫赫之可書；一念撫摩，有蒼蒼之在上。然命脉實關於鹺運，而主盟全藉於帷籌。忻聞名輩之臨，倘篤通家之好。雖無善政，敢希堂上之絃；儻有危機，尚賴幕中之辯。

《翰苑新書》續集卷一七。

與陳運幹

外臺參畫，早策足於高華；支郡詰囚，方失身於冗賤。久願執鞭於平日，何期扳劍於下風。仰濆崇深，俯陳短淺。某官受材卓爾，詣理泓然。發聖經賢傳之微，首爲儒唱；兼墨客騷人之體，早以文名。惟今日之東嘉，比盛時之西洛。有如巨擘，合覲清光，乃掌檄於侯藩，復泛蓮於京國。士猶聚蟻，方擾擾以慕羶；公若高鴻，獨冥冥而避弋。方聖朝之固圉，贊膚使以建臺，何至役精神於簿書，要當壓紛難於樽俎。細旃廣厦，政未横金華之經；古木畫墻，亦合給玉堂之札。斯文有望，夫子何心。某涉世至迂，承家不競。菜羹陋巷，粗安貧者之常；丹竈草堂，雅有終焉之志。因出營於親釜，偶來踏於京塵。既謀鄰境以需瓜，甘學老人之種橘。云何銷印，莫追失馬之還；

及此挐舟，幾有葬魚之阨。親友贊休休之策，上官移急急之符。顧未暇於招魂，又豈諳於析律！尚喜出庇臨之下，庶親承教詔之餘。雖無堂下之言，可裨采擇；設有幕中之辯，竊冀優容。《翰苑新書》續集卷一七。

與李檢法

某官清姿山立，傑作金聲。胸次包涵，馳騁上通乎千載；筆端檃括，機杼自成於一家。既不卑棲枳之官，復去作依蓮之客。久合並飛於東、馬，云何尚伍於鄒、枚。上方右文，公豈左宦。頃側聞於廟論，頗屬意於邊防。謂虞廷司士之官，刑已懲於猾夏；而魯人長勺之戰，獄尤貴於察情。少屈儒英，往參臬事。非止藉賓僚之嘯諾，蓋將助膚使之平反。法三尺安出哉，爲旁參於古義；活千人有封者，行且驗於陰功。首末與《陳運幹啓》同。《翰苑新書》續集卷一七。

與趙判官

塞垣竊粟，眇然天掾之卑；幕府泛蓮，仰止元僚之重。既束裝而至境，敢脩贄以及門。某官文成一家，書破萬卷。昔慶曆之盛，清獻見謂於名臣；由建炎以來，忠簡獨稱於賢相。亶惟望族，早決雋科，宜冀北之掃空，何周南之留滯！側聞當宁，方急備邊。屬者專城，既精求於頗、牧；有如後乘，宜首載於鄒、枚。諒婉婉以贊籌，且颯颯而草檄，少施餘智，立策雋功。賓主登臨，何但勒豐碑於峴首；神仙指點，又將引歸路於蓬萊。某涉世至迂，承家不競。菜羹陋巷，粗安貧者之常；丹竈草堂，雅有終焉之志。因出營於親釜，偶來踏於京塵。既謀鄰境以需瓜，甘學老人之種橘。云何銷印，莫追失馬之還；及此拏舟，幾有葬魚之阨。親友贊休休之策，上官移急急之符。顧未暇於招魂，又豈諳於析律！尚喜出庇臨之下，庶親承教詔之餘。雖無堂下之言，可裨采擇；設有幕中之辯，竊冀優容。《翰苑新書》續集卷一八。

與張察推　澄

幕下柬僚，事權至重；道傍試邑，憂責匪輕。屬當受察之初，輒講通名之禮。恭惟某官天才奇逸，世緒清華。覩玉樹琅玕之標，覺我形穢；挹金莖沆瀣之氣，使人意消。以庾、謝之風流，加曹、劉之才思，夫何恬退，尚此滯留。蓋初潛之地素高，故上介之選亦遴。竊聞公子，素馳魏闕之心；將有神仙，共引蓬萊之路。某功名事左，耕釣趣淵。攀龍附鳳而化侯王，彼皆有命；烹羊炰羔而作伏臘，聊以忘憂。昨忝封男，蓋謀將母，豈謂煎熬已極〔一〕，采藥莫施，不勝臨深履薄之危，預起向若望洋之嘆。惟公談笑，係俗戚休。雖縣譜未詳，恐剸裁之不及；然藩條具在，苟遵守則有餘。《翰苑新書》續集卷一八。

〔一〕豈：原作「直」，據明刊本改。

與鮑知録 埜

府僚體峻，無若都曹；縣令材難，矧居孔道。方席統臨之芘，敢脩詞候之儀。恭惟某官雋聲滿乎東南，奥學得於方寸。吾觀華胄，世出奇才，溶以詩名家，照之文入《選》。至若府君之高致，尤爲前輩之美談。不贏其身，必在吾子。惟其恬退，尚爾滯留。所謂馬曹，難久稽於足下；豈無狗監，能力薦於上前。某潦倒無堪，清狂自喜。運筆颯颯，少從幕府之遊；擊缶烏烏，晚識田家之樂。昨謀將母，妄意封男，豈知來繼於煎熬，深恐上煩於督察。先覺於後覺，寧無警悟之言；吾翁即迺翁，倘念從遊之契。《翰苑新書》續集卷一九。

回沈教授

牛駕出關，久慕周柱史之去；鱣堂開卷，不知漢博士之來。曾執贄之未遑，辱顧廬之甚寵。

恭惟某官今之巨擘，古之髦髦，心鄙雕蟲之文，世守感麟之筆。仲尼既殁，昭垂衮斧於策書；介甫何爲，詆曰斷爛之朝報。絶學傳東周之耆哲，微言接西洛之大儒。誕啓孫枝，相輝奕葉。惟《三傳》東閣上之久，深探遺經；當諸生立館下之初，願聞精論。避席而請，堵墻以觀，必有以新啖陸訓詁之陳言，掃舒弘科舉之陋習，豈惟逢掖共尊明復之書，將見細旃亦讀康侯之傳。某少纔涉獵，晚益惰荒。禁漏宫蓮，往事類優場之散；長鋤短笠，暮年爲老圃之歸。屬逢開絳帳之時，恨不在青衿之列。朋遠來，學時習，良愜素心；我不往，子嗣音，寧忘私淑！《翰苑新書》續集卷一九。

與真州陳教授

詰禁闈扉，愧浮沉於俗吏；横經泮水，喜親炙於勝流。行矣摳衣，斐然通贄。某官禔身肅括，造理精微。讀九丘八索之書，學尤博古；黜諸子百家之説，意在尊經。早頡頏多士之邦，復遭值右文之世。借使玉堂之小却，亦當金馬之斜飛。曾謂冷官，尚淹先達。政惟俎豆，乃軍旅之宜聞；設有甲兵，以仁義而可撻。諒講明之不輟，致鄙暴之自銷。稍變鞠蔬，復令采藻。士有所式，先生何恨於氈寒；道之將行，夫子豈容於席煖。某承家不競，涉世至迂。耕汾上之田，可支饘粥；遮長安之日，誤棄釣竿。妻孥當豐歲而啼飢，士友問何官而觸熱。預薰心於丹筆，徒矯首於絳帷。賦王粲之《從軍》，雖無才思；過子雲而問字，幸有師資。《翰苑新書》續集卷一九。

後村先生詩文拾零卷之四

啓

回永福知縣

受河陽之書幣，甚矣懷慚；聞武城之絃歌，凛然起敬。相望數舍，敬削一牋。恭惟某官氣蓋羣公，眼空餘子。談笑自方於管樂，縱横暗合於孫吳。大學諸生，咸服摛文之敏；集英進士，共推對策之高。早決勝於文場，久宣勞於戎幕。當敵運衰微之際，乃人才奮發之秋。豈有時髦，屑親民事！候雙鳧於巖邑，未免淹翔；收八駿於天閑，佇看騰踏。某頃辭閫屬，自乞祠宫。嗟菽水之屢空，迫弓旌而復出。赧顔至此，清議謂何！吾嘗同僚，既託金蘭之契；子明告我，願聞藥石之規。《翰苑新書》續集卷二〇。

回建陽黄縣丞

俶戒行裝，榮趨華次。理紅藥碧苔之詠，宜屬雅才；爲老槐鉅竹而來，足知高致。方將聯事，敢後脩詞？恭惟某官爽氣橫秋，貴名揭日。文盟素定，布韋敢不心降；賦草一傳，場屋爲之紙貴。既擢太常之第，盍爲文館之遊。然猶作吏一行，爲丞再轉，在君子所養者可謂厚矣，任人物之責者能無愧乎？給札而賦上林，會有關於薦口；草書而招贊普，行入掌於詞頭。某猥以散才，領此劇處。方有曠官之懼，忻聞贊府之來。闕政必規君之惠，非所敢望也；署名惟謹丞之設，豈端使然哉！《翰苑新書》續集卷二一。

回包仙尉 志崇

題名杏苑，昔忝年家；問戍花村，今聯王事。方締無窮之好，敢修不腆之辭。恭惟某官胄緒清華，品流高勝。螢窗雪几，有寒士之素風；麈尾唾壺，無貴游之豪態。惟今人物，莫盛永嘉。有宗工巨儒唱天下之文章，有故家遺俗接中朝之聞見。況如吾子，克肖乃翁，宜掇髭而拾青氈，尚頫首而紆黄綬。萑蒲迹掃，桑梓陰成。田里無虞，宛若太平之官府；雲霄有路，寧爲下界之神仙。

某以蕞爾材，當壯哉邑。明所以燭情僞，頗覺瞀昏；敏所以集事功，顧慙迂緩。不待服勤於官守，預知傳笑於吏民。側聞少府之賢，矧有通家之契。君子不黨，寧翕翕以徇人；同官爲寮，尚諄諄而告我。《翰苑新書》續集卷二一。

回趙仙尉

俶戒行裝，滎趨華次。風流公子，肯爲隱吏而來；老鈍長官，喜得賢僚之助。敢馳短贄，以候前驅。某官世德深長，天才奇逸。生麟趾之世，信厚藹然；讀鴻寶之書，見聞洽甚。顧貴名之方起，何常調之小淹！然而邑素浩繁，路居衝要，桴鼓之聲雖息，帶刀之俗自如，必藉精明，始能填壓。灞陵呵獵，諒難浼於英才；清廟圭璋，行入儀於華貫。某方憐寡助，竊喜同寅。念時事方殷，未遂淵明之歸去；儻公餘多暇，願從東野之裴回。《翰苑新書》續集卷二一。

回薛監庫

別阿蒙於吳下，尚記風標；憶李白於江東，至形夢想。每逢交舊，必問夫君。忽聞馬首之來，不知屐齒之折。恭惟某官心期磊磈，氣宇英華。所學山高而海深，其文天清而水止。有是美質，生於名家。自常州爲多士之宗，至端明任天下之重。文獻之盛，淵源所漸，討論古今，參訂師友。涵養之到，語不雕刻而工；體驗之精，事皆迎刃而解。吾黨寶之如拱璧，諸公挽之於青雲。曷韜其光，乃隱於酒？意者覽別都之形勝，因而攷六代之廢興，登山臨水以抒其文辭，枕麯藉糟以寄其豪放。然而時尚多故，義難旁觀，人物眇然，公等安在？何來之暮，實獲我心。某本自倦遊，漫來應辟，懇切空長於憂慮，暗疏每闊於事情。急書交馳，舊學都廢。方兹懷友，何幸爲僚。買鄰而卜居，庶償初志；登高而弔古，倘許並遊。《翰苑新書》續集卷二二。

回李巡轄

斥堠之司，古以爲重；絃歌之寄，今之所輕。輒修告至之辭，以叙同寅之雅。恭惟某官沈雄天禀，慷慨自期。慕廉頗、李牧之風，爲孫武、吳起之學。十里一置，五里一堠，姑煩巡徼之勞；萬人曰俊，千人曰英，會展規恢之略。某偶叨民社，實接官曹。將軍乃肯臨臣，非敢望也；夫子明以告我，方有賴焉。《翰苑新書》續集卷二三。

回楊宰 醴陵，已赴官

謾稱竹使，尋元晦之舊遊；欲訪草玄，問子雲之安在。尚稽展覿，聊寫謝忱。伏惟某官妙深湛之思，篤聖哲之好，粹然家學，卓爾時名。射策決科，蚤對丹墀之問；鳴絃製錦，尚爲巖邑之淹。想陶柳之方濃，而楚騷之已續。聲傳回雁，焉用牛刀；目送飛鳧，即聯鵷序。某濫兹假守，渴甚見賢。孰云會面之難，失於交臂之頃。明月千里，徒勤悵望之私；置水一盂，猶幸誨言之及。

《翰苑新書》續集卷二四。

回黄尉 直卿

遠宦問津，來往寓公之贄；高懷感舊，先貽新令之書。佩此勞謙，悚然擢謝。恭惟某官雄文行遠，卓識際空。生了翁之里，故其氣高；游文公之鄉，故其學粹。久矣見推於月旦，宜其立致於雲霄。乃屈脩程，尚須遠戍。乘龍有喜，又何妨秦贅之嘲；振鷺於飛，行且接周行之彦。某散材無用，漫仕不諧。少從幕府之遊，下筆颯颯；晚識田家之樂，拊缶烏烏。非就男封，蓋謀親養。豈謂繼煎熬之後，若爲施救藥之方。接壤而居，君想熟知其利病；避堂以舍，僕方有賴於箴規。

《翰苑新書》續集卷二四。

回學職

求民之瘼，方思百里之憂；友士之仁，必考一鄉之善。有來華問，良慰素心。伏惟省元學遠有源，才高無敵。餘子莫不辟易，避秋賦之先登；主司無乃冬烘，致春闈之未捷。顧修名之方起，何一第之足云！某偶試絃歌，復親衿佩。逢臨邛之客，僕敢不共？熏晉鄙之人，子宜自勉。《翰苑新書》續集卷三〇。

謝曾大參從龍舉陞陟

下吏無堪，瞠若由、求之後；上公過聽，齒諸游、夏之間。懷高誼而涕橫，讀褒詞而汗出。竊以自下求上，由古及今。千贄朋來，競趨冢宰；三書亟獻，莫覩相君。若夫素無一跡於門墻，又乏片言於左右，驟辱輔臣之論薦，豈非寒士之遭逢！伏念某格調卑凡，行能譾薄，文不足以決科發策，武不足以斬馘執俘。晝策兵間，坐失風雲之會；讀書林下，不知歲月之深。因高堂之有親，求小邑以養志。欺松桂，誘巖壑，難逃舊友之嘲；褚衣冠，伍田疇，莫弭輿人之謗。敢圖英衮，暫駐高牙。憶昨負弩先驅，摳衣上謁，方伏道旁而屏息，乃虛座右而起迎。立談之餘，削藁以薦。且無鞶帨，可當華國之褒；豈有絃歌，仰副愛人之譽！靡借乎齒牙之助，殆得之眉睫之間。自顧何人，謬膺兹舉。此蓋伏遇某官名垂宇宙，學貫天人。笑談而坐黄扉，萬邦爲憲；吐握而下白屋，多士歸心。遂使灰寒，亦叨鈞播。某敢不益思磨礪，勿玷品題？一飯必酬，安敢忘大臣之德；瓣香敬薦，當有如釋氏所云。《翰苑新書》續集卷三〇。

代陳真州韡到任謝丞相

叨臨鄉壘，甫竊便安；改戍邊州，俄分憂責。銜知愈重，圖報滋難。伏念某頃以書生，游於戎幕。攀鱗附翼，固無奇偉之功；騎虎握鬚，頗習艱危之事。過蒙大造，俯録微勞，一脱選坑，再塵朝序。及煩言攻擊，歷疏往日之愆；尚一力保全，冀獲它時之用。昨辭堂檄，遽假郡符，遂過庭學禮之心，有閉閤凝香之趣。豈謂誤恩沓至，除目洊頒，試之鋒鏑交馳之衝，寘之城池必守之處。父兮生我，誰獨無人子之情；國爾忘家，安敢廢王臣之誼！況作成於平居閒暇之際，固責望於一旦緩急之秋。蓋聞命而飲冰，遂攜孥而觸熱。兹臨關塞，已見吏民。祖逖枕戈，不忘憤發；伏波曳足，尚自激昂。然而兵少備多，財狹費闊，無賞罰何以作士氣，失恩信何以收人心！儻憑廟謀，克濟國事。兹蓋伏遇某官勳高浴日，德盛格天。網羅收人物之英，鼓舞赴功名之會。察某佩嚴君之訓，粗識義方；謂某受國士之知，必懷恩地。終慙謭薄，恐累陶鎔。某敢不稍㥚皇威，益蒐軍實？成敗利鈍，雖難覩於目前；禍福死生，蓋當寘之度外。《翰苑新書》續集卷三二。

與交代江司理

鄰境注官，方嗟失馬；邊州除吏，誤使續貂。煩出命之逶迤，欲通名而縮瑟。某官品流英邁，胄緒高華。世有聞人，遠矣衣冠之盛；家傳儉德，凛然冰蘗之清。謂宜玉立於班行，何乃泥蟠於州縣。可片言以折，洞知獄吏之欺；活千人者封，行見門閭之大。聞當詣闕，別慶登畿。某甘向閩中，忽移塞上。青袍行路，誰憐杜老之貧；白浪沉舟，幾殉彭咸之死。甚矣窮途之可歎，坐於榮路以有妨。法令爲師，方未知淑後之計；藥石愛我，必無靳告新之言。《翰苑新書》續集卷三二。

代改除淮東倉謝丞相

乘塞三年，初無治狀；觀風一路，忽忝除書。戴洪造之生成，拊丹衷而感慨。伏念某起家孤立，涉世寡諧。恥干流俗之虚名，竊慕古人之大節。豈不有激昂之志，勇於敢爲；惟其欠嫵媚之姿，動而得謗。已灰心於紱冕，甘屏迹於山林。會公朝記奔走之勞，而聖世開孤寒之路，一分半刺，三剖左符。治郡功名，既乏龔、黄之最；守邊威望，又慚羊、陸之風。屬謹備於邊陲，粗宣勤於城堡。皆臣子當爲之事，何足自言；受君相非常之恩，未容引去。忽繇支壘，躐建外臺。側聞鼎鉉之間，屬意牢盆之事。法方有弊，莫調琴瑟之膠絃；時豈無材，少出箜篌之妙指。夫何臨遣，及此疏庸！以理財則未識於源流，以按部則弗强於風采。選掄既逮，若爲酬東閣之知；綜覈方嚴，恐莫逭西曹之責。荷丘山之施重，圖涓露之報難。兹蓋伏遇某官翕受羣才，博開公道。内修法度，統成周之百官；外采風謡，擇開元之十使。顧如朽質，尤費大鈞。察其斷斷之無他，憐其落落之難合，假之以長養成就之力，取之於排斥擯棄之餘，遂使孤蹤，驟將隆指。某敢不稍尋積弊，仰答至公？方科瑣憂邊，斷無期會之不報；以便宜從事，尚祈文法之稍寬。《翰苑新書》續集卷三五。

代湖南提舉就任謝丞相

久臨支郡，汰免爲宜；就建外臺，超踰已甚。孤子乏他人之助，始終出吾相之恩。伏念某奮自羇單，號稱迂緩，素拘牽於繩墨，頗練習於米鹽。辰不再來，蚤失投機之會；老之將至，始逢解瑟之辰。然誤蒙拔擢以來，曾未有建明而去，自收朝蹟，愈累化工。甫須臨汝之瓜，遽剖衡陽之竹。撫摩生聚，粗竭區區；玩愒歲時，終無赫赫。又況庭闈耄矣，鄉井邈然，方深懷土之思，乃静言湖外，敻隔日邊，民方困歲歉而苦飢，吏或謂天高而肆虐。既尸庾事，盍爲斂散之儲；況擁皇華，敢廢咨諏之誼！沐寵光之特異，凜責任之難堪。伏遇某官開國功高，格天業鉅。區分諸道，用開元賢相之規；選擇職司，猶慶曆名臣之意。夫何鄙樸，亦奉使令。某敢不退省所蒙，恪共乃職？固無奇節，用酬當軸之知；竊慕先賢，妄有登車之志。《翰苑新書》續集卷三五。

除憲謝宰相

五嶺南歸，分竊黄冠之號；大江東去，驟叨繡斧之華。爰正周原，具宣漢詔。山川風物，實惟慶元丞相之鄉；父老童兒，能會嘉祐使臣之政。僥榮甚矣，圖報缺然。伏念某累誤弓旌，尚貪升斗。怡然膝下，戲披萊子之綵衣；久矣夢中，奪去江生之色筆。帳無鶴怨，野有雀羅。借子公力入帝城，念不到此；聞君房語妙天下〔一〕，手屢止之。有一丘可以老焉，雖萬户不與易也。忽頒臺傳，俾察江濡。聞車馬以驚猜，着衣裳而顛倒。獨念聖君賢相，更萬化而一新；所謂孝子忠臣，難二義之兩得。不量遲緩，仰奉使令。登車覺意氣之衰，析律懼聰明之淺。自念繇諸生而推擇，所宜知庶獄之哀矜，平反則有以白其大人，式敬則可以長我王國。雖慙漢史，以清令而爲師；竊慕番君，俾江湖之相悦。澄清何有，坱圠焉依。兹蓋伏遇某官以公道秉國鈞，以定力調化瑟。内之議論，既盡革弘陽之風；外而循行，宜妙選范張之輩。興言下士，乃識上公。鵷鷺之羣，挽之雖不能寸；駑馬之智，老矣尚堪一行。既不改於寸心。姑俾奏於直指。第憐白首，有負緇衣。某敢不欽恤祥刑，共承明德？盡心以究民瘼，謹身而恤吏奸。雖有百歐脩，豈足望韓公之後；安得數子駿，其敢忘溫國之言！少答殊私，即還舊服。《翰苑新書》卷三五。

〔一〕聞：原作「門」，據明刊本改。

除守謝史丞相

叢祠丐滿，懶暮乞於鏡湖；單傳疏榮，俾晝行於錦里。光生閭巷，恩出廟堂。伏念某羈旅登朝，迂疏去國。雜端論罪，欲加斧鑕之誅；一相隆寬，尚俾斗升之食。江湖迹晦，朝市志荒，此退士之有盟，已散人之無勑。忽聞予節，莫遂循墻。高卧已便，着衣裳而顛倒；好閒成癖，聞車馬以驚猜。雖木天論撰之職優，而枌部將輸之寄重。昔在慶曆，君謨有氣節聲；粵至淳熙，子方以廉介選。皆鄉人之善者，豈俗吏之云乎！曾謂么微，亦叨臨遣。茲蓋伏遇某官鹽梅家學，喬木世臣。陝而東是在周公，茂著旂常之績；河以南旋爲晉土，式遄衮繡之歸。方將翕受敷施而來羣才，忍以小過微文而棄一士？收之流俗，假以光華。某敢不宣布教條，講求民瘼？責功能之來效，贖狂瞽之往愆。相國知予，當若何而報稱；王事靡盬，其敢憚於驅馳？過此以還，罔知攸措。《翰苑新書》續集卷三五。

謝制置李尚書舉改官

邊事方殷，莫裨末議；身謀甚巧，先取薦書。施重如山，報輕乎羽。方今河洛有遊魂假息之虜，邊境有被甲執兵之人。太常伯出將明威，大行臺盡護諸將。雲合四路之才儁，響赴一時之事功。或開塹甃城，或募兵買馬，或躬履矢石行陣之下，或轍環亭障堡戍之間，或采粟實邊，或部糧出塞。惟有薦揚之一路，以爲奔走之微權。但嘗爲我宣勞，皆難使之觖望。曾謂朝廷之公舉，乃先幕府之私人。伏念某年事未深，學力尤淺〔一〕。少妄作功名之想，勇於敢爲；間亦有草茅之言，高而不切。與人落落而難合，持此倀倀而安歸！追隨弓旌，出入帷幄，大不能贊謀議之決，細不能親几案之勞。半載而强，一籌不畫。羣心久鬱思奮，獨耿耿以隱憂；他人不已於行，乃燕燕而居息。方主臣之不暇，荷國士之見知。銀筆之詞，歉焉弗稱；金閨之籍，藉此可通。坐妨孤寒，大費提挈。此蓋伏遇某官典刑重德，開濟老臣。比管仲、樂毅輩人，有是大志；去孔明、公瑾千載，得其盛心。欲盡取一代之才，相與建萬世之策。至如狂簡，亦忝作成。某敢不努力斯文，盡忠所事？公如山海，雖無補於高深；士至歲寒，方可觀其操守。苟無變節，是不辱知。《翰苑新書》續集卷三八。

〔一〕學：原作「舉」，據明刊本改。

謝胡總領舉改官

醉翁之門，固非一士；長公之客，不過數人。蓋出於品題之公，豈專以疇昔之故！事驚薄俗，誼激丹心。嘗謂魯國之男子不生，開元之老監難作，憐才之舉，曠古所無。一號文人則曰無足觀，不幸年少則曰未更事。毁賈誼爲新學，目朱游爲狂生。故狷介難合之人，多老朽不遇於世。其或博收寒畯，絶出拘攣，卓然有真是非，主之以大力量。在弟子之列，固所甘心；死執事之門，亦將無悔。伏念某生雖欠識前輩，才亦可逮今人，其如命乖，所向事左！少時辛苦，獻賦無成；末路凄凉，吟詩有味。欲退守城南之先墓，且力耕汾曲之薄田。愛嵇康絶交之書，念少游平生之語。荷明公之懷舊，慮先業之失傳。韡袴從軍，自是麤官之分；弓旌聘士，誤居辟客之中。竟孤大恩，永愧清議。居常抱此耿耿，獨賴察其區區。范叔之袍未忘，穆生之醴常設。褒以華衮，拔之選坑。文淺思卑，謂清華其何敢；才綿力薄，恐贔屭之難勝。恩重丘山，命輕絲髮。此蓋伏遇某官力行古道，大芘斯文。凡挾貴挾力而求，皆避三舍；視舉雠舉子之事，如出一人。言念孤生，稍爲舊物。昔居門下，其迹甚親；今棄路傍，於情不忍。非有金、張、許、史之助，俾居郊、島、湜、籍之間。某敢不感激盛心，講求墜學？以國士之故遇我，誓可保於歲寒；號門生而不知恩，是自欺於天日〔一〕。心之所蘊，言不能敷。《翰苑新書》續集卷三八。

〔一〕欺：原作「期」，據明刊本改。

先君得遺表恩謝丞相

書生薄命，僅登持橐之班；聖世深仁，特厚掛冠之典。萃此哀榮於黄壤，録其孤露之白丁。涕感路人，恩歸吾相。竊謂化鈞之造命，譬猶真宰之無私。名器非力之可求，脩短驗人之所積。倘履仁潔行，而天報之不豐；則悼屈哀窮，亦人情之難廢。此有國勸懲之攸繫，況我朝忠厚之相承。謂叔孫不封，何以旌廉吏之世；使成季無後，寧不沮善人之心？痛念先君，舊由冷族，少日罕逢於一飽，中年備厭於百罹。當邊瑣之初開，預樞庭之末議，每曰佳兵之危殆，奈何當路之排擠。箭滿真、揚，亟有張氈之遺；烽傳通、泰，偪爲乘傳之行。念既墮於穽中，恐不終於牖下。晚際真儒之柄用，獨憐寒士之途窮，收之流落擯棄之餘，置之津要華近之選。側聞廟論，或當推擇以守邊；幸忝侍臣，非不激昂而體國。豈料未愆之膂力，遽成不起之膏肓。凄其拖紳之言，茫乎結草之報。而又無百金之儲貯，有千指之號啼，非公朝曲軫於内溝，則私室將從而轉壑。慨然日榻，寵以輀車，不但重泉假銘旌之官職，併令二息續弓冶之世家。稍招巫陽之魂，不餒若敖之鬼。故雖九殞，莫答萬分。兹蓋恭遇某官偉量容人，至公無我，解瑟脩祖宗之故事，櫜弓活南北之生靈，既就大功，尚收羣策。孤寒執贄，未厭千人之多；笑語滿堂，不忍一夫之泣。追記西曹之舊掾，嘗陪東閣之下賓。雖志業之未伸，與論思之尚淺。然物有蓋帷之賜，以飾其終；於人軫簪履之情，務從其厚。肆頒卹典，俯逮衰宗。某敢不尋許國之初心，體卹孤之美意？所願盡節以報君親，不敢全軀而顧妻子。九原可作，恨未酬國士之知；一飽必償，安敢忘大臣之德！《翰苑新書》續集卷四〇。

劄

通王安撫

某伏以仲秋謹月，恭惟某官閫鉞尊嚴，威啓仁洽，穹厚昭貺，台候動止萬福。某敬薰祓再拜，奏記戲下，伏祈財幸。

某愛助小忠〔一〕，輒忘重出，比辰積雨初收，風露不爽，不諗台用何似。欽惟道德之老，慈惠之師，與物爲春，與天爲徒，固已備乎中和之氣，不導引而壽矣。世俗膳服之禱，某謹不敢贊一辭。

某竊以某官有管仲、樂毅之才，故豪傑仰其高；有賈誼、陸贄之學，故拘儒服其通；有汲黯、張昭之節，故諂子憚其嚴。立乎本朝，道合則留，不合則去，嗜名義如飴蜜，棄榮利如涕唾。二十年來，舊人日少，明府執牛耳，獨主齊盟，可謂魁壘骨鯁之臣矣。深惟今日局面至急，擔子至重，非閣下發大願力，有大氣魄，誰與領此！閫疆樂土，願無淹留，某拭目以觀衮歸。

某側聞侍郎於八州五十縣屬吏教之而已，未嘗誅譴也，董之而已，未嘗操切也，有慈父嚴師之意焉。某於此時獲叨民社〔二〕，與里胥亭長同受約束於大都督府，顧非幸焉！引領轅門，且喜且懼。

某兒時便蒙賞音，歲月幾何，忽焉老人。北戍淮，南度嶺，髮禿齒落，所成何事，其羞辱知己甚矣。道傍劇邑，宜得健令。某罷軟不勝任，一可慮；孤危不自保，二可慮。衡此二慮，欲前復却，然終不免一出。仰恃侍郎鎮物如山，容物如天，豈不欲庇一門下士乎！至於佩孔門學愛之訓，味蓋公清静之言，推廣元帥詩書禮樂之化，則某不敢不勉。

某事上之始，法當通名，惟是筆硯廢放，文義鄙淺，必爲帳下兒所嗤。倘蒙重仁俯賜覽矚，某幸孰甚焉。

某退循分守，不敢申貢使閎尊眷福履之問。某伏恐下邑有一切驅筴，恭請放下。《翰苑新書》别集卷三。

〔一〕助：原作「取」，據明刊本改。

〔二〕民：原作「明」，據明刊本改。

通王運使

某伏以孟秋謹月，恭惟某官弭節行臺，風采竦動，后皇簡相，台候動止萬福。某敬薰沐拜手，登名主書，伏乞財幸。

某申詷彝儀，具嚴右染。比辰秋氣尚淺，餘暑未清，不審台用何似。敢丐體藻旒之眷，厚裀鼎之奉，對越嚴召，入登要津。某忱扣。

某恭惟某官以忠孝傳家，以才業發身，以力量運用斯世，明足以發摘而養之以晦，剛足以擊斷而發之以和，臨郡國則著甘棠之愛，立朝廷則負喬木之望，蓋管、葛之器識，荀、賈之謀知，龔、黄之政事，王、謝之文獻，悉兼之矣。輟從華省，奉使全閩。八州數十縣吏民畏之愛之，如秋霜嚴而春旦温也；瞻之仰之，如福星臨而喬岳鎮也。上方圖回一新，號召四出，趣歸禁近，超秉事樞，有元祐鼻祖之衣鉢在，某非敢爲諛。

某少窺方册，尊慕奕葉之忠節；壯從縉紳，講貫當世之大名。仰觀宮墻，邈在霄漢，陸沉下士，未覩鳳星。乃今作吏一行，没階而赴，望塵而拜，將自此始，非天侈其逢乎！請言幸會，喜懼交并。

某家世莆田，老人大父皆由寒苦自奮。某不肖，不能紹先緒〔一〕，又無以取世資，北戍並邊，南遊至海，辛苦厭倦，殆爲築室返耕計矣。迫於親養，冒注茲邑，頗聞牒訴如山，板帳所欠鉅萬，假有敏手，未知計將安出，況如某之愚闇迂緩者乎！雖然，閩中諸邑之命，懸於使司而已。明公倘主盟其孤危，鞭策其遲鈍，誓當鞠躬盡瘁，仰奉使令。至於二天之喻，昔人以爲私禱，某不敢效尤，以干嚴譴〔二〕，惟執事實哀憐。

某既迫戍期，修辭立誠，以候丞史，禮也。抑某才思殫盡，文義鄙淺，深媿不足以鋪張事業，披寫情悰。尚望熏仁，俯垂覽矚，某皇恐死罪。

某分守綦賤，不敢僭越冒貢使閎實眷起居福履之問。某行矣斂板庭趍，恐有下邑使令，敬受大府約束。《翰苑新書》别集卷三。

〔一〕「先」字以下至文末原無，據明刊本補。「先」字下原别有兩段文字，據明刊本，知爲戴象麓《通顔運使劄》之末節。蓋四庫本此處脱簡，遂合二文爲一。

〔二〕嚴：原作「巖」，據文意改。

回交代葉判縣

某伏以四月維夏，暑風清微，恭惟某官政成巖邑，民譽藹然，靈脩森介，台候動止萬福。某熏祓拜手，登名記室，仰乞裁幸。

某寒暄庸敬，前荊惟謹。比辰梅潦初收，不稔台用何似。欽惟民之父母，神所勞相，更冀順百里之望，四時之和，以對薦書，以輅召節。某誠敬。

某敬以某官靖退之風，廉約之操，望之如振鷺白圭，殆非塵土中人。東陽壯哉縣，異時人望而畏，執事爲之，三年有成，未嘗擊斷而豪强退聽，無所綜練而事物自理。蓋其悃愊無華似劉□方，高簡無欲似元紫芝，至於鹽筴賦板，綽有餘裕，雖聖門由、求不能過也。上方收召羣賢，褒表循吏，解印入覲，必爲清望官矣。某不佞。

某服膺名德，願執鞭爲御之日久矣，山川間之，厥路無由。適有天幸，獲繼芳躅，快景星之覩，託雲來之好，乃自今始。遥遡風高，喜而不寐。

某少時妄喜功名，二十年間，浮江淮，放浪嶺海，時命大謬，始欲入山讀書。然世故轇轕，隱事未諧。去春集注，欲擬茲闕，人皆曰是不可。嚮邇或又曰，今明府整頓一番，昔之難者轉而爲易矣，愚意遂決。然才短智鈍，視閣下無能爲役，凛焉它日敗闕是虞。所恃良法美意，悉可循守，嘉言善話，不吝啓發。萬一藉手蒙成，以不爲交承之羞，抑門墻之賜也。敢布腹心，惟執事實圖利之。

某屏居村疃，戍期尚賒，未獲踵門，先辱華翰，迺知高誼度越古人。某不敏甚矣，斐然短牋，姑以見執贄之恭，致負荆之謝。筆硯久廢，言語不工，倘垂覽矚，幸甚過望。

某皇恐僭越端拜申問使閣尊大之眷，伏惟德星所聚，和氣致祥。田舍恐有使令，拱聽鐫曉。

《翰苑新書》別集卷六。

回新黄判丞

某伏以暮春之月，天朗氣清，恭惟某官騎氣鼎來，貴名日起，靈修森介，台候動止萬福。某敬奏記於主書，切幾鑑省。

某暄凉彝敬，已肅右染。比辰未諗台用復奚似，敢乞爲器業之重、珍護次舍，對越薦歇。至扣。

某枌榆錯壤，挹芳名於方冊間亦有年矣。前此常恨未及一面，敢謂試吏於兹，遂有同寅之幸，承顔接詞，自今日始。遥睇前驅，預切忻躍〔一〕。

某切以某官自其在場屋時已負重名，每一篇出，士林傳寫爲紙貴，置之紅藥紫薇之畔，夫豈不宜，顧來拂藍田壁記耶！新天子方留意翰墨，馳情文賦，必有吹噓送上者。某欽遲。

某不量譾薄，冒試劇邑，賦訟浩繁，臺府迫近，凜然有不勝任之憂。賢者此來，休戚同，甘苦均〔二〕，必有以扶持而箴切之，某庶乎其知免矣。通贄之始，僭布腹心，惶恐死罪。

某茲承瓜戍有日，方圖修敬，過沐謙光，先貽華問。不腆短啓，姑叙好雅，非所以論文也。儻垂電覽，榮幸孰甚！

某僭越再拜敬問台閎珤眷，伏惟自天錫羡，如日方升。邑中預有骩，願垂鐫曉。《翰苑新書》別集卷六。

〔一〕忻：原作「折」，據明刊本改。

〔二〕均：原作「切」，據明刊本改。

後記

此稿初成於二十年前，時校點者預《全宋文》編纂之役，即曾校點劉克莊文。既爲其直節所感動，亦爲其見誣後世而憤慨，更爲其著述殘誤、不得大行於世而惋惜，故立意校勘全書而刊行之。終因偏處西南一隅，圖書資料有限，雖成初稿而無力精校。其後《宋集珍本叢書》問世，收錄克莊詩文集多種，於是得以細加校勘。又《全宋詩》之出版，可資詩類校勘、輯佚之借鑒。至若《全宋詩》疏漏之處，又有李更先生撰文補正。本次輯佚之詩，除《千家詩》、《詩人玉屑》、《詩淵》所載爲自輯外，其餘約二十首，即從《全宋詩》、李更先生論文引錄，謹致謝忱。

吾人深知，輯佚難，輯詩更難。蓋其篇幅至小，或散見於多種典籍，或隱於字裏行間，採獲不易。既獲之後，又須與本集核對，去其重複，方得視作佚詩，可謂難矣。唯其如此，輯詩者每有漏遺、重收二病焉。李更先生撰《〈全宋詩〉劉克莊詩補正及相關問題》（二〇〇六年成都宋代文化國際研討會論文），就古籍整理、古詩輯佚之理論與實踐，指出若干問題，并加闡釋，多有建樹，且於克莊佚詩之輯，用力甚勤，採獲亦豐。

吾人既得《全宋詩》編者及李更先生之助，又欣聞其人有「全宋詩補正」之舉，故亦願就理論與實踐貢一管見，以爲答謝。所謂「理論」者，輯佚須重本集是也。蓋泛查諸書，如披沙揀金，偶有漏遺，人或諒之；專注本集，如按圖索驥，視而未見，自必歉然。所謂「實踐」者，克莊本集中尚多漏遺是也。僅以《大全集》卷五九而言，即有《天基節集英殿宴口號》一首、《春端帖子》四十一首，《全宋詩》未曾收錄，所失不少。其他如記、序、題跋、傳狀之屬，亦有自引其詩者，當細考焉。

搜尋三百餘年之作而彙於一書，實乃宏編鉅製。如建屋焉，須有柱石棟梁之用；如造舟焉，不無竹頭木屑之助。不揣淺陋，聊貢一愚。投桃報李，深愧中囊之羞澀；增磚添瓦，欣盼廣廈之輪奐云爾。

二〇〇八年十二月十二日